HEYNE <

Das Buch

Dublin: Nach einem tragischen Verkehrsunfall, den Kat, 39, schwer verletzt überlebt, ändert sich plötzlich alles in ihrem Leben: Ihr Langzeitfreund Thomas erinnert sie immer wieder daran, dass sie hätte sterben können, und nimmt plötzlich alles sehr ernst. Er spricht von Heirat und Kindern, doch da hört für Kat der Spaß auf. Ernste Beziehungen sind nicht ihr Ding, und Kinder schon gar nicht.

Bei genau diesem Unfall stirbt die Mutter des neunjährigen Milo. Dies scheint zunächst die einzige Verbindung zu sein, die zwischen Kat und dem Jungen aus Brighton besteht – bis eine schockierende Entdeckung alles auf den Kopf stellt …

»Definitiv Geraghtys bestes Buch« *Fabulous magazine*

Die Autorin

Ciara Geraghty lebt mit ihrem Mann und ihren drei Kindern nördlich von Dublin. Zum Schreiben kam sie eher zufällig: Sie wollte eigentlich einen Töpferkurs belegen, machte aus Versehen an der falschen Stelle ein Kreuzchen und landete in einem Seminar für kreatives Schreiben – was sie nie bereut hat. »Einmal und für immer« ist ihr vierter Roman.

Lieferbare Titel

Der Tag vor einem Jahr – Und plötzlich ist es Glück – Wenn ich dich gefunden habe

ciara
geraghty

einmal und für immer

roman

aus dem englischen
von ursula c. sturm

WILHELM HEYNE VERLAG
MÜNCHEN

Die Originalausgabe LIFESAVING FOR BEGINNERS
erschien bei Hodder & Stoughton, London

MIX
Papier aus verantwortungsvollen Quellen
FSC® C014496
FSC
www.fsc.org

Verlagsgruppe Random House FSC® N001967
Das für dieses Buch verwendete
FSC®-zertifizierte Papier *Holmen Book Cream*
liefert Holmen Paper, Hallstavik, Schweden.

Deutsche Erstausgabe 03/2014

Printed in Germany 2014
Umschlaggestaltung: Eisele Grafik-Design, München
Umschlagabbildung: © Onyx/George Doyle/F1online
Satz: Buch-Werkstatt GmbH, Bad Aibling
Druck und Bindung: GGP Media GmbH, Pößneck
ISBN: 978-3-453-41071-8

www.heyne.de

Vorwort

1. Juni 2011, Dublin

Er weiß, dass er zu schnell ist. Nicht über der erlaubten Geschwindigkeit – er fährt nie schneller als erlaubt. Aber zu schnell für seinen Zustand. Für die Müdigkeit, die ihm in die Knochen und ins Blut gekrochen ist. Er spürt sie in den Fingern, die das Lenkrad des Lasters festhalten. Im Kopf, der schwer auf seinem Hals lastet. Er merkt, wie er in sich zusammensinkt, richtet sich wieder auf, tätschelt sich einige Male kräftig die Wangen. Immer wieder blinzelt er, den Blick auf die Straße vor ihm geheftet.

Bald ist er zu Hause.

Er schaltet das Radio ein und nimmt einen großen Schluck aus der Red-Bull-Dose in der Halterung. Das Getränk ist schon warm von der Sonne, doch er leert die Dose trotzdem. »A Pair of Brown Eyes«. Er stellt den Song lauter und denkt an Brigitta.

Der Laster rauscht die Autobahn entlang.

Hinterher wird er leugnen, dass er am Steuer eingenickt ist. Doch später, in der Stille der Nacht, wenn er aus dem Schlaf hochfährt und sich fragt, warum er zittert, wird er sich eingestehen – oder zumindest nicht mit Sicherheit ausschließen können –, dass er kurz die Augen zugemacht hat. Nur einen Moment lang. Eine Sekunde. Höchstens zwei. Manchmal genügt das bereits.

Er kann sich nicht erinnern, wie lange er schon unterwegs ist, als es passiert. Zu lange. Er hätte anhalten, hätte sich hinten hinlegen und ein Nickerchen machen sollen. Hätte sich in einem schäbigen Tankstellen-WC kaltes Wasser ins Gesicht spritzen sollen. Er hätte vieles tun sollen, gesteht er sich ein, wenn er mitten in der Nacht aus dem Schlaf hochfährt und sich fragt, warum er zittert.

Stattdessen ist er weitergefahren. Die Bedingungen sind fast perfekt. Die Straße ist trocken, die Sonne scheint, eine kreisrunde Lichtscheibe vor dem unschuldigen Blau des Himmels. Es erinnert ihn an Anias Bilder. Sie malt mit Wachsstiften, faltet die Bilder zusammen und legt sie in seine Lunchbox. »Damit du uns nicht vermisst, wenn du weit weg bist, Papa.« Eine gelbe Sonne, ein blauer Himmel, vier Strichmännchen. Er lächelt, seine Gesichtsmuskeln entspannen sich. Gut möglich, dass es in diesem Moment passiert ist. Dass er da kurz die Augen geschlossen hat. Nur einen Moment lang. Eine Sekunde. Höchstens zwei.

Als er das Rehkitz bemerkt, ist es bereits mitten auf der Fahrbahn.

Einige Details haben sich in sein Gedächtnis gebrannt. Er erinnert sich an die Schönheit des Tieres, daran, wie sein weiß geflecktes Fell in der Sonne glänzt. An die beinahe menschlich wirkende Angst, die sich beim allerletzten Sprint in seinen feuchten braunen Augen spiegelt. Er hat noch nie ein Reh auf der Straße gesehen. Ja, er kennt die Verkehrszeichen. Die Warnschilder. Aber das ist das erste Mal, dass ihm eines vor den Laster läuft. Er weiß, er hätte nicht ausweichen dürfen, hätte es auch nicht getan, wenn er nicht so müde gewesen wäre. Wenn er sich nicht vergangenen Januar bereit erklärt hätte, eine zusätzliche Schicht zu übernehmen. Die, mit der er die Weihnachtsgeschenke finanzieren wollte. Julija braucht ein neues Rad, und dann wird Ania auch eines haben wollen. Sie will immer das haben, was ihre große Schwester bekommt.

Er umklammert das Lenkrad fester, schert aus und wirft erst dann einen Blick in den Spiegel, um sich davon zu überzeugen, dass die Nebenspur frei ist.

Die Nebenspur ist nicht frei.

Der dumpfe Schlag, als sein Laster das Tier niedermäht. Es trotzdem niedermäht. Das Quietschen der Bremsen und das Knirschen im Getriebe, als er hektisch herunterschaltet. Er erinnert sich an das Auto. Knallgelb, auf dem Rücksitz ein Koffer, zusammengehalten von einem Ledergürtel.

Der Laster, der auf das Auto zurast.

Das Krachen, als er es rammt.

Das Krachen.

Sein Körper wird nach vorn geschleudert und vom Sicherheitsgurt gebremst, der eine Reihe von Blutergüssen hinterlässt, von der Schulter bis zur Hüfte. Vor seinem Gesicht öffnet sich der Airbag. Hinterher wird er vor dem Richter einräumen müssen, dass das alles ist, was er noch weiß.

Der Unfallzeuge wird mehr wissen. Wird beschreiben, wie der knallgelbe Wagen scheinbar schwerelos durch die Luft gesegelt ist und sich nach dem Aufprall mehrfach überschlagen hat, um schließlich in einem flachen Graben zu landen, den ein paar Straßenarbeiter gerade ausgehoben haben.

Der Gutachter wird mehr wissen. Er wird über den Laster reden, der sich nach dem Ausscheren quer gestellt hat und mit zwei Autos kollidiert ist, von denen das eine sich mehrmals überschlagen hat und im Straßengraben gelandet ist und das andere an die Leitplanke gequetscht wurde wie eine Nuss im Nussknacker. Der Gutachter wird all diese Erklärungen mit der ruhigen, monotonen Stimme eines Mannes vorbringen, der nie mitten in der Nacht aufwacht und sich fragt, warum er zittert.

Der Richter wird von einem Wunder sprechen, weil nicht mehr Menschen getötet wurden. Die neununddreißig Jahre alte Frau im Mazda zum Beispiel, die abgesehen von einer angeknacksten Rippe praktisch unversehrt aus dem Wrack geborgen wird. Es sei ein wahres Wunder, dass sie den Unfall überlebt hat, wird er sagen.

Und Brigitta. Seine schöne Brigitta. Sie wird auch im Gerichtssaal sitzen, irgendwo hinter ihm. Sie wird Petra gebeten haben, auf die Mädchen aufzupassen. Er wird sie nicht ansehen, als sie ihn hinausführen. Seine Augen, die jetzt offen sind, werden auf den Fußboden geheftet sein.

Es wird noch lange dauern, bis er nach Hause kommt.

1. Juni 2011, Brighton

»Milo! Hast du mich erschreckt«, sagt Mum. »Warum bist du denn um diese Uhrzeit schon auf?«

»Ich habe mir den Wecker gestellt«, sage ich.

»Ach, Schätzchen, das war doch nicht nötig. Es ist fünf Uhr morgens! Du wirst nachher bestimmt einschlafen. In der Stunde von Miss Williams.«

»Garantiert nicht. Heute basteln wir Pappmaché-Masken. Wenn wir alle neuen Wörter richtig buchstabieren.«

»Und, weißt du, wie man sie richtig buchstabiert?«

»'türlich.«

»Entschuldige, dass ich gefragt habe, Einstein.«

In der Küche ist es kälter als sonst. Vielleicht, weil die Sonne noch nicht richtig aufgegangen ist. Mum steht vor der Anrichte. Sie hält die Tasse, die ich ihr letztes Jahr zu Weihnachten geschenkt habe, in beiden Händen. »World's Best Mum« steht auf der Tasse. Ich wollte eigentlich eine, auf der »Mum« steht und nicht »Mum«, aber es war keine aufzutreiben. Vielleicht bekommt man sie in Irland, wo Mum herkommt. Sie trinkt trotzdem immer aus der Tasse. Sie sagt, es macht ihr nichts aus, dass »Mum« statt »Mum« draufsteht.

»Wann geht die Fähre?«

Mum sieht auf ihre Armbanduhr. »Wenn ich sie noch kriegen will, muss ich jetzt los.« Ihr Koffer steht neben dem Küchentisch, zusammengehalten von Dads altem Ledergürtel. Eigentlich wollte sie sich schon längst einen neuen zulegen. Sie muss es vergessen haben. Auf dem Aufkleber steht »Elizabeth McIntyre«, aber alle nennen sie Beth.

»Ich bring den Koffer ins Auto.«

Sie lächelt. »Nicht nötig, Schatz, das schaff ich schon. Hinten ist alles voll; die Kartons mit den Flyern fürs Café sind noch im Kofferraum, fällt mir gerade ein. Aber egal, ich lege den Koffer einfach auf die Rückbank.«

Ich reiche ihr den Autoschlüssel und spähe aus dem Fenster. Es gab mehrere Autodiebstähle in letzter Zeit, aber Mums Wagen ist noch da. Ich kann mir nicht vorstellen, dass den jemand klaut. Wir nennen ihn das Bananamobil, wegen seiner Farbe. Die Aufschrift ist pink. Mum nennt die Farbe »Fuchsia«. »The Funky Banana« steht da. So heißt Mums Café.

»Wann kommst du nach Hause?«

»Am Sonntag, das hab ich dir doch schon tausend Mal gesagt.«

»Ich würde echt gern mitfahren zu Auntie May.«

»Du weißt doch, du musst in die Schule. Außerdem wirst du dich mit deiner Schwester blendend amüsieren.«

Das stimmt. Faith kann nicht kochen, also wird es die nächsten Tage sicher kein Gemüse zu essen geben. Und Rob gibt mir immer Geld und schickt mich DVDs und Süßigkeiten holen, wenn er mit Faith auf ihr Zimmer gehen muss, um mit ihr zu reden. Sie gehen ständig auf ihr Zimmer, um zu reden.

Mum zieht ihren Mantel an und setzt ihr Barett auf. Barett ist französisch und bedeutet Baskenmütze. Die Franzosen sagen dazu béret, und das t am Ende wird nicht ausgesprochen. Mums Lippen sind rot vom Lippenstift. Sie verwendet nicht halb so viel Schminke wie Faith, aber sie sieht trotzdem gut aus. Für eine Erwachsene, meine ich. Sie zerzaust mir die

Haare. »Vergiss nicht, dich zu kämmen, bevor du in die Schule gehst, Struwwelpeter.«

»Mach ich«, sage ich, obwohl es gut sein kann, dass ich es tatsächlich vergesse.

»Und vergiss nicht, heute ist dein Rettungsschwimmerkurs.«

»Meine Tasche steht schon im Flur.« Als würde ich das vergessen. Ich bin noch im Anfängerkurs, aber unsere Trainerin meint, wenn ich weiter so gut bin, komme ich nächstes Jahr in die nächste Stufe.

»Also, dann bis Sonntag.«

»Ja, bis Sonntag.«

»Bist du schon zu groß, um deiner alten Mum einen Kuss zu geben?«

Mum ist total versessen aufs Küssen. Genau wie Damo. Er behauptet immer, er hätte schon massenhaft Mädchen geküsst, aber das glaub ich ihm nicht. Ich meine, er ist mein bester Freund, aber manchmal erfindet er einfach Sachen. Seine Mum sagt, sie würde ihm nicht einmal glauben, wenn er ihr die Uhrzeit sagt. Und vorigen Sommer hat er behauptet, er wäre auf dem Mount Everest gewesen, aber als ich ihn gefragt habe, wo der Mount Everest überhaupt ist, hat er gesagt, in Spanien, in der Nähe von Santa Ponza.

Mum streckt die Arme aus, und bevor ich es schaffe zu flüchten, hat sie mich auch schon an sich gedrückt, so fest, dass ich mich gar nicht mehr rühren kann. Ihre Haare kitzeln mich im Gesicht. Sie riecht nach Seife und Zahnpasta. Wahrscheinlich erinnert sie mich gleich noch daran, dass ich mir die Zähne putzen soll. Sie drückt mir einen Kuss auf die Wange, den ich mit dem Handrücken abwische.

»Sei brav, ja?«

»Ich werd's versuchen.«

»Ich mein's ernst, Milo. Kein Ärger mit Damien Sullivan, okay?«

Das sagt sie nur, weil es letztes Mal, als sie in Irland war, einen kleinen Zwischenfall gab. Aber das war ein Versehen, und inzwischen sind Damos Augenbrauen wieder fast ganz nachgewachsen.

»Und vergiss nicht, dir die Zähne zu putzen.«

»Mach ich.«

»Ich rufe dich heute Abend an, okay?«

»Versprochen?«

Sie legt sich die Hand aufs Herz. »Großes Indianerehrenwort.« Dann nimmt sie den Koffer mit dem Ledergürtel, und da kommt mir eine Idee: Ich werde ihr zu Weihnachten einen neuen Koffer kaufen. Einen grünen. Grün ist ihre Lieblingsfarbe. Ich habe noch fast das ganze Geld von der Erstkommunion auf dem Postsparbuch.

Ich bleibe am Fenster stehen und sehe ihr nach, bis sie verschwunden ist.

2. Juni 2011, Dublin

»Sie kommt zu sich.«

»Gott sei Dank.«

»Kat?«

»Katherine?«

»Hörst du mich?«

»Komm schon, wach auf.«

»…«

»Kat?«

»Immer mit der Ruhe. Lass ihr Zeit.«

»Thomas?« Meine Stimme klingt seltsam rostig, als hätte ich eine Ewigkeit nicht gesprochen.

»…«

»Bin ich im Krankenhaus?«

»Hol ihr ein Glas Wasser.«

»Was ist passiert?«

»Alles okay. Du hattest einen Unfall, aber es geht dir gut. Jetzt geht es dir gut.«

»Ich will wissen, was passiert ist.«

»Ganz ruhig, Kat. Nicht aufregen.«

Mein Atem geht flach und rasch. Ich bin kurz davor, in Panik auszubrechen. Ich bewege meine Beine, um zu überprüfen, ob ich sie bewegen kann. Ich kann. Ich kann meine Beine bewegen. Ich versuche, mich zu beruhigen, versuche die Panik mit beiden Händen abzuwehren. Jemand schiebt mir eine Hand unter den Kopf. Hält mir ein Glas an die Lippen. Ich glaube, es ist Thomas. »Hier, trink einen Schluck Wasser.« Ja, es ist eindeutig Thomas. Diese tiefe, leise Stimme, bei der man unwillkürlich an Wispa-Schokoriegel denken muss, ob man will oder nicht.

Ich spüre seine kräftige Hand im Nacken, spüre, wie das Wasser durch meine Kehle läuft, kalt und klar. Die Panik ebbt ab. Weicht einen Schritt zurück. Ich halte die Augen geschlossen, für den Fall, dass er mich ansieht. Er soll die Panik nicht sehen, und die Dankbarkeit. Plötzlich ist mir ganz schwummrig vor Dankbarkeit.

Als ich die Augen aufschlage, sage ich: »Ich bin doch noch nicht vierzig, oder?«, damit wir etwas zu lachen haben und alles wieder wie vorher wird. Es klappt. Gelächter ertönt, die Atmosphäre ist gleich etwas gelöster. Es ist nicht ausgeschlossen, dass alles wieder so wird wie vorher.

»Nein, bis dahin dauert es noch ein Weilchen«, sagt Thomas.

Das Licht schmerzt mir in den Augen, als ich mich im Zimmer umsehe. In meinem Krankenzimmer. Ich liege in einem Krankenhaus. Ich hasse Krankenhäuser. Das letzte Mal war ich mit fünfzehn in einem Krankenhaus.

Ich zähle vier Leute. Sie sehen müde aus, als hätten sie nicht geschlafen, und falls doch, dann nicht besonders gut. Meine Eltern. Meine älteste Freundin Minnie. Und Thomas. Einer fehlt.

»Wo ist Ed?«, frage ich.

»Ich musste ihn nach Hause schicken«, sagt meine Mutter. »Es hat ihn zu sehr mitgenommen. Du kennst ihn ja.«

»Er ist doch nicht allein, oder?«

Dad tritt an mein Bett. »Deinem Bruder geht es gut,

Kat. Mach dir keine Sorgen. Ich habe ihn zu Sophie gebracht, und Sophies Eltern sind zu Hause. Sie kümmern sich um ihn. Und du solltest jetzt an dich selbst denken.«

»Was ist denn mit mir?« Es kommt mir so vor, als wäre ich weit weg und müsste schreien, damit sie mich hören.

»Du hast eine Beule am Kopf. Die Ärztin meinte, das wird noch eine Weile wehtun«, sagt mein Vater.

»Und eine Rippenfraktur«, fügt meine Mutter hinzu. »Die kommt entweder vom Unfall oder von der Bergung aus dem Wrack.«

»Großer Gott.« Ich balle die Hände, damit keiner sieht, dass sie zittern.

»Sie ist nicht einmal richtig gebrochen, bloß angeknackst«, sagt Minnie.

»Du hast unglaubliches Glück gehabt«, sagt Thomas.

Es fühlt sich nicht so an, als hätte ich Glück gehabt. Es fühlt sich so an, als wäre ich sehr weit weg.

Minnie sieht auf die Uhr. »Tja, nachdem ich mich davon überzeugen konnte, dass du nicht ins Gras beißt, sollte ich mich wohl wieder an die Arbeit machen.« Es klingt genervt, aber sie stellt eine verdächtig gequälte Miene zur Schau, wie immer, wenn sie versucht, ein Lächeln zu unterdrücken.

Erst als Mum mir eine Hand auf die Stirn legt, wird mir bewusst, dass ich glühe. Ihre Hand fühlt sich kühl und weich an. Ich hatte ganz vergessen, wie weich ihre Hände sind. Ihre Augen sind verquollen, als hätte sie geweint, dabei weint sie sonst nie. Ich habe sie zuletzt weinen sehen, als 1989 Samuel Beckett gestorben ist.

»Wir gehen jetzt auch«, sagt sie. »Wir müssen Edward abholen.« Sie zupft mir eine Haarsträhne aus dem Mundwinkel. Ich versuche mich aufzurichten, aber meine Arme und Beine sind bleischwer, also lasse ich es bleiben. Ich liege bloß da und versuche, mir zusammenzureimen, was passiert ist.

Es riecht nach frisch gebügelter, gebleichter Bettwäsche. Die gestärkten Laken sind so steif, dass ein schabendes Geräusch entsteht, wenn ich mich bewege. Ein großer zickzackförmiger Riss verläuft quer über die Zimmerdecke. Als könnte das ganze Gebäude jeden Augenblick einstürzen. Genau über mir.

Dad sagt: »Ruh dich aus, Kat. Ich rufe dich nachher an, ja?«

»Sag Ed, dass es mir gut geht. Dass wir uns bald wiedersehen werden. Morgen.«

»Mach ich.« Er beugt sich über mich und küsst mich auf den Augenwinkel. Ich vermute, er hatte auf meine Stirn gezielt, aber er ist ein bisschen kurzsichtig.

»Falls du mal wieder eine Nahtoderfahrung haben solltest, dann bitte an einem Freitag, wenn es sich einrichten lässt«, witzelt Minnie. »Dann bleibt mir wenigstens die allwöchentliche Besprechung mit dem Schwachkopf erspart.« Damit ist ihr Boss gemeint, wobei die beiden eigentlich ziemlich gut miteinander auskommen. Sie schnappt sich ihre Handtasche und ihren Mantel und zieht ebenfalls Leine. Was bleibt, ist eine Wolke Chanel Coco Mademoiselle.

Als nur noch Thomas und ich übrig sind, überkommt mich mit einem Mal eine gewisse Verlegenheit, als hätte ich in meinem Schlafzimmer mit einem imaginären Partner einen Tango aufs Parkett gelegt und plötzlich bemerkt, dass die Rollos noch oben sind und die Nachbarn gaffen. Ich umklammere den steifen Rand der Bettdecke und ziehe ihn mir bis zum Hals hoch.

»Solltest du nicht gerade ein paar bedauernswerte Rüben düngen?«, feixe ich. Fragt man Thomas, was er beruflich macht, so lautet seine Antwort, er sei Farmer, obwohl er eigentlich ein freiberuflicher Journalist ist, der zufällig ein kleines Gehöft in Monaghan geerbt hat, wo er allerlei unbrauchbares Grünzeug anbaut. Trauben, die bloß sauer schmecken beispielsweise, und Sonnenblumen, die, sobald ihre ersten Blättchen aus der Erde lugen, sofort entweder von seiner Ziege, seinen zwei Schweinen, den drei Hennen, der geschwätzigen Gans oder dem dauerträchtigen Schaf exekutiert werden.

Er antwortet nicht gleich, lässt sich stattdessen auf der Bettkante nieder, ganz vorsichtig, als hätte er Angst, etwas kaputt zu machen. Ich würde ihn gern auf den Arm boxen und ihm sagen, dass er sich total albern benimmt, aber ich kann nicht, wegen der Schläuche, die an meinem Handgelenk hängen. Und ich bezweifle, dass ich laut losprusten könnte. Mein Kopf fühlt sich seltsam schwer und zusammengepresst an, als müsste er gleich platzen. Als ich ihn betaste, stelle ich fest, dass er rundherum einbandagiert ist.

»Ein bisschen wie bei *Grey's Anatomy*, nicht?«, sage ich. Meine Stimme klingt jetzt schon etwas vertrauter, aber wackelig. Ich räuspere mich.

Er lächelt nur flüchtig, legt dann die Hand auf die meine. Seine Hände sind riesig. Schaufelbaggerhände. Ich ziehe meine Hand weg. »Was ist?«

»Was soll denn sein?«, fragt er.

»Du guckst so – entsetzt. Liegt es an meiner Frisur?«

Diesmal lächelt er schon etwas länger.

»Ich ... Ich bin froh, dass es dir gut geht«, sagt er. »Als ich gehört habe, dass das Auto einen Totalschaden hat, da dachte ich schon ...«

»Totalschaden?«

»Ja. Tut mir leid.«

»Ich habe diesen Mazda geliebt.«

»Ich weiß, aber den kann man ersetzen.« Er mustert mich eindringlich, als er das sagt, etwa so, als würde er mich für eine Prüfung abfragen, und einen grauenhaften Moment lang fürchte ich, dass er irgendeine entsetzlich schnulzige Bemerkung machen wird. Über mich und darüber, dass ich unersetzlich bin oder so.

Aber das tut er nicht. Er sagt: »Ich dachte, du wärst tot.«

»Herrje, das ist ja sogar noch kitschiger als *Grey's Anatomy*.«

»Kannst du nicht einmal kurz ernst sein?«

»Ich bin so ernst wie ein Autounfall.«

»Das ist nicht witzig.«

»Ein bisschen schon.«

Er nickt, Gott sei Dank. Normalerweise ist Thomas nicht so drauf. Eigentlich hat er einen ganz brauchbaren Sinn für Humor, meint Minnie. Ich glaube, sie liest immer noch die Kontaktanzeigen, obwohl sie schon seit einer halben Ewigkeit mit ihrem Maurice zusammen ist. Sie tut es für mich, behauptet sie, dabei geht die Sache mit Thomas und mir jetzt auch schon gut eineinhalb Jahre.

»Zweiundzwanzig Monate, genau genommen« hat mich Thomas korrigiert, als ich neulich mal darauf zu sprechen kam.

»Erinnerst du dich an den Unfall?«, fragt er jetzt.

Ich nicke. »Vage.«

»Woran genau?« Hin und wieder benimmt er sich wie ein typischer Journalist.

»Da war ein Reh auf der Straße.« Was zum Geier

hat das Reh auf der Straße gesucht? »Und ein Laster. Er ist ausgeschert, ganz plötzlich. Und vor mir war ein Auto, knallgelb, mit einer Aufschrift – irgendetwas von wegen Bananen ... Dann hat sich mein Airbag geöffnet und ... Keine Ahnung ... Das ist alles, woran ich mich erinnere.«

»Du hättest sterben können.«

»Wirst du darauf jetzt dauernd rumreiten?«

»Die Frau in dem gelben Auto, die ... Sie ist gestorben.«

»Du brichst aber jetzt nicht in Tränen aus, oder?«

»Nein.«

»Gott sei Dank.«

Thomas steht auf. Geht zur Tür. Hält inne und blickt zu mir zurück.

Ich sage: »Könntest du die Ärztin holen?«

»Geht's dir nicht gut?« Er wirkt besorgt, als hätte ich einen Hirntumor oder so was in der Art.

»Ich will bloß wissen, wann ich hier rauskann.«

»Die werden dich bestimmt noch eine Weile hierbehalten wollen. Schließlich warst du bewusstlos.«

»Ich will nur, dass alles wieder so wird wie vorher.«

Er starrt mich an. »Nein«, sagt er, als würden wir uns gerade streiten.

»Was soll das heißen, nein?«

»Nein heißt nein. Es ist alles anders. Du hättest sterben können.«

»Würdest du endlich aufhören, das zu sagen?«

»Wir haben genug Zeit verschwendet.«

Ich stütze mich mühsam auf die Ellbogen auf, ignoriere den Schmerz in meinem Kopf, in meinem Körper. Ich muss diese Anwandlungen unbedingt gleich im Keim ersticken. »Hör zu«, sage ich. »Es ist nicht nötig, dass du so ein Drama daraus machst. Ich bin nicht gestorben. Es geht mir gut.«

»Das ist mir egal.« Thomas schließt die Tür und lehnt sich mit dem Rücken dagegen, sodass niemand reinkommen kann. Ich verspüre eine seltsame Enge in der Brust. Unbehagen. »Ich sage es jetzt einfach.«

»Es wäre mir lieber, wenn du es bleiben lässt.«

»Ich weiß, aber ich sage es trotzdem: Ich liebe dich.«

»Wo sind meine Klamotten? Ich muss hier raus.«

»Ich möchte heiraten.«

»Gratuliere. Wer ist denn die Glückliche?«

»Und ich möchte ein Baby.«

»Schön für dich. Die Humanmedizin macht heutzutage riesige Fortschritte. Kann also nicht mehr lange dauern, bis auch Männer ...«

»Würdest du bitte mal eine Minute die Scherze lassen?«

»Wie wär's denn mit einem Friedensabkommen für den Nahen Osten, wenn wir schon dabei sind?«

Er seufzt. »Ich hole die Ärztin.«

»Gute Idee. Frag sie, ob sie schon ein Mittel gegen Bauchspeicheldrüsenkrebs entwickelt hat.«

Erst als er weg ist, registriere ich die Stille im Zimmer. »Totenstille« würde Thomas in seiner derzeitigen morbiden Stimmung wohl sagen. Meine rechte Körperhälfte schmerzt, aber mal abgesehen davon – und von dem dumpfen Pochen in meinem Schädel – ist alles wie immer. Ich würde jetzt gern eine rauchen. Ich habe keine Ahnung, wo meine Tasche ist. Ich brauche mein Handy. Ich muss Ed anrufen und ihm sagen, dass er sich keine Sorgen machen muss. Er wird sich garantiert Sorgen machen. Ich muss ihm sagen, dass alles so ist wie immer.

Nichts hat sich geändert.

Selbst Thomas erweckt den Anschein, als wäre er wieder ganz der Alte, als er zurückkommt. Die Ärztin konnte er nicht auftreiben, dafür hat er in Erfahrung gebracht, dass sich eine der Krankenschwestern in ihrem Garten Hühner hält, und sich mit ihr über Futter, Eier, Hühnerställe und dergleichen unterhalten.

Erst bevor er geht – ich muss noch eine Nacht bleiben, zur »Beobachtung« –, wird er wieder so komisch. »Ich möchte, dass du über das nachdenkst, was ich vorhin gesagt habe.«

Ich sage: »Kannst du den Fernseher einschalten, bevor du gehst?«

Thomas reicht mir die Fernbedienung. »Hier.« Sein Tonfall ist brüsk, doch dann beugt er sich aus großer Höhe zu mir hinunter und küsst mich, geradewegs auf den Mund. Als würde ich hier nicht völlig hilflos in einem Krankenhausbett liegen, wo ich nicht an Zahnbürste, Zahnpasta oder Mundspülung rankomme. Er küsst mich, wie er es immer tut: völlig unvermittelt, ohne Vorwarnung. Sein Mund auf meinem. Es überrascht mich immer wieder, wie weich sein Mund ist. Thomas ist ein Hüne und sieht aus wie ein Bilderbuch-Bauer, da erwartet man unwillkürlich trockene, aufgesprungene Lippen, von der vielen Arbeit an der frischen Luft. Der Kuss dauert länger, als es für einen Krankenhausbesuch schicklich ist, aber ich sage ihm nicht, dass er aufhören soll.

»Ich hole dich morgen ab und bringe dich nach Hause.«

Jetzt machen sich offenbar doch die Folgen des Unfalls bemerkbar, denn plötzlich ist mir nach Weinen zumute. Liegt wohl an den Medikamenten, wegen der gebrochenen Rippen. Zugegeben, es ist bloß eine, und auch die ist nur angeknackst.

Ich nicke und schließe die Augen, als wollte ich ein bisschen dösen.

Als er geht, öffne ich die Augen und fange tatsächlich an zu weinen. Nur lautlos zwar, aber trotzdem. Höchst seltsam. Ich vergieße Tränen. Ich weine. Das Schmerzmittel, das man mir verabreicht hat, muss ganz schön stark sein. Daran wird es liegen. Ich putze mir die Nase, lege mich wieder hin und schließe die Augen. Ich versuche, möglichst schnell einzuschlafen, damit bald morgen ist und ich nach Hause fahren kann und alles wieder so ist wie vorher.

2. Juni 2011, Brighton

Ich sitze auf meinem Bett.

Es ist totenstill im Haus, obwohl Adrian da ist. Ich weiß, dass er da ist, weil er vor einer Weile angeklopft und den Kopf zur Tür hereingestreckt hat. »Alles klar, Milo?«, hat er gefragt. »Hast du Hunger, Kumpel?«

Sonst klopft er nie an.

Faith und Dad und Ant sind nach Irland gefahren. Ich glaube, sie werden bei Auntie May übernachten. Dort, wo Mum jetzt sein sollte. Ich weiß nicht, wo sie jetzt ist. Ich hoffe, nicht in einem Leichenschauhaus. Ich hab mal ein Leichenschauhaus im Fernsehen gesehen. Da liegen die Leute in Schubladen, und es ist eiskalt. Mum hasst Kälte. Ihre Hände werden ganz blau, wenn ihr kalt ist.

Dad hat gesagt, ich kann nicht mitkommen nach Irland. Er hatte den Pullover verkehrt herum an, und er hat gerochen, als hätte er geraucht, obwohl er damit aufgehört hat, als er zu Celia nach Schottland gezogen ist.

»Keine Sorge«, hat Faith gesagt, bevor sie losgefahren sind. »Morgen sind wir wieder da.« Ihre Augen waren rot und geschwollen und ihre Haut noch weißer als sonst, deshalb habe ich nicht nachgefragt, wann genau. Ich sehe auf meine Armbanduhr, aber es ist immer noch erst zwanzig nach neun. Ich glaube, Adrian ist unten in der Küche, aber ich will nicht zu ihm runtergehen, weil eigentlich Mum in der Küche sein sollte. Wenn sie nicht im

Café ist, dann ist sie in der Küche und backt irgendetwas. Oder sie sitzt am Tisch und hört Radio. Adrian sollte nicht unten in der Küche sein, sondern in London, an der Uni. Mit Ant. Und ich sollte in der Schule sein, in Miss Williams' Stunde, und vermutlich einen Aufsatz schreiben. Über so was Langweiliges wie *Meine Pläne für die Sommerferien* oder so.

Alles ist irgendwie anders als sonst. Das Frühstück zum Beispiel. Adrian und ich haben den Rest Pizza gegessen, der von gestern übrig war, und wir haben Cola getrunken. Mum würde mich niemals Cola zum Frühstück trinken lassen, nicht einmal an meinem Geburtstag. Dabei ist mein Geburtstag ein doppelter Feiertag, weil er nämlich am 25. Dezember ist.

Es kommt ständig jemand vorbei. Hauptsächlich Nachbarn. Mrs. Barber von gegenüber hat uns eine riesige Schüssel mit einem Deckel gebracht. Rindsragout mit Sellerie, hat sie gesagt. Ich hasse Sellerie. Ich hab's in den Kühlschrank gestellt. Mum würde es eine »furchtbare Verschwendung« nennen, wenn ich es in den Müll kippe.

Die Klamotten, die ich gestern anhatte, liegen auf dem Fußboden, obwohl ich meine Socken und Boxershorts abends in den Wäschekorb tun sollte. »In diesem Haus liegt keine Männerunterwäsche rum«, sagt Mum.

Von jetzt an werde ich selber daran denken müssen, mir die Zähne zu putzen. Jeden Tag. Sonst verfaulen sie mir im Mund. Mrs. Barber hat perfekte weiße, gerade Zähne, aber nur, weil sie nicht echt sind. Ihre echten Zähne sind verfault, weil sie sie nicht richtig gepflegt hat. Das hat sie mir erzählt, als sie mal zu Besuch war und Mum Theater gemacht hat, weil ich mir die Zähne nicht geputzt hatte.

Heute Morgen hat mich Damo nicht abgeholt, dabei macht er das sonst immer. Oder ich hole ihn ab. Wer eben zuerst fertig ist. Normalerweise ich, weil Damo meistens weiterschläft, nachdem seine Mum ihn das erste Mal geweckt hat. Sie sagt immer, eines Tages wird sie ihn einfach weiterschlafen lassen und bei Mr. Pilkington, dem Schuldirektor, anrufen. Bis jetzt hat sie es allerdings nicht getan.

Es klopft schon wieder, und Adrian guckt zur Tür herein. Er sagt: »Willst du ein bisschen rausgehen? Wir könnten in den Park gehen oder ins Kino. Ich glaube, der neue *Batman* läuft bereits.«

Ich sehe auf die Uhr. Es ist immer noch zwanzig nach neun. »Das Kino hat noch gar nicht auf«, antworte ich.

»Dann gehen wir eben vorher in den Park.«

»*Batman* läuft erst nächste Woche an. Mum hat versprochen, sich ihn mit mir anzusehen. Sie hat gesagt, am Sonntag ist sie wieder da.«

Adrian kommt auf mich zu. Er tritt auf meine Klamotten, aber ich glaube, er merkt es gar nicht. Er setzt sich auf mein Bett und sieht aus, als wollte er etwas sagen, aber er tut es nicht.

»Um halb fünf«, sage ich.

Adrian sieht mich an. »Was?«

»Sie hat gesagt, am Sonntag um halb fünf ist sie wieder da, wenn die Fähre pünktlich ist, und das ist sie um diese Jahreszeit normalerweise, weil das Wetter schön ist.«

Adrian starrt mich an, als würde ich eine fremde Sprache sprechen. Italienisch vielleicht. Er kann kein Italienisch, aber in Französisch ist er ganz gut.

Wir schweigen uns ziemlich lange an, dann frage ich ihn: »Ist heute Donnerstag?« Wenn heute Donnerstag ist, dann heißt das, Mum ist gestern weggefahren. Aber es fühlt sich nicht so an. Es kommt mir so vor, als wäre das schon eine Ewigkeit her.

Adrian sagt nichts. Er bedeckt das Gesicht mit den Händen, und ich glaube, er weint. Man kann zwar nichts hören, aber seine Schultern zucken so komisch.

Adrian weint nie. Sogar als kleiner Junge hat er nie geweint, dabei hat er sich in einer Tour wehgetan. Entweder ist er in die Brennnesseln gefallen, oder er wurde gestochen, von Wespen oder Bienen oder Bremsen, wobei Bremsen, glaube ich, nicht stechen, sondern beißen. Einmal hatte er sogar einen Schädelbruch, weil er mit dem Fahrrad auf der hinteren Gartenmauer entlanggefahren ist wie auf einem Hochseil. Mum hat gesagt, das war das letzte Mal, dass sie mit ihm im Zirkus war. Die Wunde musste genäht werden, und seither hat er eine Narbe auf der Stirn. Mum behauptet immer, er hat damals so fest geblutet, dass man damit eine Blutbank eine Woche lang hätte versorgen können. Adrian hatte großes Glück, hat der Arzt gesagt.

Jedenfalls hat Adrian kein einziges Mal geweint, weder wegen der Brennnesseln noch wegen der Bremsen. Nicht einmal, als er sich den Schädel gebrochen hat. Adrian weint nie, das sagen alle.

Aber jetzt weint er doch.

Wenn er doch nur aufhören würde.

Wenn doch nur gestern wäre und nicht heute.

Mittwoch.

Wenn heute Mittwoch wäre, und wenn schlechtes Wetter wäre, dann würde die Fähre nicht fahren. Aber heute ist nicht Mittwoch, sondern Donnerstag, und die Fähre ist gefahren, weil Juni ist und weil das Wetter im Juni immer schön ist. »Was für ein herrlicher Tag«, sagt Mum, wenn das Wetter schön ist. »Ist das nicht ein herrlicher Tag?«, fragt sie die Stammgäste im Funky Banana dann.

Das Telefon klingelt, und ich renne nach unten, um ranzugehen. Keine Ahnung, wieso, aber ich bin überzeugt, dass Mum dran sein wird. Sie wird lachen und sagen, dass es ihr gut geht. Dass es eine Verwechslung gab und dass sie nach Hause kommt. Sie wird sagen, ich soll schon mal Wasser aufstellen, weil sie nach einer Tasse Tee lechzt. Mum lechzt immer nach einer Tasse Tee.

Ich nehme ab und melde mich mit: »McIntyre-Residenz, hallo?«, weil ich weiß, dass ich Mum damit zum Lachen bringen werde. Aber es ist nicht Mum. Es ist eine Frau, die wissen will, wie das Prozedere ist. Ich habe keine Ahnung, wie das Prozedere ist. »Mein Beileid«, sagt sie. Ich glaube, wegen Mum.

Ich gehe in die Küche und stelle trotzdem Teewasser auf. Wenn heute Mittwoch wäre und die Fähre nicht gegangen wäre, dann wäre Mum jetzt hier, und wir hätten zum Frühstück nicht Pizzareste gegessen und Cola getrunken, und Adrian wäre in London an der Uni und würde etwas über Naturwissenschaften lernen, und Damo hätte mich abgeholt, und ich wäre in der Schule und würde einen langweiligen Aufsatz über meine Pläne für die Sommerferien schreiben.

11. Juni 2011, Dublin

»Autsch«, sage ich.

»Alles okay?«, fragt Thomas.

»Du gehst zu schnell.«

»Ich gehe im Schneckentempo, wenn nicht sogar noch langsamer. Guck mal da, wir werden gerade von einer Schnecke überholt.«

»Das ist ja auch eine Nacktschnecke.«

»Sie ist auch ohne Haus ziemlich langsam. Ich glaube, die kriecht in Zeitlupe.«

»Freut mich, dass du das so lustig findest.«

»Ich habe nicht den Eindruck, dass dich das freut.«

»Das ist nur eine Redensart.«

»Mir fällt da gleich noch eine Redensart ein: Kopf hoch!«

»Ich hasse Leute, die ›Kopf hoch!‹ sagen …«

»Was soll ich denn sonst zu dir sagen, bei deinem derzeitigen Zustand?«

»… oder ›Entspann dich‹. So was zu sagen ist echt das Letzte. Wenn man zu jemandem sagt, er soll sich entspannen, dann bewirkt man damit das genaue Gegenteil: Die Leute werden noch verkrampfter. Total dämlich.«

»Da sind wir.«

Wir haben das Restaurant erreicht. Thomas hat mich

zum Essen eingeladen, als wir vorhin meinen neuen Mazda bestellt haben. Er nennt es immer noch »Date«. »Wie wär's mit einem Date heute Abend? Wir müssen doch den Kauf deines neuen Autos feiern.« Ich frage mich, wie viele Dates wir wohl schon hatten. Eine ganze Menge.

Vor Thomas hatte ich normalerweise höchstens drei Dates mit ein und demselben Mann. Das erste war das »Mal sehen«-Date, und selbst da ging ich nur hin, weil Minnie mich unbarmherzig dazu zwang. »Es gibt für jede Frau einen Maurice dort draußen«, sagte sie. Wollen wir hoffen, dass das nicht stimmt.

Das zweite Date, zu dem ich ebenfalls oft von Minnie überredet wurde, nannte ich das »Im Zweifel für den Angeklagten«-Date.

Beim dritten und letzten Date sagte ich für gewöhnlich: »Es liegt nicht an dir – es liegt an mir.« Obwohl das meist gelogen war. Es lag fast nie an mir.

Bei unserem dritten Date sagte ich also zu Thomas: »Es liegt nicht an dir – es liegt an mir.«

»Was meinst du damit?«, wollte er wissen.

»Mein Leben ist etwas – kompliziert«, erwiderte ich.

»Was du nicht sagst.« Er hob eine seiner riesigen Hände, um sich das lange, gelockte, grau melierte Haar aus dem Ich-bin-nicht-so-alt-wie-ich-aussehe-Gesicht zu streichen.

»Nein, ich meinte, mein Leben ist zu kompliziert für eine – eine Beziehung.«

»Eine Beziehung?« Er wirkte amüsiert, und wie er das so in seiner für Monaghan typischen Aussprache wiederholte, klang es tatsächlich etwas absurd. »Ich habe dich bloß gefragt, ob du mich zu den Galway Races begleiten willst. Willst du?«

»Na ja …«

»Willst du oder willst du nicht?«

»Ähm ... Ich könnte vermutlich ...«

»Sehr gut. Dann hol ich dich morgen um zehn ab.«

Und ich nickte und sagte okay und ging mit ihm hin. Zu den Galway Races. Schwer zu sagen, warum genau. Jedenfalls hat er mich dort geküsst. Während des Rennens. Unser erster Kuss. Bis dahin hatte er mich bloß nach Hause gefahren und »Dann gute Nacht« gesagt, als wäre ich ein Farmer, dem er gerade ein Kalb mit guter Abstammung abgekauft hatte.

Mit dem Kuss hat er mich total überrumpelt. Nachdem mal wieder das Pferd, auf das er gesetzt hatte, als Letztes durchs Ziel gegangen war, zerriss er seinen Wettschein, sagte »Tja, so viel dazu«, und dann küsste er mich. Ohne einen besonderen Grund.

Es gab nichts, was im Vorfeld darauf hingedeutet hätte. Keinerlei Süßholzgeraspel, Gott sei Dank. Plötzlich war sein Gesicht vor meinem, und dann kam der Kuss, völlig ohne Vorwarnung oder Zeremoniell. Es war ... Also, ehrlich gesagt war es in Ordnung. Schön sogar. Er musste sich zu mir runterbeugen, obwohl ich weiß Gott nicht die Kleinste bin.

Das war bei unserem vierten Date. Und es gab weitere.

Eine Aufführung des Stücks *Das Feld* im Abbey Theatre.

Eine Wanderung auf den Bray Head. Thomas hat gelacht, als ich von »Bergsteigen« sprach.

Besuche auf Bauernmärkten, wo einem der Käsegestank fast den Atem raubte.

Eine Bootsfahrt zu Ireland's Eye, bei der Thomas ruderte und ich nicht seekrank wurde.

Als er eines Tages einen Wochenendausflug samt Übernachtung in einer Hütte mitten in der Wildnis gebucht hat, der wider Erwarten gar nicht so übel war, hat Minnie das mit einem anerkennenden Pfeifen und einem »Wow« kommentiert.

Der Opernbesuch in Wexford, den ich im Gegenzug organisiert habe, geriet zum Desaster. Thomas ist eingeschlafen und hat so laut geschnarcht, dass sich der Platzanweiser bemüßigt fühlte, ein strenges »Pssst!« in unsere Richtung zu zischen. Thomas hat bloß gelacht und eine Fahrt nach Carlow vorgeschlagen, wo er dann im Rahmen einer Landwirtschaftsmesse den zweiten Platz beim Schafscheren machte.

»Kat?«

Ich hebe den Kopf. Thomas sieht genauso aus wie sonst. Alles bestens. Mein neuer Wagen ist bestellt, und Thomas führt mich zum Essen aus. Meine Verletzung heilt allmählich. Die Ärztin meinte, es könnte sein, dass ich Albträume habe. Vom Unfall. Sie meinte, ich könnte unter einer posttraumatischen Belastungsstörung leiden. Ich sollte wohl froh sein, dass ich keine Albträume habe. Und von einer Belastungsstörung keine Spur.

Meiner Meinung nach sollte sich die Ärztin eher Sorgen um Thomas machen. Er ist in letzter Zeit nicht er selbst. Es sind nur Kleinigkeiten. Etwa die Tatsache, dass er seit dem Unfall seine Kleider nicht mehr in der Wohnung herumliegen lässt. Ich habe einen Blick in seinen Schrank geworfen, und da waren sie, seine Sachen. Manche lagen zusammengeknüllt auf dem Schrankboden, aber immerhin im Schrank, und nicht mehr auf dem Fußboden oder auf den Rückenlehnen diverser Stühle und Sofas.

»Und?«, meinte Minnie, als ich es ihr erzählte. »Ist doch erfreulich, oder?«

»Schon, aber das hat er bisher nie getan. Warum räumt er plötzlich seine Klamotten weg?«

Minnie schüttelte den Kopf und sagte: »Dir kann man's aber auch nicht recht machen.«

Und seit letzter Woche prangt doch glatt sein Namen neben meinem auf dem Briefkasten. Bisher stand da bloß mein Name, blauer Kuli auf einem Stück Papier. Thomas hat den Zettel gegen ein Kartonschildchen ausgetauscht, auf dem in irgendeiner schnöseligen Schrift unsere beiden Namen aufgedruckt sind. Ja, er hatte vorher mein Einverständnis eingeholt, und ich hatte »Nur zu« gesagt, aber es ist schon ein kleiner Schock, wenn man eines Tages vom Einkaufen nach Hause kommt, und plötzlich stehen zwei Namen am Briefkasten; schwarze Schrift auf weißem Karton statt blauem Kuli auf irgendeinem Zettel. Das sticht ins Auge wie eine Schlagzeile in der Zeitung.

Er mustert mich über den Rand seiner Speisekarte hinweg. »Alles okay?«

»Klar, warum nicht?«

»Keine Ahnung. Du bist so still. Und du hast dich noch nicht beschwert.«

»Worüber denn?«

»Über unseren Platz.«

»Was gibt es an diesem Platz auszusetzen?«

»Es zieht.«

»Tatsächlich?«

»Du kannst es nicht leiden, wenn es zieht.«

»Du glaubst wohl echt, du kennst mich in- und auswendig, wie?« Mein Tonfall ist schärfer als beabsichtigt, aber es scheint ihm nicht aufgefallen zu sein, denn er lächelt.

»Ich weiß so einiges über dich«, sagt er.

Ich studiere die Speisekarte.

»Ich weiß zum Beispiel, dass du den Seebarsch bestellen wirst.«

»Ach ja?«

»Dabei hättest du viel lieber das Steak mit Pilzen und Zwiebeln und dazu Pommes und einen großen, fetten Klecks Ketchup.«

Die Kellnerin kommt, und ich klappe die Speisekarte zu und sage: »Einmal Rindergeschnetzeltes mit Nudeln, bitte.«

Thomas bestellt Selchfleisch mit Kohl und Kartoffeln, wie ich es vorhergesehen hatte. Ich nehme einen großen Schluck aus meinem Glas Wein und versuche etwas lockerer zu werden. Ich bin so angespannt wie eine Violinsaite, schon die ganze Zeit, seit dem Unfall. Dem verdammten Wunder. Total steif.

Nachdem wir bestellt haben, lehnt sich Thomas auf seinem Stuhl zurück. Er macht einen fröhlichen Eindruck, als wäre etwas Erfreuliches geschehen. Als ich ihn darauf anspreche, sagt er: »Warum sollte ich nicht fröhlich sein?«

Dann fügt er hinzu: »Das war ein produktiver Tag. Du hast ein neues Auto bestellt.«

»Ja.«

»Gleiche Marke, gleiches Modell, gleiche Farbe. Man möchte meinen, es ist dasselbe Auto.«

»Nur weil ich einen Unfall hatte, bedeutet das noch lange nicht, dass ich mir ein ganz anderes Auto zulegen muss. Ich war zufrieden mit meinem alten Auto. Ich wollte nicht wechseln.«

Thomas schüttelt lächelnd den Kopf. Er beugt sich über den Tisch, und seine grauen Augen schimmern grünlich im Kerzenlicht. »Ich habe da eine Idee«, sagt er.

»Schon wieder?«

Vorige Woche hat er vorgeschlagen, wir sollten uns ein neues Bett zulegen, weil unser derzeitiges Bett – das genau genommen meines ist – angeblich quietscht. »Es quietscht überhaupt nicht«, sagte ich. »Und ob«, behauptete er. »Es quietscht wie verrückt.«

»Es quietscht nur, wenn wir ... Du weißt schon.«

»Miteinander schlafen?«

»Genau.«

»Was ganz schön oft der Fall ist.« Das ist wahr. Man möchte meinen, dass unser Interesse an derlei Unfug allmählich schwinden müsste.

Unser Essen wird serviert. Meine Portion ist mir viel zu groß und besteht überwiegend aus Nudeln. Ich greife nach meinem Weinglas, leere es und schenke mir gleich noch einmal randvoll ein. Thomas isst, wie er immer isst – als hätte er seit Tagen keine vernünftige Mahlzeit bekommen. »Also, willst du meine Idee hören oder nicht?«

Ich zucke die Achseln.

»Es ist nämlich eine großartige Idee.«

Ich bin ziemlich sicher, dass ich seine Idee nicht großartig finden werde. Andererseits verdanke ich die Erkenntnis, dass man Chili mit Schokolade anreichern kann, auch ihm. Ich schweige trotzdem.

»Ist alles in Ordnung, Kat?«

»Ja, es geht mir gut«, sage ich.

Dabei geht es mir mitnichten gut. Warum, kann ich nicht genau sagen. Es sind nur Kleinigkeiten. Irgendwie ist einfach alles anders, seit er mich neulich aus dem Krankenhaus abgeholt hat, mit seinem verbeulten, alten Saab, an dessen Dachgepäckträger er ein ganzes Bündel Luftballons mit der Aufschrift »Gute Besserung« befestigt hatte. Ich habe mich geweigert, einzusteigen, bis er die Dinger abgeschnitten und hinten im Auto verstaut hatte. Dort haben sie dann an der Decke geklebt und die Sicht aus dem Heckfenster behindert. Es war auch ziemlich mühsam, sie platzen zu lassen. Thomas musste eine ganze Weile auf ihnen herumtrampeln.

Ich ging zur Beifahrerseite, aber er war als Erster dort und hat mir die Tür geöffnet. Als ich einsteigen wollte, hat er mich zurückgehalten, mir die Hände auf die Schultern gelegt und gesagt: »Es war furchtbar still ohne dich in der Wohnung.« Ich reichte ihm gerade mal bis zur Brusttasche des hellgrauen Hemdes, das hervorragend zu seiner schwarzen Jeans passte. Beides sah nagelneu aus. Er trug kein Sakko, aber das tut er kaum, weil ihm selten kalt genug dafür ist.

»Warst du einkaufen?«

Ich kenne keinen Mann außer Thomas, der errötet. »Ja«, antwortete er. »Überraschung!«

»Aber – du gehst nie einkaufen.«

»Ich wusste, du würdest dich freuen.« Er stellte meine Reisetasche ab, ergriff mit beiden Händen die Revers meiner Jacke und zog mich an sich, bis wir uns so nah waren, dass ich den seltsamen dunkelgrünen Ring um seine grauen Pupillen sehen konnte.

Und dann küsste er mich. Direkt auf den Mund, und das am helllichten Tag, als würden wir im Schlafzimmer stehen, im Dunkeln und mit geschlossenen Vorhängen und nicht mitten auf einem öffentlichen Parkplatz, wo alle glotzen.

Ich stochere in meinem Nudelberg nach einem Stück Rindfleisch und bereue, dass ich nicht das Steak mit Pilzen und Zwiebeln bestellt habe, und dazu eine Portion Pommes und einen großen, fetten Klecks Ketchup.

»Du willst meine Idee also wirklich nicht hören?«, fragt Thomas.

Der Wein scheint allmählich seine beruhigende Wirkung zu entfalten, denn ich sage: »Okay, schieß los.«

»Ich finde, wir sollten uns nach einer gemeinsamen Wohnung umsehen«, verkündet er.

Ich stelle mein Glas ab. »Ich habe doch eine Wohnung.«

»Ich weiß, und ich habe ein Haus. Aber ich finde, es ist an der Zeit, dass wir uns etwas Gemeinsames suchen.«

»Ich mag meine Wohnung.«

»Tja, aber es ist deine Wohnung, wie du gerade selbst gesagt hast. Wäre es nicht schön, wenn wir eine Wohnung hätten, die weder dir noch mir gehört, sondern uns beiden zusammen? Wir müssen uns ja nicht gleich auf die Suche machen. Wir könnten auch noch bis nächstes Jahr warten. Es wäre sogar vernünftig – die Preise sinken noch.«

Ich denke an mein Schlafzimmer, meine Küche, mein Bad. Selbst der Schrank in der Besenkammer, in dem ich Wischmopp und Kehrschaufel aufbewahre, ist mir angesichts dieses Vorschlags plötzlich ans Herz gewachsen.

»Nein.«

»Nein?«

»Ich ziehe nicht um. Ich mag meine Wohnung.«

»Ich auch. Darum geht es nicht.«

»Worum geht es dann?«

»Um dich und mich. Darum, dass wir – uns zusammentun. Du weißt schon. Wie ein richtiges Paar.«

Ich schiebe die Nudeln auf einer Seite zusammen, lege Messer und Gabel auf den Teller, decke alles mit der Serviette zu. »Macht es dir etwas aus, wenn wir auf das Dessert verzichten?«

»Geht es dir nicht gut?«

»Ich fühl mich – ein bisschen unwohl. Meine Rippe …« Das ist eine glatte Lüge, aber ich weiß, auf diese Weise komme ich hier weg. Fort von dieser Unterhaltung.

»Natürlich.« Thomas lässt die Rechnung kommen, obwohl er noch gar nicht fertig gegessen hat, was mir ein schlechtes Gewissen verursacht, denn er lässt sonst nie etwas stehen. Selbst Minnie findet, dass es Spaß macht, für ihn zu kochen.

Er führt mich behutsam aus dem Restaurant, als wäre ich eine Bombe, die jeden Moment hochgehen kann. Auf das Thema Wohnung kommt er nicht mehr zu sprechen.

Das Seltsame ist, bis zum Unfall lief es echt gut. Ich meine, ich würde jetzt nicht unbedingt sagen fantastisch oder so, aber na ja, ziemlich gut.

In puncto Schreiben zum Beispiel lief es hervorragend, und zwar schon eine ganze Weile. Seit Thomas bei mir eingezogen ist, schätze ich. Dabei hatte ich das Schlimmste befürchtet. Ich hasse Ablenkung, und Thomas ist eine recht große Ablenkung. Gut ein Jahr ist das jetzt her. Vielleicht auch länger. Ich hatte gerade mit dem nächsten Buch der Serie angefangen, und da bin ich gerne mal etwas nervös. Bevor ich richtig reingekommen bin. Er hat hartnäckig darauf bestanden, bei mir einzuziehen, und als das Buch ein halbes Jahr später fertig war und ich meine Lektorin Brona anrief, um es ihr zu erzählen, dachte sie, es wäre ein Scherz. Dabei mache ich generell keine Scherze, schon gar nicht, wenn es um meine Arbeit geht. Erstens würde es nicht viel nützen, weil niemand weiß, was ich beruflich mache. Okay, niemand außer Minnie. Und Brona natürlich. Thomas ist auch eingeweiht. Ich habe es ihm eines Tages erzählt, ohne es zu wollen. Es ist mir einfach rausgerutscht. Das ist schon eine Ewigkeit her. Ich hatte es nicht geplant. Es ist einfach passiert.

Das Buch, an dem ich geschrieben habe, als Thomas eingezogen ist, wurde das erfolgreichste der ganzen Declan-Darker-Serie. Brona meint, das liegt daran, dass Thomas »der Richtige« ist. Sie sagt oft so verrückte Sachen, was Thomas angeht. Bei seinem Einzug sagte sie zum Beispiel: »Das ist ein großer Tag für alle Junggesellinnen landauf, landab.«

Offiziell bei mir eingezogen ist er im Sommer 2010. Da stand er dann in meiner Wohnung, umgeben von Umzugskartons und schwarzen Müllsäcken. Er hatte zwei Kohlköpfe mitgebracht, an denen noch etwas Erde von einem seiner fünf Äcker klebte. Ein paar Klumpen waren auf den Teppich gefallen. Auf meinen elfenbeinweißen Wollteppich. Ich musste an Thomas vorbei, um den Staubsauger zu holen, und da packte er mich am Arm und drückte mich an die Wand. Er sagte nichts, ließ nur die Hand an meinem Bein nach oben wandern, bis sie unter meinem Rock verschwand. Er lächelte, als er den Saum meiner Unterhose ertastete, und sagte: »Du trägst dein Sonntagshöschen. Den schwarzen Slip mit der Spitze vorne.«

»Ich besitze gar kein Sonntagshöschen.«

»Und ob. Diesen Slip hast du getragen, als ich das erste Mal bei dir übernachtet habe. Ich kann mich noch genau erinnern.«

»Ich nicht.« Ich erinnerte mich sehr wohl.

Er grinste. »Du hast dein Sonntagshöschen an, weil ich bei dir einziehe, stimmt's?«

»Nein.«

»Gib es zu.«

»Da kannst du lange darauf warten.«

»Wenn du es nicht zugibst, spiele ich nicht *Grey's Anatomy* mit dir.«

Seine Finger glitten an der Spitze entlang und verschwanden zwischen meinen Oberschenkeln. Wir waren uns so nah, dass ich ihn hätte küssen können. Seine grauen Augen waren an diesem Tag grün. Hellgrün.

»Also gut, meinetwegen.«

»Sag es.«

»Herrgott noch mal, Thomas!«

»Sag es.«

Ich stöhnte, dann sagte ich: »Okay, ich hab mein Sonntagshöschen an.«

»Ha!«

»Also, was ist, schläfst du jetzt mit mir oder was?« Ich tat, als wäre ich zu Tode gelangweilt.

Hinterher sagte er: »Das Zusammenleben mit mir wird dir gefallen.«

Mein Atem ging stoßweise, und wie ich damals so auf dem Wohnzimmerboden lag, mein Sonntagshöschen um die Knöchel, den Rock bis zur Taille hochgeschoben, da dachte ich – nur einen Moment lang –, ich dachte: Ja, das wird es.

Und das tat es wirklich. Nicht jeden Tag natürlich. Aber meistens. Es hätte schlimmer sein können. Es fiel sogar anderen Leuten auf. Etwa, als Ed und ich uns ungefähr einen Monat vor dem Unfall mit Mrs. Higginbotham in der Stadt getroffen haben, wie wir das jeden Monat tun, seit Mrs. Higginbotham in Rente ist. Sie hat auf Ed und mich aufgepasst, seit wir Kleinkinder waren. Früher hat Ed sie manchmal sogar irrtümlich »Mum« genannt.

Jedenfalls haben wir uns mit Mrs. Higginbotham in der Stadt getroffen, und sie hat eine Bemerkung gemacht.

Hat behauptet, ich würde so glücklich wirken. »Nimm dich in Acht, Katherine«, orakelte sie. »Wenn der Wind dreht, bleibt dir dieser Ausdruck womöglich.« Ich musste lächeln, als sie es gesagt hat.

Sogar Mum ist es aufgefallen. »Möchte mal wissen, warum du so fröhlich bist«, bemerkte sie. Das war kurz nach ihrer Nominierung für den Kerry Group Irish Fiction Award. Meine Mutter ist kein großer Fan von Literaturpreisen. »Es ist kein verdammter Schönheitswettbewerb«, sagt sie, wenn sie mal wieder in die engere Auswahl für irgendeinen Preis gekommen ist und jemand von der Presse anruft, um sie zu fragen, warum sie von der Liste gestrichen werden will. Solange die diversen Literaturpreise des Landes vergeben werden, ist sie äußerst gereizt.

Tja, wie gesagt, vor dem Unfall war alles okay. Eigentlich sogar besser als okay. Meistens – um nicht zu sagen fast immer – lief es richtig gut.

Später, im Bett, fragt Thomas: »Möchtest du es dir nicht wenigstens überlegen?«

»Ich will nicht umziehen«, sage ich. »Ich mag meine Wohnung. Ich wohne seit Jahren hier.«

»Du nennst sie nie dein Zuhause.«

»Tu ich doch.«

»Nein, tust du nicht. Du sagst: ›Wir sehen uns dann in der Wohnung‹.«

»Gar nicht wahr.« Dabei hat er recht – genau das sage ich.

Ich lösche das Licht, boxe ein paar Mal mit der Faust auf mein Kissen ein und warte insgeheim darauf, dass Thomas etwas sagt. Irgendetwas Grässliches von wegen Heiraten und Kinder kriegen oder so. Früher haben wir über alles Mögliche geredet. Politik und Bücher und Theaterstücke und Musik und natürlich über andere Leute. Ich liebe es, über andere Leute zu reden. Und dann kommt so ein verdammtes Wunder daher, und plötzlich halte ich in Panik den Atem an und befürchte, dass er grässliche Reden schwingt. Meine Augen sind offen, aber sie haben sich noch nicht an die Dunkelheit gewöhnt, und ich komme mir vor wie in einer Höhle. Oder wie in einem Grab. Die Dunkelheit drückt mich aufs Bett, als hätte sie Hände.

Doch Thomas sagt nichts. Ich höre, wie er sich auf die Seite dreht.

Ich wälze mich ebenfalls auf die Seite.

Ich schließe die Augen.

Irgendwann schlafe ich endlich ein.

13. Juli 2011, Brighton

Wir müssen in die Kirche. Schon wieder. Diesmal ist es eine Bedenk- oder Gedenkfeier oder so was in der Art, und die findet immer einen Monat nach der Beerdigung statt. Weiß der Geier, wieso. Genau genommen ist die Beerdigung schon sechs Wochen her, weil Faith den Gottesdienst zu spät bestellt hat. In der Kirche ist es eiskalt, und vorne hängt eine riesige Statue von Jesus am Kreuz, bei der das Blut aus den Händen und Füßen läuft, wegen der Nägel.

Als ich Damo von der Statue erzählt habe, wollte er mitkommen und sie sich ansehen, aber Faith war dagegen. »Auf keinen Fall«, hat sie gesagt. »Ich habe so schon alle Hände voll zu tun, da will ich nicht auch noch aufpassen müssen, dass dieser Flegel den Messwein austrinkt.«

Dad und Celia kommen extra den ganzen Weg von Schottland. Das sagt jedenfalls Celia, als Faith sie später anbrüllt. »Da sind wir extra den ganzen Weg aus Schottland hergekommen, und so dankt ihr es uns.«

Diesmal ist es nicht ganz so schlimm, weil diesmal kein Sarg vor dem Altar steht. Letztes Mal musste ich auf dem Weg zur Kommunion am Sarg vorbei, auf dem ein Foto von Mum stand, und es hat ewig gedauert, weil es eine ziemlich lange Schlange gab. Manche Leute haben den Sarg berührt oder sich bekreuzigt, als sie daran vorbeigegangen sind, aber ich habe gar nichts gemacht. Ich bin einfach vorbeigegangen. Ich habe ihn nicht einmal angesehen. Keine Ahnung, warum.

Ant und Adrian haben dieselben Anzüge an wie letztes Mal. Dad verwechselt die beiden ständig, und dann sagt Adrian: »Schon wieder falsch«, und Dad seufzt: »Ich werd's nie lernen.«

Auf dem Friedhof draußen hört man Gehupe und die Autos und Busse, die vorbeifahren. Eigenartig. Alles geht einfach weiter wie immer. Der Pfarrer betet den Rosenkranz, und es ist echt langweilig. Mindestens hundert Mal murmelt er: »Gegrüßetseistdumariavolldergnade.« Es regnet, und Faith hat schon ganz blaue Hände, weil es so kalt und windig ist, obwohl Sommer ist. »Ein Wetter zum Davonlaufen«, würde Mum sagen.

Zu Hause will Celia wissen, wo das Klo ist, und ich zeige es ihr. Dann fragt sie nach Toilettenpapier, und ich hole eine Rolle aus dem Schrank unter der Treppe. »Habt ihr vielleicht noch irgendwo ein sauberes Handtuch?«, will sie wissen, und ich gehe zum Wäscheschrank und bringe ihr ein Strandtuch, weil das das einzige Handtuch ist, an das ich rankomme. Statt sich zu bedanken, fragt sie: »Alles okay, Milo?«, als wäre ich krank. Aber ich bin nicht krank, mir ist bloß kalt, weil ich im Regen auf dem Friedhof rumgestanden habe. Wenn Mum jetzt hier wäre, würde sie sagen: »Raus aus den nassen Sachen, eh du dir den Tod holst.« Hunger habe ich auch. Faith findet, ich bin ständig hungrig, aber das stimmt gar nicht. Jedenfalls nicht zu hundert Prozent. Zu zweiundneunzig Prozent vielleicht.

In der Küche sitzen alle am Tisch, trinken Tee und essen die Brötchen und Sandwiches, die Jack vorbeigebracht hat, bevor wir in die Kirche gegangen sind. Jack ist jetzt der Chef im Funky Banana. Er kocht und backt fast genauso gut wie Mum, und auch die neuen Rezepte mit Bananen, die er sich ausdenkt, sind fast so gut wie die von Mum. Ich hole den Bananen-Erdbeer-Smoothie aus dem Kühlschrank, den er für mich gemacht hat, aber meine Hände sind so kalt, dass ich den Becher nicht halten kann, also stelle ich ihn auf der Anrichte ab und trinke mit dem Strohhalm.

»Ah, da ist sie ja«, sagt Dad, als Celia in die Küche kommt, als hätten wir uns alle schon die ganze Zeit gefragt, wo sie wohl abgeblieben ist. Er steht auf und legt ihr einen Arm um die Schulter. Wenn sie so nebeneinanderstehen, sehen sie aus wie Vater und Tochter und nicht wie – na ja, nicht wie Freund und Freundin oder was auch immer.

Dad hüstelt mal wieder, als würde ihm etwas im Hals stecken, bevor er anfängt zu reden. »Ich – oder besser gesagt wir«, er lächelt Celia an, »haben eine Neuigkeit für euch.«

»Pass bloß auf, Dad. Als du das letzte Mal in dieser Küche eine Neuigkeit verkündet hast, hat dir Mum eins mit der Bratpfanne übergezogen«, erinnert ihn Ant. Ich glaube nicht, dass das stimmt, denn Faith, Ant und Adrian lachen, als hätte Ant einen Witz gerissen.

»Das ist nicht der richtige Zeitpunkt, Hamish«, flüstert Celia, aber ich höre es trotzdem.

»Doch, Schatz, wir müssen es ihnen jetzt sagen«, meint Dad. »Außerdem können wir doch alle gut eine Aufmunterung gebrauchen, oder, Leute?« Er lächelt uns an.

Keiner sagt etwas. Man hört nur das Ticktack der Irland-Wanduhr, die Dad vor Jahren für Mum gekauft hat. Mir ist noch nie aufgefallen, wie laut sie tickt.

»Celia und ich bekommen ein Baby«, verkündet Dad.

Da keiner reagiert, redet er weiter. »Es soll am 22. Dezember auf die Welt kommen, und wir freuen uns rie…«

»Das ist drei Tage vor meinem Geburtstag«, sage ich.

Dad sieht mich an. »Äh, ja, ganz recht, mein Junge.«

Adrian steht auf, nein, er springt auf, und sein Stuhl fällt um. Wenn er steht, ist er größer als Dad. »Hast du sie noch alle?«

Er klingt genau wie Mum, wenn er das sagt. Sie hat auch nie »Ist das dein Ernst?« gesagt.

»Beruhige dich, Adrian«, sagt Faith.

Ant sitzt am Tisch und knabbert die Glasur von einem Brötchen, als hätte er nicht gehört, was Dad gesagt hat. Als würde Adrian nicht mitten in der Küche stehen und aussehen, als könnte er jeden Moment explodieren.

Dad weicht zurück, sodass auch Celia einen Schritt nach hinten treten muss. »Deine Mutter hätte sich für uns gefreut, Adrian.«

Adrian baut sich vor ihm auf. »Wag es ja nicht, ihren Namen auszusprechen.« Er redet ganz leise. »Ich habe keine Ahnung, was ihr überhaupt hier wollt, du und dieses Mädchen.« Er sieht Celia nicht an, aber ich bin ziemlich sicher, dass alle wissen, wer gemeint ist.

»Deine Mutter wäre froh, dass ich gekommen bin«, behauptet Dad.

»Woher zum Teufel willst du das wissen?« Jetzt redet Adrian nicht mehr leise, er schreit schon fast.

»Ich bin immer noch dein Vater«, sagt Dad. »Du solltest …«

»Was? Dich respektieren? Du hast deine Familie im Stich gelassen wegen irgend so einer Tussi, die halb so alt ist wie du und jetzt auch noch von dir schwanger, und du erwartest ernsthaft, dass wir uns darüber freuen?« Adrian schreit jetzt so laut, dass man ihn kaum noch verstehen kann.

»Also hör mal, Sohnemann, deine Umgangsformen lassen wirklich zu wünschen übrig«, sagt Dad, und da macht Adrian einen Satz nach vorn und packt ihn am Kragen. Er brüllt immer noch, aber ich verstehe kein Wort. Ich sehe nur die Spucketröpfchen, die in Dads Gesicht landen. »Lass mich los«, zetert Dad, und Faith versucht, sich zwischen sie zu schieben. Celia schlägt ein paar Mal mit ihrer Handtasche auf Adrian ein und schreit:

»Lass ihn los!«, und da fängt auch Faith an zu schreien. »Lass Adrian in Ruhe! Er regt sich eben auf.« Und dann sagt Celia: »Da sind wir extra den ganzen Weg aus Schottland hergekommen, und so dankt ihr es uns.«

Schließlich steht Ant vom Tisch auf, geht zu Adrian, packt ihn an der Jacke und zieht so lange an ihm, bis Adrian Dads Hemd loslassen muss, aber er schreit trotzdem weiter, also schiebt Ant ihn aus der Küche und durch den Flur und aus dem Haus. Jetzt ist es wieder still – so still, dass man Celia weinen hört, aber nicht so still, dass man das Ticktack der Wanduhr hören kann.

Dad steht an der Spüle und schnauft und schnauft, als wäre er gerade kilometerweit gerannt oder so. Celia holt ein Taschentuch aus ihrer Handtasche und putzt sich sehr laut die Nase. Faith setzt sich hin und legt das Gesicht in die Hände.

»Ihr geht jetzt wohl besser«, murmelt sie nach einer Weile.

Dad seufzt und schüttelt den Kopf, aber er nimmt seine Jacke, die über der Rückenlehne des Stuhls hängt, und sagt: »Ich dachte echt, ihr – würdet euch freuen. Über ein neues Geschwisterchen … Nach allem, was passiert ist.«

Ich nicke. »Es ist schön, ein neues Geschwisterchen zu bekommen, Dad.« Aber ich hoffe echt, dass es nicht drei Tage zu spät auf die Welt kommt. Manche Babys kommen nämlich zu spät, und wenn es drei Tage zu spät kommt, dann hätte es am gleichen Tag Geburtstag wie ich, und dann wäre es nicht mehr wirklich *mein* Geburtstag, oder?

Dad reibt sich mit der Hand das Gesicht. Er wirkt ziemlich müde. Seine Krawatte sitzt schief, und einer der Knöpfe an seiner Jacke hängt nur noch an einem dünnen Faden. Er nickt und stopft sich das Hemd wieder in die Hose. »Vielleicht hast du recht, Faith.« Sie nickt, und er sagt: »Ich melde mich, wenn ich zu Hause bin.« Es fühlt sich immer noch eigenartig an, wenn er von zu Hause redet und damit nicht unser Haus meint.

Faith hebt den Stuhl auf, den Adrian umgeworfen hat, und fängt an, den Tisch abzuräumen.

»Deine Mutter wäre stolz auf dich und alles, was du tust«, sagt Dad. Dann winkt er mich zu sich. »Komm her, Kleiner – oder bist du etwa schon zu alt, um deinen Dad zu umarmen?« Ich bin tatsächlich zu alt dafür, aber ich gehe trotzdem zu ihm rüber. Irgendwie tut er mir leid. Adrian hasst ihn, seit Dad zu Celia nach Schottland gezogen ist, und Ant tut meistens so, als wäre er gar nicht da, auch wenn er mal da ist.

Ich glaube nicht, dass Adrian recht hatte. Ich glaube nicht, dass Mum Dad gehasst hat. Soweit ich weiß, hat sie niemanden gehasst. Hass ist ein ermüdendes Gefühl, hat sie mal gesagt, und dass man ziemlich viel Zeit und Energie investieren muss, wenn man jemanden wirklich hassen will.

Faith und ich bringen Dad und Celia noch raus zum Auto. Ant und Adrian sind nirgendwo zu sehen, aber das ist vielleicht auch besser so. Wir stehen da und winken, bis sie weg sind. Das war früher Mums und Dads Aufgabe – dastehen und winken, bis die Besucher weg sind. Wenn Ant und Adrian wieder nach London fahren, sind nur noch Faith und ich da. Ich kann nur hoffen, dass Faith nichts passiert, sonst bin ich nämlich der Einzige, der dasteht und den Leuten nachwinkt.

13. Juli 2011, Dublin

Thomas treibt mich allmählich in den Wahnsinn mit seiner Fürsorge, seiner Sanftheit, seiner Aufmerksamkeit. Es ist eine Art Endlosschleife, ähnlich wie die Musik in einem Supermarkt: Fürsorge, Sanftheit, Aufmerksamkeit. Es macht mich irre. Je netter er zu mir ist, desto schlimmer wird es.

Dummerweise wohnt er bei mir, und wir sind längst über das dritte Date hinaus. Das Date, bei dem ich sage: »Es liegt nicht an dir, es liegt an mir.« Obwohl es nie an mir liegt. Oder jedenfalls nur höchst selten.

Wenn ich das jetzt sagen würde, dann würde er fragen: »Was meinst du damit?« Und dann müsste ich eine Antwort parat haben, denn wenn ich keine Antwort parat hätte, würde er sagen: »Du bist mir zumindest eine Erklärung schuldig«, und da hätte er völlig recht. Er hat in allem recht. Nur nicht, was mich angeht. Er glaubt nämlich, alle Menschen sind früher oder später bereit für eine feste Beziehung. Aber das bin ich nicht, und ich werde es vermutlich auch nie sein. Ich brauche das alles nicht.

Davor war alles bestens. Vor dem Unfall. Dem verdammten Wunder. Jetzt redet Thomas andauernd davon, wie glücklich wir uns schätzen können und dass man eben nichts als selbstverständlich betrachten sollte, und dass wir dankbar sein müssen für das, was wir haben ... Wenn das so weitergeht, werde ich glatt zum Alkoholiker. Wobei ich ehrlich gesagt bereits auf dem besten Wege bin.

Heute hat er endgültig den Vogel abgeschossen. Er hat nämlich beschlossen, für mich zu backen. Zitronen-Ingwer-Plätzchen. Er hat sogar den Teig selbst gemacht. Er musste die meisten Zutaten kaufen, weil in diesem Haushalt kaum je Mehl, Backpulver oder was immer benötigt werden. Er hat auch eine Küchenwaage gekauft. Und einen Teigschaber. Und eine Rührschüssel. Ein Nudelholz musste er nicht kaufen; ich habe genügend leere Weinflaschen, die es auch tun.

»Ich dachte, wir gehen aus«, sage ich, als ich aus meinem Arbeitszimmer komme. Ich hatte behauptet, ich würde schreiben, in Wahrheit habe ich auf meinem iPad *Angry Birds* gespielt.

»Wir bleiben zu Hause«, verkündet Thomas.

»Warum?«

»Weil wir feiern müssen.«

»Feiern? Was denn?«

»Den Tag, an dem wir uns kennengelernt haben.«

»Heute ist aber doch gar nicht unser Jahrestag, oder?«

»Nein.«

»Und warum feiern wir ihn dann?«

Thomas reicht mir ein Glas. »Weil mir sonst kein Anlass eingefallen ist, der es rechtfertigen würde, an einem ganz normalen Wochentag eine Flasche Sekt zu köpfen.«

Dagegen gibt es nichts einzuwenden. Ich nicke, und wir stoßen an. »Auf Aer Lingus, wo die Liebe fliegen lernt«, sagt Thomas und lacht, denn er findet das ziemlich witzig.

Thomas ist mir damals erst aufgefallen, nachdem der Pilot verkündet hatte, dass auf der Herrentoilette des

Flughafens in Terminal zwei ein verdächtig aussehendes Paket entdeckt worden sei. Ich hatte einen Gangplatz. Ich nehme immer einen Gangplatz, damit ich aufstehen und mich hinsetzen kann, ohne mit jemandem reden zu müssen.

Das Flugzeug befand sich auf der Landebahn am Flughafen Dublin. Ich hob den Kopf und spähte aus dem Fenster, zum ersten Mal, seit ich in Heathrow an Bord gegangen war, und da sah ich ihn. Auf dem Fensterplatz. Keine Ahnung, warum ich ihn bis dahin nicht bemerkt hatte, bei seiner Größe. Er streifte mit dem Kopf beinahe die Taste, mit der man die Stewardess ruft. Seinem gut geschnittenen Anzug nach zu urteilen hätte er Banker oder Broker sein können, doch die Schlammspritzer auf den Hosenbeinen sprachen dagegen. Seine Krawatte war von einem dunklen Marineblau und mit unzähligen winzigen rosa Schafen bedruckt. Er hatte sie gelockert, als würde sie ihn würgen. Sein Lächeln fand ich in Anbetracht der Situation unpassend, und sein gewelltes graues Haar war lang und ungleichmäßig geschnitten, als hätte sich jemand, der kein qualifizierter Friseur ist, mit einer Heckenschere daran vergriffen. Dichte Stirnfransen fielen ihm in die neugierig dreinblickenden grauen Augen. Sein Gesicht war wettergegerbt, mehr noch, es sah aus, als wäre es nicht bloß der Sonne, sondern dauerhaft einer kräftigen Windböe ausgesetzt gewesen. Er hatte eine »typisch irische Nase« – lang und schmal –, und einen »typisch irischen Mund« – volle Lippen, breites Lächeln. Aus seiner Laptoptasche ragte das *Irish Farmers Journal*, und in der Hand hielt er eine Ausgabe von *Dunkles Geheimnis*, dem ersten Band der Declan-Darker-Serie. Keine Ahnung warum, aber bei dem Anblick war mir, als hätte man mir einen leichten Stromschlag verpasst. Dabei sind mir im Laufe der Jahre schon oft Leute begegnet, die meine Bücher lesen.

In dem Moment hob er den Kopf und ertappte mich dabei, wie ich ihn anstarrte. Er lächelte. »Essen Sie das noch?«, fragte er und deutete auf das halb verzehrte Sandwich, das ich vorhin beim Steward bestellt hatte. Seine Stimme hatte etwas Unerwartetes – bei ihrem Klang musste ich aus unerfindlichen Gründen sogleich an einen Wispa-Schokoriegel denken.

Ich schüttelte den Kopf.

»Dürfte ich es dann haben? Ich ... Hier wird nichts mehr serviert, dabei ist schon höchste Zeit fürs Abendessen, und ich habe einen Mordshunger. Ich habe um eins zu Mittag gegessen.«

Ich sah auf meine Armbanduhr. Es war 17:13 Uhr.

»Entschuldigen Sie«, sagte er. »Das ist sonst nicht meine Art, aber wer weiß, wie lange wir wegen des Problems da drin noch hier festsitzen.«

Er deutete mit dem Kopf auf das Flughafengebäude.

»Es ist nicht mehr gerade taufrisch, aber ...« Ich reichte ihm die Plastikverpackung mit dem halb gegessenen Sandwich.

Er verschlang es mit zwei Bissen, dann holte er eine Flasche Wein aus seiner Tasche, schraubte den Deckel ab, trank einen großen Schluck und hielt sie anschließend mir hin.

»Nein, danke«, sagte ich in einem Tonfall, der andeuten sollte, dass ich um diese Uhrzeit prinzipiell keinen Alkohol konsumiere.

»Ach, warten Sie.« Er und kramte erneut in seiner Tasche. Diesmal brachte er einen zerknautschten Pappbecher zum Vorschein, schenkte großzügig ein und stellte den Becher auf meinem Tischchen ab. Er hielt mir eine seiner riesigen Hände hin. »Cunningham. Thomas Cunningham.« Es klang, als würde er aus den Midlands stammen. Cavan vielleicht, wenn nicht gar Monaghan.

»Kavanagh«, sagte ich. »Kat Kavanagh.« Nicht mal Katherine.

»Sie haben wohl schon so einiges erlebt, hm?«, bemerkte er.

»Wie bitte?« War das seine subtile Art und Weise, sich nach meinem Alter zu erkundigen? Ganz schön dreist, der Kerl.

»Der Rosenkranz«, erklärte er auf meinen konsternierten Blick hin. »Wenn sich die Luftlöcher mehren, fangen die Passagiere an zu beten.«

»Oh.« Ich ließ die Perlenschnur, die ich völlig vergessen hatte, in meiner Handtasche verschwinden. Wenn man im Flugzeug oder im Zug sitzt oder in einer Schlange ansteht, ist so ein Rosenkranz ein hervorragendes Abschreckungsmittel.

Er sagte nichts mehr, und das wäre dann wohl das Ende unserer Unterhaltung gewesen, was mir ganz recht gewesen wäre. Doch dann fragte ich: »Ist das ein Declan-Darker-Krimi?« Und damit hatte ich mich von einer Sekunde auf die andere in einen dieser Menschen verwandelt, die ich sonst stets meide. Menschen, die andere Menschen in Gespräche verwickeln, während sie im Zug oder Flugzeug sitzen oder in einer Schlange stehen.

Er nickte und griff nach dem Buch. Auf der Innenseite des Schutzumschlags befand sich ein Foto von Killian Kobain, oder besser gesagt, ein Foto von dem Schauspieler, der sich als der geheimnisvolle Killian Kobain ausgab.

Thomas betrachtete das Foto. »Schon seltsam …«

»Was?«

Er schüttelte den Kopf und lächelte. »Ich hab dieses Buch vor Jahren das erste Mal gelesen. Ein Freund hatte es mir gegeben, ohne Schutzumschlag und Autorenfoto. Ich habe das Buch gelesen, ohne auf den Namen des Autors zu achten, und bin damals automatisch davon ausgegangen, dass es eine Frau geschrieben hat.«

»Wieso das?« Niemand hatte je an Killian Kobains Geschlecht gezweifelt. An seiner sexuellen Orientierung durchaus. Natürlich. Wenn man so feminine Züge hat wie Kobain, muss man sich damit abfinden, dass die Leute rätseln, für welches Lager man spielt.

»Wegen der Hände«, sagte Cunningham-Thomas-Cunningham wie aus der Pistole geschossen.

»Wegen der Hände?«

»Er beschreibt ständig die Hände der Leute, um die es geht. Männer achten nicht auf Hände, und erst recht nicht auf Finger. Sie können mich gerne auf die Probe stellen.«

Er hielt sich das Buch vor die Augen und sagte: »Nur zu.«

»Wie, nur zu?«

»Fragen Sie mich.«

»Was soll ich Sie fragen?«

»Na, wie Ihre Hände aussehen.«

Er würde ganz offensichtlich nicht lockerlassen, also gab ich mich geschlagen. »Ähm, wie sehen meine Hände aus?«

»Keine Ahnung«, sagte er und ließ das Buch sinken. »Sehen Sie? Jetzt sind Sie dran.«

Und da saß ich dann, in einem Flieger am Flughafen Dublin, an einem nassen, grauen Freitag im August, und kniff die Augen zu, während der Mann neben mir, den ich eben erst kennengelernt hatte, drängte: »Na, los, versuchen Sie's!«

Ich sagte: »Groß. Behaart. Goldring am kleinen Finger der linken Hand. Lange Narbe quer über die Handfläche der rechten Hand.« Ich öffnete die Augen.

Er betrachtete erst seine Hände und dann mich. »Un*glaub*lich«, sagte er kopfschüttelnd und verlieh mir damit beinahe das Gefühl, stolz auf mich sein zu können.

»Ist es nicht. Es ist ganz einfach, vor allem bei solchen Pranken wie den Ihren, wenn Sie mir den Ausdruck verzeihen.«

Er lächelte. »Keine Sorge. Meine Mutter nennt sie Schaufelbaggerhände.«

Er holte erneut die Flasche hervor, schenkte mir noch einmal nach. »Kobain hat über einen seiner Charaktere mal geschrieben, er hätte Rauchernägel.«

Ich erinnere mich. Luka Brown, das zweite Opfer von Malcolm Beeston, einem Serienmörder mit einem Hang zur Strangulation mit einer Wäscheleine. Wäre Luka nicht von Malcolm umgebracht worden, dann hätte ihn früher oder später der Lungenkrebs ins Jenseits befördert. Vermutlich früher – er hat zwei Schachteln am Tag geraucht.

»Und – ähm – finden Sie die Declan-Darker-Thriller gut?« Ich konnte nicht glauben, was ich da tat. So was mache ich sonst nie.

Er nickte. »Sie sind spannend bis zur letzten Seite. Das mag ich an ihnen.«

Als wir endlich aussteigen durften, stürmten alle Passagiere zu den Ausgängen, nur Cunningham-Thomas-Cunningham blieb, wo er war. Ich erhob mich und sagte: »Wir können jetzt raus.«

»Ich warte immer, bis der größte Ansturm vorbei ist.«

Wenn er lächelte, leuchteten seine Augen auf, und erst jetzt bemerkte ich den grünen Ring um die graue Iris, die inzwischen gar nicht mehr grau wirkte, sondern eher hellblau, wie das Meer, wenn die Sonne durch die Wolken bricht.

»Hat mich gefreut, Sie kennenzulernen, Kat«, sagte er.

»Mich ebenfalls.« Und das war völlig ernst gemeint. Höchst seltsam.

Ich reihte mich in die Schlange der Wartenden im Mittelgang ein. »Wiederseh'n«, sagte Thomas. Er lehnte sich zurück, schlug sein Buch – mein Buch – auf und begann zu lesen. Während sich die Schlange Zentimeter für Zentimeter vorwärtsbewegte, fragte ich mich, warum ich das eigentlich immer mache. Warum springe ich auf, sobald sich die Türen des Flugzeugs öffnen, und reihe mich in die Schlange ein, statt zu warten, bis alle draußen sind, ehe ich meine Siebensachen zusammensammle und gemütlich hinausschlendere? Tja, ich schlendere nicht. Hab ich noch nie getan.

Ich sah zurück zu Thomas, der immer noch auf seinem Platz saß und sein Buch – mein Buch – las.

Es dauerte, bis ich endlich die Tür ganz vorne erreicht hatte und aussteigen konnte.

Thomas rief mich tags darauf an.

»Ich bin's«, sagte er.

»Wer?«, fragte ich, obwohl ich sofort wusste, wer dran war. Er stammte definitiv aus Monaghan.

»Cunningham«, sagte er. »Thomas Cunningham. Wir haben uns gestern im Flieger kennengelernt, wissen Sie noch? Ich habe *Dunkles Geheimnis* gelesen, Sie haben getan, als würden Sie Rosenkranz beten.«

»Ich habe nicht bloß so getan.« Der Kerl war ja echt dreist!

»Wie auch immer, ich wollte nur mal fragen, ob Sie am Freitag gegen acht vielleicht hungrig sind.«

»Wie sind Sie an diese Nummer gekommen?«

»Ich bin Journalist.«

»Und?«

»Ich darf meine Quelle nicht verraten.«

»Ich möchte jetzt auf der Stelle wissen, woher Sie diese Nummer haben.«

»Aus dem Telefonbuch.«

»Aber ... Ich wusste gar nicht, dass ich im Telefonbuch stehe.«

»Da steht man automatisch drin. Wenn Sie das nicht wollen, müssen Sie bei Eircom einen entsprechenden Antrag stellen.«

»Oh.«

»Also, was meinen Sie, werden Sie am Freitagabend gegen acht hungrig sein?«

»Keine Ahnung.«

Es entstand eine Pause, die er nicht füllte.

»Warum?«, fragte ich.

»Nun, wenn Sie hungrig sind, dann würde ich Sie zum Abendessen ausführen.«

»Zum Abendessen?«, wiederhole ich, als hätte ich noch nie davon gehört.

»Wenn Sie nicht hungrig sind, können wir das Essen auch überspringen und gleich in die Button Factory gehen.«

»In die Button Factory?«

»Ganz recht. Da tritt am Freitagabend ein Zauberer auf. Er ist hervorragend, ich habe ihn voriges Jahr schon mal gesehen. Keine weißen Kaninchen, keine schwarzen Zylinder. Er ist echt gut.«

Ich habe noch nie einen Zauberer live gesehen. »Warum?«, fragte ich erneut.

»Es geht doch nichts über ein bisschen Zauberei an einem Freitagabend«, sagte Thomas. Ich war für Freitagabend mit Minnie verabredet, um die Fertigstellung des aktuellen Declan-Darker-Bandes zu feiern. Wir wollten erst einen Cocktail im Shelbourne zu uns nehmen und danach im One Pico essen.

Ich öffnete den Mund, um zu sagen, was gesagt werden musste, doch stattdessen sagte ich: »Okay.«

»Gilt das jetzt für das Abendessen oder für den Zauberer oder für beides?«

»Äh, für beides«, sagte ich und konnte mich nicht genug über mich selbst wundern.

»Hervorragend. Dann hole ich Sie um halb acht ab, okay?«

»Okay.«

»Sehr gut. Bis dann.«

»Okay.«

»Du versetzt mich, weil du lieber mit einem schlammverkrusteten Wilden aus Monaghan ausgehst?«, fragte Minnie, als ich es ihr erzählte.

»Jep.« Ich war genauso geschockt wie sie.

Ich sehe mich in der Küche um. »Was treibst du hier eigentlich?«, frage ich.

»Ich mache Zitronen-Ingwer-Plätzchen«, sagt Thomas.

Das könnte stimmen, denn es kleben überall kleine, gelbe Plätzchenteigklumpen: auf der Anrichte, auf dem Tisch, auf dem Boden, auf der Kühlschranktür und auf der Vorderseite des T-Shirts, das Thomas trägt. Und ein ziemlich großer in seinen Haaren.

»Und was ist mit dem Essen? Ich habe Hunger.«

Wenn Minnie jetzt hier wäre, würde sie sagen: »Hör auf zu quengeln«, doch Thomas strahlt mich an: »Es gibt dein Lieblingsessen.«

Ich sehe mich misstrauisch um. »Das da wäre?«

»Rate mal.«

»Du hast was bestellt.«

Er lächelt. »Nein, ich habe dir dein Lieblingsessen gekocht.«

Bevor Thomas bei mir eingezogen ist, hatte ich kein Lieblingsessen, und es wurde hier auch nicht gekocht, mal abgesehen von Schinken-Käse-Toast vielleicht.

»Ich kann nicht raten. Ich habe keine Ahnung.«

»Gulasch«, sagt er und hebt den Deckel eines riesigen Topfes, in dem eine dicke, braunrote Masse vor sich hin brodelt. Dann schließt er den Deckel wieder, ganz vorsichtig, als wollte er das Gulasch nicht stören, sieht auf die Uhr und sagt: »Es ist in 18 Minuten fertig.«

»Wie kommst du darauf, dass Gulasch mein Lieblingsessen ist?«, frage ich, um einen unbekümmerten Tonfall bemüht, obwohl es mir unheimlich schwerfällt.

»Du hast es so lecker gefunden, als ich es das letzte Mal für dich gekocht habe – weißt du noch? Du warst erkältet, und ich habe Gulasch gekocht, und es war höllisch scharf, weil ich ein bisschen zu viel Paprika reingetan hatte. Und du hast gesagt, es wäre besser als Wick MediNait, weil du geheilt warst, sobald du es gegessen hattest. Erinnerst du dich?«

»Nein.«

Er schenkt mir Sekt nach.

Er sagt: »Keine Sorge, ich mache nachher auch die Küche sauber.«

Er sagt: »Keine Sorge, diesmal ist das Gulasch nicht so scharf wie letztes Mal.«

Er sagt: »Keine Sorge, die Zitronen-Ingwer-Plätzchen sollen so aussehen.«

Ich werde wahnsinnig.

Erst später kommt mir eine Idee. Es ist genau genommen keine Lüge, eher eine Art Selbstverteidigungsstrategie. Ich werfe mir selbst einen Rettungsring zu. Sonst muss ich nämlich demnächst »Es liegt nicht an dir, es liegt an mir« sagen. Und das würde mir Thomas nach all der Zeit garantiert nicht glauben. Außerdem will ich ja keine drastischen Maßnahmen ergreifen. Ich will nicht Schluss machen oder so. Ich brauche bloß – eine klitzekleine Verschnaufpause. Das ist alles.

Also sage ich: »Brona möchte sehen, was ich bis jetzt geschrieben habe, und da ich noch nicht allzu weit bin, dachte ich, ich sollte mich mal ein paar Tage verbarrikadieren, nicht ans Telefon gehen und mich richtig reinknien.« Ich erwähne nicht, dass ich mit dem neuen Buch noch gar nicht angefangen habe. Ich habe kein einziges Wort geschrieben seit dem Unfall. Dem verdammten Wunder.

Thomas lächelt. »Gute Idee. Ich bin froh, dass du wieder arbeitest. Das ist ein gutes Zeichen.« Er ergreift meine Hand und schenkt mir ein ermutigendes Lächeln. Sein Tonfall könnte sanfter nicht sein, doch ich habe das Gefühl, im Inneren eines Müllwagens zu Tode gequetscht zu werden.

Ich sage: »Ich wollte dich fragen, ob du …«

»Ich soll mich rar machen?«

»Genau.«

»Kein Problem. Ich muss ohnehin mal eine Weile auf die Farm. Bald ist Erntezeit, und du weißt ja: Schafft man im Herbst nichts in den Keller, schaut man im Winter auf leere Teller.«

Am nächsten Morgen steht er früh auf. Ich liege noch im Bett und schlafe, als er kommt, um mir einen Abschiedskuss zu geben. Seine Haare sind nass vom Duschen, und er riecht nach meinem Duschgel von Clinique, obwohl ich ihm verboten habe, es zu benutzen. Er küsst mich eine halbe Ewigkeit, und ich habe Bedenken wegen meines Atems, weil ich mir noch nicht die Zähne geputzt habe, aber er küsst mich einfach weiter, als wäre das alles kein Problem. Dann zieht er sich noch einmal aus, kriecht wieder ins Bett, und wir schlafen miteinander. »Ein letztes Mal, zum Entwöhnen«, sagt er.

»Ruf mich an«, sagt er. »Ich weiß, du bist am Schreiben, aber meld dich einfach zwischendurch, ja? Nur damit ich weiß, dass es dir gut geht.«

»Warum sollte es mir nicht gut gehen?«

»Na ja, vielleicht willst du ja wissen, ob bei mir alles in Ordnung ist.«

»Bei dir wird alles bestens sein.«

»Man kann nie wissen. Auf einer Farm lauern viele Gefahren.«

»Es ist keine Farm, es sind fünf steinige Äcker.«

»Fünf riesengroße Äcker.«

»Bis nächste Woche«, sage ich.

Er sagt: »Küss mich noch einmal. Sicherheitshalber.«

Dann sagt er: »Ach, mein Geldbeutel liegt noch im Bad.«

Und dann: »Ach, ich nehme noch ein paar von den Zitronen-Ingwer-Plätzchen mit, für die Reise.«

»Du fährst doch nur eine Stunde!«

Nach einer gefühlten Ewigkeit ist er endlich weg, und

ich stehe im Flur und atme sie ein, die Stille. Sie ist regelrecht greifbar, spürbar, als könnte man mit den Händen danach tasten.

Ich bin allein in meiner Wohnung. Ich kann tun und lassen, was ich will. Niemand sagt: »Geht es dir gut?« oder »Wie fühlst du dich?« oder »Ist es nicht ein verdammtes Wunder, dass du noch lebst?«

Ich tue überwiegend nichts. Ich sehe viel fern, futtere Frosties aus der Schachtel, bestelle mir etwas zu essen und vernichte den Gutteil einer Kiste Wein. Ich denke weder an den Unfall – das verdammte Wunder – noch an meine Rippe, wahrscheinlich deshalb, weil sie kaum noch weh tut. Wenn ich merke, dass mir etwas Ernstes durch den Kopf geht – mein Abgabetermin etwa oder die Tatsache, dass es unheimlich still ist, seit Thomas weg ist –, schalte ich den Fernseher ein. Die Sendungen, die tagsüber laufen, reichen völlig aus, um jeden auch nur ansatzweise ernsten Gedanken sogleich im Keim zu ersticken.

So geht das einige Tage, dann muss ich raus, um ein paar Grundnahrungsmittel zu besorgen. Zigaretten, Frosties, Frit Sticks, Fruchtgummis (vorzugsweise Jelly-Babies). Donuts mit Vanillecreme.

Auf dem Nachhauseweg begegnet mir Nicolas von Nummer 13, der immer zweideutige Kommentare vom Stapel lässt, wenn wir uns im Foyer über den Weg laufen. Heute ist es nicht anders. Nicolas holt gerade seine Post – ein paar Flyer – aus seinem Briefkasten. Als er mich erblickt, richtet er sich auf und lächelt. Sein Gesicht ist lang, sein Mund breit, und seine Zähne sind klein, was ihn aussehen lässt wie ein Krokodil – eines, das seit Jahren in Gefangenschaft lebt, denn seine Miene wirkt stets leicht resigniert.

»Sieh an, sieh an, wenn das nicht Miss Kavanagh aus der schicken Penthouse-Wohnung ist. Du siehst wie immer echt heiß aus, Kat.«

»Tag, Nicolas.«

»Wo ist denn Farmer Tom? Hab ihn lange nicht gesehen.«

»Thomas ist kein Farmer, auch wenn er das überall rumerzählt.«

»Wie auch immer – wo steckt er?«

»Er ist weg.« Ich gestatte mir eine Spur Melancholie im Tonfall. Vielleicht brauche ich nach den ruhigen Tagen ein bisschen Dramatik.

Nicolas mustert mich eingehend von Kopf bis Fuß, wie er es immer tut. Er würde bestimmt einen hervorragenden Augenzeugen für ein Gerichtsdrama abgeben. Seinen Augen entgeht nichts. Schließlich bleibt sein Blick an meinen Einkaufstüten hängen, die bis oben hin mit Junkfood vollgestopft sind. »Lass dir doch helfen.« Und ehe ich ihm sagen kann, er soll gefälligst die Pfoten von mir lassen, hat er mir auch schon die Tüten aus den Händen genommen und drückt mit dem Zeigefinger auf den Aufzugknopf. Die Tüten rascheln verräterisch, als Nicolas sie im Lift abstellt. Er späht ungeniert hinein, das neugierige Aas. »Da feiert wohl jemand eine kleine Privatparty, wie?« Ich tue, als hätte ich es nicht gehört, was ihn jedoch nicht davon abhält, sich hinzukauern und meine Einkäufe etwas genauer zu inspizieren. »Eine Packung Ben & Jerry's, zwei Flaschen Sancerre, eine XXL-Tiefkühlpizza mit Peperoni, Kartoffelchips, eine große Tafel Cadbury's Mint Crisp und …«, er kramt ein wenig in der Tüte, »ah, ja, zwei Schachteln Silk Cut Blue.« Er hebt den Kopf und grinst. »Wie schaffst du es bei dieser Ernährungsweise bloß, so toll auszusehen?«

Ich habe keine Ahnung, warum ich ihn in meine Wohnung lasse.

Er ist Verkäufer von Beruf, und ich benötige dringend Ablenkung von meinem Abgabetermin und der Ruhe. Ein aufdringlicher Verkäufer und eine Frau, die Ablenkung benötigt, das ist eine ziemlich tödliche Kombination. Natürlich hätte ich ihm trotzdem meine Tüten voller Junkfood entreißen und ihm die Tür vor der Nase zuknallen können. Es wäre nicht das erste Mal gewesen.

Wir verputzen die XXL-Pizza und kippen eine Flasche Sancerre hinterher, dann machen wir uns über die riesige Tafel Mint-Crisp-Schokolade her. Ich weigere mich, einzelne Stückchen davon abzubrechen. Auf den Kaffee verzichten wir, stattdessen öffnen wir die zweite Flasche Wein.

Als der Nachmittag in den Abend übergeht, erscheint mir Nicolas schon etwas weniger schleimig, ja, er wirkt sogar irgendwie attraktiv. Ich habe es bloß noch nie bemerkt. Er beginnt, mich Pussy-Cat zu nennen, was ich nicht unamüsant finde.

Wir rutschen von der Couch und lümmeln auf Kissen am Boden herum, wo wir uns kringeln vor Lachen über eine Frau, die in der Sendung *Judge Judy* ihren Exfreund verklagt, weil er ihr nicht nur ihr Glätteisen geklaut hat, sondern auch ihre Fit-Flops, die der Hauptgrund für ihre straffen Wadenmuskeln sind.

Wir haben die zweite Flasche Wein zur Hälfte geleert, als Thomas hereinkommt.

Ich bemerke erst, dass er in der Wohnung ist, als er schon an der Schwelle zum Wohnzimmer steht. Er trägt seine Arbeitskluft – einen Wollpulli mit Loch am Ellbogen und eine alte Anzughose, die er sich in die schlammverkrusteten Gummistiefel gesteckt hat. Die Gummistiefel waren ein Scherz-Geschenk von mir. Sie sind grellrosa und mit gelben Butterblumen bedruckt. Ich hätte nie gedacht, dass er sie wirklich tragen würde.

Ich pruste los, weil die Situation etwas peinlich ist. Nicht, dass mir tatsächlich zum Lachen ist. Es ist bloß ... Ich weiß auch nicht.

Thomas lacht nicht. Er wirkt sogar ziemlich verärgert. Jedenfalls habe ich diesen Eindruck, obwohl der Wein mein Urteilsvermögen schon etwas getrübt hat.

»Ich dachte, du arbeitest«, sagt Thomas.

»Ich dachte, *du* arbeitest«, kontere ich.

»Das hab ich auch, aber dann habe ich mir Sorgen gemacht, weil du dich nicht gemeldet hast und weder am Handy noch am Festnetz zu erreichen warst, und auf meine Mails hast du auch nicht reagiert.«

Ich sehe zu Nicolas, kichere und sage: »Mir geht es bestens. Mach dir meinetwegen keine Sorgen. Ich amüsiere mich prächtig, jawohl.«

Einen Moment lang herrscht Schweigen, und es ist ziemlich still in der Wohnung. Wäre ich nüchtern, dann würde ich die Stille wohl äußerst peinlich finden.

Dann sagt Thomas: »Ich gehe jetzt.«

»Du bist doch gerade erst gekommen«, sage ich und lache, als fände ich das zum Schießen.

Thomas findet es ganz offensichtlich nicht zum Schießen, denn er starrt mich an, als hätte er keine Ahnung, wer ich bin. Dann mustert er Nicolas, der aufgestanden ist und ihm die Hände hinstreckt wie ein einsichtiger Verbrecher, der sich freiwillig Handschellen anlegen lässt. Dabei öffnet er den Mund, als wollte er ein Gedicht aufsagen, doch Thomas kommt ihm zuvor. *»Bye«*, sagt er, und es klingt sehr ernst und sehr endgültig, und dann – noch ehe mir eine lustige Erwiderung darauf einfällt – ist er fort, einfach so.

Als wäre er nie da gewesen.

Ich sehe zu Nicolas und grunze belustigt, wie betrunkene Leute es tun, wenn sie nicht wissen, was sie sagen sollen.

»Ich sollte dann mal einen Verschwindibus machen«, stellt Nicolas fest.

Einen Verschwindibus machen. Du meine Güte.

Er versucht nicht, mich zu küssen oder so. Es könnte sein, dass er im Laufe dieses langen, weinseligen Nachmittags irgendwann versucht hat, mich zu küssen. Ich weiß noch, dass ich dachte, wow, das ist eine ganz schön lange Zunge, obwohl ich mich an keinen Kuss erinnere.

Aber das ist jetzt auch schon egal.

Alles ist egal.

Drei Monate später …

KAPITEL 1

Ich sehe auf den Kalender. Wir haben den 16. Oktober. Das bedeutet, es sind noch genau zehn Wochen bis zu meinem zehnten Geburtstag, der zugleich der erste Weihnachtsfeiertag ist und womöglich auch der Geburtstag unseres neuen Geschwisterchens wird, wenn es drei Tage zu spät kommt.

Das ist ganz schön viel für einen Tag.

Eigentlich sollte ich erst am 25. Januar kommen. Mum sagt, ich war das schönste Weihnachtsgeschenk, das sie je gekriegt hat. Als ich klein war, habe ich einen Hund zu Weihnachten bekommen. Er hieß Setanta, wie der Junge in der Fianna-Sage, der einen getöteten Wachhund ersetzen muss, und ich habe ihm beigebracht, durch Faiths Hula-Hoop-Reifen zu springen. Er ist gestorben, ungefähr ein halbes Jahr nachdem Dad nach Schottland gezogen ist. Der Tierarzt hat damals irgendwas von einem Nierenleiden gesagt, aber ich glaube eher, dass Setantas Herz gebrochen war. Dad war nämlich immer mit ihm spazieren, und er hat ihn gefüttert und ihn auf seinem Schoß sitzen lassen, obwohl Setanta ein echt großer Hund war und ziemlich viel gesabbert hat. Und gemüffelt hat er auch, um ehrlich zu sein. Nachdem Dad weggezogen ist, saß Setanta noch wochenlang jeden Abend um halb sieben im Vorgarten und hat darauf gewartet, dass er zurückkommt.

Als Kind war ich total verrückt nach den Fianna-Sagen. Die

Fianna waren lauter irische Krieger, die mit ihrem Anführer Fionn MacCumhaill ständig gegen andere Clans gekämpft haben, und sie haben fast immer gewonnen. Mum hat mir die Sagen vorgelesen, jedenfalls die meisten. Manchmal hat Faith sie vertreten, wenn Mum länger im Café war oder sich mit ihren Freundinnen vom Buchclub getroffen hat. Aber Faith hatte die Stimmen nicht so gut drauf wie Mum, und sie hat ständig an den spannendsten Stellen unterbrochen, um auf ihrer Geige zu spielen. Sie fand, jede Geschichte braucht einen Soundtrack, aber ich wollte lieber wissen, wie es weitergeht.

Meine Lieblingsgeschichte ist die von Fionn und dem schottischen Riesen. Als ich ein kleiner Junge war, ist Mum mit mir zum Giant's Causeway gefahren, und dort haben wir uns die Steine angesehen, auf denen der schottische Riese auf dem Weg nach Irland rüber das Meer überquert hat. Ich hab zwar Mums Hand gehalten, aber ich hatte keine Angst. Hin und wieder denken sich die Erwachsenen etwas aus, das es gar nicht wirklich gibt. Den Weihnachtsmann zum Beispiel, den gibt es auch nicht. Das weiß ich von Damo, und der hat es von seinem großen Bruder Sully. Sully ist beim Militär und erklärt Damo und mir eine Menge.

Sully ist nicht sein richtiger Name. Eigentlich heißt er Jacob, glaube ich, aber alle nennen ihn Sully, weil er mit Nachnamen Sullivan heißt.

Heute ist Sonntag, und deshalb müssen wir auf den Friedhof. Faith will jeden Sonntag hin; keine Ahnung, wieso. Ich finde es nicht so toll da, weil es immer so kalt ist, sogar im Sommer. »Dann zieh eben einen zweiten Pulli an«, hat Faith gesagt. Heute will sie Mums Rosenkranz auf das Grab legen. Sie sucht ihn gerade oben im Dachboden. Mum hat ihren Rosenkranz von ihrer Großmutter, die hundertundeins geworden ist. Ich schwör's. Sie hat hundert Pfund vom irischen Präsidenten bekommen, weil sie schon so alt war.

Ich glaube nicht, dass der Rosenkranz auf dem Dachboden ist, aber Faith sagt, sonst hat sie schon überall gesucht.

Als ich Mum gefragt habe, ob der Weihnachtsmann auch kommt, wenn man nicht mehr an ihn glaubt, meinte sie, es könnte durchaus sein. »Er glaubt bestimmt noch an dich, auch wenn du nicht mehr an ihn glaubst«, hat sie gesagt. Erwachsene reden echt komisches Zeug.

Voriges Jahr war Dad am 25. Dezember ein paar Stunden bei uns, aber dieses Jahr wird er wohl eher nicht kommen, weil Celia doch das Baby kriegt. Er sagt, dann muss er zu Hause sein. Ich werde dann ein Halbbruder. Halbbruder bedeutet, dass Celia nicht meine Mum ist.

Faith sagt, Mum kann mich hören und sehen, und wenn die Sonne scheint, dann deshalb, weil Mum lächelt. Faith ist meine Schwester, aber sie ist schon erwachsen, weil sie schon vor langer Zeit auf die Welt gekommen ist.

Als sie vom Dachboden runterkommt, hat sie Spinnweben in den Haaren und ein paar Zettel in der Hand. Ich frage sie, ob sie den Rosenkranz gefunden hat, aber sie schüttelt den Kopf und sagt: »Geh und räum dein Zimmer auf oder so was.« Sie guckt nicht einmal nach, ob mein Zimmer überhaupt aufgeräumt werden muss.

Ich hebe alle Klamotten vom Boden auf und stecke sie in den Wäschekorb. Dann gehe ich rüber zu Damo.

»Guck mal«, sagt er, als er die Haustür aufmacht. Er streckt die Zunge raus und klappt sie nach oben, bis sie seine Nasenspitze berührt. Er kann auch seine Pupillen in den Augenhöhlen verschwinden lassen.

Schade, dass nicht schon Mittwoch ist, da gehe ich nach der Schule nämlich immer in den Rettungsschwimmerkurs. Wenn ich nächste Woche alle Antworten richtig habe, bekomme ich mein erstes Schwimmabzeichen.

KAPITEL 2

Ich sehe auf den Kalender. Heute ist der 16. Oktober. Vier Monate. Vier Monate ist der Unfall jetzt her. Eigentlich schon viereinhalb. Und erst drei Monate, seit Thomas weg ist. Es kommt mir viel länger vor.

Ohne Thomas zu leben ist, wie mit dem Rauchen aufzuhören. Ich habe zwar noch nie mit dem Rauchen aufgehört, aber so stelle ich es mir vor. Es gibt Auslöser. Auslöser, die mich an ihn denken lassen. Die in mir womöglich sogar den Wunsch wecken, ihn zu sehen. Ungefähr so, wie ich nach einer rauchfreien Stunde den Wunsch nach einer Zigarette verspüren würde.

Stress ist ein Auslöser. Wenn ich gestresst bin, denke ich an Thomas. Wahrscheinlich habe ich deshalb in letzter Zeit so oft an ihn gedacht. Ich stehe unter Stress.

Und seltsamerweise denke ich auch an ihn, wenn ich gut drauf bin, wenn ich etwas zum Schmunzeln oder Lachen finde. Etwas Lustiges oder Kurioses, meine ich. Ein eigenartiges Verkehrsschild zum Beispiel. So was wie »ACHTUNG, BLINDE FUSSGÄNGER«. Etwas, bei dem ich sicher bin, dass es auch Thomas ein Schmunzeln entlocken würde.

Vier Monate.

In nur vier läppischen Monaten ging alles den Bach runter.

Im Januar werde ich vierzig. Und davor ist Weihnachten … Das ist grausam.

Ich bin fast vierzig, und eigentlich sollte ich tot sein.

Ich hätte bei einem Unfall sterben sollen. Der Nachrichtensprecher hätte von einer 39-jährigen Frau gesprochen. Heute Nachmittag kam bei einem Unfall auf der M1 eine 39-jährige Autofahrerin ums Leben.

Eine 39-jährige Autofahrerin. Das hätte die Aufmerksamkeit der Menschen erregt. Hätte sie kurz innehalten lassen. Hätte sie bewogen, kurz vom Abendessen aufzublicken, den Kopf zu schütteln und »Tragisch« zu murmeln, oder »Entsetzlich« oder »Tja, so schnell kann es vorbei sein …«

Aber so war es nicht. Stattdessen bin ich jetzt eine fast vierzigjährige Frau, die offenbar einem Wunder zum Opfer gefallen ist. Jedenfalls nennt es jeder ein Wunder, und ich soll auch noch dankbar dafür sein.

Dabei bin ich allein und habe seit vier Monaten keine Silbe geschrieben.

Und ich werde bald vierzig. Die große Vier schwebt bereits drohend am Horizont, schwabbelnd wie die grauenhafte Götterspeise, die Mrs. Higginbotham für uns gemacht hat, von unserem vierten bis zum achten Geburtstag. Mit neun war man ihrer Ansicht nach schon zu alt für Götterspeise, Gott sei Dank.

»Ich finde es grauenhaft, bald vierzig zu werden.«

»Denk an die Alternative«, sagt Minnie.

»Ich würde wenigstens eine hübsche Leiche abgeben.«

»Eine vierzig Jahre alte Leiche. Vierzig wärst du nämlich trotzdem geworden, tot oder lebendig.«

»Fast vierzig«, verbessere ich sie, aber Minnie hört mir nicht mehr zu.

Ich werde vierzig.

Bald.

Ich schätze, alles andere ist genauso schlimm. Das mit dem Schreiben und das mit Thomas und die Tatsache, dass ich hätte sterben können. Alle sagen, ich hätte sterben können. Vor allem von Thomas habe ich das immer wieder gehört. »Es ist ein Wunder, dass du kaum einen Kratzer abbekommen hast«, hat er ständig gesagt. »Es gibt keine Wunder«, habe ich stets entgegnet. »Es war ein Wunder, ob du nun an Wunder glaubst oder nicht«, hat er dann erwidert.

Ein verdammtes Wunder, und alles geht den Bach runter.

»Wir haben unterschiedliche Lebensziele«, sagte Thomas, als er vorbeikam, um seine Sachen abzuholen. Ich schätze, da hat er recht. Wir waren sehr verschieden, Thomas und ich. Mich hat das nicht gestört. Manchmal fehlt es mir sogar. Neulich etwa habe ich die Wetterfee aus dem Fernsehen nachgemacht (Ich kann ihre Aussprache fast perfekt imitieren, was gar nicht so einfach ist, weil sie nämlich aus Longford kommt), und dabei habe ich dorthin gelächelt, wo Thomas früher auf der Couch saß. Als würde er noch immer dort sitzen.

Solche Vorfälle machen mich nervös, und dann suche ich mir eine Aufgabe. Die Mikrowelle putzen zum Beispiel. Ed liebt heiße Schokolade, aber er hasst es, die verbrannte Milch von den Innenwänden der Mikrowelle zu schrubben. Ed hasst Putzen – das steht sogar auf seiner Facebook-Seite, es ist also weiß Gott nicht so, als würde ich hier vertrauliche Informationen ausplaudern.

Es ist vier Uhr nachmittags. Ich hasse Nachmittage. Zigaretten schmecken am Nachmittag nur halb so gut. Es ist zu früh für einen Drink, aber man hat schon so viel Tee, Kaffee und Wasser getrunken, dass einem alle drei zum Hals heraushängen. Man denke nur an die Eigenschaften von Wasser: Farblos, geruchlos, geschmacklos.

Ich habe Brona von meiner Schreibblockade erzählt. Ich war sogar richtig aufgeregt deswegen. Natürlich hatte ich schon davon gehört, es gibt sogar eine Fernsehsendung darüber. Aber ich hatte noch nie selbst eine gehabt.

»Das dauert höchstens drei Wochen«, sagt Brona bloß. »Einen Monat maximal. Das wird schon wieder.«

»Nein, es ist ernst. Schließlich hatte ich ein äußerst einschneidendes Erlebnis.«

»Ein lebensbejahendes Erlebnis.«

»Ich hätte sterben können.«

»Aber du hast es überlebt«, erinnert sie mich.

Aber ich habe noch ein Ass im Ärmel: Thomas.

»Du weißt doch, er hat mich verlassen, kurz nach dem Unfall. Meine Rippen waren gebrochen.«

»Angeknackst«, verbessert sie mich mit sanfter Stimme, damit ich keinen Anstoß daran nehmen kann. »Und es war auch nur eine Rippe, oder? Eine Rippe war angeknackst.«

»Ich hatte höllische Schmerzen«, sage ich.

Brona gibt ein paar tröstende Laute von sich.

»Er hat mich verlassen«, wiederhole ich. Ich kann es einfach nicht glauben, ganz egal, wie oft ich es sage. Normalerweise bin ich diejenige, die geht.

»Aber nur, weil du dich geweigert hast, ihn zu heiraten und Kinder mit ihm zu bekommen«, sagt Brona, und ihre Stimme klingt etwas gepresst. Ich kann es ihr nicht verübeln. Sie ist seit Anfang der 90-er Jahre auf der Suche nach »dem Einen«. In ihren Augen habe ich den ultimativen Verrat begangen: Ich habe abgelehnt, als man mir ein ehrlich gemeintes Eheangebot unterbreitet hat, habe mich geweigert, meine Gebärmutter der Nachkommenschaft eines Mannes zur Verfügung zu stellen, der nicht nur volles Haar und noch die eigenen Zähne hat, sondern darüber hinaus auch keine offensichtlichen körperlichen Mängel, mal abgesehen von der Tatsache, dass sich sein rechter und sein linker Fuß um sage und schreibe zwei Schuhgrößen unterscheiden. Und dann geht er auch noch einem Beruf nach, der weder tuntig (Wohnraumgestaltung) noch illegal (Drogenhandel) ist.

Ich rufe Ed an.

»Ich kann jetzt nicht reden«, sagt er. »Ich arbeite.« Ed telefoniert nicht gern, schon gar nicht während der Arbeit.

»Ich dachte, um diese Zeit hast du nicht so viel zu tun.«

»Ja, Kat, aber wir müssen nach den Mittagsgästen sauber machen und alles für die Abendgäste vorbereiten. Der Koch zeigt mir, wie man Croque-Monsieurs macht.«

»Das ist nichts anderes als ein Schinken-Käse-Toast.«

»Nein, so einfach ist das nicht.«

»Möchtest du ins Kino gehen?«, frage ich.

Er sagt: »Ich kann nicht. Der Koch zeigt mir, wie man Croque-Monsieurs macht.«

»Ich meinte auch nicht jetzt gleich, sondern später«, sage ich, obwohl mir jetzt gleich auch recht gewesen wäre, wenn er Ja gesagt hätte. »Wenn du Feierabend hast.«

»Kommst du mit, Kat?«, fragt er.

»Ja.«

»Okay«, sagt er, und ich sehe förmlich vor mir, wie er lächelt und nickt, obwohl wir uns am Telefon unterhalten, und ich erwidere das Lächeln, obwohl ich bald 40 werde, obwohl mich Thomas nach dem verdammten Wunder verlassen hat, den gebrochenen Rippen zum Trotz. Ja, ja, es war bloß eine angeknackste Rippe.

»Ich habe dich ewig nicht gesehen«, sage ich, was gar nicht stimmt, aber so fühlt es sich an.

»Tut mir leid, Kat«, sagt er, und sein Tonfall verursacht eine Schwellung in meiner Kehle, meinen Augen und meiner Nase. Ich umklammere das Telefon etwas fester und schlucke.

»Du hast keinen Grund, dich zu entschuldigen, du Döskopp«, sage ich und bin erleichtert, weil meine Stimme so klingt wie immer: gelangweilt, desinteressiert, emotionslos.

»Holst du mich ab?«, will er wissen.

»Ja, ich hole dich ab. Um sieben? Wir könnten vor dem Kino noch etwas im Leaning Tower of Pizza essen.«

Er seufzt und sagt: »Okay, Kat«, und ich verspüre einen Anflug von schlechtem Gewissen. Möglicherweise habe ich seit meiner Nahtoderfahrung und seit Thomas weg ist ziemlich viel von seiner Zeit in Anspruch genommen, aber bevor ich »Danke, Ed« sagen kann, hat er schon aufgelegt.

Die Leute sagen, er ist ein Down-Syndrom-Kind, aber das ist nicht wahr. Er ist Edward Kavanagh. Ed. Er ist sanft und liebevoll und lustig und spontan. Er ist launisch und ungeschickt. Er ist ein hervorragender Schwimmer und ein grauenhafter Witze-Erzähler, und er liebt Seifenopern, Kino und Pizza. Ja, er wurde mit Trisomie 21 geboren, aber das ist nicht, was er ist, was ihn ausmacht.

Ed kam im Frühjahr 1977 zur Welt. Meine Mutter hat es nie verwunden. Ich war fünf und hatte mir eine kleine Schwester in einem rosa Kleidchen gewünscht, mit blonden Ringellocken und Wangengrübchen. Stattdessen bekam ich Ed, der keine Haare hatte, nur ein Grübchen und ein Loch im Herzen. Trotz all dieser Abweichungen von meinen Vorstellungen habe ich ihn von Anfang an geliebt, und ich gehörte nicht zu den Kindern, die verschwenderisch mit ihrer Liebe umgehen.

Dad sagte, er wäre »besonders«. Mum nannte ihn »anders«. Für mich war er einfach Ed, mein kleiner Bruder. Dass unsere Mitschüler keine Kinder mochten, die anders oder besonders waren, begriff ich erst später, als Ed des Öfteren ohne Lunch-Box von der Schule nach Hause kam, mit zerrissenem Hemd und dreckigen Knien.

Ich glaube nicht, dass Dad etwas bemerkt hat. Er stand rund um die Uhr in seinem Labor, über intime Proben von ihm unbekannten Menschen gebeugt. Mum ging oft auf Lesereisen, und wenn sie mal nicht unterwegs war, dann saß sie in der Dachkammer, die sie ihr Büro nennt, und schrieb, und wir durften keinen Krach machen. Mrs. Higginbotham brachte Ed zu seinen Kontrollterminen, flickte seine Hemden, wusch den Dreck von seinen Knien und kaufte ihm, wenn nötig, eine neue Lunch-Box. »Mach dir nichts draus«, sagte sie zu ihm. Sie war der Ansicht, diese Vorfälle würden ihn zum Mann machen. Meiner Meinung nach war Ed noch nicht bereit, ein Mann zu werden.

Nur mitten in der Nacht kann ich zugeben, dass es wohl doch Thomas, oder besser, seine Abwesenheit ist, die mir am meisten zu schaffen macht. Ich wache um vier Uhr morgens auf, immer um vier. Wenn Thomas wäre, wo er hingehört, dann würde er ebenfalls aufwachen und einen seiner grotesk langen Arme ausstrecken, bis er meine Schulter ertasten kann, oder mein Bein oder meinen Ellbogen. »Alles okay, Baby?«, würde er fragen, und ich würde es ihm durchgehen lassen. Um vier Uhr morgens kommt mein Widerwille gegen Zuneigungsbekundungen nicht so heftig wie sonst zum Tragen.

»Alles okay, Baby?«

Nicht, dass ich mich zu irgendwelchen krassen Aktionen hinreißen lassen würde. Mit der Hand über seine Seite des Bettes streichen, die jetzt kalt und leer ist, zum Beispiel. Oder an dem Hemd schnuppern, das er dagelassen hat, mich womöglich sogar darin einwickeln, wie die Frauen in den romantischen Komödien, die Ed so liebt. Sie wirken so klein und verletzlich und albern dabei.

Tatsächlich habe ich dieses Hemd neulich in gut einhundert kleine Streifen und Vierecke zerschnitten, in eine Luftpolstertüte gestopft und sie an Thomas geschickt. Per Einschreiben, sicherheitshalber. Er hat sich telefonisch dafür bedankt.

»Nette Geste.«

»Fand ich auch«, sagte ich.

»Muss ich noch weitere Pakete dieser Art erwarten?«

»Wohl kaum«, antwortete ich. »Wobei, da wäre noch deine Cordhose ... Die gehört eigentlich auch zerschnippelt. Die Gelbe, du weißt schon.«

»Die ist beige«, sagte er.

»Der Stoff ist so dick, dass meine Schere kapituliert hat.«

Schweigen. Dann fragte er: »Was macht deine Rippe?«

»Sie tut weh«, sagte ich, obwohl das nicht stimmt. Die Schmerzen sind mehr oder weniger weg.

»Und wie geht's dir sonst so?«

»Bestens.«

Wieder Schweigen. Ich spürte, dass er im Begriff war, sich zu verabschieden. »Du könntest ja vorbeikommen und die Hose holen«, schlug ich vor und hielt den Atem an.

Es entstand eine Pause. Er wusste, was ich meinte. Wir

hatten nach der Trennung viel öfter Sex, als in jedem Trennungsratgeber befürwortet wird.

»Ich halte das für keine so gute Idee«, meinte er. »Nicht mehr.«

»Ich habe gelbe Cordhosen noch nie für eine gute Idee gehalten.«

»Sie ist beige.« Er lachte. Ich konnte ihn noch zum Lachen bringen. Ich habe sein Lachen stets geliebt. Es ist so mädchenhaft, beinahe ein Kichern.

»Also, was ist, kommst du vorbei?«, fragte ich, um einen unbekümmerten Tonfall bemüht. Die nun folgende Gesprächspause war bisher die schlimmste, denn sie signalisierte mir, dass es nun bald endgültig so weit war mit uns, obwohl ich es immer wieder hinausgezögert hatte.

»Kat ...«, sagte er. »Ich ... Ich wollte es dir schon eine ganze Weile sagen ...«

Ich schwieg, aber ich wusste Bescheid. Ich wusste, was er sagen würde. Minnie hatte erwähnt, dass sie ihn gesehen hat. Mit ihr. Sie sagte: »Es hat vermutlich nichts zu bedeuten, aber ...«

»Ich habe gewissermaßen eine neue Freundin«, sagte Thomas.

»Wie hat man denn gewissermaßen eine neue Freundin?«, fragte ich.

»Ich meine, ich habe eine neue Freundin.«

»Wer ist es?«

»Sie heißt Sarah.«

»Sarah? Sarah Keeling vom *Farmers Journal*?«

»Genau die. Ich wusste nicht, dass du sie kennst.«

»Ich hab sie nur einmal gesehen. Groß, hager, Spitzbusen.«

»Wo seid ihr euch begegnet?«

»Als ich damals mit dir zum Zuchtviehmarkt musste – weißt du nicht mehr?«

»Ich habe dich nicht gezwungen, mitzukommen.«

»Als würde ich freiwillig auf so eine Veranstaltung gehen.«

Er sagte nichts, aber es klang, als würde er sich die Stirn reiben. Das tut er manchmal, wenn er müde ist.

»Mit der warst du doch schon mal zusammen, nicht?«

»Das ist Jahre her.«

»Sie hat es mir erzählt. Als wir am Trog standen. Du warst losgezogen, um irgendwelche Hufe zu begutachten oder so.«

»Wie dem auch sei, ich – wollte, dass du es weißt, nur für den Fall, dass …«

»Dass was?«, fragte ich. Ich war selbst beeindruckt von meiner Stimme. Sie klang, als würde ich darüber nachdenken, was ich zu Abend essen sollte.

»Für den Fall, dass du … Du weißt schon. Ich wollte einfach nicht, dass du es von jemand anderem erfährst.«

»Schon okay.«

»Im Ernst?«

»Natürlich. Warum auch nicht?«

Seither haben wir nichts mehr voneinander gehört. Ist wohl auch besser so. Man soll die Vergangenheit ruhen lassen. Es ist Zeit, nach vorn zu blicken. Das sagt Minnie immer. Und tagsüber klappt es auch ganz gut. Ehrlich. Ich habe genügend Ablenkung: Ed und Minnie, meine Schreibblockade und die Tatsache, dass ich bald 40 werde, und außerdem meine nur noch ganz leicht schmerzende angeknackste Rippe.

Aber nachts …

Besonders um vier Uhr früh … Da sind die Mittel zur

Ablenkung dezimiert, und man ist weniger diszipliniert als sonst. Ich gehe auf den Balkon und krame in der Tasche meines Morgenmantels nach der Zigarettenschachtel. Meine Hände zittern, und es dauert eine Weile, bis ich mir eine angesteckt habe.

»Alles okay, Baby?«

Ich sehe mich um. Es ist keiner da außer mir.

KAPITEL 3

Es ist Freitagabend. Ant und Adrian sind übers Wochenende da. Sie kommen jetzt oft nach Hause. Sie sind Zwillinge, deswegen sehen sie gleich aus und reden auch gleich. Als Kinder haben sie oft gemeinsam Zaubertricks aufgeführt, auf die alle reingefallen sind, auch ich. Sie sehen sich sogar noch ähnlicher als Fred und George Weasley, und sie studieren in London. London ist die Hauptstadt von England und Großbritannien und hat zehn Millionen Einwohner. Zehn Millionen und zwei, seit Ant und Adrian dort leben.

Damo findet Ant und Adrian cool, wahrscheinlich weil sie lange Haare haben und nicht mehr zu Hause wohnen. Damo sagt, wenn er mal nicht mehr zu Hause wohnt, bleibt er die ganze Nacht wach und isst seinen Nachtisch vor dem Hauptgang. Und kein Grünzeug, so nennt er Gemüse. Grünzeug. Sogar Karotten und Blumenkohl.

Heute gibt es Bohnen auf Toast zum Abendessen. Für mich nur Toast, weil ich keine Bohnen mag. Adrian macht mir mein Lieblingsgetränk: eine heiße Schokolade mit zwei Marshmallows obendrauf. Wenn Mum jetzt hier wäre, würde sie dafür sorgen, dass ich die Bohnen esse, oder sie würde etwas anderes kochen. Spaghetti Bolognese zum Beispiel. Ich liebe Spaghetti Bolognese. Spaghetti werden aus Mehl und Wasser gemacht. Miss Williams hat eine Maschine, mit der man Spaghetti machen kann. So eine

Maschine hätte ich auch gern. Heute mussten wir in ihrer Stunde einen Aufsatz schreiben. Das Thema durften wir uns aussuchen, es mussten bloß die Wörter Abenteuer, Urlaub und Sturm darin vorkommen. Sie lässt uns gern lange Aufsätze schreiben, damit sie während der Stunde SMS an ihren Freund schicken kann. Damo sagt, ihr Freund heißt Malcolm. Er sagt auch, dass er ihre SMS liest und dass es darin meistens um Sex geht, aber ich weiß nicht, ob das auch stimmt.

Ich habe über mich und Mum und unseren Urlaub in Spanien geschrieben. Bis dahin hat alles gestimmt. Wir waren letztes Jahr in den Ferien wirklich in Spanien. In meinem Aufsatz habe ich geschrieben, dass wir mit einem Boot nach Spanien gesegelt sind, und dass es eines Nachts einen schlimmen Sturm gegeben hat, bei dem wir über Bord gegangen sind und fast ertrunken wären, aber ich habe uns alle gerettet, sogar Mum, weil ich im Schwimmkurs gelernt habe, wie man das macht. Das war erfunden. Wir sind in einem Flugzeug nach Spanien geflogen, und es gab auch keinen Sturm. Einmal gab es riesige Wellen, nachdem es geregnet hatte, und da hat mir Mum verboten, ins Wasser zu gehen. Miss Williams hat mein Aufsatz gefallen. Sie hat gesagt, ich werde bestimmt Schriftsteller, wenn ich groß bin. Aber das will ich gar nicht. Schriftsteller sein ist total lahm. Manchmal sagt sie auch, ich könnte Computerprogrammierer werden. Wenn es ein Problem mit einem der Schulcomputer gibt, bittet sie immer mich, es wieder in Ordnung zu bringen. Sie deutet dann auf mich und sagt: »Bring das in Ordnung, Bill.« Ich mag Computer, aber ich werde trotzdem kein Computerprogrammierer, auch wenn Bill Gates der reichste Mann im Universum ist.

Nein, ich werde mal Rettungsschwimmer. Vielleicht an einem Strand oder in einem Schwimmbad. Und Damo auch, obwohl er keinen Kurs macht wie ich. Ich habe ihm versprochen, dass ich ihm nächsten Sommer alles beibringe, was ich gelernt habe, wenn Faith mit uns ins Schwimmbad oder an den Strand fährt.

Faith und Ant und Adrian trinken Wein zum Abendessen. Eigentlich sollte Adrian keinen Wein trinken, wegen dem, was passiert ist, als Dad Mum von Celia erzählt hat. Dads linkes Auge war eine Woche lang so geschwollen, dass er gar nicht mehr raussehen konnte.

Ich habe schon einmal Wein probiert, aber ich musste ihn wieder ausspucken. Er sieht aus wie Blut.

Wenn man einen Regenwurm in zwei Hälften schneidet, stirbt er nicht, sondern es werden zwei Würmer draus. Damo und ich haben mal einen auseinandergeschnitten, aber es ist nichts passiert. Er lag einfach nur da, auf dem Gartenweg, und hat sich nicht bewegt. Irgendwann wurde uns langweilig, und wir sind auf den Baum hinten in Damos Garten geklettert. Ich kann bis zur Mitte klettern, aber Damo klettert bis ganz nach oben. Als ich auf dem Nachhauseweg nach den beiden Wurmhälften geschaut habe, waren sie weg.

Nach dem Abendessen gehe ich ins Wohnzimmer, aber der einzige Film, der läuft, ist *Oben*, und den habe ich schon x-mal gesehen. Mum liebt diesen Film, obwohl sie immer weinen muss, wenn Carl die Fotos von Ellie in seinem Album anguckt.

Ich schalte um. Hm. Frauen, die etwas aus Spitze nähen. Öde. Werbung, Werbung, Werbung … Eine Sendung über Männer mit Haarausfall … Fußball … Leute, die über Fußball reden … Noch ein Fußballmatch … Ah, eine Sendung über Kinofilme. Schon besser. Es geht gerade um den neuesten Declan-Darker-Film. Faith sagt, in solche Filme darf ich erst mit fünfzehn rein. Das bedeutet dann wohl, dass eine Menge Blut und Fleischwunden und Geknutsche drin vorkommt. Die Bücher darf ich auch erst lesen, wenn ich älter bin, sagt Faith. Sully und Rob lesen sie, und Dad auch. Dad liebt Thriller, aber am liebsten mag er die von Killian Kobain. Damo behauptet, er hat die Bücher auch schon gelesen, aber das glaube ich nicht. Damo hasst lesen. Sie zeigen einen megacoolen Filmausschnitt, in dem gar nicht so viel Blut vorkommt. Wenn ich nicht schon genau wüsste, dass ich mal Rettungsschwimmer werden will, dann würde ich mir überlegen, ein New Yorker Polizist zu werden, genau wie Declan Darker.

Jetzt geht es um einen neuen Film. Einen französischen, glaube ich, weil die Leute ständig »wie, wie, wie« sagen. Das ist Französisch und heißt »ja«.

Ich schalte zurück zu *Oben*. Gerade kommt die Stelle mit den Luftballons. Ich würde auch gern mal einen Haufen Luftballons an unser Haus binden, und dann könnten wir wegfliegen. Vielleicht nach Irland, wo Mum herkommt.

Ob man es wohl bis in den Himmel schafft, wenn man nur hoch genug fliegt?

Ich bin nur ein halber Ire, aber Mum will trotzdem, dass ich sie Mum nenne, wie man es in Irland tut. Sie sagt, ihre Mutter würde sich im Grab umdrehen, wenn ich sie Mum nennen würde, so wie Damo seine Mutter. Ich dachte ja, Tote können sich nicht mehr bewegen. Oder nur, wenn sie Zombies sind. Damo hat sich an Halloween als Zombie verkleidet, und als uns Carla begegnet ist, hat er den Trick mit seinen Augen gemacht, um sie zu erschrecken, aber sie ist nicht vor ihm weggelaufen. Ich glaube, sie ist das einzige Mädchen in unserer Klasse, das nicht wegläuft, wenn er seinen Augentrick macht.

Ich gehe in die Küche, um mir noch eine Cola zu holen. Faith hat ein ganz rotes, fleckiges Gesicht. Sie sieht aus wie Stan aus meiner Klasse, wenn Damo und Alex auf dem Fußballplatz die Mitglieder für ihr Team bestimmen.

Adrian legt ihr eine Hand auf die Schulter und sagt: »Es kann doch eigentlich nur was Gutes sein, nicht mit Hamish McIntyre blutsverwandt zu sein, oder?« Ich glaube, das sollte witzig sein, aber Faith lacht nicht.

Ich werde immer ins Fußballteam gewählt, weil ich am schnellsten laufen kann. Der Rettungsschwimmerkurs ist ein super Muskeltraining für die Beine. Kurz vor dem Tor muss ich den Ball an Damo abgeben, und dann schreit er: »ER SCHIESST … ER TRIFFT …«, und pfeffert den Ball ins Netz, zieht sich das T-Shirt über den Kopf und rennt herum. Einmal ist er dabei gegen den Kastanienbaum gerannt und musste an der Stirn mit vier Stichen genäht werden. Hinterher hat er behauptet, dass er bewusstlos war, dabei hat er immer wieder die Augen geöffnet.

Das Telefon klingelt, aber keiner rührt sich vom Fleck, also gehe ich raus in den Flur und hebe ab. Es ist Dad. Inzwischen ruft er fast jeden Freitag an. »Wie geht's, wie steht's, kleiner Mann?«, fragt er, als wäre ich fünf.

»Gut.«

»Was treibst du so?«

»Ich gucke *Oben*.«

»Wie läuft's in der Schule?«

»Bestens.« Ich klinge wie Mum.

»Würdest du mir mal Faith geben?« Er erkundigt sich nie nach meinem Schwimmkurs. Vielleicht, weil ich erst damit angefangen habe, nachdem er nach Schottland gezogen ist, um mit Celia Sex zu machen. Das muss man nämlich tun, um ein Baby zu bekommen, hat Sully gesagt. Er hat Damo und mir auch erzählt, dass man kein Baby bekommt, wenn man einen Gummi nimmt. Er hat uns einen geschenkt, aber der ist geplatzt, als wir ihn mit Wasser gefüllt und aus dem Fenster oben in Damos Zimmer geworfen haben.

»Faith sitzt mit Ant und Adrian in der Küche«, sage ich.

»Sei so gut, und hol sie, ja?«

»Okay, aber …«

»Aber was?« Dad klingt wie Miss Williams, wenn Damo ihr erzählt, warum er seine Hausaufgaben nicht gemacht hat. »Ich verliere allmählich die Geduld, Mr. Sullivan.« Ihre Lippen werden ganz schmal, wenn sie das sagt.

»Sie weint«, sage ich. Ich sage nicht »schon wieder«. Ich erzähle ihm auch nicht, dass sie viel weint, seit sie vorigen Sonntag auf dem Dachboden statt Mums Rosenkranz die Papiere gefunden hat.

»Was?«

»Faith sitzt in der Küche und weint.«

»Was hat sie denn?«, fragt Dad.

»Ich weiß es nicht.« Ich habe wirklich keine Ahnung. Sobald ich in die Küche komme, dreht sie den Kopf weg, damit ich nicht merke, dass sie weint, und dann hören sie auf einmal auf zu reden, wie Erwachsene das oft tun, wenn sie über etwas reden, was Kinder nicht hören sollen.

»Vermutlich Liebeskummer, was?«, sagt Dad, aber das glaube ich nicht. Rob hat Faith heute Morgen geküsst, bevor er in den Laden gefahren ist, in dem er arbeitet. Da werden Gitarren repariert. Egal, jedenfalls haben sie sich geküsst, auf die Lippen. Mit geschlossenen Augen. Es hat ewig gedauert. Mindestens eine Minute.

»Okay, warte.« Ich gehe in die Küche.

»Ich schwöre dir, Faith, wir wussten es nicht«, sagt Adrian gerade. »Stimmt's, Ant?«

»Ehrlich, Faith«, sagt Ant. »Wir hatten keine Ahnung, bis du neulich angerufen hast.«

Ich sehe zu Faith und sage: »Dad ist am Telefon.« Ich behalte für mich, dass ich Dad erzählt habe, dass sie geweint hat. Ich weiß selber nicht, warum ich das getan habe. Ich hätte es ihm nicht erzählen dürfen. Manchmal wissen Erwachsene eine Lösung, wenn man ein Problem hat, aber bei Dad bin ich mir da gerade, ehrlich gesagt, nicht so sicher.

»Herrje«, murmelt Faith und wischt sich mit dem Pulloverärmel über die Nase, obwohl sie zu mir immer sagt, das macht man nicht.

Ant reicht ihr ein Taschentuch. »Nicht aufregen. Vielleicht gibt es ja eine Erklärung.«

Faith lacht wie jemand, der nicht wirklich amüsiert ist, dann schnäuzt sie sich. Es klingt wie Damo, wenn er auf der Trompete spielt, die er zum Geburtstag bekommen hat. Er kann noch immer nicht richtig darauf spielen. Er bläst bloß rein.

»Schlafenszeit, Milo«, sagt Faith, bevor sie aus der Küche geht. Es kommt mir so vor, als wäre sie sauer auf mich, aber ich weiß nicht, warum. Gestern habe ich sogar mein Zimmer aufgeräumt, ohne dass es mir jemand aufgetragen hat, aber ich glaube, sie hat es gar nicht gemerkt.

»Ich bringe dich rauf«, sagt Adrian. Er nimmt sein Glas und trinkt den letzten Schluck Wein. »Ich geh bloß noch schnell pissen.« Vielleicht ist es ganz gut, dass Dad nicht da ist.

Wenn Mum hier wäre, würde sie jetzt sagen: »Wo sind denn deine Manieren abgeblieben?«, und Adrian würde antworten: »Ich bin achtzehn, Ma«, und dann würde Mum sagen: »Für eine Kopfnuss ist man nie zu alt«, obwohl sie noch nie jemandem eine Kopfnuss verpasst hat. Sie droht bloß damit.

Ich sage: »Du musst mich nicht ins Bett bringen. Ich bin kein kleines Kind mehr.«

Adrian grinst und hebt die geballten Fäuste wie ein Boxer. Das bedeutet, dass er mit mir spaßkämpfen will. Aber ich habe eigenartigerweise keine Lust auf einen Spaßkampf. Ich gehe an Faith vorbei, die im Flur auf dem Boden sitzt. Sie bemerkt mich gar nicht. Ihre Finger umklammern den Hörer so fest, dass die Knöchel ganz weiß sind. Im oberen Stockwerk ist es dunkel, also knipse ich das Licht an, aber es passiert nichts. Die Glühbirne muss ausgetauscht werden, aber ich komme nicht ran, ich bin zu klein. Ich setze mich auf die oberste Stufe.

»Warum habt ihr es mir nie erzählt?«, fragt Faith gerade. Sie hat aufgehört zu weinen und klingt jetzt richtig sauer, so sauer wie neulich, als ich nach der Schule ins Funky Banana gegangen bin, ohne ihr Bescheid zu sagen. Im Café riecht es immer nach Kaffeebohnen und Bananen-Erdnussbutter-Muffins. Ich liebe diesen Geruch. Früher war ich nach der Schule immer im Café, aber an dem Tag hatte ich total vergessen, dass ich nicht mehr hingehen soll.

Genau so klingt Faith jetzt. Stinksauer. »Vorigen Sonntag. Ich hab Urgroßmutters Rosenkranz gesucht und dabei die Unterlagen gefunden. Auf dem Dachboden, Herrgott noch mal!«

Dann sagt sie eine Weile nichts. Ich schätze mal, jetzt redet Dad. Wahrscheinlich fragt er sie auch: »Wie geht's, wie steht's?« oder »Was treibst du so?« oder »Wie läuft's in der Schule?« Wobei Faith gar nicht mehr in die Schule geht. Sie studiert Musik, seit sie vor zwei Jahren von ihrer Weltreise zurückgekommen ist. Und sie singt in einer Band. »Und?«, hat Damo gesagt, als ich es ihm erzählt habe, aber man hat ihm angemerkt, dass er beeindruckt war.

»Das ist doch Schwachsinn«, sagt Faith. »Ihr hättet es mir sagen können. Jason Bond ist auch adoptiert, und alle wissen es. Ich bin doch damals von der Schule nach Hause gekommen und habe es euch erzählt. Warum habt ihr es mir an dem Tag nicht gesagt?«

Wieder Stille. Ich stecke den Daumen in den Mund. Eigentlich sollte ich das nicht mehr tun. Mum war mit mir in Legoland, nachdem ich es mir abgewöhnt hatte.

»Ich kann mich erinnern, wie Mum mit Ant und Adrian und Milo schwanger war. Ich bin also die Einzige, richtig? Warum?«

Meine Mitschülerin Jessica aus der siebten Klasse ist adoptiert. Als Kind dachte ich, die Babys kommen aus dem Nabel ihrer Mutter. Ganz schön dämlich, was?

»Aus einem Waisenhaus? Oh Gott. Seid ihr einfach an einer Reihe Gitterbettchen vorbeigegangen und habt euch das süßeste Baby ausgesucht, oder was? Ihr hättet es mir sagen sollen, Dad. Ich hatte verdammt noch mal ein Recht darauf, es zu erfahren.«

Wieder eine Pause. Ich lehne den Kopf an das Geländer und schließe die Augen. Schon komisch, wie müde man wird, wenn man einfach nichts tut.

»Verstehe ich das richtig – ihr habt gedacht, ihr könnt keine Kinder bekommen, also habt ihr mich adoptiert, und dann – SCHWUPPDIWUPP! – kamen plötzlich Ant, Adrian und Milo? Und ihr habt beschlossen, es mir lieber zu verschweigen, damit ich – was? Mich nicht weniger geliebt fühle? Oh, Mann!«

Dann sagt Faith wieder eine Weile nichts. Ich schätze mal, Dad labert irgendetwas von wegen weniger geliebt oder nicht.

»Und was jetzt? Du hast keine Ahnung, woher ich komme, und jetzt hocke ich hier in Brighton, soll mich um einen neunjährigen Jungen kümmern, im Funky Banana aushelfen, wenn Jack mal eine Pause braucht, und nebenbei noch studieren, während du mit diesem Flittchen in Edinburgh rumgondelst und über Kinderwagen und Gitterbettchen und Wickelunterlagen redest.«

Da kommt Ant in den Flur. Als er mich auf der obersten Stufe sitzen sieht, deutet er mit dem Kopf auf mich, und Faith dreht sich um, sagt »Ach herrje«, und legt auf.

Dann guckt sie zu mir hoch. »Was treibst du denn da oben, Milo? Ich hab dir doch gesagt, du sollst ins Bett gehen.«

»Jemand muss die Glühbirne hier oben austauschen«, sage ich. Ich weiß, ich bin zu alt, um mich im Dunkeln zu fürchten. Ich fürchte mich auch gar nicht wirklich im Dunkeln. Ich bin bloß nicht besonders scharf darauf.

Faith seufzt, sagt aber nichts. Ant kommt mit einer neuen Glühbirne die Treppe hoch. Er geht in Mums Schlafzimmer und holt den Hocker, auf dem sie immer die Bücher aus der Bibliothek stapelt; die, die sie schon gelesen hat, damit sie sie gegen Ende der Ausleihfrist nicht im ganzen Haus zusammensuchen muss. Ant nimmt die Bücher vom Hocker. Die hätte längst mal jemand zurückbringen müssen. Die Mahngebühren werden bestimmt eine Stange Geld kosten.

Nachdem Ant die Glühbirne ausgetauscht hat, bringt er den Stuhl zurück ins Schlafzimmer und legt die Büchereibücher wieder darauf. Dann kommt er zu mir rüber und streckt mir die Hand hin. Ich lasse mich von ihm hochziehen, aber ich lache nicht, als er in die Knie geht und mich über seine Schulter wirft wie einen Sack Kartoffeln.

Ich wehre mich auch nicht.

Ich lasse mich einfach tragen.

Keine Ahnung, wieso.

Wahrscheinlich, weil ich müde bin.

KAPITEL 4

»Du bist dran, Kat«, sagt Ed.

»Nein, du bist dran«, sage ich.

»Ich bin letztes Mal gegangen.«

»Schon, aber ich habe dafür die heiße Schokolade gemacht.«

»Ja, aber ich bin dein Gast.«

»Okay.« Ich rapple mich von der Couch auf und schleppe mich in die Küche, um eine weitere Ladung Popcorn in die Mikrowelle zu stellen.

Es ist Samstagabend. Schon wieder so ein verdammter Samstagabend. Ich fand es noch nie besonders erstrebenswert, am Samstagabend auszugehen. Wenn ich schon ausgehen muss, dann lieber unter der Woche, da ist nicht so viel los. Keine Schlangen, weniger Lärm, weniger Leute.

Zum Glück hat Ed heute für mich Zeit, denn seine Freundin Sophie besucht ihre Großmutter in Cork. Mum ist auf irgendeiner Schriftstellertagung, und Dad schiebt eine Spätschicht im Labor, deshalb wird Ed heute bei mir übernachten. Ich bin froh darüber. Die Wohnung ist immer so still jetzt. Als Thomas noch hier war, kam ich mir wegen des Lärmpegels und der Unordnung oft vor wie in einer großen WG.

Mum ruft an. Das ist ungewöhnlich. »Alles okay?«, frage ich.

»Ich habe dich schon darum gebeten, dich um Ed zu kümmern, oder?«

»Natürlich. Er ist hier. Es geht ihm gut.«

»Puh. Entschuldige, Katherine, ich ... Ich war etwas neben mir und wusste nicht mehr genau, ob ich ...«

»Schon gut. Mach dir keine Gedanken.«

»Okay, danke.«

»Wie läuft's auf eurem Symposium?«

»Es ist ein Seminar.«

»Oh. Entschuldige.«

»Hat sich dein Vater mal gemeldet?«

»Er arbeitet noch. Ich habe ihn zum Essen eingeladen – ich werde nachher was bestellen, aber du kennst ihn ja, er bleibt gern länger im Labor, wenn es ruhig ist.«

»Gut. Das ist gut«, murmelt sie. Wenn ich sie fragen würde, was ich gerade gesagt habe, könnte sie zweifellos kein Wort davon wiederholen. Sie ist geistig weit weg. Ich höre es ihrer Stimme an.

Ed und ich haben »die Position« eingenommen, wie wir es nennen. Die Position sieht folgendermaßen aus: Man benötigt dafür eine Couch und eine Fernbedienung, die man erreichen können muss, ohne sich zu bewegen. Und man benötigt Verpflegung. Dunkle Schokolade und Rotwein zum Beispiel. Und außerdem eine DVD-Sammelbox, in diesem Fall *Planet Erde*. Sobald all diese Requisiten bereitliegen, kann's losgehen.

Auf dem Bildschirm ist gerade zu sehen, wie sich Hunderte Königspinguine bei einem Sturm zusammenkuscheln, als plötzlich meine Sprechanlage summt. Seltsam. In meinem Viertel klingelt niemand einfach so und sagt:

»Ich war zufällig in der Gegend.« Ich spähe auf mein Handy. Keine Nachrichten.

»Das könnte Thomas sein, Kat«, sagt Ed. »Vielleicht steht Thomas unten an der Tür.« Ich habe Ed mehrfach erzählt, dass Thomas und ich Schluss gemacht haben, aber Ed ist überzeugt, dass wir wieder zusammenkommen. So wie er und Sophie. Die beiden waren schon des Öfteren getrennt und haben sich wieder versöhnt.

Aus dem Fenster zu sehen hat keinen Sinn, denn die Eingangstür ist von der obersten Etage aus nicht zu sehen. Ich nehme den Hörer der Sprechanlage ab.

»Wer ist da?«, frage ich, in dem Tonfall, der Hausierern und Scientology-Leuten vorbehalten ist.

Einen Moment lang glaube ich, dass Ed recht hat. Dass es Thomas ist. Es passiert mir in letzter Zeit öfter, dass ich mir einbilde, ich hätte ihn gesehen oder gehört. Wenn ich im Supermarkt stehe oder an der Süßigkeitentheke im Kinofoyer, glaube ich, ihn aus den Augenwinkeln zu sehen, aber wenn ich mich dann umdrehe, ist es jemand anders. Oder niemand. Nur ein Schatten. Eine Ausgeburt meiner Fantasie.

»Wer ist da?« Es ist lediglich ein Knistern in der Leitung zu hören. Ich hänge den Hörer wieder ein. Ich erhalte in letzter Zeit auch immer wieder Anrufe dieser Art. Wenn ich rangehe, meldet sich niemand.

Ed steht hinter mir und knabbert an seinen Fingernägeln. Ich setze ein Lächeln auf und sage: »Wahrscheinlich nur ein paar Kinder, die mir einen Streich spielen wollten.«

»Es könnte ein Einbrecher gewesen sein«, sagt Ed.

»Unsinn. Einbrecher klingeln nicht an der Tür, bevor sie einbrechen.«

»Zu dumm, dass Thomas nicht da ist …«

»Thomas kommt nicht mehr, Ed. Das habe ich dir doch schon erklärt – weißt du nicht mehr?«

»Wenn Thomas da wäre, hätte ich keine Angst.«

Ich habe es lange hinausgezögert, Thomas und Ed miteinander bekannt zu machen. Ich hasse es, wenn die Leute langsamer oder lauter sprechen, sobald sie mit Ed reden. Oder wenn sie über langweiliges Zeug reden, über das sie sonst nicht reden. Ich hasse das. Als sich Thomas und Ed schließlich doch kennengelernt haben, war das eher versehentlich. Es war am zweiten Weihnachtsfeiertag, und Ed und ich hatten in meinem Wohnzimmer »die Position« eingenommen.

»Du bist dran, Kat«, sagte Ed.

»Nein, du bist dran«, sagte ich.

»Ich bin letztes Mal gegangen.«

»Ich habe die heiße Schokolade gemacht.«

»Ja, aber ich bin dein Gast.«

»Okay.« Ich rappelte mich von der Couch auf und schleppte mich in die Küche, um noch ein paar Sandwiches mit Truthahn, Füllung und Preiselbeermarmelade zu machen.

Und da summte plötzlich meine Sprechanlage, was höchst ungewöhnlich war, weil ich niemanden erwartete. Ich spähte auf mein Handy. Keine Nachrichten. Ich nahm den Hörer ab. »Wer ist da?«

»Ich bin's.« Ich erkannte sie sofort, diese zögernde, tiefe Stimme, bei der man unwillkürlich an Wispa-Schokoriegel denken musste. Und die Aussprache. Monaghan. Unverkennbar.

»Ich hab dich nicht erwartet«, sagte ich brüsk und war gespannt, wie er reagieren würde.

»Ich weiß«, sagte Thomas, völlig unbeeindruckt von meinem Tonfall.

»Und?«, fragte ich und hasste mich dafür, dass ich den Bauch einzog und mir mit den Fingern durch die struppigen Haare fuhr.

»Kann ich reinkommen?«

»Ich ... Ich hab dich nicht erwartet.«

»Das hast du schon gesagt.«

»Na ja, es ist so.«

»Und?«

»Ich sag's ja nur.«

»Kann ich reinkommen?«

Vielleicht war das der Moment, in dem der Stein ins Rollen kam. Denn ich drückte auf den Türöffner und ließ ihn rein. Ich ließ Thomas Cunningham rein.

Mir blieben sechzig Sekunden. So lange würde es dauern, bis er den Lift geholt und damit in die oberste Etage gefahren war, einschließlich eines höflichen Wortwechsels mit etwaigen Mitbewohnern, die ihm unterwegs begegnen konnten.

In sechzig Sekunden ist mit meinen Haaren nicht viel Staat zu machen, also: zu einem provisorischen Knoten zusammendrehen und mit einem Bleistift feststecken.

Fünfundvierzig Sekunden. Nicht genug Zeit, um mich zu waschen, aber zumindest genug, um mich aus der Jogginghose und dem T-Shirt mit dem Preiselbeermarmeladenfleck zu schälen und sie in den Schmutzwäschekorb zu werfen. Etwas Deo unter die Achseln, ein Blick auf die stoppeligen Beine. Er durfte auf keinen Fall über Nacht bleiben. Ich quetschte mich in eine Jeans und schlüpfte hastig in ein Top, eines, das freundlicherweise meinen Hintern, meinen Bauch und einen Großteil meiner Oberschenkel verdeckte.

Dreißig Sekunden.

Nicht genug Zeit für Make-up. Ich begnügte mich mit Lippenstift und schwang kurz den Rouge-Pinsel über meine Wangen. Thomas hatte mich noch nie ungeschminkt gesehen, und Weihnachten war definitiv nicht der richtige Zeitpunkt, um ihn *au naturel* zu empfangen. Kein Mensch präsentiert an Weihnachten sein wahres Ich.

Sechs Sekunden. Ich sah in den Spiegel. Langes schwarzes Haar, zu einem provisorischen Knoten hochgesteckt, aus dem sich bereits die ersten Strähnen lösten. Blasses Gesicht, dem großzügigen Einsatz von Rouge zum Trotz. Grüne Augen, die nach den vielen Stunden vor der Glotze gerötet waren. Nicht ideal, aber mehr war nicht drin. Noch drei Sekunden.

Ich postierte mich an der Tür. Atmete aus. Konnte nicht fassen, dass es so weit gekommen war.

Ich öffnete die Wohnungstür, und da stand er und ließ den Flur wie immer schmaler wirken, weniger geräumig, die Decke niedriger. Er beugte gewohnheitsmäßig das Haupt, als er eintrat, wie es Menschen tun, wenn sie im Laufe der Jahre unzählige Male mit dem Kopf an einem Türsturz gestreift sind.

Thomas marschierte ins Wohnzimmer. »Du musst Ed sein«, sagte er.

Ed erhob sich und klopfte sich ein paar Krümel samt Truthahn-mit-Füllung-und-Preiselbeermarmelade-Gemisch von der Hose. »Bist du Kats Freund?«, fragte er.

»Kat ist zu alt für einen Freund«, sagte Thomas.

»So alt ist sie noch gar nicht«, widersprach Ed. »Sie ist erst achtunddreißig.«

»Ed!«, rief ich, denn Thomas und ich hatten das Thema Alter noch nicht angeschnitten. Okay, er hatte mir erzählt, dass er fünfundvierzig war, aber auf mein Alter waren wir noch nicht zu sprechen gekommen. Oder jedenfalls nur einmal ganz flüchtig, und da hatte ich, glaube ich, behauptet, ich wäre fünfunddreißig oder so. Wer erinnert sich schon an jedes kleine Detail?

»Ist das nicht *Das Wunder von Manhattan*?«, fragte Thomas mit einem Blick zum Fernseher.

»Ah ja? Keine Ahnung – wir hatten eigentlich gar nicht ...« Als Ed die DVD aus seiner kleinen Reisetasche geholt hatte, war ich davon ausgegangen, dass es einer dieser Filme sein würde, die ich nicht ausstehen kann.

»Ich liebe diesen Film«, sagte Thomas.

»Oh.«

»Macht es euch was aus, wenn ich bleibe und ihn mir mit euch ansehe?«

»Na ja, ich schätze ...«

»Und gibt es zufällig noch ein paar Sandwiches mit Truthahn und Füllung und Preiselbeermarmelade, die dringend weg müssen?«

Später haben wir uns alle drei auf die Couch gequetscht und die Mince Pies verdrückt, die Thomas mitgebracht hatte. »Hat meine Mama gemacht«, sagte er, nachdem Ed sie mit »elf auf einer Skala von eins bis zehn« bewertet hatte – eine in meinen Augen übertrieben großzügige Bewertung. Ich war zwischen ihnen eingekeilt, und sie unterhielten sich über meinen Kopf hinweg, erst über Fußball – sie waren beide Chelsea-Fans –, dann über Filme. Thomas gab zu, dass er ein leidenschaftliches Interesse an allem hegt, was mit Vampiren zu tun hat, womit er bei Ed gleich einen Stein im Brett hatte. Dann sprachen sie über ihre Arbeit: Ed erklärte, wie er in dem Restaurant, in dem er arbeitet, das perfekte Rührei zubereitet, Thomas konterte mit einer minutiösen Schilderung der idealen Vorgehensweise beim Ziegenmelken.

In mir machten sich mehrere Gefühle zugleich breit. Ich war ermattet vom vielen Essen und der Wärme, die die beiden abstrahlten, und wohl auch ein bisschen müde. Wahrscheinlich empfand ich außerdem eine gewisse Beschämung, weil ich angenommen hatte, dass sich Thomas Ed gegenüber irgendwie anders verhalten, nicht den üblichen rauen Charme an den Tag legen würde. Dabei hätte ich mir eigentlich denken können, dass es keinen Grund gab, sich wegen der Begegnung zwischen den beiden den Kopf zu zerbrechen. Thomas hatte nie Angst vor Eds Behinderung. Er hat sie einfach akzeptiert, wie er fast alles akzeptierte. Sogar mich.

Später, als Ed bereits im Bett war, setzte ich mich neben Thomas auf die Couch und küsste ihn, ohne es vorher groß geplant zu haben. Sollte er überrascht gewesen sein, so ließ er es sich nicht anmerken. Ich sprang über meinen Schatten, kuschelte mich unter seinen Arm und lehnte den Kopf an seine Schulter.

Nach einer Weile sagte er: »Sieh dich vor, Katherine Kavanagh.«

»Wieso?«

»Weil ich den Eindruck habe, dass du Gefahr läufst, dich in mich zu verlieben.« Sein Tonfall war sachlich, sein Blick auf den Fernseher geheftet.

Ich schnaubte. »Red keinen Schwachsinn.«

»Es ist schlimmer, als ich dachte«, sagte er.

»Was könnte schlimmer sein als das, du Knallkopf?«

»Du liebst mich«, stellte er todernst fest. Seinem Tonfall nach hätte er ebenso gut über das Wetter reden können. Es war zum Aus-der-Haut-Fahren.

»Mach dir ruhig weiter Illusionen.«

»Von wegen Illusionen. Ich habe recht.«

Ich wurde neugierig, meiner Verärgerung zum Trotz. Er klang so – überzeugt. Ich räusperte mich. »Mal angenommen, du hättest recht. Was würde das dann bedeuten? Rein hypothetisch, meine ich.«

Er lächelte, rieb sich das Gesicht, wobei die Bartstoppeln unter seinen Fingerspitzen ein schabendes Geräusch verursachten. »Ich müsste wohl zugeben, dass ich ähnliche Gefühle für dich hege.«

»Dass du Gefühle *hegst.*«

»Ganz recht.«

Ich ließ seine Worte eine Weile auf mich wirken. Es fühlte sich – schön an. Warm und – erbaulich, wenn man auf so was steht. »Und, würde das etwas ändern?«

»Nein. Es bleibt alles, wie es ist.« Und das Seltsame war: Ich glaubte ihm. Im Ernst. Eine Weile jedenfalls. Ich ließ mich von seiner Zuversicht einlullen. Entgegen jeglicher Vernunft, und obwohl es Dinge gab, die Thomas nicht über mich wusste und auch nie erfahren würde.

Ich glaubte ihm.

Genau das war mein Fehler.

Jetzt lege ich Ed einen Arm um die Schulter und sage: »Du brauchst keine Angst zu haben, Ed. Außerdem bin ich doch da. Wir sind doch immer bestens zurechtgekommen, oder? Früher, als es Thomas noch nicht gab.«

Ed nickt, aber in seiner Miene spiegelt sich Verunsicherung wider. Tja, das hat man davon, wenn man alle Bedenken über Bord wirft. Es ist schwieriger, als man denkt, später alles wieder so hinzubiegen, dass es so wird, wie es vorher war.

KAPITEL 5

Faith nimmt mich mit, weil Mrs. Barber schon wieder im Krankenhaus ist. Ich glaube, diesmal ist es die andere Hüfte. Mir ist es ganz recht so – ich gehe nicht gern nach der Schule zu Mrs. Barber. Ihr Haus sieht zwar gleich aus wie unseres, aber es riecht eigenartig dort. Wie in der Schulgarderobe, nachdem es geregnet hat. Und sie macht mit Smarties verzierte Lebkuchenmänner für mich, als wäre ich ein kleines Kind. Und Tee. Dabei trinke ich gar keinen Tee. Aber das vergisst sie ständig. Sie macht mir trotzdem welchen.

Es tut mir ja leid für Mrs. Barber, dass sie sich jetzt die andere Hüfte gebrochen hat, aber ich bin froh, dass ich nicht in die Schule muss. Damo findet es unfair, dass ich an einem Schultag nach London fahren darf. »Geh doch lieber in die Schule, und komm hinterher mit zu mir nach Hause«, sagt er. Damo hat einen eigenen Haustürschlüssel, der Glückspilz. Und seine Mum arbeitet in einer Keksfabrik, deshalb gibt es bei Damo zu Hause immer tütenweise Schokoladenkekse. Manche Kekse sind zerbrochen, aber deswegen schmecken sie trotzdem nicht weniger gut. Ich habe Damo nicht erzählt, dass ich ihn nur noch besuchen darf, wenn seine Mum oder seine große Schwester Imelda zu Hause ist.

Faith und ich fahren mit dem Bus. Es dauert ziemlich lange. Ich sitze am liebsten oben, ganz vorn. Faith sagt, dort wird ihr schlecht, aber sie kommt trotzdem mit nach oben. Sie sitzt neben mir und tippt SMS, vermutlich an Rob. Rob spielt in einer Band Gitarre und hat lange Haare, wie ein Mädchen. Damo sagt, Rob findet sich selbst obercool, aber Rob hat mir den G-Griff auf der Gitarre gezeigt, und nächstes Mal bringt er mir den C-Griff bei. Er sagt, wenn man die Akkorde G, C und D kann, dann kann man in einer Band spielen. Ich will gar nicht in einer Band spielen, ich werde lieber Rettungsschwimmer, aber ich könnte ja an meinem freien Tag in einer Band spielen. Rob ist Linkshänder wie ich, deshalb ist der G-Griff auf seiner Gitarre für mich leichter. Ich finde es trotzdem echt schwer, und meine Fingerkuppen tun weh.

»Schreibst du an Rob?«, frage ich.

»Das geht dich gar nichts an.«

Ihre SMS hört mit XXXXXX auf. Die beiden knutschen in einer Tour, Rob und Faith. Ich habe keine Ahnung, wie sie es anstellen, nicht zu ersticken, wenn sie sich so lange küssen. Wenn man dabei den Mund aufmacht und dem anderen über die Zähne leckt, heißt das Zungenkuss. Damo sagt, er hat Cathy aus unserer Klasse schon mal einen Zungenkuss gegeben. Cathy hat eine Zahnspange, und manchmal bleibt ein bisschen von ihrem Sandwich daran hängen. Ich glaube nicht, dass man jemanden, der eine Zahnspange hat, zungenküssen kann.

Ich gucke aus dem Fenster. Je näher wir London kommen, desto mehr ist draußen los. Viel mehr als in Brighton. Mum mochte Brighton, weil es am Meer liegt und sie an zu Hause erinnert hat. Sie hat immer »zu Hause« gesagt, wenn sie von Irland geredet hat, obwohl sie schon vor einer Ewigkeit nach Brighton gezogen ist. Damals war ich noch ein Baby.

Es ist ziemlich viel Verkehr. Ich lese die Werbeplakate an jeder Bushaltestelle, so vergeht nämlich die Zeit schneller. Faith tippt immer noch SMS.

»Sind wir schon da?«, frage ich.

»Sieht es so aus, als wären wir schon da?«, fragt sie. Wenn sie genervt ist, redet sie viel irischer. Das liegt daran, dass Mum und Dad noch in Irland gelebt haben, als sie auf die Welt kam.

Faith sieht überhaupt nicht aus wie ich, und auch nicht wie Ant und Adrian. Damo sieht genauso aus wie Imelda, aber das darf man ihm auf keinen Fall sagen, sonst zieht er einem die Unterhose bis zu den Achseln hoch und boxt einem so fest in den Arm, dass er taub wird. Faith hat schwarze Haare und grüne Augen und weiße Haut. Mrs. Barber sagt, sie sieht ein bisschen aus wie Diana, ihre Katze. Die Katze ist nach Prinzessin Diana benannt, die auch bei einem Autounfall gestorben ist. Diana, die Katze, ist riesig und sehr alt. Faith sieht überhaupt nicht aus wie sie, mal abgesehen von den grünen Augen und den schwarzen Haaren. Rob findet Faith schön. Er macht ihr immer Komplimente. »Du siehst umwerfend aus«, sagt er, vor allen Leuten.

Vom Plakatelesen an den Haltestellen ist mir ein bisschen schlecht geworden, also höre ich wieder damit auf.

»Wann sind wir denn da?«, frage ich.

»Bald«, sagt Faith.

»Das hast du vorhin auch schon gesagt.«

»Hör auf rumzuquengeln, Milo.«

»Ich hab Hunger.«

»Dann iss eine Banane.«

»Ich will aber keine Banane.«

»Wenn du richtig hungrig wärst, würdest du eine Banane essen.« Manchmal klingt Faith genau wie Mum.

Ich puste das Busfenster an, sodass es beschlägt, und male mit dem Finger ein Bild. Ich male mich selbst, mit meiner Schwimmweste. Ich habe zwar noch keine Schwimmweste, aber nächsten Sommer ist der Kurs dann am Strand, und meine Trainerin sagt, da werde ich dann eine brauchen. Wenn Faith mich weiter hingehen lässt. Mit einer Schwimmweste sieht man viel dicker aus, als man ist.

»Wo fahren wir überhaupt hin?«

»Das hab ich dir doch schon gesagt.«

»In ein Büro, hast du gesagt.«

»Genau.«

»Wem gehört das Büro?«

»Den kennst du nicht.«

»Und warum fahren wir dorthin?«

Faith pfeffert ihr Handy in ihre Handtasche und zieht ganz schnell den Reißverschluss zu. Dann hält sie sich die Hände vors Gesicht, sodass ich es nicht mehr sehen kann. So wie damals Miss Williams, als Damos Mum in die Schule kam, um mit ihr zu reden, nachdem Miss Williams die Rollen fürs Krippenspiel verteilt hatte. Damo wollte sowieso nicht mitspielen, aber seine Mum war trotzdem sauer.

»Es tut mir leid, Faith.« Es ist schlimm, wenn Mädchen weinen. Jungs dürfen eigentlich nicht weinen, aber manchmal ist es schwer, nicht zu weinen. Sogar Ant und Adrian haben geweint, und Dad auch.

Ich ziehe eine ihrer Hände von ihrem Gesicht. Sie weint nicht. Ich glaube, sie ist bloß müde. Ihre Finger sind eiskalt. Ich massiere sie, wie Mum es immer getan hat. Sie hat gesagt, die Blutzirkulation ist schuld daran, dass Faith kalte Hände hat. Weil sie raucht. Mum hat gesagt, Faith sollte aufhören zu rauchen, weil Leute, die eine schlechte Blutzirkulation haben, sterben, wenn sie zu viel rauchen.

Jetzt lächelt Faith. Ihre Zähne sind weiß, aber wenn sie nicht aufhört zu rauchen, werden sie ganz gelb, wie Senf, hat Mum gesagt.

Sie wird gelbe Zähne kriegen und sterben, und dann muss ich womöglich zu Dad nach Schottland ziehen. Dann werde ich Damo und Carla nie wieder sehen, und Celia wird mich zwingen, sie Mum zu nennen, und wenn sie sich um das Baby kümmern müssen, werden sie keine Zeit haben, um mich zum Schwimmkurs zu fahren.

»Danke«, sagt Faith.

»Hast du gesehen, dass auf deiner Zigarettenschachtel ›Raucher sterben früher‹ steht?«, frage ich.

»Ich werde schon nicht sterben, Milo.«

»Sind wir bald da?«

Diesmal sagt sie: »Ja, bald.«

Das Büro ist in einem riesigen Haus, das so hoch ist wie ein Wolkenkratzer aus einem Film. Der Mann, zu dem wir gehen, heißt Jonathon. Er bückt sich zu mir runter und fragt mich, ob ich ein Malbuch und Malkreiden haben will. Ich schüttle den Kopf, und Faith gibt mir ihren iPod. Ich höre mir ein paar Songs von ihrer Band an, die »Four Man and a Woman« heißt. Die »Woman« ist Faith.

Faith und Jonathon unterhalten sich ewig lange. Jonathon hat eine dicke Mappe mit vielen Zetteln vor sich auf dem Schreibtisch liegen. Er klappt seinen Laptop auf, tippt mit zwei Fingern seinen Benutzernamen ein und drückt auf Tab, dann tippt er mit zwei Fingern sein Passwort ein und drückt auf Enter.

Faith holt ein paar Zettel aus der Tasche. Sie liest sie durch und schüttelt immer wieder den Kopf. Ich drehe die Lautstärke am iPod runter, für den Fall, dass sie etwas über mich sagt.

»Das war natürlich ganz schön viel auf einmal«, sagt Jonathon gerade. Er gehört zu den Leuten, die einem beim Reden die ganze Zeit in die Augen gucken.

Dann sagt er: »So was ist immer ein großer Schock, Faith.« Er gehört auch zu den Leuten, die einen ständig beim Namen nennen.

»So was ist nicht ungewöhnlich, Faith«, sagt er, und »So was kommt sogar ziemlich häufig vor.« Er gehört auch zu den Leuten, die ständig irgendetwas sagen müssen. Er guckt den Leuten in die Augen und sagt ständig ihren Namen und redet und redet und redet.

Faith starrt auf die Zettel in der Mappe und schüttelt den Kopf.

»Wie war denn das Verhältnis zu Ihrer – Adoptivmutter?«, fragt Jonathon und guckt Faith dabei in die Augen. »Standen Sie sich – nahe?«

Faith hebt den Kopf. Sie sieht aus, als wäre sie genauso sauer wie vorhin im Bus, als ich wissen wollte, wann wir ankommen. Erwachsene haben nichts gegen endlose Fahrten, aber mir ist es lieber, wenn ich weiß, wie lange es noch dauert, bis wir da sind.

»Ganz offensichtlich nicht so nah, wie ich dachte.« Sie ist ganz rot im Gesicht. Mum nannte das ihr »Vorsicht, Kratzbürstenalarm«-Gesicht.

Die Schuppen auf den Schultern von Jonathons Sakko sehen ein bisschen aus wie Schneeflocken. Er fischt ein riesiges Taschentuch aus der Hosentasche und schnäuzt sich damit. »Verzeihung«, sagt er zu Faith. Zu mir sagt er nichts. Ich wette, er würde Faith gern zungenküssen.

Ich huste, um ihn daran zu erinnern, dass ich auch noch da bin. Nur, damit er nicht auf dumme Gedanken kommt. Er glotzt mich an. »Möchtest du ein Glas Wasser, junger Mann?« Ich tue so, als würde ich nichts hören, wegen des iPods. »Okay, Faith.« Er steht auf und geht um den Schreibtisch herum zu Faith. »Ja, wir können ein paar Nachforschungen anstellen«, sagt er und lehnt sich an die Schreibtischkante. »Ja, wir können einen Brief an Ihre leibliche Mutter schicken. Es ist nicht ausgeschlossen, dass wir sie finden, Faith.« Ich sehe Faith an, dass sie genervt ist, weil Jonathon ständig ihren Namen sagt. »Aber Sie müssen sich selbst eine Frage stellen, nämlich: Warum?«

»Warum?«, wiederholt Faith, und ich bin froh darüber. Genau das hätte ich nämlich auch gesagt.

Jonathon seufzt und lächelt und faltet die Hände wie beim Beten.

»Ja, Faith, warum? Warum wollen Sie sie finden? Was erhoffen Sie sich davon? Haben Sie sich diese Fragen schon durch den Kopf gehen lassen, Faith?«

Faith steht auf und geht in die gegenüberliegende Ecke, möglichst weit weg von Jonathon, ohne sein Büro zu verlassen.

»Das ist doch wohl ziemlich offensichtlich«, sagt sie.

Jonathon lächelt weiter, aber jetzt nickt er auch noch. »Beantworten Sie meine Frage, Faith«, sagt er. »Sagen Sie mir, warum.«

»Weil … Weil ich einfach … Ich will einfach mit ihr reden. Ich will wissen, was passiert ist. Ich will wissen, warum.« Faith guckt zu mir, aber ich mache die Augen zu und klopfe mit dem Fuß auf den Boden, als würde ich gerade »Dreams in the Daytime« hören. Da singt Faith am schönsten, deshalb ist es mein Lieblingslied. Sie sieht wieder zu Jonathon. »Es mag seltsam klingen, aber …«

Jonathon nickt. »Sprechen Sie weiter, Faith.« Er kann echt keine zwei Sekunden die Klappe halten.

»Es fällt mir einfach so schwer, es zu glauben«, sagt Faith.

»Wie meinen Sie das?«, fragt Jonathon, obwohl er nickt.

»Na ja, Dad hat gesagt, dass es stimmt, und ich habe es mit eigenen Augen gesehen – die Adoptionsurkunde oder wie auch immer sich das Ding nennt. Und Sie haben sogar eine Akte über mich, Herrgott noch mal.«

Jonathon nickt immer noch.

»Aber – ich weiß auch nicht … Es kommt mir einfach so surreal vor.«

Jonathon nickt und lächelt und lächelt und nickt. Er erinnert mich an die Wackeldackel auf der Hutablage von Mrs. Barbers Auto, die anfangen zu nicken, sobald sich das Auto bewegt.

»Deshalb muss ich sie treffen«, sagt Faith. »Um ganz sicherzugehen.« Sie sieht zu Jonathon, ernst und ohne zu nicken. Für eine Erwachsene sieht sie ziemlich cool aus. Sie trägt Stiefel, die Doc Martens heißen. Sie sind neu, aber sie sehen alt aus, weil sie Rob gebeten hat, ein paar Mal mit seinem Lieferwagen drüberzufahren.

Jonathon lächelt und nickt. »Okay …«

»Wie lange wird es dauern?«, fragt Faith, bevor er noch mehr sagen kann.

»Das kommt darauf an«, sagt Jonathon.

»Worauf?«

»Darauf, wann sie auf meinen Brief antwortet. Wenn sie überhaupt antwortet.«

»Wie viele Briefe schicken Sie ihr?«, fragt Faith.

»Normalerweise drei«, sagt Jonathon. »Den letzten sicherheitshalber per Einschreiben.«

Faith nickt, ohne zu lächeln.

Jonathon nickt und lächelt. Als ich aus seinem Büro gehe, will er mir die Haare zerstrubbeln, aber ich ducke mich weg, sodass er danebengreift.

KAPITEL 6

Das Telefon klingelt. Ich gehe ran und sage: »Ja?«, wie immer, aber es meldet sich niemand. Ich höre nichts. Doch da ist jemand, ich spüre es. Ich sage nichts. Ich warte nur. Der Mensch am anderen Ende der Leitung sagt auch nichts. Irgendwann lege ich auf. Ich stehe noch neben dem Telefon, als es erneut klingelt. Diesmal nehme ich ab und sage nichts.

Es ist Brona. »Hallo?«, sagt sie.

»Hi, Brona.«

»Was wünschst du dir zum Geburtstag?«

»Der ist doch erst im Januar.« Ich klammere mich verzweifelt an die Neununddreißig, mit Zähnen und Klauen, soll heißen, mit meinen chronisch abgeknabberten Fingernägeln.

»Dann eben zu Weihnachten. Was wünschst du dir zu Weihnachten?«

»Hör mir bloß auf mit Weihnachten.«

»Klingt, als könnte da jemand etwas Aufmunterung gebrauchen.«

»Hast du mich gerade angerufen?«

»Ja, natürlich.«

»Nein, ich meine, hast du davor schon mal angerufen? Eine Minute vorher?«

»Nein, warum?«

»Jemand hat mich angerufen.«

»Wer?«

»Weiß ich nicht.«

»Ich verstehe nicht.«

»Es hat vermutlich gar nichts zu bedeuten. Ich frage mich bloß ... Hat in letzter Zeit mal jemand nach mir gefragt?«

Brona lacht. »Alle fragen nach dir, meine Liebe. Du weißt doch, du bist der erklärte Liebling der Verlagswelt.«

»Nein, ich meinte eher ... Hat in letzter Zeit jemand ein ungewöhnliches Interesse an mir signalisiert? Eigenartige Fragen gestellt?«

»Nicht dass ich wüsste. Was ist los, Kat? Allmählich mache ich mir Sorgen.«

»Ist deine Bürotür verschlossen? Jetzt gerade, meine ich, während du mit mir telefonierst?«

»Natürlich. Ich schließe immer ab, bevor ich mit dir telefoniere, das weißt du doch.«

»Und wenn du mal nicht im Büro bist? Schließt du dann auch immer noch die Tür ab?«

»Kat, du weißt doch, wie vorsichtig Jeremy und ich sind, wenn es um dich geht. Was ist los?«

»Ich habe in letzter Zeit ein paar seltsame Anrufe gekriegt. Du weißt schon, man geht ran, und dann meldet sich keiner. Aber da ist jemand am anderen Ende, ich spüre es.«

»Du meinst, es ist uns jemand auf die Spur gekommen?«

»Das nicht, aber letzte Woche hat mich ein Mann angerufen und gefragt: ›Ist Killian da?‹ Ich habe ›Nein‹ gesagt, und da hat er aufgelegt.«

»Wahrscheinlich hat er sich bloß verwählt.«

»Ja, aber der Name …«

»Killian ist ein recht häufiger Name.«

»Schon, aber es ist doch ein ziemlicher Zufall, nicht?«

»Genau das wird es sein, Kat. Ein Zufall, mehr nicht. Ganz sicher.«

»Und was ist mit den anonymen Anrufen?«

»Wahrscheinlich waren es bloß irgendwelche Kinder.«

»Ich weiß nicht recht …«

»Du solltest dich davon nicht verrückt machen lassen.«

»Nein, wahrscheinlich nicht …«

»Tja, also …«, sagt Brona.

Ich warte ab. Ich weiß, was jetzt kommt.

»Was treibt denn der liebe Declan Darker so in letzter Zeit?«, fragt sie schließlich.

»Du weißt doch, dass ich darüber nicht gern am Telefon rede.«

»Komm schon, Kat, ich bin's bloß. Du bist paranoid.«

»Schon möglich, aber es könnte trotzdem sein, dass dein Telefon verwanzt ist.«

»Hör zu, ich will dich wirklich nicht unter Druck setzen, ganz im Gegenteil, aber wie du weißt, erregt das Erscheinen dieses Bandes ein schier unermessliches Aufsehen. Noch mehr Aufsehen als sonst, meine ich.«

Ich kenne keinen Menschen außer Brona, dem man die Verwendung des Wortes »schier« durchgehen lassen würde. Dafür, dass sie ein »Wunderkind der Verlagswelt« ist, wie die Zeitschrift *Hello!* es nannte, wirkt sie manchmal ein bisschen altbacken. Es würde wohl niemanden wundern, wenn sie sich, mit einer karierten Schürze angetan, in ihre Küche begeben und einen süßen Auflauf zaubern würde. Ich schätze, es liegt an ihrer Betonfrisur, an der sich nie auch nur ein Härchen bewegt.

»Warum das?«, frage ich, um Zeit zu schinden. Ich kenne die Antwort bereits.

»Na ja, es ist der zehnte Band. Die Leute von DreamWorks scharren schon mit den Hufen, weil sie endlich einen ersten Blick in das Manuskript werfen wollen. Clooney hat protestiert, als es hieß, er sei zu alt, um Darker zu spielen. Wie es aussieht, wird er sich mit Matt Damon einen regelrechten Zickenkrieg um die Hauptrolle liefern. Egal, wer sich durchsetzt – wir können nur profitieren, hab ich recht? Und es sind noch haufenweise weitere verkaufsfördernde Maßnahmen geplant. Gerade wird eine App entwickelt, und angeblich bringt Durex sogar eine Special Edition raus.«

»Declan Darker verwendet keine Kondome.«

»Darum geht es nicht.«

Ich warte ab, bis sie mir sagt, worum es geht.

»Es geht darum, dass alle bereits in den Startlöchern stehen, und deshalb wollte ich mal fragen – du weißt schon –, wann wir mit der Lieferung rechnen können.«

Sonst laufen meine Unterredungen mit Brona ganz anders. Nicht sie ruft an, sondern ich. Meistens von einem Münztelefon, nur für alle Fälle. Und wenn sie mich doch mal anruft, dann niemals, um sich nach der voraussichtlichen Lieferung zu erkundigen. Das war bislang auch nicht nötig.

Normalerweise melde ich mich bei ihr, um ihr zu sagen, wann das Manuskript fertig sein wird und wo die Übergabe stattfinden soll. Brona findet meine Geheimniskrämerei zum Schießen. Total übertrieben. Nicht, dass sie das sagt, aber ich weiß, dass sie es denkt.

Weil niemand weiß, wer ich bin, muss sie mich zum Glück nicht anrufen, um mit mir über Pressemitteilungen oder Buchpräsentationen zu reden oder Termine für Interviews oder alberne Talkshows zu vereinbaren.

Da ich nicht gleich antworte, fährt Brona fort: »Wir haben uns überlegt …«

»Wir?«

»Entspann dich, nur Jeremy und ich.« Jeremy ist Bronas Boss und außer ihr der einzige Mensch bei Hodder & Stoughton, der Bescheid weiß. Jeremy gehört der Verlag, jedenfalls zum Großteil, schätze ich, seit sein Vater gestorben ist. Gestorben ist der falsche Ausdruck – der alte Herr ist einer Wii zum Opfer gefallen. Hat gerade einen Wii-Fit-Slalom absolviert und ist bei einem Sprung zusammengebrochen, was meine Hypothese über die Risiken körperlicher Betätigung bestätigt.

Jeremy hat alles geerbt – sogar die Wii, die er laut Brona allerdings nie verwendet.

»Die Richtung, die dieses Gespräch nimmt, gefällt mir gar nicht«, sage ich.

»Lass mich zumindest ausreden.«

»Nein.«

Brona ignoriert mich einfach. »Es ist das zehnte Buch. Es wird Zeit, dass dich die Fans kennenlernen. Es ist an der Zeit, das Geheimnis um Killian Kobain zu lüften.«

Der Name war natürlich nicht meine Idee. Brona nennt Killian Kobain ihr »Geisteskind«. Verlagsleute sind verrückt nach Alliterationen.

»Nein«, wiederhole ich.

»Warum nicht?«, fragt Brona.

»Weil Killian Kobain keinen Trubel mag, wie du weißt.«

»Schon, aber vielleicht hat sich das ja inzwischen geändert.«

»Nein.«

»Es ist das zehnte Buch, Kat. Lass die Katze aus dem Sack! Wir könnten es richtig krachen lassen. Die Medien würden sich überschlagen vor Begeisterung. Es wäre ein genialer Publicity-Coup.«

»Wir haben genug Publicity.«

»Publicity kann man nie genug haben.«

»Nein. Vergiss es.«

»Ach, komm schon. Es wird Jeremy aufmuntern.«

»Was hat er denn?«

»Harold hat mit ihm Schluss gemacht.«

»Harold macht ständig mit ihm Schluss.«

»Aber diesmal ist es ernst. Er ist ausgezogen, und das kurz vor Jeremys Geburtstag. Dabei hat er ihm eine Reise in die Toskana versprochen. Sie wollten dort einen italienischen Kochkurs machen. Jetzt ist Jeremy wieder solo und ernährt sich dreimal täglich von Findus Crispy Pancakes, jedenfalls nach dem Inhalt seines Mülleimers zu urteilen.«

»Der Arme.«

Brona versucht sogleich, sich meinen Anflug von Mitleid zunutze zu machen. »Ja, Kat, genau deshalb müssen wir uns diesmal so richtig ins Zeug legen. Es würde den lieben Jeremy bestimmt trösten.«

»Ich schicke ihm Blumen.«

»Versprich mir zumindest, dass du es dir durch den Kopf gehen lässt.«

»Rosen. Gelbe Rosen. Das wirkt bestimmt.«

»Hör zu, ich rufe dich nächste Woche an, und dann sprechen wir darüber, wie weit du mit dem Manuskript bist, und überlegen, wie wir die Buchpräsentation angehen, okay?«

»Können wir jetzt über etwas anderes reden?« Ich habe

seit Monaten nichts geschrieben, aber ich bin noch nicht bereit, das Brona zu gestehen.

»Natürlich. Wie läuft's denn so?«

»Bestens.«

Aber sie kennt mich zu gut. »Erzähl Brona, was los ist«, sagt sie. »Ist es wegen Thomas? Hat er sich mal wieder gemeldet?«

»Er hat eine neue Freundin«, sage ich und stelle zu meinem Entsetzen fest, dass meine Stimme zittert. Kaum hörbar zwar, aber trotzdem.

»Ach, herrje, das ist ja furchtbar«, sagt Brona. »Geht's dir gut?«

»Natürlich geht es mir gut. Es ist bloß – eigenartig. Der Gedanke, dass er eine andere hat.«

»Das ist bestimmt nichts Ernstes«, winkt Brona ab. »Ich wette, sie ist bloß ein Trostpflaster, weiter nichts. Thomas war total in dich vernarrt.« Und da ist sie – die Vergangenheitsform. Es klingt immer noch fremd.

»Sie ist jünger als ich, natürlich.«

»Wie alt ist sie denn?«

»Sechsunddreißig.«

»Das sind doch nur vier Jahre.«

»Dreidreiviertel.« Noch bin ich nicht vierzig, verdammt noch mal!

»Genau. Das ist doch gar nichts.«

»Er war schon mal mit ihr zusammen.«

»Oh.«

»Drei Jahre.«

»Oh.«

»Warum sagst du ständig ›Oh‹?«

»Tu ich das? Herrje, entschuldige, ich bin bloß ... Ich hör dir zu. Erzähl weiter.«

»Du bist der Meinung, es verheißt nichts Gutes, dass er schon mal drei Jahre mit ihr zusammen war, stimmt's?«

»Unsinn.«

»Sie ist genau im richtigen Alter fürs Kinderkriegen.«

»Vom physiologischen Standpunkt aus ist achtzehn das optimale Alter fürs Kinderkriegen.«

Ich bezweifle, dass sich Thomas dessen bewusst ist. Und dass es ihn interessiert. Ich weiß nur, dass er sein Kind lieben würde, wenn er eines hätte.

»Na ja, das ist jetzt auch schon einerlei«, sage ich zu Brona. »Und selbst wenn es das nicht wäre, bin ich zu alt, um noch Kinder zu bekommen.«

Prompt zieht Brona das Ass aus dem Ärmel – ihre Schwester: »Denk an Lorna. Sie war zweiundvierzig, als sie ihr erstes Kind bekommen hat.«

Wie könnte ich das je vergessen? Lorna ist für Brona wie ein Leuchtturm in stürmischer See – sein sanftes Licht scheint über die dunklen Wogen hinweg auf Bronas kinderloses Single-Leben, das sie schon herzlich satt hat.

»Dabei ist sie übergewichtig, wegen ihrer Schilddrüse«, fährt Brona hastig fort. »Und sie hat Diabetes. Und dann der Haarausfall vor zwei Jahren …«

Ich warte ab, weil ich weiß, dass das noch nicht alles ist.

»Und Schuppenflechte«, fügt Brona hinzu.

Ich bin Lorna noch nie begegnet, aber ich bin überzeugt, ich würde sie selbst unter Tausenden von Konzertgästen im O2 sofort erkennen. Nicht nur wegen ihrer diversen Malaisen, nein, auch weil sie ihr Baby stets in einem Tragetuch mit sich herumschleppt, ungeachtet der Tatsache, dass das Kind inzwischen zwei Jahre alt ist. Vierundzwanzig Monate, wie Brona es nennt. Lorna leidet übrigens auch unter chronischen Rückenschmerzen.

»Es ist nicht bloß das Alter«, sage ich. »Es gibt viele Gründe, warum ich besser keine Kinder bekommen sollte.«

Es entsteht eine Pause, und ich weiß, dass Brona an Ed denkt.

»Wie sind wir eigentlich auf dieses Thema gekommen?«, sage ich mehr zu mir selbst als zu ihr.

»Wir haben über Thomas geredet«, antwortet Brona, und ich weiß, sie meint es gut.

»Die Elternschaft ist ein Egotrip für Männer«, behaupte ich.

»Thomas würde einen großartigen Vater abgeben«, flüstert Brona, als würde sie laut denken.

»Das ist nicht hilfreich, Brona.«

»Tut mir leid«, sagt sie, und es klingt aufrichtig, aber ich habe den Eindruck, dass es in erster Linie Thomas ist, der ihr leidtut. Sie liebt ihn heiß und innig. Die beiden sind sich bloß zwei Mal begegnet, aber sie ist trotzdem zu dem Schluss gekommen, dass sie ihn liebt.

Tja, sie war nicht die Einzige, die ihn geliebt hat. Thomas war allgemein sehr beliebt. Es hieß, er sei anspruchslos und unkompliziert. Er hat nicht viel verlangt. Und ich habe ihm nichts gegeben. Jedenfalls wird das gemunkelt.

»Ich muss jetzt auflegen«, sage ich.

»Vergiss nicht, heute Abend kommt die *Review Show*.«

»Und?«

»Da geht es um Postfeminismus in Killian Kobains Romanen.«

»Was zum Henker hat Killian Kobain mit Postfeminismus am Hut?«

»Keine Ahnung.«

»Was ist das überhaupt, Postfeminismus?«

»Auch da muss ich passen.«

»Es sind Krimis, Herrgott noch mal.«

»Ich bezeichne sie lieber als Thriller.«

»Schwachköpfe.«

Einen Augenblick herrscht Schweigen, dann schiebt Brona gewieft ein »Also, lässt du es dir durch den Kopf gehen?« hinterher.

»Was?«

»Das Geheimnis um Killian Kobain zu lüften. Es ist das perfekte Timing. Das zehnte Buch.«

»Okay«, sage ich.

»Okay?«

»Okay.«

»Du ziehst es also ernsthaft in Erwägung? Oder sagst du das bloß, um mich abzuwimmeln?«

»Nein«, sage ich, obwohl ich genau das tue. Aber nur, weil es funktioniert. Sie erwähnt es nicht mehr.

Stattdessen flötet sie »Bye, bye! Bye, bye, bye, bye …«, bis die Verbindung unterbrochen wird.

KAPITEL 7

Damo und ich haben uns gestritten. Gerade eben, im Unterricht. Miss Williams hat mich zu Mr. Pilkington geschickt. »AB ZU MISTER PILKINGTON«, hat sie mit hoher, dünner Stimme gesagt. In Großbuchstaben.

Ich habe Miss Williams nicht angesehen, als ich mit meiner Tasche zur Tür marschiert bin, und erst recht nicht Damo, der am Tisch gleich neben dem Lehrerpult sitzen muss, was schlimm ist, aber nicht so schlimm, wie zu Mr. Pilkington geschickt zu werden.

Mr. Pilkington ist nicht da. Seine Sekretärin Denise hat gesagt, ich soll vor seinem Büro warten. Wenn man jemanden auf einem der blauen Holzstühle vor Mr. Pilkingtons Büro sitzen sieht, weiß man, der kann sich auf etwas gefasst machen. Denise isst mal wieder einen Schokoladen-Eclair. Sie sagt, das liegt an dem Baby in ihrem Bauch. Der Kleine liebt Schokolade, vor allem Eclairs. Dass es ein Junge wird, weiß sie, weil sie im Krankenhaus ein Bild von ihm gesehen hat, auf einem Computer. Sie guckt ein paar Mal zu mir rüber, dann bietet sie mir den Rest von ihrem Eclair an. »Nein, danke«, sage ich, aber sie drückt ihn mir trotzdem in die Hand, und wenn ich ihn nicht esse, schmilzt die Schokolade, und die Creme läuft mir zwischen die Finger.

Ich bedanke mich und stopfe mir das Ding möglichst schnell rein. Man darf eigentlich nichts essen, wenn man auf einem der blauen Stühle sitzt, und auch nichts lesen oder sonst irgendetwas tun, das Spaß macht. Man soll einfach dort sitzen und über das nachdenken, was man angestellt hat. Schade, ich habe nämlich *Die Diablerie bittet zum Sterben* dabei, das meiner Meinung nach bisher das beste Buch überhaupt ist. Ich bin schon auf Seite zweiundsiebzig, dabei hab ich es mir erst gestern aus der Bücherei geholt. Natürlich musste ich es reservieren lassen. Drei Wochen habe ich darauf gewartet.

Ich werde Mr. Pilkington nicht sagen, dass Damo angefangen hat. Ich werde nur sagen, dass Damien und ich eine Meinungsverschiedenheit hatten. Wenn ich »ich und Damo« sage, lässt mich Mr. Pilkington hundert Mal »Damien und ich« schreiben. Es macht mir nichts aus, vor Mr. Pilkington »Damien und ich« zu sagen, schließlich hört es ja außer ihm niemand. Mr. Pilkington schnauft beim Gehen so laut, als wäre er gerannt. Wie eine Lokomotive. Aus seinen Nasenlöchern und seinen Ohren wachsen Haare. Es dauert ewig, bis er um seinen Schreibtisch herumgegangen ist und sich auf seinen Stuhl gesetzt hat. Dann sieht er mich an und guckt dabei ganz traurig, als wäre ich derjenige gewesen, der angefangen hat. Wahrscheinlich wird er gleich sagen, dass er von mir enttäuscht ist. Das sagen sie immer, wenn sie wollen, dass man heult. Ich setze mich gerade hin.

Ich werde nicht heulen.

»Also, dann erzähl mal«, sagt er ohne Einleitung. Er stützt den Kopf in die Hände, und seine Augen sind fast zu. Er wirkt total gelangweilt, so wie Ant und Adrian, wenn Faith sie fragt, ob sie auch regelmäßig zu ihren Vorlesungen gehen und sich ihr Geld gut einteilen und sich gesund ernähren und ganz allgemein vorsichtig sind.

»Damien und ich hatten eine Meinungsverschiedenheit«, sage ich.

Mr. Pilkington sagt: »Du hast ihm ein Stück Vorderzahn ausgeschlagen.« Ich weiß. Meine Fingerknöchel tun tierisch weh. »Und du hast ihm die Nase blutig geschlagen.«

»Das wollte ich nicht«, sage ich. Manchmal funktioniert das.

»Das hast du vorige Woche auch schon gesagt, als man dich dabei erwischt hat, wie du dich auf dem Schulhof mit ...« Er blättert in einem Notizheft auf seinem Schreibtisch. »... George Pullman geprügelt hast. Letzten Mittwoch, also vor genau einer Woche.«

Gut möglich, dass ich das gesagt habe. Erwachsene merken sich, was man vor einer Ewigkeit gesagt hat und all so was. Mr. Pilkington seufzt. Ich glaube, es wäre ihm lieber, wenn er jetzt Damo statt meiner vor sich hätte. Er ist es gewöhnt, dass Damo zu ihm geschickt wird.

»Ich dachte, Damien Sullivan ist dein bester Freund?«, sagt er.

»Ist er auch.«

»Seltsame Art, mit seinem besten Freund umzugehen.«

Ich verpasse gerade meine Lieblingsstunde, den Turnunterricht. Ich achte immer darauf, dass ich alle Übungen richtig mache, damit meine Muskeln wachsen. Als Rettungsschwimmer ist es wichtig, große Muskeln zu haben. Vor allem die Armmuskeln sind wichtig, damit man mit einem Arm schwimmen und mit dem anderen Arm jemanden retten kann.

Wenn mich Mr. Pilkington noch eine Weile hierbehält, verpasse ich auch noch die nächste Stunde. Die bei Mrs. Appleby, zu der Kinder geschickt werden, wenn ihre Eltern nicht mehr zusammenleben oder wenn ihre Oma gestorben ist oder so. Es gehen ganz schön viele Kinder in diese Stunden, aber am Mittwoch bin ich der einzige. Mrs. Appleby ist immer lila angezogen, und sie lispelt. Ich sitze die ganze Stunde da und höre ihr zu, wenn sie von Troft und Verluft redet, und am Ende bekomme ich von ihr zwei Jelly Babies, so wie früher beim Arzt.

Letzten Mittwoch hat mich George Pullman einen Schleimer

genannt, dabei war er bloß neidisch, weil Miss Williams gesagt hat, ich brauche die Hausaufgaben nicht machen, nachdem ich den Anfang der Geschichtsstunde verpasst habe, weil Mrs. Appleby überzogen hat. In der Pause hat mich Damo dann draußen am Schulhof zu George rübergeschoben und »Schlägerei! Schlägerei!« gebrüllt, bis um uns rum eine Menge anderer Schüler standen, die darauf gewartet haben, dass es losgeht. Damo braucht einfach immer Action.

Mrs. Appleby stellt mir viele Fragen über Mum. Sie nennt sie Mum. Mum wäre sauer, wenn sie das wüsste. Ich sage, dass alles okay ist, wie Faith es mir befohlen hat. »Ich kann echt darauf verzichten, dass die dämlichen Fuzzis vom Jugendamt hier rumschnüffeln«, hat sie gesagt.

Ich weiß nicht genau, was das Jugendamt ist, aber Faith sagt, wenn diese Typen der Ansicht sind, dass sie sich nicht ordentlich um mich kümmert, nehmen sie mich ihr weg.

Also sage ich zu Mrs. Appleby, dass alles okay ist, wenn sie fragt, wie wir zurechtkommen.

Es ist ja auch alles okay. Meistens jedenfalls. Eigentlich ist alles wie früher, außer dass ich nach der Schule nicht mehr ins Funky Banana gehe und dass ich nicht weiß, was es zu essen gibt, wenn ich nach Hause komme. Aber ich finde es schön, überrascht zu werden. Mit Pizza zum Beispiel. Faith liebt Pizza. Und Waffeln aus Kartoffelteig. Dazu gibt es ein Spiegelei, damit sie »nahrhafter« sind.

Nur die Obstschüssel ist jetzt immer leer. »Ein Apfel am Tag hält den Doktor fern«, hat Mum oft gesagt. Vielleicht gilt das ja auch für Kartoffelwaffeln – ich war nämlich schon eine Ewigkeit nicht mehr krank. Und manche Leute sagen zu Kartoffeln ja auch »Erdäpfel«.

»Ich habe deine Schwester informiert«, sagt Mr. Pilkington. »Sie sollte jeden Moment …«

»Nein!«, sage ich. »Nein, bitte, Sir, es wird nie wieder vorkommen. Ich …« Faith bringt mich um, wenn sie hört, dass ich mich geprügelt habe. Dann lässt sie mich garantiert nicht in den Rettungsschwimmerkurs gehen, und da lernen wir nächstes Mal, wie man jemanden wiederbelebt. Zwar nur an einer Puppe, aber trotzdem.

Mr. Pilkington hebt die Hand wie ein Polizist, der den Verkehr aufhält. »Zu spät, McIntyre. Ich habe sie bereits angerufen. Ich hatte keine andere Wahl.«

Erwachsene behaupten immer, sie hätten keine andere Wahl gehabt. Auf einmal brennen meine Augen, und in der Nase kribbelt es. Ich blinzle ganz oft. Manchmal hilft das.

Damo und ich prügeln uns sonst nie. Damo balgt sich öfter mal mit anderen Jungs. Wenn man ihn beleidigt, schlägt er zu, obwohl seine Mutter immer sagt, er soll einfach nicht hinhören. Er lässt sich nichts gefallen, nicht einmal von den Achtklässlern. Er hat keine Angst. Gut, er ist groß für sein Alter, aber so groß dann auch wieder nicht. Ich finde ihn ziemlich mutig. Faith sagt, er ist dämlich.

Es passiert in der Stunde von Miss Williams, als sie kurz ins Lehrerzimmer geht, um unsere korrigierten Diktate zu holen. »Bleibt auf euren Plätzen sitzen«, sagt sie, bevor sie rausgeht.

Kaum ist sie weg, steht Damo auf.

Er schreibt I ♥ SPURS an die Tafel, obwohl Miss Williams wissen wird, dass er es war, weil er der einzige Tottenham-Hotspurs-Fan in unserer Klasse ist.

»Gleich kommt Miss Williams zurück«, rufe ich.

Er holt etwas aus der Hosentasche und legt es auf das Englischbuch, das vor mir auf dem Tisch liegt. »Guck mal.«

»Ist das die Kruste von deiner Schulter?«, frage ich.

Er nickt. »Ich heb sie auf, damit ich sie Sully zeigen kann.« Sully kämpft in Afghanistan im Krieg. Osama Bin Laden kommt aus

Afghanistan. Jetzt ist er tot, aber Sully ist trotzdem noch dort. Ich schätze mal, er muss noch andere Leute töten, bevor er nach Hause kommen kann.

»Du kannst sie ruhig anfassen«, sagt Damo.

»Okay.« Die Kruste fühlt sich hart und rau an. Sie ist rotbraun wie getrocknetes Blut. Damo ist neulich mit dem Skateboard den Hügel am Ende unserer Straße runtergefahren, mit verbundenen Augen. »Wollen wir wetten, dass ich mich traue?«, hat er mich gefragt. Ich habe nicht dagegen gewettet, aber er hat es trotzdem getan.

»Kommst du nach der Schule mit zu mir?«, fragt er. »Ich hab in Sullys Kleiderschrank eine Zeitschrift mit nackten Mädchen gefunden.« Er grinst.

Ich schüttle den Kopf. »Ich kann nicht. Faith hat gesagt, ich muss heute gleich nach Hause gehen und mein Zimmer aufräumen.« Das stimmt gar nicht. Faith sagt nie, ich soll mein Zimmer aufräumen. Aber sie war heute nicht auf der Uni, und Rob ist in London, und sie hat seit Ewigkeiten nicht mehr Geige gespielt.

»Du musst nicht gleich nach Hause gehen, wenn du nicht willst«, sagt Damo. »Sie ist nicht mehr deine Schwester.«

»Ist sie doch.«

»Ist sie nicht. Du hast gesagt, sie ist adoptiert. Das bedeutet, sie ist nicht mehr deine Schwester, und du musst nicht mehr tun, was sie dir sagt.« Damo steckt die Kruste wieder ein, ganz vorsichtig, damit sie auch heil bleibt. »Du hast es gut«, sagt er. »Du hast keine Mum, die an dir rumnörgelt, und Faith kann dich nicht mehr rumkommandieren, weil sie nicht mehr deine Schwester ist.«

Damo ist viel größer als ich. Wenn ich neben ihm stehe, gehe ich ihm bloß bis zur Schulter. »Nimm das zurück.« Ich muss gebrüllt haben, weil es nämlich plötzlich ganz still ist in der Klasse. Alle starren uns an.

Jetzt grinst Damo nicht mehr. »Nein, tu ich nicht. Es ist wahr. Du hast es selber gesagt.«

»Nimm es zurück.«

In der zweiten Reihe schreit jemand: »Schlägerei! Schlägerei!« Ich glaube, es ist Flapper, denn er dreht seinen Stuhl um, damit er besser sehen kann, und dann johlen auch die anderen: »Schlägerei! Schlägerei!«

»Jetzt hört schon auf«, zischt Carla. »Gleich kommt Miss Williams zurück.« Keiner hört auf sie.

Alle gucken zu uns. Das Gejohle wird lauter.

Ich will mich nicht prügeln, und zwar nicht nur deshalb nicht, weil Damo größer ist als ich und weil sein Bruder bei der Armee ist und ihm Kampftechniken beibringt.

»Nimm es zurück, oder ich zieh dir eins über«, sage ich. Damien glotzt mich an, wie er sonst Miss Williams anglotzt, wenn sie ihm eine Rechenaufgabe gestellt hat. Ich habe die Lösungen für ihn aufgeschrieben, bevor sie uns auseinandergesetzt hat.

»Ich denk ja nicht dran«, sagt er, und ich sehe, wie sich seine Fäuste ballen.

»Schlägerei! Schlägerei! Schlägerei!«, schreien alle um mich herum.

Ich schwinge die Faust, und als sie auf seinen Schneidezahn trifft, bin ich nicht nur überrascht, weil es so weh tut, sondern auch, weil es ganz laut knackt. Meine Fingerknöchel bluten, und auf dem Boden liegt ein Stück Zahn, direkt neben der Lunchbox vom fiesen Fergus.

»Milo McIntyre!« Miss Williams steht in der Tür. Sie hält unsere korrigierten Diktate in beiden Armen wie ein Baby. Meines liegt ganz oben; ich seh's genau. Zwölf Punkte von zwölf steht da, mit roter Tinte eingekreist und einem lächelnden Smiley neben der Note. In meinen Fingerknöcheln pocht es. Damo hält sich die Hand vor den Mund und flucht, aber nur ganz leise, damit er keinen Ärger bekommt. »Ach du lieber Himmel«, flüstert Miss Williams. Sie rennt zu ihrem Schreibtisch, legt die Diktate ab und presst sich die Hand auf den Mund. Ich wollte Damo keinen Zahn ausschlagen. Womöglich verlangt seine Mum jetzt von Faith Geld für eine Zahnspange. Zahnspangen sind unheimlich teuer. Als Faith ihre Zahnspange bekommen hat, hieß es, der Urlaub für die nächsten zwei Jahre ist gestrichen, aber wir sind dann trotzdem weggefahren. Wir haben in einem Wohnwagen in Blackpool gewohnt, und ich war jeden Tag im Meer schwimmen.

Faith reißt die Tür von Mr. Pilkingtons Büro auf, ohne anzuklopfen, wie es sich eigentlich gehört. Als sie mich sieht, schüttelt sie den Kopf und guckt ganz traurig, und auf einmal ist das Brennen in meinen Augen und meiner Nase wieder da, und dann laufen mir auch schon die Tränen über das Gesicht. Sie fühlen sich ganz heiß an. Ich balle die Fäuste und drücke sie in meine Augenhöhlen, aber ich kann nicht aufhören. Ich muss einfach weinen.

Faith stellt sich neben meinen Stuhl und reibt mir den Arm, als wäre Mr. Pilkington gar nicht da und als würde ich nicht bis über beide Ohren in Schwierigkeiten stecken.

»Hey«, sagt sie. »Alles okay? Was ist denn passiert?«

Und dann: »Okay, jetzt hör auf zu weinen.« Ihr Tonfall ist jetzt strenger, so wie bei Mum, wenn ich geflucht habe. Bei Mum gab es immer einen Rüffel, wenn man geflucht hat. »Was sind denn das für Töne, junger Mann?«, hat sie dann zu mir gesagt.

Ich höre auf zu weinen und wische mir mit dem Pulloverärmel über die Nase, obwohl Faith immer sagt, das soll ich bleiben lassen, weil der Rotz ganz hart wird und es echt ein Kreuz ist, ihn wieder rauszukriegen. »Ein Kreuz« bedeutet schwierig und ist auch so ein Ausdruck von Mum.

Faith sagt nichts wegen dem Rotz auf meinem Pulloverärmel. Sie guckt nur zu Mr. Pilkington, der das Sakko über seinem Bauch zuzieht und sie anlächelt. Er glotzt ihr auf die Bluse, als würde er überprüfen, ob auch alle Knöpfe zu sind oder so. Dann deutet er auf einen Stuhl und setzt sich direkt vor ihr auf die Ecke seines Schreibtischs. Sie schiebt den Stuhl nach hinten und setzt sich mit untergeschlagenen Beinen hin, obwohl sich das nicht gehört, wenn man in Mr. Pilkingtons Büro ist. Aber sie kriegt keinen Rüffel von Mr. Pilkington deswegen. Er verschränkt die Arme und kreuzt die Beine übereinander, und dann erzählt er ihr, dass ich Damo einen Zahn ausgeschlagen habe. Als er sich zu ihr nach vorne beugt, rieche ich seinen Atem: kalter Kaffee und Pfefferminzbonbons. Faith riecht es wohl auch, denn sie lehnt sich noch ein Stück weiter zurück.

Als er fertig geredet hat, sagt sie nichts. Sie starrt mich nur an, als würde sie überlegen, wie ich heiße.

»Ich glaube, wir sind uns einig, dass das eine ernste Angelegenheit ist«, sagt Mr. Pilkington.

Faith sieht wieder zu ihm. »Es ist untypisch für Milo.«

»Aber trotzdem ernst.«

»Er hat so was noch nie gemacht.«

»Nun, erst letzte Woche gab es einen Zwischenfall mit George Pullman, Sie erinnern sich?«

Ich hatte keine Ahnung, dass Faith davon wusste, aber sie nickt, als er es sagt, als wüsste sie genau Bescheid.

»Ich werde mit Milo reden.«

Mr. Pilkington runzelt die Stirn. »Das haben Sie vorige Woche auch schon gesagt.«

Aber getan hat sie es nicht. Sie hat kein Wort zu mir gesagt. Wegen George Pullman, meine ich. Sie hat zwar gesagt, dass sie mit mir reden will, und ist mit mir zu Eddie Rocket's gegangen, weil es dort meinen Lieblings-Thunfisch-Toast gibt. Sie hat mir fünfzig Cent für die Jukebox gegeben, und ich habe »Oliver's Army« ausgesucht, weil das eines ihrer Lieblingslieder von

Elvis Costello ist. Und als ich sie gefragt habe, worüber sie mit mir reden wollte, hat sie gesagt, über meinen Rettungsschwimmerkurs. Dass ich echt gut bin und dass die Trainerin meinte, ich werde die Prüfung garantiert bestehen. Vielleicht sogar als Bester.

Ich glaube, es stimmt – ich glaube, ich werde die Prüfung bestehen, vielleicht sogar als Bester. Das sage ich jetzt nicht, weil ich eingebildet bin oder ein Klugscheißer, sondern weil ich echt viel trainiere. Sogar wenn ich mit Faith nur zum Spaß im Freibad bin, schwimme ich immer brav meine Längen in den verschiedenen Schwimmarten. Manchmal bleibe ich fast zwei Längen unter Wasser, ohne einmal aufzutauchen.

Faith und Mr. Pilkington reden immer noch. Ich schaue aus dem Fenster. Auf einmal bin ich total müde. Am Mittwoch gab es früher immer Lasagne. Mum hat sich einen halben Tag freigenommen, nur um nach Hause zu gehen und Lasagne zu machen. Lasagne war ihr Lieblingsessen. Sie fand immer, Mittwoch ist so ein nichtssagender Tag. »Ein hundsgewöhnlicher Tag mitten in der Woche, auf den man sich nicht mal mehr besonders freuen kann, seit sie *Coronation Street* abgesetzt haben«, hat sie oft gesagt. Mum hat *Coronation Street* geliebt, vor allem Becky. Becky und Steve. Sie wird echt enttäuscht sein, falls sie je rausfindet, dass die zwei Schluss gemacht haben.

»Natürlich müssen wir Mrs. Sullivan davon in Kenntnis setzen«, sagt Mr. Pilkington jetzt.

»Ich komme für den Schaden auf. Ich übernehme die Zahnarztrechnungen.«

»Ich bin nicht sicher, ob das Mrs. Sullivan besänftigen wird.«

»Sie wird es verstehen. Die Sullivans sind Freunde der Familie.«

»Hmmm.« Mr. Pilkington klingt nicht überzeugt.

»Und Milo wird sich entschuldigen, nicht, Milo?« Faith wirft mir einen kurzen Blick zu, aber mir bleibt keine Zeit, etwas zu sagen. »Er wird sich bei Damo entschuldigen. Bei Damien, meine ich. Und natürlich auch bei Miss Williams. Es wird nicht wieder vorkommen, stimmt's, Milo?« Wieder guckt sie kurz zu mir und dann zurück zu Mr. Pilkington. Sie lächelt ihn an, dann steht sie auf und zieht mich am Arm vom Stuhl hoch, sodass ich ebenfalls aufstehen muss. »Es wird wohl das Beste sein, wenn ich ihn jetzt nach Hause bringe.«

»Also eigentlich …« Mr. Pilkington sieht auf seine Armbanduhr. Ich schiebe die Hand in die Hosentasche und überkreuze die Finger.

»Vielen Dank für Ihr Verständnis«, sagt Faith. »Ich weiß es zu schätzen, ehrlich.« Jetzt lächelt sie ihn so an, wie sie Rob anlächelt, wenn sie will, dass er etwas für sie tut, den Müll rausbringen oder mit ihr tanzen.

Mr. Pilkington wird knallrot, fast wie Miss Williams' Tomaten, die in einem Topf auf der Fensterbank in unserer Klasse stehen. Er klappt den Mund auf, aber es kommt nichts raus. Faith dreht sich um, packt mich und schiebt mich nach draußen. Nicht zu fassen. Ich muss nicht zu Mrs. Appleby.

Sie wartet, bis wir im Auto sitzen. »Herrgott noch mal, Milo, was soll denn die Scheiße?« Sie haut mit der Faust auf das Lenkrad. Muss wehgetan haben, sie macht es nämlich nicht noch einmal. Dann sinkt sie in sich zusammen und legt die Stirn ans Lenkrad und weint, ganz leise, wie alle Erwachsenen es tun, wenn sie sich nicht anmerken lassen wollen, dass sie weinen.

»Früher hast du vor mir nie Scheiße gesagt.«

Sie hebt den Kopf und sieht mich an. »Ich weiß. Entschuldige, Milo. Gott, was für ein Schlamassel. Ich bin echt total unfähig.«

»Na ja, es ist eben nicht so einfach, sich um einen neunjährigen Jungen zu kümmern, in einer Band zu spielen, in einem Café zu arbeiten, und nebenbei noch zu studieren.« Ich bin froh, dass ich das gesagt habe, denn jetzt passieren zwei Dinge: Sie hört auf zu weinen, und sie lächelt. Es ist ein schiefes, farbloses Lächeln, ungefähr so, wie wenn man Johannisbeersirup mit zu viel Wasser aufgießt. Sie setzt sich aufrecht hin und sieht mich an. »Wo hast du denn das her?«

»Von dir. Du hast es neulich zu Dad am Telefon gesagt.«

Sie sagt eine Weile nichts, dann nickt sie. »Ich wollte nicht, dass du das hörst.«

»Tut mir leid.«

»Nein, mir tut es leid, Milo.«

»Schon okay.«

»Ich war bloß – traurig.«

»Weil Mum nicht deine richtige Mum ist?«

»Wahrscheinlich.«

»Ich hab gehört, wie du mit Dad geredet hast, und was dieser Jonathon in London gesagt hat. Ich bin nicht dämlich, weißt du.«

»Klar weiß ich das. Es ist nur ... Ich hätte dir das alles selber sagen sollen. Ich war bloß so ... Herrje.«

»Entschuldige. Ich hab dich nicht belauscht. Ich hab's nur zufällig gehört.«

»Nein, darum geht es nicht ... Es tut mir leid, Milo. Scheiße. Entschuldige. Gott, was bin ich bloß für eine Chaotin.«

»So schlimm ist es gar nicht.«

»Warum prügelst du dich dann ständig mit anderen Jungs?«

»Tu ich nicht.«

»Letzte Woche war es George Pullman, und jetzt Damo.«

»Das sind bloß zwei Jungs.«

»Aber ... Damo ist dein bester Kumpel. Ihr zwei prügelt euch doch sonst nie. Warum habt ihr euch gestritten?«

Ich starre aus dem Fenster. Die Schule wirkt leer um diese Zeit, obwohl noch alle da sind. »Kann ich es dir später erzählen?«

Vielleicht geht sie ja nachher zur Bandprobe, und wenn sie zurückkommt, bin ich schon im Bett – Mrs. Barber schickt mich immer früh ins Bett –, und dann stelle ich mich einfach schlafend. Und bis morgen hat sie es vergessen.

Vielleicht aber auch nicht. Sie war schon ewig nicht mehr bei einer Bandprobe.

Faith nickt und dreht den Zündschlüssel um. Der Motor startet nicht immer gleich beim ersten Mal. Es ist Dads altes Auto. In diesem Auto hat er Faith das Fahren beigebracht. Er hat versprochen, dass er es mir auch beibringt, wenn ich siebzehn bin, aber das stelle ich mir schwierig vor, weil er ja bei Celia in Schottland lebt und ich in Brighton bei Faith.

Wahrscheinlich hat Damo recht, was Faith angeht – sie ist nicht mehr meine Schwester. Nicht wirklich. Ich glaube, sie ist nicht einmal mehr meine Halbschwester. Es wäre mir lieber, wenn sie noch meine Schwester wäre. Sie sagt, sie ist eine Chaotin, aber das ist sie eigentlich gar nicht. Es ist bloß schwer, alles richtig zu machen, wenn man die ganze Zeit traurig ist.

Ich glaube, sie ist nicht mehr allzu sauer auf mich, denn sie lässt mich vorne sitzen, und ich darf sogar den ersten Gang einlegen und die Handbremse lösen. »Schalten!«, ruft sie, und ich lege den zweiten Gang ein, dann den dritten, dann den vierten. Bis zum fünften schaffen wir es nicht, dafür fahren die anderen Autos zu langsam.

KAPITEL 8

Ich habe bedeutend mehr Platz, seit ich mein Schlafzimmer wieder ganz für mich allein habe. Das macht echt einen Riesenunterschied. Wenn ich wollte, könnte ich jetzt beispielsweise beide Nachttische verwenden. Der auf Thomas' Seite ist zwar zurzeit leer, aber wenn ich wollte, könnte ich jederzeit etwas draufstellen. Ich könnte zum Beispiel Bücher darauf stapeln. Nehmen wir mal an, mein Nachttisch wäre bereits voll, dann hätte ich eine zusätzliche Ablagefläche.

Es ist Donnerstagabend. Ich hasse Donnerstagabende, denn sie erinnern mich an Thomas. Da denke ich mal eine Weile überhaupt nicht an ihn, und dann kommt plötzlich der Donnerstagabend, und mit ihm die Sehnsucht nach Thomas. Sie überschwemmen mich wie Flutwasser. Man könnte wohl sagen, dass der Donnerstagabend irgendwie »unser Abend« war. Zugegeben, ich hasse Paare, die einen Abend pro Woche für traute Zweisamkeit reservieren, aber wir haben es ja auch nicht publik gemacht. Wenn sich jemand für einen Donnerstagabend mit uns verabreden wollte, haben wir beide »Tut mir leid, da bin ich bereits verplant« gesagt. Für mich war das gewöhnlich kein Problem, denn Minnie wusste Bescheid, und Ed schiebt am Donnerstag die Spätschicht im Café. Thomas dagegen wurde oft zu Buchpräsentationen oder Filmpremieren eingeladen, aber wenn sie zufällig auf einen Donnerstag fielen, sagte er stets: »Tut mir leid, da bin ich schon verplant«, und das war's dann. Es war keine explizite Abmachung zwischen uns beiden, es hat sich einfach so eingespielt, kurz nachdem Thomas bei mir eingezogen ist.

Er ist übrigens auch an einem Donnerstag eingezogen. Offiziell jedenfalls, denn eigentlich hatte er es schon lange vorher getan, ganz heimlich still und leise. Er hat es so geschickt angestellt, dass ich es erst bemerkt habe, als es eigentlich schon zu spät war.

Mit einer Zahnbürste fing es an. Ich ließ es ihm durchgehen, zumal ich es mit der Zahnhygiene selbst sehr genau nehme. Es folgten alsbald ein Plastikrasierer und eine Packung Klingen, eine Dose Rasierschaum, Aftershave und ein Duschgel, alles in Reisegröße. Mit Zitrusduft. Ich habe mal die kleinen Fläschchen aufgeschraubt und den bittersüßen Zitronenduft inhaliert, als er außer Haus war.

Dann fand ich plötzlich Kleider von ihm in meinem Schrank. Seine Sporttasche in der Besenkammer. Schuhe unter dem Bett. Als er eines Abends mit einem Handtuch ankam – ein kleines, ausgefranstes Stück Stoff, das nur mit Mühe eine seiner Pobacken bedecken konnte –, verspürte ich eine leichte Beunruhigung.

»Du hast doch nichts dagegen, oder?«, fragte er und stopfte das Handtuch in die Schublade im Bad, in der sich Slipeinlagen, Tampons, Schmerztabletten, eine Wärmflasche und ein paar Ausgaben der Zeitschrift *Now* befinden. Es ist – zumindest inoffiziell – meine Schublade für die monatliche Innenrevision. Ein Handtuch habe ich in dieser Schublade noch nie aufbewahrt.

»Na ja, ich …«

»Deine Handtücher sind alle so weich.«

»Handtücher sollen doch auch weich sein«, sagte ich und strich mit den Fingern über das Stück Stoff, das sich als sein Handtuch ausgab.

»Schon, aber deine sind ein bisschen zu weich. Es dauert ewig, bis ich mich damit abgetrocknet habe.«

»Also, wenn du darauf aus bist, dir beim Abtrocknen die oberste Hautschicht abzuschmirgeln, ist dieses Handtuch perfekt dafür geeignet.«

Thomas grinste. »Ich liebe es, wenn du streng bist.«

»Und in diese Schublade gehören keine Handtücher«, fuhr ich fort, in einem Tonfall, den man mit Fug und Recht als aufsässig bezeichnen hätte können.

Und da sagte er: »Lass uns ins Bett gehen«, als hätte er meinen Tonfall gar nicht bemerkt.

Ich sah auf die Uhr. »Aber es ist doch erst neun.«

»Hervorragend«, sagte er. »Das heißt, wir haben zwei Stunden. Genügend Zeit für eine kleine *Grey's-Anatomy*-Einlage. Und diesmal bin ich der Patient.«

»Sehr subtil«, sagte ich, aber ich vergaß das ausgewaschene Handtuch von der Größe einer Briefmarke und folgte ihm ins Schlafzimmer.

Wenn ich schreibe, muss ich um elf schlafen gehen, damit ich um sechs aufstehen, duschen, mich anziehen und jede Menge Kaffee in mich reinkippen kann, ehe ich mich um sieben an meinen Schreibtisch setze.

Am nächsten Morgen stand Thomas mit mir auf, ging joggen, verteilte hinterher seine Klamotten über den gesamten Badezimmerfußboden und brauchte beim Duschen das gesamte Warmwasser auf. Dann kam er in die Küche, nackt bis auf das winzige, ausgefranste Handtuch, das gerade mal den halben Hintern bedeckte, und das, obwohl seine Pobacken nicht viel breiter sind als zwei Wachteleier.

Er öffnete den Kühlschrank. »Du hast nie etwas zu essen da.« Mit »etwas zu essen« meinte er Kartoffeln, Steaks und Rüben.

Ich sagte nichts.

»Ich könnte mal einkaufen gehen.«

Sein Tonfall ließ mich mitten in der Bewegung – soll heißen, beim Kaffeeaufbrühen – alarmiert innehalten.

»Ich habe alles, was ich brauche.«

Thomas spähte in den Kühlschrank. »Du hast zwei Eier, drei Becher fettarmes Joghurt, einen Fertigsalat, der vor zwei Tagen abgelaufen ist, und eine leere Tüte Mini-Kit-Kats.« Er schloss die Kühlschranktür. »Ich gehe einkaufen.«

»Nein!«, rief ich in einem Anfall von Panik. »Ich meine, das ist nicht nötig. Die Sachen werden doch bloß schlecht.«

»Unsinn. Ich werde sie essen.«

»Aber du wohnst doch gar nicht hier.«

»Ich habe diese Woche jeden Tag hier übernachtet.«

Ich ließ mir seine Worte durch den Kopf gehen und stellte einigermaßen konsterniert fest, dass es stimmte.

»Ich bin am Verhungern, und ich habe es satt, immer auswärts zu essen«, fuhr er fort.

»Dann fahr doch nach Hause, und koch dir einen Topf von diesen ›Erdäpfeln‹, von denen du immer so schwärmst.«

»Die Golden Wonders?« Ein Lächeln breitete sich über seinem Gesicht aus wie Flüssigdünger.

»Genau.«

»Die kocht man nicht, Kat, die schmecken geröstet oder als Ofenkartoffeln viel besser.«

»Dann musst du eben nach Hause fahren und dir ein paar Röst- oder Ofenkartoffeln machen«, sagte ich.

Er baute sich vor dem Küchentisch auf. »Ich könnte aber auch – hier einziehen.«

Schweigen, so dicht wie ein Nebel. Thomas zog einen Stuhl heran und setzte sich. Der Stuhl ächzte unter seinem Gewicht. »Es wäre das Vernünftigste, Kat. Ich bin doch sowieso schon die meiste Zeit da.«

»Aber – du hast gesagt, es bleibt alles, wie es ist.« Ich klang so bockig wie ein Kind, das noch nicht vom Spielplatz weg will.

Thomas musterte mich verwirrt. »Was?«

»Damals, am zweiten Weihnachtstag, als du behauptet hast ...«

»Als ich behauptet habe, dass du mich liebst?«

»Es bleibt alles, wie es ist, hast du gesagt.«

»Das ist doch schon eine Ewigkeit her, und außerdem bleibt doch eigentlich auch alles, wie es ist, Kat. Ich finde bloß, es wird allmählich Zeit für die nächste Phase.« Er nahm über den Tisch hinweg meine Hand. »Lass es dir wenigstens durch den Kopf gehen, ja?«

Ich zögerte, dann nickte ich. »Okay. Ich lasse es mir durch den Kopf gehen.«

Und jetzt ist schon wieder Donnerstag. Jede Woche nehme ich mir vor, mich für Donnerstagabend mit Minnie zu verabreden, mit ihr ins Theater zu gehen zum Beispiel. Minnie ist ein riesiger Theater-Fan. Aber dann denke ich nicht mehr daran, und – ZACK! – ist schon wieder Donnerstag. Ich kann nicht fassen, wie schnell die Zeit vergeht, ehrlich.

Ich nehme drei Bücher von dem Stapel auf meinem Nachttisch und lege sie auf Thomas' Nachttisch. So. Schon viel besser.

Es ist klasse, wieder so viel Platz zu haben.

Es macht echt einen Riesenunterschied.

KAPITEL 9

Ich bin mit Damo im Funky Banana. Ich habe mich nicht dafür entschuldigt, dass ich ihm einen halben Zahn ausgeschlagen habe, aber er hat mich am nächsten Tag auf dem Spielplatz am Schulhof in den Schwitzkasten genommen und eine kleine Runde mit mir gedreht, und dann hat er mich wieder losgelassen, und jetzt sind wir wieder Freunde.

»Wie geht's der lieben Faith denn so in letzter Zeit?«, will Jack wissen. Er nennt sie immer »die liebe Faith«, und er erkundigt sich immer, wie es ihr geht. Keine Ahnung, warum er sie das nicht selber fragt, wenn sie da ist.

»Gut«, sage ich.

»Hat sie schon was von Jonathon gehört?«

Faith ruft fast jeden Tag bei Jonathon an und fragt, ob es etwas Neues gibt, und er sagt jedes Mal nein, aber das erzähle ich Jack nicht. Ich zucke bloß die Schultern, als hätte ich keine Ahnung. Ehrlich gesagt, rede ich nicht gern mit anderen Leuten darüber.

Jack ist klasse. Das findet Damo auch. Jack hat ein Motorrad, und er gibt uns immer das größte Stück Banoffee Pie – mit einer Extraportion Eis, dabei dürften wir eigentlich gar kein Eis dazu essen, weil ein Banoffee Pie ohnehin fast nur aus Sahne und Karamellcreme besteht. Es ist echt schwer zu sagen, welches mein allerliebster Lieblingsnachtisch ist, aber der Banoffee Pie kommt eindeutig in die engere Auswahl. Wenn ich im Café bin, darf ich den Teller nicht ablecken, also mache ich ihn stattdessen mit dem Finger sauber. Damo tupft sich mit dem Finger Eis auf die Nasenspitze und leckt es sich dann mit der Zunge ab.

Das Einzige, wovor sich Damo fürchtet, sind Ohrwürmer, weil sie einem ins Ohr kriechen und dort Eier legen können, und dann hat man Millionen von Baby-Ohrwürmern im Gehirn. Deswegen steckt er sich ständig die Finger in die Ohren, und wenn er sie wieder rauszieht, sind sie gelb vom Ohrenschmalz, und dann rennt er hinter mir her durchs Café und tut so, als wollte er sich den Finger an meinem T-Shirt abwischen. Jack stört das nicht. Er putzt. Er sagt, diese Zeit ist ihm am liebsten – wenn das Café leer ist. Ich finde es schöner, wenn viele Leute da sind, dann kann ich nämlich raten, was sie bestellen werden. Bei den Stammkunden ist es einfach, obwohl es bei denen auch auf die Tageszeit ankommt. Am besten gehen die Bananen-Erdnussbutter-Muffins. Die sind unsere Eigenkreation, sagt Jack. Seine schmecken fast so lecker wie die von Mum.

Sobald er den Papierkram erledigt hat, geht Jack mit Damo und mir ins Kino. Er schaltet den Computer ein. Sein Passwort ist Jack2276. Jack ist sein Vorname, und 2276 sind die letzten vier Zahlen der Telefonnummer des Cafés. Er hat schon eine Ewigkeit dasselbe Passwort, obwohl ich ihm immer wieder sage, dass er es regelmäßig ändern muss.

Damo und ich fechten mit zwei Kartonrollen, von denen wir die Alufolie abgewickelt haben, und schreien »Einer für alle, alle für einen!« Wir sehen uns nämlich nachher im Kino *Die drei Musketiere* an. Jeder darf abwechselnd einmal d'Artagnan sein.

Wir waren spät dran, weil sich Faith und Rob schon wieder gestritten haben, bevor uns Rob in seinem Lieferwagen hergefahren hat. Ihre Band hat heute einen Gig in London (ein Gig ist wie ein Konzertauftritt, nur ohne Bezahlung), und Jack hat gesagt, Damo und ich dürfen bei ihm übernachten.

Aber Faith war dagegen. Sie hat gesagt, sie kommt gleich nach dem Gig nach Hause und holt uns ab. Leider, sonst hätten wir nämlich noch richtig mit Jacks Xbox Batman Arkham City spielen können, obwohl das eigentlich erst ab 15 ist.

»Ach, komm schon, Faith«, hat Rob gesagt. »Wir waren ewig nicht mehr aus. Wir können bei Kegs übernachten. Es wird bestimmt lustig.« Kegs ist Robs großer Bruder, und er trägt immer einen Anzug und arbeitet in einem Büro. Ich glaube nicht, dass Kegs sein richtiger Name ist.

»Ich kann nicht«, hat Faith gesagt. »Ich muss geistig fit sein, wenn ich morgen die Buchhaltung für das Café mache.« Die Buchhaltung hat nicht wirklich was mit Büchern zu tun, sondern mit Zahlen. Faith muss zum Beispiel ausrechnen, wie viel Geld die Gäste für ein Sweet Funky Monkey Sandwich ausgeben und was übrig bleibt, wenn man abzieht, was das Brot und die Bananen und der Honig gekostet haben, die man dafür braucht. Das Funky Monkey Sandwich ist bei den Gästen in meinem Alter am beliebtesten. Ant und Adrian haben die Buchhaltung am besten drauf, aber sie sind in London. Früher hat Dad die Buchhaltung gemacht. »Ich finde Buchhaltung so entspannend«, hat er oft gesagt, und dann hat Mum »Es gibt schönere Möglichkeiten der Entspannung« gesagt und ihn dabei so komisch angeschaut, und dann sind sie ins Schlafzimmer gegangen, um ein Nickerchen zu machen. Ein Nickerchen, das ist, wenn man sich tagsüber zum Schlafen hinlegt, nur ohne Schlafanzug. Aber das war lange bevor Dad zu Celia nach Schottland gezogen ist.

»Ich werde ihn nicht andauernd bei irgendwelchen Leuten abladen«, hat Faith gesagt, und dann hat Rob gesagt: »Das tust du doch gar nicht. Du gehst endlich mal wieder aus. Es ist doch bloß ein Abend. Ein mickriger Abend. Und dieser Gig ist echt wichtig. Wer weiß, vielleicht ist ja heute dieser Scout da. Womöglich will er nachher mit uns reden, da sollten wir nicht gleich wieder aufbrechen.«

Sie waren im Flur und haben ganz laut geflüstert. Es klang ungefähr so, wie wenn Mrs. Barbers Katze faucht.

»Oh, tut mir schrecklich leid, dass der Tod seiner Mutter zu einem für dich ungünstigen Zeitpunkt kam.« Das klingt nicht, als täte es ihr wirklich leid, sondern eher, als wäre sie sauer. So sauer wie damals, als sie wegen des Blinddarmdurchbruchs das Raconteurs-Konzert im Apollo in Hammersmith verpasst hat.

»Hör auf, Faith. Du weißt genau, dass es nicht so gemeint war. Es ist bloß …«

»Tja, mal überlegen, was noch? Ach, richtig, ich habe natürlich vollstes Verständnis dafür, wenn du mal wieder ein klitzekleines Detail vergisst, nämlich die Tatsache, dass mein ganzes Leben eine einzige Lüge ist, wie ich kürzlich erfahren habe. Alles, was ich für wahr gehalten habe, ist das Gegenteil von wahr.«

»Falsch«, denke ich, aber ich halte lieber den Mund. Miss Williams liebt Wortpaare. Sie spielt mit uns oft »Wörterraten«. Dabei ruft sie ein Wort und deutet auf einen von uns, und dann muss derjenige schnell das Gegenteil rufen. Das finde ich noch besser als das Rechenquiz, und wir dürfen sogar rumbrüllen.

»Nun komm, das ist ein bisschen übertrieben, meinst du nicht?«, sagt Rob.

»Nein, das meine ich nicht«, sagt Faith.

Sie guckt ihn an, als würde sie ihn gleich am Arm packen und ihm ein paar Brennnesseln verpassen, aber dann reißt sie die Tür auf und marschiert zum Lieferwagen. Rob schüttelt den Kopf, und dann sagt er zu mir und Damo: »Hopp, hopp, Jungs. Wie's aussieht, geht's jetzt los.«

Als wir uns im Café verabschieden, sagt Faith: »Ich bringe dir etwas aus London mit. Was hättest du denn gern?«

»Gar nichts, danke«, sage ich.

»Ich bring dir was Süßes mit, ja? Und ich hole dich nach dem Gig bei Jack ab, so gegen Mitternacht. Falls es später wird, geb ich Bescheid, okay?« Kuss gibt sie mir keinen, weil Damo dabei ist.

»Wir können auch bei Jack übernachten. Es macht mir nichts aus.« Das stimmt nicht hundertprozentig. Ich meine, Jack ist ein netter Kerl, aber nachts bin ich doch lieber zu Hause. Faith hat nichts dagegen, dass ich das Licht im Flur brennen lasse, wenn ich ins Bett gehe.

Faith umarmt mich, aber ich glaube, Damo kriegt es nicht mit. Er erzählt Jack gerade, was im Film passiert, dabei hat Jack gesagt, dass er es nicht wissen will. Er lässt sich lieber überraschen.

»Du kannst dir auch schon mal überlegen, was du dir zu Weihnachten wünschst.« Vom Weihnachtsmann sagt sie nichts. Das ist das Gute daran, dass sie sich jetzt statt Mum um mich kümmert, auch wenn sie nicht mehr wirklich meine Schwester ist. Ich muss nicht mehr so tun, als würde ich noch an den Weihnachtsmann glauben.

»Es ist doch erst November«, sage ich, dabei bin ich froh, dass sie es erwähnt hat. Ehrlich gesagt hatte ich mir dieses Jahr schon Sorgen gemacht wegen Weihnachten.

Rob steht an der Tür zum Café und klimpert mit dem Schlüsselbund. Er hat sich Faiths Geigenkasten unter den Arm geklemmt. »Nun komm, falls du mitkommst«, sagt er.

Faith nickt und geht mit ihm nach draußen. Ich laufe ihnen hinterher und erwische Rob gerade noch, als er einsteigt. Ich sage ihm, wie schnell man auf der A23, der Schnellstraße nach London, fahren darf. Ich hab's gegoogelt.

»Keine Sorge, Milo, ich fahre nicht schnell«, sagt er. »Das lässt Faith gar nicht zu, stimmt's, Faith?« Er zieht sie an den Haaren, und sie boxt ihn in den Arm, was bedeutet, dass sie wieder Freunde sind. Genau wie ich und Damo.

KAPITEL 10

Ich rufe Ed an.

»Na, was treibst du so?«, frage ich.

»Was treibst du so?« klingt nicht so verzweifelt.

»Ich arbeite.«

»Oh.«

Ed wartet darauf, dass ich weiterrede.

»Und was machst du nach der Arbeit?«

»Ich habe ein Date. Mit Sophie.«

»Oh.«

»Heute Vormittag ist ein Brief für dich gekommen«, sagt er. »Zu uns nach Hause.«

»Ach, echt?« Wahrscheinlich von der Sekretärinnenschule, auf der ich vor ungefähr einer Million Jahren eingeschrieben war. Die schicken manchmal Werbung für Auffrischungskurse und dergleichen an meine alte Adresse. *Upselling*, nennt Minnie das.

»Arbeitest du morgen auch?«, frage ich.

»Nö.«

»Hast du Lust, was zu unternehmen?«

»Hast du Lust?« Ist auch eine gute Formulierung. Dann hat der Gefragte das Gefühl, eher Nein sagen zu können als bei »willst du?«.

»Jep«, sagt er.

»Ich hol dich ab«, sage ich und lege auf, bevor ihm womöglich einfällt, dass er morgen doch keine Zeit für mich hat, weil er etwas erledigen muss.

Ich rufe Minnie an.

»Na, was treibst du so?«, frage ich.

Was treibst du so? Unbekümmert. Gelassen.

»Es ist Montagmorgen. Ich arbeite«, sagt sie.

»Ach, es ist Montag?«

Minnie antwortet nicht. Ich höre, wie ihre Finger eifrig auf der Tastatur herumhacken.

»Ich rufe nur an, um mich zu vergewissern, dass du zu meinem Geburtstag keine Überraschungsparty für mich planst.«

»Es ist doch erst November.«

»Schon, aber wenn du eine Überraschungsparty organisieren würdest, dann müsstest du vermutlich im November anfangen, nicht?«

»Ich organisiere aber keine Überraschungsparty für dich.«

»Ganz sicher? Das fände ich nämlich echt ätzend. Total ätzend.«

»Ich weiß.«

»Du hast also definitiv nichts geplant?«

»Definitiv nicht.«

»Hervorragend.«

»Kann ich sonst noch etwas für dich tun?« Das klingt nicht so aufrichtig, wie es klingen könnte.

»Hast du gerade viel um die Ohren?«, frage ich.

Sie seufzt. Falls sie Unterlagen vor sich liegen hatte, sind sie bei diesem Seufzer vermutlich vom Schreibtisch auf den Boden gesegelt.

Minnie ist Wirtschaftsprüferin. Ich kann nicht fassen,

dass sie ausgerechnet diesen Beruf ergriffen hat. Sie hätte alles studieren können. In ihrem Abschlusszeugnis steht acht Mal die Bestnote. Damals gab es noch keine Zwischennoten so wie heute, aber ich bin sicher, wenn man ihre Prüfungen noch einmal unter die Lupe nehmen würde, käme heraus, dass es acht Mal eine Eins plus war. Garantiert. Sie hat sich große Mühe gegeben, sich ihre Intelligenz nicht anmerken zu lassen, und weil sie so wunderschön und so wild war, hat das meistens ganz gut geklappt. Sie hat sich einer kleinen Truppe Schauspieler angeschlossen, die ausschließlich unentgeltlich aufgetreten ist, und war eine Weile auf Tournee. Ihre Eltern sind beinahe ausgeflippt deswegen, was ihr Hauptbeweggrund für die Entscheidung gewesen sein dürfte. Sie hat abwechselnd Theater gespielt und Regie geführt und die ganze Zeit über mit Medikamenten experimentiert, die man nicht legal zu kaufen bekommt, hat sich Martinis in allen nur erdenklichen Variationen reingezogen und landauf, landab als »Battle of the Band«-Jurorin fungiert. Keine Ahnung, wie sie an diesen Job gekommen ist. Ich schätze mal, sie hat ein, zwei Mal mit Fiachna Ó Braonáin geschlafen.

Aber darum geht es jetzt nicht. Worauf ich hinaus will, ist, dass sie das ein halbes Jahr lang gemacht hat, und dann hat sie Maurice kennengelernt. Soweit ich weiß, sind sie sich in einem stinknormalen Café begegnet, vielleicht auch in einem Spar-Supermarkt. So was in der Art jedenfalls. Sie haben angefangen zu plaudern, tja, und damit war es auch schon um Minnie geschehen. Maurice ist Wirtschaftsprüfer, und er hat sie damit angesteckt, wie man jemanden mit Röteln ansteckt oder so. Im Nu war sie infiziert, und ehe ich wusste, wie mir geschah, hatte sie sich auch schon am Trinity College für ein Wirtschaftsstudium eingeschrieben, das im September anfing. Es ging alles so schnell, dass ich nicht einmal »Gesamtkapitalrentabilität« sagen konnte – geschweige denn etwas dagegen unternehmen.

Minnie meint, es gibt Menschen, die dazu geboren sind, Wirtschaftsprüfer zu werden. Das hat sie mal gesagt, ganz ehrlich. Und ich glaube, sie hat es absolut ernst gemeint, obwohl wir zu dem Zeitpunkt schon den Gutteil einer Flasche Wein intus hatten. Sie sagte, wenn sie Maurice nicht kennengelernt hätte, der ihre Liebe zum Beruf des Wirtschaftsprüfers (und zu Wirtschaftsprüfern geweckt hat – denn machen wir uns nichts vor, sie ist verrückt nach ihm, und Maurice ist Wirtschaftsprüfer), dann wäre sie vermutlich irgendwann als Junkie geendet. Oder – wie ich sie kenne – als erstklassige Filmschauspielerin. Sie schauderte, als sie das sagte, als wäre sie bereits unter der Erde, und ein Junkie oder eine erstklassige Schauspielerin würde in Springerstiefeln auf ihrem Grab herumhüpfen.

Am Morgen nachdem sie mir gestanden hatte, dass sie sich in Maurice verknallt und sich an der Uni eingeschrieben hatte, konnte sie mir nicht ins Gesicht sehen. Vor Scham, schätze ich mal. Wir waren gerade gemeinsam im Urlaub. Es gibt schlimmere Berufe, sagte ich, aber als sie wissen wollte, welche, musste ich ziemlich lange nachdenken, bis mir etwas einfiel.

Ich habe damals an der zweiten Überarbeitung des ersten Declan-Darker-Buches gearbeitet, und drei Verlage hatten Interesse angemeldet. Schuld daran war Minnie. Lesen und vernichten, das war der Deal gewesen. Sie sollte das Manuskript lesen, dann verbrennen und etwaige Überreste in einer Abfalltonne des Industriegebiets entsorgen, auf dem sich unter anderem die Firma ihres Vaters befand. Sie hatte es mir geschworen. Ich hätte es besser wissen müssen. Nach der Lektüre der ersten Rohfassung hat sie den ganzen Packen Papier in einen braunen Umschlag gesteckt und an Hodder & Stoughton in London geschickt. Für das Porto hätten wir uns fast eine ganze Wochenration Zigaretten kaufen können. Als ich fragte, warum sie mein Konvolut nicht an einen irischen Verlag geschickt habe, meinte sie, Dublin sei nicht groß genug für Declan Darker, und im Übrigen sei ich ihr fünf Pfund und zweiundzwanzig Pence schuldig.

Ich schrieb weiter. Gegenüber meinem Vater – und manchmal auch gegenüber meiner Mutter, wenn sie nachfragte – behauptete ich, ich würde die Ausbildung zur Sekretärin absolvieren, für die mein Vater ein Vermögen hinblätterte. Der Lehrgang an einer privaten Schule war so ziemlich das Einzige, für das ich laut meinem Abschlusszeugnis gut genug war.

Die Verleger fanden es amüsant, dass ich auf einem männlichen Pseudonym bestand. Ich weiß das, weil Jeremy sagte: »Wie amüsant.«

Erst ging es mir bloß darum, es vor Mum zu verheimlichen. Was sie angeht, ist Krimis zu schreiben praktisch genauso schlimm wie Einbruchdiebstahl. Es ist definitiv keine Kunst, noch nicht einmal ein Handwerk. Es ist wie Malen nach Zahlen. Das hat sie selbst gesagt. In einem Fernsehinterview.

Also habe ich Dad erzählt, ich hätte den Kurs mit Auszeichnung bestanden (was natürlich gelogen war) und sei nun als Praktikantin in der technischen Redaktion einer Softwarefirma in Cork tätig. Technische Redakteurin ist eine praktische Berufsbezeichnung, wenn man einen Alibi-Job braucht. Mal ganz ehrlich, seien Sie auf der Hut, wenn Sie an einem Donnerstagabend in der dunkelsten

Ecke einer Bar jemanden kennenlernen, der von sich behauptet, er sei von Beruf technischer Redakteur. Hochgradig verdächtig.

Ich behaupte stets, ich sei in Cork, wenn ich irgendwo hin muss, nach London, zu einer Besprechung mit Brona zum Beispiel.

Natürlich hatte ich vor, es ihnen eines Tages zu sagen. Zu »beichten«, wie Minnie es nennt, doch dann geriet die Sache außer Kontrolle. Es fing damit an, dass *Dunkles Geheimnis* in Oprah's Book Club erwähnt wurde. Ein Wort von Oprah Winfrey (das Wort lautete nebenbei bemerkt »fesselnd«), und plötzlich verkaufte sich mein Buch wie Nikotinpflaster am Neujahrstag. Dann kam der große Kampf um das dritte Buch, in dem am Ende fünf Verlage um meine Gunst buhlten. Minnie hat den Bieterwettstreit von einer Telefonzelle vor der öffentlichen Bücherei in Raheny aus gesteuert. Es folgte eine Medienkampagne mit dem Ziel, mehr über den rätselhaften Killian Kobain herauszufinden. Kaum zu glauben, was sich manche Zeitungen über ihn aus den Fingern gesogen haben. Ungeheuerlich. Der erste Declan-Darker-Film, bei dem übrigens Martin Scorsese Regie geführt hat, gewann eine ganze Reihe von Oscars und Golden Globes. Danach war Killian Kobain begehrter denn je. Das Problem war nur: Er existierte gar nicht. Brona und Jeremy beknieten mich, ich solle mich »outen«, aber da war es bereits zu spät. Und irgendwie gefiel es mir, ein anderer Mensch zu sein. Nicht ich selbst.

Minnie willigt schließlich ein, mit mir zu Mittag zu essen, aber auch nur, damit sie endlich auflegen kann.

In Harry's Bar in der Dawson Street tummelt sich meist eine Menge todschick gekleideter, wichtig aussehender, glamourös wirkender Leute. Doch wenn Minnie Driver (die Wirtschaftsprüferin, nicht die Schauspielerin) hereinschneit, dann breitet die Finsternis ein Staubtuch über alle anderen Anwesenden. Minnie gehört einfach zu den Menschen, bei denen es nicht ausreicht, wenn man sagt, »sie erhellen den Raum«. Vielmehr müsste man sagen, dass in ihrer Anwesenheit ihre gesamte Umgebung in sich zusammenfällt. Wenn sie hereinkommt, spüren alle anderen – Männer, Frauen, Kinder, selbst ganz kleine Babys –, dass sie verloren haben. Sie kapitulieren. Strecken die Waffen und streichen die Segel. Sie werfen das Handtuch, gestehen sich ihre Niederlage ein, heben resigniert die Hände und räumen das Feld. Das ist eben Minnie. Sie tut es nicht absichtlich. Und wenn man sie darauf anspricht, leugnet sie es. Trotzdem ist es so. Es könnte daran liegen, dass sie so dünn ist (in der Schule haben wir sie Skinny Minnie genannt). Oder an ihrer Größe (dadurch, dass sie so dünn ist, wirkt sie natürlich nur noch größer). Vielleicht liegt es auch an ihren blonden Haaren, die wirklich blond sind und nicht gefärbt wie bei den meisten ihrer Altersgenossinnen, oder an ihren eisblauen Augen, die in ihrem kleinen, herzförmigen Gesicht so riesig wirken. Oder an den bemerkenswerten Kleidungsstücken, die sie trägt. Kleidungsstücke, die man in keinem Laden findet, selbst wenn man noch so lange danach sucht. Ihre Klamotten sehen immer aus, als wären sie nur für sie gemacht.

Aber mal ganz ehrlich, ich glaube, es hat nichts mit Minnies Aussehen zu tun. Schöne Frauen gibt es haufenweise, und bei den meisten kräht kein Hahn danach. Nein, der Grund für ihre Wirkung ist wohl in der Art und Weise zu suchen, wie sie sich den anderen Anwesenden in einem Raum, ach, was sage ich, wie sie sich der ganzen Welt präsentiert, nämlich so, als würde sie ihr gehören. Als würde sie sie besitzen. Minnie hat ein ungemein selbstsicheres Auftreten. Sie ist umgeben von einer Aura, die selbst kritische Geister wahrnehmen können. Sie gehört zu den Menschen, von denen man automatisch annimmt, sie seien mit den Gepflogenheiten Benins vertraut, können locker eine Unterhaltung auf Russisch bestreiten und in weniger als einer Minute einen Fisch filetieren. In Wahrheit hat Minnie keine Ahnung, wo Benin überhaupt liegt, sie spricht keine Silbe Russisch und ist nicht einmal in der Lage, an der Hafenmole in Howth entlangzulaufen, weil es dort so nach Fischinnereien stinkt.

Die Leute lieben oder hassen sie. Ihre Entscheidung steht binnen Sekunden fest, noch in dem Augenblick, in dem sie sie kennenlernen. Sie können nicht anders.

Meine erste Erinnerung an Minnie ist an meinen sechsten Geburtstag geknüpft. Mrs. Higginbotham hatte eimerweise Götterspeise gemacht, und ich war gerade hinten im Garten auf der Suche nach einem großen Busch, unter dem ich das kalte, wackelige Zeug loswerden konnte, als ich durch die dichte Hecke hindurch ein Gespräch zwischen Minnie und einer ihrer fünf Schwestern hörte.

Minnie: »Nein, es gibt sie nicht. Das sind Mum und Dad. Oder bloß Mum, schätze ich.«

Die Schwester: »Was will Mum denn mit meinen Zähnen?«

Minnie: »Gar nichts, du Hirni. Sie schmeißt sie weg. In den Mülleimer. Oder vermutlich aus dem Fenster.«

Die Schwester: »Du lügst. Das sag ich Mum!«

Minnie: »Wenn du das tust, legt sie dir kein Geld mehr unters Kissen, und ... Lass mal sehen ... Nun mach den Mund auf, Herrgott noch mal! Jep, du hast Zähne für gut zwei Pfund da drin. Ich an deiner Stelle würde noch warten mit dem Petzen.«

Verzweifeltes Schluchzen, kein Ton von Minnie.

Dann die Schwester mit erstickter, bebender Stimme: »Und was … Was … Was ist mit dem W-W-Weihnachtsmann?«

Laaanges Schweigen, als wäre Minnie gegangen. Schließlich ein Seufzen. »Den gibt es.«

Die Schwester: »Bist du sicher?«

Minnie: »Wenn ich es dir sage!«

Um ehrlich zu sein, ich wage zu bezweifeln, dass Minnie je an den Weihnachtsmann geglaubt hat.

Sie knallt ihre Stoppuhr zwischen uns auf den Tisch. Es ist eines dieser Dinger, wie sie professionelle Schachspieler verwenden. Sie drückt einen Knopf, und die Uhr fängt an zu ticken, so laut wie eine Bombe. »Ich habe zweiundvierzig Minuten, also sieh zu, dass du was daraus machst.« Sie schält sich aus ihrer Kostümjacke und hängt sie über ihre Stuhllehne, dann setzt sie sich hin und sieht mich an, wobei sie mit den Fingern auf die Tischplatte trommelt.

»Also?«, fragt sie, ohne auf die Leute zu achten, die das Lokal mit einem steifen Genick verlassen werden, weil sie sich den Hals verrenkt haben, um sie besser sehen zu können.

»Also was?«, frage ich zurück, als hätte ich keine Ahnung, was sie meint.

»Warum wolltest du dich mit mir treffen?«

»Seit wann brauche ich einen besonderen Grund, um mich mit dir zu treffen?«

»Bisher hattest du nie Zeit für ein Treffen zum Mittagessen, weil du beschäftigt warst. Weißt du noch? Die

Schriftstellerei? Und all deine bizarren Unternehmungen mit Thomas und Ed? Na, klingelt's?«

Sie hat recht.

»Okay, ich gebe zu, ich habe im Moment etwas mehr Freizeit. Aber das bedeutet nicht, dass ich mir unbedingt etwas von der Seele reden möchte, nur weil ich mich mit meiner besten Freundin zum Mittagessen treffen will.«

»Bloß weil du außer mir keine Freunde hast, bin ich noch lange nicht deine beste Freundin.«

»Ich habe sehr wohl noch andere Freunde.«

»Nenn mir zwei.«

Ich öffne den Mund.

»Ed und Brona zählen nicht.«

Ich klappe den Mund wieder zu.

»Er hat wieder angerufen«, sage ich.

»Der anonyme Anrufer?«

»Genau.«

»Hast du's der Polizei gemeldet?«

»Nein. Es verstößt ja nicht gegen das Gesetz, jemanden anzurufen und dann nichts zu sagen, oder?«

»Es ist Belästigung. Es könnte ein Stalker sein.«

»Warum sollte mich jemand stalken?«

»Nicht dich, du Döskopp.« Minnie beugt sich nach vorn und flüstert: »Killian Kobain. Vielleicht ist ja jemand dahintergekommen.«

Ich sehe mich um. Niemand beachtet mich, dafür wird Minnie nach wie vor von einigen Gästen angestarrt.

Ich schüttle den Kopf. »Nein. Ich war so vorsichtig. Und ich habe mich bei Brona erkundigt. Es gab die üblichen Anfragen von Journalisten, aber nichts Ungewöhnliches.«

»Ich kann nicht fassen, dass du es geschafft hast, es so lange geheim zu halten.«

Ich nehme meine Serviette zur Hand. Falte sie auseinander. Lege sie wieder zusammen. Falte sie auseinander.

»Spuck es aus, Kat.«

Ich sehe ihr ins Gesicht. »Du hast doch nichts zu Maurice gesagt, oder?« Ich weiß, ich sollte gar nicht erst fragen. Wir reden hier von Minnie. Ihr kann ich vertrauen. Aber sie ist jetzt schon ein paar Jahre Teil eines Paares, und manche Paare erzählen einander alles. Stimmt's?

»Darauf werde ich gar nicht erst antworten«, sagt Minnie. »Und ich muss darauf bestehen, dass du das Essen bezahlst.«

»Entschuldige, ich … Na ja, seit ich diese Anrufe kriege, bin ich ein bisschen – paranoid.«

»Das warst du doch schon immer.«

»Noch paranoider als sonst, meine ich.«

»Ruf die Bullen an.«

»Nein.«

»Dann ruf deinen Telefonanbieter an, und ändere deine Nummer. Oder wechsel den Anbieter.«

»Nein.« Ich kommuniziere nicht mit Callcenter-Fuzzis. Niemals. Da wird man doch bloß manipuliert. Erst befiehlt einem eine Maschine, ein paar Ziffern zu drücken, dann die Rautetaste, dann die Sterntaste, dann wieder eine Ziffer, so lange, bis man völlig verwirrt ist und gar nicht mehr weiß, warum man überhaupt angerufen hat. Wenn man dann endlich mit einem Menschen aus Fleisch und Blut spricht und ihm seine traurige Geschichte erzählt, heißt es hinterher: »Dafür bin ich nicht zuständig, ich verbinde Sie mit der Abteilung XY«, und dann ist man gezwungen, eine halbe Stunde zu warten und sich »Greensleeves« in der Endlosschleife anzuhören, oder – noch schlimmer – Lyric FM, ehe man endlich jemanden von der Abteilung XY an der Strippe hat, der keine Ahnung hat, wie man heißt und worum es geht, und dann muss man mit seiner traurigen Geschichte wieder ganz von vorne anfangen.

»Dann ruf eben das nächste Mal zurück, sobald der Betreffende aufgelegt hat.«

»Geht nicht. Die Nummer wird nicht angezeigt.«

»Dann geh einfach nicht ran.«

»Aber es könnte Ed sein. Wenn ich ihn abholen soll und er kein Guthaben mehr hat, ruft er manchmal von Sophies Festnetz aus an, und da wird auch keine Nummer angezeigt.«

Minnie breitet die Arme aus. »Ich bin mit meinem Latein am Ende.«

»Okay«, sage ich.

»Du hast noch vierunddreißig Minuten.«

Die Kellnerin kommt. Ich habe keinen Hunger. Nicht, dass ich mich darüber beschweren würde. Ich ernähre mich hauptsächlich von Kaffee, Rotwein und Zigaretten, und die Kilos purzeln. Wenn das die Kehrseite der Medaille ist, dann nehme ich mein Los nur zu gerne auf mich. Mehr noch – hätte ich das geahnt, dann hätte ich schon vor einer Ewigkeit mit Thomas Schluss gemacht. Ja, ich weiß, genau genommen hat er mit mir Schluss gemacht.

Es dauert ewig, bis sich Minnie entschieden hat. Seit dem Boom sind sie und Maurice Feinschmecker, wie so viele. Sie kennen sich mit Trüffeln und Knollensellerie aus. Die alte Minnie hätte jedem, der ihr mit Trüffeln und Knollensellerie kam – vor allem einem Wirtschaftsprüfer wie Maurice –, eins übergezogen. Und damit meine ich nicht verbal, sondern mit einem Ast, von einem Baum.

Ich habe mir die Speisekarte noch nicht zu Gemüte geführt, also erkundige ich mich bei der Kellnerin nach dem Tagesgericht. Dummerweise verstehe ich ihre Antwort nicht, weil Minnie in voller Lautstärke von irgendeiner feindlichen Übernahme erzählt, mit der sie gerade beschäftigt ist, und die Kellnerin redet so leise, als hätte man ihr ihr Leben lang gesagt, sie solle GEFÄLLIGST DEN MUND HALTEN. Also nicke ich einfach, gebe ihr die Speisekarte zurück und genehmige mir einen riesigen Schluck aus der Karaffe Wein, die ich bestellt habe, während Minnie an ihrem Sprudelwasser nippt. Ein Jammer, dass sie gleich zurück ins Büro muss, wo diese dämliche, langweilige Firmenübernahme auf sie wartet, sonst könnten wir nämlich ins Lincoln's gehen und uns volllaufen lassen, wie früher. Damals haben wir so viel gelacht, dass manchmal sogar ein klitzekleines Tröpfchen Pipi in meine Unterhose ging.

»Noch zweiundzwanzig Minuten«, sagt sie.

»Ach, Scheiße«, sage ich.

»Was ist denn?« Sie gibt sich große Mühe, ungeduldig zu klingen, aber ihr leicht besorgter Unterton entgeht mir nicht.

»Ach, mich nervt einfach alles. Es ist alles so – öde.«

»Du langweilst dich bloß.«

»Ich sollte mich aber nicht langweilen. Ich habe jede Menge zu tun.«

»Schon, aber du tust nichts davon. Wenn du mal anfangen würdest, das zu tun, was du tun solltest, würdest du dich bestimmt nicht mehr langweilen, und dann wäre auch nicht mehr alles öde, und ich würde es vielleicht sogar schaffen, diese Übernahme hinter mich zu bringen und die aktuelle Entlassungswelle heil zu überstehen.«

»Die würden es niemals wagen, dich zu entlassen.«

Just in diesem Moment fällt mein Blick auf eine schwarze Tafel, auf der steht, dass das Gericht des Tages *Beef-and-Guinness-Stew* ist, und wenn es etwas gibt, das ich hasse, dann das. Exakt im selben Augenblick kommt die Kellnerin mit zwei Tellern aus der Küche geschossen, und einer davon ist randvoll mit brauner Guinness-Brühe. Ich schnappe mir mein Glas Wein und kippe mir fast den gesamten Inhalt in die Kehle.

»Warum fährst du nicht nach Italien? Schließlich hast du ein Haus dort. Schlaf mit deinem Gärtner! Wie heißt er noch gleich – Pedro? Antonio? Egal, er ist jedenfalls ein richtiger Adonis. Stark wie ein Stier. Das wird dich ablenken und wieder in Schwung bringen.«

»Er heißt Stefano, und ich kann unmöglich einfach dort aufkreuzen und mit ihm schlafen. Was ist, wenn es schiefgeht? Wer kümmert sich dann um den Garten? Die Zitronenbäume stutzen sich nicht von selbst.«

Minnie hat schon ein Stück Spargel auf die Zinken ihrer Gabel aufgespießt, noch ehe die Bedienung unser Essen auf dem Tisch abgestellt hat. So ist Minnie. Ungeduldig. Ich spähe auf die Stoppuhr. Ich habe noch zwölf Minuten. Und eine Riesenportion Eintopf mit Rindfleisch und Guinness vor mir stehen. Und keinerlei Pläne für den Nachmittag. Da könnte man durchaus mal einen Nervenzusammenbruch bekommen. Zeit genug hätte ich dafür jedenfalls.

Minnie beugt sich über ihren Teller und schaufelt ein gutes Drittel ihres Essens in sich hinein, ehe sie innehält, um Luft zu holen, während die übrigen Gäste ihr zusehen und überlegen, wo genau sie all diese Kalorien parkt und ob sie unmittelbar nach dem Essen aufs Klo rennen und alles wieder hochwürgen wird. Sie lächelt. Essen ist das Einzige, das eine sichtbar positive Wirkung auf Minnie ausübt. Okay, und Mathematik. Wenn sie isst oder mit etwas beschäftigt ist, das im weitesten Sinne mit Mathematik zu tun hat, dann ist es, als hätte jemand kaum merklich einen Hebel umgelegt, und plötzlich ist alles im Lot. Und deshalb weiß ich, als sie mich nun mustert, dass sie um mich besorgt ist, auch wenn sie das nie und nimmer zugeben würde.

Wenn Minnie mit einer großen Gruppe essen geht und am Ende die Rechnung kommt, ist sie voll in ihrem Element. »Ich kümmere mich darum«, verkündet sie dann, in einem Tonfall, der suggeriert, dass sie sich lieber einen Eimer blutiger Fischinnereien über den Kopf kippen und sich dann vor dem Kap der Guten Hoffnung in die von Weißen Haien bevölkerten Fluten stürzen würde.

In Wahrheit geht sie voll darin auf. Wenn Minnie mit von der Partie ist, wird nicht einfach alles zusammengerechnet und inklusive Trinkgeld durch die Anzahl der Leute am Tisch dividiert. Nein, Minnie rechnet bis auf den letzten Heller und Pfennig genau aus, wer wie viel bezahlen muss. Wer hatte den Happy-Hour-Rabatt? Wer hatte das Filetsteak, das zwar auf der Happy-Hour-Karte stand, für das laut einem klein gedruckten Hinweis hinterhältigerweise jedoch fünfzehn Prozent Aufschlag berechnet werden? Wer hat keinen Wein getrunken, und wer überdurchschnittlich viel? Wer hatte zwei Vorspeisen statt einer Vor- und einer Hauptspeise? Wer wollte unbedingt selbst ein Dessert, und wer hat sich am Dessert eines anderen Gastes gütlich getan? Die Liste der Möglichkeiten ist unendlich lang, aber Minnie wird sie alle berücksichtigen, während sie mit flinken Fingern auf dem Taschenrechner herumtippt, den sie jederzeit mit sich führt, so wie andere Frauen Puderdose und Wimperntusche, wobei diese Utensilien natürlich auch bei Minnie fester Bestandteil ihres Handtascheninhalts sind. Sie hat sich ein ausgeklügeltes System zurechtgelegt, nach dem sorgfältig abgewägt wird. So spielen unter anderem Faktoren wie das Alter eine entscheidende Rolle (Studenten und Rentner erhalten einen von ihr errechneten Rabatt). Ed muss voll zahlen, denn bei Minnie gibt es keine Rabatte für Behinderte – einer der vielen Gründe, warum ich sie liebe. Dafür gibt es eine Ermäßigung für »Arbeitssuchende«, und das sind ganz schön viele bei der derzeitigen wirtschaftlichen Lage. Kurz, jedes noch so kleine Detail wird in Betracht gezogen und mit einkalkuliert. Während wir den letzten Schaumrest vom Boden unserer Kaffeetassen kratzen, jongliert sie mit Zahlen, und binnen fünf Minuten, wenn nicht sogar noch schneller, teilt sie jedem Einzelnen mit, was er zu berappen hat, und falls es ein Problem mit dem Wechselgeld gibt, dann löst Minnie auch dieses. Das ist Minnie. Sie löst Probleme.

»Du hattest übrigens recht, was Thomas angeht«, sage ich.

»Damit, dass er ein unzivilisierter, schlammverkrusteter Koloss aus Monaghan ist, dessen Atem nach Silofutter stinkt, meinst du?«, fragt sie. Dabei gehört Thomas bemerkenswerterweise zu den wenigen Menschen, die sie wirklich gern hat.

»Nein«, sage ich. »Ich meinte, dass er tatsächlich eine Neue hat.«

»Und?«

»Nichts und. Ich wollte es bloß – bestätigen. Damit du Bescheid weißt.«

»Nicht nötig«, sagt Minnie, und dann beginnt sie,

Couscous aus einer Muschel zu kratzen. Nachdem sie die Muschel leer gekratzt, sich alles in den Mund gelöffelt, gekaut, geschluckt und mit Wasser nachgespült hat, fährt sie fort: »Bei einem Typen wie Thomas kann man eben nicht damit rechnen, dass er ewig in einem Sumpf rumdümpelt und sich die Eier leckt. Vor allem in einer Rezession, wenn die Leute verzweifelt sind. Im Grunde überrascht es mich sogar, dass es so lange gedauert hat.«

Wenn ich ihr gestehe, dass er mir fehlt, wird sie lachen und sagen: »Reiß dich zusammen, Mädel.«

Also sage ich lieber nichts. Gar nichts.

»Tja, im Grunde war es ohnehin besser so«, sagt Minnie.

»Was war besser so?«, frage ich.

Minnies Optimismus ist entweder gar nicht vorhanden oder sehr bizarr, aber ihre Antwort wird mich zumindest von meinem Rindfleisch-Guinness-Eintopf ablenken.

»Na ja, wenigstens hast du noch rechtzeitig gemerkt, dass ihr nicht zusammenpasst, du und Thomas. Als er anfing, häuslich zu werden. Zum Glück hat er dir frühzeitig gesagt, was Sache ist. Auf diese Weise hast du nicht so viel Zeit verschwendet.« Minnie betrachtet mich wie eine Bilanzaufstellung, an der etwas faul ist. »Es ist noch nicht zu spät. Du bist noch einigermaßen – vermittelbar«, schließt sie.

»Gut zu wissen.« Ich spieße ein Stück Rindfleisch mit der Gabel auf, kratze die Guinness-Soße ab, und stecke es mir in den Mund. Es gelingt mir zu schlucken, indem ich fast den gesamten Inhalt meines Weinglases hinterhergieße. Die Karaffe ist jetzt fast leer.

Wir bestellen Nachtisch. Für Minnie Blancmanger (also eigentlich Rotalgen), für mich einen Bailey's-Käsekuchen.

Damit kann man nichts falsch machen, und er erfüllt genau den Zweck, den er erfüllen soll: Man fühlt sich zugleich großartig und richtig mies.

»Ich bin damit durch«, sage ich.

Minnie beäugt meinen Teller. »Kann ich dann den Rest von deinem Käsekuchen haben?«

»Nein, ich meinte, mit Männern, Beziehungen und all dem Quatsch.«

»Was ist mit Sex? Bist du damit auch durch?«

»Hat man mit vierzig denn noch Sex?«

»Na ja, meine Eltern sind über sechzig, und die haben noch Sex. Als ich sie gestern Nachmittag angerufen habe, waren sie gerade im Bett. Mum hat mir ganz unverblümt eröffnet, das sei der Grund für ihren postkoitalen Tonfall.«

»Sie hat allen Ernstes postkoital gesagt?«

»Ich schwör's.«

»Also, mal ganz ehrlich: Sex wird doch total überbewertet.« Das trifft zwar nicht auf *Grey's Anatomy* zu, aber davon weiß ja niemand.

Minnie macht »Hmmm«, und mir ist sofort klar, dass sie vermutlich fantastischen Sex hat (selbst wenn es nur mit Maurice ist), aber sie will nicht darüber reden, weil sie Mitleid mit mir hat, seit mich Thomas abserviert hat, und weil mein vierzigster Geburtstag naht. In weniger als zwei Monaten ist es so weit. Eigentlich sind es nur noch ein paar Wochen. Ich werde vierzig, und bis dahin gelte ich wahrscheinlich auch wieder als Jungfrau, weil ich so lange keinen Sex mehr hatte.

Und inzwischen kann ich nicht einmal mehr schreiben, dabei war das das einzige Gebiet, auf dem ich je einigermaßen gut war. Meine Englischlehrerin wäre entsetzt, wenn sie das wüsste. Wenn sie uns aufgetragen hat, einen dreiseitigen Aufsatz zu schreiben, dann habe ich prinzipiell am Ende der dritten Seite aufgehört zu schreiben. Auch wenn es mitten in der Geschichte war. Sogar wenn es mitten im Satz war. Ein derartiger Arbeitsunwille sei ihr noch nie untergekommen, hat sie gesagt.

Minnie sieht auf ihre Stoppuhr. »Ich muss gehen. Meine Zeit ist abgelaufen.«

Soll heißen, *meine* Zeit ist abgelaufen. Genau genommen haben wir schon sechs Minuten und vierzig Sekunden überzogen.

»Kaffee?«

»Kat, ich sollte jetzt wirklich ...«

»Espresso.« Erbärmlich, ich weiß. Dabei mag ich Espresso noch nicht einmal. Dieser scharfe, bittere Geruch, und diese winzigen Tassen mit dem winzigen Henkel, in den ich meine Wurstfinger zwängen muss ... Hätte ich die Hände meiner Mutter, ich würde mit Freuden den lieben langen Tag Espresso trinken.

Minnie nickt und stellt ihre Handtasche wieder auf den Boden. Ich male mir aus, was sie nachher zu Maurice sagen wird: »... lässt sich gehen ... trinkt schon zum Mittagessen Alkohol ... hat ihr Essen nicht angerührt ... ja, es war ehrlich gesagt gar nicht übel – ich hatte das Couscous mit Muscheln in einem Jus aus blablabla ...« Ich kann sie förmlich hören, als würden die beiden rechts und links von mir stehen und sich über meinen Kopf hinweg unterhalten. Paare tratschen dauernd über ihre Singlefreunde. Ich bekomme es mit, wenn ich in einem Restaurant oder einem Café sitze.

Wir trinken unseren Espresso, dann steht Minnie auf, verstaut die Stoppuhr in ihrer Handtasche und schlüpft in ihren Mantel, der sich bei genauerer Betrachtung als Cape entpuppt. Alle im Restaurant sehen ihr dabei zu, die einen mit unverhohlener Abneigung, die anderen mit hoffnungsloser Verzückung. So war das mit Minnie von jeher.

»Ich rufe dich an«, sagt sie.

Ich nicke.

Sie beißt sich auf die Unterlippe. Schüttelt den Kopf, als würde sie mit sich ringen. »Es behagt mir gar nicht, dich in diesem Zustand hier sitzen zu lassen.«

Das ist ungewohntes Terrain für Minnie. Ich muss wohl wirklich wie ein Häufchen Elend aussehen. Jetzt heißt es, die Situation zu meinem Vorteil zu nutzen. »Heißt das, wir gehen ins Lincoln's und lassen uns volllaufen?«, frage ich, um eine möglichst betrübte Miene bemüht.

»Nein.« Aber sie beugt sich zu mir runter und küsst mich flüchtig auf die Wange. Ihre Lippen sind warm vom Espresso.

Sie richtet sich auf und wischt sich mit dem Handrücken den Mund ab.

»Wird's denn gehen?«, fragt sie.

»Ja.«

Minnie nickt, aber sie mustert mich mit einem eigenartigen Blick. Einem Blick, der mich an ihre Mutter erinnert. Genau so hat mich ihre Mutter angesehen. Damals, als ich fünfzehn war. Zutiefst bekümmert und besorgt. Das gefällt mir gar nicht.

Sie wendet den Blick ab, rührt sich aber nicht von der Stelle. Steht einfach nur da. Unentschlossen.

»Was ist?«, frage ich.

Jetzt atmet sie einmal tief durch, wie man es tut, wenn man im Begriff ist, jemandem eine schlechte Nachricht zu überbringen. Eine, die bleischwer auf der Seele des Empfängers lasten wird.

»Was ist?«, wiederhole ich. Allmählich mache ich mir Sorgen. Ich denke an Tumore. Große, bösartige Tumore.

»Ich bin schwanger«, sagt sie.

»Wow.«

»Ich weiß, ich weiß, ich hab gesagt, ich will keine Kinder, weil ich zu alt bin und weil wir ein so eingespieltes Team sind und weil wir dann nicht mehr spontan nach Bilbao fliegen und ins Guggenheim gehen können. Aber das bedeutet nicht, dass wir jetzt nur noch zu Hause hocken werden. Außerdem sind Buggys im Guggenheim erlaubt, ich hab's gegoogelt.«

Ich stottere ein bisschen herum. »Minnie, das ist …«

»Du musst nicht so tun, als wärst du vor Freude außer dir. Ich weiß ja, wie du zum Thema Babys stehst.«

Manchmal hasse ich sie. Ich hasse es, dass sie alles über mich weiß.

»Natürlich freue ich mich. Was für eine tolle Neuigkeit.« Ist es ja auch. Eine tolle Neuigkeit. Ich wünschte nur, es wäre nicht Minnies tolle Neuigkeit. Ich hasse mich selbst dafür, dass ich so denke, aber der Gedanke ist bereits da, hat sich in meinem Gehirn eingenistet wie Blattspinat zwischen den Schneidezähnen. So geht das jetzt, seit sie Maurice kennengelernt hat. Damit fing es an. Erst sind sie in diese Monstrosität in Ballsbridge gezogen, dann die Hochzeit, dann die Feinschmeckerurlaube, und jetzt das. Ich weiß, das ist der Lauf der Dinge. Es ist bloß … Es fühlt sich an, als würde ich sie verlieren. Als würde ich allein zurückbleiben.

»In der wievielten Woche bist du denn schon?«

»Erst in der achten, also sag es niemandem, ja? Maurice will es erst publik machen, wenn ich in der zwölften

Woche bin. Es hat nämlich eine Weile gedauert. Bis es geklappt hat, meine ich. Ein paar Monate.«

»Du hast nie erwähnt, dass ihr es versucht.«

»Ich wollte es nicht gleich jedem auf die Nase binden, für den Fall, dass es nicht klappt.«

»Ich bin doch nicht jeder«, würde ich gern sagen, aber ich lasse es bleiben.

»Wir haben uns einfach dahintergeklemmt, haben's getrieben wie die Karnickel und Anchovis in uns reingestopft.«

»Anchovis?«

Minnie erklärt, dass Anchovis eine Art Superfood sind, wenn es darum geht, die Agilität und Geschwindigkeit der Spermien positiv zu beeinflussen.

»Und, wie geht es dir?«, frage ich.

»Ich knie den ganzen Tag vor dem Porzellangott, und wenn nicht, dann schlage ich mir den Ranzen voll.«

»Das sieht man dir aber nicht an.« Mein Tonfall klingt vorwurfsvoll, deshalb schiebe ich in normalerem Tonfall ein »Du siehst toll aus« hinterher.

Jetzt strahlt sie förmlich, und ich weiche vor Schreck ein klein wenig zurück. Eine strahlende Minnie ist ein absolutes Novum für mich. »Ich fühl mich auch toll. Es ist echt seltsam.«

»Du wirst eine tolle Mutter«, sage ich, während Minnie in ihrer Handtasche nach dem Schlüssel kramt. Ich weiß auch nicht, warum ich das gesagt habe. Genau das hat Thomas zu mir gesagt, damals, als er alles ändern wollte. Nach dem Unfall. Dem verdammten Wunder. Warum sagen die Leute so was, obwohl sie keine Ahnung haben?

»Ich bin eine schreckliche Mutter«, habe ich damals erwidert.

Thomas war verwirrt. »Wie meinst du das?«

Ich korrigierte meine Aussage, weil sie für ihn keinen Sinn ergab. »Ich meine, ich wäre eine schreckliche Mutter.« Er konnte es nicht verstehen.

Woher ich das wusste.

Warum ich mir so sicher war.

KAPITEL 11

»Hast du meine Zigaretten gesehen, Milo?«, fragt Faith.

»Nein.« Das ist nicht gelogen. Ich habe sie nicht gesehen, jedenfalls heute noch nicht. Ich habe sie drüben bei Mrs. Barber versteckt, in dem Verschlag unter der Treppe, in den sie nie reinguckt. Sie kann sich nicht bücken, obwohl sie jetzt eine nagelneue Hüfte hat.

Faiths Stimme klingt gedämpft, weil sie unter mein Bett gekrochen ist. Dort hatte ich die Zigaretten letztes Mal versteckt. Sie kriecht wieder raus und richtet sich auf.

»Es gibt da diese Kaugummis, die kann man kauen, wenn man Lust auf eine Zigarette hat. Damos Mum kauft sie auch immer, und sie raucht fast gar nicht mehr.«

»Milo …«

Ihre Stimme klingt irgendwie traurig, aber sie sieht nicht so aus, als wäre sie sauer, also frage ich sie: »Soll ich bei Ant und Adrian übernachten, wenn du weg bist?«

Mum hat immer gesagt, die beiden wissen nicht einmal, wie man einen Dosenöffner verwendet, aber inzwischen gibt es Dosen, für die braucht man gar keinen Dosenöffner. Ich habe sie bei Damo gesehen.

»Warum sollte ich weg sein?«, fragt Faith. Sie zieht die Schublade von meinem Nachttisch auf, aber da sind nur meine Fußballkarten und mein Postsparbuch drin. Die Karten bekommt man, wenn man Hubba Bubba kauft. Apfel ist meine Lieblingssorte, davon wird die Zunge grün, aber nicht so grün, dass man krank aussieht und nicht in die Schule muss. Damo hat es ausprobiert.

»Keine Ahnung.«

Faith schiebt die Lade wieder zu und guckt mich an. »Ich gehe nirgendwohin, Milo.« Sie niest. Sie ist allergisch gegen Staub, und davon gibt's hier ziemlich viel.

»Was ist mit eurer Tour?«

Sie steht auf. Setzt sich wieder hin. »Wegen der Tour ist noch nichts entschieden.«

Rob ist schon ganz aufgeregt wegen der Tour. Er redet fast so oft davon wie Damo über Mädchen und über Sully.

»Vorgruppe für die Crowns! Das ist der Hammer, Faith. Das ist echt der Hammer«, sagt er ständig. Vorhin in der Küche auch wieder. »Außerdem ist sie im Sommer, du verpasst also keine Vorlesungen.«

»Schon, aber was ist mit Milo?«, hat Faith gesagt, und dann hat sie die Küchentür zugemacht, deshalb habe ich nicht gehört, wie es weiterging.

Wahrscheinlich hat Faith gesagt, dass ein neunjähriger Junge auf einer Konzerttour nichts zu suchen hat. So was sagt sie andauernd. Das Stück Park in der Nähe vom Fluss zum Beispiel, wo die ganzen zerdrückten Bierdosen rumliegen, da habe ich ihrer Meinung nach auch nichts zu suchen. Oder bei Damo zu Hause, wenn Mrs. Sullivan und Imelda nicht da sind.

»Und, probierst du sie aus?«, frage ich.

»Was?«, fragt Faith.

»Die Kaugummis.«

Faith guckt aus dem Fenster. Von meinem Zimmer aus kann ich Damos Haus sehen. Wenn wir Batterien haben, schicken wir uns mit der Taschenlampe Signale.

»Komm mal her«, sagt sie, und ich setze mich neben sie aufs Bett.

»Ich gehe nirgendwohin, Milo. Und ich sterbe auch nicht, weil ich rauche. Ich rauche bloß ungefähr sieben Zigaretten am Tag. Wenn ich sie finde.« Sie hebt die Hand und streift mir die Stirnfransen aus den Augen. »Die gehören dringend geschnitten.«

Dad sagt, ich habe genau die gleichen Haare wie er, dabei hat er gar keine mehr. Sein Kopf ist blitzblank und voller Sommersprossen.

Ich höre Schritte draußen auf dem Weg zum Haus, und dann ein Plopp, als etwas durch den Briefschlitz fällt. Faith springt auf und rennt nach unten.

Ich gehe hinaus in den Flur und sehe vom oberen Treppenabsatz, wie sie sich die Post schnappt. Zwei braune Umschläge – Rechnungen – und ein Werbe-Flyer von der indischen Imbissbude in der High Street. Faith wirft den Flyer in die Recycling-Tonne und legt die braunen Umschläge auf den Tisch im Flur, ohne sie aufzumachen.

Als sie mich sieht, sagt sie: »Milo, mach dir dein Sandwich, und dann ab in die Schule.« Dann geht sie in Richtung Küche.

Wenn die Frau in Dublin ihr schreibt, zieht Faith womöglich zu ihr, und dann muss ich bei Ant und Adrian in London wohnen und darauf achten, nur Dosen zu kaufen, die man ohne Dosenöffner aufkriegt. Zu Dad will ich nicht. Ich meine, er ist ganz nett, aber ich soll im Frühjahr meine Erste-Hilfe-Prüfung machen, und wie soll das gehen, wenn ich in Schottland bin? Außerdem könnte mich Damo nicht besuchen, weil Schottland nämlich ewig weit weg ist. Mum ist einmal mit mir hingefahren, und es hat ungefähr hundert Stunden gedauert. Und überhaupt kommt bald das Baby, und jeder weiß, dass Babys Lärm machen. Imelda sollte auch mal eins kriegen, aber dann hat sie es doch nicht bekommen. Mrs. Sullivan hasst Lärm.

Von London ist es nicht gar so weit nach Brighton. Vielleicht können mich Ant und Adrian einmal die Woche herbringen. Am besten am Mittwoch, damit ich zum Schwimmkurs gehen und Damo treffen kann.

KAPITEL 12

Brona ruft mich an. »Ich will dich ja nicht unter Druck setzen, aber …«

Was bedeutet, dass sie genau das tun wird. Ich beschließe, es ihr nicht leicht zu machen. »Ja?«

»Ach, entschuldige, Kat, stör ich?«

»Na ja, um ehrlich zu sein bin ich gerade an einem ziemlich schwierigen Kapitel dran.« Wenn ich »um ehrlich zu sein« sage, dann bedeutet das meistens, dass ich lüge wie gedruckt, aber das weiß Brona nicht. Sie nimmt alles, was man ihr sagt, für bare Münze, was meiner Ansicht nach ihre größte Tugend und ihr größter Fehler zugleich ist.

»Nein, kein Problem, es geht schon«, sage ich.

»Ich wollte nur mal nachfragen wegen des Buchs«, sagt sie. »Hast du schon einen Zeitpunkt ins Auge gefasst?«

»Einen Zeitpunkt?«

»Ja. Für die Übergabe.«

Brona will partout nicht verstehen, warum ich ihr das Manuskript nicht einfach per Mail schicken oder den Ausdruck in eine gepolsterte Versandtasche stecken kann. Sie beteuert immer wieder, dass keiner ihrer Kollegen einen an sie adressierten Umschlag öffnen würde. Ich habe nie in einem Büro gearbeitet, aber ich weiß aus dem Fernsehen, wie es in Büros zugeht. Jeder will alles über alle wissen. Man kann gar nicht vorsichtig genug sein.

Die Übergabe findet nie in der Nähe des Verlagsgebäudes statt. Offen gesagt, war ich noch nie persönlich im Verlag. Ich verabrede mich mit Brona an verschiedenen Bahnhöfen in London. Sobald mein Flugzeug in Heathrow gelandet ist, rufe ich sie an und nenne ihr den Namen des Bahnhofs. Ich wechsle ab, verabrede mich nie zwei Mal am selben Ort mit ihr. Häufig findet das Treffen in einer Bahnhofsbuchhandlung statt, allerdings nie in der Ecke, in der die Krimis und Thriller stehen.

»Hallo?«, sagt Brona. »Bist du noch dran, Kat?«

»Entschuldige«, sage ich. »Ich war gerade meilenweit weg.«

»Wo denn?«

Es stimmt, ich war im Geiste gerade in der WHSmith-Filiale am Bahnhof Paddington, und zwar in der Abteilung »Körper, Geist und Seele«. Ich erinnere mich an jede Übergabe, aber an diese ganz besonders. Als ich kam, war Brona schon da und blätterte in einem Ratgeber mit dem Titel *So finden Sie Ihren Seelenverwandten*. Auf dem Boden neben ihr stand eine schwarze Aktentasche mit Kombinationszahlenschloss.

Ich gesellte mich zu ihr.

Wie immer wechselten wir kein Wort, sahen uns nicht einmal an. Ich postierte mich lediglich neben ihr, stellte meinen Aktenkoffer – einen schwarzen mit Kombinationszahlenschloss – ab und griff nach dem erstbesten Buch. Es war ein Kochbuch für Feinschmecker auf der Suche nach aphrodisischen Lebensmitteln und hieß *Liebe in Zeiten des Blumenkohls*, was Brona im Nachhinein als Omen interpretierte.

Sie stellte ihren Ratgeber zurück ins Regal und bückte sich, wobei sie darauf achtete, schön in die Knie zu gehen, weil gelegentlich ihre Bandscheibe »rumzickt«, wie sie mir mal erzählt hat.

Sie nahm meinen Aktenkoffer – den, der das Manuskript des siebten Declan-Darker-Buches enthielt – und machte sich damit auf und davon. Ich überflog das Rezept für »Linsensuppe für unglücklich Verliebte«, und nachdem eine angemessene Zeitspanne verstrichen war, stellte ich das Buch zurück, nahm den anderen Aktenkoffer, in dem sich nichts weiter befand als eine Glückwunschkarte und ein Strauß welkender Lilien, und verließ den Laden.

Dann begab ich mich ins Savoy, wo ich den Nachmittag verbrachte. Ich buche nach jeder Übergabe ein Zimmer im Savoy. Unterwegs besorgte ich den üblichen Proviant – eine Riesenpackung Jelly Babies, eine Piccoloflasche Sekt und zwei kubanische Zigarren.

Ich liebe Hotelzimmer. Wegen ihrer Anonymität. Wenn ich alles aufgegessen, ausgetrunken und geraucht habe, ziehe ich manchmal die Schuhe aus, schalte das Radio ein und wage mit einem imaginären Partner einen Tango. Warum auch nicht? Wer sollte je davon erfahren? Die Wände im Savoy sind so verschwiegen wie ein Regal voller Hardcover-Bücher.

Im Grunde gestalteten sich alle Übergaben mehr oder weniger gleich, obwohl sie alle in unterschiedlichen Buchläden und unterschiedlichen Bahnhöfen stattgefunden haben. Und es lief stets alles nach Plan, mit einer einzigen Ausnahme. Bei Übergabe Nummer fünf versuchte ein pickliger Jugendlicher mit Baseball-Mütze, Brona den Aktenkoffer zu klauen. Sie lief ihm nach, holte ihn vor einer Filiale von Dunkin' Donuts ein, warf ihn zu Boden und zog ihm mit dem Stöckel ihres Stöckelschuhs eins über. Der Dunkin'-Donuts-Betreiber rief die Polizei, und Brona wartete, auf dem Rücken des jungen Mannes thronend, auf das Eintreffen der Beamten. Sie ist zwar klein, aber ziemlich wehrhaft.

»Kat?«

»Ja?«

»Meine Güte, du bist heute ja wirklich neben der Spur. Ich sollte dich wieder an die Arbeit gehen lassen.«

»Ja, ich ...«

»Du hast gerade an die Übergabe am Bahnhof Paddington gedacht, stimmt's?«

»Warum sollte ich ausgerechnet daran denken?« Brona behauptet steif und fest, sie könnte hellsehen, seit sie mal eine Vorahnung hatte, dass Jeremy eine schwere Verletzung davontragen würde, und tags darauf rief prompt Jeremys Freund Harold an, um ihr mitzuteilen, Jeremy sei infolge eines Zwischenfalls mit einem Rasenmäher und einer Dose Kriechöl der Marke WD40 indisponiert.

»Na ja, weil ... Du weißt schon ... An dem Abend hast du Thomas kennengelernt. Im Flugzeug nach Dublin, weißt du noch? Es war ein Freitag, und es hat in Strömen geregnet.«

»Du hast vielleicht ein Gedächtnis.«

Brona legt großen Wert auf Details. Und sie bezeichnet sich selbst als unverbesserliche Romantikerin. Sie findet alles romantisch, unter anderem auch, wie ich Thomas kennengelernt habe; dabei hat ein verdächtiges Paket auf der Herrentoilette von Terminal zwei weiß Gott nichts Romantisches.

Mist, jetzt muss ich an die Zaubershow in der Button Factory denken. Ich hasse mein Gedächtnis für seine Angewohnheit, frei zu assoziieren und vom Hundertsten ins Tausendste zu kommen. Es ist wie beim Domino – jeder Stein, der fällt, wirft einen weiteren um.

Seltsamerweise war sie nicht so schlecht, wie ich erwartet hatte. Die Zaubershow, meine ich. Sie war sogar besser als erwartet. Bedeutend besser.

»Was meinst du damit?«, fragt Brona.

»Womit?«

»Was ist bedeutend besser?«

»Ach, na ja, eigentlich alles. Jetzt, wo wieder alles – du weißt schon – in geordneten Bahnen verläuft.«

»Das freut mich sehr, Kat.« Schweigen. Dann: »Also, was ist jetzt mit dem Manuskript? Ich kann es kaum erwarten, es zu lesen. Darf ich?«

»Darfst du was?«

»Es lesen?«

»Oh ... Ja, ja, selbstverständlich. Allerdings ist es – noch nicht fertig.«

»Nein, natürlich nicht. Aber sei nicht zu pingelig, ja?«

Ich sehe mich um. Die Wohnung erweckt den Anschein, als hätten Einbrecher hier gewütet und dabei eine Menge Fastfood vertilgt und mit literweise Wein nachgespült. Überall leere Pappkartons, Pizzaschachteln und Weinflaschen. Meinen Laptop habe ich seit Wochen nicht mehr gesichtet. Wahrscheinlich liegt er unter meinem Bett. Im Fernsehen läuft eine Kindersendung, deren Protagonist ein gelber Schwamm ist, soweit ich das beurteilen kann.

»Ich versuch's«, sage ich.

»Viel Glück.«

»Danke.«

»Ich bin echt sehr gespannt auf dieses Buch, Kat.«

»Ich auch.«

»Tja, dann – bis demnächst.«

»Ja, bis demnächst.«

»Und du meldest dich?«

»Hmmm?«

»Du rufst mich an, wenn du fertig bist?«

»Natürlich.«

Ich bin unfassbar erleichtert, als sie ihr übliches »Bye, bye! Bye, bye, bye …« anstimmt. Nachdem sie endlich aufgelegt hat, liege ich noch sehr, sehr lange bewegungslos auf der Couch. Mir ist, als hätte ich mich völlig verausgabt. Total überanstrengt.

Habe ich aber nicht. Ich habe nichts getan, rein gar nichts. Ich weiß wirklich nicht, was mit mir los ist.

KAPITEL 13

Rob und Faith treffen sich mit einem Mann, der Lewis Lennon heißt und für die Crowns zuständig ist. Rob hat eine Sonnenbrille auf und trägt seine neue Lederjacke, die er gebraucht gekauft hat und die genauso aussieht wie die alte, außer dass sie noch kein Zigarettenloch von Faith in der Schulter hat.

Die Scheibenwischer quietschen jedes Mal, wenn sie über das Fenster wischen. Ich sitze auf der Rückbank. Manchmal lässt mich Rob vorne sitzen, obwohl ich dafür eigentlich schon zwölf Jahre alt und hundertfünfunddreißig Zentimeter groß sein müsste. Ich bin klein für mein Alter, aber Faith sagt, Ant und Adrian waren auch Zwerge, bis sie achtzehn wurden, und inzwischen sind sie sogar größer als Dad.

In einem Monat werde ich zehn. »Dein erster zweistelliger Geburtstag«, hat Mum gesagt. Sie hat versprochen, dass Damo bei mir übernachten darf, wenn ich zehn bin. Nicht am Geburtstag selber, aber vielleicht am 26. oder am 27. Dezember. Und sie hat gesagt, sie geht mit uns ins Kino und hinterher essen. In ein richtiges Restaurant, in dem das Besteck nicht aus Plastik ist und in dem es nicht bloß in Papier gewickelten Backfisch mit Pommes gibt. Keine Ahnung, ob Faith das mit dem Übernachten weiß. Ich werde sie fragen, wenn sie nicht mehr traurig ist.

Als sich Rob eine Zigarette anzündet, sagt Faith, er soll sie ausmachen. Er lässt das Fenster runter und bläst den Rauch nach draußen. Faith schüttelt den Kopf, und er sagt: »Ach, Scheiße noch mal«, und da sagt sie: »Würdest du bitte aufhören zu fluchen?«, und er schüttelt den Kopf, und sie seufzt, und er wirft seine Zigarette aus dem Fenster, und dann reden sie eine Ewigkeit nicht mehr miteinander.

Faith hatte vergessen, dass in der Schule heute Elternsprechtag ist. Wir hatten nur vormittags Schule, weil am Nachmittag die Eltern kommen. Zum Glück war ich gerade noch rechtzeitig zu Hause – zwei Minuten später, und Faith wäre schon weg gewesen. Als ich komme, steigt sie gerade zu Rob in den Lieferwagen. Sie hat mir einen Haustürschlüssel gegeben. Nur für Notfälle, hat sie gesagt, also für den Fall, dass Mrs. Barber nicht zu Hause ist, wenn ich von der Schule komme. Auf dem Schlüsselanhänger ist ein Bild von einem Rettungsboot. Es macht mir nichts aus, allein daheim zu sein. Ich setze mich dann ans Fenster im Wohnzimmer, weil man von dort auf die Straße rausgucken kann und immer weiß, was los ist. Allerdings ist es ziemlich still im Haus, wenn ich allein daheim bin. Mal abgesehen von den Bodendielen im oberen Stock, die oft knarren, als würde dort jemand herumgehen.

»Milo! Was zum Henker machst du denn hier?«, hat Faith gesagt und sich auf die Unterlippe gebissen, als ich ihr vom Elternsprechtag erzählt habe. Sie hat zu Rob geguckt, aber der hat bloß mit den Schultern gezuckt und gesagt: »Was soll's, ist doch bloß ein Elternsprechtag. Meine Oldies sind da nie hingegangen. Totale Zeitverschwendung.«

»Macht es dir was aus, wenn ich nicht hingehe?«, hat mich Faith gefragt. »Es ist nur … Dieses Treffen ist echt wichtig für unsere Band, und außerdem möchte ich noch bei Jonathon vorbeifahren.«

»Es macht mir gar nichts aus«, habe ich gesagt.

Die Fahrt nach London dauert ewig, wegen des Verkehrs. Als wir vor dem Gebäude angekommen sind, in dem Jonathons Büro ist, fährt Rob an den Straßenrand, und hinter ihm hupt ein Auto, weil er nicht geblinkt hat.

Er stellt den Motor ab. Der Motor tickt wie eine Uhr.

Er nimmt Faiths Hand und sagt: »Hör mal, tut mir leid wegen heute früh. Ich bin eben nervös wegen des Meetings, okay?«

»Ich weiß. Deswegen bin ich doch mitgekommen. Ich möchte bloß kurz bei Jonathon nachfragen, ob es etwas Neues gibt.«

Rob lässt ihre Finger los und legt die Hand auf das Lenkrad. »Wenn es so wäre, hätte er dich sicher angerufen.«

Faith nimmt ihre Tasche und sieht mich an. »Alles klar, Milo?«

Ich öffne den Sicherheitsgurt und rutsche zur anderen Tür rüber, zur Gehsteigseite.

»Wartest du hier auf mich, Rob?«

»Ja, sofern ich nicht von einer Politesse verscheucht werde.«

»Ich hab mein Handy dabei.«

»Beeil dich. Wir dürfen Lewis nicht warten lassen.«

»Wünsch mir Glück.«

»Glück.«

Sie macht die Tür auf, und Rob schnappt sich ihre Hand und zieht sie zu sich rüber, damit er sie küssen kann. Ich steige aus, aber sie küssen sich immer noch, also bücke ich mich, knote den Schnürsenkel an meinem Turnschuh auf und binde ihn ganz langsam wieder zu. Als ich mich aufrichte, sind sie fertig.

»Zwanzig Minuten maximal, sonst kommen wir zu spät zum Meeting, okay?«, sagt Rob.

Faith nickt und steigt aus dem Wagen. Sie steht auf dem Gehsteig und sieht an dem Haus hoch. »Dann mal los …«, sagt sie und geht auf die Drehtür zu. Wenn man mit geschlossenen Augen ein paar Runden in einer Drehtür läuft und dann rausspringt, schwankt man wie Sully, wenn er ganz schnell eine Dose Bier leer trinkt.

Vielleicht mache ich das auf dem Rückweg. Wenn Faith gut drauf ist.

»Was für eine angenehme Überraschung!«, ruft Jonathon, als Faith an seine offene Bürotür klopft, aber besonders überrascht wirkt er nicht. Eher so, als würde er sich freuen. Jedenfalls, bis er mich bemerkt.

»Ich wollte mich nur mal erkundigen, ob es vielleicht etwas Neues gibt«, sagt Faith.

Jonathon guckt auf die Uhr, dann steht er auf und sagt: »Nur herein, nur herein. Was kann ich Ihnen anbieten: Kaffee? Oder ein Glas Wasser? Fürs Mittagessen ist es wohl schon zu spät, wie?«

Faith geht zu ihm rein. Ich folge ihr. Mich fragt Jonathon nicht, ob ich Kaffee oder ein Glas Wasser haben möchte oder ob es schon zu spät fürs Mittagessen ist. Kaffee mag ich ohnehin nicht, aber ich hätte nichts gegen eine Cola. Damo kann eine Dose Cola in einem einzigen Zug austrinken und dann unglaublich laut rülpsen. Er kann auch reden, während er rülpst. Seine Stimme klingt dann wie ein Roboter.

Auf dem Schreibtisch steht ein Pappteller mit einem halb aufgegessenen Schinkensandwich. Jonathon wischt sich die Hände an der Hose ab, bevor er Faith die Hand hinstreckt. Faith schüttelt sie kurz und kräftig, wie Mum es uns beigebracht hat, dann setzt sie sich auf einen Stuhl, der genauso aussieht wie der Stuhl vor Mr. Pilkingtons Schreibtisch. Jonathon setzt sich ebenfalls hin. Ich setze mich wieder auf die Couch.

»Was verschafft mir denn die Ehre?«, fragt Jonathon und lächelt, als hätte er etwas wahnsinnig Lustiges gesagt.

»Na ja, wie gesagt, ich – habe drei Wochen nichts von Ihnen gehört, und da habe ich mich gefragt, ob …«

Jonathon tippt auf seiner Tastatur herum, starrt auf den Bildschirm, schüttelt den Kopf. »Ich habe leider keine Neuigkeiten für Sie.«

Faith sagt nichts, und Jonathon rutscht auf seinem Stuhl herum, als müsste er pupsen. »Ich habe Ihnen doch gesagt, dass wir uns schriftlich melden, falls sich etwas tut. Sie haben mein Wort.«

»Wie viele Briefe haben Sie ihr geschickt?«, fragt Faith.

Jonathon starrt noch einmal auf den Bildschirm. Er braucht wohl eine Brille, denn er kneift dabei die Augen zusammen. »Diese Woche geht der dritte raus. Der eingeschriebene.«

Faith steht auf, geht zum Fenster und guckt auf die Straße runter. Ich hoffe, Rob ist noch da.

»Was passiert, wenn Sie keine Antwort erhalten?«

Jonathon stützt die Ellbogen auf dem Tisch auf, verschränkt die Finger und legt das Kinn darauf ab. Er holt tief Luft, bevor er antwortet, als würde ihm alles Mögliche durch den Kopf gehen.

»Mehr können wir leider nicht tun«, sagt er. »Das ist alles streng geregelt …«

»Können Sie mir nicht einfach ihren Namen und ihre Adresse geben? Dann kann ich selber Kontakt zu ihr aufnehmen.«

Jonathon schüttelt den Kopf. »Das ist leider gegen die Vorschriften.«

»Wieso denn das? Ich habe doch wohl ein Anrecht auf diese Informationen, nicht?«

Wieder schüttelt er den Kopf. »Diese Angelegenheit betrifft zwei Menschen. Es muss ein einvernehmlicher Wunsch nach Kontaktaufnahme bestehen.«

»Ach, so wie ihre Entscheidung vor vierundzwanzig Jahren? Das kann man wohl kaum einvernehmlich nennen, oder?«

Jonathon reibt sich das Gesicht. Er sieht müde aus. »Das ist etwas anderes.«

Faith dreht sich zu ihm um und lehnt sich an das Fensterbrett. Jonathon greift nach der Maus und lässt sie auf dem Mousepad kreisen, das neben der Tastatur liegt. »Sie rufen mich also an, wenn …«

Jonathon lässt die Maus los und lächelt Faith an. »Natürlich. Sie können mir gern Ihre Handynummer geben, dann …«

»Mir geht's nicht gut.«

Jonathon verstummt und starrt mich an. Faith ebenfalls.

Er steht auf, betrachtet die Couch, auf der ich sitze, und guckt zu Faith. »Er wird sich doch nicht übergeben, oder?«

»Ich fühl mich so – schwach«, sage ich. »Wahrscheinlich hab ich bloß Hunger. Ich habe nichts zu Mittag gegessen.«

»Du hast sehr wohl etwas gegessen«, sagt Faith, und dann zu Jonathon: »Er hat in der Schule gegessen. Ich habe ihm Sandwiches mit Käse gemacht.«

»Die konnte ich nicht essen, weil ich in der Pause etwas für Miss Williams erledigen musste. Und jetzt ist mir schlecht. Das kommt bestimmt vom Hunger.«

Faith sieht mich genauso an, wie Erwachsene ihre Kinder ansehen, wenn sie sie am liebsten umbringen würden, allerdings nicht gleich, sondern später. »Tut mir leid, Jonathon, ich … Ich sollte wohl mal losziehen und ihm etwas zu essen besorgen.«

»Ich brauche aber jetzt gleich etwas«, wimmere ich. »Vielleicht ein bisschen Toast und eine heiße Schokolade?«

»Milo!« Faith wird ganz rot im Gesicht.

»Kein Problem«, sagt Jonathon. »Der Junge wirkt tatsächlich etwas blass. Ich könnte ja mal …«

»Nein, nein«, sagt Faith. »Wir gehen jetzt, und …«

»Ich hole ihm eine Scheibe Brot aus der Küche«, sagt Jonathon. »Toaster haben wir leider keinen, und heiße Schokolade vermutlich auch nicht, aber es ist bestimmt Milch im Kühlschrank.« Er legt Faith eine Hand auf den Arm. »Ich bin gleich wieder da, ja?«

Kaum ist er weg, zischt Faith: »Herrgott noch mal, Milo, was soll denn das? Wie steh ich denn jetzt da?«

Ich mache die Bürotür zu, flitze zu Jonathons Schreibtisch und wackle mit der Maus. Auf dem Bildschirm erscheint das Eingabefeld für das Passwort. Ich tippe »jonath001«, was meiner Meinung nach das dämlichste Passwort ist, das man sich denken kann, wenn man Jonathon heißt. Das hat jeder Hacker in spätestens zwei Minuten geknackt. Und Jonathon hält sich beim Eintippen nicht einmal das Mousepad über die Hand, wie ich es tue, wenn mir jemand zusieht.

»Milo! Lass das, verdammt noch mal!« Faith zerrt an meinem Arm. Ich deute auf den Bildschirm, und sie beugt sich nach vorn und liest. Da stehen ihr Name, ihr Geburtsdatum, unsere Adresse und noch mehr. Jonathon hat auch die Geburtsurkunde eingescannt, die sie ihm gegeben hat, als wir das erste Mal hier waren. Die, auf der ganz oben Mums und Dads Namen stehen.

Faith guckt zur Tür, die noch immer zu ist, und flüstert: »Klick mal auf ›Korrespondenz‹.«

Der Cursor verwandelt sich in eine Eieruhr, und dann wird der Bildschirm schwarz. Mist. Ist jetzt etwa der Computer abgestürzt? Der bei uns zu Hause stürzt hin und wieder ab, wenn ich Sims spiele.

»Mann, beeil dich.« Ich weiß, Faith redet mit dem Computer und nicht mit mir. Ich nehme die Maus und knalle sie ein paar Mal auf den Tisch.

»Nicht!« Faith richtet sich auf und starrt zur Tür. »Da kommt jemand.«

Wir lauschen. Ich höre Schritte. Schwere Schritte. Sie kommen näher.

Faith packt meinen Arm und versucht, mich hochzuziehen. »Er kommt! Schließ das Fenster, Milo.«

Ich hake die Füße um die Stuhlbeine und rühre mich nicht von der Stelle. Die Eieruhr blinkt jetzt schneller, dann ertönt ein Pieps, und das Fenster ›Korrespondenz‹ geht auf.

Ich scrolle nach unten.

Drei Briefe.

Ein Name.

Eine Adresse.

Ich höre zwei Stimmen draußen am Korridor. Eine davon ist Jonathons Stimme.

»Schnell, schließ das Fenster! Nun mach schon! Und dann rüber zur Couch.«

Faith wartet, bis ich auf das x gedrückt habe, dann zerrt sie mich vom Stuhl hoch. Wir sind bis zur Ecke des Schreibtischs gekommen, als die Tür aufgeht. Ich beuge schnell den Oberkörper nach vorn und stecke den Kopf zwischen die Knie.

»Ich wollte gerade das Fenster öffnen«, sagt Faith. »Milo geht's …«

»Er wird mir doch nicht auf den Teppich reihern, oder?« Jonathon ist einer dieser Erwachsenen, die über Kinder reden, als wären sie gar nicht da. Seine Schuhe passen zueinander, aber die Schnürsenkel nicht.

Ich richte mich auf. »Es geht mir schon viel besser.«

»Gut. Sehr gut. Wir sollten dann gehen«, sagt Faith.

»Aber was ist mit …« Jonathon deutet auf den Teller mit den zwei Scheiben Toastbrot, den er in der Hand hat. In der anderen Hand hält er ein halb volles Glas Milch.

Ich nehme mir eine Scheibe. »Danke, die esse ich unterwegs.« Ich ziehe Faith hinter mir her zur Tür.

»Bitte entschuldigen Sie, Jonathon«, sagt Faith. »Und danke. Für alles.«

Er steht mitten in seinem Büro, mit seinen Schuhen, die zueinander passen und den unterschiedlichen Schnürsenkeln, und guckt uns nach, als würde er gern noch etwas sagen, aber ihm fällt nichts ein. Ich wette, wenn wir weg sind, isst er die zweite Scheibe Brot und trinkt die Milch. Genau so sieht er jedenfalls aus.

KAPITEL 14

Declan Darker öffnete die Tür und trat ein, die Hand an der Waffe, die im Hosenbund seiner ausgeblichenen 501 steckte. Im Haus war es still. Dunkel. Er schloss geräuschlos die Tür und erklomm die Treppe. Er wusste, dass sich Spencer, diese Ratte, irgendwo hier versteckte.

Ich markiere den Absatz und lasse die Faust auf die »Delete«-Taste donnern.

Leerer Bildschirm. Seite 1 von 1.

Noch mal von vorn.

Darker blieb am Fuße der Treppe stehen und lauschte angestrengt. Stille. Jeder Muskel seines Körpers war angespannt, doch die Hand, die das Geländer umklammerte, war ruhig. Er begann, die Treppe zu erklimmen. Er wusste, dass es so und nicht anders enden musste. Nur sie beide, Spencer und er.

Diesmal verwende ich die Backspace-Taste. BACKSPACEBACKSPACEBACKSPACE.

Leerer Bildschirm. Seite 1 von 1.

Vielleicht ein Dialog. Genau. Ein Dialog bringt Schwung in den Kapitelanfang, und ich habe ein Händchen für Dialoge, das müssen mir sogar die Kritiker zugestehen.

»Dachte, du hättest dich zur Ruhe gesetzt, Darker.«

»Solange Typen wie du frei rumlaufen, Spencer? Wohl kaum.«

»Hab gehört, du hast die Nerven verloren. Es heißt, Razor Bill hat dir ganz schön zugesetzt.«

Darker umklammerte seine Knarre fester. »Mach nur weiter so, Spencer. Ich warte bloß auf einen Grund, abzudrücken, und ich bin nicht wählerisch.«

OH GOTT. BACKSPACEBACKSPACEBACKSPACE.

Da ist er wieder, der leere Bildschirm. Seite 1 von 1.

Zum x-ten Mal schon knalle ich meinen Laptop zu, verstaue ihn hastig in der Tasche und schiebe diese unsanft unter den Schreibtisch, wo ich sie nicht mehr sehe.

Ich stehe auf. Ziehe meinen Mantel an. Die Kälte draußen ist ein Schock. Die Weihnachtsbeleuchtung ebenfalls. Und die Sterne. Die beleuchteten Weihnachtsmänner. Es sollte noch gar nicht Weihnachten sein. Wir haben erst November.

Aber irgendwie ist es trotzdem schon so weit.

Ich steige in mein schönes neues Auto, an dem ich einfach alles liebe. Es riecht sogar genau gleich wie mein altes, weil ich den gleichen Lufterfrischer gekauft habe. Ich drehe den Zündschlüssel um, und der Motor springt mit einem leisen Brummen an. Ein Blick in Rück- und Seitenspiegel, dann geht's los. Ich liebe Autofahren. Alle haben mir prophezeit, dass ich nervös sein würde, wenn ich mich wieder hinters Steuer setze. Ich habe mich gezwungen, nicht daran zu denken.

Im Supermarkt stehe ich jetzt wieder in der Express-Schlange. Zehn Artikel oder weniger. Ein Netz Satsumas. Ein großer Becher Naturjoghurt, fettarm. Eine Packung

Jacob's Cream Cracker. Eine Brie-Spitze. Eine Packung Haferflocken. Eine Flasche Rotwein. Eine XXL-Pizza mit Peperoni und ein tiefgekühltes Knoblauchbaguette.

Im Aufzug zum Parkdeck Weihnachtsgedudel. »Joy to the World.« Das hat sich bestimmt irgendein Marketing-Fuzzi ausgedacht. Hat dem Geschäftsführer wohl erzählt, wenn man im Laden, im Aufzug, in der Tiefgarage und in den Toiletten Weihnachtslieder spielt, dann kaufen die Leute mehr Lametta und Kugeln und Geschenkband und Geschenkpapier. Ich habe gute Lust, mit einem harten Gegenstand auf den Lautsprecher loszugehen. Mit dem Knoblauchbaguette vielleicht.

Minnie ist gerade im Yoga-für-Schwangere-Kurs, und danach fährt sie nach Hause, um mit Maurice zu kochen. Die beiden schwärmen schon die ganze Zeit von dem Fischkessel, den sie sich kürzlich zugelegt haben.

Ed hat vorgeschlagen, ich könnte mir mit ihm und Sophie im Kino *Harry Potter und die Heiligtümer des Todes, Teil zwei* ansehen, aber ich habe abgelehnt. So tief bin ich noch lange nicht gesunken, dass ich das fünfte Rad am Wagen spiele, wenn mein Bruder ein Date mit seiner Freundin hat. »Da ist schon wieder ein Brief für dich gekommen. Er sieht genauso aus wie der erste«, hat er gesagt. Es erscheint mir ungewöhnlich, dass die Sekretärinnenschule um diese Jahreszeit eine Marketingoffensive startet. Normalerweise geht das erst zum Jahreswechsel los, wenn alle nach Veränderung streben. Ich nehme mir vor, gleich am Montagmorgen dort anzurufen und ihnen zu sagen, sie sollen mir nicht mehr schreiben. Keine Ahnung, warum, denn mir wird noch im selben Moment bewusst, dass ich es ohnehin nicht tun werde. »Das liegt daran, dass du schlampig und chaotisch bist«, würde Minnie jetzt sagen, und es wäre kein bisschen beleidigend gemeint. Es ist eine Tatsache. Ich kann ihr nur voll und ganz zustimmen.

Ich mache in sämtlichen Räumen Licht, sogar im Gästezimmer, das im Grunde genommen Eds Zimmer ist. Dann schalte ich den Ofen und den Fernseher ein. Da nichts Vernünftiges kommt, stelle ich den Ton ab und das Radio an. Weihnachtslieder. »All I want for Christmas is You«. Senderwechsel. Schon wieder dieses elendige »Joy to the World«. Radio aus.

Die XXL-Pizza schaffe ich nicht ganz, aber viel bleibt nicht übrig. Das wird sich morgen auf der Waage niederschlagen. Dass die Flasche Wein leer ist, bemerke ich erst, als ich mir zum wiederholten Male nachschenken will. Ich zünde mir eine Zigarette an. Eigentlich habe ich für meine Wohnung höchstpersönlich ein Rauchverbot verhängt, aber jetzt kommt mir meine eigene Regel albern vor. Auf dem Balkon hole ich mir den Tod, sage ich mir. Außerdem ist Freitagabend, und ich bin allein. Ist ja nicht so, als würden meine Topfpflanzen wegen des bisschen Rauchs gleich eingehen. Wobei sie ehrlich gesagt ohnehin schon bessere Tage gesehen haben. Hat alle Thomas angekarrt, auch die seltsam stachelige, die er Aloe vera nannte. »Hilft hervorragend gegen Sonnenbrand und Pickel«, verkündete er.

»Ich habe keine Pickel«, sagte ich.

Er brach ein Stück davon ab, quetschte sich eine klebrige Substanz auf die Fingerspitzen, rieb sie aneinander und hielt sie mir unter die Nase. Ich wich zurück.

»Riech doch mal«, forderte er mich auf, und ich schnupperte pro forma.

»Na?«

Ich nickte und gestattete ihm, mir einen Klecks auf

den Hals zu schmieren. Es fühlte sich nicht klebrig an. Gar nicht unangenehm eigentlich. Der Geruch erinnerte mich sogar ein bisschen an meine Aloe-vera-Creme im Bad. Thomas öffnete mit einer Hand die Knöpfe meiner Bluse, ganz fachmännisch, als hätte er das schon hundert Mal gemacht. Bevor wir uns kennengelernt haben. Hat er vermutlich auch. Wie hatten noch nicht über unsere Verflossenen geredet.

»Äh, entschuldige mal«, sagte ich. »Was soll das werden?«

Er knöpfte weiter meine Bluse auf und öffnete den BH, ohne den Kopf zu heben. Es war einer dieser BHs, die vorne aufgehen, was Thomas »praktisch« nannte. Einen Augenblick tat er nichts. Sah mich nur an. Meine Nippel waren hart wie die Stollen eines Fußballschuhs. »Aloe vera ist besonders effektiv bei Sonnenbrand«, dozierte er. Sachlich, nüchtern. Als würde er mir aus dem *Farmers Journal* vorlesen.

»Aber ich habe gar keinen Sonnenbrand.«

»Ich sag's ja bloß.«

Tja, die Aloe vera hat nicht als Einzige das Zeitliche gesegnet. Die Pflanze mit den blasslila Blüten sieht aus, als wäre sie schon vor einer ganzen Weile dahingeschieden. Genau wie die Kräuter auf dem Küchenfensterbrett. Basilikum und irgendwas mit K. Koriander vielleicht.

Und Thomas spielt jetzt vermutlich mit dieser Sarah oder Sandra oder Sorcha oder wieauchimmer *Grey's Anatomy*.

Das Telefon klingelt, ohrenbetäubend laut in der Stille der Wohnung. Ich gehe in den Flur, streife dabei mit den Schultern die Wände. Gut möglich, dass ich zu viel getrunken habe.

Es dauert ewig, bis ich beim Telefon angelangt bin. Der Flur kommt mir länger vor als sonst. Es klingelt hartnäckig. Ich gehe ran. »Hallo?«

Nichts.

»Wer ist da?«

Ich höre jemanden atmen. Eigentlich sollte ich jetzt auflegen, aber der Wein verleiht mir das Gefühl von Unverwundbarkeit, fast wie eine Rüstung. »Ich weiß, wer du bist.« Mal sehen, wie er reagiert.

Es funktioniert, denn der Anrufer sagt etwas. Nachdem er wochenlang geschwiegen hat, redet er endlich. Es ist ein Mann. Ein Engländer, allem Anschein nach. Er hat eine tiefe Stimme und artikuliert jedes Wort sehr klar und verständlich, wie im Sprechunterricht.

»Und ich weiß, wer du bist, Kat Kavanagh.«

Mein Herz hämmert. Die Küchentür knarzt, weil es zieht, und ich fahre zusammen. Der Flur erscheint mir dunkler als vorher. Ich presse das Telefon so fest an mein Ohr, dass es wehtut.

»Was soll das heißen?« Ich bemühe mich um einen energischen Tonfall, aber meine Stimme zittert, als hätte ich Angst.

»Andererseits weiß natürlich jeder, wer du bist, nicht wahr, Kat? Oder soll ich lieber Killian sagen?« Er spricht jetzt leiser. Kaum mehr als ein Flüstern.

»Ich weiß nicht, wovon du redest.«

»Das tust du sehr wohl.«

»Ruf mich nicht mehr an.«

»Wie läuft's denn mit dem zehnten Buch, Kat?«

Ich lege auf. Meine Beine zittern. Alles zittert. Ich sinke auf den Boden und bleibe lange dort sitzen. So lange, bis das Zittern aufhört. Thomas hatte recht, was die Fliesen angeht: Sie sind kalt. Der Drang, ihn anzurufen, ist überwältigend. Ich habe ihn zwar auch vorher schon verspürt, aber noch nie so stark.

Ich setze mich auf meine Hände.

Ich rufe auch Minnie nicht an. Sie wäre nicht überrascht. »Du kannst dich nicht ewig verstecken, Kat«, würde sie sagen, und nicht zum ersten Mal.

»Ich weiß, wer du bist.« Die Stimme klang so sicher. So überzeugt. Nicht der Hauch eines Zweifels. Ich drücke auf die Rückruftaste. Nummer unterdrückt. Ich stelle das Telefon in die Ladestation und ziehe den Stecker aus der Wand. Schiebe die Hände wieder unter meine Oberschenkel.

Ich war so vorsichtig. Niemand ist vorsichtiger als ich.

Ich bin wieder nüchtern. Eine ganze Flasche Wein, und ich bin nüchtern. Was für eine Verschwendung. Langsam stehe ich auf. Meine Beine sind steif. Ich humple in die Küche und spähe durch das Rollo aus dem Fenster. Im flackernden orangefarbenen Licht der Laterne sehe ich, dass es geregnet hat. Die Straße ist leer.

Ich lege mich ins Bett, voll angezogen und ohne mich abzuschminken. Die Heizdecke ist an, aber es dauert ewig, bis mir warm wird. Als ich das Licht ausknipse, rückt die Dunkelheit näher. Undurchdringlich umschließt sie mich von allen Seiten.

»Ich weiß, wer du bist.« Ich habe nicht daran gezweifelt. Er klang, als wüsste er so einiges. Alles.

Ich richte mich im Bett auf und knipse das Licht wieder an.

Hole meinen Laptop. Klappe ihn auf. Öffne das Dokument.

Da ist er wieder, der leere Bildschirm. Seite 1 von 1.

Man konnte kaum die Hand vor Augen sehen. Die Dunkelheit war massiv. Durchdringend. Darker konnte nichts erkennen, keine Schatten, keine Umrisse, nichts. Es war die Art von Dunkelheit, bei der einem unweigerlich der Gedanke kommt, dass es womöglich nie wieder hell wird.

Diesmal lese ich es gar nicht, bevor ich auf »Delete« drücke.

Delete.

Delete.

Delete.

KAPITEL 15

»Nein, Milo, du kannst nicht mitkommen nach Irland«, sagt Faith. »Es geht einfach nicht.« Sie sortiert gerade ihre Klamotten. Sie sagt, sie bleibt nur zwei Tage weg, aber wenn man all die Stapel auf ihrem Bett sieht, bekommt man eher den Eindruck, sie verreist für zwei Wochen. Ihr Kleid liegt ganz oben auf dem Haufen mit den Klamotten, die noch gewaschen werden müssen. Faith nennt es ihr »Allwetterkleid«, weil man es im Frühling, Sommer, Herbst und Winter tragen kann, und sie geht nirgendwo ohne dieses Kleid hin.

»Warum kann ich nicht mitkommen?«, frage ich.

»Weil … Na, schon wegen der Schule.«

»Ich werde nicht viel verpassen. Und ich kann ja alles nachholen, wenn ich wieder da bin. Außerdem habe ich überall gute Noten.« Okay, das stimmt nicht ganz. Letzte Woche haben wir Bruchrechnen gemacht, und ich habe bloß siebeneinhalb von zehn Punkten bekommen. Einen Apfelkuchen in sechzehn Stücke aufzuteilen ist gar nicht so einfach.

Faith holt ihre Lieblingsjeans aus dem Schrank.

»Ich dachte, die ist dir zu weit geworden«, sage ich.

»Ich nehme einen Gürtel mit.« Faith faltet die Hose zusammen. Früher hat Mum unsere Kleider gebügelt, aber Faith sagt, es reicht auch, wenn man sie faltet.

»Ich fahre nicht zu Dad«, sage ich.

»Das musst du auch gar nicht. Er kommt nach Brighton.«

»Das geht nicht. Was ist, wenn das Baby kommt, während er hier ist?«

»Das Baby kommt erst Ende Dezember, Herrgott noch mal.« Erwachsene haben auf alles eine Antwort.

»Wann geht dein Flug?«

»Übermorgen.« Sie zerstrubbelt mir die Haare. »Und ehe du dich's versiehst, bin ich wieder da.«

»Das sind ganz schön viele Klamotten für zwei Tage.«

Faith lächelt. »In Irland weiß man nie, was das Wetter so treibt.«

»Ich will nicht, dass du nach Irland fährst.«

»Mir wird schon nichts passieren. Versprochen.«

Das hat mir Mum auch versprochen, aber das sage ich Faith nicht.

»Vielleicht wohnt deine echte Mutter ja gar nicht mehr unter dieser Adresse. Vielleicht ist sie ja umgezogen.«

»Ich muss hin, Milo. Ich hab dir doch erklärt, warum.«

Als ich ein kleiner Junge war, konnte ich auf Kommando heulen. Wenn ich irgendwohin wollte, oder wenn ich ein Schoko-Minze-Cornetto haben wollte. Schoko-Minze ist meine Lieblingssorte, was Damo abartig findet, weil Minze Grünzeug ist. Seine Mum hat mal Minzeblätter in den Salat getan. Damo hasst Salat.

Inzwischen kann ich nicht mehr auf Kommando weinen, aber ich schätze, selbst wenn ich es noch könnte, würde es nicht viel bringen. Faith würde bloß lachen und mich eine Heulsuse nennen.

Ich muss mir etwas anderes überlegen.

KAPITEL 16

Minnie ist noch nicht einmal richtig bei der Tür herein, da sagt sie schon: »Ich habe da einen Kerl kennengelernt …«

»Vergiss es.«

»Er arbeitet als Controller für die Firma, mit der wir zurzeit zu tun haben.«

»Das Opfer eurer feindlichen Übernahme?«

»Genau.«

»Dann macht er seinen Job offenbar nicht besonders gut.«

»Darum geht es nicht.« Minnie tritt ins Wohnzimmer und betrachtet die Couch, auf der eine Pizzaschachtel und die Zeitungen vom vergangenen Sonntag liegen – und außerdem ein Paar Schuhe und mehrere Reihen Spielkarten. Ich habe angefangen, Patiencen zu legen. Minnie deponiert die Pizzaschachtel auf dem Tisch und setzt sich. »Mir ist echt schleierhaft, wie du so leben kannst.«

»Es ist total praktisch. Das Aufräumen erübrigt sich im Grunde ge…« Sie bringt mich mit einem Blick zum Schweigen. Ein Blick, bei dem ich flüchtig in Erwägung ziehe, den Staubsauger aus seinem Dornröschenschlaf zu wecken, sobald sie gegangen ist. Von der Idee bis zur Umsetzung ist es zwar ein sehr, sehr weiter Weg, aber es ist immerhin ein Anfang.

»Also, zurück zu diesem Kerl. Er ist wild entschlossen, sich bei der Transaktion eine goldene Nase zu verdienen. Außerdem ist er attraktiv. Geschieden. Keine Kinder. Reichlich Haare am Kopf.«

»Vergiss es.«

»Ich rufe ihn an.« Sie hat bereits ihr Telefon aus der Handtasche gekramt. Ich überlege kurz, ob ich ihr das Ding entwinden und einfach damit davonlaufen soll, verwerfe den Gedanken aber gleich wieder. Es hat keinen Zweck. Nicht bei Minnie.

Sie wählt eine Nummer und hält sich das Telefon ans Ohr. »Es klingelt«, sagt sie.

»Leg auf. Sofort.«

»Mist. Mailbox.« Sie legt auf.

Ich atme aus. »Möchtest du etwas trinken?« Sie durchbohrt mich mit Blicken, also sage ich: »Tee, meine ich. Oder Kaffee. Oder etwas Kaltes?«

»Von Kaffee bekomme ich Sodbrennen.«

»Dann also Tee.«

»Davon kriege ich Dünnpfiff.«

»Ich habe Cola und 7UP.«

»Kohlensäurehältige Getränke gehen auch nicht mehr – davon bekomme ich Albträume.«

»Wie wär's mit einem Glas Wasser?«

»Stilles oder Sprudel?«

»Was du magst.«

»Na ja, von Sprudel kriege ich wie gesagt …«

»Stilles Wasser also.« Ich flüchte in die Küche.

Minnie folgt mir. »Wie läuft's mit dem Buch?«

»Hat dich Brona zu diesem Besuch angestiftet?«

»Nein.«

»Mit dem Buch läuft es gut.«

»Lügnerin.«

»Möchtest du Eiswürfel in dein Glas Wasser?«

»Ja, und etwas frische Pfefferminze.« Das liebe ich an Minnie – sie geht ernsthaft davon aus, dass in dieser Wohnung zufällig ein Büschel frischer Pfefferminze verfügbar ist. Würde Thomas noch hier wohnen, wäre das gar nicht so abwegig. Er hatte einen richtigen kleinen Kräutergarten draußen auf dem Balkon.

Ich reiche Minnie ihr Glas Wasser, mache mir eine Tasse Tee, öffne eine Packung Jammie Dodgers und kippe ein paar der Shortbread-Marmeladen-Kekse auf einen Teller.

»Es ist Zeit, Kat«, sagt Minnie, sobald wir im Wohnzimmer Platz genommen haben.

»Ist es nicht.«

»Ist es doch. Du kannst dich nicht den Rest deines Lebens in deiner Wohnung verbarrikadieren und so tun, als würdest du ein Buch schreiben.«

»Ich tu nicht bloß so, als ob! Ich tippe mir die Finger wund. Deshalb ist die Wohnung zurzeit auch etwas – unaufgeräumt.«

»Etwas unaufgeräumt?«, wiederholt Minnie. »Ich habe Kinderzimmer gesehen, in denen mehr Ordnung herrscht als hier.«

Inzwischen baut sie in jede ihrer Analogien Kinder ein.

»Es wird höchste Zeit, dass du ein paar Dates hast.«

»Ich hasse Dates.«

»Nicht jeder Mann lädt dich gleich zum Schlammtauchen ein.«

Jetzt muss ich grinsen. »Wir waren dann gar nicht Schlammtauchen.«

»Da hattest du ja gerade noch mal Glück.«

»Ich konnte nicht. Ich war krank.«

»Wirklich krank? Oder bloß ›krank‹?«

»Wirklich krank.«

»Ich kann nicht fassen, dass du auch nur in Erwägung gezogen hast, Schlammtauchen zu gehen.«

Tja, so war das mit Thomas. Aus seinem Mund klang alles einfach. Machbar. Als er vorgeschlagen hatte, ich solle mich in einen stinkenden Taucheranzug zwängen und in einem Sumpfloch in Athlone herumplantschen, erschien mir das gar nicht so abwegig. Oder jedenfalls nicht so abwegig, wie es mir eigentlich hätte erscheinen müssen.

Minnie sieht auf die Uhr. »Ich muss los, ich bin mit Maurice in der Stadt verabredet. Er will mit mir zu einem Still-Seminar. Ich habe ihm gesagt, dass er dafür gar nicht die Titten hat, aber er wollte trotzdem hin.«

Nachdem Minnie gegangen ist, setze ich mich auf die Couch, dorthin, wo vorher die Pizzaschachtel lag. Ich denke nicht ans Staubsaugen. Ich denke an den Tag, an dem ich Schlammtauchen gehen sollte.

Mir ging es so mies, dass ich Thomas nicht einmal angerufen habe, um abzusagen. Es fiel mir erst wieder ein, als mein Türsummer summte. Ich kroch aus dem Bett und schleppte mich zur Sprechanlage. »Ich kann nicht mitkommen. Ich bin krank«, sagte ich.

»Du Ärmste. Das muss ich mir ansehen. Lass mich rein.« Thomas redete immer über mich, als wäre ich ein Kalb, das er auf dem Rindermarkt zu erstehen gedachte.

»Was ist, wenn ich dich anstecke?«

»Das Risiko geh ich ein. Ich war seit 1972 nicht mehr krank.«

»Was hattest du denn 1972?«

»Lass mich rein, dann erzähle ich es dir.«

Ich drückte auf den Türöffner, und zum ersten Mal, seit

wir uns kannten, absolvierte ich nicht die übliche Runde durch meine Wohnung, um Teller unter die Couch zu schieben oder mein Gesicht unter einer dicken Schicht Make-up zu verstecken. So schlecht ging es mir. Ich blieb einfach stehen, an den Türrahmen gelehnt, und wartete die sechzig Sekunden, bis er oben ankam.

»Was hattest du 1972?«, fragte ich.

»Einen anaphylaktischen Schock.«

»Ich bin beeindruckt«, sagte ich. »Wogegen bist du allergisch?«

»Bienenstiche.«

»Ach herrje.«

»Du wirkst besorgt«, stellte er erfreut fest.

»Bin ich nicht, es ist bloß …«

»Du brauchst dir keine Sorgen zu machen«, sagte er, obwohl ich das gar nicht tat. »Ich habe ein Gegenmittel im Auto. Außerdem stechen Bienen nur, wenn sie sich bedroht fühlen.«

Er beugte sich zu mir hinunter und musterte prüfend mein Gesicht. »Also, was hast du?«

»Eine Darmgrippe.« Verglichen mit einem anaphylaktischen Schock klang das ziemlich lahm.

Er legte mir eine seiner Pranken auf die Stirn. »Du hast Fieber.« Seine Haut fühlte sich herrlich kühl an. Ich sackte ein klein wenig in mich zusammen, gegen den Türstock.

»Her mit dir«, sagte er, und noch ehe ich »Brechdurchfall« sagen konnte, hatte er mich auch schon hochgehoben wie eine Puppe.

Er steckte mich ins Bett und machte mir schwachen Tee und trockenen Toast. Er leerte sogar den Eimer neben meinem Bett. Er zog die Vorhänge zu und sah alle zehn Minuten nach mir.

»Du musst nicht bleiben«, sagte ich.

»Ich weiß«, sagte er, aber er blieb trotzdem.

Später zog ich auf die Couch um. Es ging mir schon viel besser, aber das verschwieg ich ihm. Ich war noch nicht bereit, preiszugeben, was ich empfand. Es kam mir so vor, als wäre ich die vergangenen zwölf Monate bloß gerannt, und dann war ich plötzlich stehen geblieben, nur einen Tag lang, und auch nur, weil ich krank war. Ich hatte mich geschlagen gegeben und war entsetzt, weil es so guttat.

Wir sind nicht wir selbst, wenn wir krank sind.

Thomas setzte sich auf die Couch, nahm meinen linken Fuß und begann ihn zu kneten. Ich versuchte mich freizustrampeln. »Ich habe heute noch nicht geduscht.«

»Das bisschen Fußschweiß macht mir nichts aus. Mein rechter Arm war in der Ablammsaison schon bis zum Ellbogen in einem Mutterschaf«, sagte er stolz.

»Von Fußschweiß hab ich nichts gesagt.«

»Das war auch gar nicht nötig.«

»Außerdem hast du nur ein einziges Schaf, da kann man wohl kaum von einer ›Ablammsaison‹ reden.«

»Mein Schaf ist ziemlich fruchtbar, und ich kann es nennen, wie ich will.«

Später sagte er: »Erzähl mir etwas, das ich noch nicht weiß.« Eigentlich sahen wir gerade fern.

Ich sagte: »Es gibt neun Planeten in unserem Sonnensystem.«

»Acht«, korrigierte er mich. »Pluto ist nur noch ein Zwergplanet.«

»Seit wann?«

»Seit 2006.«

»Das erscheint mir unfair.«

»Ich meinte, du sollst mir etwas über dich erzählen, das ich noch nicht weiß.«

»Oh«, sagte ich, obwohl mir das durchaus klar gewesen war.

Und dann sagte ich es ihm. Bis dahin hatte ich ihm erzählt, was ich allen erzähle, die mich danach fragen – dass ich in der technischen Redaktion einer Softwarefirma arbeite.

Ich habe mir nicht groß Gedanken darüber gemacht, habe nicht bewusst die Entscheidung getroffen, ihn einzuweihen. Es ist mir einfach rausgerutscht.

»Ich schreibe«, sagte ich.

»Das weiß ich bereits.«

»Nein, ich meine, ich schreibe Bücher. Krimis.«

»Oh.«

»Ich habe ein Pseudonym.«

»So wie John Banville?«

»So ungefähr.«

»Und was ist dein Pseudonym?«

Es war ein eigenartiges Gefühl, es ihm zu sagen. Ungefähr so wie damals, als ich mich das erste Mal am helllichten Tag vor ihm ausgezogen habe. Erst habe ich den Bauch eingezogen, aber irgendwann konnte ich nicht mehr, weil mir die Luft ausging. Es ist ihm offenbar gar nicht aufgefallen. Er hat gesagt, dass ich schön bin. Ha!

»Mein Pseudonym ist – Killian Kobain.«

Thomas war kein gewöhnlicher Declan-Darker-Leser. Er hatte seinen Blog abonniert, las seine Twitter-Meldungen und war mit ihm auf Facebook befreundet. Auf seinem Regal in Monaghan standen sämtliche Bücher, und auf dem DVD-Player die Sammelbox. Thomas war ein riesiger Darker-Fan. Er war mein Fan.

Er schüttelte den Kopf. »Das kann nicht sein.«

Ich holte meinen Laptop, zeigte ihm die Dateien. Die diversen Rohfassungen.

Er schüttelte immer noch den Kopf.

Am Ende musste ich mit ihm in mein Arbeitszimmer gehen, den Safe öffnen und ihm ein paar Verträge vorlegen, auf denen ganz oben die Buchtitel standen.

Erst da glaubte er mir endlich. »Du bist also wirklich Killian Kobain?«

Ich nickte.

Er grinste und meinte dann: »Ich wusste doch, dass dieser Knabe etwas ungemein Feminines an sich hat.«

Hinterher war er ein bisschen schüchtern, als hätten wir uns eben erst kennengelernt. Als würde er sich das Hirn zermartern in dem Bestreben, etwas Interessantes zu sagen. Ich war geschmeichelt, um ehrlich zu sein.

»Du hast dir Razor Bill ausgedacht.«

»Im Grunde ist Razor Bill das männliche Pendant zu Minnie.«

Er lachte, und damit war das Eis gebrochen, und wir waren wieder wir – Kat und Thomas. Thomas und Kat. »Schräg«, sagte er sichtlich beeindruckt. Und ich fühlte mich geschmeichelt. Es tat gut. Ich kam mir wieder vor wie mit fünfzehn. Bevor alles den Bach runterging. Als noch alles in Ordnung war.

»Warum schreibst du nicht unter deinem eigenen Namen?«

»Ich mag die Anonymität.«

Er nickte. Das konnte er nachvollziehen.

»Jetzt bist du dran«, sagte ich.

»Ich bin wirklich Farmer«, sagte er.

»Nein, du bist Journalist.«

»Ich bin ein Farmer, der zufällig auch Journalist ist.«

»Du bist ein Journalist, der zufällig eine Farm hat. Eine sehr kleine Farm.«

»So klein nun auch wieder nicht.«

»Es sind fünf graue, steinige Äcker in Monaghan.«

»Fünf ziemlich große Äcker«, beharrte er.

Dann sagte er: »Ich war mal verheiratet«, und mir war, als hätte mir jemand eine kräftige Ohrfeige verpasst.

»Es ist lange her. Wir waren jung. Mitte zwanzig.«

»Was ist passiert?«, fragte ich, obwohl ich es eigentlich lieber nicht wissen wollte. Das konnte unschön werden.

»Sie ist gestorben.« Es klang, als würde er nicht oft darüber reden. »Bei einem Autounfall. Sie war im fünften Monat schwanger. Sie sind wohl beide gestorben. So hat es sich damals jedenfalls für mich angefühlt.«

Erst war ich irgendwie sauer. Warum konnte er nicht wie alle anderen einfach bloß geschieden sein? Warum musste er gleich eine derartige Tragödie erlebt haben? Wie konnte man damit konkurrieren? Er hätte mir zumindest eine verhasste Ex-Frau liefern können, die ihn wegen seines besten Freundes verlassen hatte und ihn jetzt auch noch auf Unterhalt verklagte. So was wäre viel einfacher wegzustecken gewesen.

Andererseits war ich froh, dass ich es wusste. Ich hatte ihm etwas erzählt, er hatte mir etwas erzählt. So gehört sich das in einer Beziehung.

»Ich will keine Kinder«, platzte ich unvermittelt heraus. Einfach so. Keine Ahnung, warum.

»Oh.« Mehr sagte er nicht.

»Ich meine, ich weiß, das mit uns ist nichts Ernstes, aber du solltest es trotzdem wissen, finde ich. Nur um Missverständnissen vorzubeugen.«

Jetzt hätte er eigentlich etwas erwidern müssen, tat es aber nicht. Ich beeilte mich, die Gesprächspause zu füllen. »Bloß weil ich eine Gebärmutter habe, muss ich ja noch lange keinen Gebrauch davon machen, oder? Ich meine, sieh dich an.«

»Wie meinst du das?«

»Na ja, du hast doch drei Brustwarzen, von denen du auch keinen Gebrauch machst.«

»Das ist ein Leberfleck.«

»Es ist eine Brustwarze.«

»Es ist ein Leberfleck.«

»Es ist eine Brustwarze.«

»Wie auch immer – mir ist es ernst.«

»Was?«

»Das mit dir.«

Jetzt hätte ich eigentlich etwas erwidern müssen, tat es aber nicht. Er füllte die Gesprächspause, indem er sich über mich beugte und mich küsste, und ich erwiderte den Kuss, obwohl nicht auszuschließen war, dass mein Mund nach Erbrochenem schmeckte.

Und damit war alles klar.

Wenn man es kitschig formulieren wollte, könnte man wohl behaupten, das war der Augenblick, in dem ich wusste, dass er recht gehabt hatte. Mit seiner Behauptung damals am zweiten Weihnachtsfeiertag. »Sieh dich vor, Katherine Kavanagh.«

Aber von Vorsicht konnte keine Rede sein. Meine Tür stand ihm sperrangelweit offen, und Thomas trampelte mit seinen schlammverkrusteten Stahlkappenstiefeln auf meinem schönen elfenbeinweißen Wollteppich herum. Ich hätte ihn hinausscheuchen und den Staubsauger anwerfen sollen. Hätte ihn darauf hinweisen sollen, dass er zumindest den Anstand besitzen könnte, die Schuhe auszuziehen. Aber ich habe es einfach zugelassen. Ich habe alles einfach zugelassen. Ich hätte mich ebensogut auf den Dachgarten meines Wohnblocks stellen und aus voller Kehle »ICH LIEBE DICH« brüllen können.

So schlimm war es um mich bestellt.

KAPITEL 17

»Wo willst du hin?«, fragt mich Faith am nächsten Tag.

»In die Bücherei.«

»Kommt Damo auch mit?«

»Ja«, sage ich, was echt ein guter Witz ist, weil Damo nämlich gar keinen Mitgliederausweis für die Bücherei hat. Ich glaube nicht, dass er überhaupt schon mal drin war.

Aber Faith lässt mich nicht allein in die Bücherei gehen, weil man auf dem Weg dorthin zwei Straßen überqueren muss, obwohl es bei der einen Kreuzung einen Zebrastreifen gibt und bei der anderen eine Ampel.

Ich renne los, sonst fallen Faith womöglich noch mehr Fragen ein.

Das Postamt ist nicht allzu weit von der Bücherei entfernt, und auf dem Weg dorthin muss man auch zwei Straßen überqueren, aber da gibt es keinen Zebrastreifen. Ich stelle mich neben eine Mum und einen Dad und ihre zwei Kinder. Eines davon sitzt dick eingepackt in einem Buggy. Man kann es gar nicht richtig sehen, aber ich glaube, es ist ein Mädchen, weil alles rosa ist. Das andere Kind hält die Hand seiner Mutter. Sie tragen beide Handschuhe in derselben Farbe, deshalb sieht es so aus wie ein Paar Hände, nur dass die eine ganz groß ist und die andere ganz klein. Der Vater trägt die Einkaufstüten. Ich warte, bis sie rübergehen, und dann gehe ich auch rüber.

Im Postamt muss ich lange warten. Der Mann hinter dem Schalter guckt abwechselnd auf die Leute in der Schlange und auf seine Uhr und schüttelt dabei den Kopf. Er sieht nicht so aus, als würde er sich über die Schlange freuen. Wenn es im Funky Banana eine Schlange gab, hat sich Mum immer gefreut. Sie hat sich die Hände gerieben und gesagt: »Heut Abend essen wir wie die Könige, mein Junge.«

Es dauert ewig, bis ich drankomme. »Du willst dein Sparkonto plündern?«, fragt der Mann hinter der Glasscheibe und guckt mich an, als hätte ich etwas Schlimmes zu ihm gesagt oder vor ihm in der Nase gebohrt.

»Äh – nein. Danke.« Manchmal lächeln Erwachsene, wenn man bitte und danke sagt. Aber es klappt nicht immer. Diesmal nicht. »Ich möchte bloß hundertdreiundfünfzig Pfund und einundvierzig Pence abheben, bitte.«

»Das sind die gesamten Einlagen.«

»Ich weiß«, sage ich. Ich deute auf mein aufgeklapptes Postsparbuch, das ich durch die Öffnung in der Scheibe geschoben habe, damit er es auch sehen kann. Ganz unten steht eine Zahl. Hundertdreiundfünfzig Pfund und einundvierzig Pence.

Der Mann reibt sich die Augen, als hätte er schon sehr lange nicht mehr geschlafen. Vielleicht ist es ja tatsächlich so. Vielleicht ist er bloß müde.

»Du willst also dein Sparkonto plündern?«

»Heißt das, dass es das Sparbuch dann nicht mehr gibt?«

»Nein.«

»Ich will es nämlich behalten, weil ich danach weitersparen werde. Mein halbes Taschengeld, jeden ...«

»Das Sparkonto bleibt weiterhin bestehen.«

»Gut, kann ich dann mein Geld haben? Bitte? Hundertdreiundfünfzig Pfund und einundvierzig Pence.«

Er seufzt. »Weiß deine Mutter, dass du hier bist?«

Ich nicke. »Klar. Ich meine, ja, sie weiß es.«

Er seufzt noch einmal, dann öffnet er eine Schublade mit einem Schlüssel und zählt das Geld heraus. Drei Fünfzig-Pfund-Scheine. Drei Pfund-Münzen. Zwei Zwanzig-Pence-Stücke. Einen Penny. Alles da. Er schiebt das Geld durch die Öffnung.

»Danke«, sage ich.

»DER NÄCHSTE«, sagt er.

Ich gehe erst raus, nachdem ich das Geld in die Hosentasche gesteckt habe. Nur für alle Fälle. Ich habe noch nie einen Raubüberfall erlebt, aber ich weiß, dass es so was gibt.

Auf die PlayStation 3 kann ich immer noch sparen, wenn ich wieder da bin. Sully hat eine, und wenn er gut drauf ist, lässt er mich und Damo auch mal ran. Wenn sich ein Mädchen von Sully küssen lässt, ist er gut drauf. Er hatte auch schon oft Sex mit einem Mädchen, sagt er. Solange er in Afghanistan im Krieg ist, hat er die PlayStation 3 aber weggesperrt.

Hundertdreiundfünfzig Pfund und einundvierzig Pence, dafür kann man mehr als eine halbe PlayStation 3 kaufen.

Das Geld habe ich zur Erstkommunion gekriegt. Es war noch mehr, aber ich habe einen Teil davon für eine Taucherbrille mit Schnorchel ausgegeben. Den Rest hab ich auf ein Postsparbuch eingezahlt, weil Mum gesagt hat, es schadet nicht, wenn man einen Notgroschen hat. Bei der Erstkommunion isst man eine Oblate, die der Leib Jesu sein soll. Und der Wein ist sein Blut, aber wir haben keinen Wein gekriegt. Den kriegt nur der Pfarrer.

Meine Jeans ist im Schmutzwäschekorb auf dem Treppenabsatz. Ich hole sie wieder raus und stecke sie in meine Sporttasche. Sie hat ein paar Grasflecken abbekommen, als wir neulich in der Schule Kettenfangen gespielt haben, aber sie riecht noch ganz okay.

Ich habe drei frische Unterhosen, aber die Socken, die ich finde, passen alle nicht zusammen und sind ziemlich unbequem, weil sie Löcher an den Zehen haben. Früher hat mir Mum jeden Samstagabend nach dem Baden die Zehennägel geschnitten. Ich habe ihr immer gesagt, dass ich gar nicht baden muss, weil ich doch einmal die Woche schwimmen gehe und außerdem noch zum Rettungsschwimmerkurs, das ist ja auch fast wie Baden. Sie hat mich immer an den Zehen gekitzelt, wenn sie mir die Nägel geschnitten hat, und dann musste ich lachen, obwohl ich dafür eigentlich schon zu alt bin. Aber ich kann einfach nicht anders, wenn mich jemand an den Zehen kitzelt.

Jetzt schneide ich mir die Zehennägel selber, besser gesagt, ich sollte es tun. Ich vergesse es immer wieder. Wahrscheinlich haben deshalb fast alle meine Socken Löcher.

Ich finde noch vier Socken, die wohl Ant oder Adrian gehören; sie sind mir nämlich zu groß, und sie passen auch nicht zueinander, aber sie haben zumindest keine Löcher. Noch nicht jedenfalls.

Faith telefoniert gerade mit Dad. Anscheinend kommt er in einer Stunde hier an. Ich hoffe, er telefoniert nicht beim Autofahren, weil das ziemlich gefährlich ist.

Ich sehe im Busfahrplan nach, wann der Bus nach London geht. Die Haltestelle ist gleich am Ende unserer Straße. Ich könnte auch mit dem Zug fahren, aber der ist viel teurer, und der Bahnhof ist viel weiter weg. Außerdem kann ich im Bus ganz vorne am Oberdeck sitzen. Der letzte Bus fährt um 00:14 Uhr los, das bedeutet vierzehn Minuten nach Mitternacht. In London muss ich dann in einen anderen Bus nach Gatwick umsteigen. Faith fliegt morgen Vormittag um elf. Bis dahin bin ich längst am Flughafen.

Ich muss meinen Pass aus Mums Schlafzimmer holen. Ich renne hinein, hole den Pass aus der Nachttischlade und renne wieder raus. Früher war ich gern in Mums Schlafzimmer. Das Bett ist echt gut gefedert, darauf konnte man super Trampolinspringen.

Als ich dann zu groß fürs Trampolinspringen war, habe ich mich quer übers Bett gelegt und gelesen, während Mum am Fußende gesessen und sich geschminkt oder die Haare gebürstet oder die Nägel angemalt hat. »Erzähl mir etwas«, hat sie oft gesagt, und dann habe ich ihr von einem neuen Sprung erzählt, den wir im Kurs gelernt haben, oder von einem neuen Stern, der gerade entdeckt wurde oder so.

Als ich wieder draußen bin, mache ich die Tür hinter mir zu.

Den Pass stecke ich auch in meine Sporttasche. Ich schätze mal, dass ich das Ticket nach Irland am Flughafen kaufen kann. Wenn ich erst ein Ticket habe, kann Faith nicht mehr sagen, dass ich dableiben muss.

Ich kann nur hoffen, dass ihre echte Mutter ein richtiges Ekel ist, damit Faith wieder mit mir nach Brighton zurückkommt. Ich weiß, es ist gemein, so was zu denken, aber man kann sich ja nicht zwingen, bestimmte Sachen nicht zu denken, auch wenn sie gemein sind.

Die Tasche schiebe ich unter mein Bett. Zum Glück ist sie klein genug und passt drunter. Ich verstecke sie hinter der Schachtel mit den Kostümen. Inzwischen bin ich zu alt zum Verkleiden, aber manche von ihnen sind noch fast wie neu. Der Power Ranger zum Beispiel und der Todesser. Ich habe auch ein Cowboy-Kostüm. Eigentlich könnte ich sie verschenken. In der Stadt gibt es einen Second-Hand-Laden.

Da bringe ich sie hin, wenn ich wieder da bin.

Wenn alles wieder so wird wie vorher.

KAPITEL 18

Am Sonntag fahre ich zu meinen Eltern. Das ist nicht weiter ungewöhnlich. Ich besuche sie oft am Sonntag. Seit Jahren schon.

Im Haus ist es kalt. Dad mag es nicht, wenn es zu warm ist, wegen der Orchideen, die – in den verschiedensten Entwicklungsstadien – die meisten Fensterbänke bevölkern. Eigentlich hat er dafür ein Glashaus im Garten, aber manche holt er ins Haus. Die, die besonders viel Aufmerksamkeit benötigen, sagt er. Es ist unglaublich, was für einen Aufwand er mit seinen Orchideen betreibt. Er redet mit ihnen, er spielt ihnen »Things Can Only Get Better« von D:Ream vor, er bemalt sogar ihre Töpfe (seine letzte Hoffnung, wie er sagt – er ist nicht sonderlich begabt mit Pinsel und Palette). Und alles nur, weil Mum beim zweiten Date erwähnt hat, dass sie Orchideen mag. Dad hat es nie vergessen.

»Wo ist Thomas, Kat?«, fragt Ed.

Das ist wohl das Schlimmste daran, dass wir Schluss gemacht haben, Thomas und ich: Ed.

Ed hat sich seit dem Augenblick, in dem er Thomas kennengelernt hat, als sein bester Freund betrachtet. Man kann es ihm nicht verübeln, so, wie sich Thomas ihm gegenüber verhalten hat. Er hat ihn überallhin mitgenommen. Zur Filmpremiere von *Fluch der Karibik*, zur Buchpräsentation von *Skulduggery Pleasant – Sabotage im Sanktuarium* und aufs Set von *Fair City*, weil er weiß, dass *Fair City* Eds Lieblings-Seifenoper ist.

»Ed braucht weder Betreuung noch Bespaßung«, sagte ich oft zu Thomas, in einem Tonfall, den er als »unwirsch« bezeichnete.

»Aber ich will doch auch hin«, erwiderte er dann. »Schließlich spielt da diese Penelope Crowns mit oder wie sie heißt.«

»Penelope Cruz.«

»Genau die. Außerdem soll es Häppchen geben, und wer weiß, vielleicht sogar ein paar Give-aways. Wir werden uns blendend amüsieren, stimmt's, Ed?«

Und das taten sie auch immer. Sie amüsierten sich blendend, sei es bei den diversen Fußballspielen im Croke Park Stadion, bei der Premiere von *The Sound of Music* im Grand Canal Theatre oder bei einem Zoobesuch, zu dem ausschließlich Vertreter der Presse geladen waren, nachdem die Elefanten Nachwuchs bekommen hatten.

Ich habe Thomas mehr als einmal versichert, dass er Ed nicht auf jede einzelne seiner Unternehmungen mitschleppen muss.

»Ich weiß«, antwortete er. »Begleitest du uns?«

»In den stinkenden Zoo? Um ein paar stinkenden Elefanten dabei zuzusehen, wie sie den Schwanz heben und direkt vor meiner Nase ihre riesigen Elefantenköttel auf den Boden plumpsen lassen?«

»Genau.«

»Okay«, sagte ich, zu seiner großen Verblüffung, und zu meiner eigenen ebenfalls, wenn ich ehrlich sein soll. Der Gestank am Elefantengehege hielt sich erstaunlicherweise in Grenzen. Ich erinnere mich sogar, dass es nach Sommer roch und dass ein schwerer, süßer Jasminduft in der Luft lag, als ich von Thomas vor allen Leuten auf den Mundwinkel geküsst wurde, ehe ich es ihm verbieten konnte.

Selbst wenn ich Ed noch so oft sage, dass wir nicht mehr zusammen sind – er fragt immer noch nach Thomas. Vor allem sonntags. In den Monaten bevor wir Schluss gemacht haben – bevor ich verlassen wurde –, ist es Thomas noch gelungen, klammheimlich die Familientradition des sonntäglichen Essens bei meinen Eltern zu infiltrieren. Sein Vorgehen war genauso geschickt wie sonst auch, und als ich es gemerkt hatte, war es schon zu spät – da thronte er bereits auf dem Stuhl meines Vaters am Kopfende des Tisches.

»Thomas arbeitet«, sage ich zu Ed, weil ich die Wahrheit heute einfach nicht ertrage.

Das weckt Mums Aufmerksamkeit. Sie blickt von ihrem Notizbuch hoch. »Ich dachte, ihr habt Schluss gemacht.«

Ich spähe zu Ed, aber der ist wieder in die Lektüre von *Soap Watch* vertieft und hat es nicht gehört.

»Schon«, sage ich, »aber das bedeutet nicht, dass er nicht arbeitet.«

Sie nickt und widmet sich wieder ihren Notizen. Es macht mir nichts aus. Nicht so richtig. Manchmal ist sie eben total in ihrer Welt. Sie braucht länger als normale Menschen, um sich auf die Realität zu konzentrieren statt auf die Fantasiewelt in ihrem Kopf.

Ed legt seine Zeitschrift ab. »Thomas kann ja nächsten Sonntag kommen, wenn er nicht auf der Farm arbeiten muss, stimmt's, Kat?«

»Möchte jemand Wein?«, frage ich. »Ich habe gestern bei Fitzpatrick's eine schöne Flasche Côtes du Rhône gekauft.« Ich gehe vor dem Sideboard in die Knie und hole aus der hintersten Ecke die größten Weingläser, die wir haben.

Als ich zum Tisch zurückkehre, sitzt Ed schon auf seinem Platz. »Thomas kann doch nächsten Sonntag kommen, wenn er nicht auf der Farm arbeiten muss, stimmt's, Kat?«

Ich spähe zu Mum, die etwas in ihr Notizbuch kritzelt, dann zu Dad, der misstrauisch die Lammkeule beäugt, die vor ihm auf dem Tisch liegt, als könnte sie sich jeden Moment aus dem Staub machen auf der Suche nach ihrem Vorbesitzer.

Ich sehe zu Ed. »Das glaube ich nicht, Ed. Tut mir leid.«

»Warum nicht?«

»Weil Thomas und ich Schluss gemacht haben. Nach dem Unfall – weißt du noch?«

Er nickt und lächelt. »Ja, aber ihr könnt doch wieder zusammenkommen, Kat«, sagt er. »So wie ich und Sophie. Wir kommen auch immer wieder zusammen.«

»Sophie und ich«, sagt Mum.

Das ist wie ein Reflex bei ihr. Ich glaube nicht, dass es ihr überhaupt bewusst ist. Heute kann ich nicht darüber hinwegsehen. »Herrgott noch mal, musst du ihn ständig korrigieren? Was macht es denn für einen Unterschied, ob er ich und Sophie sagt oder Sophie und ich? Wen interessiert's? Du verstehst, was gemeint ist, oder?«

Sie antwortet nicht.

»Gibt es sonst noch etwas zu essen?«, frage ich. »Irgendwelche Beilagen, meine ich.« Nicht, dass ich Hunger hätte. Ich möchte bloß das Essen hinter mich bringen, damit ich nach Hause gehen kann.

Mum hebt den Kopf. »Natürlich gibt es auch Beilagen.« Sie sieht sich um. »Nicht wahr, Kenneth?«

Eigentlich heißt mein Vater gar nicht Kenneth, sondern Leonard. Als er sich meiner Mutter vorgestellt hat, dachte sie allerdings, er hätte Kenneth gesagt, und er hat sie teils aus Höflichkeit, teils aus Ehrfurcht nicht korrigiert. Er hatte sich auch deshalb nicht die Mühe gemacht, den Irrtum aufzuklären, weil er nicht damit gerechnet hatte, dass sich eine Frau wie sie ernsthaft für ihn interessieren könnte. Als sie beschloss, sich noch einmal mit ihm zu treffen, willigte er ein, und als sie Monate später zufällig herausfand, dass er in Wahrheit Leonard hieß, war es bereits zu spät, jedenfalls in ihren Augen. Es würde sich seltsam anfühlen, ihn plötzlich Leonard statt Kenneth zu nennen, so ihr Argument. Mittlerweile wird er von vielen Leuten Kenneth genannt. Er sagt, es stört ihn nicht.

Ich erhebe mich und gehe in die Küche. Im Backofen stehen eine Auflaufform mit Gemüse und eine Schüssel Kartoffelbrei. Ich hole die Topflappen, trage beides ins Esszimmer und stelle es auf den Tisch. In der Zwischenzeit hat Dad es geschafft, zwei Scheiben Fleisch von der Lammkeule zu schneiden. Mum kritzelt in ihr Notizbuch. Ed nimmt einen Schluck Wein und verzieht das Gesicht. Er mag keinen Wein, ihm gefällt bloß die Vorstellung, dass er Wein mag.

Ich gebe etwas von mir, das wohl am besten mit der Formulierung »überflüssiges Geschnatter« umschrieben werden kann.

»So … Zwei Löffel Kartoffelbrei für dich, Ed … Und etwas gerösteter Kürbis für dich, Mum. Ich weiß doch, wie gern du den isst … Keine Sorge, Dad, ich habe darauf geachtet, dass dein Gemüse nicht mit den Auberginen in Berührung kommt.« Dad mag keine Auberginen. Es wäre wohl übertrieben zu behaupten, dass er sie hasst, aber er empfindet beim Anblick ihrer ledrigen, violetten Haut eine heftige Abneigung. Und weil er so selten seine Meinung kundtut, insbesondere, wenn es eine negative Meinung ist, geben wir uns von Montag bis Samstag alle größte Mühe, um sicherzustellen, dass er nicht mit Auberginen konfrontiert wird. Der Sonntag bildet eine Ausnahme, weil Ed und Mum Auberginen lieben. Ich selbst bin, was Auberginen angeht, indifferent.

Ich setze mich. Mum klappt ihr Notizbuch zu und tätschelt den Haarknoten an ihrem Hinterkopf, wie um sich zu vergewissern, dass er noch da ist. Ed gießt Milch in sein Weinglas. Dad legt jedem eine Scheibe Fleisch auf den Teller und steckt sich eine Serviette in den Kragen.

Wir essen.

Die Stille ist nicht angespannt, aber sie ist da. Sie war immer da. Wir gehören nicht zu den Familien, in denen die gemeinsame Nahrungsaufnahme ein Muss ist, doch aus unerfindlichen Gründen besteht Mum auf der Tradition des sonntäglichen Familienessens. Als hätte sie irgendwo gelesen, dass sich das für eine Familie so gehört.

Wir essen.

Mum schneidet ihr Gemüse und ihr Fleisch in klitzekleine Stücke und schichtet von allem ein winziges Häppchen auf ihre Gabel – etwas Kartoffelbrei und Brokkoli, eine Erbse, ein Stückchen Lamm und natürlich ein wenig von der umstrittenen Aubergine. Dann dirigiert sie das Essen in ihren Mund, wobei sie diesen erst in allerletzter Sekunde öffnet, und zwar gerade weit genug, um sich das Essen einverleiben zu können, und keinen Millimeter weiter. Der Mund schließt sich wieder, und sie beginnt sorgfältig zu kauen – mindestens zehn Mal, ehe sie es sich gestattet zu schlucken. Mum ist sehr pedantisch, was das Kauen angeht. »Esst langsam«, hat sie Ed und mir stets eingeschärft.

»Sprecht nicht mit vollem Mund.«

»Kaut ordentlich.«

Manche Menschen haben Flugangst oder Angst vor Spinnen oder vor Schülerlotsinnen. Meine Mutter hatte Angst, wir könnten uns verschlucken, Ed und ich. Daran habe ich erkannt, dass sie uns liebt.

»Wie läuft's denn mit dem neuen Buch?«, erkundige ich mich. Sie wartet ab, bis sie zehn Mal gekaut hat, und nimmt sicherheitshalber noch einen großen Schluck Wasser, ehe sie antwortet.

»Es ist schwierig.« Sie schüttelt den Kopf. »Sehr schwierig.«

»Oh«, sage ich.

»Wie du weißt, erschließt sich die Geschichte aus einer Reihe von Briefen des Erzbischofs an den Generalvikar, weshalb ich recht eingeschränkt bin, was den narrativen Ton anbelangt, und das macht das Schreiben etwas …« Sie bricht ab.

»Schwierig?«, frage ich.

»Ganz recht.«

Wir essen.

Das Dessert ist selbst gemacht. Dad ist ein ausgeprägtes Schleckermäulchen, weshalb ihm Ed zum letzten Geburtstag das Buch *Nigellas Nachspeisen* geschenkt hat. Dabei hat sich Dad bis dahin weder besonders fürs Backen interessiert noch für Nigella Lawson, die das genaue Gegenteil des von Dad bevorzugten Frauentyps (Mum, Judi Dench,

Margaret Thatcher um 1980) ist. Vielleicht kam Ed auch bloß auf diese Geschenkidee, weil es das Buch für 50 Cent im örtlichen Second-Hand-Laden gab. Der Preis ist mit Bleistift auf der Innenseite des Umschlags vermerkt. Ed liebt Second-Hand-Läden. Sein Zimmer ist vollgestopft mit dem Krimskrams anderer Leute.

Seit er Dad das Buch geschenkt hat, verabreden sich die beiden jeden Sonntagvormittag in der Küche und backen etwas. Sie arbeiten sich in chronologischer Reihenfolge vor. Heute ist Seite 43 dran, ein flüssiger Schokoladenkuchen, noch warm und mit einer großen Kugel Eis serviert. Ich beschränke mich zum Dessert normalerweise auf Kaffee und eine Zigarette, aber nicht am Sonntag. Nicht seit Nigella die beiden dazu gebracht hat, sich allwöchentlich selbst zu übertreffen. Genau das sage ich ihnen auch fast jeden Sonntag. Dass sie sich mal wieder selbst übertroffen haben. Selbst Mum, die isst wie ein Vögelchen, gönnt sich eine dünne Scheibe Schokoladenkuchen. Eine Weile ist nur das Kratzen der Gabeln auf den Tellern zu hören. Gabeln sind nicht gerade ideal, um Eis zu essen. Ein Löffel wäre hier zweckdienlicher. In Augenblicken wie diesen kann man durchaus nachvollziehen, warum Kinder ihre Teller ablecken.

Ich mache Kaffee. Einen entkoffeinierten Espresso für Mum, je einen mit Kakaopulver bestäubten Cappuccino für Dad und Ed und einen schwarzen Kaffee für mich. Ich mahle die Bohnen und fülle die Maschine, dann setze ich mich wie immer daneben auf die Anrichte und warte ab. Ich liebe das Gurgeln und Spucken der Maschine. Und den Kaffeeduft, kräftig und erdig.

Das Tablett ist nicht neben dem Kühlschrank, wo es hingehört. Als ich Mum danach frage, rät sie mir, es mal im Haushaltsraum zu versuchen. Und tatsächlich, dort finde ich es, unter einem Berg von Zeitungen und Rechnungen. Mum besteht darauf, den gesamten Papierkram zu erledigen, obwohl die Wahrscheinlichkeit, dass man ihnen zweimal jährlich den Strom abdreht, bedeutend geringer wäre, wenn Dad das übernehmen würde. Ich glaube, das ist für Mum die Verbindung zur Wirklichkeit. Eine Erinnerung an das Leben dort draußen. Es ist eine reichlich fragile Verbindung.

Auf dem Tablett liegen Supermarkt-Prospekte, ungeöffnete Rechnungen, ein Fanbrief – drei handbeschriebene, altmodische Briefpapierseiten – und ein paar Gutscheine des hiesigen Taxiunternehmens. Ich kippe einfach alles auf die Waschmaschine, und da sehe ich sie: drei identische Umschläge, cremeweiß, mit Fenster. Einer davon ein Einschreiben. Britische Briefmarken, im Fenster mein Name, Mrs. Katherine Kavanagh. Und die Adresse meiner Eltern, unter der ich schon seit zwanzig Jahren nicht mehr wohne. Diese Briefe kommen nicht von der Sekretärinnenschule.

In meinem Kopf beginnt etwas zu pulsieren.

Ich gehe mit den drei Umschlägen ins Esszimmer.

»Mum?« Sie hebt den Kopf von ihrem Notizbuch. Sieht mich. Sieht die Briefe in meiner Hand.

»Ach, richtig, tut mir leid, Katherine. Die wollte ich dir eigentlich weiterleiten.«

»Wie lange liegen die hier schon rum?«

»Von wem sind die Briefe, Kat?«, will Ed wissen.

»Weiß ich nicht genau«, sagt Mum. »Zwei, drei Wochen, mehr nicht. Ich war so beschäftigt mit dem Buch. Es war …«

»Schwierig, ja, das hast du schon erwähnt.«

Dad schaltet sich ein. »Ist ja kein Beinbruch, oder? Jetzt hast du sie ja.« Er übernimmt die gewohnte Rolle. Der Mediator. Der Schiedsrichter. Der Vermittler. Der Mann, der den Gong ertönen lässt. Der »genug« sagt.

Ich gehe mit den Umschlägen in der Hand zu meinem Stuhl.

»Von wem sind sie, Kat?«, wiederholt Ed.

Ich setze mich, greife nach meinem Glas, leere es. Schenke mir Wein nach.

»Musst du nicht noch fahren?«, fragt Mum.

»Ich bringe sie nach Hause«, sagt Dad.

»Das ist eine englische Briefmarke, nicht, Kat? Guck mal, da ist die Queen drauf.«

Ich betrachte die Umschläge. Eine cremeweiße Königin auf rosa Hintergrund. Ein Londoner Stempel. Ich kenne niemanden in London, außer Brona natürlich, und die schickt mir alles an die Postfachadresse, die ich ihr gegeben habe.

Ich öffne das erste Kuvert. Nehme den Brief heraus. Ein Blatt. Ich drehe es um. Eine Seite ist beschrieben. Der Inhalt ist so verfasst, wie ich es mag. Präzise, auf den Punkt gebracht. Keine Schnörkel.

»Von wem ist der Brief, Kat?«, fragt Ed.

»Edward, nimm die Ellbogen vom Tisch«, sagt Mum. »Und sprich bitte nicht mit vollem Mund. Wie oft muss ich dir das noch sagen?«

»Hör auf.«

Mum sieht mich an. »Wie bitte?«

»Lass ihn in Ruhe.«

Sie nimmt ihre Gabel, legt sie auf dem Teller ab. »Ich versuche lediglich, dem Jungen Manieren beizubringen.«

»Janet!«, sagt mein Vater. Das ist aus seinem Mund

schon fast eine Rüge. Er legt Ed eine Hand auf die Schulter, dann geht er hinaus in die Küche.

»Ed ist vierunddreißig. Er ist kein Junge mehr.« Ich werde nicht allzu oft wütend, ich bin höchstens mal gereizt. »Kratzbürstig« nannte Thomas das. Doch jetzt verspüre ich Wut. Sie würgt mich, drückt mir mit beiden Händen die Kehle zu. »Und er hat auch nicht mit vollem Mund geredet. Er hat fertig gegessen«, fauche ich.

Dad kommt wieder ins Esszimmer. »Hier ist der Kaffee.« Er sieht uns an, als wären wir das Publikum und er ein Mann, den man gezwungen hat, nach dem Dinner eine Tischrede zu halten. Alles an meinem Vater ist bescheiden. Seine Erscheinung, seine Stimme, die Portionen, die er isst, seine Erwartungen an andere.

»Dieser Brief wurde vor fast einem Monat geschrieben«, sage ich.

Auf dem Teller meiner Mutter liegt ein einzelner Kuchenkrümel. Sie spießt ihn mit der Gabel auf, taucht ihn in einen geschmolzenen Eisrest, hebt die Gabel zum Mund, öffnet den Mund, schließt ihn, kaut zehn Mal, schluckt, trinkt etwas Wasser und nippt an ihrem Glas Wein. Dann sieht sie mich an und schüttelt den Kopf. »Ich habe sie vergessen.« Und wäre es ein normaler Sonntag gewesen, einer von all den anderen Sonntagen, an denen ich schon an diesem Esstisch gesessen habe und ihr dabei zugesehen habe, wie sie kaut und schluckt und alles Mögliche vergisst, dann hätte ich es dabei belassen. Ich hätte die Achseln gezuckt und sie daran erinnert oder auch nicht, je nachdem.

Doch nicht so heute. Ich sehe ihr in die Augen. »Dieser Brief ist von einer Adoptionsagentur.«

»Von einer Adoptionsagentur?« Sie lässt die Gabel

sinken. Ich nicke. Mein Atem geht stoßweise. Mum sieht mich an, als wäre sie soeben aufgewacht. Sie ist präsent. Ich habe ihre volle Aufmerksamkeit.

»Hast du gewusst, dass es ein Mädchen ist?«, frage ich.

»Wer ist ein Mädchen?«, will Ed wissen.

Mum schweigt, die Lippen zu einer dünnen Linie zusammengepresst.

Ich frage sie noch einmal. Lauter diesmal. »Hast du es gewusst? Hast du gewusst, dass es ein Mädchen ist?«

»Katherine«, murmelt Dad.

»Wer ist ein Mädchen?«, fragt Ed.

Mum starrt auf ihren Teller. Sie nickt.

»Warum hast du es mir nie gesagt?«

»Ich dachte, du wüsstest es.« Ihre Stimme ist leise, fast nur ein Flüstern.

»Wer ist ein Mädchen?«, fragt Ed.

Ich sehe zu ihm und schüttle den Kopf. Es gibt einiges, das ich ihm sagen muss, aber ich weiß nicht, wo ich anfangen soll.

Wir haben nie darüber gesprochen. Hinterher. Vielleicht, weil wir so unter Schock standen. Mum dachte, ich wäre bei Minnie, um für einen Geschichtstest über die Normannen zu lernen. Ich war fünfzehn. Ihre einzige Tochter. Ich weiß noch, wie sie völlig außer Atem bei Minnie ankam, als wäre sie gerannt. Ein paar Haarsträhnen hatten sich aus dem Knoten gelöst, den sie schon damals trug. Ich weiß noch, was ich empfand, als ich sie sah: Erleichterung. Sie würde sich um alles kümmern. Die Sache in die Hand nehmen.

Tja, genau das hat sie dann getan.

»Es ist das Beste so, Katherine.« Das hat meine Mutter gesagt. Hinterher.

»Willst du dein Baby mal halten?«, fragte mich die Krankenschwester mit den großen Händen. Ein Landei, ihrer Aussprache nach zu urteilen. Auf ihrem Namensschild stand Ingrid. In Großbuchstaben. INGRID. Ich schüttelte den Kopf und unterschrieb die Papiere an den Stellen, die Mum mit einem X markiert hatte. »Es ist das Beste so, Katherine«, sagte sie, und ich nickte, und dann brachte sie mich nach Hause, und wir verloren nie wieder ein Wort darüber.

Ich öffne den zweiten Umschlag. Und den dritten. Alle von demselben Absender. Alle mit demselben Inhalt. Ich lege sie auf den Tisch. Schiebe sie ihr hin.

»Lies«, fordere ich sie auf.

Sie betrachtet den kleinen Stapel, greift aber nicht danach.

»Ich finde, wir sollten später darüber reden, Katherine«, sagt sie und deutet mit dem Kopf auf Ed, als könnte er uns nicht sehen.

»Über was?«, will Ed wissen. Er legt seine Gabel ab und wischt mit dem Zeigefinger die letzten Reste Eis von seinem Teller. Mum lässt es ihm kommentarlos durchgehen.

Dad räuspert sich, und ich weiß, er wird etwas sagen, und ich weiß, wenn er es erst gesagt hat, wird nichts mehr so sein wie vorher. Alles wird anders sein. Ich weiß es.

Er räuspert sich, und dann sagt er: »Kat hatte ein Baby, Ed.« Seine Stimme ist ruhig und bescheiden, genau wie er selbst. Seine Worte sind wie ein Hieb auf den Kopf. Ich betrachte ihn, sein gütiges, vertrautes Gesicht. Es ist bläulich-weiß. Geschockt. Er wirkt alt. Zum ersten Mal wirkt er richtig alt. Seine Stimme zittert, aber er fährt fort: »Das Mädel müsste inzwischen vierundzwanzig sein.«

»Warum schreibt sie dir?«, fragt Ed. »Hat sie deine Telefonnummer nicht?«

»Sie hat die Adoptionsagentur gebeten, mir zu schreiben, weil sie mich treffen will.«

»Und mich will sie nicht treffen?«, fragt Ed.

Schweigen.

»Ist sie meine kleine Schwester?«

»Du bist ihr Onkel«, sagt Dad.

»Sie kann im unteren Stockbett schlafen.« Ed steht auf und marschiert zur Tür. »Ich geh dann mal mein Zimmer aufräumen.« Ed hat in seinem ganzen Leben noch nie sein Zimmer aufgeräumt. Dafür war Mrs. Higginbotham zuständig, oder Dad, oder ich. Er rast die Treppe hoch. Oben bleibt er stehen. »Onkel Ed«, schreit er.

Dad streckt die Hand aus und legt sie auf die meine, nur einen Augenblick. Mum beobachtet es, öffnet den Mund, als wollte sie etwas sagen, schließt ihn wieder.

»Habt ihr gehört?«, ruft Ed vom oberen Treppenabsatz.

»ONKEL ED.«

KAPITEL 19

Dad schläft in Ants und Adrians Zimmer. Ich hatte schon befürchtet, dass er womöglich in Mums Zimmer schläft. Er schnarcht nicht mehr. Celia lässt ihn nicht, sagt er.

Ich warte, bis Faith ins Bett gegangen ist und es still im Haus wird und der Boden zu knarzen beginnt. Sie geht früher als sonst schlafen. Wahrscheinlich, weil Rob nicht gekommen ist. »Spar dir die Mühe«, hat sie gesagt, als er vorhin angerufen hat.

Und: »Such dir eine andere, die deinen Song singt. Er ist sowieso total beknackt.«

Die beiden klingen inzwischen schon wie Mum und Dad damals, bevor Dad zu Celia nach Schottland gezogen ist. Ich schätze, sie werden bald Schluss machen, was ich echt schade finde, weil Rob nämlich echt okay ist für einen Erwachsenen. Er sagt mir nie, was gut für mich ist, und er hasst Blumenkohl und Sellerie genauso sehr wie ich.

Ich lege zwei Kissen auf mein Bett und breite meine Decke drüber. Die Decke ist aus demselben Stoff wie die Uniform, die Sully in Afghanistan trägt. Ich hole die Tasche unter dem Bett hervor. Es ist alles drin, was ich brauche, sogar meine Zahnbürste.

Vor Faiths Zimmertür bleibe ich stehen. Es ist nichts zu hören, also gehe ich weiter. Die Treppe ist knifflig, weil sie knarrt. Ich schaffe es bis zur sechsten Stufe, dann fällt mir die Tasche runter. Als ich mich umdrehe, um sie aufzuheben, knarrt die

Stufe. Es klingt wie eine alte Frau, die stöhnt. Beinahe hätte ich meine Tasche gleich noch einmal fallen lassen.

Ich kauere mich hin und bewege mich nicht.

Nichts zu hören.

Trotzdem zwinge ich mich, eine Minute zu warten. Ich zähle bis sechzig, so langsam es geht.

Nichts.

Ich schleiche die restlichen Stufen hinunter.

Die Küche sieht anders aus im Dunkeln. Die Irland-Uhr tickt nachts viel lauter. Das Licht im Kühlschrank blendet mich, als ich ihn aufmache.

Ich nehme vier Scheiben Schmelzkäse, eine Packung Schinken und drei Becher Erdbeerjoghurt raus. Dann hole ich zwei Scheiben Brot aus dem Brotkasten und wickle sie in Alufolie. Ein Packet Cracker. Ein Kit Kat aus dem Süßigkeitenversteck, von dem Faith denkt, ich würde es nicht kennen. Den Flake-Riegel lasse ich da. Faith steht total auf Flake-Riegel.

Ich fülle Orangensaft aus dem Karton in meine Trinkflasche. Dabei verschütte ich etwas auf den Boden und trete in die Pfütze. Die Küchenrolle ist alle, und das einzige Geschirrtuch, das ich finde, ist Mums Lieblingstuch, das mit dem Rezept für Funky Banana Bread, nach dem sie das Café benannt hat. Ich schleiche in den Flur und hole Klopapier aus dem unteren Klo. Damit wische ich den Küchenboden und meine Schuhsohle ab.

Ich habe es niemandem erzählt, nicht mal Damo, damit er nicht flunkern muss, wenn ihn jemand fragt. Er kann einfach sagen: »Ich weiß nichts«, und es ist nicht gelogen.

Draußen regnet es. Ich hätte meine Regenjacke einpacken sollen. Es ist auch ziemlich kalt. Mein Anorak wäre besser gewesen als die Jeansjacke. Ich habe eine Taschenlampe dabei, aber ich schalte sie nicht ein, weil ich Batterien sparen will.

Dad bringt Faith morgen zum Flughafen, und vorher fährt er

mich zur Schule. Deswegen muss ich jetzt los. Ich glaube nicht, dass ich es von der Schule noch rechtzeitig zum Flughafen schaffen würde.

Ich hole den Geldbeutel aus meiner Hosentasche. Eigentlich ist es Mums Geldbeutel; ich habe gar keinen. Vielleicht kaufe ich mir in Irland einen. Das Geld ist noch drin. Drei Fünfzig-Pfund-Scheine und drei Pfund-Münzen und zwei Zwanzig-Pence-Stücke und der Penny. Alles da.

Die Bushaltestelle ist am Ende der Straße. Sie ist leer, und es ist weit und breit kein Bus zu sehen. Ich gucke auf die Uhr, die Ant mir zum neunten Geburtstag geschenkt hat. Es ist keine Kinderuhr wie die Spiderman-Uhr von George Pullman, sondern eine richtige Uhr, bei der sogar die Zeiger im Dunkeln leuchten. Zum Glück, die Taschenlampe funktioniert nämlich nicht. Ich schätze, die Batterien sind leer.

Es ist 00:10 Uhr, das heißt, der Bus müsste in vier Minuten kommen. So stand es im Busfahrplan zu Hause. Aber auf dem Fahrplan an der Haltestelle steht, dass der letzte Bus schon um 23:55 Uhr gefahren ist, also vor einer Viertelstunde.

Unsere Trainerin sagt, man muss immer einen Plan B haben. Daran hätte ich denken sollen.

Ich setze mich auf die Gehsteigkante. Im Sitzen kann ich besser denken. Wahrscheinlich, weil das Blut dann nicht so lange bis in meinem Kopf braucht.

Dann kommt ein Taxi. Ich strecke die Hand aus, und es bleibt stehen.

»Na, wo soll's denn hingehen, junger Mann?«, fragt der Fahrer.

»Zum Flughafen, bitte«, sage ich.

Er stellt den Motor ab, beugt den Kopf aus dem Fenster und guckt mich so an, wie uns Miss Williams anguckt, bevor die Schulinspektorin kommt.

»Zum Flughafen?«

»Ja, bitte. In London.«

»Da gibt's mehrere Flughäfen, Kleiner. Hast du einen bestimmten im Sinn?«

»Äh, Gatwick.«

»Welches Terminal?«

Das ist das Problem, wenn man mit Erwachsenen redet. Früher oder später stellen sie einem eine Frage, auf die man keine Antwort weiß.

Der Taxifahrer zündet sich eine Zigarette an und bläst den Rauch aus dem Fenster. Der Rauch kommt aus seinem Mund und den Nasenlöchern zugleich. Sully kann das auch. Er kann sogar Rauchkringel machen.

»Willst wohl schön in Urlaub fahren, wie? Spanien vielleicht? Benny-dorm, hm?«

Damo war mal in Benny-dorm. Er hat gesagt, es ist zu heiß da, und keiner redet Englisch.

Ich schüttle den Kopf. »Ich fliege nach Irland.«

»Das würd ich an deiner Stelle lieber lassen, Kumpel. Ist arschkalt dort drüben, und das Bier ist schwarz. Sehr suspekt.«

»Ich fliege mit meiner Schwester. Sie ist vierundzwanzig. Ich treffe sie in London am Flughafen.«

Er zieht noch einmal an seiner Zigarette, dann guckt er auf die Uhr, und ich denke schon, mein Plan B funktioniert, aber er schüttelt den Kopf und sagt: »Ist schon reichlich spät für 'ne Fahrt nach London, Kumpel. Was hältst du davon, wenn ich dich nach Hause bringe? Deine Mutter fragt sich sicher schon, wo du abgeblieben bist.«

Ich trete einen Schritt zurück und starte einen letzten Versuch. »Ich muss heute Nacht fahren. Ich habe Geld.« Ich nehme Mums Geldbeutel aus der Tasche und zeige es ihm: Drei Fünfzig-Pfund-Scheine, drei Pfund-Münzen, zwei Zwanzig-Pence-Stücke, ein Penny.

»Lass mal sehen.« Wenn der Taxifahrer lächelt, sieht man seine Zähne. Sie sind krumm und schief und gelb und sehen aus, als hätte er sie den ganzen Tag noch nicht geputzt, und gestern vermutlich auch nicht. Ich stecke das Geld wieder in den Geldbeutel und schiebe den Geldbeutel in die Hosentasche. Der Mann fummelt jetzt am Sicherheitsgurt herum. Er versucht, auszusteigen, aber es ist nicht einfach, weil er so fett ist. Das Lenkrad bohrt sich in seinen Bauch. Er nimmt noch einen Zug von seiner Zigarette, dann wirft er sie aus dem Fenster, obwohl ein Zigarettenfilter zwölf Jahre braucht, um zu verrotten. Er macht die Tür auf, hält sich mit einer Hand am Autodach fest und steigt aus. Das Licht der Straßenlaterne fällt auf sein riesiges Gesicht, das ganz rot und verschwitzt ist. Wenn der Kerl in einem Fernsehfilm mitspielen würde, dann garantiert als Bösewicht.

»Komm mal her, Kleiner«, sagt er. »Zeig mir noch mal deine Knete. Mal sehen, ob noch alles da ist.«

Und da spurte ich los. Rennen kann ich nicht so gut wie schwimmen, aber beim Hundertmeterlauf letztes Jahr in der Schule bin ich trotzdem Zweiter geworden. Nur Carla war schneller als ich, und ihre Mum ist zwei Jahre hintereinander beim London-Marathon mitgelaufen. Carla sagt, wenn sie groß ist, macht sie das auch.

Lasst euch nicht von Fremden ansprechen, hat man uns in der Schule gesagt. In so einem Fall sollen wir weglaufen und schreien, um Aufmerksamkeit zu erregen.

Ich schreie nicht. Ich will keine Aufmerksamkeit erregen. Ich renne bloß und drehe mich erst um, als ich das Ende der Straße erreicht habe. Ich sehe ihn nicht, aber sein Auto kommt näher. Es ist ganz leise.

Damos Haus ist gleich um die Ecke. Ich springe über die Gartentür und laufe zum Seitentor. Das Tor ist verschlossen, aber man kann ganz leicht drüberklettern. Ich renne den schmalen

Weg entlang bis in die hinterste Ecke des Gartens, zu dem Baum mit dem Baumhaus. Eigentlich ist es nur eine große Holzplatte, über der statt den Wänden ein paar Leintücher hängen. Diesmal klettere ich nicht nur bis zur Mitte wie sonst, sondern ganz nach oben. Das wird mir Damo bestimmt nicht glauben, wenn ich es ihm erzähle.

Der Baum hat keine Blätter, weil Winter ist, aber es ist dunkel. Ich glaube nicht, dass mich der Taxifahrer sehen kann, außer er hat eine Taschenlampe mit Batterien.

Ich höre, wie der Wagen die Straße entlangfährt. Im Schneckentempo. Vor Damos Haus wird er noch langsamer. Die Lichter sind aus, aber ich sehe eine Zigarette, die orange im Dunkeln glüht. Und ich sehe den Mann. Es kommt mir so vor, als würde er mich direkt anstarren.

Jetzt überlege ich doch, ob ich schreien soll. Den Mund aufreißen, so weit es geht, und mir die Lunge aus dem Leib brüllen. Laut genug, um Mrs. Sullivan und Imelda zu wecken. Sully ist im Krieg, und Damo würde wahrscheinlich nicht aufwachen. Neben dem könnte eine Bombe explodieren, und er würde nicht aufwachen, sagt seine Mum.

Ich mache den Mund auf.

Dann denke ich an den Ärger, den ich kriege, wenn ich Damos Mum aufwecke und sie zu Faith geht, und dann findet Faith raus, dass ich allein im Postamt war statt in der Bücherei mit Damo. Ich wette, dann kriege ich einen guten Monat Hausarrest. Vielleicht sogar noch länger. Und ich darf bestimmt nicht mehr in den Schwimmkurs oder mir eine PlayStation 3 kaufen, auch wenn ich irgendwann das Geld dafür beisammen habe.

Ich lege mir die Hand über den Mund, weil ich so laut und heftig schnaufen muss. Jetzt kommt die Luft stattdessen aus meiner Nase, aber genauso laut. Der Taxifahrer ist noch da. Er hat das Fenster runtergekurbelt und das Licht ausgeschaltet und raucht, obwohl ich nicht glaube, dass man in einem Taxi rauchen darf.

Als mir so kalt ist, dass ich mich schon gar nicht mehr an meinem Ast festhalten kann, gehen die Autolichter und der Motor an, und das Taxi fährt davon. Nachdem es verschwunden ist, zwinge ich mich, sicherheitshalber noch zehn Minuten zu warten. Dann klettere ich zum Baumhaus hinunter. Zum Glück bin ich gut im Klettern. Wenn ich es nicht wäre, würde ich jetzt bestimmt runterfallen, weil meine Hände und Füße so steif sind von der Kälte.

Ich muss mir einen Plan C überlegen, aber das ist nicht so einfach. Ich trinke den Orangensaft aus meiner Trinkflasche. Zu dumm, dass ich mir keine heiße Schokolade gemacht habe. Ich sehe zu Damos Fenster hinüber und versuche, nicht daran zu denken, dass er jetzt dort drüben in seinem warmen, gemütlichen Bett liegt und schnarcht wie ein Weltmeister. Ich stelle mir vor, dass er hier draußen bei mir ist und wir uns unterhalten. Ich rede aber nicht mit mir selber, das wäre ja total albern. Ich stelle mir nur vor, was wir sagen würden, um mir ein bisschen die Zeit zu vertreiben. Und wenn ich fertig bin, überlege ich mir einen Plan C.

KAPITEL 20

Es passiert nicht viel.

Ich male mir aus, wie es wäre, Thomas anzurufen.

Ich rufe ihn nicht an.

So muss es sich für einen Raucher anfühlen, wenn er sich ausmalt, wie er die nächste Zigarette raucht, sie aber nicht anzündet.

Es macht mich nervös.

Ich rauche viel.

Brona ruft an. Ich sage, ich kann nicht telefonieren, weil ich gerade mitten in einem Kapitel bin.

Ich schreibe nichts.

Ich betrachte mein Gesicht im Spiegel. Mein beinahe vierzig Jahre altes Gesicht. Jeden Tag sehe ich ein bisschen älter aus. Meine Falten werden länger und tiefer. Wenn ich lange genug in den Spiegel starre, ist mir, als könnte ich zusehen, wie es passiert.

Minnie ruft an, um mir zu erzählen, dass sie sich nachmittags, abends und nachts nicht mehr übergeben muss. »Jetzt ist es die richtige morgendliche Übelkeit«, sagt sie. Es klingt begeistert.

Ich erzähle ihr nichts. Obwohl Minnie der einzige Mensch auf der ganzen Welt ist, der alles weiß, erzähle ich ihr nichts von den Briefen. Den drei Briefen.

Ich nehme das Telefon in die Hand, stelle es wieder ab, nehme es wieder in die Hand. Stelle es wieder ab.

Ich rufe nicht an. Ich rufe Thomas nicht an.

Er erfährt es dann ganz zufällig.

Er kommt zu Eds Schwimmwettbewerb.

Er hat daran gedacht.

Natürlich hat er daran gedacht.

Ich bin spät dran, und er ist bereits da, thront auf dem besten Platz im Hause. Er wendet den Kopf zur Seite, blickt hinter sich und lächelt, als er mich sieht. Ein mildes Lächeln. Als wäre nichts zwischen uns geschehen. Nichts Gutes und nichts Schlechtes. Ich lächle nicht zurück. Plötzlich schäume ich vor Wut. Wir waren uns so nah. Seine Worte, nicht meine. Damals, auf der Farm. Nur ein paar Wochen vor dem Unfall. Dem verdammten Wunder. Ich trug Gummistiefel, die mir drei Nummern zu groß waren. Sie gehörten seiner Schwester. Sie haben alle solche Quadratlatschen, die Cunninghams. Und Schaufelbaggerhände. Sogar die Kleinste, Gott steh ihr bei.

Wir machten Heu auf einem seiner Äcker. »Das wird ein Spaß«, hatte Thomas angekündigt. Später fragte er: »Hast du Lust auf ein Schäferstündchen im Heu?« »Okay«, sagte ich. Also vergnügten wir uns ein bisschen im Heu, wobei ich darauf achtete, dass ich oben lag, weil Heu nicht so weich ist wie gemeinhin angenommen wird. Es pikst ganz schön. Danach setzte ich mich auf Thomas' Jacke, lehnte mich an ein mit Heu behängtes Gestell – einen Heureiter, wie er es nannte – und rauchte eine Zigarette. »Wenn man im Heu sitzt, sollte man nicht rauchen«, bemerkte er, und ich sagte »Ach, halt den Mund«, und er sagte: »Ich liebe diese Jahreszeit, wenn alles so voller Saft und Kraft ist«, und ich schlug nach einer Mücke und sagte: »Ich find's grauenhaft.« Er nahm meine Hand und hielt sie fest, und ich entzog sie ihm erst, nur um sie ihm gleich wieder zu reichen, und so saßen wir dann eine Weile da, und irgendwann küsste er mich auf den Mund, obwohl ich nach Zigaretten schmeckte und er Zigaretten hasst. Ich erwiderte den Kuss mit geschlossenen Augen und spürte die Hitze des Tages in den Knochen und seine weichen Lippen auf seinem Mund, und in diesem Augenblick war ich so glücklich, dass ich beinahe angefangen hätte zu weinen. Also brach ich den Kuss ab und drehte den Kopf weg, und da sagte Thomas: »Du gewöhnst dich schon noch daran.«

»Woran?«

»An uns. Daran, dass wir ein Paar sind wie Minnie und Maurice.«

»Wir sind überhaupt nicht wie Minnie und Maurice.« Was für eine Vorstellung.

»Doch, das sind wir«, beharrte er. »Wir stehen uns nahe. Tut mir leid, aber so ist es.« Er breitete die Hände vor sich aus und schüttelte den Kopf, als könnte er nichts dagegen unternehmen, obwohl es ihm leidtat.

Ich schnaubte: »Knallkopf« und boxte ihn in den Arm. Und da saßen wir dann, mit dem Rücken an den Heureiter gelehnt, und sahen zu, wie sich das goldene Sonnenlicht über seine fünf steinigen Äcker in Monaghan ergoss, und wir sagten nicht viel. Gar nichts eigentlich. Das war auch nicht nötig.

Und jetzt schenkt mir Thomas ein mildes Lächeln, als wären wir alte Bekannte, mehr nicht.

Er steht auf, und die Leute in der Reihe hinter ihm schnalzen mit der Zunge und verrenken sich den Hals. »Verzeihung … Entschuldigen Sie … Verzeihung … Entschuldigen Sie …«, murmelt er, während er zum Ende der Reihe schlurft, tunlichst darauf bedacht, niemandem auf die Zehen zu treten, weil er das letzte Mal, als ihm das passiert ist, dreihundertvierundzwanzig Euro für einen chirurgischen Eingriff berappen und mit dem gereizten Opfer viereinhalb Stunden in der Notaufnahme warten musste.

Er sieht aus wie immer. Locker, lächelnd, unkompliziert. Thomas Cunningham hat einfach etwas Unkompliziertes an sich. Wenn er eine Rechenaufgabe wäre, dann zwei plus zwei. Ich bin eher eine Gleichung mit mehreren Unbekannten.

Seine Klamotten sind zum Davonlaufen, wie nicht anders zu erwarten war, und er riecht leicht nach Hund. Könnte auch Ziege sein. Seine Haare gehören geschnitten, aber abgesehen davon sieht er – gut aus. Gesund. Er sieht aus wie jemand, der nie geraucht hat, aber einfach bloß »Nein, danke«, sagt, wenn man ihm eine Zigarette anbietet, anstelle des selbstgefälligen »Ich rauche nicht«, das viele Nichtraucher darauf entgegnen. Oder Leute, die aufgehört haben zu rauchen. Zum Glück werde ich nie zu denen gehören. Die können einen echt in den Wahnsinn treiben mit ihrer Selbstgefälligkeit.

An seiner Frisur hat sich nicht viel geändert, die grauen Locken sind lediglich etwas verfilzter, von Wind und Wetter zerzaust. Ich habe immer behauptet, seine Augen wären grau wie der Schlamm auf seinen fünf Äckern in Monaghan, aber das stimmt gar nicht. Von der Ferne wirken sie grau, aber wenn man näher kommt, werden sie grün. Manchmal auch blau. Kommt auf das Licht an.

Heute sind sie grau.

»Hallo, Kat«, sagt er.

»Hallo.«

»Ed ist in fünf Minuten dran, glaube ich«, sagt er mit einem Blick zum Becken hinunter. Ed hat ihn erspäht und winkt. Thomas lächelt und winkt zurück. Als er sich wieder mir zuwendet, ist sein Lächeln verblasst wie die Tapeten in einem unbewohnten Haus.

Tatsache ist, ich habe mich nie entschuldigt. Ich wollte es tun, oft sogar. Aber ich konnte es einfach nicht sagen. Und die Zeit verging, wie das eben so ist, und wenn ich jetzt etwas sage, dann fällt das in die Kategorie »die Kruste von einer alten Wunde kratzen«. Ich bin ziemlich sicher, dass es diese Kategorie gibt, auch wenn sie jeder anders nennt.

Es war einfach eine der Spätfolgen, schätze ich. Das, was mit Thomas und mir passiert ist. Nach dem Unfall. Dem verdammten Wunder. Davor war alles bestens, aber dann wollte Thomas ja alles verändern. Dauernd das Gerede von Heiraten und Kinderkriegen. Wobei er nicht von »Kindern« geredet hat, sondern von »einem Kind«. Als würde dieses Kind bereits existieren. Als müssten wir es lediglich irgendwo abholen.

Es stimmt, was ich gesagt habe – es war Thomas, der die Beziehung beendet hat. Aber er hat gesagt, er hätte keine andere Wahl gehabt. Ich hätte ihm keine andere Wahl gelassen, mit meinen Lügen, meinem abweisenden Verhalten. Und dann der Vorfall mit Nicolas. Ich sehe es noch deutlich vor mir: Thomas, der in der Tür steht und mich anstarrt. Nicolas hat er keines Blickes gewürdigt. »Ist es das, was du willst, Kat? Meinetwegen, ich bin hier fertig«, hat er gesagt und die Schlüssel auf den Tisch gepfeffert.

Die Stille, nachdem er weg war. Die bodenlose Leere.

Jetzt würde ich mich entschuldigen. Wenn ich die Zeit zurückdrehen könnte. Ich würde Nicolas von Nummer 13 vor die Tür setzen. Nein, ich würde ihn gar nicht erst reinlassen.

Ich würde sagen, dass es mir leidtut.

Ohne den Unfall – dieses blöde, verdammte Wunder – wäre noch alles okay zwischen mir und Thomas. Thomas und mir. Davon bin ich überzeugt. Es ist bloß alles aus dem Ruder gelaufen.

Und ich habe nie gesagt, dass es mir leidtut. Ich hätte es tun sollen. Aber jetzt ist es zu spät, genau wie damals für Mum, als sie Dads richtigen Namen erfuhr.

Zwischen uns staut sich die Wärme, die aus dem Becken aufsteigt. Ich zerre am Kragen meines Pullovers.

»Ich hatte nicht damit gerechnet, dass du kommst«, sage ich. Es klingt vorwurfsvoll. Ich versuche zu lächeln, um ihm zu signalisieren, dass es nicht so gemeint war.

»Ich hatte es Ed doch versprochen – weißt du nicht mehr?«

Ich nicke. Thomas gehört zu den wenigen Menschen, die ihre Versprechen einhalten.

»Möchtest du …« Er deutet auf seinen leeren Platz.

»Oh. Nein. Danke. Ich werde einfach …« Ich lächle und deute mit dem Kopf auf das Becken.

Thomas nickt, dann arbeitet er sich mit gebeugtem Oberkörper wieder zurück zu dem Sitz in die Mitte der Reihe, begleitet von seinem gemurmelten »Verzeihung … Entschuldigen Sie … Verzeihung … Entschuldigen Sie …«, während die Leute um ihn erneut leise mit der Zunge schnalzen und auf ihren Plätzen hin und her rutschen.

Ich glaube, Ed wurde Zweiter. Ich bin fast sicher. Ich juble ihm zu, als wäre er Zweiter geworden, und verlasse dann sofort die Tribüne. Ich gebe mir keine Mühe, einen Blick von Thomas aufzuschnappen, will nicht den

Eindruck erwecken, ich würde von ihm erwarten, dass er bleibt und Ed beglückwünscht, wie er es vorher getan hätte.

Auf dem Parkplatz hat Ed ihn sogleich entdeckt. Unauffälligkeit gehört nun einmal nicht zu Thomas' Stärken.

Es dauert, bis die beiden ihr Begrüßungsritual, eine lange, komplizierte Abfolge von Handshakes und Abklatschen, absolviert haben.

Ich friere wie ein Schneider, aber Thomas nimmt nicht meine Hand und steckt sich die Fingerspitzen in den Mund, wie er es sonst getan hat, wenn sie von der Kälte schon gelblich und blutleer waren. Ich habe ihm immer gesagt, er soll es lassen. »Ist ja ekelig. Hast du eine Ahnung, wie viele Bazillen sich in deinem Schlund tummeln?« Ich habe ihm nie gesagt, dass ich es schön fand. Die nasse Wärme auf meiner Haut, das wohltuende Ziehen, wenn das Blut dank seiner Bemühungen in meine Fingerspitzen zurückkehrte.

Ich balle die Fäuste und schiebe sie in die Manteltaschen.

»Hat Kat es dir schon erzählt?« Ed lächelt Thomas an.

Thomas erwidert das Lächeln, weil Eds Lächeln einfach ansteckend ist. Das ist eine Tatsache. Nicht einmal John Banville könnte ernst bleiben, wenn Ed ihn anlächelt.

Meine grauen Zellen haben wegen der Kälte ihre Tätigkeit vorübergehend eingestellt, genau wie nach dem Verzehr einer ganzen Packung Chunky Monkey von Ben & Jerry's, deshalb ist es bereits zu spät, als mir klar wird, was Ed gleich sagen wird.

»Ich werde Onkel«, sagt er. »Onkel Ed. Hat Kat es dir erzählt? Vorhin, als ich im Wasser war und ihr euch unterhalten habt?«

Tja, jetzt ist es raus, und zum ersten Mal, seit ich die Umschläge geöffnet habe, erscheint es mir real.

Ed wird Onkel. Er ist bereits Onkel. Onkel Ed.

Und ich bin Mutter.

Das Baby war ein Mädchen und heißt Faith. Faith ist vierundzwanzig Jahre alt und will mich treffen, weil ich ihre Mutter bin.

Die Erkenntnis überfällt mich hinterrücks wie ein Straßenräuber, so plötzlich, dass ich schon fürchte, ich könnte zu Boden stürzen. Aber das tue ich nicht. Natürlich nicht. Ich stehe da und konzentriere mich auf Ed, der Thomas anlächelt und darauf wartet, dass er etwas sagt. Die Welt erscheint mir seltsam still, obwohl wir mitten auf einem Parkplatz stehen, von dröhnenden Motoren umgeben.

»Hast du gehört, Thomas?« Ed stupst ihn an. »Ich werde Onkel, habe ich gesagt. Onkel Ed. Sie heißt Faith, und wenn sie nach Dublin kommt, lerne ich sie kennen. Sie wird im unteren Stockbett schlafen, und ich nehme sie mit in den Arch Club. Stimmt's, Kat?«

Er tippt mir mit dem Zeigefinger an den Arm und lächelt etwas verunsichert. Ich nicke. »Stimmt, Ed.«

»Ed!« Das klingt nach Sophie. Ich sehe mich um und erspähe Eds Freundin, die im Auto ihres Vaters auf der Rückbank steht, sodass Kopf und Schultern durch das Dachfenster ragen. Sie winkt Ed mit einer Hand, mit der anderen schwenkt sie ihre Medaille. Ed spurtet los, wobei er die Medaille, die um seinen Hals hängt, in die Luft streckt. Thomas und ich verfolgen, wie er den Parkplatz überquert, zu Sophie ins Auto klettert und sich ebenfalls durch das Dachfenster schiebt. Jetzt stehen sie nebeneinander, halten ihre Medaillen in die Höhe und winken uns zu. Thomas und ich winken zurück. Es ist eine Erleichterung, etwas zu tun zu haben. Sobald wir mit dem Winken aufgehört haben, krame ich in meiner Tasche nach den Zigaretten.

Thomas schiebt den Ärmel seiner Jacke zurück und wirft einen Blick auf die Armbanduhr, die ich ihm zum vierundvierzigsten Geburtstag geschenkt habe. Ich habe beinahe sämtliche Juweliere der Stadt abgeklappert, ehe meine Wahl auf dieses Modell fiel. Thomas gehört nicht zu den Männern, denen man einfach irgendeine Armbanduhr kaufen kann. Sie muss allerlei besondere Anforderungen erfüllen, sollte nicht nur wasserdicht sein, sondern auch den Kontakt mit Schlamm, Gülle, Ziegenmist und dergleichen mehr unbeschadet überstehen. Kurz, sie muss einiges aushalten und sollte zudem ästhetisch aussehen. Thomas hat schöne Unterarme, das muss man ihm lassen. Sie sind knackig braun, weil er so viel an der frischen Luft ist, und muskulös von der ganzen harten Arbeit auf der Farm. So einen Arm kann nicht jede x-beliebige Uhr zieren.

Er zieht den Ärmel wieder über die Uhr. »Ich sollte dann mal los.«

Ich hole Luft und nicke. Er wird nicht auf das eingehen, was Ed erzählt hat. Meine Erleichterung fühlt sich seltsam an – wie Enttäuschung.

»Mach das«, sage ich. »Du wirst bestimmt schon erwartet von – Sandra, richtig?«

»Sarah.«

Seine Miene ist undurchdringlich. Ungerührt. Oder gleichgültig. Ich blase Rauch in seine Richtung, bis ich seine Gleichgültigkeit nicht mehr sehe.

Er wendet sich zum Gehen, überlegt es sich aber anders und dreht sich noch einmal um. »Und du solltest zurück zu deiner Tochter«, sagt er. »Faith, richtig? Das hat

Ed doch gesagt.« Dann marschiert er ohne einen weiteren Blick zurück zu seinem Wagen.

»Thomas.« Ich sehe zu Ed, um mich davon zu überzeugen, dass er noch neben Sophie auf der Rückbank des Autos steht, bevor ich Thomas nachlaufe. Ich weiß noch nicht genau, was ich sagen werde. Ich packe ihn am Arm. Die Wärme, die ich durch den Jackenstoff hindurch spüren kann, erscheint mir unheimlich in Anbetracht der eisigen Kälte.

Er entzieht mir seinen Arm, als hätte ihn etwas gestochen. »Lass mich.« Kann es wirklich sein, dass in seiner Stimme Verachtung mitschwingt? So hat er jedenfalls noch nie mit mir geredet. Niemals. Nicht einmal, als er plötzlich in der Wohnung stand, damals, an dem Tag mit Nicolas.

»Thomas, ich …«

Er öffnet die Autotür und schlüpft aus der Jacke, den frostigen Temperaturen zum Trotz. Ich ertappe mich bei dem Gedanken, wie es sein kann, dass ein Mensch so viel Wärme verströmt wie er.

»Thomas, bitte …«

Er steigt in den Wagen, wirft die Jacke auf den Beifahrersitz und greift nach dem Türgriff, wie um die Tür zuzuknallen, doch dann sieht er mich an. »Was ist?«

Ich weiß noch immer nicht, was ich sagen soll, weil ich eigentlich damit gerechnet habe, dass er einfach wegfährt. Um Zeit zu schinden, ziehe ich an meiner Zigarette. »Ich wollte bloß … Ich wollte nicht, dass du es so erfährst. Ich … Ich hätte es dir sagen müssen.«

Thomas schüttelt den Kopf. »Nein«, sagt er. »Du hättest mir gar nichts sagen müssen. Wir waren ja schließlich nur ein paar Monate zusammen.«

»Dreiundzwanzig«, sage ich, genau wie er früher.

Er zuckt die Achseln. »Ich muss los.«

»Warte.« Plötzlich will ich ihm alles erzählen. Ich möchte die Zeit zurückdrehen und noch einmal von vorn anfangen. Ganz von vorn. Warum habe ich es ihm nicht erzählt? Was wollte ich damit erreichen? Ich weiß jetzt, mit der Sicherheit, die man immer erst im Nachhinein hat, dass Thomas der ideale Zuhörer gewesen wäre. Er ist ein hervorragender Zuhörer. Er hört wirklich zu. Er nickt nicht bloß und sagt: »Ja ... Ja ... Ja.« Er hört zu. Er bewegt sich nicht, unterbricht einen nicht. Wahrscheinlich hätte er hinterher etwas gesagt. Etwas Kluges. Da bin ich fast sicher. Er hätte Fragen gehabt. Er hätte mir keine guten Ratschläge erteilt, hätte allerhöchstens eine Empfehlung ausgesprochen. Plötzlich interessiert mich brennend, wie diese Empfehlung lautet.

»Was ist?«, wiederholt Thomas. Er wirkt müde jetzt, sein Gesicht angespannt und verhärmt.

»Ich hätte es dir sagen sollen. Ich hätte dich einweihen sollen. Schon vor einer Ewigkeit.«

Er sieht mich an. »Schon gut«, sagt er. Seine Züge entspannen sich, und plötzlich sieht er wieder aus wie immer, und einen Augenblick denke ich, es wird tatsächlich alles gut.

Dann sagt er: »Das ist jetzt nicht mehr weiter wichtig«, und mir bleibt nichts anderes übrig, als vom Wagen zurückzutreten und ihm nachzublicken, während er davonfährt. Als er Ed und Sophie passiert, hupt er und winkt, und Ed winkt zurück.

KAPITEL 21

In der Telefonzelle stinkt es, ungefähr so, wie wenn Damo pupst, nachdem er Chips mit Zwiebelgeschmack gegessen hat. Damo steht total auf Chips mit Zwiebelgeschmack.

»Milo? Bist du das, Milo? Gott sei Dank. Ich dachte schon, du bist … Ich weiß auch nicht, was. Geht es dir gut? WO ZUM TEUFEL STECKST DU?«

Ich kann nicht gleich antworten, weil Faith so laut weint. Sie würde es nicht hören, selbst wenn ich es ihr sagen würde. Ich hasse es, wenn sie weint. Normalerweise weint sie ganz leise, in ihrem Zimmer, damit ich es nicht mitkriege.

»Es tut mir leid«, sage ich.

»Deine Entschuldigungen kannst du dir SPAREN! Wenn dir etwas passiert wäre, dann … Ich weiß nicht, was ich dann getan hätte. Jedenfalls kann ich auf solche verrückten Aktionen von dir echt verzichten! Es ist weiß Gott schon alles schlimm genug!«

»Es tut mir leid«, sage ich automatisch noch einmal, aber mir fällt sonst nichts ein, was ich sagen könnte. Wahrscheinlich, weil ich so wenig geschlafen habe.

»Herrgott noch mal, Milo.« Ich höre, wie sie an ihrer Zigarette zieht, und bin ausnahmsweise froh darüber. Vielleicht beruhigt es sie ja ein bisschen.

»Wo steckst du?«, fragt sie dann, und es klingt wirklich schon ruhiger. Keine Ahnung, ob es an der Zigarette liegt oder daran, dass sie nach dem Rumgebrüll heiser ist. »Ich hab mir solche Sorgen gemacht.«

»Ich will nicht, dass du allein nach Irland fährst.«

»Was? Das haben wir doch alles schon durchgekaut. Ich muss allein fahren, und das weißt du auch.«

»Warum?«

»Weil … Weil … Hör mal, darum geht es jetzt überhaupt nicht. Wo zum Teufel bist du?«

»Ich könnte doch mitkommen. Ich geh dir auch bestimmt nicht auf die Nerven.«

»Hör auf, Milo! Ich nehme dich nicht mit, und damit basta. Und jetzt sag mir, wo du steckst, damit Dad und ich dich holen kommen können.«

»Ich werde auch nicht jammern, dass ich Hunger habe, versprochen. Ich werde nichts essen, und ich komme auch nicht mit rein, wenn du deine richtige Mutter besuchst. Ich warte im Vorgarten. Versprochen.«

»Herrgott, Milo.«

»Und wenn du bei ihr in Irland bleiben willst, dann fliege ich eben allein zurück. Ich bin bestimmt schon alt genug. Wahrscheinlich musst du bloß irgendein Formular ausfüllen …«

»Milo, was redest du denn da für einen …«

»Ich könnte zu Ant und Adrian nach London ziehen. Zu Dad und Celia will ich nicht, die müssen sich um das Baby kümmern, und außerdem sind es von Schottland bis Brighton mindestens hundertfünfzig Kilometer, und wie soll ich dann die Prüfung fürs Frühschwimmerabzeichen machen und in die nächsthöhere Stufe kommen?«

»Hier zieht niemand um, okay?«

»Aber wenn sie echt nett ist? Die Frau in Dublin, meine ich? Dann willst du doch bestimmt bei ihr wohnen, oder?«

»Nein, ich bleibe bei dir in Brighton.«

»Vielleicht änderst du deine Meinung ja noch.«

»Das werde ich NICHT TUN.«

Sie brüllt so laut, dass ich den Hörer ganz weit weg halten muss. Als ich ihn mir wieder ans Ohr halte, ist es still. Dann sagt sie: »Hör zu, Milo … Es ist kompliziert. Du bist erst neun, du verstehst das noch nicht, und ich hab's dir nicht besonders gut erklärt. Tut mir leid.«

»Ich werde bald zehn.«

»Milo?«

»Ja?«

»Wo bist du?«

»Das sage ich dir nicht.«

»Wieso nicht?«

»Ich sage es dir erst, wenn du mich mitnimmst nach Irland.«

Ich höre nicht, was sie antwortet, weil genau in diesem Moment eine Lautsprecheransage kommt. Irgendwas von einem Flug nach Buenos Aires und von Gate 32, das in fünf Minuten schließt.

»Oh, Gott, du bist am Flughafen«, sagt Faith. »Bist du am Flughafen?«

»Nein.« Ich lege die Hand über den Hörer, damit sie nichts mehr hört.

»Gütiger Himmel, wie bist du denn zum Flughafen gekommen?«

Vom Taxifahrer werde ich ihr bestimmt nie erzählen, aber wenn wir im Flugzeug sind, erzähle ich ihr, wie ich heute Früh an der Haltestelle in unserer Straße in den ersten Bus gestiegen und bis zum Busbahnhof in London gefahren bin, und von dort mit dem Expressbus zum Flughafen. Der Expressbus ist teurer als der normale Bus, aber auf dem Plakat stand, er ist viel schneller. Alleine Bus fahren finde ich eigenartig. Da kann ich niemanden fragen, ob wir schon da sind.

»Gatwick? Bist du in Gatwick?«

»Das sage ich dir erst, wenn du versprichst, dass du mich mitnimmst, Faith.«

Stille. Ich glaube, das ist gut. Ich glaube, das bedeutet, dass sie darüber nachdenkt.

Dann sagt sie: »Ich bin in ein paar Tagen wieder da, Milo. Du wirst gar nicht merken, dass ich weg war.«

»Mum hat auch gesagt, sie ist in ein paar Tagen wieder da.« Auf einmal laufen mir Tränen über das Gesicht. Die Sache ist die: Mum hat immer genau das getan, was sie versprochen hat. Wenn sie gesagt hat, dass sie mich um drei abholt, dann war sie um drei da. Das einzige Mal, dass sie ein Versprechen gebrochen hat, war, als sie nach Irland gefahren ist. Weil sie nicht zurückgekommen ist. Nicht wirklich. Es zählt nicht, wenn man als Toter zurückkommt.

Jetzt bin ich es, der schreit und weint, obwohl ich mitten auf dem Flughafen stehe, mit Millionen Leuten um mich rum. »Und ob ich es merken werde, dass du weg bist. Ich merke immer, wenn jemand weg ist!«, schreie ich.

Als ich mich wieder beruhigt habe, höre ich nichts mehr. Wahrscheinlich habe ich versehentlich irgendeine Taste gedrückt. »Hallo, Faith?«, sage ich. »Bist du noch dran?«

»Ja, ich bin noch dran«, flüstert Faith, ganz leise, als würde sie mir ein Geheimnis verraten.

»Darf ich dich begleiten? Bitte«, sage ich und überkreuze den Zeigefinger und den Mittelfinger, weil Carla sagt, das bringt Glück. Die Zehen überkreuze ich auch, obwohl ich gar nicht weiß, ob das auch Glück bringt.

»Okay«, sagt Faith.

»Okay?«

»Okay.«

»Ich darf also mit dir nach Irland?«

»Ja.«

»Ich werde brav sein. Versprochen.«

»Du solltest lieber mehr als brav sein.«

Ich habe keine Ahnung, wie man es anstellt, mehr als brav zu sein, aber ich sage: »Versprochen.« Nicht, dass sie es sich womöglich noch einmal anders überlegt.

KAPITEL 22

März 1987

Ich bin im siebten Monat schwanger, ohne es zu wissen. Fünfzehn Jahre alt und im siebten Monat schwanger. Ich habe nicht den blassesten Schimmer.

Es ist Minnie, die schließlich dahinterkommt.

»Die Kokosbällchen«, rechtfertige ich mich lachend, als ich in der Umkleidekabine von O'Connor's Jeans im Ilac Shopping Centre stehe und die Levis nicht zukriege. Minnie lacht nicht. Sie betrachtet meinen Bauch. Ich sehe an mir runter. »Ich bin ein bisschen aufgebläht nach dem Big Mac«, sage ich. Minnie legt die Jeans weg, die sie gerade in der Hand hält, und betastet meinen Bauch.

»Er ist hart«, sagt sie. Pikst den Finger hinein wie bei dem Frosch, den wir gestern in der Biologiestunde seziert haben. Dann lässt sie die Hand sinken und weicht zurück.

»Was ist?«, frage ich. Minnie ist nicht leicht zu verängstigen.

»Da bewegt sich was.« Sie deutet auf meinen Bauch. Als ich an mir heruntersehe, meine ich, es auch zu sehen. Eine Welle unter der Haut.

»Oh, Scheiße.« Ich gehe rückwärts, bis ich an den Spiegel der Umkleide stoße.

»Du hast ’nen Braten in der Röhre!« So nennt Minnies Mutter das. Einen Braten in der Röhre haben. Minnies Mutter hat ständig einen Braten in der Röhre, was Minnie richtig zum Kotzen findet.

Kaum hat sie es ausgesprochen, da wird mir bewusst, dass sie recht hat.

»Du hast es getan«, sagt sie. »Du hattest Sex, und du hast es mir nicht erzählt. Und so was nennt sich meine beste Freundin. Beste Freundinnen erzählen sich alles.« Sie ist ganz rot im Gesicht. Geschockt. Weil ich einen Braten in der Röhre habe oder weil ich es ihr verschwiegen habe? Ich habe keine Ahnung.

»Es war doch bloß zwei Mal.« Und es kommt mir selbst jetzt noch total surreal vor.

»Zwei Mal?«, wiederholt sie wutschnaubend. Wir hatten immer angenommen, Minnie würde die Erste sein.

»Oh, Gott.« Ich plumpse auf den Hocker in der Ecke der Kabine, als wüssten meine Beine nicht mehr, wozu sie da sind. »Was soll ich denn jetzt machen?«

Minnie schüttelt den Kopf, aber sie kauert sich vor mir nieder, und als sie meine Hand ergreift und drückt, wird mir der Ernst der Lage bewusst. Dann schüttelt sie erneut den Kopf. »Wie kann es sein, dass du schwanger bist und es nicht gemerkt hast?«

Jetzt schüttle ich den Kopf. »Keine Ahnung.«

»Und wer zum Teufel war es? Du warst doch mit niemandem zusammen seit …« Sie bricht ab und starrt mich an. Ich nicke.

»Elliot Porter?«, fragt sie.

»Ja.«

Als ich seinen Namen höre, verspüre ich plötzlich wieder diese berauschende Mischung aus Übelkeit, Schwindel und Liebestrunkenheit. Es ist wie ein Vakuum, dieses Gefühl in meinem Inneren. Ein Hunger, der sich nicht mit Nahrung stillen lässt.

Elliot. Elliot Porter. Für Mrs. Higginbotham war er von Anfang an ein »Lümmel«, weil er sich an der Haustür nicht vorgestellt hat und die Hände nicht aus den Hosentaschen nahm. Sie mag es nicht, wenn Männer die Hände in die Hosentaschen stecken. Elliot Porter marschierte geradewegs zu unserer Haustür, klopfte an und fragte: »Ist Kat da?«, als Mrs. Higginbotham aufmachte. Gerade so, als wäre er schon tausend Mal hier gewesen. Aber das war er nicht. Er war noch nie bei uns gewesen. Er hatte mich auch nicht gefragt, ob ich mit ihm gehen will, deshalb wusste ich nicht genau, was Sache war. Er hatte mich geküsst. Zwei Mal. Hinter den Umkleiden in der Schule, wo wir in der Mittagspause rauchen. Ein paar Tage nach unserer ersten Unterhaltung, bei der es um The Smiths ging. Er fand es »cool«, dass ich auch auf die Smiths stand. Es war Mittagspause, und wir rauchten. Eigentlich unterhielt er sich gar nicht wirklich mit mir, sondern mit einem Jungen aus seiner Gang (seine »Herde«, wie Minnie es nannte). Es ging um eine illegale Aufnahme bei einem Gig im SFX im vergangenen Mai. »Ich war auf diesem Gig«, sagte ich.

Elliot sah mich an, und mir wurde klar, dass er mich bis zu diesem Moment überhaupt nicht wahrgenommen hatte.

»Du?«, fragte er.

»Minnie und ich.« Ich behielt tunlichst für mich, dass wir mit Minnies Dad da waren. Er hatte die Tickets bekommen, weil er damals der für das SFX zuständige Versicherungsmakler war. »Wir waren sogar im Backstage-Bereich«, sagte ich. »Morrisey hat mein Ticket signiert.«

»SCHEISSE, ECHT?« Er kam auf mich zu und reichte mir seine Zigarette. Ich nahm einen Zug und gab sie ihm zurück.

Ich war drin.

Ich brachte ihn zum Lachen. Ich weiß nicht mehr, wie, aber ich erinnere mich an seinen hüpfenden Adamsapfel, der sich überdeutlich an seinem Hals abzeichnete, so scharf, als könnte er die dünne Haut dort aufschlitzen. »Du bist komisch«, sagte er. Und ehe ich wusste, wie mir geschah, schlenderten wir auch schon gemeinsam durch den St Anne's Park, und plötzlich lag sein Arm auf meiner Schulter, und am Ende – keine Ahnung, wie es dazu kam – standen wir im Rosengarten und küssten uns. Tags darauf kursierten in der Schule Gerüchte über Elliot Porter und mich. Es hieß, wir seien ein Paar.

Keiner konnte es glauben, am wenigsten ich selbst.

Ich kritzelte seinen Namen in mein Hausaufgabenheft. Malte von Amors Pfeilen durchbohrte Herzen und Hochzeitsglocken und mit einer perlenden Flüssigkeit gefüllte Sektflöten. Ich schrieb auch meinen Namen darunter – nur ganz dünn mit Bleistift, und ich radierte ihn sofort wieder aus.

Mrs. Katherine Porter. Mrs. Kat Kavanagh-Porter.

Natürlich erzählte ich ihm das alles nicht. Ich war verliebt, aber ich war vorsichtig. Das muss man sein bei Jungs wie Elliot Porter.

Ed durfte es nicht erfahren. Er kann keine Geheimnisse für sich behalten. »Kat ist verliebt«, hätte er zu meinem Vater gesagt. »Aber ich musste ihr versprechen, dass ich es niemandem erzähle, also sag's nicht weiter, ja?«

Als Ed wissen wollte, was mit mir los war, schüttelte ich deshalb bloß den Kopf und sagte: »Nichts.« Er wollte das

Leiterspiel mit mir spielen, und ich ließ ihn gewinnen, und dann brachte uns Mrs. Higginbotham zwei Schüsseln mit Hühnerbrühe, und wir setzten uns vor den Fernseher und guckten *Gidget*, und ich rührte unablässig mit dem Löffel in meiner Suppe und dachte an Elliot Porter.

Es war nicht einfach, in Elliot Porter verliebt zu sein. Er war launisch. Unberechenbar. Schwänzte die Schule und rauchte. Die Zigaretten mopste er aus den blauen Rothmans-Schachteln, die sein Vater herumliegen ließ. Er füllte Brandy, Gin, Wodka und Whiskey aus der Hausbar im elterlichen Wohnzimmer in Mineralwasserflaschen um und spülte die Drinks mit Cola runter. Er klaute in Geschäften Dinge, die er nicht brauchte und nie benutzte. Er hatte langes schwarzes Haar und dunkelblaue Augen, deren stechender Blick stets rastlos umherwanderte.

Und dann war da der Sex. Elliot Porter war scharf auf Sex. Er hatte bereits Erfahrung diesbezüglich, und nicht zu knapp, schätze ich. Er ging davon aus, dass es bei mir ebenso war. Meine sexuellen Erfahrungen bis dahin beschränkten sich darauf, dass mir Bressy Dolan im Sommer davor unter das T-Shirt gefasst und durch den BH hindurch flüchtig meine Brust betastet hatte, aber das behielt ich für mich, aus Angst, Elliot könnte das Interesse verlieren.

Der Sex war kurz und unersprießlich. Beim ersten Mal waren wir bei ihm zu Hause. »Seid schön artig, ihr zwei«, sagte seine Mutter und zwinkerte uns zu, ehe sie sich auf den Weg zum Tennisclub machte. Sie schickte Elliot ein Küsschen. Ihr weißer Tennisrock spannte über ihren Hüften. Sein Vater war mal wieder geschäftlich unterwegs. Malta, glaube ich. Vielleicht auch Tunesien. Es gab keine Brüder oder Schwestern, vor denen wir uns in Acht nehmen mussten. Elliot ging mit mir in den »Wintergarten«, einen kleinen Anbau im hinteren Teil des Hauses, ließ die Jalousien runter, schaltete den Fernseher aus und zog mich an der Hand auf die Couch. Wir hatten noch unsere Schuluniform an, als es vorbei war. Ich zog meinen Rock zurecht, sagte, ich müsste auf die Toilette, wischte mir dort mit Klopapier den nassen, kalten Glibber von den Oberschenkeln.

Beim zweiten Mal, ein paar Tage später, waren wir bei mir zu Hause. Mrs. Higginbotham war gerade gegangen, eine Viertelstunde später kam mein Vater aus dem Labor. Elliot schickte Ed auf sein Zimmer. Behauptete, er hätte eine Überraschung für ihn versteckt. Süßigkeiten. Sagte, er solle erst wieder runterkommen, wenn er sie gefunden hätte.

»Das ist gemein«, sagte ich. »Du hast gar keine Süßigkeiten in seinem Zimmer versteckt, oder?«

»Keine Sorge, es wird nicht lang dauern«, sagte Elliot und schenkte mir sein schönes Lächeln. Er zog mein T-Shirt hoch und öffnete meinen BH. Er nannte meine Brüste Titten. »Deine Titten sind der Hammer«, sagte er. Er nahm jede einmal kurz in den Mund, dann machte er den Knopf an meiner Jeans auf und zog den Reißverschluss runter. Er hatte recht, es dauerte nicht lange.

»Nächstes Mal müssen wir Gummis verwenden, okay?«, sagte ich. Das nächste Mal war mir eigentlich egal. Ich war froh, dass das mit dem Sex erledigt war. Jetzt konnte ich mich auf das Schöne konzentrieren. Meine Verliebtheit.

Aber es gab kein nächstes Mal. Tags darauf in der Schule wandte er sich ab, als ich mich in der Geschichtsstunde zu ihm umdrehte. Am übernächsten Tag passierte ich in der Schulkantine den Tisch, an dem er mit seinen Freunden saß, und sagte: »Hi.« Er ignorierte mich, und seine Freunde kicherten, als hätte ich etwas im Gesicht. Ketchup oder Mayonnaise oder so was in der Art. Ich ging auf die Toilette, betrachtete mich im Spiegel. Da war nichts. Mein Gesicht war sauber.

Als ich nach der Schule mit Minnie nach Hause ging, sagte sie: »Nicola Moriarty hat behauptet, dass dich Elliot abserviert hat. Wahr oder falsch?«

Wenn Nicola Moriarty das gesagt hat, muss es wahr sein. Ich nicke. »Ich glaube schon.«

Minnie boxte mich in den Arm, eine seltene öffentliche Bekundung ihrer Zuneigung. »Na, wenigstens hast du dich nicht von ihm flachlegen lassen! Oder etwa doch?«

Die Scham brannte wie Säure. Ich stellte mir vor, wie Elliot Porter es seinen Freunden erzählte. Ihnen alles erzählte. Wie er über mich lachte. Ich wollte nur noch tot sein.

»Nein, natürlich nicht.« Ich wollte es ihr sagen, aber ich konnte nicht. Sie hätte Mitleid mit mir gehabt, da war ich ganz sicher, und ich wusste, wenn Minnie Driver Mitleid mit mir hat, dann ist es schlimm um mich bestellt.

Zwei Wochen später ging er mit Melissa Hegarty aus der sechsten Klasse, von der es hieß, dass sie es gern mit Viertklässlern trieb und meist nicht lange fackelte.

»Wie kann es sein, dass du schwanger bist und es nicht gemerkt hast?«, wiederholt Minnie.

Ich sitze in einer Umkleidekabine von O'Connor's Jeans im Ilac Shopping Centre und schüttle den Kopf. Ich habe keine Ahnung.

Zu Hause verkrieche ich mich in meinem Zimmer und höre die Scorpions, immer wieder »Still Loving You« vom

Album *Love At First Sting*. Die Nadel kratzt sich tiefer und tiefer in die Rille, bis die Spitze schon fast auf der anderen Seite herausragt. Ich trage weite Frankie Goes to Hollywood-T-Shirts, die mir bis zum Knie reichen und die Sicherheitsnadel verbergen, die mit knapper Not den Bund meiner Levis zusammenhält.

Manchmal, in der Pause zwischen *Misplaced Childhood* von Marillion und *Brothers In Arms* von den Dire Straits fragt Minnie: »Was sollen wir tun?«, und mir kommen vor Dankbarkeit fast die Tränen, weil sie »wir« sagt. Ich bin nicht allein.

Wir reden nicht viel in diesen zwei Monaten, Minnie und ich. Wir verbringen viel Zeit miteinander. Noch mehr als sonst, meine ich. Wir hören Musik, rauchen aus dem Fenster und spielen mit Ed das Leiterspiel.

Ed entgeht nicht, dass ich zugelegt habe. »Du bist total fett, Kat.«

»Das ist unhöflich, Edward«, sagt Mum, ohne von ihrem Notizbuch hochzusehen. »Man sagt einer Frau nicht, dass sie fett ist.«

»Auch nicht, wenn sie es wirklich ist?«, fragt Ed.

Sie antwortet nicht, sondern kehrt seufzend zurück in ihr Büro. Dad sitzt in seinem Arbeitszimmer. Ich mache in einem heißen, öligen Topf Popcorn und setze mich neben Ed auf die Couch. Wir gucken *Mork vom Ork*, mit der Schüssel Popcorn zwischen uns.

»Jetzt wirst du noch fetter, Kat«, sagt Ed und deutet auf meine Hand, die eben im Begriff ist, eine Ladung warmes, fettiges Popcorn in meinen Mund zu verfrachten. Ich nicke, und Ed grinst. Er ist nicht unhöflich. Er hat recht.

Ich schwänze die Schule, bringe als Vorwand allerlei harmlose Wehwehchen vor, die keine ernsthafte medizinische Intervention erfordern: Halsweh, Regelschmerzen, Schnupfen, Kopfweh. Ich wechsle ab, um keinen Verdacht aufkommen zu lassen.

Mum ist mal wieder unterwegs. Eine Lesereise durch Amerika und Kanada. Ihr Buch heißt *Zehn Uhr dreißig ab Heuston*. Kurzgeschichten.

Wenn Dad von der Arbeit nach Hause kommt, fragt er: »Na, wie fühlst du dich?«

»Besser, danke«, sage ich, und er nickt und murmelt abwesend »Gut, gut« und begibt sich mit seiner Aktentasche in sein Arbeitszimmer.

Wenn Mrs. Higginbotham die übrig gelassene Hälfte des Abendessens auf meinem Teller in den Mülleimer kratzt, sagt sie: »Du hast ja kaum was gegessen, Kat-Nap.« So nannte sie mich, als ich noch klein war, und manchmal tut sie es noch. »Was ist los?«

Ich behaupte, ich hätte Halsweh oder Magenkrämpfe oder bei Minnie schon gegessen, und wenn mich Mrs. Higginbotham dann mit ihrem stählernen Blick prüfend mustert, denke ich flüchtig: Sie weiß es. Sie weiß alles. Und mich überkommt eine überwältigende Erleichterung, als würde jetzt alles gut werden. Doch sie nickt nur, dreht sich zur Spüle um und sagt: »Dann solltest du mit heißem Wasser und Salz gurgeln« oder »Mach dir eine Wärmflasche, und geh früh ins Bett« oder »Ich hab dir doch gesagt, du sollst nicht zwischen den Mahlzeiten essen.«

Noch zwei Monate.

Mein Bauch ist ganz hart, und mein Bauchnabel ist keine Vertiefung mehr, sondern straff über meinen Bauch gespannt. Manchmal bewegt sich etwas. Ich sehe nicht hin, wenn das passiert, lege meine Hand nicht auf den Bauch. Ich stecke eine Kassette in meinen Walkman und drehe die Lautstärke bis zum Anschlag auf. Wenn ich in meinem Zimmer bin und Mum nicht zu Hause ist, singe ich mit, aus vollem Hals und mit geschlossenen Augen, obwohl ich eine schauderhafte Sängerin bin.

Noch zwei Monate bis zur Zwischenprüfung. Wir reden über die vierte Klasse. Dann sind wir in der Oberstufe, tragen blaue Pullis und dürfen auf die blaue Treppe, ein Privileg, das den Drittklässlern verwehrt bleibt.

Wir blödeln rum.

»Ist das ein Gesicht da um deinen Pickel rum?«

»Gib mal Feuer.«

»Du kannst mich mal.«

»Fette Kuh.«

»Pickelgesicht.«

»Gib mal 'ne Kippe.«

»Kippe, Lippe, Quasselstrippe.«

Wir lachen. Wir lachen die ganze Zeit. Manchmal lachen wir, bis uns die Tränen kommen. Sonst weine ich nie. Nur wenn ich lache.

KAPITEL 23

»Danke für deine nette Nachricht«, sagt Faith.

»Ich wollte nicht, dass du dir Sorgen machst«, sage ich.

»Du hast Verantwortung falsch geschrieben«, sagt sie.

Wir sind im Flugzeug, aber wir sind noch nicht gestartet. Zum Glück, den Start finde ich nämlich am coolsten. Die Stewardess zeigt uns, wie man den Sicherheitsgurt schließt. Mein Gurt ist schon zu, aber er sitzt ein bisschen locker, obwohl ich ihn zugezogen habe, so weit es geht. Ich gucke zu Faith rüber und überlege, ob ich es ihr sagen soll, aber sie schaut aus dem Fenster.

Ich finde es auch cool, wenn das Flugzeug durch die Wolken fliegt und auf der anderen Seite der Himmel blau ist und die Wolken unter uns aussehen wie Schnee. Wie eine richtig dicke Schneedecke, nicht wie die paar Zentimeter, die wir vor einer Woche hatten. Ich habe mit Damo einen Schneemann gebaut, aber nur einen ganz kleinen. Einen Schneekobold. In Irland sind die Kobolde klein und grün und heißen *leprechauns*. Genau so hat unser Schneemann ausgesehen, nur dass er nicht grün war, sondern schmutzig weiß. In Wirklichkeit gibt es gar keine Kobolde, aber die Amerikaner glauben trotzdem daran.

Ich taste mit der Hand unter meinem Sitz nach der Schwimmweste, aber da ist keine. Vielleicht sind unter Faiths Sitz ja zwei. Die Stewardess sagt, Erwachsene müssen erst ihre eigene Schwimmweste anziehen, bevor sie den Kindern hineinhelfen.

Ich glaube, ich würde es auch allein schaffen, wenn ich eine hätte. Bei Faith bin ich mir da nicht so sicher. Sie schaut immer noch aus dem Fenster. Sie hat der Stewardess überhaupt nicht zugehört. Ich kann nur hoffen, dass wir nicht abstürzen.

Ich weiß nicht, ob die Frau in Dublin weiß, dass wir kommen. Ich glaube nicht. Ich glaube auch nicht, dass Faith einen Plan hat. Ein Plan kann Leben retten, sagt unsere Trainerin.

Jetzt geht die Stewardess durch das Flugzeug und sieht nach, ob alle ihren Sicherheitsgurt anhaben. Ich ziehe an meinem Gurt, der immer noch viel zu locker sitzt. Als sie bei unserer Reihe angekommen ist, bleibt sie kurz stehen. »Hallöchen«, sagt sie und lächelt mich an. Ihre Zähne sind sehr weiß und sehr lang, und sie trägt eine Halskette, auf der »Angela« steht. Ich wette, das ist ihr Name.

Sie geht weiter, ohne zu überprüfen, ob mein Gurt richtig zu ist. Ich ziehe noch einmal daran, aber es geht eindeutig nicht enger.

Nachdem wir gestartet und durch die Wolken geflogen sind, wird mir langweilig. Ich habe vergessen, *Sabotage im Sanktuarium* einzupacken, den vierten Skulduggery-Band, der übrigens genauso gut ist wie der dritte. »Lesen ist was für Versager«, hat Damo gesagt, aber Ant liest die ganze Zeit, und der ist kein Versager. Er hatte bestimmt schon hundert Freundinnen, und lernen tut er nie.

George Pullman hat behauptet, als er damals nach Amerika geflogen ist, hatte jeder im Flugzeug seinen eigenen Bildschirm, und man konnte sich anschauen, was man wollte. Das war bestimmt gelogen. Er behauptet nämlich auch, dass sein Vater ein Astronaut ist, aber Damo hat ihn mal mit seinem Dad im Pizza Hut getroffen, und da hatte George Pullmans Vater einen dunklen Anzug an, wie ein Leichenbestatter. Leichenbestatter verkaufen Särge und tragen dunkle Anzüge.

»Was ist mit dir los?«, fragt Faith.

»Nichts«, sage ich.

»Du hast mich noch gar nicht gefragt, ob wir schon da sind.«

Ich zucke die Schultern, als wäre das keine große Sache.

»Wir sind nämlich schon da. Fast jedenfalls«, sagt Faith und deutet mit dem Kopf zum Fenster. Ich gucke hinaus. Ich habe Faith den Fensterplatz überlassen, weil ich dachte, es heitert sie vielleicht auf.

Unten sehe ich das Meer zwischen England und Irland. Es heißt Irische See. Das haben wir letztes Jahr bei Mrs. O'Reilly gelernt. Sie hat uns viel über Irland beigebracht, weil sie von dort kommt. Wir durften nicht Londonderry zu Derry sagen, und wenn man es trotzdem getan hat, musste man sich mit dem Rücken zur Klasse an die Wand stellen.

Ich sehe eine Insel mit einem runden Turm, der kein Dach mehr hat. Ich wette, wenn ich jetzt mit einem Fallschirm runterspringen würde, könnte ich problemlos direkt in der Mitte landen.

Die Felder sind winzig und grün.

Mum hat Irland immer »Emerald Island« genannt, das bedeutet Smaragdinsel. Ein Smaragd ist wie ein grüner Diamant. Von hier oben sieht alles grün aus, sogar das Meer. Nicht viele Leute wissen, dass das Meer eigentlich grün ist. Die meisten glauben, dass es blau ist.

»Faith?«, frage ich.

Sie macht »Hmmm?«, wie es Erwachsene oft tun, wenn sie einem nicht zuhören. Ich tippe ihr an den Ellbogen, und sie dreht sich vom Fenster weg und guckt mich an.

»Was ist?«

»Äh … Nichts.«

»Was wolltest du sagen?«

»Nichts.«

»Milo, ich schwöre bei Gott, ich …«

»Okay, okay. Ich wollte dich bloß fragen, ob wir deine echte Mutter besuchen gehen, wenn wir gelandet sind.«

Faith schüttelt den Kopf. »Geht das auch leiser?«, zischt sie und sieht sich um, aber niemand hört uns zu. Die meisten sehen aus dem Fenster auf das Meer und die Felsen und die Insel und den Turm. Sie stützt die Ellbogen auf ihrem Klapptisch auf, der noch runtergeklappt ist, obwohl er eigentlich schon oben sein müsste.

»Ich dachte, deswegen fahren wir nach Irland«, sage ich. »Damit du mit ihr reden kannst.«

»Stimmt, aber …« Sie fährt sich mit den Fingern durch die Haare. »Hör zu, Milo, es ist kompliziert. Du bist erst neun. Du verstehst das nicht.«

Erwachsene behaupten immer, dass Kinder alles Mögliche nicht verstehen, nur weil sie nicht richtig erklären können. Bei Miss Williams dürfen wir nie »Ich weiß nicht« sagen. Sie sagt, wir müssen es zumindest versuchen.

Ich will bloß wissen, ob wir die Frau besuchen werden, wenn wir landen, und wenn nicht, dann möchte ich wissen, was wir stattdessen machen werden. Ich finde es gut, einen Plan zu haben. Wenn man einen Plan hat, weiß man, was einen erwartet. Kleine Kinder machen sich keine Gedanken darüber, was sie erwartet, aber ich werde bald zehn. Der erste zweistellige Geburtstag. Damo sagt, dann bin ich ein *Pre-Teen* wie er. *Pre-Teen* bedeutet, dass man ein Teenager ist, nur ohne Bartwuchs und Pickel. Damo hat jetzt drei Haare unter jeder Achsel. Sie sind ihm zwei Tage nach seinem zehnten Geburtstag gewachsen, sagt er. Seither zieht er nur noch T-Shirts ohne Ärmel an und hängt sich im Park an die Reckstange, damit alle es sehen.

Ich frage: »Also?«

Faith fragt zurück: »Was?«

Und ich sage: »Also was?«, und das bringt sie zum Lächeln. Ich mag es, wenn Faith lächelt, also hake ich nicht noch einmal nach.

Die Landung ist echt aufregend, weil das Flugzeug ziemlich heftig wackelt. Die Frau vor Faith hat Angst.

»Jesus, Maria und Josef«, sagt sie und bekreuzigt sich ein paar Mal. Ich glaube, die Leute in Irland sind sehr religiös. Mrs. O'Reilly kommt auch aus Irland, und sie ist total religiös. Sie geht jeden Sonntag in die Kirche, und wir haben von ihr einen Rüffel gekriegt, wenn wir an einem Freitag ein Schinkensandwich gegessen haben. Wenn man religiös ist, darf man am Freitag kein Fleisch essen. Nicht einmal Chicken Nuggets, obwohl da so gut wie gar kein Fleisch drin ist.

Ich glaube, ich war erst vier Mal in der Kirche. Bei der Taufe und zur Erstkommunion, und dann die zwei Mal nach dem Unfall. Das erste Mal wollte Faith nicht, dass ich mitkomme. Sie hat sich deswegen sogar mit Dad gezofft.

»Er muss hingehen, damit er es begreift«, hat Dad gesagt.

»Er ist erst neun«, hat Faith gesagt.

»Ich weiß sehr gut, wie alt mein Sohn ist«, hat Dad gesagt.

Da hat Faith angefangen zu weinen, und Dad hat so was wie »Eure Mutter hätte bestimmt gewollt, dass er hingeht« gesagt, und Faith hat »Woher zum Teufel willst du wissen, was Mum wollte?« gebrüllt. Aber sie hat von Dad keinen Rüffel dafür bekommen, dass sie ihn angebrüllt und geflucht hat.

»Ich hab eine Chili gegessen«, habe ich gesagt, als mich Damo hinterher gefragt hat, warum ich so rote Augen habe.

»Eine ganze?«, hat er gefragt.

»Ja.«

»Eine rohe?«

»Ja.«

»Wahnsinn«, hat er gesagt, und dann musste ich nicht mehr

daran denken, wie sich Dad und Faith angebrüllt haben, und daran, dass Mum nicht mehr da ist.

Faiths Tasche kommt auf dem Förderband vorbei, und ich ziehe sie runter. Faith hat ziemlich viel Gepäck für die zwei Tage, aber das liegt daran, dass sie ein Mädchen ist, und Mädchen brauchen viel mehr Klamotten als Jungs. Imelda zieht sich an manchen Tagen zwei Mal um. Carla hat allerdings immer die gleiche Jeans an, sogar wenn die Knie Grasflecken haben.

Draußen vor dem Flughafen zündet sich Faith eine Zigarette an und guckt auf den Busfahrplan. Dann sagt sie: »Also los«, und ich nehme meine Tasche und gehe ihr nach, obwohl ich nicht weiß, wohin wir gehen oder wie lange es dauert, bis wir dort sind.

Aber ich frage nicht.

Vielleicht, weil ich schon fast zehn bin. Ein Pre-Teen. Wenn wir dort, wo wir hingehen, angekommen sind, werde ich mal nachsehen, ob ich schon Haare unter den Achseln habe. Man kann schließlich nie wissen, oder?

KAPITEL 24

Es passiert nicht viel.

Ich denke an Thomas, male mir aus, wie es wäre, ihn anzurufen, aber ich rufe ihn nicht an.

Ich rauche viel.

Brona ruft an. Ich behaupte, ich bin gerade mitten in einem Kapitel und kann nicht telefonieren.

Ich schreibe nichts.

Ich betrachte mein Gesicht im Spiegel. Mein beinahe vierzig Jahre altes Gesicht.

Minnie ruft an, um mir zu erzählen, dass sie Probleme mit den Zähnen hat. Offenbar wird das Kalzium geradewegs an ihren Organen vorbei in ihr Baby geschleust. Sie scheint sich nicht daran zu stören, obwohl sie sonst viel Aufhebens um ihre Zähne macht und den Großteil der Achtzigerjahre eine Zahnspange getragen hat.

Ich behaupte, dass ich Brona auf der anderen Leitung habe und sie über das aktuelle Kapitel reden will. Minnie sagt, ich soll zurückrufen. Ich rufe nicht zurück.

Ed gehe ich aus dem Weg. Ich sage ihm, dass ich nicht vorbeikommen kann, um Super Mario Galaxy mit ihm zu spielen.

»Wir können auch Super Mario Galaxy 2 spielen, wenn dir das lieber ist«, sagt er.

»Ich kann nicht.«

»Warum nicht, Kat?«, will er wissen.

»Weil …«

»Weil du dich noch auf Faiths Besuch vorbereiten musst?«, fragt er.

»So was in der Art«, sage ich.

Später klingelt das Telefon. Ich spähe auf das Display. Unterdrückte Nummer.

Es könnte Ed sein, der von Sophie aus anruft, weil er kein Guthaben mehr hat. Vielleicht will er ja abgeholt werden. Ich glaube nicht, dass es Ed ist, aber er könnte es sein.

»Hallo?« Meine Stimme klingt forsch. Bissig. Sie klingt nicht danach, als hätte ich Angst.

»Du hast gelogen.« Dieselbe Stimme wie beim letzten Mal. Eine sonore Männerstimme. Engländer. Jedes Wort sehr klar und verständlich artikuliert, wie im Sprechunterricht.

»Wer ist da?«

»Bei unserem letzten Gespräch hast du behauptet, du wüsstest, wer ich bin, aber du hast keine Ahnung, stimmt's? Du hast nicht den blassesten Schimmer.«

»Ich weiß, dass du ein Feigling bist.«

»Ich bin ein Geschäftsmann.«

»Was willst du?«

»Eine Investition in mein Geschäft.«

»Was für ein Geschäft?«

»Ein Geschäft mit Informationen. Dein Geld gegen mein Versprechen, mit keinem Vertreter der Regenbogenpresse ein Exklusivinterview über Killian Kobain zu führen, darüber, wer er wirklich ist.«

»Ich weiß nicht, wovon du redest.«

»Alle interessieren sich brennend für seine Story.«

»Was für eine Story?«

»Die Story von Killian Kobain.«

»Was hab ich damit zu tun?«

»Die Uhr tickt, Kat. Ich verlange kein Vermögen. Eine bescheidene sechsstellige Summe sollte genügen. Ich glaube nicht, dass das ein Problem darstellt für jemanden, der mit seinen Büchern laut *Bookseller* Millionen verdient hat. Wie viele waren es noch genau? Ach, richtig, zweiundzwanzig. Pfund oder Euro, das ist hier die Frage.« Er lacht, als hätte er sich einen kleinen Scherz erlaubt.

Ich weiß, ich sollte auflegen. Ich weiß es.

Ich tue es nicht.

»Wollen wir hoffen, dass du sonst keine Geheimnisse hast, Kat«, sagt er.

Seine Worte bohren sich in meine Eingeweide wie ein Messer. »Wovon redest du?«

»Wenn die Regenbogenpresse erst Wind von deiner wahren Identität bekommt, wird kein Stein auf dem anderen bleiben. Das würde ich dir natürlich gern ersparen, aber dann ist es womöglich schon zu spät.«

»Du verfluchter Scheißkerl.«

»Ts, ts, Kate, wo bleiben denn deine Manieren?«

»Das ist Erpressung.«

»Dieses Wort mag ich gar nicht.«

»Genau das ist es aber.«

»Es liegt in deinen Händen, Katherine – du entscheidest, ob die Sache ans Licht kommt oder nicht.« Sein Tonfall ist plötzlich bedeutend schärfer.

»Ruf mich nicht mehr an.«

»Wir unterhalten uns noch einmal, wenn du Gelegenheit hattest, über alles nachzudenken.«

»Da gibt es nichts nachzudenken.«

»Es gibt immer etwas nachzudenken.« Diesmal legt er zuerst auf.

Ich pfeffere das Telefon an die Wand, aber es geht nicht kaputt. Die Rückseitenabdeckung löst sich, das ist alles. Ich stecke sie wieder auf und wähle, lege jedoch auf, bevor es klingelt. So geht das ein paar Mal. Ich wähle, lege auf. Keine Ahnung warum. Ich schätze, morgen früh werde ich froh darüber sein, dass ich Thomas nicht angerufen habe.

Ich öffne ein Word-Dokument. Starre den leeren Bildschirm an. Seite 1 von 1. Ich tippe »Kapitel 1«. Dann klappe ich den Laptop zu, schiebe ihn in seine Tasche und verstecke ihn hinter einer Kiste Wein.

Ich gehe ins Kino. Vergesse sofort, wie der Film heißt. Untertitel. Möglicherweise auf Deutsch. Danach in eine Sushi-Bar. Das Essen fährt auf dem Förderband an mir vorüber, immer wieder. Ich trinke ein Glas Wein und gehe nach Hause.

Sobald ich die Wohnungstür öffne, sehe ich es. An meinem Anrufbeantworter blinkt ein Licht. Ein rotes Licht. Es wirkt unheilvoll, dieses Licht im düsteren Flur, als würde es von schlimmen Neuigkeiten künden.

Wahrscheinlich ist es völlig harmlos. Jemand, der mir Breitband-Internet andrehen will. Oder eine Umfrage, bei der es um mein Fernsehverhalten geht.

Ich habe noch den Mantel an und den Schlüsselbund in der Hand, also drehe ich mich um, kehre dem roten Blinken den Rücken zu, trete hinaus in den Korridor und schließe die Tür. Ich warte nicht auf den Aufzug, sondern nehme die Treppe, immer zwei Stufen auf einmal. Ich renne, bis ich bei meinem Auto angelangt bin. Ich steige ein, schalte das Radio ein, drehe es bis zum Anschlag auf und stecke mir eine Zigarette an, obwohl ich mir vorgenommen habe, nicht im Auto zu rauchen.

Der Regen prasselt auf die Scheibe, meine Sicht verschwimmt, als hätte ich geweint, was ich schon aus Prinzip niemals tue. Tränen bringen einem nichts weiter ein als ein rotes, aufgedunsenes Gesicht und eine Handvoll nasser Taschentücher.

Mein Atem geht flach und stoßweise. Würde ich mich selbst nicht so gut kennen, käme ich glatt zu dem Schluss, dass ich gerade eine Panikattacke erleide. Ich lasse das Fenster hinunter und werfe meine Zigarette auf die Straße. Die kalte Luft tut gut. Ich strecke den Kopf aus dem Fenster. Die Regentropfen prasseln schmerzhaft auf meine Wangen und Augenlider, aber ich genieße es, wie man einen guten, kräftigen Merlot genießt. Dann starte ich den Motor und fahre los.

Das liebe ich so am Autofahren: Dass man auch fahren kann, wenn man geistig woanders ist. Man muss nicht darüber nachdenken, nicht richtig jedenfalls. Ich treffe nicht bewusst die Entscheidung, zu Minnie zu fahren, aber plötzlich stehe ich vor der riesigen Hütte in Ballsbridge, die sie mit Maurice bewohnt. Das ist der einzige Vorteil, wenn sich zwei Wirtschaftsprüfer zusammentun – Geld spielt keine Rolle.

Ehe ich die Türklingel betätige, rauche ich noch eine Zigarette und verstecke dann den Stummel in einer Blumenampel. Ich drücke ihn ganz hinten tief in die Erde. Minnies Adleraugen entgeht kein Zigarettenstummel.

»Oh, Scheiße«, sagt Minnie. »Was ist passiert?«

»Sehr liebenswürdig«, entgegne ich. Zugegeben, ich besuche sie selten zu Hause – hauptsächlich deshalb, weil Maurice meistens da ist –, und ich komme nie unangemeldet vorbei. So gesehen ist ihre Reaktion durchaus verständlich.

»Entschuldige«, sagt Minnie. »Es ist bloß ... Komm rein, komm rein.«

»Ist Maurice da?«, frage ich.

Sie schüttelt den Kopf. »Der ist bei seinem Mensa-Treffen.« Tja, es hat den Anschein, als wäre Maurice tatsächlich ein Genie. Wobei in meinen Augen seine einzige auch nur annähernd geniale Leistung darin besteht, dass er Minnie dazu gebracht hat, ihn zu ehelichen. Viele – Männer wie Frauen – hatten es darauf abgesehen, aber Maurice hat es geschafft. Für diesen Coup muss ich ihm wohl oder übel, wenn auch nur widerstrebend, Respekt zollen.

Minnie geht voran in die Küche, die ungefähr so groß ist wie ein Fußballstadion und mit dem ganzen auf Hochglanz polierten rostfreien Stahl gut und gerne in ein Nobelrestaurant gehören könnte. Im Radio läuft *Front Row*, eine Sendung auf BBC Radio 4. Ich hebe eine Augenbraue, Minnie zuckt die Achseln. »Gerade lief ein Beitrag über berühmte Einsiedler. Ich dachte, das könnte mich amüsieren.«

»Einsiedler sind meist nur bekannt, weil sie Einsiedler sind. Howard Hughes zum Beispiel – ich wette, du kannst mir keinen Film nennen, den er produziert hat.«

Minnie tut, als hätte sie es nicht gehört, was bedeutet, dass ich recht habe.

»Sie haben Killian Kobain mit JD Salinger verglichen.«

»Wurde auch Zeit.«

»Nein, nicht wegen der Bücher selbst, sondern weil man bei mehreren Mördern eine Ausgabe von *Der Fänger im Roggen* gefunden hat. Sie hatten das Buch entweder bei sich oder zu Hause. Und in Catherine Nevins begehbarem Schrank lag eine Ausgabe von *Totenstille*, deinem siebenten Buch.«

»Ist das die Frau, die im Knast sitzt, weil sie jemanden dafür bezahlt hat, dass er ihren Mann umlegt?«

Minnie nickt. »Die sogenannte Schwarze Witwe Nevin. Angeblich hat sie in deinem Buch ein paar Stellen, in denen es um Mord ging, mit Leuchtstift markiert. In Pink.«

Ich schüttle den Kopf. »Mörder sind auch nicht mehr das, was sie mal waren, nicht?«

Minnie seufzt. »Mit Jack the Ripper kann sie es nicht aufnehmen, so viel steht fest.«

Sie stellt das Radio ab. »Setz dich.« Ich tue wie geheißen, weil ich nämlich genauso weiche Knie habe wie damals, als ich die einzige Spinning-Stunde meines Lebens absolviert habe. Mir ist völlig schleierhaft, wie manche Menschen derartige Qualen noch ein zweites Mal über sich ergehen lassen können.

Minnie stellt Wasser auf und holt zwei Tassen aus dem Schrank. Wenn sie sich streckt, kann man bereits einen ersten Babybauchansatz unter ihrem Top erahnen.

»Kann ich statt des Tees einen Drink haben?«

»Du musst noch fahren.«

»Nur einen.«

»Du musst noch fahren.«

Ich beharre nicht weiter darauf, weil es keinen Sinn hat. Nicht bei Minnie. Wer fährt, trinkt nicht, und wer trinkt, fährt nicht. Da gibt es für sie keine Grauzone. Null Verhandlungsspielraum. Als Friedensstifterin wäre sie eine Katastrophe.

Ich will Kaffee. Minnie macht mir Pfefferminztee, den sie mit einem Pfefferminzzweig garniert. »Kein Kaffee nach fünfzehn Uhr«, sagt sie, als wäre das eine allgemeingültige Tatsache und nicht ihre persönliche – und höchst willkürliche – Meinung. Ich wickle den Avoca-Brownie aus, den sie mir zum Tee serviert. Minnie kauft ihre Brownies ausschließlich bei Avoca, weil die ihrer Ansicht nach die besten sind. Minnie Driver macht keine halben Sachen. Das ist das Großartige und zugleich das Grauenhafte an ihr.

»Seit heute bin ich in der elften Woche«, sagt sie und nimmt auf dem Stuhl gegenüber von mir Platz. »Ich kann es noch immer nicht fassen. Maurice und ich kriegen ein Baby.« Ihre Augen glänzen wie die eines Kindes, das Blau wirkt blauer als sonst, das Weiß noch weißer.

»Ich freue mich so für dich«, sage ich. Und dann trifft mich die Erkenntnis wie ein Schlag: Wenn erst das Baby da ist, kann ich mir Spontanvisiten wie die heutige abschminken. Zu viel Krach, zu viel Chaos. Zu viel Ablenkung. Wir werden wegen des ganzen Babygeschreis keine drei Worte am Stück wechseln können.

»Keine Sorge«, sagt Minnie, »ich werde dich nicht fragen, ob du Patentante sein willst oder so.« Aber es klingt, als würde sie es gern tun. Als würde sie es in Erwägung ziehen, wenn ich anders wäre. Ein anderer Mensch. Ein besserer Mensch.

Dann fragt sie: »Also, was ist los?«

»Bei mir?«, sage ich. »Nicht viel.«

»Komm mir nicht mit diesem Mist, Kavanagh«, sagt sie. »Das letzte Mal bist du spontan hier hereingeschneit, als du auf dem Nachhauseweg vom Krankenhaus warst, in das sie Ed eingeliefert hatten.«

»Da hatte ich verdammt noch mal Angst. Ich dachte, er hätte einen Herzinfarkt.«

»Ich weiß. Ich hab ja auch nichts dagegen, dass du vorbeikommst. Ich wollte damit bloß illustrieren, dass du es nur in absoluten Notfällen tust. Also, was ist passiert?«

Ich hole tief Luft, zum ersten Mal seit einer halben Ewigkeit, wie mir scheint. Mir schwindelt. »Neulich habe ich Thomas getroffen.« Ich dachte, ich würde ihr von dem Anruf erzählen, aber wie es aussieht, habe ich mich anders entschieden.

Minnie öffnet den Mund.

»Sag jetzt nicht ›Und?‹«, sage ich.

Minnie würgt das Wort hinunter, als wäre es eine dieser Monster-Vitamintabletten, die man so schwer runterkriegt, ganz gleich, wie viel Wasser man dazu trinkt.

»Darf ich ›Und weiter?‹ sagen?«, fragt sie.

»Das ist dasselbe wie ›Und?‹«, gebe ich zurück.

Minnie presst die Lippen zusammen, so fest es geht, als würde sie verzweifelt versuchen, Worte zurückzuhalten, die ich womöglich als beleidigend empfinden könnte. »Also gut, erzähl weiter. Habt ihr euch unterhalten? Was hat er gesagt?«

»Er ist noch mit dieser Sandra zusammen.«

»Sarah.« Minnie versucht, nicht ungeduldig zu werden. »Ich verstehe dich nicht, Kat, ganz ehrlich. Er war bereit, zu dir zurückzukommen. Du hättest dich lediglich entschuldigen müssen. Für dein Verhalten nach dem Unfall und diesen lächerlichen Zwischenfall mit Nicolas …«

»Es war nicht lächerlich.« War es doch. Und nicht nur, weil Nicolas ein gutes Stück jünger ist als ich. Es gibt noch eine ganze Reihe weiterer Gründe.

»Du hast gesagt, er hatte ein Celine-Dion-T-Shirt unter dem Hemd an.«

»Ich habe gesagt, es sah aus wie ein Celine-Dion-T-Shirt. Beschwören kann ich es nicht.«

»Wenn es aussah wie ein Celine-Dion-T-Shirt, dann war es auch eines. Diese Visage ist unverwechselbar.«

»Eigentlich wollte ich gerade von der Begegnung mit Thomas neulich erzählen.«

»Nur zu.«

Der Anfang fällt mir schwer, also beginne ich mit dem Ende.

»Ed hat ihm von Faith erzählt.«

»Faith?«

»Weißt du noch, wie ich damals mit fünfzehn schwanger war und auf der Couch im Wohnzimmer deiner Mutter die Wehen gekriegt habe, und abends – um zwölf nach sieben – kam dann in der Geburtsklinik in der Holles Street das Baby auf die Welt?«

Ich sehe Minnie nicht an, als ich das sage. Ich stiere auf den Boden und leiere die Wörter herunter wie ein Gedicht, das ich vor langer Zeit auswendig gelernt und nie vergessen habe. So wie *Osymandias* von Shelley: »Mein Name ist Osymandias, aller Kön'ge König – seht meine Werke, Mächt'ge, und erbebt!« So was vergisst garantiert niemand. Schön kurz und total lahm. Was für ein unglaublich lahmes Gedicht! Ich habe es in der dritten Klasse gelernt, und zwar gleich zwei Mal – nachdem ich beim ersten Durchgang die Zwischenprüfung verpasst hatte, musste ich das Jahr wiederholen, während Minnie bereits einen blauen Pulli tragen und die blauen Stufen rauf- und runterlaufen durfte. In diesem Jahr saß ich die meiste Zeit in der Bücherei und las Stephen King. Mein Lieblingsbuch war *Es*. Seither kann ich nicht mehr in den Zirkus gehen. Die Clowns erinnern mich an die dunkelsten Kapitel dieses Buches. Die dunkelsten Kapitel der dritten Klasse, als ich eigentlich schon in der vierten hätte sein sollen. Auf den blauen Stufen. In einem blauen Pulli.

Damals fing ich an zu schreiben. In der Bücherei. Seitenweise Horrorgeschichten. Schauderhaftes Zeug. Das hatte ich ganz vergessen. Keine Ahnung, was daraus geworden ist. Ich muss alles weggeworfen haben. Ich kann mich nicht mehr erinnern.

»Ja«, sagt Minnie. Ihre Stimme ist leise. Viel leiser als sonst.

Wir haben hinterher nie darüber geredet, Minnie und ich. Nicht so richtig. Natürlich kam mich Minnie besuchen, als ich wieder zu Hause war. Sie sagte, sie sei froh, dass ihre beste Freundin kein Fettklops mehr sei und wollte wissen, ob Krankenhausärzte wirklich so attraktiv seien. Wir sprachen über die Schule, die Zwischenprüfung und darüber, wie Minnie wohl abgeschnitten haben mochte. Mit ihrer Schätzung lag sie meilenweit daneben – sie bekam in sämtlichen Fächern die Bestnote. Wir sprachen darüber, dass ich das Jahr wiederholen musste und wie ich ohne sie zurechtkommen würde (nicht gut, wie sich herausstellte) und wie sie ohne mich zurechtkommen würde (hervorragend, wie sich herausstellte).

Aber über das Baby sprachen wir nie. Nicht ein einziges Mal. Vielleicht hat irgendein Erwachsener – meine Mutter möglicherweise – Minnie aufgetragen, das Thema zu meiden. Ich habe nie nachgefragt. Ich war bloß erleichtert, dass ich nicht darüber reden musste. Nicht darüber zu reden machte es erträglicher. Und nachdem ich eine Weile nicht darüber geredet und einfach weiter mein stinknormales, langweiliges Leben geführt hatte, kam es mir fast so vor, als wäre es nie passiert. Es erschien mir so surreal. Ein Produkt meiner Fantasie. Ein schlimmer Traum, wegen dem ich eines Nachts vor langer, langer Zeit aus dem Schlaf hochgeschreckt war.

Minnie wartet ab.

»Das Baby war ein Mädchen«, sage ich. »Faith. So heißt sie. Und jetzt ist Faith vierundzwanzig und will mich kennenlernen. Ich habe einen Brief bekommen. Von einer Adoptionsagentur in London. Genau genommen waren es sogar drei Briefe, und es stand drin, dass sie Faith heißt und vierundzwanzig ist und mich kennenlernen will.« Ich nehme meine Tasse. Stelle sie wieder ab.

Minnie öffnet den Mund, klappt ihn wieder zu, streicht sich eine Haarsträhne aus dem Gesicht. »Heiliger Strohsack.« Sie steht auf, geht zum Küchenschrank, in dem die harten Sachen verwahrt werden, entnimmt ihm eine Flasche Whiskey, die mit einer dicken Schicht Staub bedeckt ist, und gießt einen Fingerbreit in ein schweres, geschliffenes Kristallglas.

Minnie-*Don't-drink-and-drive*-Driver. Sie reicht mir das Glas, und ich leere es in einem Zug. Es brennt.

»Heiliger Strohsack«, murmelt Minnie erneut.

»Mehr fällt dir dazu nicht ein?«

Sie schüttelt den Kopf. Sie wirkt fremd, wenn sie nicht weiß, was sie sagen soll. Wie ein völlig anderer Mensch.

»Hast du auf die Briefe geantwortet?«, fragt sie schließlich.

»Nein.«

Das scheint sie nicht zu verwundern.

»Weiß es deine Mutter?«

Ich nicke.

»Was hat sie gesagt?«

»Nicht viel.« Minnie nickt. Auch das überrascht sie nicht.

Eine Weile sitzen wir bloß da, wir zwei, auf zwei gemütlichen Stühlen, vor einem riesigen, ausgeschalteten Flachbildschirmfernseher. Irgendwo tickt eine Uhr. Es klingt wie ein Countdown. Ein Timer, der die Sekunden bis zum Eintreten eines wichtigen Ereignisses runterzählt.

Dann setzt sich Minnie aufrecht hin, und ich kann förmlich zusehen, wie sie den Schalter umlegt. »Und, was wirst du jetzt tun?«, sagt sie, so forsch wie eh und je.

Ich zucke die Achseln, schüttle den Kopf. Minnie beugt sich über den Tisch und packt mich an den Oberarmen. Ich habe den Eindruck, sie würde mich gern ein bisschen schütteln, doch sie tut es nicht.

»Was willst du, Kat?«, fragt sie.

Das ist einfach zu beantworten. »Dass das alles nie passiert ist.«

Minnie nickt, lehnt sich zurück und schlägt die Beine übereinander. »Nehmen wir mal kurz an, das ist ausgeschlossen.«

»Na ja, du hast mich gefragt, was ich will …«

»Was willst du noch?«

Ich öffne den Mund.

»Eine realistische Antwort, bitte.«

Ich klappe den Mund wieder zu.

»Komm schon, Kat, du musst doch irgendeinen Plan haben.« In Minnies Welt haben die Menschen Pläne. In meiner Welt haben sie Verstecke.

Ich sehe auf die Uhr. »Es wird langsam spät. Ich sollte mich mal auf die Socken machen.« Ich stehe nicht auf. Ich sitze auf einem Stuhl in Minnies riesiger Küche und denke an das rote Blinken. Wenn ich nach Hause komme, muss ich auf die Taste drücken. Ich kann es nicht einfach blinken lassen.

»Warte«, sagt Minnie. Sie erhebt sich, und irgendetwas an ihrem Tonfall, ihrer Haltung, ihren glänzenden Augen weckt in mir den Verdacht, dass sie in Erwägung zieht, mich zu umarmen. Minnie und ich umarmen uns nicht. Es ist, als hätten wir vor langer Zeit einen unausgesprochenen Pakt geschlossen. Ich fürchte, wenn sie mich jetzt umarmt, ist es mit meiner Selbstbeherrschung vorbei. Ganz im Ernst.

Genau in diesem Augenblick tritt Maurice in die Küche. Ich war wohl noch nie so froh, ihn zu sehen.

Er schließt mich in die Arme. Maurice ist ein großer Fan von Körperkontakt. Er stinkt nach Anchovis. Minnie hatte offensichtlich recht, was ihre Wirkung angeht.

Maurice trägt einen brandneuen Anorak, der bei jeder Bewegung raschelt und knistert. »Na, Kat, wie läuft's denn so in der Welt der technischen Redaktionen?«, fragt er und streift sich die Kapuze vom Kopf.

Der Tarnberuf der technischen Redakteurin ist bewusst gewählt, weil sich normale Menschen nicht viel darunter vorstellen können, aber Maurice ist kein normaler Mensch. Wahrscheinlich, weil er ein Genie ist.

Und er interessiert sich für meine Arbeit.

»An welchem Projekt bist du gerade dran?«, will er wissen. Das fragt er mich immer. Aber das ist kein Problem, denn obwohl ich noch nie in einer technischen Redaktion gearbeitet habe, weiß ich ziemlich viel darüber. Ich lese regelmäßig einen unglaublich langweiligen Blog zum Thema technische Redaktionen mit dem Titel *Die Technische Redaktion*.

Und den Rest denke ich mir aus, was mir als Romanschriftstellerin nicht sonderlich schwerfällt. Ich erwähne irgendein obskures Java-Produkt, das noch nicht auf dem Markt ist. Maurice hat davon gehört.

»Ah, die Near Field Communications Library? Bargeldlose Bezahlvorgänge via Handy oder Bankkarte?«, hakt er nach.

»Nein, es geht eher in Richtung erweiterte Realität im Bereich Mobilfunk«, erwidere ich.

Er pfeift anerkennend. »Nicht übel«, sagt er, und ich weiche einen Schritt zurück, wegen seiner unerträglichen Anchovi-Fahne. Minnie scheint sie nicht zu bemerken. Sie küsst Maurice sogar auf den Mund, als würde er kein bisschen nach Anchovis stinken.

»Ich habe Kat von unseren Neuigkeiten erzählt«, sagt sie.

»Ich dachte, wir machen es erst in der zwölften Woche publik?«

Maurice lächelt, als er das sagt, aber sein Lächeln wirkt gezwungen, als wäre er lieber allein mit Minnie in der Küche – oder auf der Welt. Mit ihr und seinem Mensa-Club und dem Baby in ihrem Bauch.

»Ich hab's doch bloß Kat erzählt – da kann von publik machen keine Rede sein. Außerdem haben wir schon fast die zwölfte Woche. Und Kat wird es nicht weitersagen, stimmt's, Kat?« Minnie schenkt mir ein drohendes Lächeln, bei dem ich mir nur zu gut vorstellen kann, was sie alles mit mir anstellen wird, wenn ich ihr Geheimnis ausplaudere.

Ich nicke und sage: »Herzlichen Glückwunsch«, womit ich Maurice den nächsten Grund liefere, mich zu umarmen. Diesmal halte ich den Atem an, wegen der Anchovi-Fahne, und Minnie sagt etwas, das ich nicht verstehe, weil sein brandneuer Anorak so laut raschelt.

»Ich geh dann mal«, sage ich.

»Was habt ihr zwei denn?« Maurice sieht argwöhnisch von Minnie zu mir, als hätte er jetzt auch endlich bemerkt, dass etwas nicht im Lot ist. So viel zum Thema Genie.

»Nichts.«

»Ich wollte vorhin schon los«, sage ich.

»Ich bringe dich noch raus.«

»Nein, lass mal, es ist zu kalt. Ich finde den Weg schon allein.«

Minnie bringt mich trotzdem raus. An der Tür fragt sie: »Was hast du jetzt vor?«

»Ich weiß es noch nicht genau«, sage ich, als wüsste ich es in absehbarer Zeit genauer. Als hätte ich bloß im Augenblick keine Ahnung.

»Ich finde, du solltest dich mit ihr treffen.«

Jetzt erscheint mir Minnies Flur genauso dunkel wie der meine. Ich male mir aus, wie ich nach Hause komme, in meinen Flur mit dem roten Blinken. Ich will nicht gehen.

Ich öffne die Tür. »Ich rufe dich morgen an.«

»Ganz ehrlich, Kat. Ich finde, du solltest dich mit ihr treffen. Ich glaube, es würde dir guttun.«

Ich frage sie nicht, wie sie darauf kommt, dass es mir guttun würde. Stattdessen sage ich: »Nun geh schon rein, du holst dir noch den Tod.« Es regnet zur Tür herein, der Boden ist schon ganz nass.

»Ich komme mit, wenn du willst.« Minnie hat eine Hand auf die leichte Schwellung ihres Bauches gelegt. Ich glaube kaum, dass sie sich der intimen Geste bewusst ist. Mir ist, als würde ich zwei Liebende belauschen. Es wärmt mir das Herz, und zugleich überkommt mich ein Gefühl des Verlusts, obwohl ich nichts gegeben habe und mir nichts genommen wurde.

Ich nicke und laufe zu meinem Wagen.
Das kann ich gut.
Weglaufen.
Im Weglaufen bin ich großartig.

KAPITEL 25

Auntie May sieht genauso aus wie Mum, vor allem, wenn sie lächelt oder weint. Nicht dass Mum je ernsthaft geweint hat. Eigentlich fast nur bei Filmen. Bei *Oben* zum Beispiel. Oder Bei *Toy Story 3*. *Toy Story 3* hat ihr schier das Herz zerrissen. Genau das hat sie gesagt. »Es hat mir schier das Herz zerrissen.«

Auntie May weint. Faith ebenfalls. Sie umarmen sich und weinen. Ich weiß nicht, warum wir hier sind. Faith hat gesagt, wir fahren in ein Hotel, aber im Bus vom Flughafen ins Stadtzentrum hat sie dann auf einmal beschlossen, dass wir zu Auntie May fahren. Einfach so, ganz plötzlich. Sie hat sie nicht einmal angerufen, um zu sagen, dass wir kommen. Sie hat es einfach entschieden, und dann saßen wir auch schon in einem Zug nach Donabate.

Ich stehe neben dem Aquarium und beobachte die Fische. Es sind lauter Goldfische. Auntie May sagt, sie mag sie wegen der Farbe. Goldfische haben ein total schlechtes Gedächtnis, deswegen schwimmen sie die ganze Zeit im Kreis. Weil sie immer wieder vergessen, dass sie das schon ungefähr eine Million Mal getan haben.

Jetzt lässt Auntie May Faith los und sagt: »Ihr seid ja ganz blau vor Kälte. Warum habt ihr mir nicht gesagt, dass ihr kommt? Ich hätte euch doch am Flughafen abgeholt!«

»Entschuldige, ich – ich habe für Milo und mich ein Hotelzimmer gebucht. Für eine Nacht. Morgen fliegen wir zurück.«

»Unsinn, ihr übernachtet hier bei mir.«

»Nein, ehrlich, es ist …«

»Wo ist denn dieses Hotel?«

»Keine Ahnung. In der Marlborough Street, glaube ich.«

»Jesses, Maria und Josef, wollt ihr etwa vergewaltigt und abgemurkst und in einem Koffer in der Liffey versenkt werden?«

Ich gucke zu Faith. Ich würde echt gern hier bleiben bei Auntie May. Und zwar nicht nur, weil ich nicht vergewaltigt und abgemurkst und in einem Koffer in der Liffey entsorgt werden will, sondern weil es schön ist hier. Alles ist blitzsauber, und in der Küche riecht es nach Essen. Könnte ein Sheperd's Pie sein. Ich mochte Mums Sheperd's Pie, weil sie keine Erbsen reingetan hat. Ich frage mich, ob in Auntie Mays Sheperd's Pie Erbsen drin sind.

Ich habe einen Bärenhunger, aber ich habe nichts zu Faith gesagt, weil ich es ihr versprochen habe.

May sieht mich an. »Du würdest gern hier bleiben, nicht, Milo?« Sie nimmt mein Gesicht in beide Hände und schüttelt den Kopf. »Du siehst wirklich genauso aus wie deine Mum.« Sie drückt mir einen ziemlich klebrigen Kuss auf die Wange, aber ich wische mich erst ab, als sie sich wieder zu Faith umgedreht hat. Lippenstift, schätze ich mal. Frauen lieben Lippenstift.

»Deine Mutter, Gott hab sie selig, würde dir ordentlich die Leviten lesen, wenn sie wüsste, dass du dich mit dem Jungen in der Marlborough Street rumtreibst.«

Faith ist eine Weile still, dann sagt sie: »Ich weiß es, May. Ich weiß das von Mum und von mir.«

May stellt den Wasserkocher auf der Anrichte ab und guckt Faith an. »Was meinst du?«

Dann gucken sie beide zu mir. Ich sehe es, weil sie sich im Aquarium spiegeln. Dann nimmt May hinter mir meine Tasche. »Milo, Schätzchen, du kannst in Finns Zimmer schlafen. Er ist auf dem College und kommt erst am Freitag zurück. Von dort oben sieht man das Meer. Komm mit, ich zeige es dir.«

»Das ist wirklich nicht nötig, May«, sagt Faith.

»Ich will kein Wort mehr hören, Faith«, sagt May, und sie klingt genau wie Mum, als sie das sagt. Ihre Stimme ist leise und ruhig, aber man weiß genau, dass es keinen Sinn hat zu widersprechen.

Ich habe schon mal bei Auntie May und Uncle Niall übernachtet, aber nicht in Finns Zimmer, sondern auf einem Klappsofa in der Dachkammer. Von dort oben sieht man nur den Himmel und kein Meer.

»Ich werde nachher noch das Bett frisch beziehen, Milo«, sagt May. »Weiß der Himmel, wann dieser Schmutzfink zuletzt die Bettwäsche gewechselt hat.« Sie stellt meine Tasche auf dem Bett ab und späht in einen Schrank. »Da sind ein paar Bücher drin. Deine Mum hat immer erzählt, dass du so gerne liest. Da, *Die Schatzinsel*. Kennst du das schon?«

Ich schüttle den Kopf. »Nein, noch nicht.«

»Wir haben auch ein Schachbrett, glaube ich. Du könntest nachher mit Onkel Niall eine Partie Schach spielen.«

Dad sagt, Schach ist das Spiel der Denker. Er hat es mir beigebracht, als er das letzte Mal bei uns war.

»Bist ein guter Junge, Milo.« May geht zur Tür. »Ich mache euch jetzt etwas Schönes zu essen und rufe dich dann, okay? Spaghetti Carbonara vielleicht. Das magst du doch, oder?«

Mir läuft das Wasser im Mund zusammen. May kocht fast genauso gut wie Mum. Und ich habe gestern Nacht in Damos Baumhaus alles gegessen, was ich hatte. Die Schmelzkäsescheiben und den Schinken und die drei Becher Erdbeerjoghurt und die zwei Scheiben Brot und die Cracker und das Kit Kat. Ich habe versucht, mir das Kit Kat aufzusparen, aber ich hab's nicht geschafft. Ich bin dort oben geblieben, bis der erste Bus gefahren ist. Das war um 6:35 Uhr, also fünf nach halb sieben. Ich war so steif von der Kälte, dass ich fast von der Strickleiter gefallen wäre. Einmal habe ich einen Kieselstein an Damos Fenster geworfen, aber er hat es nicht gehört. Ich habe auch nicht wirklich damit gerechnet, dass er aufwacht. Ich hab's bloß getan, um mir die Zeit zu vertreiben. Seine Mutter sagt, Damo ist ein richtiges Faultier, und dass er nicht einmal aufwachen würde, wenn eine Atombombe auf seinem Kopf landen würde.

Der Busfahrer hat misstrauisch geguckt, als ich eingestiegen bin, aber ich hatte das Geld für das Ticket genau abgezählt, also hat er nichts gesagt. Nicht einmal »Hallo«. Er hat einfach wieder in seine Zeitung gestarrt, auf ein Bild von einem Mädchen im Bikini, und wir sind noch fast fünf Minuten stehen geblieben, bis er losgefahren ist.

»Ja, ich liebe Spaghetti Carbonara«, sage ich.

»Und Knoblauchbrot?«, fragt May.

Ich nicke.

»Und ich schätze mal, zu einem Stück Schokokuchen sagst du auch nicht Nein.«

Ich schüttle den Kopf.

»Mit einer Kugel Eis?«

Ich nicke.

»Vanille?«

Ich nicke noch einmal, obwohl mir Schokoladeneis ehrlich gesagt lieber wäre.

May reibt sich die Hände. »Dann sind wir im Geschäft.« Ich weiß, dass sie mich umarmen wird. Ich spüre es. Und sie tut es. Sie riecht anders als Mum. Nicht schlecht, bloß anders. Aber sie fühlt sich ziemlich ähnlich an. Warm und weich. Ihre Haare kitzeln mich im Gesicht. Sie drückt mich ganz fest an sich, und als sie mich loslässt, sagt sie: »Bist ein toller Junge, Milo.« Ihre Augen sind ganz hell und so blau wie die von Mum. Ich hoffe, sie fängt nicht an zu weinen. Aber sie weint nicht, sie fährt mir bloß durch die Haare, ehe sie rausgeht.

Donabate gehört noch zu Dublin, aber es sieht aus wie auf dem Land, weil rundum Felder sind. Und gleich neben Mays Haus gibt es einen Campingplatz. Es muss total cool sein, in einem Wohnmobil zu wohnen. Wenn man sich langweilt, setzt man sich einfach in sein Wohnmobil und fährt drauflos.

Direkt vor dem Bahnhof war eine Eisdiele, aber ich durfte mir kein Eis holen, weil Faith mit dem Taxi zu Auntie May fahren wollte, und weil jeder Taxifahrer bestimmt gesagt hätte: »Das Ferkel mit dem tropfenden Eis nehme ich nicht mit.« Aber dann mussten wir die ganze Strecke laufen, weil kein einziges Taxi an uns vorbeikam. Wir haben bloß drei normale Autos gesehen und einen Mann, der mit einem spindeldürren Hund spazieren ging.

Es war eiskalt und ziemlich windig. So windig, dass sich die Bäume biegen, hätte Mum gesagt. Aber wenigstens ist es trocken, hätte sie dann gesagt. Bevor Dad weggezogen ist, hat er sie oft seine Wetterfee genannt, weil sie immer über das Wetter geredet und zum Himmel geguckt hat, um zu sehen, was sich da oben tut.

Je länger wir unterwegs waren, desto schwerer wurde meine Tasche. Faiths Tasche hat Rollen, aber sie musste sie immer wieder hochheben, weil der Gehsteig so buckelig war, von den vielen Baumwurzeln unter dem Asphalt. Ich war richtig froh, als Faith mal stehen geblieben ist, um eine Zigarette zu rauchen. Ich hab mir die Hände vor den Mund gehalten und ein paar Mal hineingepustet.

»Ist dir kalt, Milo?«

»Nein.« Ich durfte nicht jammern. Ich hatte es ihr versprochen.

»Soll ich mal deine Tasche auf den Rücken nehmen?«

»Nein, danke.« Als Junge lässt man sich seine Tasche nicht von einem Mädchen tragen. Auf keinen Fall, auch wenn man noch so müde ist.

Ich habe noch nie so eine lange Straße gesehen wie die, die zu Mays Haus führt. Sie ist kerzengerade und so lang, dass man gar nicht bis zum Ende sehen kann. Und dann ist sie plötzlich zu Ende, direkt am Meer. Dort wohnt Auntie May.

Es hat bestimmt fünf Stunden gedauert, bis wir da waren.

Nach dem Essen spielt Uncle Niall mit mir Schach. Er ist einer von den Erwachsenen, die Kinder gewinnen lassen. Wenn ich »Schach« sage oder »Schachmatt«, tut er, als würde er sich ärgern. Er greift sich an den Kopf, als hätte er ganz schlimme Kopfschmerzen, und dann sagt er Sachen wie: »Hast du ein Glück, du kleiner Mistkerl!« Aber ich weiß, dass er es nicht ernst meint, weil er dabei lächelt.

Faith guckt sich mit May Fotoalben an. Ich kenne sie schon, diese Fotos. Es sind viele von Mum dabei. Mum und May. Mum und May am Strand. Mum und May beim Autoscooter-Fahren. Mum und May vor dem Tower von London. Mum und May auf einem Boot. Sie haben sich Tücher um den Kopf gewickelt und umarmen sich. Und sie lachen auf jedem Foto. Ich sage: »Nein, danke«, als May fragt, ob ich die Fotos auch sehen will. Ich bin froh, dass ich mit Niall Schach spiele, obwohl er mich gewinnen lässt.

»Ich bin bloß so – wütend auf sie«, sagt Faith. »Ich bin nicht einmal mehr traurig. Ich bin bloß – stinksauer.« Komisch, sie klingt nicht stinksauer. Ihre Stimme ist ganz leise. Sie klingt müde. Wahrscheinlich ist sie das auch. Sogar ich bin müde. In einem Baumhaus zu schlafen ist nicht so cool, wie ich dachte.

May nickt. »Wut gehört auch dazu«, sagt sie. »Sie ist Teil der Trauerarbeit.«

»Nein, ich bin wütend, weil sie es mir nicht gesagt hat.«

May legt Faith eine Hand auf die Schulter und drückt sie. »Sie hat dich ihren Glücksbringer genannt. Der Arzt meinte, sie wird nie in der Lage sein, ein Baby auszutragen. Aber kaum warst du da, ist sie zwei Mal schwanger geworden. Sie konnte es gar nicht fassen.«

May blättert auf die nächste Seite. »Guck mal da«, sagt sie lächelnd und deutet auf ein Foto. »Das seid ihr, ihr beiden.« Faith betrachtet das Foto.

Niall ist gerade an der Reihe, und weil er sich ewig Zeit lässt mit seinem nächsten Zug, stehe ich auf und gehe zur Couch rüber, um mir das Foto anzusehen. Es ist eines, das ich schon zig Mal gesehen habe, es hängt nämlich gerahmt in Mums Schlafzimmer. Mum und Faith am Strand in Donabate. Ich erkenne am Sand, dass sie in Donabate sind und nicht in Brighton. Man sieht sie nur von hinten. Mum ist barfuß und trägt eine Bikinihose und eines von Dads Hemden. Faith geht ihr bis zum Knie. Sie hat nur eine Windel an und einen Eimer mit Muscheln in der Hand. Sie lächeln beide. Man kann das Lächeln sehen, weil sie sich angucken.

May fährt mit dem Finger über Mums Gesicht, wie um ihr die Haare aus den Augen zu streichen. »Das war eine Woche nachdem sie dich gekriegt haben. Ich hatte sie noch nie so glücklich erlebt. Sie hat es dir nicht gesagt, weil sie dich geliebt hat. Sie wollte nicht, dass du das Gefühl hast, weniger wert zu sein als die Jungs.«

»Ha!«, sagt Uncle Niall. »Das musst du erst mal toppen.«

Das bedeutet, dass ich an der Reihe bin. May hebt den Kopf und bemerkt, dass ich neben ihr stehe und ihr über die Schulter spähe.

»So ein Bild gibt es von dir und deiner Mum auch. Hier in Donabate, am Strand. Ich weiß es ganz genau.« Sie fängt an zu blättern. Ich hoffe, sie findet es nicht. Ich will gar nicht wissen, was Damo sagen würde, wenn er ein Foto von mir in einer Windel sieht.

Nachdem ich Niall vier Mal hintereinander besiegt habe, sagt er, er hat keine Lust mehr, und geht in die Küche, um sich einen »harten Drink« zu holen. Er kommt mit einer Dose Cola zurück. »Ich nehme mal an, du willst auch eine?«, fragt er. Ich nicke. Ich weiß, er tut nur so, als wäre er sauer.

Auntie May besteht darauf, mich ins Bett zu bringen. Sie zieht mir die Decke bis zum Gesicht hoch und steckt sie rundherum fest, so eng, dass ich mich fühle wie ein Würstchen im Schlafrock und kaum noch Luft kriege. »Versprich mir, dass du nie wieder weglaufen wirst, Milo.« Faith hat es ihr also erzählt. Ich habe echt gehofft, dass sie es nicht tut. »Ich bin nicht weggelaufen«, sage ich. »Nicht richtig.« May stopft mir die Decke unters Kinn wie eine Serviette. »Ich würde mir fürchterliche Sorgen machen, wenn ich das Gefühl hätte, dass du das womöglich noch mal machst – hörst du?« Ich nicke bloß, weil es ohnehin keinen Sinn hat, etwas zu sagen.

Sie räuspert sich, und ich warte ab, weil ich weiß, dass sie noch mehr sagen wird. »Also … Du und Faith – ihr fahrt ja morgen zu dieser Frau … Dieser Katherine Kavanagh …« Sie zupft an einem Faden, der seitlich an der Decke raussteht, und reibt ihn zwischen Daumen und Zeigefinger.

»Ich weiß es nicht genau. Faith hat nicht gesagt, was wir morgen machen, und ich darf sie nicht fragen. Ich hab's versprochen.«

May nickt und lächelt. Sie sagt nichts mehr. Sie runzelt die Stirn, als müsste sie im Kopf zwei sehr große Zahlen zusammenrechnen.

»Glaubst du, Mum hätte was dagegen?«, frage ich sie.

»Wogegen?«

»Na, dass wir hier in Irland sind und Faiths echte Mutter suchen.«

»Deine Mum war Faiths echte Mutter.« Das klingt ein bisschen sauer, also nicke ich bloß, und nach einer Weile seufzt May und sagt: »Entschuldige, Milo. Es ist bloß … Es war alles ein bisschen schwierig in letzter Zeit, hm?«

Ich nicke.

Sie legt mir eine Hand auf die Schulter. »Was hältst du davon, uns im Sommer eine Woche zu besuchen? Niall und Finn könnten mit dir fischen gehen. Das würde dir doch bestimmt Spaß machen, oder?«

Ich nicke, obwohl ich eigentlich keine Lust habe, im Sommer eine Woche hier zu sein. Ich glaube, es liegt an Auntie May. Ich meine, sie ist nett, aber … Vielleicht liegt es daran, dass sie wie Mum aussieht. Aber sie ist nicht Mum. Das klingt vielleicht schräg, aber es ist ein komisches Gefühl. Irgendwie … Ich weiß auch nicht. Komisch eben. Mrs. Appleby sagt, es ist okay, wenn ich traurig bin, aber in Brighton versuche ich meistens, es so gut wie möglich zu verdrängen. Hier in Dublin muss ich ständig daran denken. Keine Ahnung, wieso. Normalerweise denke ich an schöne Sachen. An meinen Schwimmkurs zum Beispiel und an Damo und Carla. Oder an die Schulpause, wenn wir Aliens fangen spielen.

»Weißt du, wann wir morgen losfahren?«, frage ich.

»Nach dem Frühstück«, sagt May. »Ich mache Pfannkuchen.«

»Gibt es einen Zug, der ins Stadtzentrum fährt?«

May nickt. »Keine Sorge, Milo, es fahren jede Menge Züge. Oder ich fahre euch mit dem Auto, wohin auch immer. Mach dir keine Gedanken.«

Ich drehe mich auf die Seite und mache die Augen zu. May schleicht aus dem Zimmer und flüstert »Gute Nacht«. Sie zieht die Tür zu, und ich höre die Treppe knarren. Als sie weg ist, stehe ich auf und mache die Tür wieder auf. Nur einen kleinen Spalt, durch den ein schmaler Lichtstreifen vom Flur ins Zimmer scheint. Gerade so viel, dass ich noch schlafen kann. Ich bin todmüde, aber es dauert ewig, bis ich einschlafe. Ich höre Stimmengemurmel von unten. Wahrscheinlich reden sie über die Frau. Katherine Kavanagh. Ich frage mich, wie sie wohl aussieht und was sie zu Faith sagen wird, wenn wir sie morgen treffen. Ich hoffe sehr, sie sagt etwas Nettes.

Ich habe das Gefühl, Faith braucht dringend ein bisschen Aufmunterung.

Irgendwie bin ich im Aufmuntern nämlich nicht besonders gut.

KAPITEL 26

Wie sich herausstellt, blinkt mein Anrufbeantworter, weil Thomas eine Nachricht darauf hinterlassen hat. Seine Stimme erfüllt den kalten, dunklen Flur, vertraut und fremd zugleich.

Ich bin erleichtert. Weil es nicht der Mann war, der hinter Killian Kobain her ist.

Oder jemand, der hinter mir her ist.

Das Mädchen aus den Briefen.

Faith.

Ich habe auch Angst. Was will er? Thomas ist kein großer Fan von Telefonen. Er ruft nicht an, um zu plaudern. Er ruft an, wenn es einen Grund gibt. Einen triftigen Grund. Neuigkeiten. Meine Telefonate mit Thomas haben nie lange gedauert, nicht einmal, als noch alles in Butter war. Zwanzig Sekunden. Dreißig, maximal. Gerade lange genug, um die fünf Ws abzuhaken: Wer, was, wann, warum, wo. Einmal Journalist, immer Journalist, schätze ich.

Das erste W, das er anspricht, ist »Warum«. Warum er am Festnetztelefon anruft und nicht am Handy. »Ich wollte, dass du zu Hause bist, wenn ich mit dir rede.«

Jetzt weicht die Erleichterung endgültig der Angst.

Dann kommt das »Was«. »Ich wollte es dir schon neulich bei Eds Schwimmwettbewerb sagen.«

Kurzer Einschub: »Ed hat sich wacker geschlagen, nicht? Er macht sich wirklich prächtig. Weißt du noch, wie nervös er früher vor den Wettkämpfen oft war? Inzwischen schwimmt er schon wie ein Fisch im Wasser, findest du nicht auch?«

In seiner Stimme schwingt etwas mit, das ich wiedererkenne: Stolz. Ganz eindeutig. Das ist mir auch schon früher aufgefallen, wenn er über Ed geredet hat. Es klang, als wäre es tatsächlich so, wie Ed immer behauptet: dass Thomas sein bester Freund ist.

Es schwingt aber noch etwas anderes in seiner Stimme mit. Ein Zaudern und Zögern.

Er setzt die einseitige Unterhaltung fort, indem er sich auf das »Warum nicht« stürzt. »Ich ... Nachdem mir Ed das von dir und Faith erzählt hatte, fand ich es unpassend, mit meiner Neuigkeit aufzuwarten.«

Seine Neuigkeit?

Jetzt kehrt er zurück zum »Was«. »Ich ... Ich wollte bloß, dass du es von mir erfährst und nicht von jemand anderem ...«

So, so, und was?

»Ich meine, es wird dich vermutlich nicht groß überraschen. Wahrscheinlich interessiert es dich auch gar nicht groß. Warum auch? Aber – ich wollte trotzdem, dass du es von mir erfährst, weil es nämlich morgen in der Zeitung stehen könnte. Genau deswegen rufe ich eigentlich an ... Entschuldige, dass ich so konfus daherrede. Ich hasse Anrufbeantworter.«

Morgen? In der Zeitung?

Ich höre, wie er tief durchatmet. Sehr tief.

Schweigen.

»Ich werde heiraten.«

Nichts. Keine dramatische Reaktion von meiner Seite. Ich lehne mich weder an die Wand, noch sinke ich kraftlos in mich zusammen, bis ich auf dem Boden kauere. Kein Seufzen. Kein Nach-Luft-Schnappen. Nichts. Ich bin bloß eine Frau, die, noch im Mantel, im dunklen, kalten Flur steht und einer – reichlich verworrenen – Nachricht lauscht, die ihr Ex auf ihrem Anrufbeantworter hinterlassen hat.

»Ich meine, ich werde mich verloben. Ich – bin bereits verlobt. Mit Sandra. Äh, Sarah, meine ich. Herrje, ich bin total neben der Spur. Ich habe mich mit Sarah verlobt.«

Kurze Pause, als würde er abwarten, für den Fall, dass ich an dieser Stelle lache. Höflich bis zum Abwinken, das muss man ihm lassen.

»Tja, das war's auch schon. Ich wollte nur, dass du Bescheid weißt.«

Wieder Schweigen. Dann ein Nachtrag, der nicht unter die fünf Ws fällt. »Äh, und was deine Neuigkeit angeht, möchte ich mich für meine Reaktion entschuldigen. Es war bloß so ein Schock, als ich gehört habe, dass du Mutter bist. Nicht weil ... Ich meine nur, weil du immer gesagt hattest, du ... Ach, egal. Jedenfalls tut es mir leid.«

Verlegenes Schweigen.

»Und – du weißt, du kannst mich gerne anrufen. Wenn du mal reden willst oder ... Ich weiß auch nicht. Ich meine ... Ich finde, wir können nach wie vor miteinander reden, wenn du das willst. Okay?«

Und ich ertappe mich dabei, dass ich in meinem dunklen, kalten Flur stehe und nicke. Ja, das weiß ich – ich wusste es schon damals, als mir noch alle Möglichkeiten offen standen. Ich wusste es. Trotzdem habe ich die Gelegenheit nicht genutzt.

»Tja, dann ... Dann lege ich jetzt auf. Ich wollte bloß ... Okay, bis demnächst. Bye.«

Klick. Tuten. Stille.

Das Schlimmste an Situationen wie diesen ist, dass man keinem anderen die Schuld in die Schuhe schieben kann.

KAPITEL 27

Das Haus ist in Raheny, an der Howth Road. Auntie May fährt uns ins Stadtzentrum. Sie hätte uns auch nach Raheny gebracht, aber Faith hat gesagt, das geht ihr zu schnell, und May hat genickt und gesagt, das versteht sie. Sie fährt uns zu einem großen Busbahnhof in der Stadt, der Busaras heißt. Von hier geht auch der Bus zum Flughafen. Wir sperren unsere Taschen in ein Schließfach, und Faith gibt mir den Schlüssel, weil sie sich heute selber nicht über den Weg traut, wie sie sagt. Ich stecke ihn in die Tasche mit dem Reißverschluss am Oberschenkel meiner Jeans, da kann er nicht rausfallen.

»Ruf an, ja?«, sagt Auntie May.

Faith nickt.

»Und denk an das, was wir gestern besprochen haben, ja?«

Faith nickt noch einmal.

»Ich sage ganz bewusst nicht Lebewohl«, sagt May. Sie schickt mir einen Luftkuss, winkt Faith und wirft einen Blick in den Rückspiegel und den Seitenspiegel, ehe sie losfährt.

Faith hat sich die Adresse in ihr Notizbuch geschrieben. Ich weiß sie auswendig. Ich habe ein ziemlich gutes Gedächtnis, auch ohne mir alles aufzuschreiben. Deswegen bekomme ich normalerweise eine Eins beim Diktat. Wir nehmen den Bus, aber ich frage Faith nicht, ob wir oben sitzen können. Sie ist genauso weiß wie Damo, als er mal Pudding direkt in seinem Bauch machen wollte. Er hat vier Esslöffel Puddingpulver gegessen und einen halben Liter Milch getrunken, und dann ist er auf und ab gehüpft, damit sich in seinem Bauch alles vermischt. Es sah echt aus wie Pudding, als das Zeug wieder hochkam.

Als wir das Haus in Raheny erreicht haben, läuft Faith einfach daran vorbei.

»Da ist es, Faith«, sage ich. »Wir sind da.« Das Haus ist eine Villa. Ich wette, es hat ungefähr zehn Zimmer. Und wahrscheinlich auch ein Spielzimmer. George Pullman gibt ständig mit seinem Spielzimmer an. Eine Xbox hat er auch.

»Faith.«

Sie geht weiter. Sie kann echt schnell sein, weil sie so lange Beine hat. Ich renne ihr nach.

»Faith, warte! Es ist das Haus dort hinten! Du bist dran vorbeigelaufen. Es ist eine Villa. Deine Mum, ich meine, deine echte Mum, muss stinkreich sein.«

Faith bleibt erst am Ende der Straße stehen. Von hier kann man die Irische See sehen. Es ist Ebbe, und das Wasser ist so weit weg, das man fast zu Fuß bis nach England laufen könnte. Ich stütze mich schnaufend mit den Händen auf den Knien ab. Faith holt ihre Zigaretten aus der Tasche und zündet sich eine an. Nach einer Weile sagt sie: »Entschuldige, Milo.«

Ich überlege, ob sie irgendwie gemein zu mir war, aber mir fällt nichts ein. »Warum entschuldigst du dich andauernd?« Sie antwortet nicht. Ich schaue aufs Meer hinaus.

»Weißt du, wie viele Kilometer es von hier bis England sind?«, frage ich sie.

»Nein.«

»Sechsundfünfzig Seemeilen, das sind hundertdrei Kilometer. Und weißt du, wie tief die Irische See ist?«

»Nein.«

»An der tiefsten Stelle dreihundert Meter.«

»Woher weißt du das alles?«

»Von Mrs. O'Reilly. Die weiß doch alles über Irland.«

Faith setzt sich auf eine niedere Mauer hinter uns, und ich setze mich neben sie.

»Erzähl mir noch etwas«, sagt sie.

»Also …« Ich mache die Augen zu. So kann ich besser nachdenken. Vielleicht erzähle ich Faith etwas über Astronomie. Carla steht auf Astronomie. »Hast du gewusst, dass Sterne eigentlich Sonnen sind?«

»Sie sehen aber nicht wie Sonnen aus.«

»Sind sie aber. Sie sind bloß sehr, sehr weit weg.«

»Wie weit?«

»So weit, dass die Entfernung nicht in Kilometern gemessen wird, sondern in Jahren.«

»In Lichtjahren.«

»Genau.«

»Und was ist mit den schwarzen Löchern?«

»Was soll mit ihnen sein?«

»Was weißt du über schwarze Löcher?«

»Dass sie alles in sich aufsaugen, sogar das Licht.«

»Klingt grauenhaft.«

»Schon, aber bevor eine Sonne explodiert und sich in ein schwarzes Loch verwandelt, nennt man sie Supernova, und da scheint sie viel, viel heller als die ganze Zeit davor.«

»Eine Supernova ist also ein sterbender Stern.«

»Irgendwie schon, ja, aber auch viel besser als vorher. Deshalb heißt es ja auch *Super*nova.«

Faith nickt, aber ich habe den Eindruck, es interessiert sie gar nicht mehr so richtig. So ist das mit Erwachsenen – sie interessieren sich mal kurz für das Universum, und dann reden sie wieder über ihre Kinder oder ihre Häuser oder darüber, dass ihnen beim Einkaufen jemand über den Weg gelaufen ist, der

Tony Blair zum Verwechseln ähnlich sah. Tony Blair war mal der Big Boss von England, aber inzwischen ist er es nicht mehr. Ich glaube, er wurde gefeuert oder so.

Faith wirft ihre Zigarette weg, dann hält sie sich die Hände vor den Mund und haucht sie an.

»Warum bist du am Haus vorbeigelaufen?«, frage ich sie.

»Ich weiß auch nicht. Ich … Ich muss mir noch überlegen, was ich sagen werde.«

»Ich dachte, das hast du schon im Flugzeug gemacht.«

»Was?«

»Na, dir überlegt, was du sagen wirst.«

»Da ist mir nichts eingefallen.«

Wir gucken eine Weile aufs Meer hinaus. Es ist so kalt, als würde es bald Schnee geben. Mrs. O'Reilly hat gesagt, in Irland ist das Klima mild, feucht und veränderlich, aber mild fühlt es sich heute nicht an. Ich ziehe mir die Jackenärmel über die Hände. Zu Hause hätte ich Skihandschuhe. Ich verwende sie zwar nicht zum Skifahren, aber sie sind super, um Schneemänner zu bauen, weil die Nässe nicht so schnell durchgeht wie bei Wollhandschuhen.

Ich springe von der Mauer. »Du könntest ihr eine Nachricht hinterlassen.«

»Was?«

»Du könntest ihr eine Nachricht schreiben und sie in den Briefkasten stecken, der am Tor vor der Einfahrt hängt. Ich habe ihn gesehen. Er ist grün und hat ein Schloss, das heißt, nur derjenige, der dort wohnt, kann die Post rausholen.«

Faith steht auf. Sie guckt mich an, aber ich glaube, sie sieht mich gar nicht richtig. Sie überlegt. Ich sehe es ihr an den Augen an.

»Das ist gar keine so schlechte Idee, Milo«, sagt sie.

Ich bin froh, dass sie die Idee gut findet. Vielleicht können wir jetzt irgendwo hingehen, wo es warm ist. Ich könnte mein Geld wechseln und uns Handschuhe kaufen. Faith hat schon ganz blaue Finger, weil sie in der Kälte geraucht hat.

»Du könntest ihr deine Handynummer aufschreiben, und dann gehen wir in ein Café, wo es warm ist. Wir essen einen Muffin, und dann sage ich dir, worüber du mit ihr reden könntest. Da gibt es eine ganze Menge.« Frauen reden ständig. Imelda und ihre Mum zum Beispiel quasseln in einer Tour. Manchmal streiten sie sich, aber meistens reden sie bloß.

Faith holt das Notizbuch, in das sie ihre Songtexte schreibt, aus ihrer Tasche. Der letzte Song, den sie geschrieben hat, hieß »All About You«. Er ist gar nicht schlecht für ein Liebeslied. Es ist schon eine ganze Weile her, dass sie den Song geschrieben hat. Vor Mums Autounfall.

Faith hält einen Stift in der Hand, aber sie schreibt nichts. Sie sieht so aus, als würde sie wieder überlegen. Als würde ihr nichts einfallen.

Sie hebt den Kopf. »Ich weiß nicht, was ich schreiben soll.«

Also, es heißt ja immer, als Erwachsener weiß man so viel, aber schön langsam bin ich mir da nicht mehr so sicher.

»Schreib einfach deinen Namen und deine Handynummer. Und dass du in Dublin bist und sie gern treffen würdest. Fertig.«

»Okay«, sagt Faith nach einer Weile. Sie haucht sich noch einmal in die Hände, dann fängt sie an zu schreiben.

»Und schreib bloß nichts von mir«, sage ich.

»Warum nicht?«

»Weil manche Leute keine Kinder mögen.« Mr. Swinton, der Hausmeister an unserer Schule zum Beispiel. Wenn man den fragt, wann die kaputte Leitung im Flur repariert wird, damit wir dort wieder Völkerball spielen können, sagt er: »Was geht dich das an?«

Faith faltet die Nachricht noch mal auseinander.

Wenn sie sauer ist, wird sie ganz rot im Gesicht, und ihre Augen werden zwei schmale Schlitze, so wie jetzt.

PS: Ich bin mit meinem Bruder Milo da. Milo ist zehn.

»Ich bin erst fast zehn«, sage ich.

Faith malt einen Pfeil zwischen die Wörter »ist« und »zehn« und fügt ein »fast« ein. »So. Zufrieden?«

Ich nicke. Zwischen neun und zehn ist ein ziemlich großer Unterschied. Ein zehnjähriger Junge ist für viele Leute schon kein Kind mehr. Seit er zehn ist, bohrt Damo nicht mehr vor anderen in der Nase. Er will, dass die Mädchen auf ihn stehen. Bis jetzt steht noch keines auf ihn, mal abgesehen von Tracey in Miss Roberts Klasse, und die steht auf so ziemlich jeden Jungen in der Schule, sogar auf Donald Battersby, der alle verpetzt und anfängt zu flennen, wenn man zu ihm sagt, dass man nicht mit ihm spielen will, weil er eine Petze ist.

Wir gehen zurück. In Dublin sind die Busse nicht rot, sondern blau und gelb. Und die Briefkästen sind grün. Wie das Nationalsymbol von Irland, der Shamrock, ein dreiblättriges Kleeblatt. Die Iren lieben Grün. Die Flagge von Irland ist zu einem Drittel auch grün. Sie heißt Trikolore und wird auf halbmast gesetzt, wenn ein Patriot wie James Connolly stirbt. Mrs. O'Reilly hat gesagt, die Briten haben ihn an einem Stuhl festgebunden und ihm in den Kopf geschossen. Ich habe Mum gefragt, ob das stimmt, und sie hat gesagt, dass das alles schon ziemlich lange her ist, und dass es ein Aufstand war, das ist so was Ähnliches wie ein Krieg. Aber das erzähle ich Damo lieber nicht, sonst macht er sich womöglich Sorgen, dass Sully auch an einen Stuhl gefesselt und erschossen wird, wenn er mal wieder in den Krieg muss.

Abgesehen von den Bussen und den Briefkästen sieht eigentlich alles aus wie bei uns. Als Faith vorhin im Stadtzentrum in einem Spar-Supermarkt Zigaretten gekauft hat, habe ich gesehen, dass es in den Geschäften hier die gleichen Süßigkeiten gibt wie in Brighton. Sogar Mars 2Pack. Das ist mein Lieblingsschokoriegel, weil man da doppelt so viel davon hat wie von einem normalen Mars. Ich mag auch die Eisriegel von Mars, aber ich bin nicht mehr dazu gekommen, im Eisschrank nachzusehen, ob es die hier auch gibt.

Vor dem Haus bleiben wir stehen, und Faith gibt mir die Nachricht. Sie hat den Zettel so oft zusammengefaltet, bis er nur noch so groß ist wie eine Briefmarke. Ich falte ihn wieder auseinander und stecke ihn in den Briefkasten. Man hört kein Geräusch, als er landet.

»So«, sage ich, obwohl ich sie eigentlich viel lieber fragen würde, was wir jetzt machen.

»Danke«, sagt Faith.

»Wofür?«, frage ich.

Wenn Faith lächelt, sieht sie gleich nicht mehr so dünn und besorgt aus. Rob sagt immer, sie soll ihn nicht anlächeln, weil er dann Sachen tut, die er eigentlich gar nicht tun will. Das Geschirr spülen oder einen Film in einer Fremdsprache angucken oder so was.

Sie boxt mich in den Arm. »Ich bin froh, dass du mitgekommen bist.«

Ich boxe nicht zurück. Mum sagt, man darf nie ein Mädchen schlagen. Außerdem habe ich Angst, dass ich ihr unabsichtlich wehtue.

Ich bin stärker, als ich aussehe, aber das wissen nur die wenigsten.

KAPITEL 28

Mai 1987

Es muss ein Donnerstag sein, denn Minnie, Ed und ich sehen uns *Top of the Pops* an.

»Mel und Kim sind immer noch auf Platz acht«, sagt Minnie. Wir lieben Mel & Kim. Wir haben die gleichen Hüte wie sie. Wir setzen sie auf und tanzen den Mel & Kim-Tanz. Ich bin Mel, Minnie ist Kim. Ich kann besser tanzen als Minnie, dafür steht ihr der Hut besser.

Etwas passiert. Ich weiß nicht genau, was. Als ich an mir heruntersehe, stellte ich überrascht fest, dass meine Jeans nass sind. Es fühlt sich warm an. Nicht unangenehm. Und es riecht auch nicht schlecht. Es riecht süßlich.

»Oh Gott, Kat, hast du dich etwa angepisst?« Minnie lacht. Ed lacht, weil Minnie »angepisst« gesagt hat. Er liebt Kraftausdrücke. Alle zehnjährigen Jungs lieben das Wort »angepisst«.

Ich habe mich schon den ganzen Tag irgendwie seltsam gefühlt. Ich habe Schmerzen. Krampfartige Schmerzen, die ebenso plötzlich verschwinden, wie sie kommen. Ich hatte sie auf mein Mittagessen bei McDonald's zurückgeführt, aber jetzt bin ich mir nicht mehr so sicher. Ich sinke auf die Couch.

»Sei still«, sagt Minnie. Mir war gar nicht bewusst, dass ich überhaupt einen Laut von mir gegeben habe. Sie schließt die Tür. »Meine Mutter wird dich hören.«

Ed setzt sich neben mich auf die Couch. »Geht es Kat gut?«, fragt er Minnie. »Keine Sorge, Ed.« Sie packt meine Hand und versucht, mich hochzuziehen. »Kat hat bloß Bauchweh. Wir gehen jetzt mal rauf in mein Zimmer.«

»Ich gehe rüber und erzähl's Mummy«, sagt Ed. Minnie spurtet ihm hinterher. Ich kämpfe erneut gegen einen Krampf an. Diesmal sind die Schmerzen schlimmer als vorher.

»Schnauze!«, zischt Minnie, die Ed jetzt im Schwitzkasten hält. Er wehrt sich, aber er sagt nichts, was bedeutet, dass er Angst hat.

»Lass ihn los«, sage ich, sobald die Schmerzen etwas nachlassen.

»Er wird es deiner Mum erzählen«, sagt Minnie. Ed bricht in Tränen aus. Er weint nicht oft, aber wenn er es tut, dann in Sirenenlautstärke. Ich empfinde Resignation und eine Art Erleichterung. Ed wird es Mum erzählen, und sie wird kommen, und sie wird wissen, was zu tun ist.

Der nächste Krampf jagt mir eine Heidenangst ein. Das Schmerzhafteste, was ich bis jetzt erlebt habe, war ein im Scharnier am Verdeck meines Kinderwagens eingeklemmter Finger.

»Hilf mir, Minnie.« Ich glaube, ich schreie es.

Ed sieht so verängstigt drein, wie ich mich fühle. Er windet sich aus dem Schwitzkasten und düst aus dem Zimmer. Minnie wirkt zur Abwechslung einmal verunsichert.

»Was soll ich tun?«, frage ich.

Sie schüttelt den Kopf. »Ich weiß es nicht«, sagt sie. Das höre ich aus ihrem Mund zum ersten Mal.

Ich höre Schritte draußen im Flur. Sie kommen näher. Es ist Minnies Mutter – ich erkenne es am Klappern ihrer Stilettostöckel. Ganz egal, wie viele Babys sie gleichzeitig im Arm hält (vier ist ihr Rekord), sie besteht auf ihren Stöckelschuhen. Sie sagt, das ist alles, was ihr noch geblieben ist, was auch immer das bedeuten soll.

»Mädels?«, ruft sie, während sie näher kommt. »Minnie? Kat? Was ist denn hier lo...« Ich hebe den Kopf. Sie steht in der Tür und starrt mich an, die Lippen zu einem geschockten »O« geformt. Sie schlägt sich die Hand vor den Mund.

»Jesses, Maria und Josef«, flüstert sie.

Ich breche in Tränen aus.

KAPITEL 29

Wir sind in einem Café, das Cream Bun heißt. Ein ziemlich cooler Name, aber nicht so cool wie Funky Banana. In der Ecke steht ein silberner künstlicher Weihnachtsbaum mit blinkenden Lichtern. Wenn man schon so früh einen Weihnachtsbaum aufstellt, nimmt man besser einen künstlichen, sonst ist er bis Weihnachten hinüber.

Es gibt keine Bananen-Muffins, also nehme ich einen Apfel-Zimt-Muffin, weil das meine zweitliebste Sorte ist. Er ist mit Zuckerguss, aber er schmeckt trotzdem lecker. Auf einen richtigen Muffin gehört kein Zuckerguss.

Ich bestelle mir keine heiße Schokolade mit Marshmallows, weil sie drei Euro und zwanzig Cent kostet. Ich habe meine restlichen hundertsechsunddreißig Pfund und fünfzehn Pence noch nicht umgewechselt, und ich weiß nicht, wie viel Geld Faith dabei hat. Sie ist zwar in einer Band, aber ich glaube, sie verdient nicht allzu viel. Nicht, weil die Band nicht gut ist, sondern weil sie noch total unbekannt ist und es noch nicht ins Radio geschafft hat. Wenn ihre Lieder erst einmal im Radio gespielt werden, hat Faith bestimmt genug Geld für eine heiße Schokolade, die drei Euro und zwanzig Cent kostet. Ich bestelle Wasser, und als der Mann wissen will, ob ich Sprudel oder stilles Wasser haben möchte, sage ich: »Bloß Leitungswasser, bitte.«

Im Moment verpasse ich die Mathestunde, was ich nicht

weiter schlimm finde, aber in zwanzig Minuten sollte ich mit Carla in der Schulbücherei sein, um Miss Rintoole beim Aufräumen und beim Zurückstellen der Bücher an den richtigen Platz zu helfen. Die Schulbücherei ist eigentlich bloß ein ganz normales Klassenzimmer, und Miss Rintoole ist keine richtige Bibliothekarin. Sie ist eine Lehrerin, die auch für die Schulbücherei zuständig ist. Miss Williams teilt mich immer mit Carla ein, wenn ihr jemand Bücher ins Lehrerzimmer bringen soll, damit sie Fotokopien machen kann. Wenn Carla lacht, hört man gar nichts, wahrscheinlich bekommt sie deswegen nie Ärger. Carla hat sehr lange Haare. Sie kann sich sogar draufsetzen, wenn sie nicht geflochten sind. Mit ihren zwei Zöpfen sieht sie ein bisschen aus wie Pocahontas. Und sie trägt immer Jeans. Auf Stephanie Nugents Party war sie das einzige Mädchen in Jeans. Stephanies Mum meinte, es ist unfair, jemanden auszugrenzen, deshalb musste Stephanie alle einladen. Sogar George Pullman.

»Du bist meilenweit weg«, sagt Faith. »Woran denkst du gerade?«

»An gar nichts«, sage ich. Wenn ich ihr von Carla erzähle, glaubt sie, dass Carla meine Freundin ist. Das denken Erwachsene immer gleich, wenn ein Junge mit einem Mädchen aus seiner Klasse befreundet ist.

»Du erzählst mir überhaupt nichts mehr«, beschwert sich Faith. Sie lächelt, aber ich glaube, sie meint es total ernst.

»Gar nicht wahr«, sage ich, obwohl sie recht hat. Ich erzähle ihr wirklich nichts mehr. Weil sie ja jetzt ein bisschen wie Mum ist – sie macht mir mein Essen und achtet darauf, dass ich mir die Zähne putze und dass meine Fingernägel sauber sind und dass ich »bitte« und »danke« sage, wenn ich mit Erwachsenen rede.

Davor hätte ich ihr vielleicht von Carla erzählt. Nicht, dass es da viel zu erzählen gibt. Ich hätte wahrscheinlich gesagt, dass ich

Carla mag, nicht, weil sie ein Mädchen ist, sondern weil sie ein ziemlich interessanter Mensch ist. Sie weiß viel über den Urknall.

Faith guckt auf ihr Telefon. Es hat weder geklingelt noch gepiepst, seit wir die Nachricht in den Briefkasten geworfen haben, aber sie guckt trotzdem immer wieder auf ihr Handy.

»Ich habe an die Schule gedacht«, sage ich.

»Woran genau?«

»Am Dienstag vor der Pause helfen Carla und ich normalerweise in der Bücherei.«

»Carla?«

»Ja.«

»Ist das eine Freundin von dir?«

»Sie geht in meine Klasse.«

»Ist sie deine Freundin?« Seht ihr, was ich meine?

Ich schüttle den Kopf.

Faith guckt auf ihr Handy.

Bevor sie aufs Klo geht – sie nennt es Damentoilette –, guckt sie noch mal drauf. Das Telefon hat keinen einzigen Ton von sich gegeben, seit sie das letzte Mal nachgesehen hat.

Kaum ist sie weg, fängt ihr Handy an zu klingeln. Wenn Mum jetzt hier wäre, würde sie sagen: »Typisch!«

KAPITEL 30

»Kat, meinst du, das Baby findet es schlimm, dass ich Down-Syndrom habe?«, fragt Ed.

»Faith ist kein Baby mehr. Sie ist vierundzwanzig«, sage ich.

»Ist sie zehn Jahre jünger als ich, Kat?«

»Ja.«

»Das heißt, ich war zehn, als sie auf die Welt gekommen ist.«

»Ja.«

»Ich kann mich nicht erinnern, dass ich sie gesehen habe, als ich zehn war.«

»Du hast sie nicht gesehen.«

»Hast du sie gesehen?«

»Nicht so richtig.«

»Da warst du bestimmt traurig, oder?«

Ich bin mit Ed in Smithfield beim Eislaufen. Besser gesagt, Ed läuft eis, ich stehe auf dem grünen Filz hinter der Bande, von wo aus die ängstlichen Eltern ihre Sprösslinge beobachten, während diese auf der Eisfläche herumtaumeln.

Ich habe keine Angst. Jedenfalls nicht um Ed, wenn er eisläuft. Er liebt das Hinfallen genauso sehr wie das Eislaufen selbst. Er fürchtet sich im Gegensatz zu den anderen

Erwachsenen auf dem Eis nicht davor, hinzufallen. Wenn er fällt, rudert er mit den Armen und Beinen und schlittert schließlich auf Knien dahin, wobei rund um ihn kleine weiße Fontänen aus Eiskristallen hochspritzen.

Er muss lachen, wenn er hinfällt. »Hahahahahahaha!« Eds Lachen ist ein richtiges Bilderbuchlachen, und dazu so laut, dass es klingt, als würde eine ganze Gruppe lachen. Wenn Ed lacht, muss man einfach mitlachen, selbst wenn man wie ich nicht zu Heiterkeitsausbrüchen neigt. Nicht, dass ich besonders humorlos wäre. Das Leben ist einfach höchst selten richtig komisch.

Das Eislaufen in Smithfield ist unsere Dezembertradition. Weil es uns zu Weihnachten zu voll ist, kommen wir stets gleich zur Eröffnung der Eislaufsaison am 1. Dezember. Das machen wir nun schon seit Jahren, nur Ed und ich. Ed hat Sophie nie gefragt, ob sie mitkommen will, und ich habe Minnie nie gefragt. Zugegeben, voriges Jahr meinte Ed, wir könnten doch Thomas mitnehmen. Und Thomas fragte, ob er mitkommen könne. Ich sagte zu Ed, Thomas müsse arbeiten, und zu Thomas, dass es Ed lieber wäre, wenn wir nur zu zweit sind. Nur Ed und ich.

»Schade«, meinte Ed.

»Verstehe«, sagte Thomas, und er sah mich an, als wüsste er Bescheid. Dann fügte er hinzu: »Na ja, vielleicht nächstes Jahr.« Und ich dachte damals flüchtig: Ja, vielleicht. Warum nicht? Warum eigentlich nicht? Und ich zuckte die Achseln, um es mir nicht anmerken zu lassen, und sagte: »Vielleicht«, und dann blieb ich stehen und packte ihn am Arm, sodass Thomas ebenfalls stehen bleiben musste. Wir waren am Dollymount-Strand, hatten einen von diesen unglaublich langen Spaziergängen unternommen, die Thomas so liebte. Ich schätze, ich habe mich irgendwann daran gewöhnt, womöglich habe ich den einen oder anderen sogar richtig genossen. Jedenfalls fragte er: »Was ist?«, und da sagte ich: »Ich liebe dich.«

Es ist mir einfach rausgerutscht. Wenn ich gewusst hätte, dass ich so was sagen würde, hätte ich mein großes Maul gehalten.

Gott sei Dank hat er nicht mit einem kitschigen »Ich liebe dich auch« geantwortet. Er hat sich lediglich zu mir runtergebeugt und mich geküsst, ganz spontan, wie es seine Art war. Ohne mich zu berühren. Völlig form- und stillos. Ich weiß auch nicht, warum es mir so gefiel. Wie er mich geküsst hat. Und dann, weil er wusste, dass ich kein großer Fan von Sanddünen bin, hat er eine Matinee-Vorstellung von *Grey's Anatomy* in meiner Wohnung vorgeschlagen. »Okay«, habe ich gesagt.

»Oder, Kat?«, fragt Ed jetzt.

»Was?«

»Du warst doch bestimmt traurig, weil du Faith nicht gesehen hast, oder?«

Ich lasse mir zu lange Zeit mit der Antwort, denn Ed schießt davon und ruft mir über die Schulter »Stopp meine Zeit!« zu, während er wie ein geölter Blitz eine Runde auf der Eisbahn dreht.

»Zwanzig Sekunden«, sage ich.

»Das ist mein neuer Rekord, Kat.«

»Nein, ist es nicht. Vorletztes Jahr hast du es in neunzehn Sekunden geschafft.«

Die Frau neben uns sieht mich an. Sie hat ein weißes Gesicht und eine lange, schmale Nase mit roter Spitze. Wäre ihr Gesicht nicht tiefgefroren wegen der bitteren Kälte, würde ich jetzt garantiert einen Blick ernten, den ich nur zu gut kenne. Einen »Warum denn gar so streng?«-

Blick. Einen »Der arme Kerl ist doch geistig behindert!«-Blick.

Ich kontere mit einem »Kümmere dich um deinen eigenen Dreck, du selbstgefällige Schnepfe«-Blick. Sie wendet sich ab.

Ed schmollt – ich sehe es an seiner vorgeschobenen Unterlippe.

»Versuch's noch mal«, ermuntere ich ihn. »Wenn du es vorletztes Jahr in neunzehn Sekunden geschafft hast, kannst du das dieses Jahr auch.«

Ed schüttelt den Kopf. »Noch schneller geht es nicht.«

»Doch.«

Er stößt sich von der Bande ab und dreht noch eine Runde. Neunzehn Sekunden.

»Siehst du?«, sage ich. »Du hast es doch geschafft.«

Ed kann nicht antworten, weil er schwer atmend über der Absperrung hängt. Thomas fand manchmal, ich sei zu streng mit meinem Bruder, aber ich bin anderer Meinung. Ich verhalte mich Ed gegenüber bloß so, wie ich mich gegenüber allen Menschen verhalte.

Ich lege ihm eine Hand auf den Arm. »Ed?«

Er schüttelt den Kopf.

»Ed? Ist alles okay? Möchtest du dich hinsetzen?« Ich bücke mich, damit ich sein Gesicht sehen kann. Es ist feuerrot. Seine Augen sind geschlossen.

Vielleicht hatte Thomas ja recht. Aber die letzte Untersuchung im Krankenhaus ergab, dass alles in bester Ordnung ist, solange er seine Medikamente nimmt.

»Ed?«

Als er sich aufrichtet, ist der Schmollmund einem Lächeln gewichen. »Ich hab's geschafft!«, verkündet er, sobald er wieder reden kann.

Ich lächle. »Sag ich doch! Los, komm mit.« Ich nehme seine Hand, als er die Bahn verlässt. Auf dem Eis ist alles wunderbar, aber kaum betritt Ed in Eislaufschuhen festen, nicht rutschigen Boden, wird er unerklärlicherweise unsicher. »Wir gehen etwas essen.« Mir ist nach Rotwein und einer Schachtel Zigaretten, und Ed will bestimmt gleich ein Heißgetränk und ein Dessert. Der Arzt hat ihn ermahnt, auf sein Gewicht zu achten, aber das ist, als würde man Gordon Ramsay ermahnen, nicht in der Küche rumzubrüllen.

Wir fahren mit dem Taxi zum Guinness Storehouse, einer von Eds Lieblingslocations. Er liebt den gläsernen Aufzug, der bis ganz nach oben führt, weil er aussieht wie der in dem Film *Charlie und die Schokoladenfabrik*, der zu Eds Lieblingsbuchverfilmungen zählt. Ich liebe die Aussicht von der Bar auf die Stadt. Die beiden rosa-weiß gestreiften Türme, Pigeon Houses genannt, die majestätisch über der Dublin Bay emporragen, robust und zuverlässig.

Schon gehen da und dort die Lichter an, wie Katzenaugen, werden heller, während die stumpfe Nachmittagssonne verblasst. Ich trinke Rotwein, was im Guinness Storehouse verpönt, aber nicht verboten ist. Ein Pint Guinness hat für mich durchaus eine gewisse Ästhetik. Ich mag den komplizierten Zapfprozess, bei dem das Glas schräg unter den Hahn gehalten und gegen Ende eine Pause eingelegt wird, damit sich das Dunkel setzen kann. Das ganze Zeremoniell gefällt mir; es ist bloß der Geschmack, der mir gegen den Strich geht. Ed nimmt ein mit schwarzem Johannisbeersirup gesüßtes Guinness.

Im Restaurant bestellt er den Eintopf mit Rindfleisch und Guinness-Soße. Er isst in jedem Restaurant das Gleiche. Im Elephant and Castle die Chicken Wings, im Winding Stair die Muscheln, im Talbot 101 die Profiteroles, im Leaning Tower of Pizza natürlich die Pizza »Lean on Me«, und zwar ausnahmslos immer. Er ist ein äußerst verlässlicher Restaurantbegleiter. Nach dem Zahltag besteht Ed eine Woche lang darauf, mich einzuladen. »Das übernehme ich«, sagt er, wenn mir die Kellnerin das kleine Lederetui mit der Rechnung bringt, und greift mit einem breiten Lächeln über den Tisch. Er bezahlt bar. Er besitzt zwar eine Geldkarte, aber er mag es, wenn seine Brieftasche dick mit Scheinen gefüllt ist. Er gibt ein saftiges Trinkgeld. »Behalten Sie den Rest«, sagt er und zwinkert der Kellnerin zu, wenn sie an den Tisch zurückkehrt.

Von den Erwachsenen wird Ed ignoriert. Es sind die Kinder, die ihn anstarren. Sie sehen ihn an und hören ihm zu, und dann drehen sie sich zu ihrem Vater oder ihrer Mutter oder ihrer Tagesmutter um und fragen: »Warum redet der Mann so komisch?« Worauf sie mit einem »Psst!« an ihren dünnen, kleinen Armen weggezogen und ermahnt werden, den Mund zu halten oder nicht hinzustarren, obwohl sie nicht wissen, warum, und später werden aus ihnen Erwachsene, die Menschen wie Ed ignorieren.

»Nicht alle sind so«, wandte Thomas, der gern das Gute im Menschen sieht, oft ein.

»Ich habe ein Geschenk für Faith besorgt«, sagt Ed.

Da ich nicht antworte, fährt er fort: »Willst du es sehen?« Er zieht den Reißverschluss seiner Anoraktasche auf und bringt eine quadratische, blaue Schmuckschachtel zum Vorschein, die an den Ecken schon etwas abgewetzt ist. Er öffnet die zartrosa Schleife, die darumgebunden ist, und hebt den Deckel an. Seine Bewegungen sind konzentriert, langsam und behutsam, zwischen seinen Zähnen lugt die Zungenspitze hervor.

Es ist eine silberne Namenskette mit einem Schildchen, auf dem in altirischer Schrift »Faith« eingraviert ist. Würde sie noch auf einem Ständer vor einem Souvenirshop hängen, so wäre es bloß eine dieser unzähligen Halsketten mit allen nur erdenklichen Namen, die man normalerweise keines Blickes würdigt, und wenn doch, findet man sie kitschig und billig.

Vielleicht liegt es an der Schachtel, an der bedächtigen Art und Weise, wie Ed damit umgeht. Oder daran, wie sich die Kette an das Wattekissen schmiegt, auf dem sie liegt. Möglicherweise ist es auch die Tatsache, dass diese Kette nicht mehr zwischen all den anderen auf ihrem Ständer vor dem Souvenirshop um meine Aufmerksamkeit buhlen muss. Oder die Inschrift auf der Hinterseite: »Alles Liebe von deinem Onkel Ed«.

»Hübsch«, sage ich nach einer Weile. Es klingt barsch. Wortkarg.

Ed nickt. »Ich weiß.«

Ich stelle mein Glas ab und ergreife seine Hand.

»Was hast du denn, Kat?«

»Nichts«, hätte ich beinahe gesagt. Stattdessen murmle ich: »Ich habe Angst.«

Ed lässt den Blick durch das Restaurant gleiten, dann sieht er mich an. »Du musst keine Angst haben, Kat«, beruhigt er mich. »Es ist alles bestens.«

Ich nicke. »Ich weiß.«

»Du benimmst dich albern.«

»Ich weiß.«

»Warum weinst du denn?«

»Tu ich doch gar nicht.«

»Tust du doch.«

Ich schnappe mir eine Serviette und drücke sie mir auf

die Augen. »Ich glaube, ich bekomme eine Erkältung.« Meine Stimme klingt gepresst, als würde mich jemand mit beiden Händen würgen. Ed mustert mich besorgt. Der Arzt sagt, er darf sich nicht aufregen. Kein Stress, keine Sorgen, kein frittiertes Essen. Das ist alles schlecht für Ed. Ich räuspere mich, lege die Serviette beiseite und setze mich aufrecht hin.

»Hast du Angst, dass dich Faith nicht mag?«, fragt Ed. »Weil du kein Geschenk für sie hast?«

Ich nicke.

»Sie wird dich bestimmt mögen, Kat«, versichert er mir. »Du bist die Beste.«

Ich stehe auf. »Wir sollten gehen.«

Ich fahre ihn nach Hause, und Ed kommt auf die Fahrerseite und klopft an das Fenster, sodass ich es öffnen muss. Es ist so kalt, als würde es bald Schnee geben. Er beugt sich zu mir rein und umarmt mich. Ich bin kein großer Fan von Umarmungen, aber Ed versteht sich hervorragend darauf. Vor allem, wenn es kalt ist. Er ist immer warm.

Er macht sich von mir los und betrachtet mich. Betrachtet mich, als wäre ich ein guter Mensch. Wenn er mich so ansieht, glaube ich es beinahe selbst. Nur einen Augenblick lang. Dann lächelt er und dreht sich um. Wie immer warte ich ab, bis er die Haustür geöffnet und mir ein letztes Mal zugewinkt hat.

Ich bin schon fast zu Hause angelangt, als mein Handy klingelt. »Hallo?«

»Kat?« Es ist Dad. Höchst verwunderlich. Er ruft mich so gut wie nie an.

»Ist alles okay mit Ed?«

»Du musst auf der Stelle herkommen.«

KAPITEL 31

Ich schnappe mir Faiths Handy. Auf dem Display blinkt eine Nummer. Eine Festnetznummer, die mir nicht bekannt vorkommt. Jedenfalls ist es keine Nummer aus Brighton. Noch drei Mal klingeln, dann schaltet sich die Mailbox ein. Nicht genug Zeit, um aufs Klo zu rennen und Faith zu holen, selbst wenn ich da rein dürfte.

Noch zwei Mal klingeln.

Wahrscheinlich bringt mich Faith um, wenn ich rangehe. Aber vielleicht ist sie auch sauer, wenn ich nicht rangehe. Es könnte wichtig sein. Es könnte ihre Mutter sein. Ihre echte Mutter. Wer weiß, vielleicht hat sie den Zettel im Briefkasten gefunden und ruft an, um sich für alles zu entschuldigen und um uns zu sagen, dass sie sich mit uns treffen und uns in einem piekfeinen Restaurant zum Essen einladen möchte. Womöglich bestellt sie einen Hummer für uns. So was wird in piekfeinen Restaurants nämlich serviert. Ich hasse Hummer, obwohl ich noch nie einen gegessen habe. Die Dinger sehen aus, als wären sie noch lebendig.

Noch ein Mal klingeln.

Vielleicht ist es ja Rob. Vielleicht ist er uns nach Dublin nachgefahren und ruft von einer Telefonzelle aus an, weil sein Handy-Akku leer ist oder so. Vielleicht ruft er an, um sich zu entschuldigen, weil er sich wieder mit Faith gezofft hat, oder weil er will, dass sie mit ihm und den Crowns auf Tour geht. Rob behauptet, dass sich Faith geändert hat, aber ich finde das nicht. Sie muss sich jetzt bloß um Sachen kümmern, um die sie sich vorher nicht kümmern musste. Aber sonst ist sie noch ziemlich wie früher. Sie guckt noch immer *EastEnders* und übt auf der Geige und hört auf ihrem iPod Musik.

Ich gehe ran.

»Hallo?«, sage ich.

»Oh … Hallo. Ich … Ich wollte eigentlich mit Faith reden. Faith McIntyre?«

»Wer ist denn da?« Klingt nicht, als wäre das eine leibliche Mutter oder Rob.

»Ich … Äh … Ich bin Kenneth. Ich meine, Leonard.«

Das ist eine ziemlich eigenartige Antwort, wenn man sie sich genauer durch den Kopf gehen lässt. Vielleicht sollte ich einfach auflegen.

»Du musst Milo sein.«

»Woher wissen Sie das?«

»Das stand in der Nachricht.«

»Oh.«

Eine Weile ist es still. Ich schätze mal, er überlegt, was er als Nächstes sagen soll.

»Sind Sie Faiths echter Vater?«

»Nein, ich … Ich bin ihr – echter Großvater.«

»Oh.«

»Ich … Ich würde gern mit Faith reden. Ist sie da?«

»Nein, sie ist nicht da«, sage ich.

»Oh. Verstehe.«

»Sie ist auf dem Kl… Auf der Toilette.«

»Oh. Verstehe.«

»Aber sie ist jetzt schon ziemlich lange da drin. Sie kommt bestimmt bald wieder raus.«

»Ich kann es auch später noch mal versuchen.«

»Es dauert sicher nicht mehr lange. Wahrscheinlich schminkt sie sich bloß neu.«

»Ähm, okay, dann – dann warte ich. Seid ihr … Seid ihr noch in der Gegend?«

»Was für eine Gegend?«

»In Raheny, meine ich. Faith hat eine Nachricht hinterlassen. In unserem Briefkasten.«

»Wir sind in einem Café«, sage ich. Ich erwähne nicht den Namen. Ich sage nicht: »Wir sind im Cream Bun.«

Jetzt kommt Faith vom Klo zurück. Sie hat sich die Haare gebürstet und die Lippen geschminkt. Ich weiß es, weil sie ein bisschen Lippenstift auf dem Vorderzahn hat. Es schmeckt bestimmt eklig, wenn man ein Mädchen küsst, das geschminkte Lippen hat.

»Sie ist jetzt wieder da«, sage ich.

»Oh. Gut. Gut«, sagt Kenneth-Leonard. Es klingt, als würde er nicht zu den Leuten gehören, die etwas gut finden.

»Was machst du mit meinem Telefon?«, fragt Faith.

»Dein echter Großvater ist dran«, sage ich.

Faith sagt nichts. Sie setzt sich hin.

»Geht es ihr gut?«, fragt Kenneth-Leonard. »Will sie mit mir reden? Kannst du sie mir geben?«

Ich halte Faith das Handy hin, aber sie schüttelt den Kopf. Ich drücke es mir wieder ans Ohr. Es ist still in der Leitung, dann sagt Kenneth-Leonard: »Ich könnte euch abholen kommen und mit zu uns nehmen. Was haltet ihr davon?«

»Moment«, sage ich, lege das Telefon auf den Tisch zwischen uns und flüstere: »Er will uns abholen kommen. Mit dem Auto, glaube ich. Er will uns mit zu sich nach Hause nehmen.«

Faith sitzt bloß da, ohne zu nicken oder den Kopf zu schütteln. Vielleicht überlegt sie ja. Schwer zu sagen.

Ich nehme das Telefon, aber ich weiß nicht, was ich sagen soll, also frage ich: »Was haben Sie für ein Auto?«

Faith verdreht die Augen, was bedeutet, dass sie meine Frage unpassend findet. Ich wüsste nicht, was daran unpassend sein soll.

»Äh, einen Lexus. Leider nicht mehr der Allerjüngste, genau wie ich selbst.« Er lacht, als hätte er einen Witz gemacht. Dann sagt er: »Also, was meint Faith dazu? Soll ich kommen und euch abholen?«

Ich sehe zu Faith, die mit dem Löffel in ihrer Tasse rührt.

»Keine Ahnung«, antworte ich.

»Schon gut«, sagt er. »Ihr seid in einem Café, richtig?«

»Ja. Ich esse einen Apfel-Zimt-Muffin, weil es keine Bananen-Muffins gibt. Bananen-Muffins sind meine Lieblingsmuffins.«

»Bananen-Muffins mag ich auch ganz gern.«

»Die sind ganz einfach zu machen.«

»Oh. Du kannst backen?«

»Eigentlich nicht. Nicht mehr. Aber meine Mum hat es mir gezeigt. Es ist überhaupt nicht schwer. Man muss bloß alles genau abwiegen und am Ofen die richtige Temperatur einstellen.«

Faith guckt mich an, schüttelt den Kopf und nimmt mir das Handy aus der Hand. Sie hält es sich ans Ohr. »Wer ist da?«

Nach einer Weile sagt sie: »Hören Sie, es tut mir leid. Ich hätte nicht herkommen sollen. Ich dachte bloß …«

Und dann legt sie auf.

»Und, gehen wir hin?«, frage ich sie.

Sie schüttelt den Kopf.

»Was machen wir dann?«

Sie zuckt die Schultern. Wir sitzen da, und ich lecke meinen Zeigefinger ab, um die letzten Muffinkrümel zu verdrücken. Ich sehe auf die Uhr. Wir sind jetzt schon fünfundvierzig Minuten hier. Die Kellnerin kommt zu uns und räumt unsere Teller ab. Sie fragt Faith, ob sie ihren Kaffee noch trinkt, und Faith schüttelt den Kopf, obwohl ihre Tasse noch fast halbvoll ist. Oder halb leer. Mum hat gesagt, wenn man ein Optimist ist, sagt man halb voll. Ich glaube, Faith würde sagen, ihre Tasse ist halb leer.

Ich frage mich, ob heute noch etwas passieren wird. Aber wahrscheinlich ist das einer dieser Tage, an dem nicht viel passiert.

Und dann passiert plötzlich doch etwas.

Vor dem Café hält ein Auto an. Ein großes Auto. Es glänzt und ist blitzsauber. Ich wette, der Kofferraumdeckel öffnet sich ganz von allein. George Pullmans Dad fährt auch so ein Auto, und bei dem öffnet sich der Kofferraumdeckel ganz von allein. Ich schätze, man muss irgendeinen Knopf drücken.

Die Fahrertür geht auf, und ein Mann steigt aus, und auf einmal habe ich so ein komisches Gefühl. Ich bin mir fast hundertprozentig sicher, dass das der Mann ist, der gerade angerufen hat. Faiths Großvater. Erstens sieht er aus wie ein Großvater. Er ist bestimmt schon achtzig oder so. Seine Haare sind grau, und er hat eine dieser Mützen auf, die Großväter tragen. Damos Großvater hat auch so eine. Er steht draußen auf dem Gehsteig und guckt in das Café, als würde er jemanden suchen. Uns wahrscheinlich. Und er sieht irgendwie vornehm aus. Wie ein Mann, der in einer Villa mit zehn Zimmern wohnt. Keine Ahnung, wie ich darauf komme. Vielleicht, weil er keine Kapuzenjacke trägt sondern einen Mantel, der ihm bis über die Knie geht, und um den Hals einen Schal.

Ich sehe zu Faith, aber sie hat ihn nicht bemerkt. Sie tippt auf ihrem Handy rum. Bestimmt schreibt sie eine SMS an Ant. Oder an Adrian.

Ich sehe wieder zu dem Mann. Jetzt hat er uns entdeckt. Er geht zur Tür, kommt herein und starrt uns dabei die ganze Zeit an.

»Tag, Ken«, grüßt ihn die Kellnerin, als sie ihn sieht.

»Hallo, Eileen«, sagt er. Es klingt ernst, wie bei einem Nachrichtensprecher im Fernsehen. Jetzt steht er vor unserem Tisch.

»Verzeihung«, sagt er, und Faith hebt den Kopf.

»Ja?«, sagt sie.

»Ich bin Leonard. Leonard Kavanagh.« Er streckt ihr die Hand hin, aber Faith schüttelt sie nicht. Sie starrt ihn bloß an.

Er dreht sich zu mir um. »Du musst Milo sein.« Als er mir die Hand hinstreckt, schüttle ich sie, wie es sich gehört. Kurz und kräftig. Seine Hand ist riesig.

Ich mache den Mund auf, um etwas zu sagen, aber ich weiß nicht, was, und da sagt der Mann zu Faith: »Und du bist Faith. Dich würde ich überall erkennen.«

KAPITEL 32

Wenn …

Wenn ich nicht rangegangen wäre.

Oder wenn ich mein Handy zu Hause gelassen hätte, wie so oft.

Oder wenn mein Handy ganz unten auf dem Grunde meiner Handtasche gelegen hätte, statt in der Freisprechanlage zu stecken.

Wenn ich das Klingeln nicht gehört hätte.

Wenn ich das Handy ausgeschaltet hätte.

Wenn ich die Zeit zurückdrehen könnte.

Nicht nur bis zu dem Moment, in dem es geklingelt hat und ich rangegangen bin.

Viel weiter zurück.

Ganz zurück.

Dann wäre alles anders.

Dann wäre nichts so, wie es jetzt ist.

Und diese Unterhaltung hätte nie stattgefunden.

»Keine Sorge, Ed geht es gut«, sagt Dad. »Er ist zu Hause. Er … Es geht ihm blendend. Er spielt Super Mario.«

»Ich wette, er gewinnt«, mutmaße ich. »Mit wem spielt er denn, mit Sophie?«

»Äh, nein. Genau deswegen rufe ich dich an.«

Ist womöglich etwas mit Sophie? »Geht es Sophie gut?«

»Ja, ja, alles okay. Glaube ich jedenfalls. Ich habe sie heute noch nicht gesehen.«

Genau deshalb ruft mich mein Vater nie an. Nicht mehr. Er ist unfähig, ein Telefongespräch zu führen. Man muss ganz direkt mit ihm sein. Früher oder später bin ich gezwungen zu sagen: »Warum hast du mich angerufen?«

»Faith ist hier.«

Ich stehe an einer roten Ampel, und mit mir die ganze Welt. Nichts bewegt sich. Stille. An den Rändern meines Blickfelds wird es dunkler.

»Kat?«

»Kat, bist du da?«

»Sag etwas, Herrgott noch mal!«

Ich zucke zusammen, als mich jemand anhupt. Die Ampel ist auf Grün gesprungen.

»Kat?«

Hinter mir schert ein Auto aus und überholt mich. Der Fahrer fuchtelt heftig mit den Armen und beschimpft mich. Ich erkennte es an seiner Mimik, seinen Lippenbewegungen.

Ich sitze bloß da.

»Kat? Bist du noch dran?«

Ich stelle die Warnblinkanlage an. Die Autos hinter mir überholen, eines nach dem anderen.

»Herrgott, Kat, nun sag verflucht noch mal etwas!« Mein Vater flüstert, aber es klingt, als würde er schreien. Das würde er vermutlich auch tun, wenn er allein wäre. Aber er ist nicht allein. Es ist Besuch da, und höfliche Leute schreien nicht, wenn Besuch da ist.

Die Ampel springt von Grün auf Gelb und dann wieder auf Rot.

»Dad?«

»Hör zu, Kat, ich weiß, das ist ein Schock für dich.«

Jetzt haben die Fußgänger Grün. Eine Frau überquert die Straße. Sie schiebt einen Kinderwagen vor sich her. Das Verdeck ist hochgeklappt. Man kann das Baby nicht sehen.

»Bist du im Auto?«, fragt Dad.

»Ja.«

»Gut, dann kannst du ja gleich herfahren. Komm zu uns.«

»Warum?«

»Wie meinst du das, warum? Weil sie hier sind. Bei uns zu Hause. Du musst kommen.«

»Nein.«

»Nein?«

»Nein.«

»Kat?«

»Ich kann nicht.«

»Doch, du kannst. Natürlich kannst du.«

Die Ampel schaltet wieder auf Grün. Hupen ertönen, Autos fahren vorbei.

Ich sehe sie nicht an, aber ich stelle mir vor, dass sie wild gestikulieren. Das würde ich an ihrer Stelle tun.

Der Warnblinker blinkt.

An.

Aus.

An.

Aus.

»Kat?«

Die Hände, die das Lenkrad umklammern, fühlen sich nicht an wie meine Hände. Ich kann sie nicht spüren. Ich spüre gar nichts.

»Hör zu, Liebes. Dieses junge Mädchen ist extra aus Brighton hierhergekommen, um dich kennenzulernen. Du musst kommen.«

»Ich kann nicht. Ich kann einfach nicht. Es tut mir leid. Ich muss jetzt auflegen.«

»Nein, Kat, bitte tu das nicht!«

Ich lege auf.

Die Ampel schaltet auf Rot.

KAPITEL 33

Das Haus von Faiths Großvater ist der Hammer. Ich weiß nicht, wie viele Zimmer es genau hat, weil ich sie nicht alle gezählt habe, aber ich wette, es sind mindestens zehn. Faiths Großmutter und Großvater müssen richtige Leseratten sein, weil es in allen vier Zimmern, in denen ich bisher war, Bücherregale gibt. Manche Bücher sind uralt und sehen aus, als würden sie auseinanderfallen, wenn man sie nur in die Hand nimmt. »Vergiss es, Milo«, würde Mum sagen, wenn sie jetzt hier wäre. Leider ist es zu kalt, um in den Garten zu gehen; dort draußen gibt es nämlich zwei Glashäuser. Ed sagt, in dem einen züchtet sein Vater Tomaten und Äpfel und Birnen, und in dem anderen sind nur Orchideen. Er sagt, seine Mum liebt Orchideen, aber sie sind echt empfindlich und gehen manchmal ein. Dafür halten die Tomaten alles aus. Ed sagt, manche von ihnen werden so groß wie ein Baseball. Ich habe noch nie Baseball gespielt. Er sagt, sein Dad macht Tomatensaft, weil Kat gerne Bloody Mary trinkt, was auch immer das ist.

Ed hat ein eigenes Spielzimmer. Da sind wir jetzt und spielen Mario Kart. Ed hat eine Wii. Ich habe ihm erzählt, dass ich auf eine PlayStation 3 spare. Ed sagt, es macht ihm nichts aus, Luigi zu sein, also darf ich Mario sein. Ed gewinnt, weil er jeden Tag spielt. Er hat es mir selber erzählt.

Nach der dritten Runde frage ich Ed, wie alt er ist.

»Vierunddreißig« sagt er.

Ich glaube nicht, dass Ed schon vierunddreißig ist. Dann wäre er schon ziemlich alt.

Wir gucken uns die Ergebnisse an, dann drückt Ed noch einmal auf Start. »Und wie alt bist du?«, fragt er.

»Neun, aber ich werde bald zehn«, sage ich.

»Und, was bekommst du von deiner Mum zum Geburtstag?«, fragt er.

»PASS AUF!«, schreie ich, weil er gerade von Bowser überholt wird.

Ed bewegt sich beim Spielen mit dem ganzen Körper, als wäre er mitten im Spiel drin. Das stelle ich mir cool vor. Mitten im Spiel zu sein.

Nach einer Weile sage ich: »Ich mache einen Rettungsschwimmerkurs. Bei uns zu Hause in Brighton, meine ich.«

»Was ist das?«, fragt Ed.

»Es ist wie ein normaler Schwimmkurs, aber ich lerne auch, wie man jemanden vor dem Ertrinken rettet und wie man ihn wiederbelebt.«

»Wiederbelebt?«

»Genau. Mund-zu-Mund-Beatmung. Das ist ein bisschen wie Küssen.« Ed lacht, weil ich »küssen« gesagt habe. Damo lacht auch, wenn ich das sage. Er meint, bei Mädchen Mund-zu-Mund-Beatmung zu machen wäre cool, aber bei Jungen würde er sich weigern. »Aber was ist, wenn du mal einen Jungen retten musst?«, habe ich ihn gefragt. »Sein Pech«, hat er gesagt.

»Ich gehe auch in einen Schwimmkurs«, erzählt Ed. »Kat bringt mich hin. Ich bin ein super Schwimmer. Letztes Mal bin ich Zweiter geworden.«

»Ist Kat deine Schwester?«

»Ja. Sie ist klasse. Sie fährt mich zum Schwimmkurs und auch sonst fast überall hin.«

»Warum nennst du sie Kat?«

»Weil sie so heißt.«

»Oh.«

»Kat ist Faiths Mutter.«

»Ihre leibliche Mutter.«

»Was ist das?«

»Weiß ich auch nicht so genau.«

An den Wänden im Spielzimmer hängen viele gerahmte Fotos. Auf den meisten ist Ed drauf.

»Wer ist das?« Ich deute auf ein Bild, auf dem Ed eine Medaille in die Kamera hält. Er steht neben einem Schwimmbecken, zwischen einem Mann und einer Frau, die aussieht wie Faith, nur älter. Sie hat die gleichen schwarzen Haare und die gleichen grünen Augen und die gleiche weiße Haut. Und sie lächelt, so wie Faith früher. Sie hat den Arm um Ed gelegt.

»Das sind Kat und ich und Thomas. Da bin ich bloß Dritter geworden, weil ich erkältet war.«

»Sind Kat und Thomas verheiratet?«

»Nein, sie waren Freunde«, sagt Ed. »Aber jetzt nicht mehr. Sie haben sich gezofft. Sie werden sich bestimmt bald wieder versöhnen, so wie Sophie und ich, wenn wir uns gezofft haben.«

»Wer ist Sophie?« Faith sagt manchmal, ich würde allen Leuten Löcher in den Bauch fragen, aber ich glaube, Ed hat nichts dagegen. Er deutet auf ein Foto von einem Mädchen im Jogginganzug. Das Mädchen hat eine ziemlich kleine Brille auf und hält ebenfalls eine Medaille in die Kamera, aber ich kann nicht erkennen, ob es eine goldene, silberne oder bronzene ist, weil es ein Schwarz-Weiß-Foto ist. »Sie ist meine Freundin«, sagt er, aber ich frage ihn nicht, ob er sie zungenküsst. Ich bin ja nicht Damo.

»Sie hat auch Down-Syndrom«, erzählt Ed.

»Was ist Down-Syndrom?«, frage ich.

»Weiß ich nicht genau.«

Kenneth-Leonard kommt rein und sagt: »Kommt essen, Jungs.«

Ich bin am Verhungern, weil Faith und ich das Mittagessen vergessen haben. Okay, ich hatte einen Apfel-Zimt-Muffin mit Zuckerguss, aber der zählt nicht.

Der Tisch sieht aus wie ein Tisch in einem Restaurant. Weil er so lang ist muss man ständig jemanden bitten, einem dies oder jenes zu reichen. Dafür gibt es richtige Servietten statt Küchenrolle, und neben meinem Teller steht ein richtiges Glas und kein Plastikbecher, der nicht zerbricht, wenn ich ihn fallen lasse.

Faith sitzt gegenüber von Kenneth-Leonard und seiner Frau, die Janet heißt. Das weiß ich, weil sie »Nennt mich Janet« gesagt hat, als wir gekommen sind.

»Welche Art von Musik macht denn die Band, in der du singst, Faith?«, fragt Kenneth-Leonard.

»Na ja, man könnte es wohl am ehesten Garage Rock nennen.«

»Oh. Ist das so was wie Rock & Roll?«

»So ähnlich.«

Ed setzt sich hin und guckt auf seinen Teller. »Ich mag keinen Fisch.«

»Fisch ist gut für dein Herz«, sagt Kenneth-Leonard.

»Schreibst du die Songs selbst, Faith?«, will Janet wissen.

Faith nickt. »Ein paar davon.«

Janet nimmt ihr Messer und ihre Gabel in die Hände. »Ich schreibe auch.«

»Kat übrigens auch«, sagt der Großvater. »Sie ist technische Redakteurin.«

»Technische Redakteurin?«, wiederholt Faith, als hätte sie das noch nie gehört, und ich bin erleichtert, weil ich es nämlich auch noch nie gehört habe.

Janet schneidet eine grüne Bohne in vier gleich große Stücke und spießt eines davon mit der Gabel auf. »Wir können uns darunter auch nicht allzu viel vorstellen, aber es hat etwas mit Bedienungsanleitungen für Elektrogeräte zu tun. Geschirrspüler, Wäschetrockner und so weiter.«

»Ich versuch nur noch mal schnell, sie zu erreichen, bevor wir anfangen zu essen«, sagt der Großvater und steht auf.

Ich mag auch keinen Fisch, außer Fischstäbchen vielleicht. Mum hat immer gesagt, Fischstäbchen sind mehr Stäbchen als Fisch.

Janet sieht ein bisschen aus wie eine Ballerina mit ihrem Haarknoten. Sie ist total dünn für eine Großmutter. Ich habe zwar keine Großmutter mehr, aber ich kenne die Großmütter von anderen Kindern. Die meisten von denen sind ziemlich dick, und das ist jetzt nicht beleidigend gemeint.

Im Fernsehen sieht man nie dicke Ballerinas. Sie sind wie die Strichmännchen, die Kinder malen. Ein Strich für den Körper. Genauso sieht Janet aus. Sie ist auch ziemlich leise. Sogar wenn sie redet.

»Na, Milo, in die wievielte Klasse gehst du denn?«, fragt sie.

»In die fünfte«, sage ich. Wahrscheinlich wird sie wie alle Erwachsenen gleich wissen wollen, welches Fach ich am liebsten mag (Naturwissenschaften) und wer mein bester Freund ist (Damo, aber ich werde nicht Damo sagen, sondern Damien Sullivan).

Aber sie stellt mir keine Fragen mehr. Sie trinkt einen Schluck Wasser. Wenn sie schluckt, stehen um ihren Hals rum die Knochen hervor. Ich weiß, ich sollte sie nicht anstarren, aber es ist gar nicht so einfach, es nicht zu tun.

Kenneth-Leonard kommt zurück und setzt sich hin. Janet bittet Ed, das Tischgebet zu sagen, und Ed kräht: »DAS TISCHGEBET« und prustet los, und ich ebenfalls, weil es ja echt ziemlich witzig ist, aber Faith guckt mich bitterböse an, und Janet sagt »EDWARD!«, und dann fangen alle an zu essen, und es ist eine Weile still.

»Ich habe Kat noch eine Nachricht hinterlassen«, sagt der Großvater. »Inzwischen sollte sie …« Er wirft einen Blick auf seine Armbanduhr. »Eigentlich sollte sie inzwischen zu Hause sein, aber man kann nie wissen. Um diese Tageszeit ist meist recht viel Verkehr. Na ja, eigentlich ist fast zu jeder Tageszeit viel Verkehr.«

Ich glaube, er redet mit Faith. Sie legt Messer und Gabel auf ihren Teller, wie man es tut, wenn man fertig gegessen hat, dabei hat sie ihr Essen nicht angerührt. Ich bin fast fertig. Der Fisch war gar nicht so übel.

Als Kenneth-Leonard ihr Wein einschenken will, schüttelt sie den Kopf und sagt: »Nein, danke.«

Er hält inne und stellt die Flasche ab. »Ist alles in Ordnung, Kindchen?«

Faith nickt.

»Also, ich weiß, das ist nicht einfach«, sagt er. »Aber wenn Kat kommt …«

»Sie wird nicht kommen«, unterbricht ihn Faith. »Ich weiß, dass sie nicht kommen wird. Sie hat sich bislang doch auch nicht für mich interessiert. Warum sollte sich daran jetzt plötzlich etwas ändern?«

Mir fällt keine Antwort auf diese Frage ein, also sage ich nichts. Ich glaube, den anderen geht es genauso. Es ist ziemlich still am Tisch.

»Wenn meine – meine Adoptivmutter nicht gestorben wäre, hätte ich es nie erfahren«, sagt Faith. »Ich hätte es nie erfahren. Ich hätte nie von Kat oder von Katherine, oder wie auch immer sie genannt wird, gehört, richtig?«

Jetzt hat sie ihre Meinung offenbar geändert, denn sie greift nach der Weinflasche, schenkt sich das Glas randvoll und trinkt es fast zur Hälfte leer. Als sie es wieder abstellt, hat sie zwei rote Flecken in den Mundwinkeln. Wie ein Vampir.

Kenneth-Leonard nimmt seine Serviette und wischt sich damit über den Mund, obwohl er gar keine Vampir-Weinflecken hat. »Ich … Ich weiß es nicht, Faith. Tut mir leid. Ich kann nicht für Kat sprechen. Aber ich weiß, sie wird es bereuen, dass sie nicht gekommen ist. Sie ist bloß …« Er guckt zu seiner Frau, aber die kaut und kaut und kaut und weicht seinem Blick aus. Ich habe noch nie erlebt, dass jemand so viel kaut wie sie, ganz ehrlich.

»Sie braucht bloß ein bisschen Zeit, das ist alles«, sagt Kenneth-Leonard zu Faith. »Ich schätze mal, es war ein ziemlicher Schock für sie.«

»Für mich war es auch ein ziemlicher Schock«, erwidert Faith. Ihre Stimme klingt eigenartig hoch und gepresst. Ich überkreuze meine Zeige- und Mittelfinger, und die Zehen gleich mit, weil ich weiß, dass es Faith total peinlich ist, wenn sie weinen muss, vor allem vor fremden Leuten.

Keiner sagt etwas. Es ist unheimlich still. Janet hat aufgehört zu kauen. Ed hat fertig gegessen und ist weg. Ich weiß nicht, wo er steckt. Ich möchte auch fertig essen, damit ich gehen kann, aber ich will keinen Lärm machen. Es ist so still, dass sogar mein Atem laut klingt.

Nach einer Weile hebt Faith den Kopf. »Warum sagen Sie nichts dazu?«, fragt sie Janet. Ihre Stimme klingt fast wieder normal. Ich lasse die Finger und Zehen trotzdem überkreuzt, nur zur Sicherheit.

Janet lässt sich Zeit mit ihrer Antwort. »Genau das ist das Problem, Faith. Wir haben nie etwas gesagt. Über dich, meine ich. Katherine war damals noch so jung. Gerade mal fünfzehn. Und es waren andere Zeiten. Ich dachte …« Sie deutet mit dem Kopf auf Kenneth-Leonard. »Wir alle dachten, es wäre das Beste so.«

Kenneth-Leonard nimmt ihre Hand.

»Katherine braucht für alles etwas länger«, fährt Janet fort. »So war sie schon als Kind. Es hat ewig gedauert, bis sie sich an die Schule gewöhnt hatte. Laut Mrs. Higginbotham hat sie eineinhalb Jahre lang jeden Morgen geweint. Und danach hat sie sich wohl irgendwann daran gewöhnt.«

Ich würde gerne fragen, wer Mrs. Higginbotham ist, aber ich lasse es bleiben.

Ed kommt hereingerannt, und Janet dreht sich zu ihm um und sagt: »Du hast Petersilien-Dip am Kinn, Edward.«

Ich nehme die Serviette, die noch zusammengefaltet neben meinem Teller liegt, und wische mir damit über den Mund. Ich glaube zwar nicht, dass ich Petersilien-Dip am Kinn habe, aber man kann nie wissen.

Ed reibt sich mit der Hand das Kinn. Er ist ganz rot im Gesicht, als hätte er etwas getan, das sich nicht gehört, aber mir wäre nichts aufgefallen. Er geht zu Faith und sagt: »Ich habe ein Geschenk für dich.« Dann nimmt er eine ramponierte blaue Schachtel aus der Tasche und legt sie auf den Tisch. »Aber noch nicht aufmachen.« Er sagt ihr nicht, wann sie die Schachtel aufmachen darf.

Fait betrachtet die Schachtel. »Warum schenkst du mir etwas?«, fragt sie, statt sich zu bedanken, wie es sich eigentlich gehört.

»Weil ich dein Onkel bin«, sagt Ed. »Dein Onkel Ed.«

Jetzt fällt Faith wieder ein, was sich gehört. »Danke«, sagt sie. Ihre Stimme ist ganz leise, fast nur ein Flüstern, aber Ed muss es trotzdem gehört haben, denn er lächelt, und sie lächelt zurück, und einen Moment lang ist alles bestens.

Ich frage mich, ob es wohl Nachtisch geben wird. In einem Haus wie diesem gibt es bestimmt einen Nachtisch. Und damit meine ich nicht bloß ein paar Kekse oder ein Mars, sondern einen richtigen Nachtisch. Eine Baisertorte zum Beispiel. Ich liebe Baisertorte. Mum meinte, weil sie kiloweise Baisertorte gegessen hat, als ich in ihrem Bauch war und darauf gewartet habe, auf die Welt zu kommen.

Kenneth-Leonard guckt mich an, und ich habe das Gefühl, dass er Gedanken lesen kann, als er plötzlich »Nachtisch!« ruft. Einfach so.

»Nein«, sagt Faith. »Wir sollten gehen.«

»Bleibt doch noch ein bisschen, Faith«, sagt Kenneth-Leonard und lächelt mich an. »Milo hätte bestimmt gern einen Nachtisch.« Er gehört zu den Leuten, bei denen sich das Lächeln über das ganze Gesicht ausbreitet. »Stimmt's, mein Junge?«

»Gibt es eine Baisertorte?«, frage ich, und Faith wirft mir einen bösen Blick zu, um mir zu zeigen, dass meine Frage total daneben war. Manchmal ist es echt schwierig, sich richtig zu benehmen.

»Nein, Viennetta!«, schreit Ed, und er rennt in die Küche und kommt mit einer riesigen Schachtel Viennetta-Eis zurück, die sogar noch zu ist. Viennetta ist zwar nicht so lecker wie Baisertorte, aber fast, weil es nämlich Eis und Schokolade zusammen ist.

Wenn Ed mit Faith redet, wird er ein bisschen schüchtern. »Möchtest du etwas Viennetta?«, fragt er sie sehr höflich.

»Nein, danke«, sagt sie, und dann, weil Ed so unheimlich enttäuscht guckt: »Äh, okay, vielleicht nehme ich doch ein wenig. Aber nur eine ganz dünne Scheibe.« Jetzt lächelt Ed wieder. Keine Ahnung, warum. Mir wäre es lieber, wenn außer mir keiner Viennetta will, dann bleibt mehr für mich übrig.

Mit dem Nachtisch bin ich viel schneller fertig als mit dem Hauptgericht. Als mein Eis weg ist, würde ich gern den Teller ablecken, aber das soll man nicht machen, wenn man bei jemandem zu Gast ist, also wische ich die Reste mit dem Zeigefinger vom Teller, wenn keiner hersieht.

Faith lehnt ab, als ihr Kaffee und Tee angeboten wird. Sie sieht zu mir und nickt, und ich gehe und hole unsere Jacken.

»Ich könnte euch zu Kat fahren«, sagt Kenneth-Leonard. »Sie wohnt nicht allzu weit von hier, und ihr habt noch genügend Zeit vor dem Flug.«

»Vielen Dank für die Gastfreundschaft«, sagt Faith, wie Mum es uns beigebracht hat. Janet nickt. Sie ist die einzige, die ihren Nachtisch nicht aufgegessen hat. Ich frage mich, ob sie das überhaupt kann. Sie sieht nicht so aus, als hätte sie besonders viel Platz im Bauch. Faith geht zur Tür.

»Kann Milo nicht noch bleiben?«, fragt Ed. »Nur ein bisschen. Wir haben das Spiel noch nicht zu Ende gespielt. Er hat noch ein Leben übrig.«

Janet schüttelt den Kopf. »Sag auf Wiedersehen, Edward.«

Kenneth-Leonard greift nach seinem Autoschlüssel. »Ich fahre euch …«

»Nicht nötig, aber danke trotzdem«, sagt Faith, und er legt den Schlüssel wieder auf den Tisch, ohne ihr zu widersprechen. Als wüsste er bereits, dass es keinen Sinn hat.

»Wiedersehen, Ed«, sage ich.

»Wiedersehen, Milo«, sagt Ed und erdrückt mich beinahe, als er mich umarmt, sehr lange und so fest, dass ich die Arme nicht bewegen kann. Dann lässt er mich los und hebt die Hand zum Abklatschen, und wir klatschen ab.

Kenneth-Leonard schüttelt mir die Hand. Das ist schon das zweite Mal heute. Seit Mums Beerdigung hat mir niemand mehr die Hand geschüttelt. Damals in der Kirche haben mir haufenweise Leute die Hand geschüttelt. Mir tat hinterher richtig die Hand weh vom vielen Händeschütteln.

Janet redet mit mir wie mit einem Erwachsenen. »Es war mir eine Freude, dich kennenzulernen, Milo«, sagt sie.

Im Flur hängt ein Foto von Kat und Ed vor einem Teich. Ed

ist auf dem Foto ungefähr so alt wie ich jetzt. Kat hat ihm den Arm um die Schultern gelegt, als ob sie Angst hätte, dass er in den Teich fällt.

»Haben Sie noch andere Kinder?«, fragt Faith, als sie das Foto sieht.

Janet schüttelt den Kopf. »Nein. Nur Katherine und Edward.«

»Tja, danke noch mal«, sagt Faith. Sie streckt Kenneth-Leonard die Hand hin, was ich seltsam finde, weil er doch ihr Großvater ist. Aber er schüttelt ihr die Hand, als wäre er nicht ihr Großvater, sondern bloß ein alter Mann, den sie mal irgendwo kennengelernt hat.

»Es war sehr schön, dich endlich kennenzulernen, Faith«, sagt er.

Janet nickt. »Ja, das war es.«

»Ich gebe Kat deine Telefonnummer«, sagt er. »Ich bin sicher, sie wird …« Janet legt ihm die Hand auf den Arm, und er hört mitten im Satz auf zu reden.

Sie dreht sich zu Faith um, und dann sagt sie, so leise, dass ich es kaum verstehe: »Es tut mir sehr leid, Faith.«

Faith nickt, und ich nehme ihre Hand, weil sie so aussieht, als würde ihr ein bisschen Wärme ganz guttun. Ihre Finger sind eiskalt. Ich halte ihre Hand fest, während wir zur Tür hinaus und die acht Stufen zur Straße hinuntergehen, obwohl ich gern über die Stufen springen würde. Ich wette, wenn man von ganz oben runterspringt, fühlt es sich fast so an, als würde man fliegen.

Unten am Gartentor drehe ich mich um. Janet und Kenneth-Leonard stehen noch an der Tür und winken, also winke ich zurück. Faith dreht sich nicht mehr um. Sie geht einfach weiter.

KAPITEL 34

Mai 1987

»Knie anziehen«, sagt die Krankenschwester. »Genau so … Noch ein Stück … Bis zum Po … So weit es geht. Okay, und jetzt die Beine auseinanderfallen lassen … Ja, gut so. Braves Mädchen.«

Ihr Kopf verschwindet zwischen meinen Beinen. Ich spüre etwas Kaltes.

»Und locker lassen … schön locker lassen. So ist's gut.« Als sie aufsteht und die Latexhandschuhe auszieht, sehe ich, dass sie blutig sind.

»Fertig«, verkündet sie, wie die Schneiderin bei Arnott's, nachdem sie mir die neue Schuluniform angepasst hat. »Der Dammschnitt sieht schon ganz gut aus.«

Ich habe keine Ahnung, was ein Dammschnitt ist, und ich will es auch nicht wissen. Die Schwester öffnet den Vorhang um mein Bett herum, und ich ziehe mir das Laken bis zum Kinn hoch.

»Wie fühlst du dich?«, fragt sie.

»Gut.«

Sie schnappt sich das Klemmbrett und notiert etwas. »Sag Bescheid, wenn du mit jemandem reden willst. Es gibt hier Leute, mit denen du reden kannst.«

»Wann kann ich nach Hause?«

»Das sagt dir dann der Arzt.«

Drei Tage.

So lange muss ich bleiben.

Niemand kommt mich besuchen. Niemand außer Mum und Dad.

»Wo ist Ed?«, frage ich.

»Wir können ihn nicht mitnehmen«, sagt Mum. »Er würde es nicht verstehen.«

»Ihr seht euch, wenn du wieder zu Hause bist, Liebes«, sagt Dad.

»Wann kann ich hier raus?«, frage ich.

Drei Tage.

Ich bin allein im Zimmer, und es riecht seltsam. Nach Essen. Ich verlasse das Zimmer nicht, weil ich, sobald ich rausgehe, nur Babys weinen höre. Es ist, als wären sämtliche Babys der ganzen Welt hier in diesem Krankenhaus versammelt. Und alle weinen, jedes einzelne von ihnen.

Ich weiß nicht, wo meine Kleider sind. Es gibt einen Schrank, aber er ist leer. Ich trage ein Nachthemd, das nicht mir gehört. Ich weiß nicht, wo es herkommt. Mum gehört es jedenfalls nicht, sie würde wie ich darin schwimmen.

Ich denke an Ed. Und an Minnie.

Ed wird sich fragen, wo ich bin. Er weint, wenn ich nicht da bin. Wie ein Baby. Obwohl er schon zehn ist. Er ist zu alt, um so zu weinen.

Minnie wird sagen, dass ich Glück hatte, weil ich die Zwischenprüfung verpassen werde. Ich würde sie lieber mitschreiben. Selbst eine Matheprüfung wäre mir jetzt lieber, und das will etwas heißen, weil ich nämlich, wie jeder weiß, von Mathe keinen Schimmer habe und bei der

Prüfung garantiert durchfallen würde, aber das wäre mir trotzdem lieber. Wozu überhaupt das ganze Theater? Das bedeutet doch bloß, dass ich dann für das Abschlusszeugnis eine einfachere Matheprüfung bekomme, aber die genügt mir voll und ganz. Mir fällt kein Stein aus der Krone, wenn ich kein Musterschüler-Abschlusszeugnis kriege.

»Warst du schon auf der Toilette?«, fragt die Schwester.

»Ja.«

»Ich meine, hattest du schon Stuhlgang?«

Mein Gesicht glüht. Ich schüttle den Kopf. Die Krankenschwester schließt den Vorhang um mein Bett herum wieder und zieht ein frisches Paar Handschuhe an.

»Es wird nicht wehtun«, sagt sie.

»Du wirst gar nichts spüren«, sagt sie.

»Schön locker lassen«, sagt sie.

Sie erklärt mir, dass es ein Abführmittel ist, das für die Darmentleerung sorgen wird. Ich nicke und streife mir wieder das Nachthemd über die Knie, sobald sie fertig ist. Sie zieht die Latexhandschuhe aus.

Ich decke mich zu. »Wann kann ich nach Hause?«

»Sobald du Stuhlgang hattest.«

Ich gehe auf die Toilette. Es gibt hier auch eine Badewanne. Ich soll mindestens einmal täglich baden und reichlich Salz ins Badewasser kippen. Die Schwester hat mir eine Packung Salz neben das Bett gestellt. Ich bade nicht, weil die Wanne braune Flecken hat. Sieht aus wie Rost. Wer setzt sich schon in eine rostige Badewanne?

»Ich hatte Stuhlgang«, sage ich tags darauf zur Krankenschwester.

Sie mustert mich. »Ach ja? Sicher?«

»Ja.« Es fühlt sich gar nicht so schlimm an zu flunkern. »Kann ich dann jetzt nach Hause?«

»Sobald der Arzt grünes Licht gibt.«

Ich setze mich auf die Bettkante. »Möchtest du nicht doch mit jemandem reden?«, fragt sie mich.

Ich schüttle den Kopf. »Wissen Sie, wann der Arzt kommt?«

Sie seufzt und reibt sich die Augen, als wäre sie müde. »Bald, Kleines.« Sie verabschiedet sich nicht von mir, als sie geht, weil sie glaubt, ich werde noch da sein, wenn sie das nächste Mal kommt.

»Alles bestens«, bestätigt der Arzt. Ich lächle und nicke, als würde ich ihm zustimmen.

»Du wirst noch etwa sechs Wochen lang Blutungen haben. Keine Tampons, bloß Binden.«

Ich nicke. Meine Zahnbürste ist in der Tasche, die auf dem Bett steht. »Dann kann ich jetzt nach Hause?«

Der Arzt sieht mich an und nickt. »Die Schmerzen werden bald nachlassen«, sagt er.

KAPITEL 35

Es ist dunkel jetzt. Und kalt. Wir reden nicht, Faith und ich. Wir gehen nur. An Bushaltestellen, einem Taxistand und einer DART-Station vorbei. Faith geht sehr schnell. Sie beschwert sich immer darüber, dass ihre Beine viel länger sind als ihr Oberkörper, aber Mum meinte, umgekehrt wäre es schlimmer, wie bei Dad zum Beispiel.

Wir kommen an einer Pommesbude vorbei. Die Pommesbuden in Irland riechen genauso lecker wie in Brighton, und hier stehen auch Batter Burgers auf der Speisekarte, aber die darf ich nicht essen, weil sie ungesund sind. Bei Damo hab ich mal welche gekriegt. Seine Mum weiß nicht, dass Hackfleischklopse in Backteig ungesund sind.

Ich sage nichts, und ich frage Faith auch nicht, wo wir hingehen oder wie lange es noch dauert, bis wir dort sind. Ich versuche bloß, mit ihr Schritt zu halten, bis ich so außer Atem bin, wie wenn ich im Schwimmbad zwei volle Längen unter Wasser geschwommen bin. Manchmal schaffe ich das, aber nicht immer.

Da bleibt Faith auf einmal stehen, ganz ohne Vorwarnung, sodass ich in sie reinlaufe. Sie ist auch so außer Atem, als wäre sie zwei Längen unter Wasser geschwommen. Ich lehne mich an eine Gartenmauer. »Können wir kurz Pause machen?«

Sie lehnt sich an die Mauer und zündet sich eine Zigarette an. Ich setze mich neben Faith versuche, den Rauch, der zu mir rüber weht, nicht einzuatmen, weil man davon Krebs kriegen und sterben kann. Mir ist unheimlich heiß. Ich hatte mal 39,4 Grad Fieber, und ich habe das Thermometer nicht in eine Tasse Tee gehalten, wie Damo es mal gemacht hat.

Das Gute am Rauchen ist, dass es die Leute beruhigt. Bald schnauft Faith schon nicht mehr so laut.

»Los, frag mich«, sagt sie.

»Was?«, frage ich.

»Nun mach schon, frag mich«, wiederholt sie. »Frag, was immer du fragen willst.«

»Ich will dich gar nichts fragen.«

»Ich werde auch nicht genervt reagieren.«

Sie klingt, als wäre sie wirklich nicht genervt. Sie klingt müde.

»Okay, dann habe ich zwei Fragen«, sage ich.

Faith guckt mich an. »Nur zu.«

»Meine erste Frage ist: Wo gehen wir hin?«

»Und die zweite?«

»Willst du nicht erst die erste beantworten?«

»Nein, ich will wissen, woran ich bin.«

»Okay. Die zweite Frage ist: Wie lange wird es dauern, bis wir angekommen sind?«

Faith nickt, schiebt sich die Zigarette zwischen die Lippen und zieht sehr lange daran, was bedeutet, dass noch mehr Rauch als sonst in ihrer Lunge landet. Dann wirft sie die Zigarette auf den Boden, obwohl sie sie noch nicht einmal halb zu Ende geraucht hat. Mum würde das Verschwendung nennen. Ich würde es nur Verschwendung nennen, wenn es ein Schokoriegel wäre. Ich springe von der Mauer und trete sie aus.

»Wir fahren nach Hause«, sagt Faith.

»Nach Hause nach Brighton oder zu Auntie May?«

»Nach Brighton.« Sie sagt nicht, wie lange es dauern wird. Stattdessen dreht sie sich von mir weg und starrt eine Hausmauer an, als gäbe es da etwas total Spannendes zu sehen. Eine Spinne oder eine Küchenschabe oder so was in der Art. Aber ich glaube, da ist gar nichts. Ich glaube eher, sie weint. Ihre Schultern zucken. Könnte auch sein, dass sie lacht, aber ich tippe auf Weinen. Es ist ja schon eine ganze Weile nichts Lustiges passiert.

Ich sehe mich um. Nicht weit von uns stehen zwei alte Frauen an einer Bushaltestelle, was bedeutet, dass bald ein Bus kommt. »Warte hier«, sage ich zu Faith. Sie dreht sich nicht um, aber sie nickt, damit ich weiß, dass sie es gehört hat. Es fühlt sich eigenartig an, die Verantwortung zu übernehmen. Ungefähr so müssen sich Erwachsene die meiste Zeit fühlen.

Ich frage eine der zwei alten Frauen, ob bald ein Bus kommt und ob wir ihn nehmen können, wenn wir zum Busbahnhof im Stadtzentrum wollen. Sie ist ungefähr so groß wie ich. Ich glaube, man hört irgendwann auf zu wachsen, und wenn man dann sehr alt ist, fängt man an zu schrumpfen, bis man wieder so klein ist wie ein Kind.

Wenn die Frau lächelt, verschwinden ihre Augen. Jetzt sieht es so aus, als hätte sie bloß eine Nase und einen Mund und ungefähr eine Million Falten, dort, wo ihre Augen waren.

»An dieser Haltestelle kannst du alle Busse nehmen, junger Mann. Sie haben alle das gleiche Ziel. Genau wie wir, stimmt's?« Sie stößt die andere alte Frau mit ihrer Tasche an, und die beiden gackern wie die Hennen im Streichelzoo in Brighton. Ich verstehe den Witz nicht ganz, aber ich lache mit, weil Mum gesagt hat, man soll zu alten Leuten immer höflich sein. Wahrscheinlich, weil sie schon so alt sind und jeden Augenblick sterben können.

Ich gehe zu Faith rüber und erzähle ihr das mit dem Bus. Sie nickt und sagt: »Danke, Milo.« Dann dreht sie sich um, lehnt sich an die Mauer und macht die Augen zu.

Wir warten auf den Bus.

Eine Frau und ein Junge kommen auf die Haltestelle zu. Der Junge ist ungefähr sechs oder sieben, würde ich sagen. Die Frau ist seine Mutter. Man merkt es daran, dass sie vor ihm hergeht und immer wieder stehen bleibt und zu ihm zurückguckt und darauf wartet, dass er sie einholt. Der Junge hält eine Schnur in der Hand, und an der Schnur hängt ein Luftballon. Einer von denen, die man manchmal auf schicken Kindergeburtstagen kriegt. Der Ballon ist rot, und weil es so kalt und schon fast dunkel ist, fällt er total auf. Schon, weil er so fröhlich am Ende der Schnur auf und ab tanzt. Und weil er so knallrot ist. Wie ein Feuerwehrauto. Der Junge hält in einer Hand die Schnur, mit der anderen isst er ein Eis. Erwachsene verstehen nicht, wie Kinder im Winter Eis essen können, dabei schmeckt es im Winter genauso lecker wie im Sommer.

Die Mutter nimmt ein Taschentuch aus der Tasche und geht zu dem Jungen zurück. Sie bückt sich, um ihm das geschmolzene Eis von den Fingern zu wischen. Sie wischt ihm auch über das Gesicht, obwohl da gar kein Eis ist.

Da lässt er plötzlich die Schnur los, und der Ballon fliegt davon.

Schon seltsam, wie schnell so ein Ballon davonschwebt. Gerade war er noch da, direkt über einem, und dann ist er auf einmal weg, und man sieht nur noch einen kleinen, runden, roten Fleck am grauen Himmel, und die Schnur kann man schon fast gar nicht mehr erkennen.

Jetzt weint der Junge, ziemlich laut für sein Alter, mit offenem Mund. Seine Zunge ist ganz weiß vom Eis.

Ich drehe mich weg. Wenn ich mitten auf der Straße so weinen müsste, würde ich auch nicht wollen, dass mich jemand anstarrt.

Ich gucke dem Ballon nach und frage mich, wo er wohl landen wird. Vielleicht in England. Hierher kommt er jedenfalls nicht mehr zurück, so viel ist sicher. Es sei denn, die Windrichtung ändert sich. Und ich wette, bis dahin ist er längst geplatzt.

Der Junge beruhigt sich ein bisschen, und seine Mutter wickelt ein Taschentuch um die Eistüte und gibt sie ihm zurück. Sie sagt etwas. Ich verstehe nicht was, aber es muss etwas Nettes gewesen sein, weil der Junge jetzt lächelt.

Wenn ich jetzt einen Wunsch frei hätte, weil ich, sagen wir mal, an einer Lampe gerieben habe und mir ein Flaschengeist erschienen ist, dann würde ich mir wünschen, dass Mum da ist. Wenn sie jetzt da wäre, hätte ich eine wärmere Jacke an. Sie hat immer gesagt, ich soll mich warm einpacken, wenn es draußen kalt war. »Arktische Temperaturen« hat sie es genannt.

»Pack dich warm ein, Milo. Heut haben wir mal wieder arktische Temperaturen.«

Wenn Mum jetzt da wäre, würde Faith nicht mitten auf der Straße weinen.

Und wir wären auch nicht in Irland. Und wenn doch, dann vielleicht im Urlaub, und ich wäre derjenige, der mit seinem Eis alles volltropft, obwohl Winter ist. Mum wusste nämlich, dass Eis im Winter genauso lecker schmeckt wie im Sommer.

Ich gucke zu Faith, die noch immer mit geschlossenen Augen an der Mauer lehnt. Keine Ahnung, warum ich an Lampen und Flaschengeister denke, obwohl es so was gar nicht gibt.

Ich ziehe den Reißverschluss meiner Jacke zu, setze die Kapuze auf und vergrabe die Hände in den Taschen.

Als ich noch einmal zum Himmel raufsehe, ist der Ballon weg.

Als hätte es ihn nie gegeben.

KAPITEL 36

Nichts passiert.

Nichts, das man bemerken würde.

Ich rufe nicht bei Thomas an.

Ich sage zu Brona, dass ich gerade nicht telefonieren kann. »Ich bin mitten in einem Kapitel«, sage ich, als sie mich anruft.

Ich lausche Minnies Vortrag darüber, dass Spinat ein hervorragender Folsäurelieferant und Folsäure in dieser Phase enorm wichtig für die Entwicklung des Kindes ist.

»Gib Bescheid, wenn ich dich mit meinem Gesülze langweile, ja?« Gerade hat sie mir erzählt, dass sie, nachdem ihre Verdauung tagelang darniederlag, jetzt wieder regelmäßig »Stuhlgang« hat, wie sie es inzwischen nennt.

»Du langweilst mich doch nicht«, flunkere ich.

Ich erzähle ihr nicht, dass Faith in Dublin war. Ich weiß auch nicht, warum.

Stattdessen hocke ich in meiner Wohnung und weigere mich, ans Telefon zu gehen.

Dad ruft fast jeden Tag an. Er hat angefangen, den Anrufbeantworter anzuschreien, wie man es aus überzogenen amerikanischen Filmen kennt. »Geh ran! Geh ran, Kat. Ich weiß, dass du da bist«, obwohl er das mitnichten weiß. Jedenfalls nicht sicher.

Ed ruft an. Er will vorbeikommen. Ich behaupte, ich wäre krank. »Hast du Grippe?«, fragt er.

»Ja.«

»Dann solltest du Tabletten nehmen.«

»Hab ich schon.«

»Und dich ins Bett legen.«

»Ich liege im Bett.«

»Kann ich vorbeikommen?«

»Wenn es mir besser geht.«

»Wann geht es dir besser?«

»Weiß ich nicht.«

Ich empfange niemanden außer die Boten diverser Lieferservices. Es sind fast immer Männer. Italiener. Inder. Chinesen. Thailänder. Selbst bei der Frittenbude in meiner Straße kann man bestellen. Ich wechsle ab und sage möglichst wenig.

Das Letzte, was ich brauche, ist ein Fastfood-Lieferant als Freund. Ich meine, wie würde das aussehen? Ich nehme die Lieferung entgegen, bezahle, sage: »Behalten Sie den Rest«, und schließe die Tür. Nachdem ich abgesperrt, die Sicherheitskette vorgelegt und die Vorhänge zugezogen habe, esse ich die Pommes, den gebratenen Eierreis, die Samosas, die Peperonipizza mit extradünnem Knusperboden und spüle mit australischem, chilenischem, südafrikanischem Rotwein nach, ohne einen Blick auf das Etikett zu werfen. Die meisten Flaschen haben einen Schraubverschluss, das erleichtert die Sache. Aufdrehen und einschenken. Ich habe einen großen Weinvorrat. Kistenweise Flaschen. Damit komme ich locker bis März über die Runden. Oder zumindest bis Februar.

Gerade als sich eine gewisse Routine eingespielt hat, ertönt eines Tages überraschend der Türsummer. Erst ignoriere ich es. Ich habe noch kein Essen bestellt und erwarte niemanden.

Aber der Störenfried ist hartnäckig, wer auch immer es ist. Das bedeutet, es sind entweder die Zeugen Jehovas, irgendwelche Typen vom Kabelfernsehen oder es ist Thomas, aber der hat seit dem Tag mit Nicolas-von-Nummerdreizehn nicht mehr allzu oft bei mir geklingelt. Und an dem betreffenden Tag hat er auch nicht geklingelt, weil er damals noch einen Schlüssel hatte.

Ich gehe weder zur Sprechanlage, noch öffne ich die Vorhänge, um aus dem Fenster zu spähen. Ich rühre mich nicht vom Fleck. Der Türsummer summt erneut. Ein lang gezogener, trist klingender Laut, der urplötzlich abbricht.

Als ich aufstehe, sind meine Beine eingeschlafen. Unter Schmerzen humple ich in die Küche und schlurfe zur Brottruhe, wo die Take-away-Flyer liegen. Ich stelle Teewasser auf, schalte das Radio ein, öffne einen Schrank und greife nach einer Tasse.

Dann halte ich inne. Werfe einen Blick auf die Uhr an der Wand. Es ist Viertel nach fünf. Kein Alkohol vor achtzehn Uhr, so lautet meine Regel. Aber bis sechs ist es bloß noch eine Dreiviertelstunde. Ich kann ja zum Ausgleich schon eine Dreivierstelstunde früher etwas zu essen bestellen.

Ich öffne die Flasche, schenke zwei Finger breit ein, schwenke den Wein im Glas. Greife erneut nach der Flasche. Fülle das Glas bis zum Rand, trinke einen großen Schluck und wische mir die Mundwinkel ab, um Dracula-Flecken vorzubeugen.

Ich fahre zusammen, als der Wasserkessel pfeift.

Im selben Augenblick beginnt jemand an meine Wohnungstür zu hämmern. Das kann nur eines bedeuten: dass einer meiner Nachbarn gegen unsere goldene Regel verstoßen hat, die da lautet: Lass niemals, unter GAR KEINEN Umständen, jemanden ins Haus, es sei denn, es ist jemand, den du selbst erwartest. Selbst, wenn du den Betreffenden schon seit Jahren kennst, womöglich sogar seit seiner Geburt. Selbst, wenn er ein Mitglied der eigenen Familie ist und zufällig einen der anderen Bewohner besucht, was natürlich absolut legitim erscheinen mag. Selbst dann nicht. Niemals.

Aber wie es aussieht, hat es jetzt doch jemand getan. Die Hauptverdächtige ist Mrs. O'Dea aus dem vierten Stock, ein notorisches Opfer trauriger Gestalten. Letztes Jahr hat sie mal einen Verkäufer der Straßenzeitung *Big Issue* reingelassen. Es hat Stunden gedauert, ihn loszuwerden. Optisch war er das reinste Urgestein, aber auf der Feuertreppe war er dann ganz schön flink.

»Katherine? Würdest du bitte die Tür aufmachen?«

Das sind weder die Zeugen Jehovas noch die Leute vom Kabelfernsehen. Es ist auch nicht Thomas. Natürlich nicht.

Ich schließe die Tür auf. »Darf ich reinkommen?«, fragt sie und wartet ab, als könnte sie nicht einschätzen, wie meine Antwort ausfallen wird. Ich nicke, öffne die Tür ein Stück weiter und trete zur Seite.

»Dich habe ich nicht erwartet«, sage ich. Ich kann an einer Hand abzählen, wie oft meine Mutter allein hier war. Sonst kommt sie immer mit Dad. Oder mit Ed. Oder mit beiden.

Sie nickt, schlüpft aus ihrem Mantel und den schwarzen Lederhandschuhen, nimmt den Hut ab und lädt mir alles auf die Arme. Wie es aussieht, bleibt sie.

»Möchtest du eine Tasse Tee?«, frage ich.

»Ich nehme dasselbe wie du.« Sie deutet auf das Glas in meiner Hand.

Mum trinkt nur am Sonntag Wein, weil Weintrinken »das Schreiben beeinträchtigt«.

»Immer rein in die gute Stube«, sage ich. Sie macht ein paar Schritte, bleibt dann mitten im Flur stehen und zeigt mit fragendem Blick auf die Wohnzimmertür. Ich nicke. »Ja.«

Ich deponiere ihre Sachen im Garderobenschrank, dann gehe ich in die Küche, hole ein weiteres Glas aus dem Schrank, fülle es und schenke mir selbst nach. Dann lege ich beide Hände auf die Anrichte und schließe die Augen in dem Versuch, mich zu beruhigen und mir in Erinnerung zu rufen, wann ich zuletzt mit Mum allein in einem Raum war. Nur wir beide, sonst niemand. Ich kann mich nicht entsinnen.

Ich nehme die Gläser, bücke mich, um mich im Toaster zu betrachten. Kein schöner Anblick, aber mir bleibt keine Zeit, um mal eben den Make-up-Pinsel oder die Haarbürste zu schwingen. Tja, es wird auch so gehen.

»Bitte sehr«, sage ich.

»Danke, Katherine.« Mum nimmt das Glas, betrachtet es zutiefst misstrauisch und stellt es auf das Tischchen neben ihrem Sessel. Ich umklammere die Rückenlehne des Fauteuils, auf dem ich jetzt Platz nehmen sollte.

»Also …?«, sage ich, um einen Tonfall bemüht, der, wie ich hoffe, irgendwo zwischen nicht ungastlich und leicht neugierig rangiert.

Nicht sehr erfolgreich, wie es scheint, denn sie sagt: »Was soll das heißen: also?« Ihre Stimme klingt gepresst. Sie sitzt auf der Kante des Sessels, als wollte sie gehen, aber sie geht nicht. Sie sieht sich im Wohnzimmer um. Ihr Blick bleibt am Plattenspieler hängen. Sie lächelt. »Den hat mir dein Vater gekauft, bevor wir geheiratet haben. Ich kann nicht fassen, dass du ihn immer noch hast.«

»Ja.«

Die nun folgende Stille ist nicht direkt unangenehm. Sie ist – einfach da. Ich trinke Wein, um die Pause zu überbrücken.

»Funktioniert er noch?«, fragt sie.

»Ja«, sage ich, obwohl das eigentlich nicht stimmt.

Manchmal wünsche ich mir, wir würden zu den Müttern und Töchtern gehören, die im Hintergrund eine Fernsehsendung laufen lassen können. Eine interaktive Gameshow wie *Countdown* zum Beispiel.

Sie nimmt ihr Glas, trinkt und stellt es wieder ab. Dann räuspert sie sich, und ich rüste mich. Sie sieht zu mir, ohne mich richtig anzusehen, und dann stellt sie mir die Frage, wegen der sie hier ist: »Was wirst du tun?«

»Nichts«, sage ich.

Sie nickt resigniert. Genau das hatte sie erwartet.

Das war's, denke ich. Mehr wird sie nicht sagen. Doch als ich sehe, wie sie auf dem Sessel herumrutscht, wird mir klar, dass ich falsch liege. Sie wird doch noch etwas sagen. Sie greift erneut nach dem Weinglas, stellt es aber gleich wieder hin. Streift sich eine Haarsträhne hinters Ohr. Fasst sich mit einem Finger an den Nasenrücken, als wollte sie ihre Brille zurechtrücken, dabei hat sie gar keine Brille auf.

»Faith sieht genauso aus, wie ich sie mir vorgestellt habe«, sagt sie schließlich.

Es überrascht mich nicht, dass sie auf Faith zu sprechen kommt. Was mich allerdings verblüfft, ist die Tatsache, dass sie sich vorgestellt hat, wie Faith aussieht.

»Sie sieht aus wie du.«

Ich nippe an meinem Wein. »Es erstaunt mich, dass du überhaupt an sie gedacht hast.«

»Natürlich habe ich an sie gedacht. Du etwa nicht?«

»Nein.«

»Nein?«

»Nein.«

»Tja, ich habe es getan. Und sie sieht genauso aus, wie ich sie mir vorgestellt habe.«

»Du hast nie darüber geredet. Hinterher, meine ich. Du hast das Thema nie angeschnitten.«

Mum nimmt ihr Glas und trinkt einen winzig kleinen Schluck. Dann schüttelt sie den Kopf. »Ich dachte, es wäre besser so.«

»Minnie hat auch nie darüber geredet. Nicht so richtig.«

»Ich habe hinterher mit Mrs. Driver geredet. Ich habe ihr gesagt, dass ich es für klüger halte, wenn wir – kein großes Drama daraus machen.«

»Und Dad hat auch nie etwas gesagt.«

Sie zuckt die Achseln. »Na ja, das war auch nicht zu erwarten, oder?«

»Es war, als wäre es nie geschehen.«

Sie schnaubt. »So ein Unsinn.«

»Keiner vorn euch hat etwas gesagt, als ich wieder zu Hause war. Manchmal habe ich mich echt gefragt, ob …«

»Was?«

»Ob ich mir das alles nicht bloß ausgedacht hatte.«

»Das ist doch abstrus, Katherine.«

Abstrus. Außer meiner Mutter kenne ich keinen Menschen, der diesen Ausdruck verwendet.

Sie stellt das Glas auf den Beistelltisch, so schwungvoll,

dass der Wein über den Rand schwappt und auf das helle Holz spritzt. Sie bemerkt es gar nicht.

Jetzt ist die Stille doch unangenehm. Nach einer Weile strafft Mum die Schultern. »Also … Ich bin hier, weil … Na ja, wir können die Angelegenheit doch nicht einfach auf sich beruhen lassen, oder? Ich meine, wir müssen irgendetwas unternehmen, nicht?«

Ich sage nichts.

»Wegen Faith, meine ich.« Wenn sie ihren Namen sagt, würde ich mir am liebsten die Ohren zuhalten. Es klingt so real, wenn sie ihn ausspricht. Faith, das klingt wie ein Mensch aus Fleisch und Blut. Eine vierundzwanzigjährige Frau, die einen Bruder namens Milo hat und in Brighton lebt.

Ich halte mir nicht die Ohren zu. Ich sage bloß: »Nein.«

Mum fährt fort, als hätte ich nichts gesagt. »Ihre Mutter ist kürzlich gestorben. Die Adoptivmutter, meine ich.«

In mir regt sich etwas. Ein Gefühl. Vielleicht ist es Mitleid mit dieser Frau, die zusehends ein Mensch aus Fleisch und Blut wird, sosehr ich mich auch dagegen sträube.

»Sie ist bei dem Autounfall gestorben, in den du auch verwickelt warst. Ist das nicht unglaublich?«

»Das ist – total unglaublich.«

»Vielleicht war es Schicksal.«

»Du glaubst doch gar nicht an das Schicksal.«

Sie geht nicht darauf ein, trinkt lediglich einen Schluck Wein. »Faith hat erst nach dem Unfall herausgefunden, dass sie adoptiert ist. Ganz zufällig«, sagt sie dann.

»Ihre Eltern haben es ihr nie erzählt?«

»Nein.«

»Warum denn das?«

Mum schüttelt den Kopf. »Die Menschen treffen tagtäglich unerklärliche Entscheidungen.« Ich hebe den Kopf, aber sie sieht mich nicht an. »Sie hatten bestimmt ihre Gründe«, fährt sie fort.

Ich nicke, weil ich nicht weiß, was ich sonst tun soll.

»Du musst sie kontaktieren«, sagt Mum.

»Ich dachte, so was machst du prinzipiell nicht.«

»Was?«

»Dich einmischen. Du behauptest doch immer, dass du dich grundsätzlich nicht in die Angelegenheiten anderer Leute einmischst. ›Sie schaffen es auch ohne meine Hilfe, sich das Leben zu verpfuschen‹, sagst du immer.« Ich spreche lauter als nötig. Versuche, mich wieder zu beruhigen.

»Das hier ist etwas anderes«, sagt sie.

Ich schweige.

»Faith ist meine Enkelin«, fährt sie fort.

Sie wirkt wie eine Großmutter, als sie das sagt. Irgendwie zerbrechlich, als könnte sie sich einen Oberschenkelhalsbruch zuziehen, wenn sie stürzt. »Hast du sie gesehen? Damals im Krankenhaus?«

»Was meinst du?«

»Hast du sie nach der Entbindung gesehen?«

»Natürlich habe ich sie gesehen.«

»Ich nicht. Ich habe sie kein einziges Mal gesehen.«

»Was soll das heißen? Du musst sie doch gesehen haben.«

»Hab ich nicht. Sie haben sie weggebracht. Und dann habe ich die Papiere unterschrieben, und du hast mich nach Hause gefahren.«

»Du musst sie gesehen haben. Du hast sie zur Welt gebracht.«

»Ich wusste nicht einmal, dass es ein Mädchen ist.«

»Das musst du doch gewusst haben.«

»Warum behauptest du ständig, ich müsste es gesehen und gewusst haben? Ich sage dir doch, ich habe sie nicht gesehen. Ich habe ihnen gesagt, dass ich nicht wissen will, was es ist. Und das ist nicht abstrus, sondern schlicht und ergreifend eine Tatsache.«

Mum öffnet den Mund, klappt ihn wieder zu. Greift nach ihrem Glas. Stellt es wieder hin. »Womöglich hättest du dich anders entschieden, wenn du sie gesehen hättest.«

»Ich hatte doch gar keine Möglichkeit, irgendetwas zu entscheiden. Du hast die Entscheidungen getroffen. Du hast alles arrangiert.«

»Ich habe nur getan, was ich für das Beste gehalten habe.«

»Wann hast du beschlossen, sie zur Adoption freizugeben?«, frage ich.

»Ich ... Sobald ich von deiner Schwangerschaft erfahren habe. Als mich Ed geholt hat und ich dich auf Mrs. Drivers Sofa sitzen sah.«

»Du hast sehr gefasst gewirkt.«

»Irgendjemand musste ja klaren Kopf behalten.« Es klingt aufgebracht. Sie wirft mit Worten um sich wie mit Steinen. Schleudert sie mir entgegen.

»Ich hatte Angst«, rechtfertige ich mich. »Ich war fünfzehn.«

»Du warst alt genug, um es besser zu wissen.«

»Ich war ein Kind. Ich wusste gar nichts.«

»Immerhin genug, um dich in diese Situation zu bringen.«

»Reizend, vielen Dank auch.«

»Jemand musste die Sache in die Hand nehmen. Eine Entscheidung treffen.«

»Du hättest es mit mir besprechen können.«

»Du warst nicht in der Lage, irgendetwas zu besprechen. Du warst hysterisch.«

»Ich lag in den Wehen!«

»Jemand musste eine Lösung finden.«

»Tja, die hast du ja dann gefunden.«

»Ich dachte, es wäre das Beste.«

»Das wiederholst du ständig.«

Sie wirft mir einen finsteren Blick zu, sagt aber nichts.

Ich trinke einen Schluck Wein und stelle mein Glas ab. Nehme es gleich noch einmal zur Hand und trinke erneut, einen größeren Schluck diesmal. »Und was nun?«, frage ich. »Du bist also urplötzlich der Ansicht, ich soll Kontakt zu ihr aufnehmen – und was dann? Heile Welt und Friede, Freude, Eierkuchen wie in der Serie *Drei Mädchen und drei Jungen*?«

Meine Stimme bebt. Ich glaube, ich bin wütend. Ich verspüre den Drang, etwas kaputt zu machen. Etwas Schweres ans Fenster zu pfeffern. Vielleicht den Aschenbecher aus Waterford Crystal, der hier irgendwo rumsteht. Der wäre ideal.

Sie sieht mich an. Zum ersten Mal, seit sie hier aufgekreuzt ist, sieht sie mir in die Augen. »Ja«, sagt sie.

Ich schüttle den Kopf. »Nein.«

Sie birgt das Gesicht in den Händen, und einen Moment lang sieht es so aus, als würde sie weinen.

»Es tut mir leid, Mum, aber das geht nicht. Ich … Ich kann das nicht. Ich wüsste gar nicht, was ich sagen soll. Wo ich anfangen soll. Ich schaffe das einfach nicht.«

Sie nickt, den Kopf noch immer in die Hände gestützt. Jetzt sehe ich, dass sie nicht weint, zu meiner großen Erleichterung. Mit Wut und Enttäuschung kann ich umgehen, aber Traurigkeit ist etwas anderes. Wenn jemand traurig ist, gerate ich in Versuchung, Versprechen zu geben, die ich nicht halten kann.

Sie hebt den Kopf und lässt die Hände sinken. Ihre Finger haben rote Flecken auf ihrem Gesicht hinterlassen. Sie steht auf. »Ich gehe jetzt.«

Ich erhebe mich ebenfalls. Meine Beine zittern, möglicherweise vor Erleichterung.

»Du wirst deine Meinung nicht ändern, oder?«

»Nein.«

Ich gehe in den Flur und hole ihren Mantel, ihre Handschuhe und ihren Hut aus der Garderobe. Es kommt mir so vor, als wäre sie schon eine Ewigkeit hier, aber als ich auf die Uhr sehe, stelle ich fest, dass es gerade mal zwanzig Minuten waren.

An der Tür bleibt sie stehen. »Manchmal ist es einfacher, das Falsche zu tun.«

»Was soll das nun wieder heißen?«

»Dass ich vielleicht das Falsche getan habe.« Sie wirkt verletzlich. Verloren.

Ich sage nichts, weil es nichts zu sagen gibt.

Mum zieht den Handschuh straff, sodass das Leder an den Fingerspitzen spannt.

»Du solltest ein bisschen Zeit mit Edward verbringen«, sagt sie. Ihre Stimme klingt jetzt wieder wie immer. »Er ist in letzter Zeit etwas neben der Spur.« Mein Magen knurrt, als sie das sagt. Als wäre ich hungrig und Ed eine Portion Chicken Tikka Masala oder ein Teller Zwiebel Bhajj.

»Mach ich.« Ich nehme mir vor, ihn gleich morgen anzurufen. Vielleicht hole ich ihn ab und fahre mit ihm irgendwohin. Zum Weihnachtsmarkt an den Docks, falls der schon geöffnet hat. Da hätten wir beide etwas davon.

Ed liebt Weihnachten, ich liebe Glühwein, und die Ablenkung wird uns beiden guttun.

»Ich melde mich morgen bei ihm.«

»Kommst du am Sonntag zum Essen?«

»Natürlich.«

Es hat kurz den Anschein, als wollte sie noch etwas hinzufügen, doch dann dreht sie sich um und geht. Sie marschiert am Aufzug vorbei, den sie niemals benutzt (ihrer Ansicht nach sind Aufzüge wie Menschen: unberechenbar) und öffnet die Tür zum Treppenhaus. Von hinten sieht sie aus wie eh und je: der Rücken gerade, der Kopf hoch erhoben, der Gang entschlossen. Auf dem Weg nach unten klappern ihre Stöckel laut bei jedem Schritt. Ich bleibe an der Tür stehen, bis ihre Schritte verhallt sind.

KAPITEL 37

»Bist du sicher, dass ihr zurechtkommen werdet?«, fragt Dad.

»Ja«, sagt Faith. »Das hab ich dir doch schon gesagt. Es geht mir gut. Jetzt geht es mir gut. Es war sehr nett von dir, uns vom Flughafen abzuholen, aber du hättest nicht in Brighton warten müssen, bis wir wieder da sind.«

»Ich wollte hören, wie es gelaufen ist.«

»Du solltest fahren. Celia wird dich bei sich zu Hause haben wollen, für den Fall, dass das Baby zu früh kommt.«

»Ich könnte aber auch noch bis morgen bleiben, falls du heute Abend mit Rob ausgehen möchtest.«

Faith schüttelt den Kopf. »Nein, danke.«

»Okay, dann mach ich mich mal auf die Socken.«

Dad sagt nie »Ich fahre jetzt los«. Er verwendet immer so alberne Ausdrücke wie abschwirren oder die Kurve kratzen oder die Hufe schwingen. Als er damals nach Schottland gezogen ist, um mit Celia Sex zu machen, hat er »Ich mach dann mal 'n Abgang, Kumpel« gesagt. Mum saß weinend in der Küche, und ich hätte gern gesagt, dass ich nicht sein Kumpel bin, aber ich hab's dann doch nicht getan. Ich habe gar nichts gesagt.

Er ruft Celia an, um ihr zu sagen, dass er losfährt. »Nach dem Mittagessen starte ich los. Wie geht's dir, Süße?«

Mum hat er nie »Süße« genannt, sondern Beth. Einmal hat er »Liebes« zu ihr gesagt. Da war er im Krankenhaus, weil man ihm den Blinddarm oder die Mandeln oder so was rausnehmen musste, und nach der Operation hat er gesagt: »Könntest du mir ein Schlückchen Traubensaft einschenken, Liebes?«, in demselben Tonfall, den Damo verwendet, wenn er so tut, als wäre ihm schlecht, damit er die Zeichenstunde schwänzen kann. Damo hasst Zeichnen. Zeichnen ist was für Mädchen und Schwule, sagt er. Er sagt auch, dass man erst rausfindet, ob man schwul ist, wenn man ungefähr sechzehn ist. Ich hoffe, das passiert mir nicht.

»Seh ich aus wie Florence Nightingale, oder was?«, hat Mum damals gesagt, aber ich glaube, es war nur ein Scherz, weil sie Dad trotzdem eingeschenkt hat.

Dad macht sich einen Buttertoast mit Marmelade. Gut, dass Celia nicht da ist, sie sagt nämlich immer, er darf keine Butter essen. Und kein Weißbrot. Und überhaupt darf er nicht zwischen den Mahlzeiten essen. Ob er Marmelade essen darf, weiß ich nicht. Er nimmt den Toast, beißt ein großes Stück davon ab und nimmt einen Schluck aus einer Dose Cola. Normale Cola, obwohl er eigentlich bloß Diätcola trinken darf. Er sieht mich an und lächelt. »Ich nehme mal an, du wünschst dir einen kleinen Bruder.«

Ich zucke mit den Schultern. »Mir egal.« Brüder habe ich schon zwei, deshalb hätte ich eigentlich lieber eine Schwester, dann wäre es ausgeglichen. Aber das sage ich Dad nicht. Er findet, Jungs sollten sich einen Bruder wünschen und Mädchen eine Schwester.

»Vielleicht sollten wir uns, bevor ich losfahre, noch kurz unterhalten, mein Junge. Du weißt schon – über die Blumen und die Bienen und so weiter.«

Ich weiß alles über die Blumen und die Bienen. Wobei Damo es anders genannt hat, nämlich Vögeln.

»Ich weiß Bescheid. Hab ich in der Schule gelernt.«

Das ist nicht gelogen. Damo hat es mir in der Mittagspause auf dem Schulhof erzählt. Er hat die Körperteile mit dem Finger in den Staub gezeichnet. Für jemanden, der Zeichnen hasst, kann er ziemlich gut zeichnen.

Dad hebt eine Augenbraue, und ich fürchte schon, er will trotzdem mit mir darüber reden, aber dann zuckt er die Schultern und sagt »Okidoki« statt bloß »Okay«.

»Soll ich dir beim Packen helfen?«, frage ich. Jetzt, wo ich weiß, dass er fährt, kann ich es irgendwie kaum erwarten, dass er endlich weg ist. Das legt sich wieder, sobald er losgefahren ist. Ich finde es bloß eigenartig, zu wissen, dass er bald wegfährt, solange er noch da ist.

Er lacht und streicht mir mit den Fingern die Haare aus der Stirn. »Versuchst du mich loszuwerden, Sohnemann?«

»Nein, ich wollte bloß …«

»Ich fahre erst nach dem Mittagessen. Ich habe noch etwas zu erledigen.«

»Ich könnte dir ein Sandwich machen. Mit Schinken und Eggy-Mix. Im Brotkasten sind ein paar Brötchen.« Eggy-Mix ist ein Aufstrich, den Mum erfunden hat. Man zerdrückt dafür ein paar hart gekochte Eier in einer Schüssel, und dann kann man im Prinzip reinschnippeln, worauf man Lust hat. Mein Lieblings-Eggy-Mix ist mit Schnittlauch und grünem Paprika. Am Schluss kommt noch etwas Mayonnaise dazu, und vielleicht ein bisschen Senf, und dann wird alles verrührt. In die Schule nehme ich allerdings nie Eggy-Mix-Sandwiches mit, wegen des Eiergeruchs.

Dad zwinkert mir zu. »Das Kochen überlassen wir mal Faith, mein Junge. Das können die Ladys am besten, nicht?«

Wenn Mum jetzt hier wäre, würde sie ihn ein Chauvinistenschwein nennen. Früher hat Dad darüber gelacht und »Als Nächstes verbrennst du wohl deinen BH« gesagt, und dann hat sie auch gelacht und so getan, als würde sie ihm eins mit der zusammengerollten Zeitung überziehen. Später, als sie sich ständig gezofft haben, hat Mum nicht mehr gelacht. Da hat sie Sachen gesagt wie »Du gibst ja echt ein tolles Vorbild für einen siebenjährigen Jungen ab«, und dann hat mich Dad auf mein Zimmer geschickt. Ich weiß nicht, was sie danach noch alles gesagt haben, ich weiß nur, dass es laut war, weil ich sie oben noch schreien hören konnte, obwohl ich in meinem Kleiderschrank saß und die Tür zu war.

Das, was Dad noch erledigen will, hat mit Weihnachten zu tun. Wir müssen einen Baum kaufen, sagt er. Einen richtigen, obwohl wir einen Plastikbaum auf dem Dachboden stehen haben. Den hat Mum immer aufgestellt, seit Dad weggezogen ist.

»Zu Weihnachten braucht man einen richtigen Baum, mein Junge«, sagt er, aber er sagt nicht, warum.

»Ist es dafür nicht noch ein bisschen früh?«

»Für Weihnachten ist es nie zu früh, mein Junge.«

Wir fahren zu einem Baumarkt, und er sagt, ich soll mir den schönsten Baum aussuchen. Für mich sehen sie alle gleich aus, also deute ich auf einen, der gleich neben mir steht.

»Das ist kein Baum, sondern bestenfalls eine Klobürste«, sagt Dad, also zeige ich auf den Baum daneben, aber Dad schüttelt den Kopf und sucht dann einen von ganz hinten aus. Einen, der so groß ist, dass er ihn gar nicht hochheben kann. Er muss ihn über den Boden schleifen, bis zu dem Mann, bei dem man bezahlen muss. Er bekommt gar kein Wechselgeld, so groß ist der Baum.

»Halsabschneider«, brummt Dad, aber der Verkäufer hat sich bereits zum nächsten Kunden umgedreht. Der nächste Kunde hat den Baum gekauft, auf den ich als Erstes gezeigt habe, und er bekommt Wechselgeld.

Dads Auto hat keinen Dachträger, also kurbeln wir hinten die Fenster runter und legen den Baum auf den Rücksitz.

»Du musst auf die Fahrradfahrer aufpassen«, sage ich, weil jetzt auf der einen Seite der Stamm und auf der anderen Seite die Spitze aus dem Fenster ragt. »Und auf Fußgänger und Straßenlaternen.«

»Steig ein«, sagt Dad. Ich muss vorne sitzen, obwohl ich noch gar nicht zwölf und auch noch keine hundertfünfunddreißig Zentimeter groß bin.

Ich setze mich ganz aufrecht hin, damit es so aussieht, als wäre ich hundertfünfunddreißig Zentimeter groß. Nur für den Fall, dass uns die Polizei anhält, wegen des Weihnachtsbaums, der rechts und links aus dem Auto rausragt.

Kaum sind wir losgefahren, labert Dad auch schon wieder los.

»Ich nehme mal an, du hast dem Weihnachtsmann einen Brief geschrieben?«, fragt er.

»Ich bin zehn«, sage ich. »Ich glaube nicht mehr an den Weihnachtsmann.«

»Du bist schon zehn?«

»Na ja, ich werde an Weihnachten zehn.«

Er sieht mich an, was gefährlich ist, weil man auf die Straße gucken sollte, wenn man Auto fährt. Vor allem, wenn man auf dem Rücksitz einen Weihnachtsbaum hat, der auf beiden Seiten raushängt.

Dad schüttelt den Kopf. »Es kommt mir vor, als wär's erst gestern gewesen, dass du auf die Welt gekommen bist, Sohnemann.«

»Es kommt mir vor, als wäre es erst gestern gewesen« sagen Erwachsene ständig, auch wenn etwas schon Jahre her ist. Sie sagen auch immer, dass die Zeit verfliegt. Ich finde nicht, dass das stimmt. Ich finde, die Zeit zieht sich manchmal wie ein Kaugummi, und das ist ganz gut so, weil ich nämlich nicht will, dass Weihnachten wird. Diesmal wird Weihnachten total anders als sonst. Diesmal werde ich den Weihnachtstag gar nicht Weihnachtstag nennen. Ich werde ihn einfach bloß Sonntag nennen.

»Sie mussten dich durchs Dachfenster rausheben«, sagt Dad, weil Mum damals einen Kaiserschnitt hatte. Das bedeutet, dass man der Mutter den Bauch aufschneidet, um das Baby rauszuholen. Davor hatte Mum siebzehn Stunden lang die Wehen.

»Deine Mutter lag siebzehn Stunden in den Wehen, bevor dich der Arzt geholt hat«, sagt Dad. Das ist noch so etwas, das viele Erwachsene tun: dieselbe Geschichte immer wieder erzählen. Als Nächstes wird er sagen, dass die Wände gewackelt haben, weil Mum so laut geschrien hat. Und dass er schon dachte, das Krankenhaus stürzt ein.

»Sie hat so laut geschrien, dass uns allen die Ohren geschlackert haben«, sagt er. Manchmal ändert er die Geschichte ein bisschen ab.

An der Ampel starren uns alle an, oder besser, unser Auto, bei dem rechts und links der Baum rausguckt. Ich tue, als wäre mir etwas runtergefallen und bücke mich.

Dad sagt irgendetwas und fährt weiter.

»Äh, was?«, sage ich, als ich mich wieder aufrichte.

»Das heißt nicht was, sondern wie bitte.«

Ich sage gar nichts, also sagt er nach einer Weile: »Also, Milo, was wünschst du dir zu Weihnachten? Und zum Geburtstag natürlich.«

»Ich hätte gern eine neue Schwimmbrille.«

»Eine Schwimmbrille?«

»Für meinen Rettungsschwimmerkurs. Ich habe zwar schon eine, aber die läuft immer so schnell an.«

»Du gehst immer noch in diesen Kurs?«

»Ja.«

»Dann musst du das inzwischen ja alles im Schlaf können.«

»Unsere Trainerin sagt, ich bin schon ganz gut.« Sie hat sogar gesagt, dass ich einer der Besten im Kurs bin, aber ich bin ja kein Angeber wie George Pullman.

»Toll. Und trotzdem bist du noch im Anfängerkurs?«

»Ja, aber im Frühling mache ich meine Prüfung, und dann komme ich in die nächste Stufe. Jedenfalls glaubt unsere Trainerin, dass ich es schaffen werde.«

»Das will ich hoffen, nach all der Zeit.«

»Rettungsschwimmen ist ziemlich schwierig. Vor allem für die Anfänger.«

»Und sonst wünschst du dir nichts? Nur die Schwimmbrille?«

»Ich will die verspiegelte von Speedsocket. Die ist sauteuer.«

»Trotzdem erscheint mir das ein bisschen wenig.«

»Aber ich will nichts anderes.« Eine Speedsocket-Schwimmbrille kostet dreiundzwanzig Pfund, aber das behalte ich lieber für mich, sonst sagt er womöglich wieder »Halsabschneider«.

»Solltest du dir nicht eher ein Schwert wünschen? Oder ein Pfeil-und-Bogen-Set oder so? Ich dachte, auf so was stehen neunjährige Jungs.«

»Ich lerne lieber Rettungsschwimmen und Erste Hilfe. Wir machen sogar Mund-zu-Mund-Beatmung.«

Dad guckt schon wieder zu mir rüber. Zum Glück ist nicht viel Verkehr. »Ich hoffe, du musst keine Mund-zu-Mund-Beatmung an den Jungs in deinem Kurs machen«, sagt er und lacht, als hätte er einen Witz gerissen.

»Wir üben meistens an Puppen«, sage ich.

»Verstehe. Tja, mal sehen, was wir wegen der Schwimmbrille tun können, okay?«

Ich nicke. Keine Ahnung, warum er »wir« sagt. Vielleicht meint er damit »Celia und ich« oder »Faith und ich«. Ich glaube nicht, dass Faith schon Weihnachtsgeschenke besorgt hat.

»Es ist nur so, mein Junge …«

Es wäre mir lieber wenn er mich Milo nennen würde.

»Also … Celia und ich, wir – wir würden uns freuen, wenn du eine Weile zu uns kommst. Nach Weihnachten und nach der

Geburt deines Geschwisterchens, meine ich. Wenn sich alles ein bisschen eingespielt hat. Celia meinte …«

»Nein.«

»Was soll das heißen, ›nein‹? Lass mich doch erst mal ausreden.«

»Nein.«

»Komm mir nicht mit diesem Tonfall, Sohnemann. Du bist neun Jahre alt, und du wirst tun, was man dir …«

»Ich bin fast zehn.«

»Was?«

»Ich bin fast zehn. An Weihnachten werde ich zehn.«

Dad sagt eine Weile nichts. Er konzentriert sich aufs Fahren, und ich bin ganz froh darüber, weil die Straße jetzt nämlich einen Fahrradstreifen hat, und er muss aufpassen, dass der Baum keine Fahrradfahrer streift.

Nach einer Weile seufzt er und sagt: »In dieser Angelegenheit ist das letzte Wort noch nicht gesprochen, Milo. Wir reden ein andermal darüber, okay?«

Ich sage wieder nichts, also sagt er noch einmal »Okay?«, ein bisschen lauter diesmal, damit ich auch »Okay« sage, obwohl es nicht okay ist. Es ist überhaupt nicht okay.

Dann passiert nichts mehr, bis wir zu Hause in die Einfahrt einbiegen und der Baum – ich glaube, es ist die Spitze – zwischen dem Auto und dem Torpfosten eingequetscht wird. Dad steigt aus, tritt gegen den Pfosten und sagt: »Verdammter Mist!« Als er versucht, den abgeknickten Teil, der noch so halb am Baum hängt, wieder gerade zu biegen, bricht die Spitze endgültig ab. Wahrscheinlich ist das gar nicht so schlecht, ich glaube nämlich, dass der Baum viel zu groß ist für unser Wohnzimmer.

Am Ende muss ich dann zu Damon rübergehen und Sully, der für ein paar Tage aus dem Krieg zurückgekommen ist, fragen, ob er Dad beim Reintragen hilft. Als sie fertig sind, liegen überall Nadeln rum, und obwohl bereits die Spitze fehlt, ist der oberste Teil etwas abgeknickt, aber das fällt Dad offenbar gar nicht auf. »Na, ist das ein Baum oder was, Sohnemann?«, sagt er und grinst und boxt mich in den Arm.

Als Faith runterkommt, ist sie geschminkt und sieht aus, als wäre alles wieder normal. Sie hat das schwarze Kleid an, das Rob ihr letztes Jahr zu Weihnachten geschenkt hat, und dazu Stiefel. Sie sieht aus, als würde sie nachher doch noch ausgehen. Das würde ihr bestimmt guttun. Sie war schon ewig nicht mehr abends weg.

Nach dem Mittagessen sagt Dad: »Ich pack's dann.«

»Fahr vorsichtig«, sagt Faith, und Dad reißt keine Witze, wie er es früher immer getan hat. Er nickt bloß und sagt: »Mach ich. Ich rufe an, sobald ich angekommen bin, okay?« Er streckt die Arme aus, und diesmal geht Faith zu ihm und lässt sich von ihm umarmen. Er drückt sie ganz fest an sich, und sie sagt etwas, das ich nicht höre, weil sie das Gesicht an Dads Brust drückt.

Dann geht Dad in die Knie und sagt: »Mach deiner Schwester keinen Ärger, Sohnemann.« Ich bin fünf Zentimeter gewachsen, seit er mich das letzte Mal gesehen hat, aber er geht trotzdem in die Knie.

Ich nicke.

Er legt mir die Hand auf den Kopf. »Ich rufe dich am Freitag an, okay?«

Ich nicke noch einmal.

Er macht die Autotür auf, aber statt einzusteigen dreht er sich noch einmal um. »Hör zu, Milo, du weißt, dass ich dieses Jahr über Weihnachten nicht nach Brighton kommen kann, oder? Wegen Celia und dem Baby. Das verstehst du doch, oder?« Ich nicke ein paar Mal. Ich verstehe es. Ehrlich.

»Du solltest dich auf den Weg machen, Dad«, sagt Faith. »Es wird bald dunkel.«

Er steigt ein und startet den Motor. Ich klopfe an die Scheibe und deute auf den Sicherheitsgurt, und er nickt und schnallt sich an. Sein Bauch ist genauso dick wie der von Celia. Er sagt, das liegt am Haggis. Haggis ist gefüllter Schafsmagen. So was isst man in Schottland. Keine Ahnung, warum. Dad sagt, weil es lecker ist, aber das kann ich mir nicht vorstellen.

Er kurbelt das Fenster runter und guckt Faith an, als wollte er noch etwas zu ihr sagen. »Mach dir keine Sorgen, Dad, wir kommen schon zurecht«, versichert ihm Faith. »Es ist alles bestens.«

Er schüttelt den Kopf, als wollte er ihr widersprechen. »Als wir mit dir nach Hause gekommen sind, hat sich Beth Sorgen gemacht. Sie hatte Angst, sie könnte alles Mögliche falsch machen.«

»Bestell Celia schöne Grüße von uns, ja?«, sagt Faith.

»Hör mir zu, Faith, sie hat sich getäuscht. Ihre Angst war völlig unbegründet. Sie hat alles richtig gemacht.«

»Mach das Fenster zu, du holst dir noch den Tod.«

»Sie hat dich geliebt, Faith. Es hat für sie keinen Unterschied gemacht. Sie hat dich ganz genauso geliebt.«

Faith nickt ganz kurz, als hätte sie ein steifes Genick oder so. Dad schickt ihr einen Luftkuss, dann sieht er mich an, salutiert wie ein Soldat und fährt los. Sein Auto rollt die Straße entlang, biegt links ab und verschwindet.

Faith geht ins Haus, die Treppe hoch und in ihr Zimmer. Als ich ihr später eine Tasse Kaffee bringe, liegt sie im Bett. Sie hat ihren Schlafanzug an und die Kopfhörer auf.

»Bist du müde?«, frage ich sie.

»Irgendwie, ja.«

»Du solltest ein bisschen rausgehen und frische Luft schnappen. Das würde dir bestimmt guttun.«

»Du redest schon wie Mum.«

»Irgendjemand muss es ja tun«, sage ich.

Das bringt sie zum Lachen, aber nur kurz.

Ich gehe wieder runter und mache mir ein Sandwich. Im Wohnzimmer ist es dunkel, weil wegen dem riesigen Baum, der vor dem Fenster steht, kaum noch Licht reinkommt. Dad wollte ihn eigentlich noch mit mir schmücken, ehe er losfährt. Normale Bäume sehen total okay aus ohne Dekoration, aber ungeschmückte Weihnachtsbäume wirken irgendwie traurig. Nackt.

Es dauert viel länger, als ich dachte. Mum fand, dass der rote Stern, den ich mal als Kind aus einer Cornflakes-Schachtel gebastelt habe, ganz oben hingehört. Ihr gefielen alle Sachen, die ich in der Schule gebastelt habe, auch wenn sie ein bisschen kaputt oder nicht so schön angemalt waren.

Ich mochte am liebsten den Engel, der leuchtet, wenn man auf den Knopf drückt, der unter seinem Kleid versteckt ist. Den haben wir schon eine Ewigkeit. Mum hat ihn gekauft, nachdem Faith auf die Welt gekommen ist. Oder besser gesagt, nachdem Faith zu Mum und Dad gekommen ist. Dad sagt, da war sie achtzehn Monate alt. Mit achtzehn Monaten ist man noch ein Baby. Man kann, glaube ich, schon ein bisschen gehen und ein bisschen reden, aber noch nicht so, dass die anderen einen verstehen. Der Engel hat schwarze Haare und grüne Augen und sieht aus wie Faith. Genau deshalb hat Mum ihn gekauft.

Mum und ich konnten uns nie einigen, ob der Stern oder der Engel ganz oben sein sollten. Meistens haben wir dann eine Münze geworfen.

Ich muss auf einen Küchenstuhl steigen und mich auf die Zehenspitzen stellen, um an den obersten Zweig ranzukommen.

Als ich fertig bin, schalte ich überall im unteren Stock das Licht aus und stecke die Lichterkette ein. Sie hat Birnchen in verschiedenen Farben und blinkt wie verrückt. Wenn man zu lange draufguckt, wird einem schwindlig, aber dafür sieht man bei diesem Licht den Riss im Stern nicht.

KAPITEL 38

Ich schicke Ed eine SMS. »Sollen wir heute etwas unternehmen?«

»Ich bin krank«, schreibt er zurück.

Ich rufe ihn an. Er gibt sich eingeschnappt, allerdings nicht sonderlich überzeugend.

»Hi, Ed.«

»Hallo«, sagt er, statt wie sonst »Hallo, Kat«. Daran merke ich, dass er eingeschnappt ist.

»Was hast du denn?«

»Eine Erkältung und einen Husten.«

»Willst du zu mir rüberkommen?«

Schweigen.

»Ich hole dich ab.«

»Ich habe den *Zauberer von Oz* auf DVD da.«

Er schweigt immer noch, aber ich spüre, wie er schwach wird. *Der Zauberer von Oz* ist einer seiner Lieblingsfilme. Vor allem der Blechmann ohne Herz hat es ihm angetan.

»Ich werde Pizza bestellen und Cola trinken und Skittles essen.« Ich werde natürlich keine Cola trinken, sondern Wein, aber Ed liebt Cola. Weil es so schön sprudelt.

»Eine XXL-Packung Skittles?«, fragt er. Na, also, er knabbert schon am Köder.

»Nicht nur eine, sondern zwei.«

Wieder schweigt er, aber diesmal nicht mehr ganz so lange. »Okay«, sagt er schließlich, und ich ziehe den Fisch an Land.

Die Außenwelt ist unverändert und kommt mir doch fremd vor. Erstens ist Weihnachten. Es sieht aus, als wäre der Gabensack des Weihnachtsmannes explodiert und der Inhalt über die ganze Stadt verteilt. Bei Tageslicht betrachtet, ist Weihnachten hässlich. Billig und kitschig und erbärmlich.

Es fühlt sich gut an, im Auto zu sitzen. Ich habe eine Hand am Lenkrad und eine Zigarette in der anderen. Ich halte an einer Tankstelle und hole mir einen schwarzen Kaffee. Ich mag Tankstellen. Keiner weiß, wer man ist, und was noch besser ist: Keiner will es wissen. Ich hasse diese kleinen Läden an der Ecke, in denen oft eine fidele, fette Verkäuferin hinter dem Tresen steht, die glaubt, ihre Kundschaft zu kennen wie ihre Westentasche. »Ach, Sie rauchen immer noch, obwohl die Tabaksteuer schon wieder erhöht worden ist? Tja, wer sich's leisten kann ...«

Tankstellenangestellte sagen nichts, außer vielleicht: »Haben Sie Benzin oder Diesel getankt?«.

Ich biege in die Straße ein, in der meine Eltern wohnen, und rufe Ed an. »Ich stehe vorn an der Ecke«, sage ich.

»Kommst du nicht rein?«, fragt er.

»Ich stehe vorn an der Ecke.«

Dad begleitet Ed bis zum Auto, obwohl Ed durchaus in der Lage ist, allein bis zur Ecke zu gehen. Ed steigt auf der Beifahrerseite ein und schnallt sich an. Dad öffnet die Fahrertür und sagt: »Also?«

»Hi, Dad«, sage ich, als wäre nichts geschehen.

»Ich habe versucht, dich zu erreichen«, sagt er.

»Entschuldige. Ich hatte ziemlich viel zu tun.«

Er starrt mich an. Er muss total durchgefroren sein. Er trägt weder Mantel noch Mütze. Aber er sieht nicht so aus, als wäre ihm kalt, sondern eher wie eine löchrige Luftmatratze, aus der die Luft entwichen ist. In sich zusammengesunken.

»Ich habe Faith deine Nummer gegeben«, sagt er.

Ich werfe einen Blick in den Rückspiegel. »Wir müssen los.«

Er richtet sich auf. »Ach, entschuldige, ich vergaß. Du hast viel zu tun.«

»Soll ich dich zurück zum Haus fahren?«

Er schüttelt den Kopf. »Ich mag die Kälte.«

»Bis dann, Dad«, sagt Ed, und Dad nickt und winkt, und ich fahre davon, ohne mich noch einmal umzudrehen.

Wir schweigen eine Weile. Ich weiß, dass Ed gleich etwas sagen wird. Ich erkenne es daran, dass er die Lippen bewegt (ein Phänomen, das ich »Bild ohne Ton« nenne) und dass er an seinen Fingern die Punkte abzählt, die er zur Sprache bringen wird. Bislang sind es drei.

»Milo ist echt cool«, sagt er schließlich. »Und er ist fast ein Wii-Profi. Nicht so gut wie ich, aber ich habe ihm gesagt, er muss bloß genauso viel üben wie ich.«

Da ich nichts sage, fährt er fort: »Ist Milo jetzt so was wie mein kleiner Bruder? Oder mein Neffe oder so?«

»Nein.«

»Ich fänd's klasse, einen kleinen Bruder zu haben«, sagt Ed. »Ich könnte ihm noch mehr Wii-Spiele beibringen und ihn in den Schwimmkurs mitnehmen und so.«

»Ich habe dir auch keine Wii-Spiele beigebracht, obwohl du mein kleiner Bruder bist«, sage ich.

»Du hast mir andere Sachen beigebracht«, sagt Ed.

»Ach ja?«

»Ja. Du hast mir beigebracht, wie man sich die Schuhe bindet – weißt du noch?«

Ich nicke. Ich erinnere mich. Mit zehn konnte sich Ed noch immer nicht die Schuhe binden. Es hat eine ganze Woche gedauert, es ihm beizubringen. So ist das mit Ed. Es dauert, aber wenn er mal etwas gelernt hat, vergisst er es nicht mehr.

In der Wohnung will ich gleich die DVD einlegen, aber Ed erzählt immer noch von Milo. »Er hat eine Menge Haare, aber er bürstet sie nie – das muss er jetzt nicht mehr, weil seine Mum tot ist. Und sein bester Freund heißt Damo, und die beiden spielen am liebsten Kettenfangen. Er hat es mir beigebracht, und letzte Woche habe ich es dann allen im Arch Club gezeigt. Er hat keine Freundin wie ich, aber er mag Carla, ein Mädchen aus seiner Klasse. Er will sie aber nicht küssen, er verbringt bloß gern Zeit mit ihr.«

»Ed?«

»Und seine Schwester singt in einer Band, die … Ich weiß nicht mehr, wie sie heißt, aber Milo hat gesagt, man kann sich das Album runterladen, wenn man will. Willst du?«

»Will ich was?« Ich mache Feuer, soll heißen, ich drehe den Hahn am Gasofen auf.

»Willst du dir Faiths Album runterladen?«

»Später vielleicht.«

Wir sehen uns den *Zauberer von Oz* an. Ed singt mit den Munchkins aus dem Munchkinland, wie immer. Er hält sich die Hände vors Gesicht, wenn die Böse Hexe des Westens auftaucht. Und er weint, als der Blechmann in seinem Solo lamentiert, wie gern er doch ein Herz hätte. Ich sitze neben ihm auf der Couch, und es kommt mir fast so vor, als würde ich lächeln. Ein schönes Gefühl.

Ed mag es nicht, wenn der Film gegen Ende schwarzweiß wird, also stehe ich auf und schalte den Fernseher aus, bevor er anfängt, sich zu beschweren. Erst als ich zum Sofa zurückkomme, bemerke ich, dass Ed schläft. Ich lege ihm eine Hand auf die Schulter und schüttle ihn. »Ed. ED! Wach auf.«

Er fährt hoch und blickt verwirrt um sich, als hätte er keine Ahnung, wo er ist und wie er hier gelandet ist.

»Entschuldige, Ed, ich wollte dich nicht erschrecken … Geht's dir gut? Was … Warum schläfst du mitten im Film ein? *Der Zauberer von Oz* ist doch einer deiner Lieblingsfilme.«

»Hab ich geschlafen?«

Ich betrachte ihn genauer und stelle fest, dass er blass ist und dunkle Ringe unter den Augen hat. Ich befühle seine Stirn. Sie ist leicht feucht. Ich messe seine Temperatur. Normal.

»Ich mach dir einen Smoothie«, sage ich. »Das bringt dich wieder auf Touren.«

Ed schüttelt den Kopf. »Nein, Kat. Vielen Dank, aber ich glaube, ich fahre jetzt nach Hause.«

»Aber ich dachte, du übernachtest bei mir? Ich hab schon dein Bett gemacht.« Ich habe sogar eine Lichterkette über den Spiegel in seinem Zimmer gehängt. Ed liebt Lichterketten.

»Okay, Kat, dann bleibe ich hier.«

Es ist offensichtlich, dass er das nicht will.

»Nein, schon gut, Ed, du musst nicht hierbleiben.«

»Okay, fährst du mich dann nach Hause?«

Ich schalte den Gasofen aus, rufe beim Italiener an und bestelle unsere Pizza ab.

»Dann komm«, sage ich, als wäre alles in bester Ordnung. Es ist ja auch alles in bester Ordnung. Es hat bestimmt nichts zu bedeuten. Hin und wieder ist man eben müde. Das geht uns doch allen so. Und nur weil Ed bislang noch nie über Müdigkeit geklagt hat, bedeutet das noch lange nicht, dass er dagegen immun ist, oder? Er braucht bloß eine ordentliche Mütze Schlaf und morgen früh ein schönes, herzhaftes Frühstück, dann ist er wieder fit. Räucherheringe vielleicht. Ed liebt Räucherheringe, obwohl sie so unglaublich stinken. Räucherheringe sind garantiert gesund, wie so viele andere übel riechende Nahrungsmittel auch. Kohl zum Beispiel: stinkt zum Himmel, ist aber ein hervorragender Nährstofflieferant – Vitamine, Mineralstoffe, Proteine und weiß der Geier was noch alles.

Ed rührt sich nicht vom Fleck, also nehme ich seine Hand und führe ihn zur Tür. Er schwankt ein bisschen, als wäre ihm schwindlig. Seine Hand ist kalt und klamm. Ich trage seine Tasche, und entgegen seiner Gewohnheit (Frauen sollen keine Taschen tragen, sagt er) protestiert er nicht.

Die kalte Luft draußen ist wie eine Mauer. Sie fühlt sich an, als könnte sie einem im Hals stecken bleiben. Ich halte Ed den Autoschlüssel hin. Er liebt es, die Zentralverriegelung zu betätigen, weil dann die Lichter wie von Geisterhand anfangen zu blinken.

Er schüttelt den Kopf. »Nein, danke.«

Also drücke ich selbst auf den Knopf, als wäre das keine große Sache. Ich öffne den Kofferraumdeckel, doch als ich mich umdrehe, um Eds Tasche aufzuheben, steht Ed vornübergebeugt da und presst sich, nach Luft schnappend, die Hände auf die Brust. Er sieht mich mit großen Augen an. Die Verwirrung ist ihm deutlich ins Gesicht geschrieben. Ich habe Angst, dabei bin ich Kat, seine große

Schwester, die alles weiß. Ich sollte nicht diejenige sein, die Angst hat.

Aber ich habe Angst. »ED!« Ich glaube, ich schreie es. Ich haste zu ihm, lege die Arme um ihn. Er lehnt sich schwer an mich wie an eine Wand, und dann sinkt er in sich zusammen, immer tiefer, bis er auf dem harten, kalten Asphalt sitzt und schließlich liegt. Seine Augen sind offen, aber ich glaube nicht, dass er mich hört. Ich ziehe meinen Mantel aus und wickle ihn damit ein. Wo ist bloß mein verdammtes Handy? Kurzerhand kippe ich den Inhalt meiner Handtasche auf die Straße.

Die Nummer des Krankenhauses ist in meinen Kontakten unter N für Notaufnahme eingespeichert. Es klingelt und klingelt. Ich lege auf und schreie so laut, dass in verschiedenen Fenstern die Lichter angehen. Ich wähle 999, fordere einen Krankenwagen an, sage, dass es ein Notfall ist. Bis der Krankenwagen kommt, dauert es zwanzig Minuten. »Nein, das ist zu lange!«, sage ich. »Zwanzig Minuten ist zu lange!« Sie sagen, sie werden ihr Bestes tun.

Es fällt mir schwer, einen klaren Gedanken zu fassen.

Schließlich gelingt es mir, Ed auf den Rücksitz meines Wagens zu verfrachten. Ich betrachte sein Gesicht. Es sieht aus, als würde er schlafen, aber er reagiert nicht, wenn ich seinen Namen rufe. Seine Lippen sind ganz blau. Ich wische ihm mit einem Taschentuch die Speicheltröpfchen darauf weg. Jetzt versuche ich es im Flüsterton. »Ed«, wispere ich. Er rührt sich nicht. Ich schiebe den Zeigefinger zwischen die weichen Hautfalten an seinem Hals, spüre ganz schwach seinen Puls.

Hastig setze ich mich hinters Lenkrad, drehe den Zündschlüssel, schalte die Lichter ein, die Heizung, die Scheibenwischer. Ich spähe noch einmal nach hinten zu Ed, dann lasse ich den Motor aufheulen und fahre los.

Auf der Busspur rase ich durch die Straßen. Die Stadt ist wie ausgestorben, niemand nimmt von mir Notiz. Kein Blaulicht, keine Sirene weit und breit, jetzt, wo ich mich ausnahmsweise mal danach sehne. Ich stecke das Handy in die Freisprechanlage und wähle die Festnetznummer meiner Eltern. Auf dem Handy versuche ich es gar nicht erst, das haben sie beide höchst selten an, und wenn, dann bloß auf »stumm«. Es klingelt und klingelt.

Bei Minnie schaltet sich sofort der Anrufbeantworter ein. »Leider können im Augenblick weder mein Mann Maurice noch ich selbst rangehen. Hinterlassen Sie uns eine Nachricht ...«

Am Ende habe ich keine andere Wahl. Ich habe seine Nummer gelöscht, aber ich weiß sie auswendig. Nach dem vierten Klingeln geht er ran. Die Ampel schaltet auf Grün. Ich spähe flüchtig nach hinten zu Ed, dann schalte ich das Telefon auf Lautsprecher.

»Thomas? Hörst du mich?«

»Kat? Was ist los?«

»Es geht um Ed.«

»Das Herz?«

»Keine Ahnung. Ich glaube schon.«

»Wo seid ihr?«

»Auf dem Weg ins Krankenhaus. Ich konnte nicht auf die Rettung warten.«

»Wo fährst du hin, ins Beaumont?«

»Ja.«

»Ich rufe die Notaufnahme an und sage, dass du gleich mit Ed dort eintriffst. Wir sehen uns dann dort. Ich verständige deine Eltern.«

Falls er sich Sorgen um Ed macht, dann lässt er es sich jedenfalls nicht anmerken. Er klingt wie jemand, der weiß, was er tut, und sicherstellen wird, dass alles gut ausgeht.

»Fahr vorsichtig«, sagt er noch, ehe er auflegt.

Ich rase wie eine Verrückte, drehe mich viel zu oft zu Ed um.

»Ed.«

»ED.«

»ED!«

»MACH DIE AUGEN AUF, ED! WACH AUF!«

Keine Reaktion. Ed gibt keinen Ton von sich.

KAPITEL 39

Es ist mitten in der Nacht, aber Erwachsene sind doch oft mitten in der Nacht noch wach, oder? Und tagsüber kann ich nicht anrufen, sonst kriegt Faith es mit. Sie wird es hören, obwohl sie sich in letzter Zeit für gar nichts mehr interessiert. Erwachsene hören immer alles, was sie nicht hören sollen.

Ich gehe mit dem Telefon in die Küche, mache die Tür zu und setze mich auf den Boden. Es ist dunkel, aber wenn ich das Licht einschalte, scheint es raus in den Garten, weil wir keine Rollos an den Fenstern haben, und es ist sehr hell, dieses Licht. Es könnte also sein, dass Faith es bemerkt, weil ihre Vorhänge nämlich nicht ganz zugehen.

Ich warte, bis sich meine Augen an die Dunkelheit gewöhnt haben, und stelle mir vor, dass meine Pupillen immer größer werden, bis sie so groß sind wie bei einer Katze. Ich glaube, deswegen können Katzen im Dunkeln so gut sehen. Wegen ihrer riesigen Pupillen.

Dann gehe ich zum Kühlschrank, mache die Tür einen Spaltbreit auf, halte das Telefon ins Licht und fange an zu wählen. Die Nummer ist furchtbar lang, weil es eine Nummer in Irland ist. Ich muss eine internationale Vorwahl und dann noch die Vorwahl von Dublin wählen. Ich kenne die Vorwahlen für Irland und für Dublin, weil Mum oft bei Auntie May angerufen hat. Bevor Dad nach Schottland gezogen ist, hat er sich oft über die Telefonrechnung aufgeregt, aber Mum hat bloß gesagt: »Na, mit irgendjemandem muss ich doch reden, oder?«

Sobald es anfängt zu klingeln, lege ich auf. Ich hatte nicht damit gerechnet, dass es so schnell klingelt.

Ich male mir aus, wie die Frau die Daunendecke zurückwirft und aus dem Bett steigt. Wahrscheinlich ist sie jetzt total sauer.

Ich hole tief Luft. Miss Williams hat Damo geraten, tief durchzuatmen, bevor er zuschlägt. Manchmal funktioniert es, aber nicht immer. Ich glaube, es liegt nicht am Atmen, sondern daran, dass sich Damo eben gern prügelt. Er sagt, er will Boxer werden, wenn er mal groß ist. Wenn ihr mich fragt, wird er ein ziemlich guter Boxer.

Ich atme also einmal tief durch, und dann halte ich die Luft an und atme ganz langsam aus, wie Miss Willams es uns gezeigt hat, und bis ich fertig ausgeatmet habe, bin ich auch mit dem Wählen fertig, und es fängt an zu klingeln.

»Was willst du denn noch? Fick dich, du Scheißkerl!«

Das F-Wort ist mit Abstand das schlimmste Schimpfwort, das es gibt. Sully sagt, es gibt eines, das ist noch schlimmer, aber das verrät er Damo und mir erst, wenn wir Teenager sind. Kinder sagen ständig Scheiße, aber es klingt schlimmer, wenn es ein Erwachsener sagt. Ich weiß auch nicht, warum.

»Hier ist Milo McIntyre«, sage ich. »Ist dort Kat?« Ich habe ewig überlegt, wie ich sie nennen soll. Mrs. Kavanagh? Oder Miss? Oder Katherine, wie ihre Mutter sie nennt? Aber dann habe ich beschlossen, sie Kat zu nennen, wie Ed es tut.

Am anderen Ende ist es still, so lange, dass ich schon befürchte, sie hat aufgelegt, also sage ich: »Sind Sie noch dran?«

»Wer ist da?«, fragt sie.

Das habe ich ihr zwar schon gesagt, aber ich sage es trotzdem noch einmal. Vielleicht trägt sie ja ein Hörgerät, wie Mrs. Barber. »HIER IST MILO McINTYRE«, flüstere ich, so laut es geht.

»Wer?«

»Milo McIntyre.« Ich wiederhole es noch ein bisschen lauter. Vielleicht ist sie ja schwerhörig. Alte Leute sind manchmal ein bisschen schwerhörig.

»Weißt du eigentlich, wie spät es ist, junger Mann?«

Wenn Erwachsene einen »junger Mann« nennen, bedeutet das, dass sie verärgert sind. Miss Williams sagt zu Damo ständig »junger Mann«.

Ich sehe auf die Uhr. »Es ist null-eins-zwanzig.« Sully hat mir beigebracht, wie man in der Armee die Uhrzeit angibt. Das klingt viel erwachsener als die normale Zeitansage.

Wieder ist es ziemlich lange still. Ich wette, sie überlegt, was sie als Nächstes sagen soll. Um ihr die Mühe zu ersparen, sage ich: »Ich rufe wegen Faith an. Ich bin ihr Bruder. Na ja, eigentlich bin ich das jetzt nicht mehr, aber ich fühl mich trotzdem noch wie ihr Bruder. Und Faith fühlt sich für mich trotzdem noch so wie meine Schwester an, weil sie sich ja immer noch um mich kümmert. Ich weiß bloß nicht, ob ich sie jetzt meine Halbschwester nennen soll. Wenn Celia ihr Baby bekommt, ist das auch meine Halbschwester. Oder mein Halbbruder, wenn es ein Junge wird.«

Ich weiß nicht, warum ich das über Faith gesagt habe. Es steht nicht auf dem Zettel, auf dem ich mir extra alles aufgeschrieben habe, was ich sagen will, damit ich auch nichts vergesse.

»Grundgütiger, geht's vielleicht ein bisschen langsamer?« Das klingt verärgert.

»Tut mir leid.«

»Milo. So heißt du doch, richtig?«

»Ja.« Das hatten wir doch schon, oder? Mehrmals.

»Und du bist Faiths Bruder, richtig?«

»Ja.« Diesmal sage ich nichts mehr von wegen Halbbruder oder Halbschwester.

»Hör zu, Milo ...«

»Sie klingen wie meine Mum.« Manchmal sagt man Dinge, die man überhaupt nicht sagen wollte. So wie das gerade eben. Das steht auch nicht auf meiner Liste, aber es stimmt. Sie spricht meinen Namen genau wie Mum aus, mit ganz viel »o« am Schluss.

»Ach ja?«

»Ja. Mum war auch aus Irland, genau wie Sie. Aus Galway. Kennen Sie Galway?«

»Äh, ja.«

»Sie hat in Galway gewohnt, und dann ist sie nach London gezogen, und dort hat sie Dad kennengelernt, und nach der Hochzeit haben sie beide eine Weile in Galway gewohnt. Sechs Jahre lang, glaube ich. Und dann haben sie Faith bekommen. Sie war damals achtzehn Monate alt. Dad sagt, Faith war noch ein Baby, als sie sie bekommen haben, aber mit achtzehn Monaten ist man schon eineinhalb. Da ist man eigentlich schon ein Kleinkind, finden Sie nicht?«

»Ähm, ich … Ich schätze … Da habe ich mir noch nie Gedanken darüber gemacht.«

»Haben Sie noch andere Babys weggegeben? Außer Faith, meine ich?« Daran hat noch niemand gedacht, aber Faith könnte jede Menge andere Geschwister haben, von denen sie gar nichts weiß. Oder Halbgeschwister.

Jetzt sagt sie wieder eine Ewigkeit nichts, aber gerade, als ich fragen will, ob sie noch dran ist, sagt sie: »Nein, hab ich nicht. Es war bloß das eine … Bloß Faith.«

»Haben Sie sonst noch Kinder? Welche, die Sie nicht weggegeben haben, meine ich?« Das wären ja dann trotzdem Faiths Halbgeschwister, oder?

»Nein.«

Auf einmal klingt sie todmüde. Ich habe Angst, dass sie gleich »Ich muss jetzt auflegen« sagt, also frage ich: »Meinen Sie, Sie könnten mal zu Besuch kommen? Nach Brighton? Da wohnen wir. Vielleicht wird Faith ja wieder glücklich, wenn sie Sie kennenlernt. Und wenn sie wieder glücklich ist, zwingt mich Dad nicht, nach Schottland zu ziehen, zu ihm und Celia und dem Baby.«

Sie sagt nichts, also rede ich einfach weiter.

»Ich meine, Dad und Celia sind ganz okay, und es ist bestimmt ganz schön, ein neues Geschwisterchen zu haben, aber … Na ja, dann könnte ich Damo und Carla nicht mehr jeden Tag sehen. Und auch nicht mehr in den Rettungsschwimmerkurs gehen.«

Kat hustet, als hätte sie etwas im Hals stecken. »Solche Kurse gibt es in Schottland doch bestimmt auch«, sagt sie.

»Das wäre nicht dasselbe.«

»Ich weiß, was du meinst«, sagt sie, und es klingt, als wüsste sie das wirklich.

»Dann kommen Sie uns also besuchen?«

Sie muss die Luft angehalten haben, weil sie jetzt nämlich ausatmet, so lang und laut, wie ich es noch nie erlebt habe. Ich wette, sie hat eine riesige Lunge und kann mindestens eine Länge unter Wasser schwimmen, ohne Luft zu holen.

»Milo, so einfach ist das alles leider nicht«, sagt sie.

»Warum nicht?«

»Weil – es einfach so ist.«

»Ist es wegen dem Geld?«

»Wie, wegen dem Geld?«

»Na ja, ich weiß, der Flug ist ziemlich teuer, aber ich habe noch fast mein ganzes Erstkommuniongeld, weil ich in Dublin nicht viel ausgegeben habe.«

Die Frau sagt nichts, also rede ich weiter. »Also, wie gesagt, es ist noch ziemlich viel von dem Geld da. Sie könnten es sich von mir borgen und damit ein Flugticket kaufen. Sie müssen auch nicht ins Hotel; bei uns ist genug Platz. Sie können in Mums Zimmer schlafen. Es ist nichts mehr drin, Faith hat es leer geräumt, nachdem sie auf dem Dachboden die Zettel gefunden hat.«

»Was denn für Zettel?«

»Die wegen der Adoption.« Erwachsene sind manchmal echt ganz schön langsam von Begriff.

»Oh.«

»Sie hat sich ziemlich aufgeregt deswegen. Sie wusste nicht, dass sie adoptiert ist. Nicht wie Jessica.«

»Wer ist Jessica?«

»Jessica geht in meine Schule, in die siebte Klasse. Ihre Eltern haben ihr gesagt, dass sie sie adoptiert haben, als sie ein Baby war, und alle wissen Bescheid. Aber Mum hat es Faith nie gesagt, und dann hat es Faith zufällig rausgefunden, als sie Mums Rosenkranz gesucht hat. Deswegen ist sie nach Irland gefahren. Sie wollte mit Ihnen reden, aber Sie hatten ja diese Besprechung.«

»Was denn für eine Besprechung?«

»Weiß ich auch nicht so genau. Ihr Dad hat gesagt, dass Sie auf einer wichtigen Besprechung sind und deshalb nicht zurückrufen können. Glaube ich jedenfalls. Deshalb haben wir Sie ja auch nicht kennengelernt.« Keine Ahnung, warum ich ihr das alles erzähle. Ich gehe im Kopf meinen Zettel durch, um mich zu erinnern, was ich als Nächstes sagen muss.

»Also, jedenfalls können Sie bei uns wohnen. Wenn Sie uns besuchen kommen, meine ich. Und ich könnte kochen. Ich bin schon ganz gut für mein Alter. Mögen Sie Pfannkuchen?«

»Wie bitte?«

»Mögen Sie Pfannkuchen? Mit Bananen und Schokolade gefüllt?«

»Ähm …«

»Nutella geht auch, wenn man keine Schokolade hat.«

»Milo?«

»Man kann die Banane in dünne oder dicke Scheiben schneiden, wie es einem lieber ist. Ich mag richtig große Stücke.«

»Milo?«

»Ja?«

»Ich kann euch nicht besuchen kommen.«

»Sie müssen ja nicht jetzt gleich kommen.«

»Ich – kann einfach nicht.«

»Warum nicht?«

»Ich … Ed geht es nicht so gut, und …«

»Ed? Was hat er denn? Hier haben gerade alle die Grippe. Sully hat sich auch angesteckt, deshalb durfte er noch eine Weile hier bleiben, obwohl er eigentlich längst wieder im Krieg sein müsste. Seine Mum hat sich so gefreut, dass sie gesagt hat, ich darf am Wochenende bei Damo übernachten, dabei ist damit eigentlich Schluss, seit damals der Rauchmelder losgegangen ist.«

»Nein, es ist keine Grippe, Ed hat … Es ist sein Herz. Er muss operiert werden.«

»Hatte er einen Herzinfarkt?« Ich hoffe es nicht. George Pullmans Großvater hatte einen Herzinfarkt, und ist einfach tot umgefallen.

»Nein, sie haben gesagt, es war – ein Schub. So was in der Art. Ed hatte bereits als Baby ein schwaches Herz. Das haben die Ärzte gleich nach der Geburt festgestellt.«

»Als ich neulich da war, hat er aber ganz gesund ausgesehen.«

»Er hat mir erzählt, dass ihr euch gut amüsiert habt.«

»Ed ist echt super im Mario Kart-Fahren. Hammermäßig.«

»Er ist …« Sie hört mitten im Satz auf zu reden, und ich warte ab, dass sie noch etwas sagt, aber es ist wieder still in der Leitung.

»Ed könnte ja mitkommen«, schlage ich vor. »Wenn es ihm besser geht, meine ich. Und dann nehme ich Ed mit zum Rettungsschwimmerkurs. Ich habe ihm davon erzählt, und er meinte, es klingt cool. Er hat gesagt, dass er auch einen Schwimmkurs macht, aber ohne Erste Hilfe. Ich könnte ihm ein paar Griffe zeigen, die ich gelernt habe.«

»Es tut mir leid, Milo …«

»Was?«

»Ich kann nicht kommen. Nicht jetzt.«

»Ich meinte auch nicht jetzt gleich, sondern einfach irgendwann … Später mal.«

»Ich weiß nicht recht … Ich hänge zurzeit ziemlich in der Luft – schon wegen Ed und …«

»Aber irgendwann wird es ihm doch sicher wieder besser gehen, nicht? Und dann könntet ihr uns besuchen kommen. Wenn es ihm wieder gut geht.«

»Ich … Ich weiß es nicht. Er wird operiert. Morgen. Oder eigentlich heute. Ich bin eben erst nach Hause gekommen.«

Erwachsene sagen nur ganz selten, dass sie etwas nicht wissen. Meistens wissen sie alles. Es ist eigenartig, wenn ein Erwachsener »Ich weiß nicht« sagt.

»Sagen Sie Ed schöne Grüße und viel Glück.«

»Es tut mir leid, dass ich – was ich gesagt habe, als ich vorhin rangegangen bin. Ich dachte, es wäre jemand anders dran.«

Ich bin froh, dass ich nicht dieser andere bin. Der kann sich ja echt auf was gefasst machen, wenn er sie das nächste Mal anruft.

»Ich sollte jetzt auflegen«, sagt sie.

»Ich auch. Ich sollte eigentlich längst im Bett liegen und schlafen.«

»Faith weiß nicht, dass du mich angerufen hast?«

»Nö. Wenn sie es wüsste, würde sie mich garantiert einen Kopf kürzer machen.«

»Es tut mir leid«, sagt sie noch einmal. Ich weiß auch nicht, warum.

»Ich hoffe, Ed geht es bald besser, und dann können Sie mit ihm zu Besuch kommen.«

»Milo?«

»Ja?«

Aber sie sagt bloß noch »Gute Nacht«, und dann legt sie auf.

KAPITEL 40

Ich habe jegliches Zeitgefühl verloren. In Krankenhäusern vergeht die Zeit immer unheimlich langsam. Oder sie bleibt überhaupt stehen. Nachts war ich ein paar Stunden zu Hause, weil Mum meinte, ich soll ein bisschen schlafen, aber an Schlaf war nicht zu denken. Keine Ahnung, was ich gemacht habe. Milo hat angerufen, als ich zu Hause war. Er hat über Ed geredet, als wären sie alte Bekannte. Es liegt an Ed. Er hat diese Wirkung auf Menschen.

Inzwischen ist der Morgen angebrochen, und Ed wird operiert. Der Arzt nannte es einen »Eingriff«. Wie harmlos das klingt. Ein Eingriff.

»Hey«, sagt Thomas, der neben mir sitzt. Er streckt den Arm aus und drapiert ihn über der Rückenlehne meines Stuhls. Als er lächelt, bin ich einen Moment lang überzeugt, dass alles wieder gut wird.

Ich stehe auf und fange erneut an, im Warteraum auf und ab zu gehen.

»Wie lange ist er jetzt schon drin?«, frage ich.

»Noch nicht allzu lange«, sagt Thomas. »Mach dir keine Sorgen, Kat. Er wird es schaffen.«

»Woher willst du das wissen?« Er klingt so sicher.

»Ed ist in guten Händen.« Als ich an ihm vorbeikomme, nimmt er meine Hand und reibt sie zwischen seinen Pranken, um sie etwas zu wärmen.

»Deine Hände sind ja eiskalt«, stellt er fest.

»Meine Hände sind immer eiskalt«, sage ich.

»Möchtest du Tee?«

Ich nicke, obwohl ich gar keinen Tee will. Aber die ganze Prozedur – das Besorgen und das Trinken –, all das lässt die Zeit verstreichen.

»Du musst nicht hier bleiben«, sage ich, als er mit dem Tee zurückkommt. »Ich rufe dich an, sobald es vorbei ist. Sobald er die Operation hinter sich hat.«

Thomas schüttelt den Kopf. »Ich bleibe lieber hier.« Ich sage ihm nicht, wie erleichtert ich bin. Wie dankbar.

Wir trinken den Tee.

Meine Eltern sind noch immer in der Kapelle und zünden Kerzen an. Als würde das irgendetwas nützen. Sie sind gestern etwa eine halbe Stunde nach Ed und mir eingetroffen. Als ich den Wagen vor dem Eingang zur Notaufnahme mit quietschenden Reifen anhielt, standen schon mehrere Krankenhausangestellte samt Trage, Sauerstoffmaske und Decken bereit. Sie hatten blaue und grüne Spitalskittel an und sahen aus, als wüssten sie genau, was zu tun sei. Beim Anblick solcher Leute kommen einem unwillkürlich Ausdrücke wie »zuverlässig« und »gewissenhaft« in den Sinn. Ich empfand Erleichterung, als sie Ed mit raschen, geübten Bewegungen von der Rückbank hoben und sehr behutsam auf die Trage legten, die Decken über ihn breiteten und ihm die Sauerstoffmaske auf das Gesicht drückten. Sie traten zurück, lächelten Ed an, lächelten mich an, und ich dachte flüchtig: Alles wird gut. Dann löste jemand die Bremse an der fahrbaren Trage und schob sie davon. Es ging durch einen Korridor, an dessen Ende sich eine Schwingtür öffnete. Die Trage wurde durchgeschoben, und eine Krankenschwester legte mir eine Hand auf den Arm und sagte: »Keine Sorge, Ihr Bruder ist in guten Händen.«

Dann schloss sich die Schwingtür, meine Erleichterung schwand dahin, und übrig blieb nur noch die Angst.

»Alles okay, Kat?«, fragt Thomas.

Ich schüttle den Kopf. »Ich hätte spüren müssen, dass etwas nicht in Ordnung ist. Ich war nicht aufmerksam genug.«

»Du hast ihn hergefahren, so schnell es ging.« Wenn Thomas lächelt, werden seine grauen Augen grün. Er trägt Gummistiefel und eine uralte Wachsjacke. Er hat gerade den Stall ausgemistet, in dem seine Ziege, die zwei Schweine, die drei Hennen, die geschwätzige Gans und das dauerträchtige Schaf untergebracht sind, als ich ihn angerufen habe.

Ich strecke den Arm aus und zupfe ihm einen trockenen Grashalm aus den Haaren. Die Macht der Gewohnheit, schätze ich. Ich reiche ihm den Halm, er nimmt ihn entgegen. Ich sehe mich im Warteraum um, obwohl es nicht viel zu sehen gibt. Nur ein bisschen verblasstes Linoleum und drei harte, nicht zueinander passende Stühle mit Armlehnen.

Wir warten. Meine Eltern kehren aus der Kapelle zurück.

»Gibt es schon etwas Neues?«, will Dad wissen.

Ich schüttle den Kopf. »Noch nicht«, sagt Thomas.

Der Arzt meinte, es sei ein Routineeingriff, aber wir mussten trotzdem einen ganzen Stapel Formulare unterschreiben, auf denen aufgezählt war, was alles schiefgehen konnte. Ellenlange Listen. Der Arzt sprach von »Aufklärung« und »Transparenz«. Ich nenne das »auf Nummer sicher gehen« und »seinen Arsch retten«.

»Tee?«, fragt Mum. Alle nicken, und sie wirkt erleichtert. Weil sie etwas zu tun hat. Weil es hilft, die Zeit zu überbrücken. Die Zeit zwischen dem Anfang und dem Ende der Operation.

Nachdem sie uns mit Tee versorgt hat, verlässt sie den Warteraum, um draußen im Korridor auf und ab zu gehen. Dad postiert sich neben dem Eingang zum OP, so nah es geht, ohne dem Personal im Weg zu stehen.

Thomas und ich bleiben, wo wir sind.

Wir reden nicht viel. In Anbetracht der Umstände sollte es sich wohl seltsam anfühlen, dass er hier ist, auf dem unbequemen Stuhl neben dem meinen hockt, aber das tut es nicht. Im Gegenteil. Es ist beruhigend. Tröstlich. Wie die Glut eines Kaminfeuers an einem eisigen Novembertag. Es kommt mir fast so vor, als könnte nichts Schlimmes passieren, solange Thomas da ist. Als könnte Ed nichts zustoßen.

Irgendwie vergeht die Zeit doch. Ich weiß nicht, ob es lange dauert oder nicht. Ich denke an nichts Besonderes. Vermutlich an Ed, aber beschwören könnte ich es nicht.

Man könnte meinen, Thomas schläft, so still, wie er dasitzt. Er ist zu einer Reglosigkeit fähig, wie ich es selten erlebt habe, vor allem nicht bei Menschen, die so lang sind wie er. Die Beine hat er weit von sich gestreckt, sodass sie für jeden, der den Warteraum betritt, ein Hindernis, mehr noch, eine Stolperfalle darstellen. Ich bin früher selbst einige Male über seine Stelzen gestolpert und musste ihn schließlich dazu auffordern, seine Quadratlatschen gefälligst »platzsparend zu parken«, damit er nicht ständig das halbe Wohnzimmer damit blockierte.

Etwas später holt mir Thomas einen Kaffee – nicht vom

Automaten, sondern vom Feinkostladen an der Ecke. Ein koffeinfreier Cappuccino mit fettarmer Milch, eineinhalb Tütchen Demerara-Zucker und einem Hauch Kakaopulver auf dem Milchschaum. Er ist perfekt. Definitiv das Beste, was mir den ganzen Tag widerfahren ist. Vielleicht sogar die ganze Woche.

Aber das behalte ich für mich. »Danke«, sage ich.

In diesem Teil des Krankenhauses herrscht Ruhe – eine Ruhe, die irgendwie unnatürlich wirkt. Als würde die Welt in Erwartung schlechter Neuigkeiten – oder auch guter – den Atem anhalten.

Ich ziehe in Erwägung, zu verhandeln. Mit wem, kann ich nicht genau sagen. Lächerlich, denke ich noch, und tue es dann trotzdem.

»Wenn Ed wieder auf die Beine kommt, verzichte ich einen Monat auf Alkohol.«

Nichts.

»Also gut, zwei Monate.«

»Okay, drei.«

»Ach, verdammt, was soll's. Ich werde ein Jahr lang keinen Tropfen anrühren. Ich werde eine – wie heißt das noch gleich – eine Abstinenzlerin. Ein ganzes Jahr lang. Zwölf Monate. Vorausgesetzt, Ed geht es wieder gut. Aber er muss wirklich wieder hundertprozentig fit sein, sonst ist der Deal geplatzt.«

Thomas sieht mich an. »Was hast du gesagt?«

»Nichts.«

»Doch. Du hast etwas gesagt.«

»Nein, hab ich nicht.«

»Hast du doch. Du hast was von einem Deal gemurmelt.«

»Hab ich nicht.«

Wir verfallen erneut in Schweigen.

Dann lugt plötzlich ein Kopf um die Ecke, und ich fahre zusammen. Nicht, weil es ein besonders hässlicher Kopf wäre. Es ist ein vollkommen normaler, runder Kopf mit Brille und Sorgenfalten an den Stellen, an denen sich Brille und Sorgenfalten für gewöhnlich befinden. Aber es sieht fast so aus, als wäre er ohne Körper unterwegs, dieser Kopf.

»Katherine? Katherine Kavanagh?«

»Ja?«

»Ich bin Dr. Collins, der Kardiologe. Ich habe gerade mit Ihren Eltern gesprochen. Sie sind jetzt bei Edward drin. Sie haben mich gebeten, Ihnen Bescheid zu geben.«

»Er ist aus dem OP raus?« Ich stehe so rasch auf, dass der Stuhl nach hinten kippt. Thomas erhebt sich ebenfalls und legt mir eine Hand auf die Schultern. »Ganz ruhig«, sagt er, in demselben Tonfall, in dem er auch mit seiner Ziege redet, wenn die Gans sie mal wieder auf die Palme gebracht hat und sie sich auf einen ihrer Sonnenblumen-Vernichtungsfeldzüge begibt.

Ich bedecke das Gesicht mit beiden Händen. Meine Fingerspitzen sind kalt, obwohl im Warteraum eine stickige Hitze herrscht.

»Wie geht es ihm?«, frage ich. Thomas gesellt sich zu uns.

»Edward litt an einer akuten Arrhythmie, die höchstwahrscheinlich auf sein angeborenes Herzleiden zurückzuführen war. Zweifellos war das der Grund für seinen Kollaps und die Bewusstlosigkeit.«

»Wie geht es ihm?«, wiederhole ich. »Ist er über den Berg?«

»Wir haben bei dem Eingriff durch die Beinvene und

die Herzkranzgefäße einen Katheter ins Herz eingeführt und konnten mit einem Patch das Loch in der Herzscheidewand verschließen, das offenbar …«

Ich betrachte das Gesicht des Mannes, kann aus seiner Miene jedoch keine Schlüsse ziehen. Es ist das emotionsloseste Gesicht, das ich je gesehen habe. »Herrgott noch mal, sagen Sie mir einfach, wie es ihm geht!«

Er nickt und gestattet sich ein flüchtiges Lächeln. Wie es scheint, ist er an den Umgang mit unfreundlichen Menschen gewöhnt. »Aufgrund der ausgeprägten Arrhythmie hielten wir es für angebracht, Ed einen Herzschrittmacher einzusetzen, aber das ist nur eine vorbeugende Maßnahme. Im Großen und Ganzen ist der Eingriff gut verlaufen. Es gab keine Komplikationen, und …«

Ich starre auf Dr. Collins' Mund, der sich weiterbewegt, weil er immer noch redet, aber ich höre ihm nicht mehr zu.

»Gut«, hat er gesagt. »Der Eingriff ist gut verlaufen.«

Mich überkommt ein äußerst merkwürdiges Gefühl. Mir ist, als hätte die Welt aufgehört, sich zu drehen. Als würde alles innehalten, als wäre alles still. Mir wird bewusst, wie lächerlich das Leben ist. »Gesundheit« zu sagen, wenn jemand niest. Sich eine Schlange als Haustier zu halten. Haarschmuck mit Federn. Pseudonyme für Krimischriftsteller. Krimis.

»OmeinGottOmeinGottOJesusOmeinGott.«

»Sie sollte sich hinsetzen. Machen Sie ein Fenster auf. Kat?« Das könnte Thomas sein. Die Stimme dringt leise und gedämpft an mein Ohr.

»Gut«, hat der Arzt gesagt. »Der Eingriff ist gut verlaufen.«

Mir ist, als wäre ich George Bailey in *Ist das Leben nicht schön*, nachdem mir Clarence gezeigt hat, wie das

Leben ohne Ed wäre, und schon der bloße Gedanke schnürt mir die Luft ab.

»Das sieht mir ganz nach einer Panikattacke aus.« Das war Dr. Collins. Er klingt leicht desinteressiert. Ich wäre beleidigt, wenn mir nicht gerade so – merkwürdig zumute wäre.

»Kat?« Das ist wieder Thomas. Ich will etwas sagen. Es gibt Dinge, die ich sagen muss. Zwei Hände landen schwer auf meinen Schultern, drücken mich auf einen Stuhl. Dann vernehme ich ein lautes Klatschen, und plötzlich strömt köstliche kalte Luft durch meinen Mund in meine Kehle, wie Wasser von einem Berg, nachdem es getaut hat. Ich sauge sie gierig ein, atme aus, sauge sie wieder ein. Was für ein großartiges Gefühl, am Leben zu sein. Das ist mir bislang noch nie aufgefallen. Wie großartig es ist. Erst nach ein paar Atemzügen wird mir klar, dass mir Thomas eine schallende Ohrfeige verpasst hat.

Er leugnet es. »Es war bloß ein kleiner Klaps«, behauptet er, aber meine glühende, pochende Wange liefert den Gegenbeweis.

Dr. Collins macht Thomas darauf aufmerksam, dass man Menschen nicht ohrfeigen soll, wenn sie eine Panikattacke erleiden.

Tja, dieser kostenlose ärztliche Rat kommt reichlich spät. Tatsache ist, es hat funktioniert.

Ich habe aufgehört zu hyperventilieren.

Dafür weine ich jetzt. Und zwar nicht leise und diskret, wie es sich in der Öffentlichkeit gehören würde, nein, ich heule wie ein Schlosshund, und ich kann gar nicht mehr aufhören. Minnie sagt, ich gehöre nicht zu den Frauen, die beim Weinen apart aussehen, und sie hat völlig recht. Meine Wimperntusche verschmiert, meine Nase läuft, meine

Wangen werden fleckig, die Augenlider rot und geschwollen. Es ist weiß Gott kein schöner Anblick. Und das in der Öffentlichkeit, vor Thomas und Dr. Collins.

Thomas nimmt mich in die Arme und murmelt: »Ganz ruhig, Kat – Ed geht es gut. Der Eingriff war erfolgreich. Der Arzt sagt, er wird wieder gesund.«

Seine Worte haben keinerlei Einfluss auf mich. Es ist, als wäre ich auf einen Schlag wieder fünfzehn. Als stünde ich in einer Umkleidekabine von O'Connor's Jeans, nachdem Minnie mir gerade offenbart hat, was Sache ist, aber statt bloß stumm dazustehen, weine ich. Ich flenne. Ich heule. »Ich muss dann leider gehen«, murmelt Dr. Collins.

Da weder Thomas noch ich reagieren, verzieht er sich.

Ich werde derart von Weinkrämpfen geschüttelt, dass ich kaum noch Luft bekomme. Gut möglich, dass ich gleich ersticke, aber das ist nicht so schlimm, schließlich befinde ich mich ja in einem Krankenhaus. Wenn man schon einen Erstickungsanfall erleidet, dann doch idealerweise in einem Krankenhaus.

Erst nach einer ganzen Weile bemerke ich, dass ich mich an Thomas klammere wie ein Affenbaby an seine Mutter. Die eine Seite seines Hemds ist komplett von meinen Tränen durchnässt. Später werde ich zudem feststellen, dass ich eine kreisförmige Delle auf der Stirn habe – vermutlich von dem großen Holzknopf, der den Aufschlag seiner Jacke ziert. Zugegeben, mit Holzknöpfen versehene Jackenaufschläge sind eine Seltenheit, aber Thomas hasst Verschwendung und besteht beim Kleiderkauf deshalb hartnäckig darauf, Ladenhüter zu erstehen. »Die Überbleibsel«, wie er sie nennt. Die muss doch auch jemand kaufen, findet er. »Aber warum ausgerechnet du?«, habe ich ihn oft gefragt.

Ebenso abrupt, wie ich angefangen habe, höre ich wieder auf zu weinen. Thomas, die gute Seele, wirkt etwas benommen, und ich kann es ihm nicht verdenken; schließlich hat er meine Verwandlung in eine schwarz-rot gemusterte Triefnase noch nie miterlebt. Tja, einmal ist immer das erste Mal. Während ich noch auf der Suche nach einem Taschentuch vergebens meine Kleidung abtaste, zückt Thomas bereits ein riesiges Stück Stoff, von dem ich hoffe, dass es sich um ein sauberes Taschentuch handelt, denn er wischt mir ohne Vorwarnung damit die Tränen von den Wangen. Wenn er die Finger spreizt, kann er mit einer Hand mein gesamtes Gesicht verdecken. Daran erinnere ich mich.

Ich strecke den Arm aus und lege die Hand auf seine Wange, einfach so. Würde ich die Geste in einem Roman beschreiben, ich würde sie wohl mit dem Attribut »zärtlich« versehen. Ich kann es selbst nicht fassen. Und statt sogleich wie von der Tarantel gebissen zurückzuzucken, lasse ich meine Finger, wo sie sind. Ich sitze da, in diesem kahlen Wartezimmer, und schmiege die Hand an Thomas' Wange, als wäre das etwas völlig Normales. Keine große Sache.

Seine Bartstoppeln kratzen, und alles an seinem Gesicht ist mir so vertraut – die Wangenknochen, die Falten in den Augenwinkeln, die buschigen, dunklen Augenbrauen und der Mund, über den ich eine ganze Menge sagen könnte.

Thomas scheint ebenso geschockt zu sein wie ich selbst, denn er starrt mich an, als hätte er keine Ahnung, wer ich bin. Ich beschließe, die Hand sinken zu lassen und es einfach zu übergehen. So zu tun, als wäre es nie geschehen. Ich muss schnell irgendetwas sagen. Ein Ablenkungsmanöver.

Ich lasse also die Hand sinken, doch das, was ich nun sage, ist nicht das, was ich hatte sagen wollen.

»Ich weine nicht wegen Ed«, fange ich an. Es dauert ungefähr eine Minute, bis ich die Worte ausgesprochen habe, weil ich zwar aufgehört habe zu weinen, meine Stimme und mein Körper aber noch zittern und schwanken.

Thomas nickt und wartet ab.

»Ich habe alles ruiniert.«

Thomas nickt erneut. Hmpf.

»Nach dem Unfall, da – habe ich die Nerven verloren. Du hast ständig davon geredet, dass du heiraten und ein Kind haben willst …«

»Ich wusste nicht, dass …«

»Sag nichts, Thomas, bitte. Lass mich …«

Er nickt.

»Ich habe mich nie bei dir entschuldigt, und deshalb … Es tut mir leid. Sehr sogar. Es tut mir furchtbar leid. Entschuldige. Ich habe alles ruiniert, und zwar gründlich.«

Thomas schweigt.

»Und das damals mit Nicolas … Das war bloß … Das hatte nichts zu bedeuten. Es war dämlich. Ich meine, er kann noch nicht mal ordentlich küssen. Er hat eine fürchterlich lange Zunge, und …«

»Spar dir die Details, Kat«, sagt Thomas.

Ich sehe ihn an in der Hoffnung, dass er lächelt, aber er tut es nicht.

»Und ich versuche nicht, das zu zerstören, was du mit Sarah hast. Ich bin froh, dass du glücklich bist. Du hast es verdient. Du bist ein herzensguter Mensch. Ich war …«

Thomas beugt sich gespannt nach vorn. »Ja?«

»Ich schätze, ich war mit dir überfordert.«

Er lehnt sich wieder zurück. »Verstehe«, sagt er.

»Du hast mich so glücklich gemacht.«

»Ach ja?«, fragt er, als könnte er das nicht glauben.

»Ja.« Ich nicke. »Und ich hätte dich niemals genauso glücklich machen können. Ich bin dazu schlicht und ergreifend nicht in der Lage.«

Thomas betrachtet mich so eingehend, wie jemand, der sich verlaufen hat, einen Stadtplan studiert. »Und was soll das jetzt heißen?«

»Dass es mir leidtut. Alles.«

Thomas schüttelt den Kopf. »Wirklich ein Jammer, dass du ein so fürchterlich komplizierter Mensch bist.«

»Finde ich auch.«

»Und was ist jetzt mit Faith?«

Ich schüttle den Kopf. »Keine Ahnung. Das hab ich wohl auch vermasselt.«

»Hat Faith das gesagt, oder bist du selbst zu diesem Schluss gekommen?«

»Ihr Bruder hat mich angerufen. Ihr kleiner Bruder, Milo.«

»Und, was hast du zu ihm gesagt?«

»Ich war ziemlich kurz angebunden.«

»Wenn er dich erst besser kennt, wird er feststellen, dass du das immer bist.«

»Das glaube ich nicht, Thomas. Ich glaube nicht, dass er mich je besser kennenlernen wird.«

»Warum nicht?«

»Es kann nicht gutgehen.«

»Woher willst du das wissen?«

»Ich habe keine Ahnung, wie ich es anstellen soll. Ich habe zu lange gewartet.«

»Solltest du diese Entscheidung nicht lieber Faith überlassen?« Sein Tonfall ist so bissig wie ein Bullterrier. Gut möglich, dass er auf etwas anderes anspielt. Mir fiele da so einiges ein.

Er steht auf und streicht seine Kleider glatt, ein ziemlich sinnloses Unterfangen. »Und, was wird jetzt aus uns beiden? Freunde?« scherzt er.

Ich schüttle den Kopf. »Ausgeschlossen. Ich könnte niemals mit dir befreundet sein.«

»Na, vielen Dank auch.«

»Nein, ich meine …« Herrje, ehrlich zu sein ist gar nicht einfach. Und anstrengend obendrein. Möchte mal wissen, wie Ed das anstellt.

»Was?«

»Ich kann nicht mit dir befreundet sein, weil – ich immer auf mehr hoffen würde. Und ich müsste ständig an *Grey's Anatomy* denken.«

So. Jetzt ist es heraus. So schlimm war es eigentlich gar nicht, und Thomas wirkt kein bisschen überrascht. Dreist wie eh und je.

Er grinst. »Oh, ja, das war ziemlich heiß.«

Ich nicke.

Er wendet sich zum Gehen, bleibt dann aber stehen und öffnet den Mund, als wollte er noch etwas sagen. Einen flüchtigen Moment wird mir leicht ums Herz, wohl aus der Hoffnung heraus, dass seine Worte alles ändern werden, aber er sagt bloß: »Du hältst mich doch auf dem Laufenden, was Ed angeht?«

Ich schlucke meine Enttäuschung hinunter. Sie schmeckt sauer, wie unreife Stachelbeeren. »Natürlich.« Ich bezweifle allerdings, dass ich noch einmal in der Lage sein werde, mit Thomas zu reden. Nicht nach allem, was geschehen ist. Nicht, wenn unsere Beziehung in Scherben liegt und ich diejenige bin, die sie kaputt gemacht hat. Ich werde Dad bitten, ihn anzurufen.

Thomas duckt sich unter dem Türrahmen durch, dreht sich noch einmal zu mir um und sagt: »Pass auf dich auf, Kat.« Das ist der Abschied, aber ich sage nicht: »Leb wohl«. Die Worte haben sich in meiner Kehle verkeilt wie eine Fischgräte. Stattdessen versuche ich zu lächeln. Er nickt ein letztes Mal und geht, und ich sehe ihm nach, bis er um die Ecke biegt.

Dann ist er weg, und ich kann endlich mal den Ausdruck »großmütig« verwenden. Genau so komme ich mir nämlich gerade vor. Großmütig. Zum ersten Mal in meinem Leben.

Es fühlt sich nicht so toll an, wie ich dachte.

Und ich darf mir noch nicht einmal einen Drink genehmigen. Ein ganzes verdammtes Jahr ohne Alkohol.

KAPITEL 41

Ich hatte recht, was den Weihnachtsbaum angeht – Dad hat ihn zu früh gekauft, und jetzt fängt er bereits an zu stinken. Der Geruch erinnert mich ein bisschen an Mrs. Barbers Parfüm. Die Flasche ist so alt, dass die Schrift und das Bild auf dem Etikett schon verblasst sind. Inzwischen ist es nur noch eine ganz gewöhnliche Flasche, die mal weiß war, und um den Verschluss herum hat sich eine gelbe Kruste gebildet. »Verschwendung ist beinahe so schlimm wie ein Diebstahl«, sagt Mrs. Barber. Vielleicht wirft sie die Flasche deshalb nicht weg.

Mein Schwimmkurs fällt aus, solange wir Weihnachtsferien haben. Das ist das Einzige, was mich an den Ferien stört. Damo ist mit seiner Mum in die Stadt gefahren. Sie sehen sich die Weihnachtsbeleuchtung an, und dann gehen sie zu McDonald's. Die Weihnachtsbeleuchtung ist Damo ziemlich egal, aber er steht auf McDonald's. Er hat gesagt, er will ein Chickenburger Meal und dazu einen Chickenburger extra, und seine Mum hat ihn einen Gierschlund genannt, aber er kriegt trotzdem, was er will. Weil Weihnachten ist, hat seine Mum gesagt; dabei kriegt er es auch sonst, wenn nicht Weihnachten ist.

Nachdem ich allen erzählt habe, dass ich nicht mehr an den Weihnachtsmann glaube, bin ich mal gespannt, ob an Weihnachten trotzdem Geschenke unter dem Baum liegen werden. Vielleicht hätte ich lieber erst nach Weihnachten sagen sollen, dass ich nicht mehr an den Weihnachtsmann glaube. Na ja, ich hoffe mal, ich kriege zumindest ein Geburtstagsgeschenk.

Ich weiß nicht, ob Ant und Adrian über Weihnachten nach Brighton kommen. Ich habe ihre Handynummern nicht, und als ich Faith letzte Woche gefragt habe, wusste sie es noch nicht, und ich will sie nicht noch einmal fragen.

Die einzigen Geschenke unter dem Baum sind die, die ich druntergelegt habe. Ich bin nicht besonders gut im Einpacken, deshalb habe ich im Ein-Pfund-Laden Geschenketüten gekauft. Die sind echt praktisch. Der Nachteil ist allerdings, dass man gleich sieht, was drin ist. Ich glaube nicht, dass Faith schon in ihre Tüte geschaut hat, deshalb weiß sie vermutlich noch nicht, dass sie von mir einen Leprechaun-Schlüsselanhänger bekommt. Ich habe ihn in Dublin am Flughafen gekauft, während sie auf dem Klo war. Wenn man den Leprechaun schüttelt, leuchten seine Augen grün. Ich dachte mir, so einen Schlüsselanhänger kann sie bestimmt gut brauchen. Damit wird sie nie mehr die Hausschlüssel oder die Schlüssel fürs Café verlegen. Ich habe auch Pralinen für sie besorgt, weil Mum immer gesagt hat, wenn man eine Frau aufmuntern will, schenkt man ihr am besten Schokolade und macht ihr eine Tasse Tee.

Ich gehe in die Küche. Faith sitzt am Tisch und macht die Buchhaltung. »Möchtest du eine Tasse Tee?«, frage ich sie.

Sie hält einen Zettel in die Höhe und fragt: »Was ist das für eine Telefonnummer?«

»Weiß ich nicht.«

»Milo?« Das bedeutet, dass ich die Frage noch mal beantworten soll, und zwar diesmal anders.

»Ich weiß es nicht.«

Faith drückt mir den Zettel in die Hand. »Das ist eine Nummer in Irland. In Dublin. Ich habe dort nicht angerufen, also musst du es gewesen sein.«

Ich versuche, mir irgendeine Erklärung aus den Fingern zu saugen, aber mir fällt keine ein, also sage ich nichts.

Faith deutet auf den Zettel, den sie mir gegeben hat. »Der Anruf war mitten in der Nacht. Um zwanzig nach eins.« Faith sieht mich an und reibt sich die Augen und streicht sich die Haare aus dem Gesicht. Ihre Haare müssten mal wieder gebürstet werden. Und gewaschen auch, wenn ich ehrlich sein soll. Mum würde ihre Frisur ein Vogelnest nennen.

Ich überlege mir eine Erklärung und mache den Mund auf, und da sagt Faith: »Und komm mir nicht mit irgendwelchen Lügengeschichten, weil ich die nämlich durchschauen werde.«

Ich mache den Mund wieder zu.

»Milo?«

»Ich hab sie angerufen.«

»Wen?«

»Du weißt schon.«

»Nein. Wen?«

»Ich habe sie gefragt, ob sie uns besuchen kommt.«

»Herrgott noch mal, Milo, was hast du dir dabei gedacht?«

»Sie hat gesagt, sie …«

»NEIN. Ich will nicht wissen, was sie gesagt hat. Es interessiert mich nicht. Du hättest sie nicht anrufen dürfen.«

Ich gucke Faith an. Ihre fettigen, zotteligen Haare. Früher hatte sie nie fettige, zottelige Haare. Auf dem Küchenboden sind überall Krümel, und in der Spüle und auf der Anrichte stapeln sich schmutzige Teller und Tassen und Messer und Gabeln. Auf einem der Teller klebt noch ein Rest Rührei, von gestern, glaube ich. Der geht in der Spülmaschine garantiert nicht weg. Den muss man vorher von Hand runterschrubben, und das kann dauern. Ich denke an den Weihnachtsbaum, der schon die Äste hängen lässt und schlimmer müffelt als Mrs. Barbers uraltes Parfüm, und daran, dass es draußen schon fast wieder dunkel ist, obwohl wir gerade mal drei Uhr nachmittags haben.

»Milo? Was ist denn?«, fragt Faith. Es klingt, als wäre sie ganz woanders als ich, weit, weit weg. Vielleicht, weil ich mir die Augen und die Ohren zuhalte.

»Milo?«

Ich schüttle den Kopf, aber ich glaube, ich kann nicht mehr länger den Mund halten. In mir brodelt es, wie in einem Vulkan oder so. Erst neulich haben wir in der Schule den Ätna durchgenommen. Miss Williams hat gesagt, der Ätna ist einer der aktivsten Vulkane auf der Welt.

»Milo? Nicht doch, Milo. Entschuldige. Ich hätte dich nicht anschreien sollen.«

Jetzt heule ich. Wie ein Mädchen. Allerdings nicht wie Carla. Carla heult nie, nicht einmal dann, wenn sie von den anderen Mädchen aufgezogen wird, weil sie sich wie ein Junge benimmt. Die anderen Mädchen wollen sie nicht mehr auf ihren Geburtstagspartys haben, auf denen sie sich schminken und sich die Haare mit einem Gerät eindrehen, das »Lockenstab« heißt. Das würde Carla sowieso keinen Spaß machen, sagen sie. Ich glaube auch nicht, dass Carla das Spaß machen würde, aber man kann nie wissen, oder? Bei Mädchen kann man echt nie wissen.

Ich kann gar nicht mehr aufhören zu heulen. Ich drücke mir die Finger quer auf die Augen, aber es nützt nichts. ich heule und heule, wie ein Baby. Wenn Damo jetzt hier wäre, würde er mir den Arm umdrehen und mich einen Schwuli nennen. Das ist so ziemlich das Schlimmste, was es gibt, sagt er.

»Bitte, Milo, hör auf. Es ist nicht deine Aufgabe, alles wieder in Ordnung zu bringen. Das ist mein Job, und ich weiß, ich bin total unfähig.«

Ich kann nicht reden, weil ich noch immer heule, aber wenn ich könnte, würde ich sagen: »Nein, du bist nicht total unfähig.«

Faith zieht mich am Arm quer durch die Küche und drückt mich auf das Sofa. Sie hält kurz meine Hand, dann lässt sie sie los.

»Mum würde mich total zur Schnecke machen, wenn sie jetzt da wäre.«

Da muss ich noch mehr heulen, obwohl ich versuche, mich zusammenzureißen. Ich glaube, ich wusste schon die ganze Zeit, dass Mum nicht zurückkommt. Nie mehr. Natürlich weiß ich das, schließlich bin ich fast zehn. In drei Tagen habe ich Geburtstag, und da werde ich zehn und kann an einem Tag Weihnachtskuchen und Geburtstagskuchen essen, wenn mir danach ist. Als Kind dachte ich immer, dass ich in Geschenkpapier eingewickelt war, als mich Mum bekommen hat, weil sie oft erzählt hat, ich war das schönste Weihnachtsgeschenk, das sie je gekriegt hat. Natürlich weiß ich es inzwischen besser. Wenn man fast zehn ist, weiß man schon viel mehr. Ich weiß, dass Mum Faith nicht zur Schnecke machen würde – und zwar nicht deshalb, weil das ganz einfach nicht ihre Art ist, sondern weil sie nicht wieder nach Hause kommt. Nie wieder. Ich werde sie nie wieder sehen. Mrs. Appleby hat gesagt, ich kann Mum sehen, wenn ich die Augen zumache. In meinem Kopf. Meistens klappt das auch, aber nicht immer, und das macht mir Angst. Was ist, wenn sie irgendwann auch aus meinem Kopf verschwindet? Ich will nicht, dass sie verschwindet, aber ich weiß nicht, was ich dagegen machen soll.

Wie auch immer, wenn Mum jetzt da wäre, dann wäre alles anders. Ganz sicher. Erstens würde ich nicht heulen. Bestimmt nicht. Und Faith hätte keine Ahnung, dass ihre richtige Mum nicht Mum ist, sondern eine Frau in Irland, die Kat heißt und keine Mutter sein will, obwohl sie eine ist.

Und der Fußboden wär nicht ständig voller Krümel, und auf den Tellern würden keine Rühreireste kleben, und im Wohnzimmer würde drei Tage vor Weihnachten kein stinkender Weihnachtsbaum mit hängenden Ästen stehen, und Faith hätte keine fettigen, zotteligen Haare, sondern saubere, glänzende Haare, und sie würde nicht die ganze Zeit zu Hause hocken und überall dreckiges Geschirr rumstehen lassen, und wenn Rob anruft, müsste ich nicht ständig statt ihr rangehen und sagen, dass Faith unter der Dusche ist.

»Mum würde dich nicht zur Schnecke machen«, sage ich und höre auf zu weinen.

Faith setzt sich neben mich auf die Couch. »Ich weiß«, sagt sie, und dann fängt sie an zu weinen. Wir sind wie ein Staffellauf-Team: Kaum habe ich aufgehört, fängt sie an. Ich überlege mir, was ich zu ihr sagen könnte, damit sie wieder aufhört. Jetzt ist sie es, die weint, als könnte sie nie wieder aufhören, und ich bin ganz froh, dass ich ihr Gesicht nicht sehen kann, weil es hinter ihren fettigen, zotteligen Haaren versteckt ist. Ich glaube, wenn ich es sehen könnte, müsste ich auch gleich wieder anfangen zu weinen, und ich hasse Weinen, weil man davon Kopfweh bekommt und sich ganz ausgetrocknet fühlt, weil der Körper so viel Wasser verliert. Ich stehe auf und hole die Küchenrolle, damit sich Faith die Nase putzen kann, wenn sie aufhört.

Sie schnieft noch ein paar Mal und nimmt die Küchenrolle, die ich ihr hinhalte. »Eigentlich sollte ich dich trösten, und nicht du mich«, sagt sie.

»Schon okay«, sage ich.

»Nein, ist es nicht«, sagt sie. »Du hast zuerst geweint, und du hast weiß Gott jedes Recht dazu.«

»Jetzt geht's mir besser. Ich bin nicht mehr traurig.«

Sie guckt mich an, als wäre ich eines von diesen komischen Kreuzworträtseln, die Mum so gerne gemacht hat. Faith hat immer behauptet, dafür ist sie nicht klug genug, aber Mum meinte, das stimmt nicht. Faith ist bloß zu ungeduldig, hat sie gesagt.

»Was ist dein Geheimnis, Milo?«, fragt Faith.

»Welches denn?«, frage ich, als hätte ich eine Menge Geheimnisse, dabei habe ich bloß eines, nämlich, dass Carlas Dad seinen Job verloren hat, weil der Laden, in dem er gearbeitet hat, geschlossen wurde. Aber das weiß keiner außer mir, und ich habe es niemandem verraten. Ich musste Carla versprechen, dass ich es nicht weitererzähle, nicht einmal Damo. Als würde ich Damo so was erzählen. Der würde es doch gleich seiner Großmutter auf die Nase binden, wenn er noch eine hätte.

»Mum hatte recht, was dich angeht«, sagt Faith.

»Wieso? Was hat sie denn über mich gesagt?«, frage ich.

»Dass du Balsam für die Seele bist.«

»Ist das etwas Gutes?«

»Allerdings. Irgendwie schaffst du es immer, einen aufzumuntern.«

»Stimmt ja gar nicht.«

»Oh doch.«

»Bei dir hab ich es nicht geschafft.«

Da beugt sie sich auf einmal zu mir rüber und umarmt mich. Es geht so schnell, dass ich mich gar nicht wehren kann. Faith gehört nicht zu den Leuten, die ständig jemanden umarmen, deshalb dauert es nicht allzu lange. Nicht so lang wie bei Mum. Wenn Mum beschlossen hatte, jemanden zu umarmen, hat sie so bald nicht losgelassen.

Okay, Faiths Umarmung dauert doch länger, als ich dachte. Und obwohl sie nach Zigarettenrauch riecht und fettige Haare hat, fühlt es sich eigentlich ganz schön an. Ich kenne niemanden, der sich so weich anfühlt wie Faith. Es ist fast so, wie wenn man von einem Marshmallow umarmt wird.

Als sie mich schließlich loslässt, sagt sie: »Es ist nicht deine Aufgabe, mich aufzumuntern, Milo. Vielmehr sollte ich dich aufmuntern.«

»So traurig bin ich eigentlich gar nicht mehr«, sage ich.

»Na ja, aber ein bisschen schon noch, oder? Das ist normal, weißt du. Es ist nicht schlimm, ein bisschen traurig zu sein.«

Ich sage nichts über die Krümel und das Rührei und den Weihnachtsbaum und die Dunkelheit, obwohl es erst drei Uhr nachmittags ist. Ich sage gar nichts. Ich nicke nur, und Faith nickt auch, als würde sie mir hundertprozentig recht geben. Die Tür zum Wohnzimmer ist offen, und man sieht den Weihnachtsbaum von hier. Faith betrachtet ihn, ganz lange, als hätte sie erst jetzt die hängenden Zweige und die Nadeln auf dem Boden bemerkt.

»Mrs. Appleby meint, es kann sein, dass man an Weihnachten ein bisschen trauriger ist als sonst«, sage ich.

Faith sagt eine Weile nichts. Sie guckt mich an, aber ich merke, dass sie an etwas ganz anderes denkt. Wie es aussieht, denkt sie an Weihnachten, denn auf einmal sagt sie aus heiterem Himmel: »Weihnachten!«

Ich nicke. »Ja, in drei Tagen ist Weihnachten. Hast du das etwa vergessen?«

»Irgendwie schon, ja.« Ich weiß nicht, wie man etwas irgendwie vergessen kann. Vor allem Weihnachten. Ich hoffe, sie hat nicht auch meinen Geburtstag irgendwie vergessen.

»Ich regle das«, sagt sie, als wäre Weihnachten bloß ein Leck in einem Rohr, das sie noch schnell reparieren muss.

KAPITEL 42

Irgendetwas ist anders in den Tagen nach Eds Operation – Eds erfolgreicher Operation. Irgendetwas fühlt sich anders an.

Vielleicht bin ja ich es, die sich verändert hat.

Ich habe komische Gedanken.

Nicht »zum Lachen« komisch, sondern komisch im Sinne von eigenartig.

Zum Beispiel, als Brona anruft, um sich nach Ed zu erkundigen. Ich erzähle ihr, wie es ihm geht, und sie sagt, sie ist froh, dass der Eingriff gut verlaufen ist, und dann sagt sie, ich würde so glücklich klingen. So glücklich hätte sie mich ja noch nie erlebt. Das liegt daran, dass ich noch nie so glücklich war, sage ich.

Ich kann es nur schwer erklären, aber ich versuche es trotzdem. Mir ist, als sei ich noch einmal mit heiler Haut davongekommen. Als hätte man mich zum Tode verurteilt, und dann hat ein Rechtsanwalt wie in einem Roman von John Grisham irgendeinen obskuren Präzedenzfall ausgegraben und dafür gesorgt, dass ich dem Todestrakt den Rücken kehren, einfach aus dem Gefängnis rausspazieren und in einen dieser Greyhound-Busse steigen kann, mit denen in Amerika jeder rumgondelt. Genau so fühle ich mich, so bizarr das auch klingen mag. Und das Bizarrste ist, dass ich all diese schrägen Gedanken, die mir ständig im Kopf herumspuken, nicht für mich behalte, nein, ich rede auch noch mit Brona darüber.

Sie versucht, nicht allzu viel Aufhebens darum zu machen, ist aber merklich geschockt. Und statt ihr eine Gelegenheit zu geben, mein Gelaber über Glück und John Grisham und obskure Präzedenzfälle und Greyhound-Busse zu verdauen, setze ich gleich noch eins drauf und gestehe ihr, dass ich seit Monaten nichts geschrieben habe. Nicht einen Absatz, nicht eine Zeile, nicht ein Wort.

Brona schweigt eine Weile, dann sagt sie: »Verstehe.« Was verdammt anständig von ihr ist in Anbetracht der Umstände. Nach all den Lügen, die ich ihr aufgetischt habe. Ich kann nicht einmal behaupten, es wären fromme Lügen oder Halbwahrheiten gewesen – es waren fette, fiese Lügen, punktum.

Ich rufe Minnie an. »Ich bin nicht ich selbst.«

»Dem Himmel sei Dank.«

»Ich brauche deine Hilfe«, sage ich.

»Okay.« Genau deshalb liebe ich Minnie – weil sie nicht fragt »Wobei?«, wenn ich sie um Hilfe bitte.

»Weißt du, wie man eine Pressekonferenz organisiert?«

»Nein, aber ich kenne da eine Frau, die es weiß.«

Minnie kennt immer die richtigen Leute.

»Freitag zehn Uhr«, sagt sie, als sie mich wenig später zurückruft.

»Freitag? Das ist der 24. Dezember.«

»Und, hast du da schon etwas vor?«

»Nein, aber ...«

»Sei um zehn nach zehn da. Tamara, die PR-Beauftragte, wird dafür sorgen, dass haufenweise Journalisten antraben. Sie hat ihnen gerade so viel Informationen zugeschanzt, dass sie Blut geleckt haben.«

Mein Magen krampft sich zusammen, als säße ich in einer Achterbahn, die sich gerade auf den höchsten Punkt zubewegt. »Danke, Minnie.«

Jetzt gibt es kein Zurück mehr, aber das ändert nichts an meiner guten Laune.

Ich bin sogar fröhlicher als Ed, und das ist ein absolutes Novum.

»Wann darf ich nach Hause?«, fragt er mich jeden Tag.

»Das weiß ich nicht genau. Ich frage den Arzt.«

»Darf ich noch vor Weihnachten nach Hause? Ich will an Weihachten nicht hier sein.«

»Du gehst erst nach Hause, wenn die Ärzte es dir erlauben, und keine Minute eher, verstanden?« Mein Tonfall ist genauso barsch und bissig wie sonst auch, aber Ed spürt, dass ich glücklich bin, und es geht ihm ganz schön gegen den Strich. Ich kann es ihm nicht verübeln. Es ist nicht einfach, wenn man so plötzlich die Rollen tauscht.

»Du siehst so anders aus«, sagt er.

»Ich weiß«, sage ich. Es liegt daran, dass ich lächle. Wann immer ich ihn sehe, überkommt mich wieder dieses Glücksgefühl. Die Begnadigung. John Grisham. Der Greyhound-Bus.

»Warum?«, will er wissen.

»Weil ich froh bin, dass es dir gut geht.«

»Ich fühl mich überhaupt nicht gut.«

»Aber es geht dir gut, also hör auf, dich in Selbstmitleid zu suhlen.«

»Tu ich gar nicht.«

»Tust du doch.«

»Es ist langweilig hier drin.«

»Ich lese dir eine Geschichte vor. Eine, die ich selbst geschrieben habe.«

»Du kannst doch gar keine Geschichten schreiben.«

»Doch, Ed. Geschichten zu schreiben ist mein Beruf.«

»Auf dem Umschlag steht, Killian Kobain hat diese Geschichte geschrieben.«

»Ich bin Killian Kobain.«

»Nein, bist du nicht, Kat.«

»Bin ich doch.«

»Bist du nicht.«

»Bin ich doch.«

Normalerweise schlägt mich Ed bei solchen Unterhaltungen mühelos. Heute zuckt er bloß die Achseln und sagt: »Worum geht es in der Geschichte?«

»Um einen Polizisten, der Declan Darker heißt und rätselhafte Kriminalfälle löst.«

»Sind da auch Liebesszenen drin?«

»Nein.«

»Okay. Lies mir mal ein Kapitel vor, dann sehen wir ja, ob es mir gefällt.«

Später, als Mum und Dad zu Besuch kommen, bemerkt Ed: »Kat schreibt Geschichten.«

Mum sieht mich an. »Tatsächlich?«

Ed zupft an meinem Ärmel. »Es stimmt doch, Kat, nicht? Du schreibst Geschichten.«

Ich kann nichts anderes tun, als es zu bestätigen. »Ja«, sage ich. »Ja.«

Dad sieht mich an. »Das wusste ich ja gar nicht, Kat.«

Ich schüttle den Kopf. »Niemand hat es gewusst.«

»Und was sind das für Geschichten?«, will Mum wissen.

»Krimis. Ich schreibe unter einem Pseudonym.«

»Krimis«, wiederholt sie. »Das ist ein – ziemlich populäres Genre, nicht?«

»Ja.«

»Du schreibst also Krimis? In deiner Freizeit, wenn du nicht arbeitest?«, hakt Mum nach.

»Nein, ich … Ähm, ich mache es hauptberuflich. Ich bin gar keine technische Redakteurin. Bin ich nie gewesen.«

Jetzt lächelt sie, und mir scheint es fast so, als würde ein Anflug von Stolz über ihr Gesicht huschen, aber ganz sicher bin ich mir nicht. Wäre sie ein anderer Mensch, dann hätte sie mich vielleicht mit dem Ellbogen angerempelt und gesagt: »Du kommst ganz nach deiner Mutter.«

»Wie schön«, sagt Dad. »Was ist denn dein Pseudonym, Kat?«

»Killian Kobain«, sage ich.

»Grundgütiger«, haucht Mum, und Dad sagt: »Ach du lieber Gott«, denn obwohl die beiden – soweit ich weiß jedenfalls – in ihrem ganzen Leben noch keinen einzigen Unterhaltungsroman gelesen haben, ist ihnen der Name Killian Kobain ein Begriff. Kürzlich wurde in einer Höhle in Malawi die Leiche eines Einsiedlers gefunden und daneben lediglich Pfeil und Bogen, die Haut eines Rhinozerosses und eine Ausgabe von *Verschollen* (übrigens das erste Darker-Buch, das verfilmt wurde).

Ich sage nichts, aber ich lächle. Ich kann nicht anders.

Und ganz allmählich wird mir bewusst, dass das Glück, das ich empfinde, nicht nur auf Eds Genesung zurückzuführen ist. Es ist, als hätte sich ein Vorhang geöffnet, und plötzlich sieht man jemanden auf einer Bühne stehen, und wie sich herausstellt, bin dieser Jemand ich. Da stehe ich nun, im Rampenlicht, so unübersehbar wie die Nase in einem Gesicht.

KAPITEL 43

Ich war noch nie an Weihnachten in Schottland. Ich war noch nirgendwo an Weihnachten, außer zu Hause, meine ich. Es sieht weihnachtlich aus in Schottland, weil es geschneit hat. Ich baue mit Ant, Adrian und Dad ein Iglu. Faith hat gesagt, Adrian darf nur mitfahren, wenn er sich zusammenreißt. Er musste es ihr sogar schwören. »Ich verspreche hoch und heilig, mich nicht mit dem alten Fettwanst anzulegen. Ich werde ihm höchstens ein bisschen die Glatze polieren.«

»ADRIAN!«, hat Faith gesagt.

»Jaja, schon gut, ich nehm's zurück. Entspann dich, Schwesterherz«, hat Adrian gesagt und mir zugezwinkert, und dabei hat er gegrinst, deshalb bin ich ziemlich sicher, dass es bloß ein Scherz war.

Ant musste Faith schwören, dass er Celia weder eine »geldgierige Ehebrecherin« noch eine »fette Familienzerstörerin« nennen wird.

Im Iglu ist es warm, weil sich drinnen die Luft staut, was wie eine Isolierung wirkt, sagt Ant. »Was ist mit unserer Körperwärme?«, frage ich, und er sagt: »Darauf wäre ich als Nächstes gekommen.« Dann bauen wir einen Schneemann, dem Adrian am Schluss zwei Schneebälle auf die Brust klebt. »Jetzt ist es eine Schneefrau«, sagt er.

»Werd endlich erwachsen«, sagt Dad, und Adrian wirft ihm

einen Schneeball an den Kopf, und dann gibt es eine riesige Schneeballschlacht. Ich werde am wenigsten oft getroffen, und Faith sagt, ich bin der einzig halbwegs vernünftige McIntyre, weil meine Klamotten nicht ganz so nass sind wie die von Ant und Adrian und Dad.

Das Baby ist noch nicht gekommen, obwohl Celia schon drei Mal im Krankenhaus war. »Mal wieder falscher Alarm«, sagt Dad, aber nur noch, wenn Celia gerade nicht im Zimmer ist.

In zwei Tagen ist Weihnachten, und wie es aussieht, wird es jetzt doch gar nicht so übel. Erstens ist der Kühlschrank randvoll mit Essen, und zweitens ist das ganze Haus blitzsauber und aufgeräumt, obwohl es echt riesig ist. Dad ist inzwischen richtig ordentlich geworden. Wenn Celia nicht gerade wegen einem falschen Alarm im Krankenhaus ist, dann flippt sie total aus, wenn auf der Anrichte in der Küche ein dreckiges Buttermesser rumliegt oder auf dem Klo jemand vergessen hat zu spülen. Dann legt sie die Hände unter ihren Monsterbauch, als könnte er sonst abfallen, und schreit »HAMISH!« – so heißt Dad –, und dann muss er antraben und das Messer wegräumen oder die Spülung betätigen oder ihr eine Tasse Himbeertee machen und ihr den Rücken massieren, bis sie ihm sagt, dass er wieder aufhören kann. Celias Bauch ist inzwischen viel dicker als der von Dad.

Celia hat ein »Gebärbecken« in einem großen Zimmer oben unter dem Dach. In dem Zimmer ist nichts drin außer einem langen Spiegel und dem Gebärbecken, das mich ein bisschen an ein aufblasbares Kinderplanschbecken erinnert. Celia sagt, wenn das Baby da ist, wird das Zimmer ihr Büro, aber soweit ich weiß, hat sie gar keinen Job mehr, seit sie Dads Freundin ist.

Faith und ich sind gestern mit dem Zug nach Schottland gekommen. Ant und Adrian hatten eine Mitfahrgelegenheit. Ein Freund von ihnen, der über Weihnachten zu seinen Eltern nach

Edinburgh gefahren ist, hat sie mitgenommen. Rob hat angeboten, uns herzubringen, aber Faith meinte, sie muss über einiges nachdenken. Keine Ahnung, warum sie das nicht auch in Robs Lieferwagen tun konnte. Vielleicht, weil die Heizung kaputt ist. Wenn man friert, ist es echt schwer, nachzudenken. Vorigen Monat war in unserer Klasse die Heizung kaputt, und Miss Williams hat gesagt, unser Gehirn ist wohl eingefroren, weil keiner von uns die Rechenaufgaben richtig lösen konnte.

Der Zug war viel länger als der, mit dem wir immer nach London fahren. Bestimmt fast so lang wie der Hogwarts Express. Ich durfte am Fenster sitzen, und als ein Mann mit einem Wägelchen vorbeikam, durfte ich mir kaufen, was ich wollte. Ich habe Chips und Starburst-Kaubonbons und ein Mars 2Pack und eine Dose Cola genommen. Die Sitze waren total bequem. Faith ist eingeschlafen. Ich nicht, weil es draußen so viel zu sehen gab. Zugfahren ist echt klasse. Vor dem Fenster flitzt die Welt vorbei, es gibt es keine Staus, und ich muss nicht fragen, ob wir bald da sind, weil ich es im Fahrplan nachlesen kann, den wir uns in King's Cross geholt haben. Außerdem gibt es an jedem Bahnhof Schilder, damit man weiß, wo man gerade ist.

Als kleiner Junge wollte ich mal Lokführer werden. Jetzt weiß ich, dass ich Rettungsschwimmer werde, wenn ich groß bin, aber ich fahre trotzdem noch gern mit dem Zug.

Dad hat uns am Bahnhof abgeholt. »***High-five***, Milo«, hat er gesagt, und wir haben abgeklatscht, und dann hat er Faith den Koffer abgenommen und ihn hingestellt und sie ganz fest umarmt. Eine halbe Ewigkeit sind sie so dagestanden, mitten auf dem Bahnsteig, und haben nicht gemerkt, dass sie allen im Weg stehen. Dann hat Dad den Koffer genommen und Faith den Arm um die Schulter gelegt und gesagt: »Wir kriegen das schon irgendwie auf die Reihe, okay, Kleines?« Und Faith hat weder »Ich kriege das schon allein auf die Reihe« noch »Nenn mich nicht

Kleines« gesagt. Sie hat bloß genickt und ist neben ihm hergegangen, als wäre sie todmüde.

Die Weihnachtsdeko in Schottland ist so ziemlich die gleiche wie bei uns, allerdings haben Dad und Celia das ganze Haus geschmückt und nicht nur das Wohnzimmer. Sogar am Gebärbecken hängt Lametta. Celia will das Baby zu Hause bekommen, weil sie von einer Frau gehört hat, die ins Krankenhaus gefahren ist, um ihr Baby zu kriegen, und dann ist sie in einem Sarg nach Hause gekommen. Ich weiß nicht, was mit dem Baby war. Ich hoffe, es ist nicht auch in einem Sarg nach Hause gekommen.

Als Celia das erste Mal glaubt, dass das Baby kommt, sagt sie zu Dad, er soll die Rettung rufen.

»Soll ich nicht lieber Carol verständigen?«, fragt Dad.

Carol ist eine Krankenschwester, die Frauen hilft, wenn sie ihr Baby zu Hause kriegen wollen. Sie muss dann das Gebärbecken mit Wasser füllen und so.

Carols Name und Telefonnummer stehen in Celias »Geburtsplan«. Sie hat mir den Plan gezeigt. Er ist vier Seiten lang. Sie hat ihn selbst getippt. Sie kann neunzig Wörter in der Minute tippen, das sind eineinhalb Wörter pro Sekunde. Ich hab's ausgerechnet. Schriftliches Dividieren nennt man das.

Celia ist draußen im Flur auf allen vieren und röhrt wie ein Bär, den ich mal in einem Tierfilm gesehen habe.

Als sie mit dem Röhren fertig ist, dreht sie sich zu Dad um und schreit: »Ruf einen Notarzt!«

»Keine Sorge, Schatz, ich fahre dich ins Krankenhaus«, sagt Dad.

»Wir haben keine Zeit mehr!«, brüllt Celia. »Das Baby kommt JETZT!«

Als sie wieder da sind, bringt Dad Celia ins Bett, und dann sagt er zu Ant und Adrian, sie sollen aufhören zu lachen, und wir müssen ihm versprechen, dass wir das Gebärbecken und den Ausdruck »falscher Alarm« nicht mehr erwähnen, solange Celia im Zimmer ist.

Ich glaube, Dad ist ganz froh, dass wir da sind. Er kocht Haggis, obwohl Celia ihm verboten hat, Haggis zu essen. Dad sagt, dass er nichts davon essen wird und dass er es nur für uns kocht, weil Haggis ein traditionelles schottisches Gericht ist, aber ich erwische ihn dabei, wie er sich beim Servieren etwas von Ants Teller stibitzt. Ich sage nichts, und Dad zwinkert mir zu und flüstert: »Guter Junge.«

Haggis schmeckt gar nicht so übel, wie es klingt. Dad hat Kartoffelbrei und Rüben und braune Soße dazu gemacht. Celia muss in ihrem Zimmer bleiben, weil ihr schlecht wird vom Geruch.

»Wir bleiben nicht lang«, sagt Faith.

»Ihr könnt bleiben, so lange ihr wollt«, sagt Dad.

»Okay, dann bleiben wir eine Woche, wenn das okay ist«, sagt Faith.

»Ja, ja, selbstverständlich ist das okay«, sagt Dad. »Ihr könnt bleiben, so lange ihr wollt.« Er sagt immer alles doppelt und dreifach, als hätte er das Gefühl, dass ihm keiner zuhört.

Nach dem Essen sehe ich mir eine Dokumentation über Pandabären an. Ich frage mich, wovon die Pandas leben sollen, wenn es keinen Bambus mehr gibt.

»Ich hab euch vernachlässigt«, sagt Dad zu Faith.

»Du warst beschäftigt«, sagt sie.

»Wenn erst das Baby da ist und sich alles etwas eingespielt hat, bringe ich mich wieder mehr ein, komme öfter zu Besuch. Dann wird alles besser. Ich werde mich bessern. Versprochen.« Er legt Faith eine Hand auf die Hand, und so sitzen sie eine Weile nebeneinander auf dem Sofa.

»Ich kann es noch immer nicht glauben«, sagt Faith.

»Beth und ich hätten dir reinen Wein einschenken sollen, schon vor langer Zeit«, sagt Dad.

»Nein, ich meine das mit Mum. Ich kann nicht fassen, dass sie weg ist.«

Darauf sagt Dad nichts.

»Manchmal vergesse ich es glatt«, sagt Faith. »Wenn etwas Lustiges passiert, in einer Vorlesung oder bei der Bandprobe, dann denke ich: Mum wird sich scheckig lachen, wenn ich ihr das erzähle.«

Es ist ganz gut, dass Ant und Adrian keine Pandabären sind, weil bei Pandas nämlich nur ein Junges überlebt, wenn zwei auf die Welt kommen. Die Mutter entscheidet, welches. Ich glaube nicht, dass sich Mum zwischen Ant und Adrian hätte entscheiden können. »Da ist einer so schlimm wie der andere«, hat sie immer gesagt.

Jetzt sagt Dad etwas über »den Jungen.« Er nennt mich fast nie Milo.

»Nein«, sagt Faith. »Er hat schon genug mitgemacht. Er muss in Brighton bleiben. Dort ist er zu Hause.«

»Okay, dann komme ich eben öfter nach Brighton, wenn der Kleine da ist«, sagt Dad. »Und der Junge kommt uns besuchen. Nicht wahr, Sohnemann?«

Keiner weiß, ob Celia einen Jungen oder ein Mädchen kriegt, aber Dad sagt trotzdem die ganze Zeit »der Kleine«.

»Darf ich Damo auch mal mitbringen?«, frage ich.

Dad macht ein Kreuzzeichen und sagt: »Gott bewahre!«, aber er grinst, das bedeutet, dass Damo eventuell auch mal mitkommen darf. Vorher werde ich ihm noch beibringen müssen, wie man mit Babys umgeht. Damo weiß so was nicht – er hat keine kleinen Geschwister.

Der Mann in der Dokumentation sagt, Babypandas kommen nackt und blind und ohne Zähne auf die Welt, genau wie die Menschen. Menschenbabys können am Anfang nur Formen und Farben erkennen, und sie haben alle blaue Augen. Mum hat gesagt, ich hatte als Baby auch blaue Augen, und dann sind sie braun geworden. Faith hatte als Baby bestimmt auch blaue Augen, und dann sind sie grün geworden.

Faith erzählt Dad gerade, dass Jack das Funky Banana kaufen will. Ich habe nichts dagegen. Ich wette, ich kriege von Jack trotzdem noch gratis Muffins, wenn ich ins Café komme. Und Damo auch. Jack sagt, Damo und mich gibt es nur im Doppelpack, wie Bohnen und Pupser.

Dad nickt und stimmt Faith in allem zu, aber ich glaube, er hört ihr gar nicht mehr richtig zu. Er sieht ziemlich müde aus, und als ich »Dad?« sage, zuckt er zusammen und sagt: »Aber klar doch, Sohnemann«, als hätten wir uns schon die ganze Zeit unterhalten. Er hat dasselbe Hemd an wie gestern, als er uns vom Bahnhof abgeholt hat. Inzwischen hat es vorne braune Soßenflecken.

Faiths Handy klingelt, und diesmal geht sie ran. »Hi, Rob«, sagt sie und steht auf und geht nach draußen.

Dad schnarcht jetzt. Als ich höre, wie Celia oben aus dem Bett klettert und wieder grunzt wie ein Bär, lege ich Dad eine Hand auf die Schulter und schüttle ihn ein bisschen. Er reißt die Augen auf und sagt: »Aber klar doch, Sohnemann.«

»Ich glaube, Celia bekommt mal wieder das Baby«, sage ich.

KAPITEL 44

Minnie hat für die Pressekonferenz das Grand Hotel gebucht, das nur wenige Gehminuten von meiner Wohnung entfernt ist. Ich lache, als sie mir erzählt, dass sie zwei Hünen als Security Guards engagiert hat, aber Minnie verzieht keine Miene.

»Du hast gesagt, ich soll mich darum kümmern, und das habe ich getan.«

Wie sich herausstellt, hatte sie mal wieder den richtigen Riecher. Als der Saal bereits zum Bersten voll ist, postieren sich die beiden Security Guards an der Tür und halten mit ihren massigen Körpern die Journalisten ab, die sich noch reinzudrängen versuchen. Sie erweisen sich auch als nützlich, als die Presseleute gegen Ende ausschwärmen wie die Bienen, den Ausgang blockieren, mir ihre Mikrofone unter die Nase halten und ihre Kameras auf mich richten. Ich schätze mal, der Fotograf des Magazins *Heat* wird mit dem Stumpen, der noch von seiner Nase übrig ist, nicht allzu bald wieder etwas riechen.

Ich erzähle ihnen alles, was ich über Killian Kobain und Declan Darker weiß, und viel mehr gibt es darüber im Grunde auch nicht zu sagen. Danach sagt Minnie: »Das war's Leute. Vielen Dank fürs Kommen.«

Sie muss ins Mikrofon brüllen, um sich über das Stimmengewirr hinweg Gehör zu verschaffen. Ich werde mit Fragen bombardiert und beantworte ein paar davon, bis einer der Journalisten ganz vorne wissen will, ob ich noch weitere Leichen im Keller habe. Weil er so eine laute, tragende Stimme hat, erregt seine Frage die Aufmerksamkeit der anderen Anwesenden, sodass plötzlich alle verstummen und mich erwartungsvoll anstarren.

Minnie stupst mich mit dem Ellbogen an.

Ich sehe sie an.

Sie legt eine Hand über das Mikrofon und flüstert: »Darauf musst du nicht antworten.«

Ich schüttle den Kopf, dann sehe ich den Mann an und sage: »Ja, da ist noch etwas.«

Dad wartet auf dem Parkplatz vor meinem Wohnblock, als wir von der Pressekonferenz zurückkommen. Der Motor seines Wagens läuft bereits. Mum sitzt vorne neben ihm, obwohl sie eigentlich auf einer Schriftstellerkonferenz in Prag einen Vortrag halten sollte. Sie hat lediglich die Achseln gezuckt, als ich sie darauf angesprochen habe. »Ich dachte, wir treffen uns erst im Krankenhaus«, sage ich. Heute wird Ed entlassen, und wir haben beschlossen, ihn alle gemeinsam abzuholen. Wie ein Empfangskomitee, nur unter umgekehrten Vorzeichen.

»Ich fahre«, sagt Dad. »Ist ja nicht nötig, dass wir mit drei Autos vorfahren.« Dad findet das Parken am Krankenhausparkplatz »skandalös teuer«, was für seine Verhältnisse ein regelrechter Kraftausdruck ist. Minnie, die einen silbernen Jaguar XKR-S fährt und diesen nur ungern aus den Augen lässt, willigt ein, ihren Wagen stehen zu lassen und mit uns zu fahren. »Ausnahmsweise«, sagt sie. »Weil heute so ein großer Tag ist.«

Ed besteht darauf, sich von sämtlichen Patienten, Krankenpflegern und Ärzten im Krankenhaus zu verabschieden, ehe wir gehen. »Ich bin echt froh, dass ich nach Hause darf, aber das Krankenhaus wird mir fehlen.«

»Ach ja? Und was genau?«, erkundige ich mich.

»Vor allem die Krankenschwestern.«

»Erzählt das bloß nicht Sophie«, sagt Minnie.

»Tu ich nicht«, sagt Ed.

Sophie ist ziemlich eifersüchtig. Nicht dass sie ein Kaninchen kochen würde wie Glenn Close in *Eine verhängnisvolle Affäre*, aber ich schätze, bei einer Rennmaus oder einem Hamster hätte sie keine Hemmungen.

Ich überfliege die Infobroschüre über den Herzschrittmacher, die mir die Krankenschwester gegeben hat. »Der Arzt meinte, du sollst in ein paar Wochen zur Kontrolle kommen, wegen des Herzschrittmachers.«

Ed wirkt besorgt. Er knöpft sein Hemd auf und zeigt uns das kleine Viereck unter seiner Haut. Es ist ungefähr so groß wie eine Streichholzschachtel. »Das gefällt mir gar nicht. Es macht mir Angst.«

»Du bist jetzt eben eine Art Sechs-Millionen-Dollar-Mann mit bionischen Körperteilen«, sagt Minnie.

Ed sieht sie an. »Ich hätte sterben können, stimmt's?« Dann und wann braucht er ein bisschen Dramatik.

»Quatsch, Ed Kavanagh gibt doch wegen einer defekten Pumpe nicht gleich den Löffel ab.« Sie betrachtet Ed, als wäre er auch ihr Bruder. Genau so hat sie ihn auch immer behandelt. Ich lege ihr eine Hand auf den Arm und drücke ihn. Nur ganz leicht, aber trotzdem.

Der Anflug eines Lächelns umspielt ihre Lippen.

»Wie geht's Baby Driver?«, frage ich sie. Maurice hat Minnies Namen angenommen, als sie geheiratet haben.

Ihm blieb nichts anderes übrig – sein Nachname stand auf Minnies No-go-Liste.

»Fünfzehnte Woche, neun Zentimeter«, sagt Minnie. »Ungefähr so lang wie ein Curly-Wurly-Riegel. Mein Stuhl ist jetzt schwarz von den Eisentabletten.«

»Okay, das reicht«, sage ich, bevor sie noch näher ins Detail geht.

Dad wartet im Wagen draußen vor dem Krankenhaus, wieder mit laufendem Motor. Ich helfe Ed beim Einsteigen. Mum dreht sich zu ihm um. »Da ist eine Decke, falls dir kalt ist.«

Minnie und ich sitzen rechts und links am Fenster, Ed in der Mitte, genau wie früher, als wir Kinder waren. Ich lege Ed die Decke über die Knie, und das Lächeln, das er mir schenkt, ist so breit und so aufrichtig, dass ich mich abwenden muss. Minnie steckt die Decke rund um ihn fest und nickt mir zu, und erst da wird mir klar, was für ein besonderer Tag das ist. Ein wirklich großer Tag.

Als der Chirurg nach der Operation meinte, Ed könne sich »glücklich schätzen«, war ich anderer Meinung, doch jetzt, in diesem Augenblick, als wir uns auf dem Heimweg befinden, auf der Zielgeraden, muss ich ihm recht geben.

Ed kann sich in der Tat glücklich schätzen.

Wir alle können uns glücklich schätzen.

Dad fährt zuerst zu meiner Wohnung, weil dort noch Minnies Wagen steht und ich meine Zahnbürste und eine Unterhose zum Wechseln brauche. Ed will, dass ich bei meinen Eltern übernachte. Ich weiß, er nutzt die Situation aus, aber es ist mir egal.

Ab der Eisenbahnbrücke staut sich der Verkehr. Wir kriechen im Schritttempo über die große Kreuzung und an der Polizeiwachstube vorbei. Ich denke mir nichts dabei.

Malahide wird Tag und Nacht von Besuchern frequentiert. Minnie dämmert als Erstes, was los ist. »Eigenartig …«, murmelt sie.

»Was?«, frage ich.

Sie lässt das Fenster runter und späht hinaus. »Da vorne fahren gleich fünf Fernsehübertragungswagen«, sagt sie.

Ich beuge mich zwischen die Vordersitze, spähe hinaus. »Tatsächlich«, sage ich und lehne mich wieder zurück.

Minnie sieht mich wortlos an. Es geht nur zentimeterweise voran. Erst als wir den Ortskern hinter uns lassen und die Kurve erreichen, an der die Küstenstraße beginnt, erkennen wir die Ursache für den Stau: Auf dem Parkplatz meines Wohnblocks stehen bereits haufenweise Übertragungswagen, und nicht nur dort, sondern auch auf der Straße und in diversen Häusereinfahrten – im Parkverbot, auf dem Bürgersteig, an der Stelle, wo es zum Strand runter geht, ja, einer thront sogar etwas erhöht auf einer Böschung, auf der definitiv kein Fahrzeug stehen darf.

»Was ist denn da los?«, fragt Mum.

Ed stößt mich mit dem Ellbogen an. »Vielleicht wohnt ja ein Star in deinem Haus, Kat.«

»Ach ja?«, sagt Dad. »Wer denn?« Er ist ein verkappter Celebrity-Tratsch-und-Klatsch-Sammler. Ich habe in seinem Arbeitszimmer schon mehrfach Ausgaben von *Now* und *Closer* gefunden.

Minnie deutet auf mich. »Na, Kat, ihr Schwachköpfe!«

»Ich bin kein Schwachkopf, und Kat ist kein Star, du Dummerchen. In den Zeitschriften, die in Dads Arbeitszimmer liegen, sind nie Fotos von ihr drin.«

Dad errötet. »Diese Zeitschriften hat jemand dort vergessen.«

»Und was ist mit denen in der untersten Schublade deines Rollcontainers?«, fragt Mum. »Hat die auch jemand vergessen?«

Das bringt uns zum Lachen, vermutlich, weil Mum sonst nie Scherze macht. Normalerweise ist sie so ernst wie Tolstois *Krieg und Frieden*. Das ist eben ihre Natur, schätze ich.

»Was machen wir denn jetzt?«, frage ich.

»Du kannst unmöglich da reingehen, Kat«, sagt Minnie. »Das überlebst du nicht. Wir müssen zu deinen Eltern fahren.«

»Und wenn sie uns verfolgen?« Dad umklammert das Lenkrad so fest, dass seine Fingerknöchel weiß hervortreten. Als Fluchtfahrer wäre er ein hoffnungsloser Fall.

»Duck dich, Kat, damit sie dich nicht sehen«, befiehlt Minnie.

Doch ich bleibe aufrecht sitzen, weil mir das alles so surreal vorkommt. Ich traue meinen Augen nicht, obwohl ich sie klar und deutlich sehe, die Hundertschaft an Medienvertretern, die man wohl mit Fug und Recht Paparazzi nennen kann. Es ist offensichtlich, dass sie meinetwegen hier auf der Lauer liegen, aber ich kann es nicht glauben. Noch nicht.

Dads Wagen steht nun direkt vor dem Wohnblock. Es fühlt sich an, als befänden wir uns im Auge eines Wirbelsturms. Draußen herrscht hektisches Treiben, während es drinnen schon fast unheimlich ruhig ist. Gerade als ich zu dem Schluss komme, dass es wohl doch klüger wäre, Minnies Befehl Folge zu leisten und mich zu ducken, ertönt draußen ein »Oi!« Ich fahre herum und sehe, wie ein Mann in einem Übertragungswagen auf Dads Auto zeigt. Auf mich. Mein Herz fängt an zu rasen wie ein Hochgeschwindigkeitszug. »FAHR LOS!«, rufe ich, und Dad – mein Dad, von dem man weiß, dass die meisten Jogger gemütlich neben seinem Auto her traben können, selbst wenn er mit Vollgas unterwegs ist – legt den ersten Gang ein, reißt das Lenkrad herum und steuert den Wagen auf die Gegenfahrbahn, wo wir mit knapper Not der Kollision mit einem senfgelben Ford entgehen, in dem ein Mann mit einem Pudel auf dem Schoß sitzt. Mann und Pudel tragen gelbe Jacken im Partnerlook. Schon seltsam, was einem so alles auffällt, wenn man vor einem Fernsehübertragungswagen flüchtet. Dad tritt aufs Gas, und wir flitzen durch die Bath Lane, eine kleine Einbahnstraße mit einer fiesen Kurve. Es gibt eine brenzlige Situation, als Dad kurz auf den Bürgersteig gerät, aber abgesehen von einem Baum, bei dem er die untersten paar Äste abrasiert, richtet er keinen Schaden an.

Ich spähe durch die Heckscheibe. Der Übertragungswagen ist noch hinter uns und kommt näher. Der Fahrer schreit etwas in sein Handy.

»Am Ende der Straße rechts abbiegen!«, brüllt Minnie.

»Da ist ein Stoppschild!«, sagt Dad.

»Okay, kurz anhalten und dann erst rechts abbiegen!«, brüllt Minnie.

Dad hält an, Mum brüllt: »LINKS IST FREI«, und Dad lächelt sie flüchtig an, ehe er wieder aufs Gas steigt. Der Wagen schießt nach vorn und biegt mit spektakulär quietschenden Reifen um die Ecke.

»Da vorne bei Vinny Vannuchi's links!«, schreit Minnie.

An dieser Stelle muss ich intervenieren. »Vinny Vannuchi's gibt es nicht mehr. Der Laden heißt schon seit einer Ewigkeit Scotch Bonnet«, sage ich.

»Gibt es da nicht die scharfen Chicken Wings, die ich so gern esse, Kat?«, fragt Ed.

»Soll ich jetzt links abbiegen oder nicht?«, schreit Dad.

»JA!«, brüllen Minnie und ich unisono. Dann sieht Minnie über Eds Kopf hinweg zu mir rüber. »Fühlt sich an wie bei *Cagney & Lacey*, nicht? Nur, dass wir auf der Rückbank sitzen.«

Als wir noch klein waren, gehörte *Cagney & Lacey* zu unseren Lieblingsfernsehserien. Wenn gerade keine Folge lief, haben wir die Handlung nachgespielt. Wir wollten immer beide lieber Cagney sein als Lacey, weil keine von uns mit Harv verheiratet sein wollte.

»Hier links in Richtung St Margaret's Park!«, ruft Minnie.

Dad biegt so abrupt ab, dass ich gegen die Scheibe geschleudert werde und mir einen Augenblick tatsächlich vorkomme wie in einer Folge von *Cagney & Lacey*.

Hinter uns höre ich den Motor des Übertragungswagens röhren.

»Fahren Sie irgendwo rein«, sagt Minnie. »In die Sackgasse da drüben zum Beispiel. Da finden sie uns nie.«

Dad befolgt ihren Rat prompt und biegt in eine leere Einfahrt, wobei er eine ziemlich dramatische Vollbremsung machen muss. Wir warten. Keiner sagt ein Wort. »Alle Mann Kopf runter!«, zischt Minnie, und diesmal komme ich ihrer Aufforderung nach, und alle anderen ebenfalls. Es dauert offenbar nicht lang, sich an den Umgang mit den Medien zu gewöhnen.

»Das ist doch albern«, murmelt Mum nach einer Weile.

»Da muss ich dir völlig recht geben«, sage ich.

»Warum wirst du eigentlich nie von Fernsehreportern verfolgt, Mum?«, fragt Ed, und wir prusten los und können gar nicht mehr aufhören zu lachen. Wenn jetzt jemand vorbeikommt, sieht er einen uralten grünen Lexus in einer Einfahrt stehen und wackeln, obwohl scheinbar niemand drinsitzt.

Dad wartet volle zwanzig Minuten, dann fährt er auf Nebenstraßen über Donaghmede und Kilbarrack nach Raheny. Der Rest der Fahrt verläuft ereignislos. Erst als wir in die Straße nach Howth einbiegen, muss ich feststellen, dass wir wohl doch noch nicht genug Übung im Umgang mit den Medien haben.

Vor dem Haus meiner Eltern stehen nämlich ebenfalls Fernsehübertragungswagen. Nur zwei Stück, aber ihr Anblick jagt mir trotzdem einen Schreck ein.

»Heiliger Strohsack!«, ruft Ed, der dieses kleine Abenteuer sehr genießt.

»Lange kann ich nicht mehr rumfahren, uns geht bald der Sprit aus«, sagt Dad. Das Wort Sprit habe ich noch nie aus seinem Mund gehört. Sonst sagt er Benzin.

»Wenn wir da reingehen, sitzen wir in der Falle«, sagt Minnie. »Wie Delfine in einem Treibnetz.«

»Ich will nach Hause«, murmelt Mum, so leise, dass wir es kaum hören können.

»Okay«, sagt Dad.

Und so kommt es, dass wir wenig später in dem Haus hocken, in dem ich aufgewachsen bin, während draußen vor der Tür und entlang der Straße die Anzahl der Berichterstatter stetig anschwillt.

Wir lassen die Rollos runter und stellen Teewasser auf. Als Ed sagt, er sei am Verhungern, öffne ich den Kühlschrank und stelle fest, dass dieser lediglich einen Becher Naturjoghurt, ein paar Stangen Sellerie, ein hartes Stück Edamerkäse und einen welken Bund Thymian enthält. Bei einem Blick in diesen Kühlschrank fällt es schwer zu glauben, dass morgen Weihnachten ist.

»Tut mir leid«, sagt Dad. »Ich bin noch nicht zum Einkaufen gekommen.«

»Aber ich habe Hunger«, jammert Ed.

»Ich rufe bei Domino's an«, sage ich.

»Wie sieht denn das aus?«, fragt Minnie. »Denk mal an die Schlagzeile: Weltberühmte Krimiautorin zieht sich Pizza HickHack von Domino's rein.«

Am Ende entdecke ich in der Kühltruhe noch ein paar Kartoffelwaffeln und Fischstäbchen – wohl ein Überbleibsel aus der Zeit, als ich noch hier gewohnt habe. Ich dämpfe den Sellerie, um Ed zumindest eine gesunde Beilage servieren zu können, aber er weigert sich, ihn zu essen, weil ich die Stangen nicht in Stücke geschnitten habe. Als ich einwende, dass man sie doch auch jetzt noch schneiden kann, sagt er: »Jetzt ist es zu spät, Kat.«

Auf Sky News laufen die Berichte über die Nachricht des Tages in der Endlosschleife.

Die Enthüllungen über die wahre Identität des Schöpfers von Declan Darker hat eine Schockwelle in der Verlagswelt und in der Welt ganz allgemein ausgelöst. Die Autorin Katherine Kavanagh, von Familienangehörigen und Freunden Kat genannt, gab heute im Rahmen einer Pressekonferenz bekannt, dass sie seit fast zwanzig Jahren unter dem Pseudonym Killian Kobain Krimis schreibt. Kavanagh gab bei der Pressekonferenz lediglich ein kurzes Statement ab und weigerte sich, Fragen zu beantworten. Danach verschanzte sich die medienscheue Kat im Haus ihrer Eltern in Dublin, wo sich ihr autistischer Bruder Edward zurzeit von einer Operation erholt, bei der ihm ein Hirntumor entfernt wurde.

Es hat natürlich keinen Sinn, den Fernseher anzubrüllen, aber ich tue es trotzdem. Mit jedem Bericht werden weitere Unwahrheiten verbreitet.

Kat Kavanagh erhielt vom Verlagshaus Hodder & Stoughton im Frühjahr 1992 einen sechsstelligen Vorschuss, nachdem sie ganze drei Kapitel von Dunkles Geheimnis *abgegeben hatte, die sie von Hand in einem Stenoheft niedergeschrieben hatte.*

Totaler Schwachsinn. Es war das ganze Manuskript, und ich habe kein Stenoheft benutzt, sondern einen linierten Notizblock. Und außerdem war das im Juli, was, soweit ich weiß, immer noch Sommer ist.

Brona Best, die zwanzig Jahre lang Kat Kavanaghs Lektorin war, erzählte uns, welchen Aufwand sie betreiben musste, um die Identität der Autorin geheim zu halten. Sie beschreibt Kavanagh als unberechenbar und überaus paranoid, was jedoch, wie sie sagte, bei Kavanaghs dunkler Vergangenheit durchaus nachvollziehbar sei.

Unmittelbar danach ruft Brona an. Sie weint. »Ich … ich habe ni… nich… nichts dergleichen gesagt, Kat! Ehrenwort! Ich … ich … ich … ich hab ihnen g-g-g-ar nichts gesagt!«

Es dauert ewig, bis sie aufhört zu weinen. Ich muss »Hör auf zu weinen!« brüllen, damit sie sich ein wenig beruhigt.

»Sie belagern den Eingang«, berichtet sie. »Und die Telefone klingeln ununterbrochen. Eines der Kamerateams ist sogar mit einem Scherenlift angerückt!«

»Wozu denn das?«

»Woher zum Teufel soll ich das wissen? Unser Büro ist im sechzehnten Stock, Herrgott noch mal.«

Brona flucht sonst nie. Die Lage ist ernst.

»Hör zu, Brona, das geht vorbei. Mach dir keine Sorgen. Du musst ihnen bloß aus dem Weg gehen und schweigen wie ein ägyptisches Pharaonengrab.«

Brona bricht erneut in Tränen aus, diesmal etwas leiser.

»Du hattest recht«, schnieft sie.

»Womit?«

»Das Leck war hier bei uns im Verlag.«

»WAS? WER WAR ES?«

»Dieser verdammte Harold.«

»Harold? Jeremys Freund?«

»Ex-Freund. Angeblich ist er hoch verschuldet. Er ist süchtig …«

»Drogen?«

»Schönheitsoperationen. Er hat sich alles machen lassen. Jeremy sagt, gegen Ende sah er aus wie Joan Rivers. Jedenfalls muss er in Jeremys Büro herumgestöbert und etwas über dich gefunden haben. Jeremy macht sich schreckliche Vorwürfe. Er hat sich in der Behindertentoilette eingesperrt und weint sich die Augen aus.«

»Warum denn ausgerechnet in der Behindertentoilette?«

»Schon mal was von Privatsphäre gehört?«

Privatsphäre? Eine eigenartige Vorstellung, unter den gegebenen Umständen.

Eine Weile herrscht Schweigen, was ich als äußerst wohltuend empfinde. Ein flüchtiger Augenblick der Ruhe und des Friedens.

Dann fragt Brona: »Ist es wahr? Das mit dem Baby?«

»Ja«, sage ich, und sie schluchzt erneut los, ganz leise. Es zerreißt mir das Herz.

»Das ist s-s-s-oooooo traurig«, schnieft sie schließlich.

Natürlich war es nur eine Frage der Zeit, bis die Medien Thomas aufgestöbert haben. Sie statten ihm einen Besuch ab, als er gerade auf einem seiner fünf steinigen Äcker in Monaghan einen Zaun errichtet. Er trägt einen seiner zwei guten Anzüge und darüber ein langes Schaffell. Die Hosenbeine sind in die Gummistiefel gesteckt. Die Kamera schwenkt von den Stiefeln – den grellrosa Gummistiefeln mit den gelben Butterblumen – bis hinauf zum Kopf, was eine ganze Weile dauert.

Es ist äußerst merkwürdig, Thomas im Fernsehen zu sehen. Sein Gesicht ist mir so vertraut wie ein Weg, den man über die Jahre unzählige Male zurückgelegt hat. Man folgt ihm einfach, ohne darüber nachzudenken.

Zugleich fühlt es sich irgendwie fremd an, wahrscheinlich, weil ich Thomas bislang nie im Fernsehen gesehen habe. Ich habe ihn in meiner Wohnung gesehen, in meinem Bett, in meinem ganzen Leben. Und es fehlt mir, ihn zu sehen. Immerhin das kann ich mit Sicherheit sagen. Ich muss zugeben, es tut gut, mal etwas mit Sicherheit sagen zu können.

Soeben erzählte eine Nachrichtensprecherin namens Dawn Handel, dass ich im Abschlusszeugnis in Englisch eine Vier hatte (was übrigens die erste hundertprozentig korrekte Information über mich ist). Mum hat das damals als persönlichen Affront aufgefasst und wochenlang nicht mit mir geredet.

Dann schwafelt Dawn Handel irgendetwas von meiner damaligen Englischlehrerin Schwester Rafferty, die garantiert längst in ihrem Grab vor sich hin modert. Plötzlich bricht sie mitten im Satz ab, legt den Kopf schief und fasst sich mit den Fingern ans Ohr. »Ich höre gerade, es gibt Neuigkeiten. Wir schalten direkt zu einer Farm in Monaghan«, sagt sie, wobei sie das Stumme h in Monag-han ausspricht, was den Einheimischen sauer aufstoßen dürfte. »Dort hat unser Reporter Mark Simms Kat Kavanaghs Partner Thomas Cunning-ham ausfindig gemacht.«

Ich bedecke das Gesicht mit den Händen, spreize jedoch die Finger, damit ich sein Gesicht sehen kann. Das Gesicht, an dem mir jeder Millimeter vertraut ist.

»Das ist ja Thomas!«, kreischt Ed. »Thomas ist im Fernsehen!«

Mum, Dad und Minnie kommen aus der Küche angelaufen, wo sie vorhin aufgeregt miteinander getuschelt haben. Auf dem Bildschirm ist nun ein kleiner, magerer Reporter mit einer riesigen schwarzen Brille zu sehen. Er hält ein Mikrofon in der Hand, das den Großteil seines Gesichts verdeckt, und es kommt mir so vor, als würde er schrumpfen, bis mir klar wird, dass er im Schlamm versinkt, denn er hebt immer wieder mit einem deutlich vernehmbaren Schmatzen ein Bein aus dem schwarzen Morast. Der hartnäckige Regen der vergangenen Tage hat Thomas Cunninghams fünf steinige Äcker in ein Schlammbad verwandelt.

»Ich befinde mich hier auf einer Farm in Monag-han, deren Besitzer Thomas Cunning-ham mit Katherine Kavanagh alias Killian Kobain liiert sein soll.« Simms legt eine Pause ein, um die Bedeutung seiner Worte auf die Zuschauer wirken zu lassen, während er noch etwas weiter im Morast versinkt.

Die Kamera zoomt zu Thomas, der hinter ihm steht. Dieser hat – gottlob – den Hammer weggelegt und kommt auf den Reporter zu.

»Kann ich helfen?«, fragt er. Seine Miene ist ungefähr so freundlich wie die von Victoria Beckham.

»Ist es wahr, dass Sie mit Katherine Kavanagh verlobt sind und sie heiraten werden?«, fragt der Reporter.

»Nein«, sagt Thomas.

Simms lässt nicht locker. »Aber Sie waren doch mit Kat Kavanagh liiert, richtig?«

Thomas baut sich vor ihm auf. »Runter von meinem Land.«

Simms weicht einen Schritt zurück. »Waren Sie eingeweiht? Wussten Sie, dass sie die Declan-Darker-Krimis schreibt?«

»Ich weiß eine ganze Menge«, knurrt Thomas. »Unter anderem, dass Sie widerrechtlich meinen Grund und Boden betreten haben.«

»Ist Ihnen bekannt, wer der Vater des Kindes ist, das Kat Kavanagh mit fünfzehn zur Adoption freigegeben hat?«

Thomas packt den Reporter schweigend an den Oberarmen und hebt ihn hoch, was eine Weile dauert, weil Simms inzwischen bis zu den Schienbeinen im Schlamm steckt. Thomas trägt ihn zu dem Stück Zaun, das er bereits errichtet hat, und setzt den Reporter auf einen Heuhaufen auf der anderen Seite. Dann wischt er sich die Hände an der Anzughose ab und blickt direkt in die Kamera. Im selben Moment beginnt das Bild zu wackeln, als würde der Kameramann rückwärts das Weite suchen, was ich durchaus verständlich fände. Der Bildschirm wird schwarz, und dann sieht man wieder Dawn Handel im Studio.

»Wir schalten später noch einmal zu Mark Simms in Monag-han«, sagt sie. »Und nun zum Sport.«

Minnie greift nach der Fernbedienung und schaltet den Fernseher aus, dann geht sie in die Küche und schaltet das

Radio aus. Ich höre sie mit dem Teekessel werkeln. Gleich darauf kehrt sie mit ihrem iPad in der Hand zurück. »Du bist der neue Twitter-Star«, berichtet sie.

»Und?«, sage ich, weil das jetzt auch schon egal ist.

»Und du bist auf den Titelseiten aller Abendzeitungen. Und damit meine ich nicht nur die irischen. Sieh dir das an.«

Sie reicht mir ihr iPad, und ich scrolle mich durch die Schlagzeilen.

DIE SIEBEN LEBEN DER KAT KAVANAGH

KILLIAN KOBAIN ZEIGT SICH VON SEINER FEMININEN SEITE

KRIMIAUTORIN KAT KAVANAGH ALIAS KILLIAN KOBAIN: ICH HABE MEIN BABY WEGGEGEBEN

KATHERINE KAVANAGH: DAS GEHEIMNIS IHRES ERFOLGS

DER APFEL FÄLLT NICHT WEIT VOM STAMM: JANET NOBLE IST KILLIAN KOBAINS MUTTER!!!

KAT KAVANAGHS »DUNKLES GEHEIMNIS«

LONDONER VERLAGSHAUS HODDER & STOUGHTON: DIE KATZE IST AUS DEM SACK

KRÄFTIG ABGESAHNT: KAT KAVANAGH VERDIENT MILLIONEN ALS KILLIAN KOBAIN

Ich hebe den Kopf. Minnie sieht mich an, als würde sie eine Reaktion von mir erwarten. »Ja?«, sage ich.

»Was ist mit Faith?«

Jetzt sehen sie mich alle an – Mum, Dad, Minnie und Ed. Als würden sie auf eine Antwort warten.

»Es ist nur eine Frage der Zeit, bis sie sie aufstöbern«, sagt Minnie.

»Ich weiß, und ich … Ich werde mit ihr reden, aber …«

»Du musst es sofort tun«, sagt Mum.

Minnie nickt. »Sie müsste schon echt am A… der Welt leben, wenn sie noch nicht erfahren hat, dass du der ganzen Welt von ihr erzählt hast.«

»Faith lebt nicht am A… der Welt, Minnie. Sie wohnt in Brighton. Bei Milo.«

Mum schüttelt den Kopf. »Also, ich verstehe wirklich nicht, warum du es unbedingt bei der Pressekonferenz bekannt geben musstest, Katherine.«

»Ich musste es tun. Früher oder später hätten sie es rausgefunden, und ich wollte, dass sie es von mir erfahren.«

Dad hebt die Hand. »Ich finde, wir sollten uns jetzt alle erst einmal hinsetzen und tief durchatmen.«

Mum funkelt ihn entnervt an. »Als Nächstes willst du uns wohl auch noch Tee bringen, wie?«

»Hervorragende Idee.« Er steht auf und geht in die Küche, wo er sogar noch eine Packung Schokoladenkekse auftreibt. Kurz darauf sitzen wir um den Tisch im Esszimmer, trinken Tee, essen Schokoladenkekse und überlegen, wie es weitergehen soll.

Dad hat Faiths Nummer. Er sagt, ich soll sie anrufen. »Nein«, sagt Mum. Sie findet, ich soll zu Faith nach Brighton fahren, mit ihr reden und ihr alles erklären.

Ich weiß nicht, wie ich es ihr erklären soll. Ich habe keine Erklärung.

»Ich kann nicht nach Brighton«, sage ich. »Ich komme ja nicht einmal lebend aus dem Haus!«

Minnie beugt sich nach vorn. »Oh, doch«, sagt sie mit einem fiesen, hinterlistigen Grinsen.

»Wie denn?«, frage ich.

»Ich habe einen Plan.«

KAPITEL 45

Ich bin der Erste, der sie sieht, was total unlogisch ist, weil ich nie Nachrichten gucke. Oder zumindest nur ganz selten. Nachrichten sind entweder total langweilig oder total deprimierend. Sully hat zum Beispiel mal von einer Frau gehört, die wurde von einem Mann, der mit seinem Hund und seinem Hamster in einem Keller gewohnt hat, in kleine Stücke geschnitten und in einen Koffer gesteckt. Das hat Sully in den Nachrichten gesehen, also muss es stimmen.

Celia macht ein Nickerchen. Wahrscheinlich ist sie müde von den ganzen Fahrten ins Krankenhaus.

Nach den Nachrichten kommt *Harry Potter und der Feuerkelch*. Damit die Zeit schneller vergeht, lege ich einen Keks auf den Kaminsims und puste es mit einem Strohhalm vor mir her bis zum anderen Ende, und da sehe ich sie. Im Fernsehen, meine ich. Ich bin ziemlich sicher, dass sie es ist. Ich erkenne sie, weil ich die Fotos in Eds Zimmer gesehen habe, aber ich glaube, ich hätte sie auch erkannt, wenn ich die Fotos nicht gesehen hätte. Sie sieht nämlich genauso aus wie Faith, nur älter. Ich stecke mir den Keks in den Mund und mache den Fernseher lauter.

Sie sitzt auf einem Stuhl, hinter einem Tisch, der aussieht wie unsere Tische in der Schule. Sie spricht in ein Mikrofon, das vor ihr steht, aber ich weiß nicht, mit wem sie redet. Neben dem

Mikrofon steht ein Glas Wasser, aus dem sie immer wieder einen großen Schluck trinkt.

Bestimmt würde sie auch ein bisschen wie Ed aussehen, wenn sie mal lächeln würde.

Faith und Dad und Ant und Adrian kommen rein.

»Wir spielen Scrabble«, verkündet Dad. Dad ist ein grauenhafter Scrabble-Spieler. Er denkt sich ständig Wörter aus, und er sieht im Internet nach, und das ist gegen die Regeln.

Faith wirft einen Blick auf den Fernseher und sagt: »Oh Gott.«

»Was hast du denn?«, fragt Dad.

»PSSSST!«, macht Faith.

»Was ist denn jetzt mit Scrabble?«, sagen Ant und Adrian gleichzeig, wie sie das hin und wieder tun. Vielleicht, weil sie Zwillinge sind. Und sie lieben Scrabble. Sie gewinnen fast immer.

»RUHE!«, schnauzt Faith ihn an, und Ant sagt: »Da hat wohl jemand seine Tage«, und Adrian schnauzt ihn an: »Halt's Maul, Blödmann«, und Dad zischt: »Wollt ihr etwa, dass Celia wieder runterkommt?« Und da sind alle still.

Die Frau im Fernseher zeigt auf jemanden und nickt, und dann schwenkt die Kamera auf einen Mann, der auf einem Stuhl sitzt, inmitten von ganz vielen anderen Leuten, Männern und Frauen. Alle sitzen auf Stühlen und haben Blöcke und Stifte in der Hand, mit denen sie sich Notizen machen.

»Also, ähm, Kat ...«, sagt der Mann. »Darf ich Sie Kat nennen?«

»Ich kann es Ihnen wohl kaum verbieten«, erwidert Kat.

»Tja, ähm, Kat, würden Sie uns verraten, warum?«

Kat sagt nichts.

»Ähm ... Ich meine, warum haben Sie der Welt Ihren Erfolg als Autorin so lange verschwiegen?«

Kat verdreht die Augen, genau wie Faith es tut, wenn Ant

und Adrian behaupten, sie können die Buchhaltung nicht machen, weil sie eine Verabredung haben oder weil ihnen ein Zeh wehtut oder so. »Weil ich genau das hier vermeiden wollte«, sagt Kat und wedelt mit den Armen, damit die Leute wissen, dass sie gemeint sind.

Eine Frau, die sehr kleine Locken hat und in einem sehr engen Kostüm steckt, sagt: »Und warum sprechen Sie jetzt plötzlich darüber, nach all den Jahren?«

Die Kamera schwenkt zurück zu Kat. »Weil mir jemand auf die Schliche gekommen ist und mich wiederholt belästigt hat in dem Versuch, mich zu erpressen.« Sie guckt direkt in die Kamera und sagt: »Die Polizei ist informiert. Es ist nur eine Frage der Zeit, bis der Betreffende gefunden wird.« Genauso sieht Faith aus, wenn sie so was sagt wie: »Früher oder später komme ich ohnehin dahinter; du kannst es dir also auch einfacher machen und gleich mit der Wahrheit rausrücken.«

Einen Moment lang sagt niemand etwas, dann fangen plötzlich alle gleichzeitig an zu reden.

»Langweilig«, sagt Ant. »Wann fängt *Harry Potter* an?«

Adrian greift nach der Fernsehzeitschrift. »Ich hoffe, es ist der erste Teil, den finde ich am besten. Da hat Hermine noch die volle Wolle.«

»Hermine ist ein Nerd«, sagt Ant.

Adrian zuckt die Achseln. »Ich mag Frauen mit Wuschelmähne.«

»Freak«, sagt Ant.

Faith starrt auf die Glotze.

Dad setzt sich die Brille auf und starrt abwechselnd Faith und die Frau im Fernsehen an, aber ich glaube, er hat es noch nicht gecheckt.

Wahrscheinlich, weil er so müde ist. Gestern hat er zu Celia »Beth« gesagt, und dann hat er versucht, eine Küchenrolle im Klopapierhalter im Bad zu befestigen, und beim Hühnchen-Brokkoli-Auflauf hat er das Hühnchen vergessen. An seiner Stirn klebt irgendetwas, und ich glaube, Celia redet nicht mehr mit ihm.

Im Fernsehen steht gerade ein kleiner Mann mit einem dicken Bauch auf und fragt Kat: »Haben Sie noch weitere Leichen im Keller, Kat Kavanagh?«

Kat sagt lange nichts, sie guckt ihn bloß an. Dann deckt die Frau, die neben ihr sitzt und aussieht wie eine Schuldirektorin, mit einer Hand das Mikrofon zu und flüstert ihr etwas ins Ohr. Kat schüttelt den Kopf, und dann sieht sie den kleinen Mann mit dem dicken Bauch an und sagt: »Ja, da ist noch etwas.«

Sie nimmt einen Kugelschreiber, dreht ihn zwischen den Fingern. Man hört, wie die Leute mit Zetteln rascheln und husten, obwohl sie gar nicht wirklich husten müssen.

»Als ich fünfzehn war, habe ich eine Tochter zur Welt gebracht und sie zur Adoption freigegeben.«

Jetzt ist es mucksmäuschenstill. Niemand rührt sich, niemand hustet.

Ant und Adrian sehen zu Faith und sagen gleichzeitig: »Heiliger Strohsack!« Jetzt ist ihnen offenbar ein Licht aufgegangen. Man sieht es ihnen nicht an, aber die beiden haben im Abschlusszeugnis lauter Einsen bekommen.

Faith legt den Kopf in die Hände.

Dad lässt sich auf die Couch plumpsen, die bedenklich kracht, aber sie hält.

Die Leute im Fernsehen fangen alle gleichzeitig an, Fragen zu stellen. Bei den ganzen Kamerablitzen könnte man glatt meinen, es gewittert.

Eine Frau im Publikum beugt sich so weit auf ihrem Stuhl nach vorn, dass sie fast von der Kante fällt. Sie richtet sich auf und fragt: »Haben Sie Ihre Tochter je kennengelernt?«

»Warum haben Sie sie zur Adoption freigegeben?«, fragt eine andere, die ich nicht sehen kann.

»Stehen Sie mit Ihrer Tochter in Kontakt?«

»Weiß Ihre Tochter, dass Sie Killian Kobain sind?«

»Wer ist Ihre Tochter?«

»Wie heißt Ihre Tochter?«

»Wo lebt Ihre Tochter?«

»Warum erzählen Sie uns das jetzt?«, fragt ein Mann, dessen Glatze glänzt, als hätte er sie poliert.

Kat legt beide Hände vor sich auf den Tisch und betrachtet sie, als wollte sie sich genau einprägen, wie sie aussehen.

Dann hebt sie den Kopf. »Weil ich wollte, dass Sie es von mir erfahren.« Sie steht auf und sagt: »Keine weiteren Kommentare.«

Dann dreht sie den Leuten den Rücken zu und geht, ohne sie noch einmal anzusehen. Alle sind aufgesprungen und schreien ihr Fragen nach und schießen Fotos von ihr. Besser gesagt, von ihrem Rücken, denn sie dreht sich nicht mehr um.

Dann erscheint eine Nachrichtensprecherin, die sagt: »Janet Noble, Katherine Kavanaghs Mutter und Preisträgerin des Man Booker Prize, stand nicht für einen Kommentar zur Verfügung.«

Ant sagt: »Heilige Sch…«, aber bevor er es aussprechen kann, sagt Dad: »Hier wird nicht geflucht, junger Mann.« Dad sagt oft »junger Mann« zu Ant und Adrian, weil er die beiden manchmal nicht auseinanderhalten kann.

Dann kommt der Wetterbericht, und bevor die Wetteransagerin über das Wetter redet, sagt sie: »Du meine Güte, wie es aussieht, muss ich mein Killian-Kobain-Poster abnehmen!«

Dann redet sie von einer Unwetterwarnung.

Es könnte einen Schneesturm geben, sagt sie.

Aber er wird sich wieder legen, sagt sie.

Schon relativ bald.

Faith schaltet den Fernseher aus und sinkt auf die Couch, als hätten auf einmal ihre Beine nachgegeben.

»Das ist sie, oder?«, sagt Ant. Er setzt sich neben Faith und nimmt ihre Hand, und sie wehrt sich nicht. Sie sitzt bloß da und lässt sich von ihm die Hand halten.

Dad fährt sich mit den Fingern über die Stirn, als wollte er sich ein paar Haare aus den Augen streichen. Hin und wieder vergisst er, dass er gar keine Haare mehr hat. »Du meinst … Das ist …?«

Faith nickt. »Ja, das ist sie. Das ist meine – Mutter.« Es klingt nicht sauer. Ungefähr so klingt Damos Mum, wenn Sully wieder in den Krieg muss.

»Aber … Ich …«, stottert Dad. »Was … Wie kann …?« Ich glaube, er sollte dringend auch ein Nickerchen machen.

»Sehr eloquent, Väterchen«, witzelt Adrian.

»Das glaub ich einfach nicht«, sagt Faith. Sie ist schneeweiß im Gesicht. Ich hoffe, sie bekommt keinen Herzinfarkt. George Pullman hat erzählt, sein Großvater ist vor dem Herzinfarkt auch schneeweiß geworden, und dann ist er tot umgefallen.

»Das verstehe ich nicht«, sagt Dad. »Als du nach Dublin gefahren bist, hat sie sich geweigert, dich zu treffen, und jetzt gibt sie im Fernsehen Interviews …«

»Auf Sky News«, sagt Ant.

»Oh, Gott«, flüstert Faith, als wäre etwas Schlimmes passiert.

»Und erzählt allen, dass sie nicht nur eine berühmte Schriftstellerin ist, sondern auch noch deine Mutter«, sagt Dad. »Das ergibt doch keinen Sinn!«

»Ich könnte mir durchaus vorstellen, dass das eine mit dem anderen zu tun hat«, sagt Adrian. Er reibt sich mit den Fingerspitzen das Kinn, wie irgend so ein alter Besserwisser.

»Was? Wieso?«, fragt Faith.

»Na ja, erst wird sie von einem Typen erpresst, der damit droht, ihre wahre Identität zu enthüllen, und dann taucht auch noch eine Frau auf, die sie noch nie gesehen hat, und die behauptet, sie wäre ihre Tochter …«

»Und behauptet, sie wäre ihre Tochter?«, wiederholt Faith.

»Faith lügt nicht, du Blödmann«, sage ich. »Diese Frau ist wirklich ihre Mutter. Wir haben ihren Namen in Jonathons Computer in London gesehen, du Wichser.« Plötzlich bin ich total sauer.

»Milo!«, sagt Dad. »Wie redest du denn mit …«

»Das war doch nur ein Versuch, dir, liebes Schwesterherz, diese offenbar recht spontan organisierte Pressekonferenz zu erklären, die wir gerade gesehen haben.«

Faith fängt an zu weinen, und ich baue mich vor Adrian auf und sage: »Da siehst du, was du angerichtet hast!« Erst jetzt merke ich, dass ich zittere. Ich schätze mal, weil ich wütend bin. Wobei ich nicht genau weiß, wieso ich wütend bin. Wahrscheinlich wegen Weihnachten. Und wegen Mum. Mum hat Weihnachten geliebt. Sie sollte jetzt da sein. Und damit meine ich nicht in Schottland, sondern hier, bei uns. Und sie sollte Faiths Mutter sein. Ihre richtige Mutter. So, wie es vorher war. Vorher war alles bestens.

»Reg dich ab, Milo«, sagt Adrian. Er sieht mich nicht einmal an dabei. Und da gehe ich auf ihn los. Weil ich normalerweise nicht zu den Leuten gehöre, die auf andere losgehen, kommt mein Angriff ziemlich unerwartet für Adrian, und er stolpert und fällt hin. Das klingt schlimmer, als es ist, weil er nämlich neben der Couch steht, und darauf landet er dann auch. Jetzt, wo er unter mir ist, weiß ich nicht so genau, was ich machen soll, also balle ich die Fäuste und boxe auf ihn ein. Hauptsächlich in die Schulter und auf die Brust und den Arm. Er schreit, als ich das tue, also gehe ich davon aus, dass es ihm wehtut. Ich habe Damo mal unabsichtlich so fest in den Arm geboxt, dass er taub wurde. Damo konnte den Rest des Tages nicht mehr mitschreiben. Jedenfalls hat er das zu Miss Williams gesagt. Er hat ihr aber nicht verraten, dass es meine Schuld war.

»Runter von mir, du kleiner Scheißer«, knurrt Adrian.

»Schnauze, Adrian!«, faucht Faith. »Untersteh dich gefälligst, so mit Milo zu reden.«

»Und du hörst gefälligst auf zu fluchen, Faith!«, sagt Dad.

Schließlich packt mich Ant bei den Armen und zieht mich von Adrian runter. Ich wehre mich und schreie wie am Spieß, dabei bin ich ehrlich gesagt ganz froh darüber. Adrian hätte mich nach dem ersten Schreck bestimmt windelweich geprügelt. Wenn er sich mit Ant prügelt, macht er regelmäßig Hackfleisch aus ihm.

»Lass mich los!«, schreie ich. »Den mach ich fertig!« Und Dad schreit: »Würdet ihr BITTE aufhören rumzubrüllen? Celia versucht, sich zu erholen!« Adrian rappelt sich von der Couch hoch. Seine Haare stehen vorne in die Luft wie ein Pfeil. Er reibt sich den Arm, als würde er ihm wehtun, und dabei guckt er mich an und grinst schief. »Nicht übel, Kleiner. Nicht übel.«

»Ich hab dich geschlagen«, sage ich, weil es stimmt, und er sagt: »Ich hab dich gewinnen lassen«, und Dad schreit: »Könntet ihr jetzt BITTE MAL ALLE DEN SCHNABEL HALTEN!« Er schreit so laut, dass es in der Vitrine mit den Glasböden scheppert und klirrt. In dieser Vitrine bewahrt Celia ein paar Sachen von ihren Großeltern auf – Sherrygläser und silberne Fingerhüte und Schäferinnen aus Porzellan mit langen, dünnen Stäben in der Hand –, und ich will gerade sagen, dass Celia bestimmt sauer wäre, wenn sie das Scheppern hören würde, da steht sie auf einmal im Wohnzimmer und keucht: »Ich glaube, das Baby kommt.«

Alle stöhnen, außer Dad, der fragt: »Bist du diesmal auch ganz sicher?«

Celia sieht nicht besonders sicher aus, aber sie nickt trotzdem.

»Und es ist bestimmt keine Verstopfung, wie beim letzten Mal?«, fragt Dad, und da fängt sie an zu weinen. »Warum sind eigentlich alle gegen mich?«, schnieft sie. Glaube ich jedenfalls. Es ist schwer zu verstehen, weil sie weint. Dad dreht sich zu Faith um. »Wir reden darüber, sobald ich wieder da bin«, sagt er und dann, etwas leiser: »Es sollte nicht allzu lange dauern.«

KAPITEL 46

»Wie, ein Täuschungsmanöver?«, frage ich.

»Na, hör mal, als Krimischriftstellerin wirst du doch wohl wissen, wie so was geht.« Minnie tippt auf ihrem iPad herum, während sie mit mir redet. Ich wette, sie macht keinen einzigen Tippfehler, was auch immer sie da treibt. Ich kenne nur wenige Menschen, die so hervorragende Multitasker sind wie sie.

»Schon, aber du kannst unmöglich statt meiner da rausgehen. Du siehst mir kein bisschen ähnlich«, sage ich.

»Wir sind gleich groß und ähnlich gebaut. Ich setze einfach einen Hut und eine Sonnenbrille auf, dann werden sie automatisch annehmen, dass du es bist. Menschenscheue Leute tragen immer Hut und Sonnenbrille.«

»Ich bin nicht menschenscheu«, sage ich.

Minnie späht auf ihr iPad, tippt etwas, drückt auf Enter. »Minnie!«

»Ja?«

»Ich bin verdammt noch mal nicht menschenscheu!«

»Das wissen die da draußen ja nicht.« Minnie deutet mit dem Kopf in Richtung Fenster, und ich spähe hinaus. Sie sind überall. Den größten Übertragungswagen hat Sky. Es ist schon fast ein LKW. Den Leuten vom öffentlich-rechtlichen Fernsehsender RTE ist es bestimmt peinlich, dass sie bloß einen mickrigen Toyota Hiace haben. Heute Mittag wurde ein Interview mit unserer Nachbarin Mrs. Byrne ausgestrahlt, die auch die Vorsitzende des Anwohnervereins ist. »Wir hatten ja keine Ahnung … Wir haben Kat immer für ein nettes, stilles Mädchen gehalten«, sagte sie und eilte von dannen, wobei sie verängstigt einen Blick über die Schulter warf, als könnte ich gleich aus einem Busch springen und sie in einen meiner Krimis hineinschreiben.

Ich schüttle den Kopf. »Ich kann jetzt nicht in ein Flugzeug nach England steigen.«

Minnie drückt erneut auf Enter und sagt: »Nenn mir einen guten Grund, warum du das nicht tun solltest, und komm mir jetzt nicht mit Ed. Dem Jungen geht's blendend.« Wir spähen beide zu Ed, der mit den letzten seiner Krankenhaustrauben auf der Couch lümmelt und sich durch die *Coronation-Street*-Sammelbox arbeitet.

»Ich kann unmöglich einfach so – dort aufkreuzen«, sage ich. »Ich habe ja nicht einmal ihre Adresse.«

»Wir haben den Namen des Cafés.«

»Aber – ich kann doch nicht einfach unangemeldet hereinschneien.«

»Unangemeldet ist in so einem Fall vermutlich besser als angemeldet.«

»Aber …«

Minnie klappt ihr iPad zu. »So.«

»Was?«

»Du steigst morgen früh in die Maschine nach Gatwick.«

»Aber morgen ist der fünfundzwanzigste Dezember. Ich kann sie unmöglich an Weihnachten überfallen. Außerdem ist das Café womöglich geschlossen.«

Minnie fährt fort, als hätte ich nichts gesagt: »In Gatwick nimmst du den Direktzug nach Brighton. Gegen Mittag bist du am Ziel.«

»Nein, Minnie, das geht nicht. Ich kann nicht, nicht morgen. Es ist zu früh. Gib mir noch etwas Zeit. Zumindest bis zum sechsundzwanzigsten Dezember.«

»Zu spät. Flug und Zug sind bereits gebucht.«

»Im Ernst?«

Minnie nickt.

»Das hast du alles gerade eben organisiert?«

Sie nickt erneut und grinst selbstgefällig. Ich kann es ihr nicht verdenken. Sie ist wirklich nicht zu toppen.

»Aber – ich kann nicht. Ich bin total erledigt. Ich muss mich erst einmal etwas sammeln, nach allem, was ich in den vergangenen Tagen mitgemacht habe.«

»Quatsch. Du bist fit wie ein Turnschuh«, sagt Minnie, als wäre das eine Tatsache und nicht ihre persönliche Meinung.

»Ich … Ich weiß aber nicht, was ich ihr sagen soll.«

Minnie tätschelt meine Schulter. »Dir wird schon etwas einfallen.« Mir ist klar, dass ich in dieses Flugzeug steigen muss. Ich habe keine andere Wahl. Mit Minnie zu verhandeln ist ein absolut sinnloses und äußerst anstrengendes Unterfangen. Sie ist so unnachgiebig wie ein Panzer. Außerdem ist draußen soeben das Taxi vorgefahren, das Minnie zu meiner Wohnung bringen soll, damit sie ihren Wagen holen kann.

KAPITEL 47

Es ist der vierundzwanzigste Dezember, und es gibt Chili con Carne, was eines meiner Lieblingsgerichte ist, wegen der Kidneybohnen und der Chilis. Eigentlich wollte Dad sein Spezialgericht – Steak und Pommes – für uns kochen, aber er ist bei Celia im Krankenhaus. Das Baby ist noch nicht da, aber der Arzt meinte, sie sollte die Nacht über bleiben, weil sie sich ausruhen muss nach der ständigen Hinundherfahrerei. Jetzt schläft sie, hat Dad erzählt, als er vorhin angerufen hat. »Du solltest dich auch mal ein bisschen aufs Ohr hauen«, habe ich gesagt, und er hat gesagt: »Du bist nicht der Erste, der mir das ans Herz legt.« Er klang wie ein Zombie.

Ant hat so viel Chili gemacht, dass es auch noch für morgen reicht, obwohl in der Speisekammer ein Truthahn hängt. Dad hat ihn von einem Freund bekommen, der Farmer ist. Er hat noch alle Federn. Dad wollte mir eigentlich zeigen, wie man ihn rupft. Ich hoffe, wir müssen ihn nicht essen, und zwar nicht, weil er schon anfängt zu müffeln, sondern weil es zu sehr wie Weihnachten wäre, wenn es Truthahn gibt.

Adrian macht Guacamole aus Avocados und Knoblauch. Ich schiebe das Knoblauchbrot in den Ofen, und Faith deckt den Tisch. Adrian rollt immer wieder die Schulter und sagt: »Dein rechter Haken hat's ja ganz schön in sich«, aber ich glaube, er ist nicht sauer auf mich, denn er zwinkert mir dabei zu.

Jedes Mal, wenn die Nachrichten kommen, zeigen sie wieder Kat. Sie sagt immer dasselbe. Sie redet über ihre Bücher und darüber, dass sie eine Tochter hat. Auf alle Fragen über Faith antwortet sie mit »Kein Kommentar«, und sie erwähnt auch nie ihren Namen.

Die Nachrichtensprecherin sagt: »Seit bekannt wurde, dass Katherine Kavanagh seit fast zwanzig Jahren unter dem Pseudonym Killian Kobain schreibt, sind die Verkaufszahlen der Declan-Darker-Serie sprunghaft angestiegen.« Im Hintergrund werden Leute in einem Buchladen gezeigt, aber man sieht gar nicht genau, was für Bücher sie kaufen.

»Das war ein genialer Schachzug von ihr«, sagt Faith.

»Was?«

»Na, diese kleine PR-Aktion.«

Ant schüttelt den Kopf. »Das hat die Frau doch gar nicht nötig. Die muss doch in Geld schwimmen wie Dagobert Duck.«

Faith und Adrian drehen sich zu ihm um und sagen gleichzeitig: »Halt die Klappe, Ant.« Zum Glück nimmt Ant es ziemlich gelassen. Er zuckt bloß die Schultern, schöpft sich noch mal Chili und Reis und Sauerrahm und Salsa auf den Teller und schaufelt alles in sich rein. »Ich wette, die wäscht nicht mal mehr ihre Geschirrtücher«, sagt er dann. »Ich wette, sie wirft sie einfach weg, wenn sie dreckig sind. Und ihre Socken auch.«

»Ach, das würdest du also tun, wenn du reich und berühmt wärst, ja?«, sagt Adrian. »Na, hoffentlich werden demnächst deine Lottozahlen gezogen.«

»Komischer Zufall, dass Dad für Milo zu Weihnachten das Declan-Darker-Spiel besorgt hat. Wie heißt es noch gleich?«

»Mind Games«, sagt Adrian. »Aber das ist ab achtzehn, und Milo ist doch erst … Wie alt bist du jetzt, Milo?«

»Morgen werde ich zehn«, sage ich.

»Ach du Scheiße«, sagt Adrian. Wahrscheinlich hat er vergessen, mir ein Geschenk zu kaufen. Das ist der Nachteil, wenn man an Weihnachten Geburtstag hat.

»Ich habe aber gar keine Xbox«, sage ich. Mind Games! Cool!

»Die hat er dir auch besorgt.«

»Das ist nicht fair«, sagt Ant. »Bei uns hat er es inzwischen aufgegeben, sich unsere Liebe mit teuren Geschenken zu erkaufen.«

Adrian nickt. »Ja, weißt du noch, die Quad-Bikes?«

»Das war ein klasse Sommer.«

»Dad will bestimmt nicht, dass ihr mir verratet, was für ein Geschenk er für mich besorgt hat«, sage ich. Eine Xbox! Für mich! Und ein Spiel dazu! Und obwohl ich weiß, dass es unverschämt ist, frage ich mich, ob er mir wohl auch die Schwimmbrille gekauft hat.

Als Ant gleich darauf mit Spinnweben in den Haaren aus dem Keller kommt, hält er zwei total verstaubte Weinflaschen in den Händen und hat sich eine dritte unter den Arm geklemmt. Er stellt sie auf den Tisch. »Ich hab den guten Stoff gefunden.«

Faith nimmt eine davon in die Hand. »Den können wir nicht trinken. Der ist fast achtzig Jahre alt.«

Ant studiert das Etikett. »Eben. Wahrscheinlich ist er schon gar nicht mehr genießbar. Wir tun dem alten Knaben einen Gefallen.«

Adrian macht eine Flasche auf, und ich hole vier Gläser. Faith sagt, ich bin zu jung für Wein, und schenkt mir Cranberrysaft ein, der fast genauso aussieht wie Wein und viel besser schmeckt.

»Ein Trinkspruch«, sagt Ant.

»Lasst uns das Zeug einfach vernichten, bevor Dad zurückkommt«, sagt Faith.

»Trinken wir auf Mum«, sagt Adrian.

Sie sehen mich an, und ich nehme mein Glas, und dann stoßen wir miteinander an und sagen: »Auf Mum!«, als hätte sie Geburtstag oder so.

Mir ist nicht zum Weinen zumute. Ich glaube, ich bin sogar irgendwie fröhlich. Vielleicht, weil Ant Chili gemacht hat und weil Celias Baby bald kommt und weil ich eine Xbox kriege und weil wir morgen keinen Truthahn essen müssen. Mums Weihnachtstruthahn hatte immer die beste Kastanienfüllung auf der ganzen Welt.

KAPITEL 48

Minnies Täuschungsmanöver entpuppt sich als ziemlich klischeehaft. Es könnte glatt aus *Ocean's Eleven*, *Mission Impossible* oder irgendeinem anderen x-beliebigen Mainstream-Blockbuster stammen.

Sie fährt am darauffolgenden Morgen mit dem Taxi bei uns vor, weil ihr Wagen nach wie vor total zugeparkt vor meinem Wohnblock steht, wie wir aus dem Fernsehen wissen. Sie trägt eines ihrer typischen Business-Outfits: schwarzer Military-Look-Ledermantel mit riesigen Goldknöpfen, schwarze Strumpfhose, schwarze hohe Lederstiefel, schwarze Schirmmütze.

Als sie das Haus meiner Eltern wenig später wieder verlässt, hat sie meinen Trenchcoat, meinen Filzhut und meine *Ankle Boots* an und eine große, dunkle Sonnenbrille auf der Nase. Der Hut ist essenziell und erfüllt gleich zwei Aufgaben: Erstens sieht er aus wie ein Hut, den menschenscheue Schriftsteller tragen, und zweitens kann Minnie darunter ihre Haare verstecken. Vervollständigt wird diese Verkleidung durch einen von Dads riesigen Golfschirmen. Als ich sie fragte, wozu sie den Schirm brauche, sagte sie: »Falls mir einer dieser Scheißkerle zu nahe kommt, kriegt er damit eins auf die Rübe.«

Ich muss nicht aus dem Fenster sehen, um mitzuverfolgen, was geschieht, denn es wird live im Fernsehen übertragen. Kaum ist Minnie vor die Tür getreten, stürzen sich die Reporter auf sie wie ein Rudel Wölfe auf ein Lämmchen. Allerdings ist Minnie Driver kein Lämmchen. Sie hält den Schirm wie ein Schwert und zielt damit auf alles in ihrer Reichweite, unter anderem auf einen Mann mit einem dieser flauschigen Mikrofone, die aussehen wie ein Staubwedel. Sie trifft ihn in den Bauch, und er lässt den Staubwedel fallen und krümmt sich. Man kann ihn nicht hören, aber ich gehe davon aus, dass er laute Schmerzensschreie von sich gibt. Der Schirm hat nämlich eine besonders spitzige Spitze, und Minnie hat sie ihm ziemlich tief in die Eingeweide gebohrt. Einer Journalistin knallt sie das zusammengerollte Mittelstück des Schirms an die Stirn, worauf die Frau gegen den Bauch eines unglaublich dicken Mannes taumelt, abprallt und das Gleichgewicht wiedererlangt. Sie dreht sich mit einem dankbaren Lächeln zu ihm um, und er nickt mit stoischer Miene, als wäre sein Bauch nicht zum ersten Mal in eine derartige Rettungsaktion involviert gewesen.

Danach teilen sich die Menschenmassen wie das Rote Meer, und Minnie marschiert zu Dads Wagen, steigt ein und rast davon. Dad verfolgt es mit sorgenvollem Blick. »Minnie ist eine gute Fahrerin«, versichere ich ihm, und er nickt, und ich sehe wieder zum Fernseher und muss unwillkürlich lächeln. Minnie Driver ist schon etwas ganz Besonderes.

Einer der Reporter behauptet soeben, es sei eine Szene wie aus einem Declan-Darker-Krimi, was natürlich Nonsens ist – meine Charaktere haben Schirme bislang ausschließlich zum Schutz gegen Regen verwendet. Die Journalisten hasten zu ihren diversen Autos und Übertragungswagen, um die Verfolgung aufzunehmen.

Mum borgt mir ihren Spazierstock, und ich setze mir eine von Eds Wollmützen auf und nehme die Tasche, die sie für mich gepackt hat, sowie den Schlüssel für ihren Wagen.

»Und es macht dir auch wirklich nichts aus, dass ich dein Auto nehme?«

Mum schüttelt den Kopf und zieht mir die Mütze über den Kopf. Sie juckt ganz fürchterlich – die Art von Jucken, gegen die man mit Kratzen nichts ausrichten kann. »Was meinst du, wie lange wirst du unterwegs sein?«

Ich zucke die Achseln. »Keine Ahnung. Kommt darauf an.«

Mum tritt einen Schritt zurück. Sie hat die Arme seitlich an den Körper gepresst, der Rücken ist kerzengerade. »Du tust das Richtige«, sagt sie.

Ich nicke, dabei ist es völlig unmöglich zu sagen, ob sie recht hat oder nicht. Immerhin scheint sie sehr davon überzeugt zu sein, also beschließe ich, mir eine Scheibe von ihrer Gewissheit abzuschneiden.

»Es tut mir leid«, sage ich und deute auf das Fenster.

Sie schiebt mir eine Haarsträhne unter die juckende Wollmütze. »Ach, das bringt ein bisschen Farbe in mein ruhiges Leben.«

»Ich dachte, du liebst dein ruhiges Leben.«

»Vielleicht ein bisschen zu sehr.« Ich sage nichts, lege ihr lediglich eine Hand auf den Arm. Sie tätschelt sie, und dann schlingt sie urplötzlich die Arme um mich und drückt mich an sich. Ihr Gesicht fühlt sich warm an, die Haut weich und zart. Der Duft ihres Körperpuders steigt mir in die Nase. Es ist derselbe Puder wie vor all den Jahren, in meiner Kindheit. Genauso plötzlich, wie es angefangen hat, ist es auch schon wieder vorbei. Sie tätschelt meine Schultern und Arme, als wollte sie überprüfen, ob ich noch heil bin.

»Hast du auch genügend Geld dabei, Kat?«, fragt Dad.

Mum dreht sich zu ihm um. »Also wirklich, Kenneth! Natürlich hat sie genügend Geld, schließlich hat sie eineinhalb Millionen Pfund für die Filmrechte an *Das Recht zu schweigen* bekommen!« Das weiß sie nicht von mir, sondern aus der Sendung *Morning Ireland*.

»Mach dir keine Sorgen, Dad«, sage ich und küsse ihn auf die Wange.

Ich atme einmal tief durch, dann gehe ich in Eds Spielzimmer, wo Ed gerade mit der Wii zugange ist. »Willst du auch mal, Kat?«, fragt er.

»Ich muss jetzt los«, sage ich.

»Zu Faith?«

»Ja.«

»Und Milo?«

»Ja.«

»Kommen sie uns mal wieder besuchen?«

»Weiß ich nicht.«

»Sag ihnen, sie sollen bald kommen. Es ist nämlich echt anstrengend, jeden Tag mein Zimmer aufzuräumen.«

»Warum räumst du denn jeden Tag dein Zimmer auf?«

»Na, für den Fall, dass sie bei uns übernachten. Ich habe Faith versprochen, dass sie in meinem Zimmer schlafen kann, wenn sie das nächste Mal nach Dublin kommt, und Milo wird sie sicher begleiten und im oberen Stockbett schlafen wollen, weil er noch nie ein Stockbett hatte. Kinder wollen doch immer oben schlafen, oder?«

Dankedankedankedankedankedanke, denke ich, während ich Ed umarme. Ich weiß nicht, bei wem ich mich bedanke, aber ich bin dankbar – dafür, dass Ed noch da ist, dass es ihm gut geht, dass er sich so gesund und kräftig anfühlt in meinen Armen.

Ich schlüpfe in Mums Tweedmantel, nehme ihren Spazierstock, mache mich so klein wie möglich und gehe übungshalber ein paar Schritte. Dann bewaffne ich mich mit einem weiteren Golfschirm von der Garderobe, nur für alle Fälle.

Zu meiner Verblüffung geht Minnies Plan auf. Tja, es gibt eben nichts und niemanden, der es wagen würde, sich ihr zu widersetzen. Die verbliebenen Paparazzi verfolgen mit Argusaugen, wie ich zu Mums Auto marschiere, die Tasche im Kofferraum deponiere und mich dann hinters Lenkrad setze. Aber sie schießen bloß ein paar Fotos und rufen mir aus der Ferne halbherzig einige Fragen zu, als würden sie ohnehin keine Antwort erwarten. Vielleicht haben sie auch Respekt vor dem Schirm. Es liegt Resignation in der Luft, was ich darauf zurückführe, dass sie glauben, das Objekt ihrer Begierde sei nicht mehr hier. Es dauert ewig, bis ich mit meinen zitternden Fingern den Schlüssel ins Zündschloss bugsiert habe, doch meine Angst ist unbegründet. Die Reporter haben bereits den kümmerlichen letzten Rest Interesse an mir verloren. Sie sind nur wegen Kat Kavanagh gekommen. Mit schweißnassen Händen umklammere ich das Lenkrad. Ich habe das schreckliche Gefühl, dass das, was ich zu tun gedenke, alles andere als richtig ist. Trotzdem drehe ich den Schlüssel im Zündschloss um und starte den Motor. Ich habe sogar die Geistesgegenwart, so aus der Einfahrt und auf die Straße zu fahren, wie eine ältere Dame es tun würde: langsam und bedächtig.

Eile mit Weile, hat Mrs. Higginbotham immer zu Ed und mir gesagt.

Mehr als einmal verspüre ich den Drang, anzuhalten. Umzukehren. Nach Hause zu fahren und mich in meiner Wohnung zu verbarrikadieren, wie ich es schon seit geraumer Zeit tue. Seit Jahren genauso genommen.

Am Flughafen zum Beispiel, wo gerade das Gate geschlossen werden soll, obwohl ich noch nicht an Bord gegangen bin.

Oder im Flugzeug, wo sich mehrere Passagiere über Killian Kobain, Declan Darker und Kat Kavanagh unterhalten.

Oder nach der Landung, als der Kapitän sagt: »Willkommen auf dem Flughafen London Gatwick, wo uns schönes, aber kaltes Wetter erwartet. Es wurde Schnee angekündigt; wie es aussieht, bekommen wir also doch noch weiße Weihnachten.«

Aber ich halte nicht an. Ich kehre nicht um, fliege nicht wieder nach Hause, verbarrikadiere mich nicht in meiner Wohnung.

Ich setze meinen Weg fort.

Es ist höchst eigenartig.

Ich steige in Gatwick aus dem Flugzeug, konsultiere Minnies Instruktionen und halte mich genauestens daran. Ich nehme den Zug nach Brighton und komme dort gegen Mittag an, genau wie von Minnie vorhergesehen. Ich steige in ein Taxi und sage: »Zum Funky Banana bitte.« Der Name klingt sogar noch seltsamer, wenn man ihn laut ausspricht.

Der Taxifahrer lässt den Motor an und ordnet sich in den mittäglichen Verkehr ein. Mit seiner Schweigsamkeit unterscheidet er sich grundlegend von allen anderen Taxifahrern, die mir bislang untergekommen sind. Und weil ich nach dem Konsum von Alkohol prinzipiell nicht mehr ins

Auto steige, waren das schon so einige, jedenfalls bis zu dem Tag, an dem Ed operiert werden musste. Acht Tage ist das nun her. Noch dreihundertsiebenundfünfzig Tage. Stöhn.

Ich räuspere mich. »Ganz schön viel Verkehr, nicht?«

»Könnte schlimmer sein.«

Wieder herrscht Schweigen. Ich rutsche auf dem Sitz hin und her, als hätte ich die sprichwörtlichen Hummeln im Hintern.

Schade, dass Minnie nicht hier ist. Ich fände es tröstlich, jetzt nicht allein zu sein. Einen Beistand zu haben. Jemanden, der mir den Rücken stärkt. Ich habe mir noch nicht überlegt, was ich sagen werde, obwohl ich mehrere Stunden im Flugzeug und im Zug verbracht habe und jetzt hier in diesem Taxi sitze, hinter einem Fahrer, der schweigt wie ein Grab. Mit einem Mal komme ich mir winzig vor, so allein auf dieser Rückbank. Und ich habe mir keinen Text zurechtgelegt. Nichts.

Erst als ich das Café am Ende der Straße erspähe, wird mir klar: Ich hatte darauf gebaut, dass es geschlossen sein würde. Die Markise über dem Schaufenster ist von einem Knallgelb, wie ich es selten gesehen habe. Ein Glück, dass ich keinen Kater habe – ich wette, wer beim Anblick dieser knallgelben Markise nicht bei bester Gesundheit ist, kann vorübergehend erblinden.

Das Schild, das im rechten Winkel von der Fassade absteht, ist geformt wie eine Banane. Eine ziemlich gewöhnlich aussehende Banane, um ehrlich zu sein.

Der Taxifahrer hält vor dem Café an. Drinnen wimmelt es vor Leuten, die alle bestens gelaunt zu sein scheinen. Da wird gegessen, geplaudert, geschmunzelt, ja sogar gelacht. Die Stimmung wirkt geradezu erstaunlich fröhlich, wenn man bedenkt, dass Weihnachten ist.

Der Fahrer schaltet auf Leerlauf und lehnt sich wortlos zurück. Laut Anzeige schulde ich ihm zwölf Pfund und fünfundvierzig Pence. Ich reiche ihm einen Zwanziger und steige aus, ohne »Behalten Sie den Rest« zu sagen. Das ist das Mindeste, was ich tun kann.

Das Interieur macht einen flippigen Eindruck, wobei der Effekt wohl eher zufällig erzielt wurde. Es gibt keine zwei Stühle, die zusammenpassen, aber weil sie allesamt bunt angemalt sind, entsteht trotzdem ein harmonisches Gesamtbild. Ansonsten ist ganz schön viel Gelb am Start, und fast jedes Gericht und Getränk enthält Bananen. Für den Bananen-Chocolate-Chip-Milkshake habe ich ja noch Verständnis, aber bei Bananentee hört doch bestimmt für die meisten Leute der Spaß auf, oder? Minnie würde jetzt sagen, ich solle die Scheuklappen ablegen, aber ich bezweifle, dass sie oder Maurice sich an einen Bananentee wagen würden. Ich setze mich an den einzigen freien Tisch. Er steht gleich neben der Tür, was bedeutet, dass es an diesem Platz zieht und dass ich mir zu allem Überfluss auch noch den Tod holen werde.

Für einen irischen Touch sorgen unter anderem die grüne Shamrock-Wanduhr und das Tagesgericht, Irish Stew. Ich bin weiß Gott kein großer Fan von Irish Stew, aber als der Kellner kommt, um meine Bestellung aufzunehmen, sage ich: »Das Stew, bitte«, und er sagt: »Gute Wahl«, als hätte er meine Zweifel gespürt und wollte mich in meiner Entscheidung bestärken.

Der Weihnachtsbaum in der Ecke ist echt und mit allerlei hölzernen Früchten behangen, insbesondere mit Bananen. Merkwürdigerweise habe ich ein Glas Milch zum Essen bestellt, als wäre ich wieder sechs Jahre alt, dabei bin ich den Vierzig nun schon so nahe, dass ich quasi das

Weiße in ihren Augen sehen kann. Tja, vernünftige Getränke wie zum Beispiel Wein kommen zurzeit ja nicht in Frage, weil ich meinen Deal mit Gott nicht brechen will, was zugegebenermaßen verrückt ist, weil ich gar nicht an Gott glaube. Trotzdem wage ich es nicht, meinen Schwur zu brechen. Man kann schließlich nie wissen.

Ich glaube nicht, dass Faith hier ist. Es scheinen nur zwei Angestellte anwesend zu sein: der Kellner, ein »Maurice Minor« (so nennt Minnie Jungs an der Schwelle zum Mann, in Anlehnung an einen britischen Kleinwagen namens Morris Minor), und der Koch, auf den ich jedes Mal einen Blick erhasche, wenn Maurice Minor die Tür zur Küche öffnet. Der Koch hat langes, schwarzes Haar, das er zu einem hohen Pferdeschwanz zusammengebunden und ordentlich unter einem Haarnetz verstaut hat. Soeben schnippelt er Schalotten mit einem riesigen, glänzenden Messer, das so aussieht, als könnte man damit problemlos einen menschlichen Kopf vom Körper trennen, falls einem mal danach sein sollte.

Erst nachdem ich zu dem Schluss gekommen bin, dass Faith nicht da sein dürfte, bemerke ich, dass ich die Schultern bis zu den Ohren hochgezogen hatte, und das schon seit geraumer Zeit, wie es scheint, denn als ich sie nun bewusst sinken lasse, stelle ich fest, dass sie schmerzen. Irgendwie bin ich froh, oder zumindest erleichtert, weil sie nicht hier ist, und ich frage mich zum ersten Mal, was ich hier eigentlich treibe. Was ich zu erreichen hoffe. Und was genau ich zu sagen gedenke, falls sie mir je gegenüberstehen sollte.

Die Wahrheit ist: Ich habe nicht den blassesten Schimmer. Ich kann keine dieser Fragen beantworten. Trotzdem bleibe ich, statt zu flüchten. Statt in ein Taxi, einen Zug, ein Flugzeug zu steigen und nach Dublin zurückzukehren, wo ich die Antwort auf die meisten Fragen kenne. Mir ist, als säße ich im Warteraum eines Zahnarztes – es ist voll, und in der Luft liegt der Geruch nach zu vielen Menschen auf kleinstem Raum, und ich habe Angst. Schreckliche Angst. Weil es sein könnte, dass mir eine Wurzelbehandlung bevorsteht. Aber ich bleibe. Aus unerfindlichen Gründen bleibe ich.

Das Stew wird auf einem Pasta-Teller serviert, dazu gibt es ein paar Scheiben irisches Brot und eine Portion gelber Butter, die die Innenseite meiner Arterien garantiert mit einer dicken Schicht allerfeinsten Cholesterins auskleiden wird. Bei der Milch handelt es sich um Vollmilch, wie ich auf Anfrage erfahre. »Magermilch haben wir hier nicht.«

Ich bestreiche eine Scheibe Brot mit Butter, dippe sie in die dunkelbraune Soße, spieße mit der Gabel ein Stück Rindfleisch auf, eine junge Karotte und je ein Stück Sellerie und Steckrübe. Obwohl ich normalerweise kein großer Freund von Eintopfgerichten bin, muss ich zugeben, es schmeckt hervorragend. »Ein richtig gutes Irish Stew hat etwas Herzerwärmendes«, hat Mrs. Higginbotham immer gesagt, und jetzt weiß ich, was sie damit gemeint hat. Bis gerade eben war mir gar nicht klar, wie kalt mir war. Wie ausgehungert ich war. Es mag seltsam erscheinen, dass ich in so einem Augenblick Hunger verspüre. Tatsache ist, so einen Bärenhunger hatte ich seit Ewigkeiten nicht mehr. Ich esse alles auf und tunke mit dem Brot den letzten Rest Soße auf.

Als der Kellner kommt, um den Teller abzuräumen, stelle ich erstaunt fest, dass ich auch die Milch bis auf den letzten Tropfen ausgetrunken habe. Das wird sich morgen auf der Waage niederschlagen. »Sie wollen einen Nachtisch«, sagt er. Es ist eine Feststellung, keine Frage. Ich nicke und erkundige mich, was er mir empfehlen kann. »Den Funky-Banana-Becher natürlich«, sagt er, und ich sage: »Okay«, als wüsste ich genau, was mich erwartet.

Der Funky-Banana-Becher entpuppt sich als zünftiger Eisbecher mit Karamellsoße, Schokoflocken, Streusel und – wie könnte es anders sein – Bananen. Als ihn der Kellner vor mir auf den Tisch stellt, nehme ich all meinen Mut zusammen und sage: »Eigentlich will ich zu Faith. Faith McIntyre.«

Er mustert mich, als würde ich ihm bekannt vorkommen, und öffnet den Mund, überlegt es sich dann jedoch offenbar anders und sagt: »Ich hole Jack.«

Mein Herz hämmert heftig in meiner Brust. Jetzt gibt es kein Zurück mehr, selbst wenn ich es wollte. Und mal ganz ehrlich, im Moment würde ich wirklich nichts lieber tun, als die Beine in die Hand zu nehmen, dabei habe ich den Funky-Banana-Becher noch gar nicht probiert.

Wie sich herausstellt, ist Jack der Koch. Er hat sein Haarnetz abgenommen, wofür ich ihm aus unerfindlichen Gründen dankbar bin.

Er kommt mit zwei Tassen Kaffee an meinen Tisch, bleibt stehen, starrt mich an. »Sie sind doch diese Frau aus dem Fernsehen, nicht? Sie sind Killian Kobain.«

Ich blicke mich unauffällig um, aber die anderen Gäste schenken uns keine Beachtung. Sie scheinen es nicht gehört zu haben. »Ja«, sage ich.

Jack stellt einen Kaffee vor mir ab und nimmt auf dem Stuhl gegenüber von mir Platz. »Sie verstehen sich hervorragend aufs Fechten, das muss man Ihnen lassen.«

»Das war nicht ich, das war meine Freundin Minnie. Ist eine lange Geschichte.«

Jack beugt sich über den Tisch. »Sie sind also auf der Suche nach unserer Faith.«

Ich nicke. Er wischt sich die mehlige Hand an der Schürze ab und streckt sie mir hin. Ich schüttle sie. Er hat Bäckerhände: weich, warm und fleischig. Perfekt zum Teigkneten. Einen Mann mit solchen Händen kann man nicht anlügen. Vielleicht ist aber auch einfach die Zeit gekommen, da ich mich dem Leben stellen muss. Zu meiner Verantwortung stehen, wie Minnie es nennen würde. Die Wahrheit sagen, wie Ed sagen würde. Und Thomas? Keine Ahnung, was er dazu sagen würde. Vermutlich wäre er zu geschockt, von der Tatsache, dass ich hier sitze, um überhaupt etwas zu sagen.

»Ich bin Faiths – leibliche Mutter«, sage ich.

Jack steckt es ziemlich locker weg. »Oh«, sagt er und betrachtet mich eingehend. »Sie sehen ihr sehr ähnlich.«

»Sie war in Dublin, um mich kennenzulernen, aber – da war ich verhindert. Sie erwartet mich nicht. Ist sie da?«

Jack schüttelt den Kopf. »Sie hat spontan beschlossen, mit Milo über Weihnachten zu ihrem Vater nach Schottland zu fahren. Ich glaube, es war alles etwas zu viel für sie …«

»Zu viel?«, wiederhole ich.

»Es ist das erste Weihnachtsfest, seit Beth gestorben ist«, sagt Jack. »Sie wissen doch, dass sie gestorben ist?«

»Ja, ich … Ich war auch in den Unfall verwickelt. Mein Auto war nicht mehr zu retten, aber ich habe kaum einen Kratzer abbekommen.«

»Du meine Güte!« Jack schüttelt den Kopf. »Das ist ja unglaublich.«

Ich nicke.

Er fährt sich mit einer Hand über das Gesicht. »Arme Beth.«

Ich lege ihm eine Hand auf den Arm, völlig ungeplant und ohne lange darüber nachzudenken. Dann greife ich nach meiner Kaffeetasse. »Standen Sie und Beth sich sehr nahe?« Er lächelt.

»Ich kannte Beth schon ewig. Wir haben in verschiedenen Restaurants zusammengearbeitet, und dann hat sie dieses Café hier eröffnet und mich gefragt, ob ich für sie arbeiten will. Wir hatten echt schöne Zeiten hier.«

Ich sage: »Es tut mir leid.« Mehr will mir partout nicht einfallen.

Jack nickt.

»Wie geht es Faith, nach allem, was passiert ist?«, erkundige ich mich.

»Nicht so toll, glaube ich. Sie war wütend auf Beth, weil sie ihr das mit der Adoption verschwiegen hat. Und sie war beschäftigt. Sie musste sich um Milo kümmern. Ich glaube, darüber hat sie fast vergessen, wie traurig sie ist, wenn Sie wissen, was ich meine.«

»Ja«, sage ich, obwohl ich es nicht weiß. Kein bisschen.

»Faith hat mich gefragt, ob ich informiert war«, fährt Jack fort. »Sie dachte, ich war eingeweiht, weil ich so eng mit Beth befreundet war. Aber ich hatte keine Ahnung. Ich weiß nur, dass Beth Faith mehr geliebt hat als sich selbst. Sie standen sich sehr nahe, die beiden. Sie waren nicht wie Mutter und Tochter, sondern eher wie Schwestern.«

Zum ersten Mal bekomme ich eine Vorstellung von den beiden. Von Faith und von ihrer Mutter, und damit meine ich nicht mich, sondern Beth, ihre richtige Mutter. Die Frau, die sie aufgezogen hat wie ihr eigen Fleisch und

Blut. Die Faith aus Liebe verschwiegen hat, dass sie adoptiert war. Weil sie ihr nicht das Gefühl vermitteln wollte, dass sie ihr weniger wichtig war als ihre leiblichen Kinder. Weil sie ihr die Erkenntnis ersparen wollte, dass jemand sie weggegeben hatte.

Dass ich sie weggegeben hatte.

Genau das habe ich getan.

Ich habe sie weggegeben.

Meine Hände umklammern die Kaffeetasse auf dem Tisch so fest, dass die Fingerknöchel weiß hervortreten. So fest, dass ohne weiteres die Tasse zerspringen könnte.

»Alles okay?«, fragt Jack.

»Ja, danke, alles bestens.«

»Was haben Sie jetzt vor?«

»Haben Sie zufällig die Adresse von Faiths Vater in Schottland?«

»Schon, aber es ist Weihnachten. So kurzfristig kriegen Sie garantiert keinen Flug.«

»Ich muss hin. Stand-by oder wie auch immer. Ich muss weiter, jetzt, wo ich schon mal auf dem Weg bin. Ich weiß nicht, was ich sonst tun soll.«

Jack mustert mich eine Weile, dann steht er auf. »Bin gleich wieder da«, sagt er, und als er zurückkommt, reicht er mir einen Umschlag, auf dem er eine Adresse notiert hat. Ich stecke ihn in meine Handtasche.

»Danke.«

Wir schütteln uns erneut die Hände. »Das ist jetzt wohl kein guter Zeitpunkt, um Sie um ein Autogramm zu bitten, oder?«, fragt er.

»Nein, ist es nicht.«

»Nächstes Mal?«

»Ja.« Und dann lächle ich. Ich weiß auch nicht, warum. Vielleicht, weil Jack glaubt, dass es ein nächstes Mal geben wird, und er kennt Faith, also interpretiere ich das als ein Omen. Ein gutes Omen. Dass vielleicht, möglicherweise doch noch alles gut wird.

Als ich das Café verlasse, schneit es.

KAPITEL 49

Zum ersten Mal in meinem Leben bin ich an Weihnachten nicht schon um fünf Uhr morgens aufgewacht, sondern zur üblichen Zeit, so gegen acht. Wahrscheinlich, weil ich nicht mehr an den Weihnachtsmann glaube.

Ich lese gerade die Bedienungsanleitung für die Xbox. Dad hat gesagt, sobald es geht, fährt er mit mir in einen Laden, in dem Spiele verkauft werden, und besorgt mir ein neues. Eines, für das ich nicht zu jung bin. Das Declan-Darker-Spiel darf ich behalten und damit spielen, wenn ich älter bin.

Die Schwimmbrille habe ich auch bekommen. Die Speedsocket Mirror für dreiundzwanzig Pfund. Aber die habe ich jetzt bestimmt die nächsten zehn Jahre, oder vielleicht sogar noch länger. Wenn ich sie nicht verliere, was ich mir allerdings nicht vorstellen kann. Sie ist blau, und ich habe sie gleich mal aufgesetzt, um mich daran zu gewöhnen.

Faith hat mir ein Buch über Haie geschenkt, und dazu eine neue Schwimmtasche mit einer wasserdichten Seitentasche für die nasse Badehose. Von Ant und Adrian habe ich eine Spardose bekommen, die aussieht wie ein roter Doppeldeckerbus. Zwei Zehn-Pfund-Scheine stecken schon drin.

»Für deinen London-Aufenthalt.«

»Was denn für ein London-Aufenthalt?«, frage ich.

»Du kommst in den Ferien ein paar Tage zu uns«, sagt Ant.

Ich drehe mich zu Faith um. Sie lächelt, also muss es stimmen.

»Fahren wir dann auch mit dem London Eye?«, frage ich.

»Das ist ein Fixpunkt auf unserer Liste, Kumpel«, versichert mir Adrian.

»Cool«, sage ich, und alle lächeln, sogar Celia, die jetzt wieder besser gelaunt ist, weil sie im Krankenhaus gut geschlafen hat und weil Dad ihr heute früh, als sie zurückgekommen sind, pochierte Eier auf Toast gemacht hat. Das ist ihr Lieblingsfrühstück.

Dad hat die Schürze an, die ich ihm geschenkt habe. Er macht Lamm Vindaloo, weil eine Hebamme im Krankenhaus zu Celia gesagt hat, ein scharfes Curry und etwas kräftiger Rotwein könnten dem Baby auf die Sprünge helfen. »Ich habe da einen hervorragenden Roten im Keller, der ist fast achtzig Jahre alt. Dürfte inzwischen ein hübsches Sümmchen wert sein«, meint Dad.

Da holen Ant und Adrian ihre Jacken, ziehen die Schals an, die ich ihnen geschenkt habe, und sagen, sie gehen ein bisschen spazieren.

Ich esse kein Lamm Vindaloo, aber nicht, weil es mir zu scharf ist, sondern weil von gestern noch so viel Chili übrig ist und weil das eines meiner Lieblingsgerichte ist. Den Truthahn, der noch mitsamt seinen Federn von einem Haken in der Speisekammer hängt, erwähnt niemand.

Ich gucke gerade *Fluch der Karibik*, als es an der Tür klingelt. Faith schickt schon den ganzen Tag SMS an Rob. Keine Ahnung, warum die zwei nicht einfach miteinander telefonieren.

Celia sitzt auf dem Schaukelstuhl und lässt sich von einem mit Wasser gefüllten Dingsbums die Füße massieren.

Es klingelt noch einmal.

»Kannst du mal nachsehen, wer das ist, Milo?«, fragt Faith.

»Aber ich schaue mir gerade den Film an«, sage ich.

»Den hast du doch schon tausend Mal gesehen.«

»Aber jetzt wird es gerade spannend.«

»Milo.«

Ich stehe auf und gehe raus in den Flur. Die Tür ist aus gefärbtem Glas, und durch das Glas sehe ich die Frau. Sie hat lange, dunkle Haare, wie Faith. Und sie trägt einen lila Mantel, den ich schon mal gesehen habe. Auf einem Foto bei Ed. Ich bin fast sicher.

Ich bleibe stehen. »Faith?«

»Was ist?«

»Ich glaube, es ist für dich.«

»Was ist für mich?«

»Der Besuch an der Tür.«

»Wieso sollte der für mich sein?«

»Komm einfach mal her, ja?«

Ich höre, wie sie seufzt, das Handy auf das Tischchen neben dem Sofa legt und aufsteht. Sie kommt in den Flur, guckt kurz zur Tür und der Frau auf der anderen Seite und dann zu mir.

»Warum machst du denn nicht die Tür auf?«

Ich sage nichts, und sie schüttelt den Kopf und zerzaust mir die Haare, als sie an mir vorbeigeht. »Also, manchmal bist du echt komisch.« Und dann macht sie die Tür auf.

Und ich verdrücke mich.

KAPITEL 50

»Ich hätte vorher anrufen sollen.« Das ist alles, was mir einfällt, als es so weit ist. Und das, nachdem ich so viel Zeit hatte, um mir etwas zurechtzulegen. Nachdem ich am Flughafen Gatwick stundenlang auf Flugzeuge nach Edinburgh gewartet habe, die entweder verspätet oder überhaupt nicht ankamen, während die Start- und Landebahn allmählich unter einer Schneedecke verschwand. Irgendwann blieb den Flughafenbetreibern nichts mehr anderes übrig, als den Flughafen zu schließen, worauf die Passagiere Tränen vergossen und das Flughafenpersonal beschimpften, als hätte dieses Weihnachten höchstpersönlich abgesagt. Ich verbrachte die Nacht auf einem roten Plastikstuhl, bis es mir schließlich gelang, einen Platz in einem Flieger nach Glasgow zu ergattern. Der Flughafen in Edinburgh war geschlossen, weil es immer noch so heftig schneite, als wollte es nie wieder aufhören. Von Glasgow fuhr ich mit dem Zug nach Edinburgh und dann mit einem Taxi zu der Adresse, die Jack auf die Rückseite des Briefumschlags gekritzelt hatte. Es ist wirklich peinlich, aber ich kann nicht einmal annähernd sagen, was mir in all dieser Zeit durch den Kopf ging. Man möchte meinen, ich hätte zumindest einen Teil dieser langen, trostlosen Stunden damit verbracht, mir eine passendere Begrüßung auszudenken als »Ich hätte vorher anrufen sollen.«

Selbst während ich auf die imposante Tür des großen, modernen Hauses in einem grünen Vorort von Edinburgh zugehe und auf die Klingel drücke, warte ich noch darauf, dass mir etwas Brauchbares einfällt.

Ich glaube, ich sage nur deshalb »Ich hätte vorher anrufen sollen«, weil mich ihr Anblick völlig überrumpelt. Als ich ihr so plötzlich gegenüberstehe, ist mir, als hätte mich jemand hochgehoben und gegen eine Ziegelmauer geschleudert. Mir ist schleierhaft, wie ich derart unvorbereitet sein kann, obwohl ich so viel Zeit hatte, mich zu rüsten. Es war auch durchaus damit zu rechnen, dass ich Faith gegenüberstehen würde. Dennoch bin ich überrascht. Sie sieht aus wie ich. Wie meine Tochter. Wenn wir nebeneinander eine Straße entlanggehen würden, wüssten die Leute sofort Bescheid. Ich müsste kein Wort sagen. »Sie ist das Ebenbild ihrer Mutter« würde es heißen.

»Ich hätte vorher anrufen sollen.« Mein Mund ist ganz trocken. Ich spüre die Kälte, zum ersten Mal, seit es angefangen hat zu schneien. Sie bohrt sich in meinen Körper wie ein Spaten in die Erde.

»Ja, das hättest du«, sagt Faith. Sie trägt Jeans, ein T-Shirt mit dem Namen einer Band, von der ich noch nie gehört habe, und eine Wolljacke, die ihr bis zu den Knien reicht. Der Kälte zum Trotz ist sie barfuß. Sie wirkt so jung. Bestimmt muss sie ständig ihren Ausweis vorzeigen. Mir ging es in ihrem Alter genauso. Ich wette, es nervt sie tierisch.

»Tut mir leid«, sage ich. »Ich … Es war eine spontane Entscheidung. Ich hab mich einfach auf den Weg gemacht und … Tja, hier bin ich nun.«

»Es ist Weihnachten«, sagt Faith.

»Ich weiß. Tut mir leid. Alle Flüge waren verspätet, wegen des Wetters. Der Schnee …«

»Du kommst ungelegen.«

Ich bin beinahe erleichtert, als mir klar wird, dass sie mich nicht reinlassen wird. Ich muss mir nicht überlegen, was ich sagen soll, muss mir keine Erklärungen aus den Fingern saugen in dem Versuch, zu retten, was noch zu retten ist.

»Tut mir leid«, sage ich erneut.

Faith schweigt. Ihre Hand ruht auf dem Türriegel. Sie würde die Tür gern schließen. Ich hätte auch nichts dagegen, wenn sie es täte. Aber ich kann förmlich hören, wie Minnie zu mir sagt: »Jetzt reiß dich verflucht noch mal zusammen, ja?«

»Ich war fünfzehn, als ich dich bekommen habe.«

»Ich weiß.«

»Ich war – sehr jung und …«

»Wir waren alle mal fünfzehn, aber nicht alle tun das, was du getan hast.«

Mir klappern die Zähne vor Kälte. Auf meinen Wimpern liegen Schneeflocken. Ich blinzle sie weg. »Ich weiß. Es tut mir leid.«

»Davon kann ich mir auch nichts kaufen.«

»Ich weiß.« Fast hätte ich noch einmal gesagt, dass es mir leid tut, aber ich schlucke es hinunter, weil sie recht hat. Ich sehe, wie sie mich anstarrt und darauf wartet, dass ich etwas sage. Etwas, das sie versteht, mit dem sie etwas anfangen kann. Ich sage nichts dergleichen. Ich kann nicht.

Als sie am Ausschnitt ihres T-Shirts zieht, blitzt darunter etwas im trüben Licht auf. Die silberne Namenskette, die Ed ihr geschenkt hat. Das ist doch bestimmt ein Zeichen, oder? Es war ein langer Tag, vielleicht sogar der längste, den ich je erlebt habe, doch beim Anblick der Halskette durchzuckt mich ein ungewöhnliches Gefühl: Hoffnung.

»Was willst du?«, fragt Faith aus heiterem Himmel.

Es klingt nicht unhöflich, sondern gespannt. Als wollte sie es wirklich wissen. Ich spüre, dass sich hier eine Tür öffnet, nur einen Spaltbreit. Jetzt gilt es, Vorsicht walten zu lassen. Die Chance zu nutzen. Es könnte meine einzige sein. Viel mehr Chancen habe ich auch nicht verdient.

»Ich möchte – dass wir Freundinnen werden.« Freundinnen? Warum habe ich das gesagt? Es klingt total abgeschmackt. Und stimmt es überhaupt?

»Freundinnen?«, wiederholt Faith, als würde sie den Ausdruck ebenfalls gekünstelt finden.

Ich beschließe, nicht lockerzulassen, obwohl eine Mischung aus Hoffnungslosigkeit und Torheit in mir aufsteigt. »Ja, Freundinnen«, sage ich.

»Ist deine Mutter eine Freundin für dich?«, fragt sie.

»Nein, nicht so richtig«, gestehe ich.

Die Mischung aus Hoffnungslosigkeit und Torheit – erfüllt mich nun von den Zehen bis zu den Haarwurzeln. Ich ignoriere sie. »Aber vielleicht … Ich meine … Wir sind ja doch recht anders, und – vielleicht bedeutet das ja, dass wir Freundinnen sein können.«

Ihre Finger umklammern den Riegel etwas fester. »Ich habe genügend Freundinnen, vielen Dank.«

»Ich nicht«, platze ich heraus. »Eigentlich habe ich nur eine einzige.« Es klingt, als wäre mir das eben erst bewusst geworden. Genau so ist es auch. Mir wird gerade eine ganze Menge bewusst.

»Erwartest du jetzt etwa Mitleid von mir?«, fragt sie.

»Nein, natürlich nicht. Bislang hat es mich nicht sonderlich gestört. Ich habe nie groß darüber nachgedacht. Ich denke allgemein nicht viel nach. Jedenfalls nicht über wichtige Angelegenheiten.«

Ein Mann mit Glatze und Bierbauch erscheint an der Tür. Er ist etwa fünfzehn Jahre älter als ich und wirkt erschöpft. Ich kann mich nicht entsinnen, je einen Menschen gesehen zu haben, der so müde aussah. Er riecht nach Curry.

»Oh«, sagt er, als er mich erspäht, und obwohl wir uns noch nie begegnet sind, weiß er auf der Stelle, wer ich bin. Ganz ohne Erklärung von meiner Seite.

»Schätzchen, lass die Ärmste doch wenigstens in den Flur, ja?«, sagt er zu Faith. Ich wette, er ist ihr Vater. Ihr Adoptivvater.

»Nein, nicht nötig, ich will nicht stören. Ich wollte bloß ...«

»Was?«, fragt Faith.

In meinem ganzen Leben habe ich noch nie so intensiv den Drang verspürt, einfach abzuhauen. Und mal ganz ehrlich, es gibt niemanden, der sich besser aufs Abhauen versteht als ich. Im Abhauen bin ich wirklich große Klasse. Und ich hatte noch nie weniger das Bedürfnis zu reden, aber irgendwie schaffe ich es, trotzdem etwas zu sagen. »Ich wollte nur mit dir reden. Das ist alles. Glaube ich.«

»Glaubst du«, wiederholt sie.

»Sie wird sich noch den Tod holen, Schätzchen«, sagt der Mann. »Sie ist für diese Temperaturen beim besten Willen nicht gerüstet. Sieh dir doch nur mal ihren Hut an.«

Ich greife ganz automatisch nach meinem Filzhut. Ja,

ich trage meinen Filzhut. »Nonchalanter Chic« nennt Minnie solche Teile. Keine Ahnung, was ich mir dabei gedacht habe.

Faith steht an der Tür und überlegt. Ich sehe es ihr daran an, wie sie von einem nackten Fuß auf den anderen tritt. Sie hat metallicblau lackierte Zehennägel. Ihre Zehen sind lang und dünn, und die Zeigezehen – die zwei gleich neben den großen Zehen – sind ganz oben, gleich unter dem Nagel, etwas abgeknickt. Genau wie bei mir. Bislang dachte ich, das käme von all den schlecht passenden Schuhen, die ich in meinem Leben schon getragen habe, doch jetzt weiß ich, es ist genetisch bedingt. Der Gedanke trifft mich wie ein Schlag. Ich komme mir vor wie ein Baum, der soeben gefällt wurde. Ich kann förmlich den Warnruf des Forstarbeiters hören: »BAUM FÄÄÄÄLLT!« Ich schwanke und taste mit der Hand nach der Glasscheibe des Windfangs, um nicht das Gleichgewicht zu verlieren.

»Da würde ich mich lieber nicht abstützen«, sagt der Mann. »Das gibt Fingerabdrücke, und Celia wartet nur darauf, jemanden so richtig zusammenzustauchen.« Dabei lächelt er vielsagend, als wüsste ich, wer diese Celia ist und warum sie nur darauf wartet, jemanden zusammenzustauchen. Er beugt sich etwas nach vorn, flüstert: »Die Hormone« und zwinkert mir zu, wie Männer es tun, wenn sie ihren Mitmenschen signalisieren wollen, dass sie zu bemitleiden sind.

Faith öffnet die Tür ein Stück weiter. »Also, dann komm rein.«

Ich trete ein und danke dem Himmel dafür, dass er mir diesen erschöpft aussehenden, nach Curry riechenden, zwinkernden Mann geschickt hat.

Faith geht voran, gefolgt von ihrem Vater und mir. Das

Haus ist eine einzige Projektstudie zum Thema moderne Architektur. Alles ist riesengroß und glänzt, Wände gibt es kaum; da, wo welche sein sollten, ist nichts oder bestenfalls Glas, in dem man sich spiegelt, genau wie in den meisten anderen Oberflächen. Die offene Bauweise wurde hier regelrecht auf die Spitze getrieben – es gibt keine einzige Ecke, in der man sich verstecken könnte. Wir befinden uns in einem Raum, der sich über die gesamte Breite des Hauses erstreckt. Ich weiß nicht, wie ich ihn bezeichnen soll, diesen Raum, der neben einer Küchenzeile und einer Essecke unter anderem mehrere Sofas, zwei Flachbildschirme, eine Vitrine und ein Sideboard beherbergt. Auf einem Schaukelstuhl in der Ecke sitzt eine hochschwangere Frau und lässt sich die geschwollenen Füße, die an zwei fette Rinderkeulen erinnern, von einem elektrischen Sprudelbad massieren. Abgesehen von der karierten Decke auf ihren Knien gibt es nichts aus Wolle oder Stoff in diesem riesigen Raum, der nicht weiß, ob er eine Küche, ein Esszimmer oder ein Wohnzimmer sein soll.

»Sie sind die Frau aus dem Fernsehen«, stellt die Frau fest. »Sie sind Faiths Mutter.« Ihre Stimme hallt von den Marmor- und Glasflächen wider.

Sie sind Faiths Mutter ... Faiths Mutter ... Mutter ... Mutter ... ter ...

Beim Anblick ihres Bauches erscheint es mir undenkbar, dass ich auch einmal so ausgesehen haben soll. Dass die kratzbürstige junge Frau mit den metallicblauen Zehennägeln einmal in mir war. Ein Teil meines Körpers. Ein Teil von mir.

Wieder ist mir, als würde Minnie zu mir sprechen. »Nun komm endlich in die Puschen!«, zischt sie.

Ich huste. Straffe die Schultern. Strecke der Frau die

Hand hin. »Hallo, ich bin Kat Kavanagh. Freut mich, Sie kennenzulernen.«

Die Frau mit dem gewaltigen Bauch kann nicht viel älter sein als Faith. Ende zwanzig, allerhöchstens dreißig. Sie ist nichtssagend hübsch – blondes Haar, blaue Augen, hohe Wangenknochen, heller Teint. Jung und hübsch, die beiden Grundvoraussetzungen für eine Frau, wegen der sich ein Mann scheiden lässt.

Sie richtet sich ein wenig auf, und wir geben uns die Hand, wobei ich darauf achte, ihren Bauch nicht zu berühren. »Celia«, sagt sie. Es klingt nicht, als würde sie sich vorstellen, sondern eher wie ein Befehl.

Ich will mich gerade danach erkundigen, wann ihr Baby kommen soll, aber sie ist schneller. »Sie haben diese ganzen Bücher geschrieben«, sagt sie kopfschüttelnd. »Und niemand hat es geahnt.« Jetzt lässt sie meine Hand los, schüttelt aber weiter den Kopf, als würde sie nicht recht schlau aus mir werden. »Auf so etwas muss man erst einmal kommen.« Sie beäugt mich, wie man ein halb zerkautes Beutetier betrachtet, das einem die Katze vor die Füße gelegt hat, und ich muss unwillkürlich an meine Fingerabdrücke draußen am Windfang denken.

In Räumen wie diesem wirkt Stille ganz besonders still. Totenstill.

»Wann ist es denn bei Ihnen so weit?«, frage ich sie.

Bei Ihnen so weit … Ihnen so weit … so weit … so weit …

»Das Baby ist längst überfällig – sieht man das nicht?« Überfällig … Sieht man das nicht … man das nicht … das nicht …

Sie seufzt. »Ich dachte, wenn die ganze Bagage an Weihnachten anrückt, kriege ich vor Stress garantiert gleich die Wehen, aber das war ein Irrtum.«

»Wart's ab«, sagt Faith. »Wir sind erst zwei Tage da.«

»Mir kommt es so vor, als wären's schon mehrere Wochen«, entgegnet Celia, was ganz offenkundig nicht scherzhaft gemeint ist.

Eine Tür schwingt auf, und ein Junge stürmt herein. Er trägt eine Schwimmbrille und eine Badehose über den Jeans.

Als er mich erblickt, bleibt er stehen und nimmt die Schwimmbrille ab. »Hallo. Sie sind Kat. Ich hab Sie im Fernsehen gesehen.«

Ich muss unwillkürlich schmunzeln. »Du musst Milo sein.«

»Genau.« Er kommt auf mich zu, streckt mir die Hand hin.

Ich schüttle sie. »Ganz ordentlich, dein Händedruck.«

Er lächelt. »Wie geht es Ed?«

»Schon viel besser. Er wurde gestern aus dem Krankenhaus entlassen. Oder, nein, vorgestern.«

»Milo hat mir erzählt, dass Ed operiert werden musste«, sagt Faith.

Ich sehe sie an. »Ja. Sie haben ihm einen Herzschrittmacher verpasst«, antworte ich, um einen möglichst normalen Tonfall bemüht.

»Ed? Das ist der autistische Junge, nicht?«, fragt Celia.

»Ed ist mein Bruder. Er hat Down-Syndrom.«

»Er spielt Super Mario Galaxy wie ein Profi«, sagt Milo. Dad hat gesagt, Milo sei eins dieser Kinder, die man in seinem Team haben möchte, und jetzt weiß ich, was er damit gemeint hat. Ich lächle Milo an, und er fragt: »Möchten Sie eine Tasse Tee und etwas Schokolade?«

Schweigen. Ich sehe zu Faith. Sie hält meinem Blick stand. »Mach doch gleich eine Kanne, Milo«, sagt sie.

»Und bring den Weihnachtskuchen aus dem Vorratsschrank mit«, fügt ihr Vater hinzu.

»Kein Kuchen für dich, Hamish«, tönt es aus der Ecke.

»Doch nicht für mich, Liebes, sondern für alle anderen. Schließlich ist Weihnachten.« Der Mann setzt ein mattes, gezwungenes Lächeln auf, das keine zwei Sekunden währt.

»Kat macht auf mich nicht den Eindruck, als wäre sie ein großer Fan von Kuchen«, sagt Celia. »Es stört Sie doch nicht, wenn ich Sie Kat nenne, oder?«

»So heiße ich nun mal. Und ich liebe Kuchen.« Das entspricht nicht unbedingt den Tatsachen. Ich liebe Zigaretten und Rotwein, aber ein Stück Weihnachtskuchen und eine Tasse Tee, zubereitet von einem zehnjährigen Jungen, stellen einen würdigen Ersatz dar. Außerdem gehört Celia zu den Menschen, bei denen ich automatisch widerspreche, ganz egal, was sie sagen.

»Ich bin übrigens Hamish, Faiths Vater.« Ich schüttle dem Mann die Hand und finde es sympathisch, dass er nicht Adoptivvater gesagt hat, sondern »Faiths Vater«. Sein Tonfall signalisiert mir, dass er in dieser Angelegenheit keinen Widerspruch duldet. Nicht einmal von Faith, die einen durchaus streitlustigen Anschein erweckt. »Nun setzen Sie sich doch, um Himmels willen.« Er legt mir eine Hand aufs Kreuz, wie es wohlerzogene Männer eines gewissen Alters tun, und führt mich zum Esstisch, wo er mir einen Stuhl zurechtrückt. Es ist ein typischer Designer-Stuhl – weiß und hart, viel Stil, wenig Komfort. Faith steht an der Tür, zum Aufbruch bereit. Ich muss irgendetwas sagen, um sie zum Bleiben zu bewegen, und ich muss Hamish und Celia loswerden, obwohl ich keine Ahnung habe, was ich zu Faith sagen soll. Ich weiß nur, dass es Dinge gibt, die ich sagen muss. Bleibt nur zu hoffen, dass sie einfach aus mir herausfließen, wenn es so weit ist.

Etwa eine halbe Minute lang herrscht Schweigen. Es ist ein quälendes Schweigen, wie eine Schreibblockade, nur schlimmer. Leerer Bildschirm. Seite 1 von 1.

Los, sag etwas.

Mir will beim besten Willen nichts einfallen.

Da erbarmt sich Hamish meiner. »Erzählen Sie uns doch ein bisschen von sich, Kat«, sagt er.

»Na ja ...« Minnies Stimme in meinem Kopf mahnt: »Sie interessieren sich nicht für deine Lieblingsfarbe, Kat.« Also sage ich: »Ich habe Faith bekommen, als ich fünfzehn war ...«

Ich registriere, wie Faith die Türklinke umklammert.

»Für solche Mädchen hatten wir in der Schule einen Spitznamen«, meldet sich Celia grinsend zu Wort, und ich würde sie am liebsten dafür küssen, denn jetzt lässt Faith die Klinke los und kommt ein paar Schritte näher. Sie setzt sich zwar nicht hin, bleibt jedoch vor dem Tisch stehen.

Ich denke »Dankedankedanke, Celia« und fahre fort: »Ich war überzeugt, dass ich ihn liebe.«

Celia gibt einen Laut von sich, der halb Schnauben, halb Grunzen ist, und Faith zieht einen Stuhl heran. »Wie hieß er?«, fragt sie.

»Elliot. Elliot Porter.« Es ist seltsam, nach all den Jahren seinen Namen laut auszusprechen. Wider Erwarten empfinde ich – nichts. Gar nichts. Er war damals gerade mal sechzehn. Ein Kind wie ich. Vielleicht hat er sich ja geändert. So was kommt vor, nicht?

Wenn Thomas diese Gedanken hören könnte, würde er sagen: »Du hast dich geändert.« Ich würde es abstreiten, und er würde sagen: »Oh, doch, du hast dich geändert. Einen Vertrauensbonus gab es bei dir bislang nämlich nicht.«

Stimmt. Ich hätte nie gedacht, dass es mal so weit kommen würde.

»Ich habe es erst gemerkt, als ich im siebten Monat war«, erzähle ich.

Celia grunzt erneut. »Ich wusste es schon nach drei Tagen. Ich musste anfangen zu würgen, sobald Hamish auch nur in meine Nähe kam, weil er damals noch dieses scheußliche Rasierwasser benutzt hat. Stimmt's, Schatz?«

Hamish nickt nur knapp und sagt: »Fahren Sie fort«, worauf mir Celia einen Blick zuwirft, bei dem mir förmlich das Blut in den Adern stockt.

Faith setzt sich auf die Stuhlkante und sieht mich an. Zum ersten Mal blickt sie mir in die Augen. »Hast du je in Erwägung gezogen, mich zu behalten?«

»Nein«, antworte ich hastig, um es hinter mich zu bringen. »Damals war alles anders. Das war 1987. Ich stand unter Schock, als ich auf der Couch meiner Freundin die Wehen bekam. Wir standen alle unter Schock. Meine Mutter hatte bis dahin nicht das Geringste gemerkt. Wir haben getan, was wir damals für das Beste gehalten haben. Für alle Beteiligten. Ich habe mir keine Gedanken darüber gemacht. Bis jetzt. Ich habe es mir nie gestattet.«

»Warum? Was hat sich geändert?«, will Faith wissen.

»Keine Ahnung. Ich glaube … Möglicherweise – habe ich mich geändert.« Und erst, als ich es ausgesprochen habe, wird mir klar, dass es stimmt.

In diesem Augenblick krümmt sich Celia und gibt ein ohrenbetäubendes Kreischen von sich, wie ich es bislang noch nie gehört habe. Es hat etwas geradezu Animalisches.

Faith verdreht die Augen. »Geht das schon wieder los.«

»Das Baby, Hamish! Das Baby kommt«, schreit Celia, die sich inzwischen auf den Boden gerollt und im Vierfüßlerstand neben dem Stuhl positioniert hat.

Hamish geht neben ihr in die Knie und schlingt die Arme um ihren Bauch, so weit es geht. »Ruhig, mein Engel. Gaaanz ruhig.«

»Bekommt Celia mal wieder das Baby?«, erkundigt sich Milo, der auf einem Tablett eine Teekanne, Tassen, Löffel sowie einen Teller mit Unmengen von Weihnachtskuchen vor sich her trägt.

»Ja«, sagt Faith, dann flüstert sie, zu mir gewandt: »Das ist nicht das erste Mal, dass sie die ›Wehen‹ bekommt.« Sie deutet mit zwei Fingern die Gänsefüßchen an und lächelt beinahe, als sie das sagt, sodass mich erneut eine unheimliche Dankbarkeit gegenüber Celia überkommt.

Ich nehme Milo das Tablett ab. »Sollen wir einen Krankenwagen rufen?«

»Nein«, sagt Hamish. »Das hat man uns ausdrücklich verboten.«

Celia hebt den Kopf. »Aber diesmal sind es WIRKLICH die Wehen!«

»Das hast du letztes Mal auch behauptet«, sagt Faith.

»Okay, aber denkt an das Märchen von Peter und dem Wolf«, sagt Milo. »Beim letzten Mal kam wirklich der Wolf.«

»Klappe halten, und zwar alle!«, ruft Hamish. »Helft mir lieber, sie raus zum Wagen zu bringen.«

Ich bin Celia am nächsten, also bücke ich mich und lege mir einen ihrer Arme um den Nacken, obwohl ich mit ziemlicher Sicherheit nicht gemeint war. Hamish folgt meinem Beispiel, und so schleppen wir die heulende Celia nach draußen zu Hamishs Jeep, auf dem bereits eine dünne Schicht Schnee liegt. Wir haben sie gerade quer auf den Rücksitz bugsiert, da platzt ihre Fruchtblase. Einen Moment lang ist Celia begeistert. »NA ALSO!«, ruft sie triumphierend. »Der Blasensprung! Ich SAGE doch, es sind die Wehen!« Dann wird ihr klar, was das bedeutet, und sie beginnt zu kreischen und wild um sich zu schlagen. Schließlich schlingt sie Hamish beide Arme um den Hals und weigert sich, ihn loszulassen. »Lass mich los, Liebes, ich muss dich doch ins Krankenhaus fahren«, beschwört er sie vergeblich. Es klingt gedämpft, weil sein Gesicht in Celias Mohairjacke vergraben ist. Das juckt bestimmt ganz scheußlich.

Celia stößt einen lang gezogenen Klagelaut hervor, der mich an ein Nebelhorn erinnert.

»Kat!«, ruft Hamish, als es ihm flüchtig gelingt, den Kopf etwas anzuheben. An seiner Lippe klebt ein langes Haar.

»Ja?«

»Können Sie einen Jeep fahren?«

»Also, ich ...«

»Könnten Sie uns ins Krankenhaus bringen?«

Mir verschlägt es kurz die Sprache vor Überraschung. »Celia will mich partout nicht loslassen, und es hat ordentlich geschneit. Faith fährt schon bei günstigen Bedingungen nur höchst ungern mit dem Jeep.« Sein Blick lässt keinen Zweifel daran aufkommen, dass die gegenwärtigen Bedingungen alles andere als günstig sind. Ich kann es ihm nicht verdenken.

»Na ja, ich ...«

»Es ist nicht weit.«

»Ich habe keine Ahnung, wo das Krankenhaus ist.«

»Ich lotse Sie. Bitte, Kat. Ich muss hier hinten bei Celia bleiben. Die Ärmste ist außer sich vor Angst.«

»Also gut«, sage ich. Mir bleibt ohnehin nichts anderes übrig.

KAPITEL 51

Das Baby kommt genau eine Minute nach Mitternacht, also hat es eigentlich erst am sechsundzwanzigsten Dezember Geburtstag, aber weil ich noch nicht im Bett war, als es zur Welt kam, war für mich noch immer der fünfundzwanzigste, und damit sind wir dann wohl so was wie Halbbruder-Zwillinge.

Der Kleine heißt Christian, und Celia hat gesagt, wir dürfen ihn nicht Chris oder Christy nennen.

Als wir die beiden am nächsten Morgen im Krankenhaus besuchen, füttert Dad ihn gerade und lässt mich auch mal kurz die Flasche halten. Er sagt, ich muss darauf achten, dass der Sauger immer voller Milch ist, was gar nicht so einfach ist, wie es klingt. Christian selber darf ich noch nicht halten, weil er noch so klein ist, dass ich ihn erdrücken könnte. Die Flasche ist fast so groß wie er. Aber saugen kann er schon ziemlich gut. »Das wird mal ein richtiger Gierschlund«, behauptet Dad, und: »Als großer Bruder wirst du Christian bestimmt so einiges beibringen, nicht, Milo?« Ich finde es ganz schön, ein großer Bruder zu sein, auch wenn wir nur Halbbrüder sind.

Als ich rauskomme, stehen Kat und Faith im Korridor. Kat hat die Nacht in einem Hotel verbracht, und Faith ist heute früh gleich nach dem Aufstehen zu ihr gefahren. Ohne Frühstück. Sie hat ausgesehen, als wenn sie in ihren Klamotten ins Bett gegangen wäre und sich die ganze Nacht bloß rumgewälzt hätte.

»Ich wollte mich bloß noch verabschieden, bevor ich wieder nach Irland fahre«, erklärt Kat. »Es war schön, dich kennenzulernen, Milo.« Es sieht einen Moment lang so aus, als würde sie mich gleich umarmen, aber dann tut sie es doch nicht.

»Bin gleich wieder da«, sagt Faith und verschwindet um die Ecke.

»Kommst du uns mal wieder besuchen, Kat?«, frage ich.

Sie lächelt. »Das würde ich gern.« Sie sieht besser aus als gestern.

Faith kommt mit drei Dosen Cola und drei Schoko-Muffins zurück. »Hast du Hunger?«

Ich nicke. »Und wie.«

»Ich hab mit Kat geredet«, sagt Faith.

Kat sagt: »Ich habe auch Hunger«, obwohl sie nicht so aussieht, als würde sie auf Schoko-Muffins stehen. Ich glaube, sie steht eher auf Salat und Obst, so wie Miss Williams.

Ich halte mir beim Essen die Hand unter den Mund, um die Krümel aufzufangen.

»Ich bin froh, dass das Baby ein Junge ist«, verkünde ich.

»Warum denn das?«, fragen Faith und Kat zugleich, und dann lächeln sie sich an, so schüchtern wie Schulkinder, die neu in der Klasse sind.

»Weil ich Christian alles beibringen kann, was ich weiß.«

Faith schnaubt. »Das sollte nicht allzu lang dauern.«

»Ich weiß schon ziemlich viel. Über Erste Hilfe zum Beispiel.«

»Seit Ed dich kennengelernt hat, redet er die ganze Zeit davon, auch so einen Kurs zu besuchen«, sagt Kat. »Er will, dass ich auch mitkomme.«

»Hast du so was schon mal gemacht?«

»Nein.«

»Ich wette, in Irland gibt es auch Anfängerkurse, so wie in Brighton.«

Kat lächelt. »Ich werde mich mal bei Google schlau machen, wenn ich wieder zu Hause bin. Wobei ich mir in einem Anfängerkurs bestimmt ein bisschen albern vorkommen werde. Schließlich bin ich fast vierzig.«

»So alt siehst du noch gar nicht aus.«

»Tja, bin ich aber.«

»Unsere Trainerin sagt immer, es ist nie zu spät.«

»Genau das sagt Thomas auch immer.«

»Ist Thomas dein Freund?«, fragt Faith. Mädchen wollen immer über Jungs und Knutschen und all das reden.

Kat schüttelt den Kopf. »Nicht mehr. Wir waren eine ganze Weile zusammen. Er wollte sogar, dass wir heiraten, damals nach dem Unfall.«

Sie sieht zu Faith. »Es tut mir so leid, Faith. Das mit deiner Mutter, meine ich.«

Faith nickt. »Mir auch.«

»Ed hat mir erzählt, dass dein Unfall derselbe war wie der von Mum«, sage ich.

»Ja, richtig.«

»Und warum bist du nicht gestorben?«

»Keine Ahnung. Thomas hat es oft ein Wunder genannt.«

»Er klingt nett«, sagt Faith.

»Das ist er auch.«

»Warum hast du ihn dann nicht geheiratet, damals nach dem Unfall?«, frage ich.

»Milo!« Faith verdreht die Augen.

»Was?«, frage ich, obwohl ich weiß, das gehört sich nicht.

»Ich weiß es nicht genau, Milo. Ich glaube, ich hatte Angst«, sagt Kat. Sie hat nur den halben Muffin gegessen, der Rest liegt auf einer Serviette auf ihrem Schoß.

Eine Weile sagt keiner von uns etwas. Ich frage Kat nicht, wovor sie Angst hatte, aber ich weiß, dass es nicht schön ist,

Angst zu haben. Ich frage sie auch nicht, ob ich ihren Muffin haben darf, weil mich Faith dann garantiert einen Kopf kürzer machen würde.

Kat steht auf, und ihr Muffin fällt auf den Boden. Na toll, jetzt wird mir Faith auf jeden Fall verbieten, ihn zu essen, also hebe ich ihn auf und werfe ihn in den Mülleimer, obwohl es mich total fertig macht. »Danke, Milo«, sagt Kat.

»Gern geschehen«, sage ich und versuche, nicht mehr an den Muffin im Mülleimer zu denken, aber es fällt mir echt schwer.

»Ich sollte mich dann mal auf den Weg machen«, sagt Kat.

Faith sagt nichts.

»Wollt ihr ein Stück mitfahren?«, fragt Kat. »Ich könnte den Taxifahrer bitten, euch unterwegs abzusetzen.«

Faith schüttelt den Kopf. »Wir warten auf Dad.«

Kat nimmt ihre Handtasche, macht den Reißverschluss auf, zieht ihn wieder zu. Vielleicht wollte sie ja etwas rausholen und hat vergessen, was. »Es wäre schön, wenn ihr mal nach Dublin kommt«, sagt sie ganz schnell, als hätte sie es eilig.

»Wir waren bereits in Dublin«, sagt Faith.

Kat wird feuerrot, so wie Miss Williams damals, als Damo ihr gesagt hat, dass ihr Rocksaum hinten in der Unterhose steckt.

»Ich weiß. Es tut mir leid. Ich war nicht … Ich hätte mich mit dir treffen sollen. Das war nicht richtig von mir.«

Faith nickt. Sie ist wohl auch dieser Meinung.

»Ich würde gern noch mal nach Dublin kommen«, sage ich. »Letztes Mal haben wir uns eigentlich gar nichts angeschaut.« Faith wirft mir einen bösen Blick zu. Puh, das gibt wohl noch Ärger, wenn Kat erst weg ist.

»Überleg es dir, Faith«, drängt Kat. »Milo kann auch mitkommen. Ich übernehme die Kosten für den Flug.«

Faith verschränkt die Arme. »Wir sind durchaus in der Lage, unsere Flüge selbst zu bezahlen.«

»Ich weiß, aber … Ich würde mich wirklich freuen, wenn ihr kommt. Alle beide.«

Faith schweigt eine halbe Ewigkeit, dann sagt sie: »Okay.« Und was bedeutet das jetzt, bitte schön? »Okay, du kannst unsere Flüge bezahlen«? Oder »Okay, ich komme nach Dublin«? Oder »Okay, Milo und ich kommen nach Dublin«?

Kat sieht auf ihre Armbanduhr. »Es wird Zeit.«

Als sie die Hand auf Faiths Hand legt, fällt mir auf, dass sie genau die gleichen Finger und Daumen haben. Lang und spitz. Mum wollte ja immer, dass Faith Klavier spielen lernt, aber beim Geigespielen sind lange Finger auch praktisch.

»Bis bald«, sagt Kat.

Sie nimmt ihre Tasche und geht den Korridor entlang zur Tür.

Als ich zu Faith gucke, sehe ich, dass an ihrem Kinn eine Träne hängt. »Weinst du jetzt, weil du glücklich bist oder weil du traurig bist?« Erwachsene weinen nämlich manchmal auch, wenn sie glücklich sind. Mrs. Sullivan zum Beispiel – als die Hochzeit von Kate und William im Fernsehen kam, hat sie geflennt wie ein Baby und eine ganze Schachtel Kleenex aufgebraucht.

Faith wischt sich mit dem Handrücken über das Gesicht. »Ich glaube, ich bin einfach müde.«

»Ich glaube, du bist glücklich.«

»Wie kommst du denn darauf?«

Ich zucke mit den Schultern. »Keine Ahnung. Ist nur so ein Gefühl.«

KAPITEL 52

Heute ist Dienstag, der dreizehnte März, und es läuft nicht schlecht.

Es läuft sogar recht gut.

Ich habe seit zwölf Wochen nichts getrunken, und im Gegenzug geht es Ed prächtig. Mit dem Herzschrittmacher ist alles bestens. Bei der Kontrolle meinte der Arzt, Ed sei in hervorragender Verfassung. Ich schätze, es würde sich nicht viel daran ändern, wenn ich mir mal ein Glas Wein genehmigen würde, aber wenn doch, hätte ich das ganz allein mir zuzuschreiben. Tja, so ist das, wenn man mit jemandem, an den man nicht so richtig glaubt, einen Deal abschließt. Man kann kein Risiko eingehen.

Ich sehe auf den Kalender. Sechs Wochen ist es jetzt her, dass Faith und Milo übers Wochenende da waren. In einem Monat, über Ostern, kommen sie wieder nach Dublin, und diesmal ist auch Rob mit von der Partie. Er wird mit Faith bei mir übernachten. Milo wird bei Ed schlafen, im oberen Stockbett. Ed hat Faith zwar gern, aber er ist froh, dass sie nicht bei ihm übernachtet, weil er dann sein Zimmer nicht aufräumen muss. Milo hat ihm versichert, das sei nicht nötig. Rob kenne ich noch nicht, aber ich habe das Gefühl, dass ich ihn nicht mögen werde. So bin ich eben. Minnie hat mir geraten, jedes Mal erst bis zehn zu zählen, ehe ich den Mund aufmache. Ich übe noch. Es fällt mir nicht leicht, aber ich versuche es zumindest.

In vierzehn Wochen bekommt Minnie ihr Baby. Es ist ein Junge. Ein hübscher Junge, sagt Minnie. Sie hat ein 3D-Bild machen lassen.

»Sein Profil ist einfach perfekt«, schwärmt sie und zeigt mir eine Aufnahme. Und sie hat völlig recht – sein Profil ist in der Tat perfekt. Es ist echt bemerkenswert.

Seit neun Wochen bin ich vierzig. Meinen Geburtstag habe ich im kleinen Kreis gefeiert. Ich war mit Minnie, Ed, Mum und Dad essen. »Ihr könnt trinken, was ihr wollt, aber keinen Schampus«, verkündete ich. Das war meine einzige Bedingung. »Das hier ist nicht die Art von Veranstaltung, auf der Champagner getrunken wird.«

»Was für eine Art von Veranstaltung ist es dann, Kat?«, wollte Ed wissen.

»Na ja, das Motto lautet ›Ich bin nicht tot, ich bin vierzig‹, deshalb wird es eine eher – beschauliche Feier.«

»›Ich bin nicht tot‹ klingt gut«, stellte Ed fest. Wenn er lächelt, muss ich auch lächeln. Ich kann nicht anders. Milo hat recht – ich sehe aus wie Ed, wenn ich lächle.

»Verdammt richtig, Ed«, sagte ich, und dann klatschte ich in die Hände und brüllte »CHAMPAGNER!«, und weil es ein ziemlich nobles Restaurant war, überging das Personal diese Rüpelhaftigkeit kommentarlos. Sogleich eilte eine Bedienung mit einer gekühlten Flasche Champagner und fünf Gläsern herbei. Ich füllte drei Gläser mit Champagner und bestellte Mineralwasser mit einem Spritzer schwarzem Johannisbeersaft für Minnie und mich. Dann hoben wir die Gläser und Ed rief: »Auf Kat, die nicht tot ist, sondern vierzig.«

»Auf Kat, die nicht tot ist, sondern vierzig«, wiederholten alle, und dann stießen wir miteinander an und tranken, und damit war das Thema abgehakt.

Acht Wochen ist es jetzt her, seit Minnie angerufen und mir die Neuigkeit überbracht hat. Aber nicht gleich. Erst haben wir über alles Mögliche andere geredet.

Über Babynamen zum Beispiel (Maurice, wenn es ein Junge wird, Minnie, wenn es ein Mädchen wird).

Und über meine Versuche, Elliot Porter ausfindig zu machen. Bis jetzt habe ich mit zwei seiner Ex-Frauen und ein paar Ex-Freundinnen gesprochen und Grund zu der Annahme, dass er in Südafrika auf Goldsuche ist.

Ich will ihm bloß von Faith erzählen. Das hätte ich schon lange tun sollen, wie so vieles andere auch. Tja, besser spät als nie, schätze ich.

Wir sprachen auch über Minnies aktuelle Schwangerschaftsgelüste und darüber, dass Süßkartoffeln um diese Jahreszeit gar nicht so einfach zu bekommen sind.

Minnie erwähnte es erst, als ich sagte, ich müsse bald los, um mit Ed zum Rettungsschwimmerkurs zu fahren. »Ich nehme an, du hast es schon gehört?«, fragte sie.

»Was?«

»Das von Thomas.«

Mein Magen vollführte den üblichen Salto rückwärts.

»Was ist mit ihm?«

»Er hat sich getrennt.«

»Vom *Farmers Journal*?«

»Ja.«

»Warum?«

»Keine Ahnung. Einer seiner Kollegen hat es mir erzählt, ohne schmutzige Details.«

Schade, gerade auf die wäre ich scharf gewesen.

»Freust du dich?«

»Weiß ich nicht.«

»Nun sag schon!«

»Ich glaube schon.«

»Du hast es ganz schön versaut.«

»Ich weiß.«

»Vielleicht ist es ja noch nicht zu spät«, sagte sie in etwas sanfterem Tonfall.

Dabei beließen wir es.

Und Killian Kobain? Tja, es ist erst elf Wochen her, seit ich die Bombe habe platzen lassen. Elf Wochen, in denen immer wieder Paparazzi aus Büschen gesprungen oder im Supermarkt in der Schlange hinter mir aufgetaucht sind. Ich muss tierisch aufpassen, was ich in meinen Einkaufskorb lege. Die XXL-Peperoni-Tiefkühlpizza ist bis auf Weiteres gestrichen – das fehlt mir noch, dass ich damit in der Rubrik »*Guilty Pleasures*« der Gratiszeitung *Metro* zu sehen bin. Auch auf dem Parkplatz meines Wohnhauses lauern noch gelegentlich Reporter, wenn nachrichtentechnisch sonst nicht viel los ist. Mittlerweile kennen meine Nachbarn die meisten von ihnen beim Namen. Mrs. O'Dea besteht darauf, sie zu outen: »Ich seh dich ganz genau, Paddy Miles, du miese kleine Ratte! Solltest dich was schämen, für so ein Revolverblatt zu schreiben.« Paddy Miles, der in der Tat eine miese kleine Ratte ist, zeigt ihr den Stinkefinger, worauf sie ihm blitzschnell die Zunge rausstreckt. Sie meint es gut, die liebe Mrs. O'Dea.

Und vor zwölf Wochen habe ich Thomas das letzte Mal gesehen. Die Begegnung mit ihm damals im Krankenhaus war mir eine Lehre. Das ist eine Tatsache. Sie war für mich der Anstoß, mein Leben zu ändern. Und das tue ich noch. Es wird eine Weile dauern, sagt Minnie, die bekanntlich alles weiß. Ich werde weitermachen, bis es nichts mehr zu ändern gibt, und vielleicht läuft mir dabei ja irgendwann sogar ein interessanter Mann über den Weg. Milo sagt, seine Lehrerin Miss Williams hat einen Freund, obwohl sie noch älter ist als ich. Glaubt er jedenfalls.

Zehn Wochen ist es her, seit Nicolas von Nummer 13 seine Geschichte an die *Irish Daily Mail* verkauft hat. Sie erschien unter dem Titel »Meine Nacht mit der Wildkatze.« Ich wette, die Leute, die sich solche Schlagzeilen ausdenken, verdienen damit einen ordentlichen Batzen Geld.

Heute habe ich schon eine ganze Menge erledigt.

Erstens habe ich mit meiner Mutter telefoniert.

Zweitens habe ich mit Ed vereinbart, dass ich ihn nach Feierabend im Café abholen und mit ihm zum Rettungsschwimmerkurs gehen werde.

Drittens habe ich Minnie zum Frauenarzt begleitet, weil Maurice verhindert war (er ist auf irgendeiner Konvention für Intelligenzbestien in Genf) und weil – man höre und staune – Minnie Driver, die selbstständigste Frau der Welt, nicht gern allein zu ihren Vorsorgeuntersuchungen geht. Also habe ich sie begleitet, und wir haben gemeinsam das perfekte Profil ihres Sprösslings auf dem Monitor bewundert. Wie gesagt, es ist bemerkenswert.

Und viertens habe ich Dad im Garten geholfen. Er sagte, um diese Jahreszeit gäbe es noch nicht allzu viel zu tun, aber wir haben trotzdem ein bisschen rumgewerkelt. Es hat etwas Beruhigendes, mit den Fingern in der Erde zu wühlen. Das Einzige, was mich daran stört, ist, dass ich mir hinterher den Dreck unter den Nägeln rauspulen muss. Da und dort lugten bereits ein paar grüne Spitzen aus dem Boden. »Das sind die ersten Narzissen«, sagte Dad. »Deine Mutter liebt Narzissen.« Das war mir neu.

Ich lerne täglich dazu, während ich damit beschäftigt bin, mein Leben zu ändern. Ich bin kaum wiederzuerkennen.

Noch etwas habe ich heute erledigt: Ich habe Faith eine E-Mail geschickt. Wir mailen uns oft. Fast jeden Tag. Schriftlich kann ich mich besser ausdrücken als am Telefon. Auf dem Papier kam ich schon immer besser zurecht als im richtigen Leben. Aber ich gebe mein Bestes und versuche, so ehrlich wie möglich zu sein. Ich will, dass mich Faith kennenlernt – und zwar keine fiktive Kat, sondern die echte, abstoßende, denn mal ganz ehrlich: Wir alle wissen, wie meisterhaft ich die Darstellung fiktiver Sachverhalte beherrsche.

»Mit Ecken und Kanten, Warzen, Hühneraugen und Hallux-Beulen«, sagt Minnie. Es kostet Überwindung, jemandem seine Hühneraugen zu zeigen. Sie sind nun einmal kein schöner Anblick. Aber ich versuche es trotzdem. Es ist ziemlich anstrengend, aber wenn mir dafür Faith eine E-Mail mit »GERADE IST ETWAS TOTAL UNGLAUBLICHES PASSIERT!!!« in der Betreffzeile schickt, dann weiß ich, es war die Mühe wert. Ganz im Ernst. Sie berichtet von Rob, von der Band, der Tour. Von ihren Problemen mit Rob und der Band wegen der Tour. Sie hat noch keine Lösung gefunden. Ich schon. Aber ich möchte abwarten, bis der Sommer etwas näher gerückt ist und wir uns auf sichererem Boden bewegen. Ich habe nämlich auch eine Tour geplant. Für Milo. Erst wird er ein bisschen Zeit bei seinem Vater und seinem kleinen Bruder in Schottland verbringen, und dann wird er seinen Onkel Ed besuchen. Die beiden haben angefangen, einander zu schreiben. Richtige Briefe, mit Briefmarken und allem, was dazu gehört.

Inzwischen ist der Abend angebrochen, und ich bin müde. Es mag nicht den Anschein erwecken, als hätte ich allzu viel geschafft, aber es war doch ein ganz schön aktiver Tag für eine Schriftstellerin mit Schreibblockade, die gerade ihr Leben ändert und täglich dazulernt.

Ich mache mir einen Funky-Banana-Becher – Milo hat mir das genaue Rezept gegeben – und lümmle mich damit auf die Couch, und da passiert es. Da kommt mir die Idee.

Im Gegensatz zu meinen sonstigen Ideen, die eher Fragmenten gleichen, ist sie voll ausgereift. Sie hat einen Anfang, einen Schluss und sogar einen Mittelteil.

Ich erhebe mich und gehe zu meinem Schreibtisch, auf leisen Sohlen, als könnte sich die Idee verflüchtigen wie eine fedrige Wolke, die mit dem sachtesten Windstoß davontreibt.

Ich setze mich hin und schlage das Notizbuch auf, das mir Ed zum vierzigsten Geburtstag geschenkt hat, obwohl ich normalerweise keine Notizbücher verwende. Doch seltsamerweise erscheint mir meine Idee irgendwie zu – fragil für den Laptop. Ich ertappe mich bei dem Gedanken – mehr noch, ich bin der Überzeugung –, dass diese Geschichte das leise Kratzen einer Bleistiftspitze auf Papier benötigt.

Ich nehme einen Bleistift zur Hand und beginne zu schreiben.

»Halleluja«, würde Minnie jetzt sagen.

13. März 2012, Brighton

Mr. Edward Kavanagh
24 Howth Road
Raheny
Dublin 5
Irland
Europa
Die Welt
Das Universum!!
Die Galaxie!!!!!!!!

Lieber Ed,
danke für den Fußball für meinen Bruder. Ich habe ihn Christian gegeben, als er letztes Wochenende zu Besuch hier war. Von mir hat er einen Spielzeugwelpen bekommen, aber Celia hat dann die Batterien rausgenommen. Ich glaube, das Gebell und das Gedudel haben sie genervt. Celia mag keinen Lärm. Keine Ahnung, warum sie überhaupt ein Baby gekriegt hat, schließlich machen Babys ja meistens recht viel Lärm.
Ich bin jetzt auch Chelsea-Fan. Der Elfmeter war echt total unfair. Damo hat gesagt, der Schiri sollte dringend mal zu Specsavers gehen und sich eine Brille zulegen! :)
Nein, ich bin ziemlich sicher, dass die Valentinstagskarte nicht von Carla war. Jedenfalls ist Carla nicht rot angelaufen, als ich

sie ihr gezeigt habe. Und sie fand sie kitschig. Vielleicht war die Karte von Lorraine. Die faselt ständig was von wegen Liebe und so, und neulich in der Pause ist sie mir dauernd hinterhergerannt, obwohl sie gar nicht mit Fangen dran war. Faith meinte, ich soll die Karte behalten, weil es meine erste ist, aber ich hab sie trotzdem in den Mülleimer geworfen, als Carla und ich Miss Rintoole in der Schulbücherei geholfen haben.
Ich glaube, der Sprung, von dem du mir geschrieben hast, ist der »Schrittsprung«, bei dem man versucht, nicht mit dem Kopf unterzutauchen, wenn man ins Wasser springt. Echt unglaublich, dass ihr den schon durchgenommen habt. Das kam bei uns erst viel später. Unsere Trainerin hat für nächsten Samstag einen Ausflug zur Brighton Lifeguard Station organisiert. Ich kann's kaum erwarten. Wenn das Meer einigermaßen ruhig ist, nehmen uns die Rettungsschwimmer sogar auf dem Rettungsboot mit raus.
Faith hat mir von den Plänen für Ostern erzählt. Cool! Ich bringe meine Schwimmbrille und meine Badehose mit, vielleicht können wir ja gemeinsam schwimmen gehen und ein paar Erste-Hilfe-Griffe üben. Und irgendwann musst du uns auch besuchen kommen. Dann lernst du Damo und Carla kennen, und wir gehen ins Funky Banana. Das Café gehört jetzt zwar Jack, aber er hat gesagt, ich darf immer meine Freunde mitbringen. Sogar Damo, solange er nichts mehr anfasst und nicht mehr mit den Gästen redet.
Jetzt muss ich aufhören, Faith und ich machen heute nämlich Fajitas, und das ist eines meiner absoluten Lieblingsgerichte. Dieses Wochenende kommen Ant und Adrian nach Hause. Ant bringt ein Mädchen mit. Sie heißt Julia, aber Ant nennt sie Maus. Ich glaube, sie ist seine Freundin. Keine Ahnung, warum er sie Maus nennt. Vielleicht ist sie so winzig, oder so still. Rob hat gesagt, er kommt dann zu uns und kocht etwas Be-

sonderes für uns alle. Und einen Nachtisch will er auch mitbringen. Wahrscheinlich ein paar Mars-Riegel. Faith findet ja, das ist kein richtiger Nachtisch, aber Rob liebt Mars, genau wie ich. Vor allem Mars 2Pack.

Viele Grüße aus Brighton von
Milo McIntyre

PS: Ich schicke eine Fußballkarte von Petr Čech mit, weil er der beste Torhüter im Universum ist und weil ich zwei davon habe.
PPS: In zehn Tagen kommt Die Tribute von Panem ins Kino!!!!!! Da darf man erst ab zwölf rein, aber Sully kommt nächste Woche aus dem Krieg zurück, und er hat versprochen, mit uns ins Kino zu gehen, damit ich diesmal auch ganz sicher reinkomme.
PPPS: Schöne Grüße an Kat – sie soll sich keine Gedanken machen, weil sie die Schlechteste im Kurs ist. Unsere Trainerin sagt, mit genug Übung kann jeder ein guter Lebensretter werden.

EPILOG

1. Juli 2012, Dublin

1

Ich war in meinem ganzen Leben noch nie auf einer Buchpräsentation.

»Bist du nervös?«, fragt Faith.

Bei ihrem Anblick schlägt noch immer jedes Mal mein Herz schneller. Die Tatsache, dass sie da ist, neben mir. Sie ist größer als ich. Dünner. Aber es gibt Ähnlichkeiten. Das lange, dunkle Haar. Die blasse Haut. Die grünen Augen. Sie sieht nicht aus wie ich, sondern wie eine jüngere Version von mir.

Ich schüttle den Kopf. »Nein, überhaupt nicht. Ich dachte, ich würde nervös sein, aber ich bin es nicht.« Es ist keine Angeberei – es stimmt. Eigentlich sollte ich so nervös sein wie ein Igel, der an einem Feiertag im August versucht, eine Straße in Meeresnähe zu überqueren, aber das bin ich nicht.

Faith nickt. Wenn sie lächelt, ziert ein Grübchen ihre rechte Wange, genau wie bei Ed. »Es gibt ja auch gar keinen Grund, nervös zu sein.« Doch als ich nun bemerke, dass sie sich ihre Ausgabe von *Einmal und für immer* unter den Arm geklemmt hat wie eine Clutch, bekomme ich plötzlich einen ganz trockenen Mund, und mein Herz klopft in meiner Brust ein Trommelsolo. Ich habe mir an dem Tag, an dem ich ihr das Buch geschickt habe – nein, noch ehe ich es zu Ende geschrieben hatte –, fest vorgenommen, sie nicht darauf anzusprechen. Ich wollte sie nicht fragen, ob sie es gelesen hat, und schon gar nicht, was sie davon hält.

»Hast du es gelesen?« Mir ist, als hätte mich soeben jemand ans Stromnetz angeschlossen.

Faith nickt.

»Und – ähm – was hältst du davon?« Ich habe Gänsehaut an den Armen, dabei ist mir gar nicht wirklich kalt.

»Ich finde es mutig. Und ehrlich. Und mir gefällt der Schluss. Sehr sogar.«

Ich bin froh, dass ich sitze, weil ich nämlich vor Erleichterung weiche Knie habe.

Faith legt mir flüchtig eine Hand auf den Arm. »Viel Glück.« Dann geht sie zur Tür des schmalen, vollgestellten Kabuffs, das als Büro fungiert. »Wir sehen uns ja gleich da draußen.« Ich spähe durch die Jalousie, die vor dem Fenster hängt, in den proppenvollen Laden draußen. Es wimmelt vor Journalisten und Fotografen, dabei möchte man meinen, ihr Interesse hätte im Laufe des vergangenen halben Jahres etwas nachgelassen. Sie recken die Hälse, während Faith in ihrem grünen Leinenkleid, das Beth ihr »Irlandkleid« nannte, in der Masse verschwindet.

Ich lasse den Blick über die Leute dort draußen gleiten, aber erst, als ich feststelle, dass Thomas nicht da ist, wird mir klar, dass er es ist, nach dem ich Ausschau gehalten habe. Er ist und bleibt Journalist, und wenn sein dauerträchtiges Schaf noch so viele Lämmer wirft. Es hätte also durchaus sein können, dass er kommt.

Aber er ist nicht da.

II

Minnie reißt die Tür auf. Sie hält ein Klemmbrett in der Hand und hat sich einen Stift zwischen Ober- und Unterkiefer geklemmt wie eine Trense. Als sie mich erblickt, nimmt sie den Stift aus dem Mund. »Da bist du ja«, sagt sie. »Hervorragend.« Sie hakt etwas auf dem Zettel ab, der an ihrem Klemmbrett befestigt ist, als wäre ich ein Punkt auf ihrer To-do-Liste. Wahrscheinlich bin ich das auch.

Das Klemmbrett gehört einer PR-Schnitte namens Natasha, die Brona für die Buchpräsentation engagiert hat. Dummerweise wurde Natasha heute früh um exakt neun Uhr dreizehn von ihrem Freund per SMS abserviert, und das, obwohl er demnächst zu ihr in ihre Zweizimmerwohnung in Notting Hill ziehen sollte. Jetzt sitzt sie im Turk's Head, kippt einen Tequila nach dem anderen und spricht ihrem Ex zunehmend unverständlichere Nachrichten auf die Mailbox. Bis jetzt hat der »Schuft« (Bronas Wortwahl, nicht meine) noch nicht zurückgerufen.

Minnie hat sich bereit erklärt, spontan für Natasha einzuspringen, und ist voll in ihrem Element. »PR ist doch Pipifax«, erklärte sie im Beisein von Natashas Sekretär, der sogleich die Fäuste ballte, damit sie seinen Angstschweiß nicht riechen konnte. Er verteilt jetzt in ihrem Auftrag am Eingang die Namensschilder.

»Bist du bereit?« Sie betrachtet mich prüfend von Kopf bis Fuß, nickt und setzt ein weiteres Häkchen auf ihre Liste, ohne mein sorgfältig ausgewähltes Outfit – rotes Kleid, farblich darauf abgestimmte Schuhe und eine enge schwarze Lederjacke – zu kommentieren. Immerhin scheint es ihre Zustimmung gefunden zu haben.

»Ja«, sage ich.

»Hervorragend.« Sie fischt ihr Walkie-Talkie aus der Blazertasche, drückt auf eine Taste und verzieht das Gesicht, weil es rauscht. Drückt auf eine andere Taste und bellt: »Wir verlassen jetzt Position D und sind in T minus zwanzig Sekunden auf Position A. Roger, Alistair?«

»Äh, okay, Minnie, alles klar«, tönt eine hohe, unsichere Männerstimme aus dem Lautsprecher. »Roger, meine ich.«

Minnie sieht mich an. »Abmarsch!«, sagt sie, und ich leiste dem Befehl Folge, weil ich gar nicht anders kann, wenn sie so drauf ist. Die Menge teilt sich wie ein Vorhang, und binnen exakt zwanzig Sekunden sind wir am Podium in der gegenüberliegenden Ecke des Ladens angelangt.

Brona stellt mich vor. Sie ist voll des Lobes, bezeichnet mich als »reizend« und »kooperativ« und behauptet, die Zusammenarbeit mit mir sei stets eine »Freude« gewesen. Alles mehr oder weniger gelogen. Sie spricht auch von meiner Arbeitsmoral, die sie »vorbildlich« nennt. HA!

Minnie kann es kaum erwarten, zu übernehmen. Sie sieht aus, als könnte sie kein Wässerchen trüben, wie sie dort steht, mit ihren großen, blauen Augen und den blonden Haaren, die ihr in einem dicken Zopf auf den Rücken hängen. Dazu der Babybauch unter dem blassrosa Maxidress aus Seide … Sie sieht aus wie eine Frau, die Muffins backt und verhutzelten alten Damen über die Straße hilft. Dann schaltet sie das Mikrofon ein. »Dies ist keine Lesung. Wenn Sie wissen wollen, worum es in Kats Buch geht, kaufen Sie es sich. Wenn Sie eine Frage haben, heben Sie die Hand, und wenn ich auf Sie zeige, stellen Sie Ihre Frage. Wer unaufgefordert Fragen stellt, muss die Veranstaltung verlassen.« Sie deutet mit dem Kopf auf die

Tür, wo dieselben beiden Hünen in identischen schwarzen Anzügen und Wraparound-Sonnenbrillen stehen, die mir schon bei der Pressekonferenz vor einem halben Jahr gute Dienste geleistet haben. Es kommt mir vor, als wäre das eine Ewigkeit her. Sie wirken ziemlich imposant, wie sie dort stehen, schweigend und bewegungslos. »Am Schluss steht Kat für eine Signierstunde zur Verfügung. Stellen Sie sich dazu in einer ordentlichen Reihe einzeln von rechts an.«

Einen Moment lang tut sich nichts, und ich weiß nicht so recht, wo ich hingucken soll. Dann geht es los. Die Anwesenden heben zögernd die Hände, einer nach dem anderen, bis der ganze Laden erfüllt ist von einem Meer nach oben gestreckter Arme, die mir zuwinken wie die Tentakel einer Seeanemone. Minnie zeigt auf eine Reporterin in der vorletzten Reihe und bellt: »SIE!« Die Betreffende, eine Frau mit geröteten Hamsterbacken, deutet mit fragender Miene auf sich selbst. Minnie nickt ungeduldig und reicht mir das Mikrofon.

»Als Erstes möchte ich Sie zu Ihrem Buch beglückwünschen, Kat. Ich habe es gestern Nacht fertig gelesen. Ich konnte es kaum weglegen.«

Killian Kobain hätte jetzt bestimmt eine Erwiderung auf Lager, aber in meinem Hirn herrscht gähnende Leere.

Sie fährt fort: »Es handelt sich nicht um einen Declan-Darker-Krimi.«

Gut beobachtet, Watson.

»Warum haben Sie keinen weiteren Darker-Band geschrieben?«

Endlich. Eine Frage. Ich lasse den Blick über die erste Reihe gleiten, wo Mum, Dad, Faith, Milo und Ed sitzen. Dad muss Milo eine ordentliche Dosis Haargel verpasst haben, so, wie dem Jungen die Stirnfransen am Kopf kleben. Milo lächelt mir zu und streckt beide Daumen in die Höhe. Ich zwinkere ihm zu, dann wende ich meine Aufmerksamkeit wieder der Reporterin zu. »Es war an der Zeit, mal etwas anderes zu schreiben.«

Weitere Hände schießen in die Höhe. »SIE!« Minnie deutet auf einen Mann mittleren Alters, der in der zweiten Reihe sitzt und eine Pudelmütze aufhat, was mich überrascht, weil Minnie Männer mittleren Alters mit Pudelmützen auf den Tod nicht ausstehen kann. Ihrer Überzeugung nach versuchen sie damit entweder eine Glatze oder abstehende Ohren zu verbergen – im schlimmsten Falle beides, und wenig erfolgreich obendrein.

»*Einmal und für immer* handelt von einer Schülerin im Teenageralter, die schwanger wird und ihr Baby zur Adoption freigibt«, sagt der Mann. »Ist das Buch autobiografisch?«

Vor dieser Frage graut mir schon die ganze Zeit, wirklich überraschend kommt sie also nicht. In den vergangenen Monaten konnte man sich anhand der in Friseursalons und Arztpraxen ausliegenden Zeitschriften ausführlich über mein Privatleben informieren. »Nein, es ist reine Fiktion«, sage ich, und eigentlich will ich es dabei belassen, aber dann atme ich tief durch und füge doch noch etwas hinzu, wie so oft, seit ich das Buch beendet habe. Ich bin auf einer Art Wahrheitstrip. Die Worte sprudeln förmlich aus mir heraus. Wahrscheinlich ist da irgendwo ein Leck. »Aber ich gebe zu, dass in diesem Buch viel von mir steckt. Das wurde mir selbst erst klar, als ich es das erste Mal ganz gelesen habe. Ich hatte diesen Teil von mir, die fünfzehnjährige Kat, gewissermaßen begraben. Ich habe mich von ihr abgewendet und lange keinen Gedanken an sie verschwendet. Aber dann habe ich das Buch gelesen, und da war sie plötzlich. Es kam mir vor wie die Begegnung mit einem alten Bekannten, zu dem ich den Kontakt hatte einschlafen lassen. Es war ein Schock, aber ein heilsamer Schock.«

Schweigen. In den vergangenen Monaten habe ich mich wortkarg gegeben, und die Medien haben mir mein Schweigen als Arroganz ausgelegt. Ich gelte als kühl und unnahbar, weshalb diese Flut an Informationen jetzt unerwartet kommt, auch für mich selbst. Und für Minnie offenbar ebenso. Es ist nicht einfach, Minnie Driver zu verblüffen, aber wie es scheint, ist es mir gelungen. Als der Mann mit der Pudelmütze den Mund öffnet, um eine weitere Frage zu stellen, gewinnt jedoch schlagartig die alte Minnie wieder die Oberhand, denn sie kommt ihm mit einem scharfen »Sie waren schon dran!« zuvor und deutet dann auf eine Frau auf der anderen Seite des Ladens. »SIE!«

»Welchem Genre würden Sie das Buch zuordnen?«

»Keine Ahnung.«

Minnie deutet auf den nächsten Kandidaten. »SIE!«

»Wie lange haben Sie an diesem Buch geschrieben?«, erkundigt sich ein korpulenter Mann mit üppigem Rauschebart und Fistelstimme.

»Sechs Wochen.« Mein Publikum schnappt kollektiv nach Luft. Aber es stimmt. Sechs Wochen. Genau so lange hat es gedauert, vom ersten bis zum letzten Wort. Es musste nichts geändert werden, mal abgesehen von ein paar Apostrophen, die zur falschen Zeit am falschen Ort waren. Apostrophe waren noch nie meine Stärke.

Sechs Wochen, in denen ich nur geschrieben und geschlafen habe, sonst nichts. »Da siehst du mal, was du schaffen kannst, wenn du dich nicht ablenken lässt«, sagte Brona.

»SIE!« Minnie deutet auf einen spindeldürren jungen Mann, auf dessen langer, schmaler Nase eine riesige Brille sitzt.

»Es wird zuweilen behauptet, dass der zweite Darker-Band *Finsternis* lose auf Ihren persönlichen Lebenserfahrungen basiert. Was sagen Sie dazu?«

»In *Finsternis* geht es um einen Serienmörder, der seine Opfer bei lebendigem Leib in flachen Gruben in Leitrim begräbt.«

»Genau.« Er nickt zufrieden.

»Ich war noch nie in Leitrim.«

»Aber der Mörder war ein Adoptivkind, und *Finsternis* ist der einzige Band, der in Irland spielt. Das meine ich.«

Bei manchen dieser Leute fragt man sich echt, ob sie eigentlich je eine Bildungseinrichtung besucht haben.

Ich sehe zu Minnie, und sie wählt den nächsten Kandidaten aus. »SIE!«

»Stimmt es, dass Sie mit sechzehn einen Nervenzusammenbruch hatten?«

»Nein.«

»Mit siebzehn?«

»Nein.«

»Mit achtzehn?«

Ich schüttle den Kopf. »Lassen Sie mich die Sache abkürzen, sonst sitzen wir morgen noch hier, wenn Sie bis vierzig weiterzählen, okay? Ich hatte noch nie einen Nervenzusammenbruch, will aber nicht ausschließen, dass es irgendwann so weit kommt.« Da und dort ertönt glucksendes Gelächter. Es klingt nervös.

Weitere Hände schießen nach oben. Minnie lässt sich Zeit. »SIE!«, ruft sie.

»Stimmt es, dass Sie den Namen Killian Kobain von der Rückseite einer Cornflakes-Verpackung haben?«

»Nein, es waren Frosties.« Manche von denen notieren sich das. Ganz im Ernst.

Und es geht weiter.

Jemand erkundigt sich nach der Widmung. Darauf hatte ich schon gewartet. Killian hat seine Bücher nie jemandem gewidmet. »Sie haben das Buch einer gewissen Beth gewidmet. Ist das Ihre Tochter?«

»Nein«, sage ich, und Minnie will gerade ihr nächstes »SIE!« brüllen, da sage ich: »Beth war die Mutter meiner Tochter. Ich habe das Buch ihr gewidmet, um mich zu bedanken.«

»SIE!«

Eine kleine, schmale Frau mit verkniffener Miene sagt: »Ihre Mutter hat das Schreiben von Krimis mit malen nach Zahlen verglichen. Was sagen Sie dazu?«

»Sie hat ihre Meinung geändert. Inzwischen findet sie, es ist eher mit der Zeichentechnik ›Verbinde die Punkte‹ zu vergleichen.« Ich sehe zu Mum, die sich ein Lächeln abringt, obwohl sie sich auf ihrem Stuhl windet, und spüre, wie mir das Herz aufgeht. Sie hatte es nicht leicht in letzter Zeit, aber sie bemüht sich nach Kräften.

»Noch eine Frage«, sagt Minnie. Sie lässt den Blick über die zahllosen in die Höhe gereckten Arme schweifen. »SIE!«, brüllt sie, lauter denn je, wohl, weil das Ende ihrer PR-Karriere unmittelbar bevorsteht und sie es noch ein letztes Mal so richtig auskosten will.

»Werden Sie noch weitere Declan-Darker-Krimis schreiben?«

»Ja«, sage ich. »Einen noch.«

»Warum nur noch einen?«

Ich antworte nicht sofort, und in der nun entstehenden Pause schreit jemand: »Sie wird ihn umbringen!« Als wäre Darker ein Mensch aus Fleisch und Blut und ich ein Serienmörder – womöglich einer, der seine Opfer bei lebendigem Leib in flachen Gruben in Leitrim begräbt. Wieder vernehme ich ein kollektives Luftschnappen, und da wird mir zum ersten Mal bewusst, wie sehr die Leute Declan Darker lieben.

»Nein, nicht unbedingt«, sage ich. »Aber er wird nun mal nicht jünger. Gut möglich, dass er sich ja zur Ruhe setzt und sich ein Blockhaus in Montana kauft. Das wäre bestimmt nach seinem Geschmack. Vielleicht lasse ich ihn sogar heiraten. Wer weiß, vielleicht lernt er ja endlich die Richtige kennen, verliebt sich und wird glücklich. Warum auch nicht? So was kommt vor.«

»Das ist ja skandalös!«, echauffiert sich jemand.

»So, das war's«, sagt Minnie. »Keine weiteren Fragen.« Die Leute lassen die Arme sinken und stellen sich artig von rechts in einer Reihe an, wie Minnie es ihnen aufgetragen hat.

III

Die Schlange beginnt vor dem kleinen Tisch, an dem ich sitze, und windet sich durch den gesamten Laden bis zur Tür, wo sie sich auf der Straße fortsetzt. Nach einer Stunde ist meine Hand nur noch eine steife Kralle, und meine Gesichtsmuskeln schmerzen vom vielen Lächeln in diverse Kameras. Ich winke Milo zu mir rüber. »Zähl doch mal, wie viele noch in der Schlange stehen«, flüstere ich. Das Resultat ist niederschmetternd. »Noch ungefähr fünfzig Leute«, sagt er, als er wieder da ist.

»Ungefähr?«

»Okay, eigentlich sind es dreiundsiebzig.« Er lächelt, und irgendwie gelingt es mir, weiterzusignieren, weiterzulächeln und sogar das Baby einer Frau zu halten, während sie in ihrer Handtasche nach ihrer Ausgabe von *Einmal und für immer* kramt.

Ich spüre, wie Minnie neben mir die Schultern strafft. Sie zückt ihr Walkie-Talkie und drückt eine Taste. Ihr Blick ist auf die Tür geheftet. »Wir haben ein Problem auf sechs Uhr. Over«, murmelt sie in das Gerät. »Bleib, wo du bist«, befiehlt sie mir und marschiert entschlossen zum Eingang. Ich stehe auf und recke den Hals, und da sehe ich ihn. Er steht in der Schlange, direkt am Eingang, sein Kopf streift beinahe den Querbalken über der Tür. Als er mich erblickt, nickt er, wobei seine grauen Locken hüpfen wie die Perücke einer irischen Tänzerin. Er trägt die enge schwarze Jeans, die ich ihm auf einem Wochenendtrip nach Donegal gekauft habe, und dazu ein weißes T-Shirt. Wahrscheinlich das mit dem Loch hinten. Es ist der Ziege zum Opfer gefallen, als damals seine Wäscheleine hopsging. Kein Sakko. In einer Hand hält er ein Exemplar von *Einmal und für immer*. Mein Magen krampft sich zusammen.

Minnie steuert auf ihn zu, die zwei Security-Typen rüsten sich zum Angriff. Thomas, der nichts ahnt von der drohenden Gefahr, bleibt, wo er ist.

»Entschuldigen Sie«, sage ich zu dem Fan, der soeben an meinen Tisch getreten ist, worauf er kopfschüttelnd auf seine Armbanduhr blickt und mit der Zunge schnalzt, wie man es tut, wenn der Zug Verspätung hat.

Während ich mich durch die dichter werdende Menschenmenge schlängle, postieren sich die beiden Schränke im Anzug rechts und links von Thomas. Sie warten nur noch auf ein Signal von Minnie. Ein kurzes Nicken von ihr, und sie nehmen ihn in die Zange. »Stopp!« Ich zwänge mich zwischen einigen besonders dicht beisammenstehenden Leuten hindurch, stolpere über eine auf dem Boden stehende Handtasche und pralle an die Brust des einen Security-Hünen. Sie ist so solide wie eine Mauer. Er legt mir seine Pranken auf die Schultern und stellt mich wieder auf die Füße. Minnie sieht mich an. »Angeblich ist er bloß gekommen, um sich sein Buch signieren zu lassen. Ein Wort von dir genügt.« Sie dreht sich zu Thomas um und lächelt. »Nichts für ungut, Thomas. Ich mache hier nur meine Arbeit.«

Er erwidert das Lächeln. »Ich wusste gar nicht, dass du jetzt für einen Sicherheitsdienst tätig bist.«

»Nur nebenberuflich«, winkt Minnie ab.

Thomas mustert mich, als wollte er etwas sagen, und ich würde unheimlich gern hören, was, doch dann schaltet sich erneut Minnie ein. »Also, was ist, Kat? Soll er bleiben oder gehen?«

»Ich … Ähm … Bleiben.«

»Sicher?«

Ich blicke zu Thomas. »Sofern du das willst.« Er nickt mit einem amüsierten Grinsen.

»Wegtreten«, befiehlt Minnie den beiden Wachleuten mit einer Mischung aus Bedauern und Resignation, worauf sie synchron einen Schritt nach hinten machen. Es hat etwas merkwürdig Anmutiges, fast wie beim Ballett.

Dann packt mich Minnie am Arm und lotst mich unsanft zu meinem Tisch zurück. »Könntest du bitte noch mal zählen?«, zische ich Milo unterwegs zu, und er nickt.

Der Mann vor meinem Tisch sieht erneut auf die Uhr, schüttelt den Kopf und schnalzt mit der Zunge. Ich habe soeben sein Buch fertig signiert, da kommt Milo und flüstert: »Siebenundfünfzig.« Puh. Thomas steht ganz am Ende der Schlange. Ich straffe die Schultern und signiere weiter. In meinem Kopf schwirren Fragen, Zweifel, Vermutungen, Bedenken durcheinander. Aber auch noch etwas anderes. Perspektiven.

Meine Reserviertheit schwindet, meine Signiersprüche werden zusehends blumiger, ja, geradezu übermütig.

Vorher habe ich immer dasselbe geschrieben: *Für …*, Unterschrift, fertig. Jetzt gehe ich immer mehr aus mir raus.

Kat xxx

Viele Grüße, Kat xxxxx

Alles Liebe, Kat xxxxxxxx

Ich kann nicht aufhören zu lächeln. Thomas ist da, und ich finde, das ist ein gutes Omen. Brona muss auf mich abgefärbt haben.

Für Ger – viel Erfolg bei der Führerscheinprüfung, ich drücke die Daumen! Herzliche Grüße, Kat xxxx

Für Barney – war schön, Sie kennenzulernen! Ich hoffe, sie sagt JA!!! Viel Glück, Kat xxxxxx

Für Siobhan – Sie werden es nie erfahren, wenn Sie ihn nicht fragen. Rufen Sie ihn an! Alles Liebe, Kat xxx

Und seltsamerweise kommt jedes einzelne Wort von Herzen. Ich bin so richtig in Fahrt. Ich bin total high.

Faith kommt an den Tisch. »Alles okay?«, fragt sie. »Brauchst du irgendetwas?« Ich hebe den Kopf, spüre, wie mein Herz schneller schlägt. »Ja, dein Buch.« Sie reicht es mir, und ich schlage die Seite auf, auf der ich es vorhin signiert habe. *Für Faith*, darunter ein schlichtes *Kat*. Und dann füge ich in großen, runden Buchstaben hinzu: *Danke, dass du dich auf die Suche nach mir gemacht hast. In Liebe, Kat xxxxxx*

Ich nehme ihr das Versprechen ab, dass sie es nicht in meinem Beisein lesen wird, und gebe ihr das Buch zurück. Sie nimmt es, schlägt es auf und liest an Ort und Stelle, was ich geschrieben habe. Dann nickt sie und sagt: »Gern geschehen.«

Das Buch, das ich für Minnie signiert habe, liegt noch auf dem Tisch. Ich schlage es auf und schreibe unter die Stelle, an der unsere Namen stehen: *Selbst wenn ich viele Freundinnen hätte, wärst du trotzdem meine beste. Kat xxxxx*

»Sentimentale Kuh«, wird ihr Kommentar lauten, als sie es später liest.

Ich schiele zu Milo, der weiterzählt. Er zeigt mir zehn Finger, ballt kurz die Fäuste, dann zeigt er mir sieben Finger. Noch siebzehn Leute also. Ich mache weiter.

Schließlich ist nur noch eine Frau vor Thomas. Eine Frau mit einem riesigen Rucksack. Sie nimmt mit einiger Mühe den Rucksack ab, stellt ihn auf den Boden und öffnet ihn. Er ist vollgestopft mit Büchern. Sie nimmt sie eins nach dem anderen heraus und legt sie vor mir auf den Tisch. Es sind achtzehn Stück, zwei Stapel zu je neun Büchern. Sämtliche Declan-Darker-Krimis, in zweifacher Ausfertigung. Sie erklärt mir, dass ihre Nachbarin im Krankenhaus liegt, weil sie sich die Krampfadern veröden lassen musste. Ob es mir wohl etwas ausmachen würde, alle Bücher zu signieren? Einen Stapel für sie, einen für ihre Nachbarin, der es leider nicht so gut geht – die Operation hat nicht den erhofften Erfolg gebracht. Krampfadern im fortgeschrittenen Stadium sind die Hölle.

»Aber gern«, sage ich und fange an zu signieren. Was ist schon ein steifes Handgelenk gegen Krampfadern im fortgeschrittenen Stadium?

»Wie heißt denn Ihre Nachbarin?«

»Dolores.«

Selbst die Schmerzen in meinen Fingern können meine Ergüsse nicht eindämmen.

Für die liebe Dolores – ich habe mit Bedauern von Ihrem Leiden gehört und hoffe, Sie kommen bald wieder auf die Beine! Herzlichst, Kat xxxxxxxxxx

Ich sauge mir acht Variationen zum Thema aus den Fingern, dann wende ich mich dem zweiten Stapel zu.

»Ich heiße Kerry«, sagt die Frau. Ich setze den Stift an.

»Mit C und ie.«

»Cerrie?«

»Genau. Und könnten Sie das hier bitte für meinen Freund signieren?«

Für Des ...

»Mit Z am Schluss.«

Für Dez ...

»Das hier ist für Florence.«

»Florence mit F?«, scherze ich.

»Nein, mit Ph.«

»Phlorence?«

»Richtig.«

Ich signiere und signiere. Endlich ist ein Ende in Sicht. Thomas, der artig hinter Kerry – Verzeihung, Cerrie – steht, telefoniert. Ich höre seine leise, tiefe Stimme. Wispa-Schokoriegel. Mir läuft das Wasser im Mund zusammen.

»So, das ist das Letzte. Für Lola bitte.«

»Aber klar doch.« Bei Lola kann nicht viel schiefgehen.

»Ähm, sie schreibt sich mit einem H am Schluss«, sagt

Cerrie. Ich male ein H hinter Lola, und Cerrie lächelt. »Sie sind viel netter, als ich dachte.«

»Äh, danke.«

Es dauert eine Ewigkeit, bis sie die Bücher in chronologischer Reihenfolge wieder in ihrem Rucksack verstaut hat, aber als ich ihr meine Hilfe anbiete, lehnt sie ab. Ich verkneife mir ein »Kommen Sie gut zurück in die Irrenanstalt, ja?«, stattdessen sage ich: »Es war mir eine Freude. Vielen Dank fürs Kommen, und bestellen Sie Dolores liebe Grüße und alles Gute von mir. Und Dez, Phlorence und Lolah natürlich auch.«

Endlich hat sie ihren Rucksack geschultert und macht sich auf den Weg.

»Da bist du ja«, sagt Thomas, als ich zu ihm hochsehe, und dann schenkt er mir sein vertrautes Lächeln. Treffender hätte er sich nicht ausdrücken können. »Da bist du ja.« Es hat schrecklich lange gedauert, bis ich an diesem Punkt angekommen bin, aber jetzt habe ich es doch noch geschafft.

»Du hast mir gefehlt«, sage ich. Es rutscht mir einfach so heraus. Ich bin augenscheinlich nach wie vor auf dem Wahrheitstrip.

Er wirkt geschockt. Kann ich ihm nicht verdenken.

Er sagt nicht: »Du mir auch.« Ich beschließe, nicht zu viel hineinzuinterpretieren.

»Du hast dich nie mehr gemeldet.« Es klingt gekränkt, als hätte er sich gewünscht, dass ich mich melde. In mir keimt ein Gefühl auf. Es erfasst mich wie eine Welle. Ich weiß, was es ist: Hoffnung.

»Ich habe jeden Tag an dich gedacht. Ich habe dich jeden Tag vermisst.« Ich muss ganz sachlich bleiben, um es überhaupt sagen zu können. »Ich … Ich habe dich nicht angerufen, weil ich nicht aufdringlich sein wollte. Außerdem wusste ich ja, dass du beschäftigt warst …«

»Mit Sarah, meinst du?«

Ich nicke.

»Das war ein Fehler.« Ich stehe auf. Es wäre mir lieber gewesen, wenn er »Es war ein Desaster« gesagt hätte, aber »ein Fehler«, das ist immerhin etwas. Ein Ausgangspunkt.

»Mit Fehlern kenne ich mich aus«, sage ich. »Samuel Beckett hatte ganz recht, als er über das Scheitern gesagt hat: Man muss es immer wieder versuchen. Sich mehr Mühe geben. Besser scheitern.«

»Besser scheitern?«

»Ja. Genau das habe ich mir vorgenommen: besser zu scheitern. In Anbetracht meiner Vorgeschichte sehe ich nicht viel Sinn darin, die Latte allzu hoch zu legen.« Damit ernte ich ein Lächeln. Ein kleines.

Ich gehe um den Tisch herum und trete neben ihn, so nah, dass ich ihn berühren könnte.

»Ich erwarte nicht, dass du alles vergisst, was geschehen ist, oder dass wir einfach da weitermachen, wo wir aufgehört haben. Aber ich möchte, dass du alles über mich erfährst. Zum Beispiel, dass ich jedes Mal, wenn ich Nein gesagt habe, eigentlich Ja sagen wollte. Zu allem.«

Er sieht mir in die Augen. »Zu allem?«

»Ja.«

»Ja zum Schlammtauchen?«

Ich kann den graubraunen Schlick förmlich zwischen meinen Zehen spüren. »Ja«, sage ich.

»Ja zu einem Wochenende in Leitrim?«

Ich denke an Leitrim, die kalten Seen, den endlosen grauen Himmel. »Ja«, sage ich.

»Und Fischen? Ja zum Fischen in Leitrim?«

Vor meinem geistigen Auge taucht ein Eimer voller blutiger Fischinnereien auf. Ich schiebe ihn mit beiden Händen von mir. »Ja«, sage ich.

»Kite-Surfen?«

Ich sehe mich in einem Krankenhausbett, von Kopf bis Fuß eingegipst. »Ja«, sage ich.

»Kajaken?«

»Ja«, sage ich. »Pipifax«, würde Minnie sagen.

»Auf dem Liffey?«

Oh, Gott. Der Liffey. Diese widerliche, schlammige, stinkende Brühe. Ich sehe ihn an und sage: »Ja.«

Er grinst, stellt mir aber keine weiteren Fragen. Als wären sie ihm ausgegangen. Ich bin am Ende der Straße angelangt. Die Perspektiven schwinden. Das war's. Ende der Vorstellung. Gleich wird jemand »Licht aus!« rufen.

Dann fällt mir wieder ein, dass ich nichts zu verlieren habe, also springe ich über meinen Schatten und sage: »Was ich dich fragen wollte: Wirst du am Freitagabend gegen acht hungrig sein?«

»Nun, ich schätze, die Chancen stehen nicht schlecht.«

»Es ist nämlich so … Ich dachte, wenn du noch nichts vorhast, dann könntest du ja am Freitagabend zu mir zum Essen kommen.« Ich kreuze hinter meinem Rücken Zeige- und Mittelfinger, wie Milo es tut, wenn er auf etwas hofft.

»Kochst du?«

»Ähm … Na ja, ich …«

»Kleiner Scherz, entschuldige.«

»Ich werde etwas vom besten Bestellservice der Stadt kommen lassen, und ich besorge einen Käsekuchen aus dem Deli.« So. Der Köder ist ausgeworfen. Mehr kann ich nicht tun.

Thomas tritt von einem Fuß auf den anderen. Er trägt Sandalen von der Größe eines Floßes. »Spricht eigentlich nichts dagegen, dass ich mal auf ein Pläuschchen vorbeikomme. Bei der Gelegenheit könnte ich auch gleich meine Cordhose mitnehmen.«

»Die gelbe?«

»Sie ist beige.«

»Äh, klar, warum nicht.« Das ist jetzt wohl nicht der richtige Augenblick, um ihm zu gestehen, dass ich besagtes Beinkleid eines Nachts in einem alkoholbedingten Anfall von Groll von meinem Balkon geschleudert habe. Sie ist an der Dachtraufe hängen geblieben, und da hängt sie meines Wissens nach wie vor.

»Also gut«, sagt Thomas. »Ich komme am Freitag vorbei – auf ein Pläuschchen.«

Ich deute auf das Buch, das er mitgebracht hat. »Willst du das signiert haben?«

»Gern.« Er reicht es mir. Ich nehme meinen Stift zur Hand, schlage das Buch auf, beuge mich über die Seite. Ich habe mir unzählige Male überlegt, was ich schreiben würde, wenn er mich bitten würde, sein Buch zu signieren. Habe mir ein Dutzend Sprüche zurechtgelegt. Clevere. Markige. Jetzt fällt mir kein einziger mehr ein. Sie haben sich aus dem Staub gemacht, wie die Ratten, die das sinkende Schiff verlassen. Ich hatte wohl nie ernsthaft damit gerechnet, dass es doch noch so weit kommen würde. Dass er mich bitten würde, sein Buch zu signieren. Warum sollte er auch, nach allem, was passiert ist?

Aber er ist hier, und er will, dass ich sein Buch signiere. Ich schließe kurz die Augen, und dann schreibe ich das Erstbeste, was mir in den Sinn kommt. Ich kann nur hoffen, dass Minnie es niemals liest.

Für Thomas – du hattest recht, als du damals behauptet hast, dass ich dich liebe.

Was auch geschieht, eines weiß ich gewiss: Es stimmt. Ich liebe dich.

Deine

Kat

Danksagung

Das Furchtbare an Danksagungen ist, dass man immer jemanden vergisst. Avril Rankin zum Beispiel, die mir für *Wenn ich dich gefunden habe* so viel über Hundeasyle und Tierheime erzählt hat. Ich kann nicht fassen, dass ich vergessen habe, mich bei ihr zu bedanken, aber inzwischen ist es mir wieder eingefallen, und ich möchte es an dieser Stelle nachholen. Danke, Avril! Für alles.

Mein aufrichtiger Dank an die McGowans, insbesondere an John, Sinead, Mary, Bernard, Dave und Lyndsey-Anne, nicht nur dafür, dass ihr eure Geschichten mit mir geteilt habt, sondern auch für eure Gastfreundschaft und Großzügigkeit.

Ein riesiges Dankeschön gebührt auch Aine Maguire-Keane, die mir ihre Geschichte wie üblich mit viel Witz, Charme und Offenheit erzählt hat.

Danke an meinen Hausarzt Cathal Martin, der mich mit Erkrankungen für Menschen versorgt, die gar nicht existieren und – was noch wichtiger ist – mir dann dabei hilft, sie wieder zu heilen.

Danke an die Mitarbeiter der Adoption Association of Ireland, die mich bei der Recherche für das vorliegende Buch unterstützt haben.

Auch dem Arch Club in Portmarnock danke ich für seine Hilfe.

Des Weiteren danke ich Neil MacLochlainn dafür, dass er mich darüber aufgeklärt hat, wie an englischen Schulen der Hase läuft.

Zu Dank verpflichtet bin ich außerdem Eileen Kavanagh, die eine Rohversion dieses Buches gelesen hat und mir nicht nur so großzügig ihre Zeit und ihr Fachwissen zur Verfügung gestellt, sondern auch hilfreiche Einblicke und wertvolles Feedback geliefert hat. Ich revanchiere mich jederzeit gern.

Danke an meine Schwester, Niamh Geraghty, die die unzähligen Rohversionen meiner Bücher liest und an den Stellen lacht, an denen gelacht werden soll. Selbst wenn ich noch andere Schwestern hätte, wärst du trotzdem meine Lieblingsschwester! Ich danke außerdem Niamh MacLochlainn, die das Manuskript in einem Rutsch durchgelesen hat und nie mit Feedback und ermutigenden Worten geizt.

Ein riesiges Dankeschön an alle Mitarbeiter von Hachette Books Ireland und Hodder & Stoughton in Großbritannien, die mir dabei helfen, meine Geschichten zu erzählen, vor allem an meine Lektorinnen Ciara Doorley und Francesca Best, die bei der Arbeit an meinen Büchern so viel Geduld und Behutsamkeit an den Tag legen und von denen ich unheimlich viel gelernt habe.

Auch an meine Agentin Ger Nichol ein riesengroßes Dankeschön dafür, dass sie stets auf meiner Seite ist und an mich glaubt, selbst, wenn ich es nicht tue. Vor allem, wenn ich es nicht tue.

Als Schriftstellerin benötigt man eine Leserschaft, sonst steht man quasi allein da und führt Selbstgespräche. Es überrascht und freut mich nach wie vor, wenn mich Leute kontaktieren, um mir mitzuteilen, dass sie eines meiner

Bücher gelesen haben. Noch schöner finde ich es natürlich, wenn ich höre, dass es ihnen auch gefallen hat, dabei sind manche dieser Leute noch nicht einmal mit mir verwandt ... Deshalb an dieser Stelle ein ganz herzliches Dankeschön an alle Menschen, die meine Bücher lesen. Ich hoffe wirklich sehr, dass Ihnen *Einmal und für immer* gefallen hat.

Wie immer bin ich auch meiner Familie zu großem Dank verpflichtet – allen voran meinen Eltern, Breda und Don, denen dieses Buch gewidmet ist, als kleines Dankeschön für all das, was sie im Laufe der Jahre für mich getan haben. Danke auch an meine Kinder, Sadhbh, Neil und Grace. Es gibt Leute, die mit dem Menschen, der die Bücher schreibt, leben müssen, und sie könnten eine Menge Geschichten darüber erzählen, von denen nicht alle erfreulich sind ... Danke für eure Geduld und eure Liebe.

Und natürlich an meinen Gefährten Frank MacLochlainn: danke für deine Freundschaft, deine Unterstützung, dein Verständnis und deine Liebe. Ohne dich würde ich das alles niemals schaffen.

Zu guter Letzt danke ich Maeve Binchy, die leider verstorben ist. Es wird mir fehlen, neue Geschichten von ihr zu lesen oder im Fernsehen oder Radio zu hören. Maeve selbst wird mir fehlen. Sie hat mich inspiriert, hat mir versichert, dass auch ich es schaffen kann. Dass wir alle es schaffen können. Und dafür danke ich ihr.

Ciara Geraghty

Ciara Geraghty

»Ideale Urlaubslektüre.« ***Brigitte***

978-3-453-40786-2

978-3-453-40820-3

978-3-453-40969-9

Manchmal verändert ein Tag dein Leben

Die Bestseller aus Irland
mit Heldinnen zum Verlieben:
charmant, chaotisch, berührend

Leseproben unter: **www.heyne.de**

HEYNE